인생독본

1

이 도서의 국립중앙도서관 출판예정도서목록(CIP)은
서지정보유통지원시스템 홈페이지(http://seoji.nl.go.kr)와
국가자료종합목록 구축시스템(http://kolis-net.nl.go.kr)에서 이용하실 수 있습니다.
(CIP제어번호: CIP2020041156)

레프 톨스토이

박형규 옮김

인생독본

1

문학동네

일러두기

1. 번역 대본으로는 모스크바 정치문헌출판사에서 1991년에 전2권으로 발간한 판본을 사용했다(Толстой Л. Н., Круг чтения в 2-х томах, М.: Издательство политической литературы, 1991).

2. 원주 표시가 없는 주석은 모두 옮긴이주다.

3. 외래어 표기는 국립국어원 외래어 표기법에 준했으나, 일부는 현지 발음이나 관용에 따랐다.

4. 러시아어 외 외국어는 이탤릭체로 처리했고, 강조 부분은 고딕체로 처리했다.

5. 성서의 인용은 공동번역에 따랐다.

차례

머리말

이 책에 모아놓은 사상은 여러 작품과 사상서들에서 추려 엮은 것이다.

출처를 밝히지 않은 글은 작자 미상이거나 내가 쓴 것이다.

나머지는 작자를 밝혔지만 유감스럽게도 발췌한 원전을 명확히 쓰지는 않았다.

나는 종종 작자의 사상을 원전이 아니라 다른 언어로 번역된 것에서 다시 옮겼으므로 나의 번역문은 원전과 완전히 일치하지 않을 수 있다. 이처럼 원전과 완전히 일치하지 않는 또다른 이유는 내가 오랜 사색을 통해 종종 작자의 사상을 부분적으로 선택하면서 명료한 인상과 전체성을 주기 위해 단어나 문장을 버리기도 하고 바꾸기도 했거니와, 하나의 사상을 오롯이 나 자신의 말로 표현하고 싶었기 때문이다. 이 책의 목적은 원전의 정확한 번역이 아니라, 여러 작자가 쓴 위대하고 유익한 사상을 통해 넓은 독자층에게 훌륭한 사고와 감정을 일깨우고 접근하기 쉬운, 나날의 독서의 고리를 제공하는 것이다.

나는 독자들이 매일 이 책을 읽으며 내가 이것을 편찬할 때 경험했던 감정을, 지금도 매일 읽으면서 느끼고 재판의 개정 작업을 하면서도 느끼고 있는 유익하고 고귀한 감정을 부디 경험하길 바란다.

레프 톨스토이

1908년 3월, 야스나야 폴랴나

1
월

1월 1일

사소하고 불필요한 것을 많이 아는 것보다 정말 좋고 필요한 것을 조금 아는 것이 낫다.

1 엄선된 작은 서가에서 큰 부를 얻을 수 있다. 수천 년간 세계 여러 문명국가에서 엄선된 가장 지혜롭고 뛰어난 사람들의 연구와 지혜의 결실이 최상의 상태로 우리에게 제공되기 때문이다. 그들은 자신을 드러내려 하지도 않고 우리가 접근하기도 어려우며, 우리가 고독을 깨뜨리거나 작업을 방해하는 것을 견디지 못할 것이다. 또한 사회 조건상 그들과 교류하는 것도 어렵다. 그러나 책에는 가장 가까운 친구에게도 보여주지 않았을지 모르는 사상이 세기를 넘어 낯선 우리가 이해할 수 있는 명료한 언어로 쓰여 있다. 좋은 책에서 인생에서 가장 큰 정신적 축복을 받을 수 있다.　　　　　에머슨

2 인간은 반추동물에 속하므로 그저 많은 책을 자신 안에 욱여넣는 것으로는 충분하지 않다. 삼킨 것을 잘 새김질해 소화하지 못한다면 책은 힘도 양분도 될 수 없다.　　　　　로크

3 수많은 저자의 잡다한 책으로 인한 혼란과 모호함을 주의하라. 유익한 것을 원한다면 진정으로 가치 있는 책에서 지성의 양식을 얻어야

한다. 지나친 독서는 유희일 뿐이다. 확실하게 인정받은 좋은 책을 읽어라. 만약 잠시 다른 종류의 책으로 옮겨가더라도 다시 원래의 책으로 돌아오는 것을 잊지 마라.　　　　　　　　　　　세네카

4　좋은 책부터 읽어야 한다. 안 그러면 영영 읽지 못한다.　　　소로

5　독서는 사상의 샘이 말랐다고 느낄 때 해야 하며, 지혜로운 사람도 흔히 그럴 때가 있다. 그러나 독서로 아직 여물지도 않은 자신의 사상을 몰아내는 것은 자기 영혼에 대한 범죄다.　　　쇼펜하우어

6　문학에서도 삶에서와 같은 일이 일어난다. 사방천지에서 구제불능의 속된 무리와 부딪치게 된다. 그들은 군단이고, 여름철 파리처럼 꼬이며 온갖 것을 더럽힌다. 그래서 악서가 범람하고 좋은 알곡이 자라는 것을 방해하는 문학의 독보리가 무섭게 번식한다. 그런 책들은 엄선된 뛰어난 작품에 쏟아야 할 시간과 돈과 주의력을 훔친다.

악서는 무익할 뿐 아니라 실제로 유해하다. 요즘 문학서 중 열에 아홉은 우매한 독자의 호주머니에서 조금이라도 더 돈을 뜯어내려는 목적으로 출판되고 있다. 그래서 저자와 출판업자와 인쇄업자는 일부러 책을 더 두껍게 만든다.

행수만 늘리려는 매문업자들은 한층 더 유해하고 뻔뻔하고 비양심적인 협잡을 일삼는다. 변변치도 않은 글 한 줄에 몇 푼씩 우려내려는 이 날품팔이들이 독자의 취향을 타락시키고 진정한 계몽을 망친다.

그런 유해함에 대항하려면 읽지 말아야 한다. 즉 대중의 인기를 끌거나 평판이 요란한 책은 멀리해야 한다. 더 쉽게 말하면, 발행된 첫해가 그 책이 존재하는 마지막해가 되는 책은 무시해야 한다.

물론 어리석은 사람들을 위해 글을 쓰는 자가 언제나 광범위한 독자층을 얻는다. 그렇다 하더라도 인류는 모든 시대 모든 민족의 최고 대가들, 수많은 이류 저자들 위에 탑처럼 우뚝 솟은 뛰어난 저자들을 알아가는 데 짧고 유한한 생을 집중해야 한다. 오직 그러한 저자들만이 우리를 **이끌고 가르칠** 수 있다.

악서는 아무리 적게 읽어도 부족하지 않고, 양서는 아무리 많이 읽어도 과하지 않다. 악서는 지성을 흐리게 하는 정신의 독이다.

대중은 모든 시대의 양서는 읽지 않고 최신의 것만 읽기 때문에 지금의 글쟁이들은 언제나 같은 주제를 우물 안 개구리처럼 되풀이한다. 그 때문에 우리 시대는 자신의 오물汚物에서 벗어나지 못하고 있다.

쇼펜하우어

/ 물질적 독극물은 대부분 맛이 불쾌하지만, 저급한 신문이나 악서 같은 정신적 독극물은 종종 달콤하다.

1월 2일

오늘날 이른바 학자라는 사람들 대다수가 믿는 가장 어리석은 미신 중 하나는 신앙 없이도 살아갈 수 있다는 믿음이다.

1 어느 시대에나 사람들은 자신을 이 땅으로 보낸 존재가 누구인지, 그 궁극의 목적이 무엇인지 알고 싶어했고 적어도 그것에 대해 나름대로 이해하길 바라왔다. 종교는 그런 요구를 만족시키기 위해, 모든 사람을 하나의 기원과 공통된 삶의 과제와 공통된 궁극의 목적을 가진 형제로 묶어주는 연결이 무엇인지 밝히기 위해 등장했다.   마치니

2 참된 종교는 인간이 자신을 둘러싼 무한한 삶에 대해 수립하는 관계이며, 그 관계가 그의 삶과 무한한 삶을 연결해 그의 행위를 이끈다.

3 모든 종교의 본질은 나는 무엇을 위해 사는가, 나를 둘러싼 무한한 세계와 나는 어떤 관계인가라는 물음에 대한 해답에 있다. 가장 숭고한 종교에서 가장 우열한 종교에 이르기까지 거의 모든 종교의 근저에는 인간과 세계 사이의 관계 수립이 있다.

4 종교는 인간에게 가장 고귀한 교육자이자 가장 위대한 계몽자이나, 종교의 외부적 양상과 이기적 정치활동은 인류의 진보를 가로막는 주된 장애물이다. 성직자와 국가의 활동은 종교에 반한다. 종교의 본질은 영원하고 신성하고, 인간이 이것을 느끼는 한 종교는 모든 이의 영혼을 채워준다. 오늘날 우리의 모든 탐구도 모든 위대한 종교들의 기초는 하나라는 것, 즉 인류의 태초부터 오늘에 이르기까지 발전해온 하나의 가르침이라 가리키고 있다.

모든 종교의 바탕에는 오직 하나의 영원한 진리가 흐른다.

조로아스터교도는 조로아스터교의 깃발을, 유대교도는 테필린^{원팔}

에 차는 성구함을, 그리스도교도는 십자가를, 이슬람교도는 반월기^{半月旗}를 걸어라. 그러나 그들도 모두 그런 것은 외적 표징에 불과하며, 마누^{인도 신화에 나오는 인류의 시조}와 조로아스터와 부처와 모세, 소크라테스, 힐렐^{이스라엘 유대의 랍비, '힐렐파'의 창시자}, 예수, 바울, 마호메트가 한결같이 설파했듯 모든 종교의 본질, 즉 이웃에 대한 사랑을 잊지 말아야 한다.　　플뤼겔

5　모든 종교의 본질은 계시 같은 특정한 가르침(신학이라 불리는)이 아니라, 보편적으로 인간의 모든 의무를 정한 신의 계율 속에 있다.　　칸트

❘ 신앙이 없는 인간의 삶은 동물의 삶과 같다.

1월 3일

"나를 보내신 분의 뜻을 이루고 그분의 일을 완성하는 것이 나의 양식이다"^{「요한복음」 4:34} 하고 그리스도는 말했다. 우리에게도 저마다 그 일을 위해 할일이 있다. 신이 우리를 통해 하시려는 일이 무엇인지 다 알 수는 없지만, 어떻게 그 일에 참여해야 하는지는 모를 수가 없다.

1　나더러 주님, 주님! 하고 부른다고 다 하늘나라에 들어가는 것이 아니다. 하늘에 계신 내 아버지의 뜻을 실천하는 사람이라야 들어간다.

「마태복음」 7:21

2 불타오르게 하고 빛을 발할 힘이 없다면 그 빛을 가리지 마라.

3 순리를 아는 자는 그것을 사랑하는 자보다 못하고, 순리를 사랑하는 자는 그것을 실천하는 자보다 못하다. *중국의 격언*

4 삶에서 가장 중요하고 유일한 문제는, 우리에게 주어진 짧은 생애에서 우리를 이 세상으로 보낸 이가 바라는 것을 얼마나 실천하며 살고 있는가다. 우리는 그렇게 살고 있는가?

5 나는 괴로울 때 신에게 도움을 청한다. 그러나 신이 나를 섬기는 것이 아니라 내가 신을 섬기는 것이라고 생각하면 괴로움이 줄어든다.

6 지상과 천상 사이에 심연은 없으며, 신이 우리에게 주신 살 곳이 영원히 악과 이기주의와 압박의 지배 아래 있을 거라 생각하는 것은 신성모독이다. 지상은 속죄의 장소가 아니라 우리가 진리와 정의를 이루기 위해 노력해야 하는 삶의 장소다. 진리와 정의에 대한 열망은 모두의 마음속에 있다. *마치니*

7 시간이 흐르면 우리도 천사가 될 거라고 믿든, 옛날에 우리가 연체동물이었다고 믿든, 우리는 주어진 일을 성실히 완수해야 한다. *러스킨*

✒ 삶의 목적이 자신의 행복에만 있다면 삶은 가혹하고 허망할 뿐이다. 그러나 성현의 지혜가, 네 이성과 심장이 너에게 말하듯 삶의 목적이 너를 세상에 보낸 분에 대한 봉사라고 생각한다면 삶은 줄기찬 기쁨이다.

1월 4일

아무리 원치 않더라도 이 세상과 우리가 결합되어 있음을 느끼지 않을 수 없다. 산업과 교역과 예술과 지식이, 그리고 가장 중요하게는 우리 처지의 동일성이, 세계에 대한 우리 관계의 동일성이 우리를 결합하고 있다.

1 선한 사람들은 무의식적으로 서로 도우며 살고, 악한 사람들은 의식적으로 서로 척지고 산다.

중국의 속담

2 인간에게는 저마다 짐이 있고 저마다 결점이 있다. 누구도 남의 도움 없이는 살아갈 수 없다. 서로 위로하고 조언하고 충고하고 도우며 살아야 한다.

『성현의 사상』

3 천 명이 함께 일하면 따로따로 일할 때보다 훨씬 많은 것을 생산할 수 있는 것이 이 세계의 구조다. 그러나 그것이 구백구십구 명이 한 명의 노예여야 한다는 이야기는 아니다.

헨리 조지

4 선한 사람은 악한 사람의 스승이고, 악한 사람은 선한 사람이 가르쳐야 할 학생이다. 스승을 존경하지 않는다면, 가르쳐야 할 사람을 사랑하지 않는다면 아무리 똑똑하더라도 양쪽 다 잘못하는 것이다.

노자

5 인간은 모두 아담의 자식이고 하나의 몸에 딸린 부분들이다. 하나가 고통스러우면 나머지도 모두 고통스럽다. 타인의 고통에 냉담한 자는 인간으로 불릴 자격이 없다.

사디

6 세상 모든 피조물은 조화와 합일을 추구하므로 개개 인간의 삶은 인류 전체의 삶과 밀접히 결부되어 있다. 자연계에서처럼 정신계에서도 삶의 모든 현상은 유기적으로 긴밀하게 결부되어 있다.

아우렐리우스

7 우리가 아는 역사 이래 인류의 모든 역사는 합일을 향해 끊임없이 나아가는 움직임의 역사다. 합일은 아주 다양한 방법으로 달성되고, 합일을 위해 노력하는 사람들뿐만 아니라 그것에 저항하는 사람들까지도 나름의 몫을 하는 셈이다.

1월 5일

사람들이 들어찬 건물에서 누군가 "불이야!" 하고 외치면 모두 한꺼번에 문으로 몰려들어 수십 수백 명이 죽기도 한다.

말로 인한 명백한 해악도 그렇다. 우리의 말 때문에 피해를 입는 사람들이 눈앞에 보이지 않더라도 해악은 크다.

1 총상은 나을 수 있지만 혀로 입은 상처는 절대 아물지 않는다.

페르시아의 격언

2 우리는 모두 실수하는 일이 많습니다. 말에 실수가 없는 사람은 온몸을 잘 다스릴 수 있는 완전한 사람입니다. 말은 입에 재갈을 물려야 고분고분해집니다. 그래야 그 말을 마음대로 부릴 수가 있습니다. 또 배를 보십시오. 거센 바람의 힘으로 움직이는 크디큰 배라도 아주 작은 키 하나로 조종됩니다. 그래서 키잡이는 자신이 원하는 방향으로 그 배를 마음대로 몰고 갈 수 있습니다. 이와 같이 혀도 인체에서 아주 작은 부분에 지나지 않지만 엄청나게 허풍을 떱니다. 아주 작은 불씨가 굉장히 큰 숲을 불살라버릴 수도 있습니다. 혀는 불과 같습니다. 혀는 우리 몸의 한 부분이지만 온몸을 더럽히고 세상살이의 수레바퀴에 불을 질러 망쳐버리는 악의 덩어리입니다. 그리고 혀 자체도 결국 지옥불에 타버리고 맙니다. 「야고보서」 3:2~6

3 남의 험담을 들을 때 맞장구치지 마라. 끝까지 듣지 말고, 들었더라도 잊어라. 남의 미덕을 들으면 기억하고 남에게 이야기하라.

　그러는 것이 익숙해지면 남의 험담을 들을 때는 자신이 욕을 먹는 것처럼 괴롭고, 어쩌다가 자신도 모르게 남의 험담을 했을 때는 자기 자신을 때린 것처럼 아플 것이다.

4 논쟁에는 귀를 기울이되 끼어들지 마라. 아무리 사소한 문제라도 격앙과 흥분을 경계하라. 분노는 언제나 바람직하지 않고, 옳은 일을 할 때는 더욱 그렇다. 분노가 일을 흐려놓기 때문이다.

5 '혀를 함부로 놀려 죄를 짓지 아니하리라. 악한 자 내 앞에 있는 한 나의 입에 재갈을 물리리라' 마음먹었습니다.

/ 말로써 서로에게 나쁜 감정을 불러일으켜 단결을 깨뜨리지 마라.

1월 6일

선행을 하기 위해서는 노력이 필요하지만, 악행을 하지 않기 위해서는 그 이상의 노력이 필요하다.

1 성인이 되는 데 절제보다 중요한 것은 없다. 절제는 어려서부터 몸에 배어야 한다. 몸에 배면 덕행은 견고해진다. 덕행이 견고한 사람에게는 극복하지 못할 것이 없다.

2 사람들이 그토록 매혹되는 모든 것은, 얻기 위해 그토록 흥분하고 골몰하는 모든 것은 결코 행복을 가져다주지 않는다. 사람들은 골몰하는 동안에는 자신이 좇는 것 속에 행복이 있다고 생각한다. 그러나 그것을 얻자마자 다시 아직 갖지 못한 것을 안달하고 애태우며 바라고 부러워한다. 마음의 평화는 헛된 욕망을 충족하는 것이 아니라 그 욕망을 버림으로써 얻어진다.

그것이 진실인지 확인하고 싶다면, 헛된 욕망을 채우기 위해 지금까지 허비한 노력의 반이라도 그것에서 자신을 해방시키는 데 기울여보라. 훨씬 더 큰 평화와 행복을 얻을 것이다. 　　　에픽테토스에 의함

3 유혹에 지지 않는 자에게 영광 있으리라. 신은 모든 자를 시험한다. 누구는 부로, 누구는 가난으로 시험한다. 부유한 자는 가난한 자에게 손을 내미는가, 가난한 자는 가난을 탓하지 않고 순종하는 마음으로 고난을 견디고 있는가. 　　　『탈무드』

4 달리는 마차처럼 내닫는 분노를 참는 사람이 훌륭한 마부다. 그러나 무력한 사람들은 그저 고삐만 잡고 있을 뿐이다. 　　　『법구경』

5 불쾌한 일이 겹쳐 분노와 적의를 느낀다면 자기 자신 속으로 침잠해 자제심을 지켜라. 자신의 의지로 평정심을 찾는 데 익숙해지면 정신의 평화를 지키는 힘이 커진다. 　　　아우렐리우스

✓ 욕정을 억제하지 못하고 여러 번 그것에 졌다 해도 낙담하지 마라. 그 싸움을 계속할수록 욕정은 약해지고 쉽게 이겨낼 수 있다.

1월 7일

인간관계에서 선의는 의무다. 인간을 선의로 대하지 않는다면 인간의 의무를 저버리는 것이다.

1 비루하고 보잘것없는 사람까지도 존중하라. 모든 사람 안에는 우리 안에 사는 영혼과 똑같은 영혼이 살고 있다. 어떤 사람이 정신적으로나 육체적으로나 혐오스럽더라도 '세상에는 온갖 사람이 다 있기 마련'이라고 생각하라. 그런 사람에게 혐오감을 드러낸다면, 첫째로 정의롭지 못한 것이고, 둘째로 그들에게 결사적인 싸움을 거는 것이나 마찬가지다. 그가 어떤 사람이건 인간은 쉽게 자기 자신을 바꿀 수 없는데, 불구대천의 원수처럼 우리와 싸우는 것 외에 그에게 무슨 수가 있겠는가? 우리는 그가 지금과 같은 사람이 아니라면 좀더 잘해 줬을 거라 생각하지만, 그렇지 않다. 모든 사람을 선의로 대하고 상대에게 불가능한 것, 즉 다른 사람이 되길 바라지 마라.　　쇼펜하우어

2 유혹에 진 사람에게 잔인하지 말고, 자신이 위로받을 때 원하는 것처럼 남을 위로하라.　　　　　　　　　　　　　　　　　　　　『성현의 사상』

3 1) 오늘 할 수 있는 일을 내일로 미루지 마라.

2) 내가 할 수 있는 일을 남에게 시키지 마라.

3) 오만은 의식주에 필요한 것보다 더 비싼 값을 치르게 한다.

4) 일어날지도 모른다는 이유만으로 아직 일어나지도 않은 일에 대해 괴로워하지 마라.

5) 화가 날 때는 다른 일을 하거나 말하기 전에 열을 세어라. 그래도 안 되면 백을 세고, 천을 세어라.　　　　　　　　　　제퍼슨에 의함

4 누구도 얕보지 마라. 모든 악의와 경멸을 버려라. 타인의 언행은 언제나 선의로 해석하라.　　　　　　　　　　『성현의 사상』

5 성인의 마음은 유연해서 다른 사람의 마음에 자신의 마음을 맞춘다. 덕이 있는 사람에게는 덕이 있는 사람으로, 덕이 없는 사람에게는 언젠가 덕을 행할 사람으로 대한다.　　　　　　　　　　동양의 금언

6 지혜롭고 선한 사람일수록 사람들 속에 있는 선을 잘 알아본다.

／ 선의는 모든 모순을 풀어주며 삶을 장식하고, 얽힌 것을 분명한 것으로, 어려운 것을 쉬운 것으로, 어둠을 기쁨으로 바꿔준다.

도둑의 아들

어느 마을에서 배심원재판이 열렸다. 배심원단은 농부와 귀족과 상인으로 구성되었다. 배심원장은 명망 있는 상인 이반 아키모비치 벨로프였다. 그는 모두에게 존경을 받았는데, 정직하게 장사하고, 사람을 속이지 않고, 셈이 정확하고, 언제나 사람들을 도와주기 때문이었다. 그는 일흔이 다 된 노인이었다. 배심원들이 모여 선서하고 착석하자, 한 농부의 말을 훔친 죄로 기소된 남자가 끌려나왔다. 재판이 시작되려던 순간, 이반 아키모비치가 자리에서 일어나 재판장에게 말했다. "재판장님, 죄송하지만, 저는 평결을 내릴 수가 없습니다."

재판장은 깜짝 놀랐다. "아니 무슨 말입니까, 왜 그러시오?"

"아무래도 저는 할 수 없습니다. 저를 보내주십시오."

이반 아키모비치의 목소리가 별안간 떨리더니 이내 울음을 터뜨렸다. 목이 메어 말이 나오지 않을 정도로 울었다. 이윽고 그는 마음을 추스른 듯 재판장에게 말했다.

"재판장님, 제가 평결을 내릴 수 없는 건 저나 제 아버지가 어쩌면 저 도둑보다 훨씬 나쁜 인간인지도 모르기 때문입니다. 그런 제가 저와 똑같은 인간을 어떻게 심판하겠습니까, 저는 못합니다, 이렇게 부탁드립니다."

재판장은 이반 아키모비치를 내보낸 뒤, 저녁에 그를 집으로 불러 물었다. "어째서 재판을 거부했습니까?"

"사실은" 하고 이반 아키모비치는 재판장에게 자기 이야기를 했다.

"재판장님은 아마 제가 상인의 아들이고 이 마을에서 태어났다고 생각하실 겁니다. 그런데 아닙니다. 저는 농부의 아들이고, 아버지는 이 지역에서 첫째가는 도둑으로 감옥에서 돌아가셨습니다. 원래는 착한 사람이었지만 술만 마셨다 하면 인사불성이 되어 어머니를 때리고 온갖 못된 짓을 일삼고, 술이 깨면 후회하곤 하셨습니다. 어느 날 아버지가 저를 데리고 도둑질을 하러 갔습니다. 그런데 그 한 번의 도둑질이 제게 행운을 가져다줬습니다.

일은 이랬습니다—어느 날 아버지는 다른 도둑들과 주막에서 만나 도둑질할 만한 데를 물색했습니다. 아버지가 그들에게 말했습니다. '자, 여보게들, 좋은 수가 있어. 왜 저 큰길가에 있는 벨로프네 가게 창고 있잖나. 그 창고에 재물이 어마어마하다지. 거기 들어갈 방법이 없나 궁리해봤어. 좋은 수가 생각나더라고. 창고에 작은 들창이 하나 있는데 너무 좁아 어른은 들어갈 수가 없어. 그래서 이런 꾀를 생각해냈지. 우리집에 날쌘 개구쟁이 꼬마가 있는데—저 말입니다—그 녀석을 데려가 노끈으로 묶어 창문까지 당겨올렸다 내려주면 안으로 들어갈 수 있을 거야. 그리고 녀석 손에 노끈을 들려 보내 창고에 있는 재물을 묶어서 올려보내게 하면 우리는 밖에서 끌어당겨 내리는 거지. 됐다 싶으면 그 녀석을 다시 끌어올려 내리면 되고.'

도둑들은 그 제안을 반기며 이구동성으로 말했습니다. '그래, 그 아들놈을 데려오게.'

아버지는 집에 돌아와 저를 불렀습니다. 어머니가 '아이는 왜요?' 하자, 아버지는 '다 그럴 만한 일이 있어'라고 했습니다. 어머니가 '밖에 나가고 없는데요' 하자, '불러와'라고 했고요. 아버지가 술에 취해 있을 때는 대화가 안 되는데다 걸핏하면 손이 올라온다는 걸 아는 어머니는 밖으로 나가 저를 불렀습니다. '반카! 너 기어올라가는 거 잘하지?' 아버지가 제게 물었습니다. '어디든 잘 기어올라갈 수 있어요.' '그래, 그럼 나하고 같이 가자.' 어머니가 말리려고 했지만 아버지가 주먹을 휘두르자 입을 다물 수밖에 없었죠. 아버지는 저를 붙들어 옷을 갈아입히고 주막으로 데려갔습니다. 저는 주막에서 단것과 주전부리를 얻어먹었고, 우리는 저녁때까지 앉아 있었습니다. 어둠이 내리자 일당은—모두 세 사람이었죠—저를 데리고 출발했습니다.

우리는 상인 벨로프네 집에 다다랐습니다. 곧 그들이 밧줄로 저를 묶고 다른 한 가닥을 손에 쥐여주더니 당겨올렸습니다. '무섭지 않니? 하길래 저는 '무섭긴요, 하나도 안 무서워요'라고 말했죠. '창문으로 기어들어가. 거기서 잘 둘러보고 조금이라도 괜찮다 싶은 걸 가져오는 거야. 모피 같은 걸 많이 챙겨서 이 밧줄로 묶는 거다. 그런데 밧줄 끝이 아니라 중간에 매어야 해. 우리가 끌어당길 때 너를 묶을 끝이 남도록. 알아들었어?' 그들이 이렇게 말했습니다. '제가 그걸 왜 몰라요, 알아요.'

그들은 저를 들창까지 밧줄을 끌어당겨 올렸습니다. 저는 들창 안으로 기어들어갔고, 그러자 그들이 저를 아래로 내려줬습니다. 단단한 뭔가에 내려선 저는 곧 작은 두 손으로 더듬기 시작했죠. 너무 캄캄해서 뭔지도 모르고 그저 더듬기만 했습니다. 모피 같은 게 만져지면 이내 밧줄 끝이 아니라 중간에 매었고, 그러면 그들은 잡아당겼죠. 또다시 저는 밧줄을 끌어당겨 또 비끄러매곤 했습니다. 그렇게 뭔가를 세 뭉치 끌어내자 밖에서도 밧줄을 모두 끌어당겨냈습니다. 말하자면 이제 충분했던 거죠. 밖에 있던 일당은 저를 다시 위로 끌어올렸습니다. 저는 작은 두 손으로 밧줄을 꽉 붙들었고 그들은 밧줄을 잡아당겼습니다. 그런데 절반쯤 저를 끌어올렸을 때 툭 하고 밧줄이 끊어지며 저는 바닥으로 떨어지고 말았습니다. 다행히 방석 위에 떨어져 다치지는 않았지만요.

바로 그때, 저는 나중에 안 일입니다만, 야경꾼이 그들을 발견하고는 소란을 피웠고 그들은 훔친 물건을 걸머지고 냅다 줄행랑을 쳤습니다.

모두 도망치고 저만, 모두들 저만 남기고 가버렸단 말입니다. 어둠 속에 혼자 남아 드러누워 있는데 와락 겁이 나 엄마, 엄마! 엄마, 엄마! 하고 마구 울부짖었습니다. 그렇게 두려움과 눈물로 지쳐 뒤치락거리며 방석 위에서 저도 모르게 잠이 들었습니다. 갑자기 눈을 떴는데 제 앞에 상인 벨로프가 경관과 함께 등불을 켜들고 서 있는 게 아니겠습니까. 경관은 누구와 왔느냐고 저에게 물었습니다. 저는 '아버지하고 같이 왔어요' 했죠. '네 아버지가 누구냐?' 저는 또다시 울기 시작했어요. 그러자 벨로프 노인이 경관에게 말했습니다. '그만두시오, 어린아이는 다 천사요. 저애에게 아버지 이름을 대라고 해봐야 소용없소. 이미 사라진 건 어쩔 수 없는 거니까.'

지금은 돌아가셨지만 무척 어진 분이었습니다. 하늘나라 백성 같은 어른이었습니다. 그런데 그분의 부인은 더 자비로우셨죠. 노부인은 저를 방으로 데려가 선물까지 잔뜩 안겨줬고 저는 울음을 그쳤습니다. 아시다시피 아이들이란 작은 일에도 금세 기뻐하잖습니까. 다음날 아침 노부인이 '얘야, 집에 돌아가고 싶니?' 하고 물었습니다. 저는 뭐라고 대답해야 할지 몰라 '네'라고 했죠. 그러자 이번에는 '이 집에서 나하고 살래?' 하셨고 저는 또 '네'라고 말했습니다. '그래, 그럼 여기서 지내려무나.'

그렇게 저는 그대로 그 집에서 지내게 됐습니다. 그러다보니 눌러 앉게 되었고, 결국 그들과 살았죠. 그 집 사람들은 버려진 아이를 데려왔다고 관청에 신고하고 저를 양자로 들였습니다. 처음에는 잔심부름을 했지만 다 자라자 가게 직원으로 장사를 돕게 되었습니다. 아마 제가 일을 썩 잘했던 모양입니다. 워낙 좋은 분들이었고요. 나중에는 저를 데릴사위로 삼아주었을 만큼 저를 사랑해주셨습니다. 아들 대신으로 삼으셨단 말입니다. 그리고 영감님이 돌아가시자 그 집

재산이 전부 제 것이 되었습니다.

저는 그런 사람입니다. 도둑이자 도둑의 아들이란 말입니다. 그런 제가 어떻게 남을 재판할 수 있겠습니까. 재판장님, 그것은 그리스도 교도가 할 짓이 아닙니다. 우리는 모든 사람을 용서하고 사랑해야 합니다. 설령 그자가 도둑이고 잘못을 저질렀다 해도 벌하지 말고 가엾이 여겨야 합니다. 그리스도가 하신 말씀을 기억하십시오."

이반 아키모비치는 말을 끝마쳤다.

재판장도 질문을 멈추고, 그리스도교 율법을 좇아 과연 누가 누구를 재판할 수 있을까 하고 혼자 생각에 잠겼다.

니콜라이 레스코프 원작에 따라 레프 톨스토이 씀

1월 8일

그리스도교의 가르침은 너무나 쉬워서 어린아이도 쉽게 그 참뜻을 이해한다. 그리스도교도인 척 행동하고 말하면서 실제로는 믿지 않는 사람들만 그 참뜻을 이해하지 못한다.

1 영혼을 위해 사는 사람은 캄캄한 집안에 빛을 품고 들어온 사람과 같다. 어둠은 이내 걷힌다. 그런 삶을 굳게 지켜나간다면 마음속에 넘치는 광명이 있을 것이다.

2 민중(선량한 사람들, 부패한 지배층과 무관한 사람들)은, 그리스도가 말씀하시듯 부귀의 유혹에서 자유로운 민중은, 일용할 양식에 만족하는 민중은, 씨앗을 뿌리지도 거두지도 않는 작은 새들이 받는 만큼만 하늘에 계신 아버지에게 구하는 민중은 세상의 욕망과 번뇌에 빠져 있는 대부분의 사람들보다 훨씬 더 참된 삶, 진심으로 사는 삶을 살고 있다. 그러므로 영웅적 위업과 자기희생은 민중 속에서 찾아야 한다. 민중을 저버리고 돌아보지 않는다면 의무라는 관습은 어떻게 될까? 오로지 그것에 의해 사회가 유지되고, 오로지 그것에 의해서만 한 나라의 위대함과 권력이 성립되고 있는 것은 어떻게 될까? 나라가 쇠퇴해갈 때, 소박한 민중이 아니라면 누가 나라를 새롭게 하고 삶을 불어넣을 수 있을까? 병도 이미 치료할 수 없고 국민의 사멸도 불가피할 때, 늙은 나무를 대신할 젊은 줄기가 민중이 아닌 그 누구에게서 싹틀 수 있을까? 그렇기 때문에 그리스도 역시 민중을 의지했던 것이다. 그렇기 때문에 민중은 그리스도를 신의 사자로 받아들여 그의 이름을 찬미했고, 그의 힘에 순종하며 그의 힘을 선포했던

것이다. 교회의 권력자들과 율법학자들은 그를 저주하며 죽였다. 그러나 그들의 압제와 교활함, 처형에도 불구하고 그리스도는 민중 속에서 승리를 거두었다. 민중은 세상에 그의 왕국을 세웠다. 민중에 의해 그는 민중 속에서 퍼져나갈 것이다. 임박한 종말을 알아채고 공포에 사로잡힌 압제자들이 제아무리 새로운 삶의 신성한 싹을 질식시키려 해도 민중은 새로운 삶을 낳을 것이다.

라므네

3 파멸을 초래하는 두 가지 미신을 경계하라. 하나는 신성의 본질을 말로 표현할 수 있다고 가르치는 신학자들의 미신이고, 또하나는 신의 힘을 학술적 연구로 설명할 수 있다고 생각하는 과학의 미신이다.

러스킨

4 그리스도의 마지막 계명은 그의 가르침 전부를 표현한다. "내가 너희를 사랑한 것처럼 서로 사랑하라. 왜냐하면 너희가 서로 사랑한다면 너희가 내 제자들임을 모두가 알 것이기 때문이다." 그는 '너희가 이것을, 혹은 저것을 믿는다면'이 아니라 "너희가 서로 사랑한다면"이라고 말한다. 신앙은 멈출 줄 모르고 변화하는 다양한 견해와 지식과 함께 변화한다. 신앙이란 시대와 연관되고, 시대와 함께 변화하는 것이다. 사랑은 시대와는 무관하다. 사랑은 불변하고 영원하다.

5 나의 종교는 생명이 있는 모든 것을 사랑하는 것이다.

코르도바의 이브라힘

/ 그리스도의 가르침을 실현하기 위해서는 그 왜곡을 없애는 것만으로는 충분하지 않다.

1월 9일

기억이 아니라 사색으로 얻은 것만이 진정한 지식이다.

1 지금까지 배워왔던 것을 완전히 잊어버려야만 진정한 인식이 시작된다. 어떤 것을 인식하려 할 때 그것과 자신의 관계가 이미 학자들에 의해 정해져 있다고 생각한다면 진정한 인식에는 한 발짝도 다가가지 못한다. 어떤 것을 인식하기 위해서는 완전히 낯선 것처럼 다가가야 한다. 소로

2 타인의 사상만 계속 받아들이다보면 자신의 생각은 막히거나 위축된다. 이 부자연스러운 영향에 저항할 만큼 사고의 유연성이 없다면 시간이 흐를수록 생각하는 힘은 줄어들어 사라진다. 그래서 끊임없는 독서와 연구가 머리만 어지럽히는 것이다. 또한 타인의 사상에 완전히 자리를 내주기 위해 자신의 사고와 지식 체계를 자주 멋대로 가로막는다면, 우리의 사고와 지식 체계는 고유의 목적성과 관련성을 잃어버린다. 책에서 읽은 사상에 자리를 내주기 위해 자신의 사상을 내쫓는 건 셰익스피어가 당시의 여행자들을 비난해 말했듯이, 남의 땅에 가보려고 제 땅을 팔아버리는 것과 같다.

　그뿐만 아니라 어떤 대상에 대해 스스로 생각해보기도 전에 그것

에 관련된 책을 읽는 것은 좋지 않다. 새로운 대상에 대한 타인의 관점과 견해부터 머릿속에 주입되기 때문이다. 인간은 원래 게으르고 무관심해서 스스로 생각하기보다 기존의 사상을 받아들이고 끝내버리려 한다. 이 습성이 굳어버리면 모든 생각은 운하로 모이는 개울들처럼 정해진 길로만 흐르게 된다. 결국 독자적이고 새로운 사상을 발견하기는 몇 갑절 어려워진다. 그래서 독자적인 사상을 지닌 학자가 희귀한 것이다.   쇼펜하우어

3 지식은 통용되는 화폐 같은 것이다. 금을 채굴하는 일을 했거나, 화폐 주조에 참여했거나, 최소한 이미 통용되고 있는 화폐를 정직하게 손에 넣었다면 그것을 자랑할 자격이 있다. 하지만 그런 일을 하나도 하지 않고 지나가는 사람이 코앞에서 던져준 것을 받았을 뿐이라면, 그걸 어찌 자랑할 수 있겠는가?   러스킨

4 **지성을 위해서는 너무 일찍 너무 많이 배우는 것보다는 전혀 배우지 않는 편이 덜 해롭다.**

5 위대한 사상가들이 위대한 이유는, 그들이 기존의 책이나 전승에 의지하지 않고 자신보다 앞서 살았거나 현재 주변에 살고 있는 다른 사람들의 생각에 휘둘리지 않고 자신의 생각을 피력했기 때문이다.

   마찬가지로 우리도 각자 이따금 불꽃처럼 의식 안에서 불붙어 타오르기 시작하는 명석한 생각들을 늘 지켜보고 포착해야 한다. 각자의 내부에서 반짝이는 그런 순간들은 별자리만큼이나 많은 시인과

현자의 성찰과 연구보다 훨씬 더 의미가 있다. 에머슨

6 사상은 자신의 지혜로 얻었거나 자기 마음속에 일어난 의문에 대해
   답을 하는 것이라야 비로소 삶을 전진시킨다. 지력과 기억력으로 받
   아들인 남의 사상은 삶에 아무런 영향도 주지 않고 거기에 반하는
   행위들과 영합한다.

✔ 더 적게 읽고, 더 적게 배우고, 더 많이 생각하라. 꼭 필요하고 알고
   싶은 것만을 스승이나 책을 통해 배워라.

1월 10일

교육의 기초는 모든 것의 근원에 대한 관계와 그 관계에서 생기는
행동의 규범을 수립하는 일이다.

1 나를 믿는 이 보잘것없는 사람들 가운데 누구 하나라도 죄짓게 하는
   사람은 그 목에 연자맷돌을 달고 깊은 바다에 던져져 죽는 편이 오
   히려 나을 것이다. 사람을 죄짓게 하는 이 세상은 참으로 불행하다.
   이 세상에 죄악의 유혹은 있기 마련이지만 남을 죄짓게 하는 사람은
   참으로 불행하다. 「마태복음」 18:6~7

2 아이들을 교육할 때 기억할 것은 현재가 아니라 미래의 더 나은 상태, 즉 미래 인류의 완전히 다르고 더 나은 조건의 삶에 맞춰 교육해야 한다는 것이다. 부모들은 현재의 세상이 타락했더라도 오직 지금의 세상에 적응시키기 위해 아이들을 교육한다. 그러나 미래의 더 나은 세상에 맞춰 아이들을 교육한다면 더 나은 세상을 만들 수 있다.

칸트에 의함

3 미래에 적합한 인간을 교육하려면 완전한 인간을 목표로 교육해야 한다. 그래야만 장차 그가 살게 될 세대에 합당한 일원이 될 것이다.

4 아이들에게 자기 안의 신성神性을 자각시키는 일이야말로 부모와 교육자의 가장 큰 의무다.

채닝

5 교육의 진정한 목적은 사람들에게 선을 행하게 하는 것뿐 아니라 그 안에서 희열을 찾게 하는 데도 있다. 또한 순수한 사람이 되게 하는 것뿐 아니라 순수를 사랑하게 하는 데도 있다. 또한 정의로운 사람이 되게 하는 것뿐 아니라 정의를 갈망하게 하는 데도 있다.

러스킨

/ 종교적 가르침은 교육의 기초다. 그러나 오늘날 그리스도교 집단에서는 아무도 믿지 않는 것을 가르치고 있다. 아이들은 그 사실을 꿰뚫어보고, 배운 것을 믿지 않을 뿐만 아니라 가르치는 사람도 믿지 않는다.

1월 11일

겸손 없이 자기완성은 불가능하다. "내가 이렇게 훌륭한데 더 완성해야 할 이유가 있는가?"

1 높아질수록 더욱 겸손하라. 많은 이가 높은 지위와 명예 속에 살고 있지만 신의 비밀은 오직 낮은 곳에 있는 사람들에게만 열려 있다. 너무 어렵고 힘에 부치는 것을 구하지 마라. 그러나 너에게 주어진 사명을 경외하는 마음으로 성찰하라. 필요하지 않은 것에 호기심을 갖지 마라. 너에게는 네가 이해할 수 있는 것보다 더 많은 것이 열려 있다.

　사람들은 허영에 사로잡혀 스스로 속는다. 그러니 네 것 아닌 지식을 자랑하지 마라.　　　　　　　　　　　　　　　「전도서」(위경)

2 예수께서는 그들을 가까이 불러놓고 "너희도 알다시피 세상에서는 통치자들이 백성을 강제로 지배하고 높은 사람들이 백성을 권력으로 내리누른다. 그러나 너희는 그래서는 안 된다. 너희 사이에서 높은 사람이 되고자 하는 사람은 남을 섬기는 사람이 되어야 하고 으뜸이 되고자 하는 사람은 종이 되어야 한다. 사실은 사람의 아들도 섬김을 받으러 온 것이 아니라 섬기러 왔고 많은 사람을 위하여 목숨을 바쳐 몸값을 치르러 온 것이다" 하셨다.　　「마태복음」20:25~28

3 수모를 당하고도 앙갚음하지 않고 의연히 참아 넘기는 사람이야말로 인생의 위대한 승리자다.　　　　　　　　　　　　제네비오 랜

4 어떤 사람은 너를 비난하고, 어떤 사람은 너를 칭찬한다. 비난하는
   사람을 가까이하고 칭찬하는 사람을 멀리하라.   『탈무드』

5 자신에게 합당한 자리보다 낮은 자리에 있어라. 아래로 가라는 말보
   다 위로 가라는 말을 듣는 것이 낫다. 신은 스스로 높이는 자를 낮추
   고 스스로 낮추는 자를 높여준다.   『탈무드』

6 네 안의 지배욕을 없애도록 끊임없이 노력하라. 영예와 칭찬을 구하
   지 마라. 네 영혼을 파멸시킬 뿐이다. 나에게 남에게는 없는 대단한
   것이 있다는 생각을 경계하라.   『성현의 사상』

7 지혜로운 자는 자신에게는 엄격하지만 남에게는 아무것도 요구하지
   않는다. 지혜로운 자는 언제나 자기 처지에 만족하며 자신의 운명에
   대해 하늘을 원망하거나 남을 비난하지 않는다. 불운에 빠져도 운명
   에 순종한다. 어리석은 자는 현세의 행복을 찾으려다 위험에 빠진다.
      활이 과녁을 맞히지 못했다면 궁수의 잘못이지 남의 잘못이 아니
   다. 지혜로운 자도 그렇게 처신한다.   공자

8 너희 중에 으뜸가는 사람은 너희를 섬기는 사람이 되어야 한다. 누구든지 자
   신을 높이는 사람은 낮아지고 자신을 낮추는 사람은 높아진다.

                                   「마태복음」 23:11~12

✒ 자신이 했던 나쁜 일은 모두 기억하라. 앞으로 나쁜 일을 하지 않는 데 도움이 될 것이다. 그러나 자신이 했던 선한 일을 떠올리는 것은 선한 일을 하는 데 방해가 된다.

1월 12일

신과 세계에 대한 타인의 관계를 대신 결정할 권리가 자신에게 있다고 생각하는 사람들이 있다. 반면에 그 권리를 타인에게 넘겨주고 그들의 말을 맹신하는 수많은 사람이 있다. 양쪽 다 죄를 범하고 있다.

1 모든 종교적 문제는 이미 해결되었고 모든 교리는 이미 확립되었다고 믿고 이내 그러한 해결과 교리 확립에 관여하는 사람들 손에 자신을 맡기는 사람들이 있다.

다른 사람들이 그처럼 확고하게 자신의 고유한 일이라 생각하는 걸 왜 신경써야 하는가? 그들에게 내 몫을 맡기면, 나는 하루 스물네 시간을 만족과 쾌락으로 채우고 기분 좋은 꿈에 취해 몇 년이고 지낼 수 있을 텐데 하는 것이다.

그것으로 만족하는 어리석은 사람들은 대개 자신들에게 주입된 것을 평가하지도 않는다.

맹목적인 신앙으로 만들어진 무쇠 멍에의 압인押印이 오랫동안 우리의 목 위에 남게 될까봐 나는 두렵다.   밀턴

2 인간이 도덕적 자주성을 포기했을 때, 내면의 목소리가 아니라 계급

이나 당파의 견해를 좇아 자신의 의무를 한정할 때, 자신은 수천만 중 하나에 지나지 않는다는 이유로 개인의 책임을 떨쳐버렸을 때, 그때부터 그는 도덕적 힘을 상실한다. 이제 그는 오직 신만이 할 수 있는 일을 다른 이들에게서 기대하고, 신의 권좌에 한낱 인간의 지혜로 만든 조잡한 명령서를 놓는 인간이 된다. 채닝

3 우리는 모두 어린아이와 같다. 처음에는 할머니의 말을 반박할 수 없는 진리처럼 되풀이한다. 그다음에는 교사들의 말을, 성장한 뒤에는 유명 인사들의 말을 반박할 수 없는 진리처럼 되풀이한다.

우리는 그들의 말을 줄줄 외우려고 얼마나 애쓰고 있는가! 그러나 우리가 스승들이 서 있던 경지에 도달해 그들이 했던 말의 의미를 이해하게 되면, 우리의 환멸은 너무도 강해서 그것을 모두 잊길 바라게 된다. 에머슨

4 거짓 예언자들을 조심하여라. 그들은 양의 탈을 쓰고 너희에게 나타나지만 속에는 사나운 이리가 들어 있다. 너희는 행위를 보고 그들을 알게 될 것이다. 가시나무에서 어떻게 포도를 딸 수 있으며 엉겅퀴에서 어떻게 무화과를 딸 수 있겠느냐? 이와 같이 좋은 나무는 좋은 열매를 맺고 나쁜 나무는 나쁜 열매를 맺게 마련이다. 좋은 나무가 나쁜 열매를 맺을 수 없고 나쁜 나무가 좋은 열매를 맺을 수 없다. 좋은 열매를 맺지 못하는 나무는 모두 찍혀 불에 던져진다. 그러므로 너희는 그 행위를 보아 그들이 어떤 사람인지 알게 된다. 「마태복음」7:15~20

5 우리는 성현들이 남긴 것을 이용할 수 있다. 그러나 자신의 이성으로 무엇을 취하고 버릴지 선택해야 한다.

／ 인간은 세계와 신에 대한 관계를 각자 스스로 설정해야 한다.

1월 13일

신앙이란 삶의 의미를 이해하는 일이고 그 이해에서 파생한 의무들을 인식하는 일이다.

1 선한 사람이란 어떤 사람일까? 신앙을 가진 사람이다. 그렇다면 신앙이란 무엇일까? 자기 의지와 양심의 조화, 자기 의지와 보편적 지혜의 조화다.

중국 불교의 금언

2 신앙의 목적은 사람을 선하게 하는 데만 있지 않다. 선한 사람의 신앙은 그를 언제나 편안하고 기쁘게 하는 높은 경지로 올려준다.

레싱에 의함

3 신에게 자신을 맡기는 것이 무엇보다 중요하다. 우주의 질서 안으로 들어가 세계와 운명의 실타래를 푸는 일은 신에게 맡겨라. 소멸이든 불멸이든 놔두어라. 오지 않으면 안 될 것이 오리라. 올 것은 복이리

라. 삶의 길을 완주하는 데 선에 대한 믿음 외에는 아무것도 필요하지 않다.

아미엘

4 두 가지 평화가 있다. 하나는 소극적 평화다. 그것은 번민으로 고달픈 소란이 사라진 것일 뿐이다. 전쟁 뒤의 평온, 태풍 뒤의 평온이다. 다른 하나의 평화는 더욱 완전한 영혼의 평화로, 소극적 평화는 그것의 서곡에 지나지 않는다. 그것은 모든 것을 이해하는 정신적 평화이고, 그것의 진정한 이름은 "신의 나라가 우리 안에 있다"이다. 종교가 우리에게 주는 평온은 영혼의 평화다. 신과 세계와의 의식적 합일, 모든 존재자와의 사랑의 결합이다. 순수하고 순결한 모든 것에 대한 애정이고, 사리사욕을 버릴 수 있는 능력이다. 우주의 정신과 삶에 참여하는 일이고, 자신의 의지와 무한한 근원의 완전한 조화다. 그 속에 인간의 참된 평화와 행복이 있다.

채닝

5 사람들은 최후의 날에 심판이 열리고 선한 신도 대로할 거라고 말한다. 그러나 선한 신에게서는 선 외에 아무것도 나올 수 없다. 두려워하지 마라. 최후의 날에는 기쁨이 충만할 것이다. 세상에 신앙이 넘치더라도 진실한 신앙은 오직 하나, 신은 사랑이라는 것뿐이다. 사랑에는 선 외에 아무것도 있을 수 없다.

페르시아의 격언

6 사람들은 묻는다―죽음 뒤에 무엇이 존재합니까? 이 물음에는 다음과 같이 대답해야 한다―만일 네가 혀가 아니라 마음으로 이렇게 말한다면, 죽음 뒤에 무엇이 존재하는지 생각할 필요가 없다. 아버지의

뜻이 하늘에서와 같이 땅에서도 이루어지게 하소서, 즉 신의 뜻이 찰나의 삶에서처럼 영원한 삶에서도 이루어지게 해달라고 기도한다면. 영원한 존재의 의지에 자신을 맡겨라. 그 의지가 사랑임을 안다면 두려울 것이 뭐가 있겠는가?

그리스도는 죽기 전에 말했다.

"아버지시여! 당신 손에 제 영혼을 맡깁니다." 이 말을 그저 혀가 아니라 온 마음으로 말할 수 있다면 더이상 아무것도 필요하지 않다.

내 영혼이 아버지에게 돌아간다면, 이제 내 영혼에는 좋은 일 외에 아무것도 있을 수 없다.

7 진정한 신앙을 가지려면 자기 안에서 신앙을 길러야 한다. 그리고 그것을 기르려면 신앙의 일을 해야 한다.

신앙의 일의 본질은 위대한 업적이 아니라 눈에 띄지 않을 만큼 하찮지만 오직 신을 위해 하는 일들 속에 있다.

"인간은 모두 홀로 죽는다"고 파스칼은 말했다. 진정한 삶이란 사람들 앞이 아니라 오직 신 앞에서 홀로 사는 것이다.

/ 신앙 없이는 영혼의 평화를 찾을 수 없다.

1월 14일

자기 자신 속에서 사랑할 수 있는 것은 모든 사람 속에 있는 동일한 한 존재뿐이다. 모든 사람 속에 있는 동일한 한 존재를 사랑하는 것은 곧 신을 사랑하는 것이다.

1 "선생님, 율법서에서 어느 계명이 가장 큰 계명입니까?" 하고 물었다.
   예수께서 이렇게 대답하셨다. "'네 마음을 다하고 목숨을 다하고 뜻을
   다하여 주님이신 너희 하느님을 사랑하여라.' 이것이 가장 크고 첫째
   가는 계명이고, '네 이웃을 네 몸같이 사랑하라' 한 둘째 계명도 이에
   못지않게 중요하다. 이 두 계명이 모든 율법과 예언서의 골자다."

   「마태복음」 22:36~40

2 사람이 사는 것은 각자가 자신을 많이 생각하기 때문이 아니라 사람
   들 안에 사랑이 있기 때문이다.
   　신은 사람들이 뿔뿔이 흩어져 살길 바라지 않는 것 같다. 그렇기
   때문에 우리 각자에게 무엇이 필요한지 계시하지 않은 것이다. 신은
   사람들이 뭉쳐서 살아가길 바라는 것 같다. 그렇기 때문에 모든 사람
   에게 한결같이 필요한 것을 계시한 것이다.
   　사람들은 각자 스스로를 위하기 때문에 살아간다고 생각한다. 그
   러나 사람은 사랑이 있기 때문에 사는 것이다. 만일 사랑이 없다면
   한 아이도 자라지 못하고 한 사람도 살아남지 못할 것이다.

3 사람들은 사랑으로 산다. 자기 자신에 대한 사랑은 죽음의 시작이고 신과 인
   류에 대한 사랑은 삶의 시작이다.

4　하느님은 사랑이다. 사랑 안에 있는 사람은 하느님 안에 있고 하느님도 그 사람 안에 있다. 하느님을 본 사람은 아무도 없다. 그러나 우리가 서로 사랑한다면 하느님은 우리 안에 있고 그 완전한 사랑도 우리 안에 있다. 하느님을 사랑한다면서 자기 형제를 미워하는 사람은 거짓말쟁이다. 실제로 눈에 보이는 형제를 사랑하지 않는 자가 어떻게 눈에 보이지도 않는 하느님을 사랑할 수 있겠는가? 형제들이여, 서로 사랑하라. 사랑하는 사람은 하느님으로부터 나며 하느님을 알고 있다. 하느님은 사랑이기 때문이다. 사랑 안에 있는 사람은 하느님 안에 있고 하느님도 그의 안에 있다. 　　　　　　「요한1서」4장

5　자기 형제를 용서할 수 없는 사람은 형제를 사랑하지 않는 것이다. 참된 사랑은 무한하다. 참된 사랑이라면 용서하지 못할 모욕은 없다.

6　마음에 드는 사람만 사랑하는 것은 사랑이 아니다. 진정한 사랑은 사람들 안에 있고 네 안에도 있는 신을 사랑하는 것이다. 그러한 사랑으로 가족과 너를 사랑하는 사람뿐만 아니라 마음에 들지 않는 사람, 악한 사람, 너를 미워하는 사람까지도 사랑하라. 그들을 사랑하려면 그들도 너와 똑같이 자기 자신을 사랑한다는 것을 기억하라. 그 사람 안에도 네 안에 있는 것과 똑같은 신이 있다는 것을 기억하라. 이것을 기억한다면 상대방을 어떻게 대해야 할지 알 수 있다. 이것을 깨닫는다면 그들을 사랑할 수 있고, 그렇게 사랑할 수 있다면 그 사랑은 훨씬 큰 기쁨으로 돌아올 것이다.

／ 사랑은 우리 삶의 근원은 아니다. 사랑은 결과이지 원인이 아니다. 원인은 자기 안에 있는 신적이고 정신적인 근원에 대한 의식이다. 그것이 사랑을 요구하며 사랑을 낳는다.

회개한 죄인

"예수님, 예수님께서 왕이 되어 오실 때 저를 꼭 기억해주십시오" 하고 간청
하였다. 예수께서는 "오늘 네가 정녕 나와 함께 낙원에 들어갈 것이다" 하고
대답하셨다.
「누가복음」 23:42~43

옛날 어느 곳에 일흔 살 노인이 살았다. 그는 한평생 온갖 죄를 저질
렀다. 그러다가 병에 걸렸지만 끝내 뉘우치지 않았다. 마침내 죽음이
찾아온 마지막 순간 그는 울음을 터뜨리며 말했다. "주여! 당신은 도
둑에게도 십자가를 주십니다, 저를 도와주십시오!" 이 말을 마치자마
자 그의 영혼은 육체를 떠났다. 죄인의 영혼은 신을 그리워하고 신의
자비를 믿으며 천국의 문에 당도했다.

죄인은 문을 두드리며 들어가게 해달라고 부탁했다.

문 뒤에서 목소리가 들려왔다. "천국의 문을 두드리는 자가 누구인
가? 저자는 살아생전 어떤 일을 했는가?"

천국 고발인의 목소리가 대답했고, 고발인은 그가 저지른 온갖 죄
를 늘어놓았다. 선행은 하나도 말하지 않았다.

그러자 문 뒤에서 또다른 목소리가 대답했다. "죄인은 천국에 들어
올 수 없다. 여기서 썩 물러가라."

죄인은 말했다. "주여! 당신의 목소리는 들리는데 얼굴도 보이지
않고 이름도 모르나이다."

그러자 목소리가 대답했다. "나는 사도 베드로다."

죄인은 말했다. "저를 불쌍히 여겨주십시오, 사도 베드로님, 인간의
나약함과 신의 자비로움을 생각해주십시오. 당신은 그리스도의 제자

가 아니셨던가요, 당신은 그분의 가르침을 직접 들었고 그분이 평생 보여주신 삶의 모범을 보지 않으셨던가요? 떠올려보십시오. 언젠가 그분이 괴로움과 슬픔에 잠겨, 당신에게 잠들지 말고 기도해달라고 세 차례나 청하지 않으셨던가요. 그런데 당신은 눈꺼풀이 무거워 잠들고 말았고, 그분은 잠이 든 당신을 세 차례나 보셨습니다. 저도 그와 마찬가지입니다.

또 이런 일도 떠올려보십시오, 당신은 죽는 한이 있어도 절대로 그분을 버리지 않겠다고 굳게 약속해놓고는 그분이 가야파의 집으로 끌려가셨을 때 세 번이나 부인하셨습니다. 저도 그와 마찬가지입니다.

또 이런 일도 떠올려보십시오, 그때 당신은 닭이 울기 시작하자 그곳을 떠나 슬프게 울음을 터뜨렸습니다. 저도 그와 마찬가지입니다. 저도 천국에 들어가게 해주셔야 합니다."

그러자 천국문 뒤의 목소리는 잠잠해졌다.

죄인은 잠시 서 있다가 또다시 문을 두드리고 천국에 들어가게 해달라고 간청했다.

그러자 문 뒤에서 다른 목소리가 들려왔다. "저자는 누구인가, 저자는 세상에서 어떻게 살았는가?"

고발인의 목소리가 이에 또 대답했고 죄인이 저지른 온갖 나쁜 일을 되풀이했다. 그리고 선행은 하나도 말하지 않았다.

그러자 문 뒤에서 목소리가 대답했다. "여기서 썩 물러가지 못하겠느냐, 죄인들은 천국에서 우리와 함께 살 수 없다."

죄인은 말했다. "주여! 당신의 목소리는 들리는데 얼굴도 보이지 않고 이름도 모르나이다."

그러자 그 목소리가 대답했다. "나는 예언자 다윗왕이다." 죄인은 절망하지 않았다. 그리고 천국문에서 물러서지도 않고 말하기 시작했다. "저를 가엾게 여겨주십시오, 다윗왕이시여, 그리고 인간의 나약함과 신의 자비로움을 생각해주십시오. 신은 당신을 사랑하셨고 사람들 앞에서 높이 끌어올려주셨습니다. 당신은 왕국도 영예도 부도 아내들도, 모든 것을 가지고 계셨습니다. 그런데 당신은 지붕에서 가난한 자의 아내를 보시고는 마음속에서 죄가 싹터 가난한 우리야의 아내를 빼앗고 암몬 자손의 칼로 그자를 죽였습니다. 당신은 부유하시면서도 가난한 자의 손에서 마지막 양을 빼앗고 그자를 죽였습니다. 저도 그와 똑같은 짓을 했던 것입니다. 그런 다음 당신이 어떻게 뉘우쳤는지 떠올려보십시오, 이렇게 말씀하셨습니다―나는 내 죄를 알고 있고 내 죄를 더없이 슬퍼하고 있다. 저도 그와 마찬가지입니다. 저도 천국에 들어가게 해주셔야 합니다."

또다시 천국문 뒤의 목소리는 잠잠해졌다.

죄인은 잠시 서 있다가 또다시 문을 두드리고 천국에 들여보내달라고 간청했다. 그러자 문 뒤에서 세번째 목소리가 들렸다. "저자는 누구인가? 저자는 세상에서 어떻게 살아왔는가?"

고발인은 대답했고 세번째로 그의 죄를 하나하나 들추고 선행은 하나도 말하지 않았다.

그러자 문 뒤에서 목소리가 말했다. "여기서 당장 물러가거라. 죄인은 천국에 들어올 수 없다."

죄인은 대답했다. "당신의 목소리는 들리는데 얼굴도 보이지 않고 이름도 모르나이다."

목소리가 대답했다. "나는 그리스도가 사랑하는 제자, 사도 요한이다."

그러자 죄인은 기뻐하며 말했다. "이제는 저를 천국에 들여보내주지 않을 수 없게 되었군요. 베드로님과 다윗왕께서는 인간의 나약함과 신의 자비로움을 알고 계시니 저를 들여보내주실 겁니다. 그리고 당신에게는 많은 사랑이 있기 때문에 저를 들여보내주실 겁니다. 사도 요한님, 당신은 복음서에 신은 사랑이며 사랑하지 않는 자는 신을 모르는 사람이라고 쓰지 않으셨던가요? 노년에 이르러 '형제들이여, 서로 사랑하라!' 하고 사람들에게 말씀하신 것도 당신이 아니시던가요? 그런 당신이 지금에 와서 어떻게 저를 미워하고 몰아내시겠습니까? 당신이 하신 말씀을 부정하거나 저에게 사랑을 베풀어 천국에 들여보내주거나 하십시오."

그러자 천국의 문이 열렸고 요한은 회개한 죄인을 껴안으며 천국으로 들였다.

레프 톨스토이

1월 15일

그리스도의 가르침의 근본적 의미는 신의 아들인 인간과 아버지인 신이 직접 소통하는 데 있다.

1 그리스도의 가장 본질적인 특징이 무엇이냐 묻는다면, 나는 인간 영혼의 위대함에 대한 그의 신념이라 대답하겠다. 그리스도는 인간 속에서 신성의 반영과 형상을 보았다. 그러므로 누가 되었건, 어떻게 살건, 어떤 성격이건 모든 인간을 사랑했다. 예수는 물질의 막을 꿰뚫어 들여다보았고 육신은 그 앞에서 사라져버렸다. 부자의 옷과 가난한 자의 누더기를 뚫고 그 안의 영혼을 들여다보았다. 그리고 무지의 암흑과 죄의 얼룩 한가운데서 무한히 발전할 수 있는 힘과 완성의 싹을, 불멸하는 영적 본성을 보았다. 극도로 타락한 자 안에서도 빛의 천사로 바뀔 수 있는 본성을 보았다. 게다가 그는 자기 안에도 누구에게나 있는 것 외에 특별한 것은 아무것도 없다는 것을 느끼고 있었다.

채닝

2 집단이든 개인이든 편견에서 벗어난다고 곧장 도덕적 장애가 줄어드는 것은 아니다. 다만 조잡한 생활 지침이 조금 고결한 것으로 대체될 뿐이다. 불쌍한 영혼들은 그런 일이 일어날 때마다 의지할 곳을 잃어버린다. 그러나 그것은 절대 나쁜 일도 위험한 일도 아니다. 다만 성장일 뿐이다. 어린아이는 혼자서 걷는 법을 배워야 한다. 습관적으로 믿어오던 미신을 잃은 사람은 처음에는 자신을 길 잃은 고독한 존재로 느낀다. 그러나 외적인 지주를 잃은 사람은 자신의 내면으로 쫓겨 들어가게 되고 그것이 결국 그 사람을 강하게 만든다. 그는

자신이 신과 마주하고 있다는 것을 느끼게 된다. 책이 아니라 자신의 영혼 안에서 가르침의 의미를 읽는다. 그렇게 그의 작은 예배당은 창 궁에 닿는 커다란 성소가 된다.

에머슨

3 신을 인식하는 것은 지적 인식 또는 신앙에 기초를 둔 도덕적 인식일 수 있다. 지적 인식은 취약해 위험한 오류에 빠지기 쉽다. 한편 도덕적 인식은 도덕적인 행위를 요구하는 자질만을 신에게 속한 것으로 여긴다. 그런 신앙이야말로 자연적인 동시에 초자연적이다.

칸트에 의함

4 **도덕적인 삶만이 아니라 도덕 이상의 것을 추구하라.**

소로

/ 신, 즉 너희 안에 살고 있는 영혼과 너희 사이에 있는 모든 것을 두려워하라.

1월 16일

삶에서 쌓이는 악의 주된 원인은 거짓된 신앙이다.

1 인간은 삶의 불합리한 것들을 합리적인 것으로 이끌어야 한다. 이를 위해서는 두 가지가 필요하다.

1) 삶의 불합리가 어떤 것이든 있는 그대로 바라보고 외면하지 말 것.

2) 삶의 가능한 합리성을 순수하게 인식할 것.

온갖 불합리한 것, 그리고 거기서 파생되기 마련인 삶의 불행을 인식하면 인간은 자기도 모르게 그것에서 멀어진다. 반면에 합리적인 삶의 가능성을 뚜렷이 인식할 때는 자기도 모르게 그것을 향해 정진한다. 불합리에서 오는 악을 숨기지 않고 합리적인 삶의 미덕을 분명하게 밝히는 것은 인류 모든 스승의 과제였다.

그러나 그 모세의 자리에 언제나 악행 때문에 밝은 곳으로 나오지 못하는 사람들이 앉아 있다. 자신을 세상의 스승이라고 자칭하는 그들은 현재 삶의 불합리성과 이상적 삶의 합리성을 밝히려고 애쓰지 않는다. 오히려 현재 삶의 불합리성을 은폐하고 이상적 삶의 합리성에 대한 믿음을 해치려고 기를 쓴다. 그러한 목적으로 경찰이나 군대, 형법, 감옥, 고아원, 양로원, 보육원, 유곽, 정신병원, 병원, 보험회사를 비롯해 강제로 징수한 세금으로 설립된 온갖 교화시설과 소년원, 그 밖의 온갖 기관이 존재하며 작동하고 있는 것이다.

그런 기관들은 모두 악을 은폐할 뿐 아니라 새로운 악을 낳으며, 자신들이 제거하고 있다고 여기는 악을 오히려 눈덩이처럼 불리고 있다.

악을 은폐하기 위해 악을 늘리기만 하는 온갖 기관에 쏟는 노력의 천분의 일이라도 그 악에 맞서는 데 기울인다면, 우리에게 분명해진 악은 파멸할 것이다.

2 우리는 사회적 현상들을 주의깊게 살펴야 한다. 의견을 바꿀 줄도 알아야 하고, 고루한 사고방식에서 벗어나 새로운 것을 받아들일 수도

있어야 한다. 편견을 버리고 완전히 자유로운 이성으로 판단해야 한다. 풍향도 살피지 않고 언제나 똑같은 돛을 다는 사공은 결코 가고자 한 항구에 도착하지 못한다. 헨리 조지

3 노동자와 자본가의 관계를 개선하기 위해서는 "눈에는 눈으로, 이에는 이로" 같은 고색창연한 모세의 법을 버리고 삶 속에 사랑의 법칙을 끌어들여야 한다. 즉 내가 남에게 바라는 대로 남을 대해야 한다. 루시 맬러리

4 사람들이 지금의 모습을 바꾸지 않는 한 어떠한 강제적 개혁으로도 악을 바로잡을 수 없다. 악을 교정하는 것은 삶의 형식적 변화가 아니라 오로지 선과 합리적인 삶을 널리 보급하는 데 달렸다.

5 우리 각자가 빠진 무서운 기만을 명백히 알고 싶다면 그리스도의 가르침을 있는 그대로 단순하게 받아들여야 한다.

／ 거짓된 신앙의 요구에 복종하는 것이야말로 인간을 불행하게 하는 가장 큰 원인이다.

1월 17일

내적인 사명을 수행하며 영혼을 위해 사는 인간은 자기도 모르는 사이에 가장 실제적인 방법으로 사회의 개선에 이바지한다.

1 사람들이 내적으로 자신을 해방시키지 않는 한 그들을 외적으로 해방시킬 수 없다.

게르첸

2 공상가는 종종 미래를 정확히 예측하지만 기다리려고 하지 않는다. 필사적으로 그 미래를 앞당기고 싶어한다. 자연에게는 수천 년이 필요한 일인데 그는 자신이 살아 있는 동안 실현되길 바란다.

레싱

3 불우한 처지이면서 너희는 왜 스스로를 헛되이 괴롭히는가? 너희는 선을 바라지만 그것을 어떻게 얻어야 하는지 모른다. 생명을 내어줄 수 있는 자만이 그것을 누릴 수 있다는 것을 알아야 한다. 신 없이는 아무것도 얻을 수 없다. 너희는 고난의 침상에서 꼼지락거리며 과연 무엇을 발견했는가? 너희는 폭군들을 파멸시켰으나 전보다 훨씬 더 악랄한 폭군들이 나타났다. 너희는 노예제도를 폐지하였으나 너희에게는 새로운 피의 제도, 새로운 노예제도가 주어졌다. 신과 너희 사이에 나타나는 사람들을 믿지 마라. 그들의 그림자는 너희에게서 신을 가려버린다. 그들은 나쁜 의도를 가지고 있다. 모든 것을 해방하는 힘은 오직 신에게서 나오고 모든 것을 결합하는 사랑도 오직 신에게서 나오기 때문이다. 자신의 생각과 의지만을 따르는 자가 너희를 위해 무엇을 할 수 있겠는가? 설령 그가 선량한 의도를 가지고 선

을 바랐다고 하더라도 역시 그는 너희에게 법 대신 자신의 의지를, 원칙 대신 자신의 사상을 강요할 것이다. 폭군은 모두 그렇게 한다. 하나의 폭력을 다른 폭력으로 대체하기 위해 뭔가를 파괴하는 것은 소용없다. 자유는 지배자가 바뀌는 것이 아니라 아무도 지배하지 않음으로써 성립한다. 신이 지배하지 않는 곳에서는 인간이 지배한다. 신의 나라는 지성에 정의가 있고, 마음에 자비가 있는 나라다. 이 나라의 기초는 그리스도가 선포한 법에 대한 믿음, 즉 자비의 법과 정의의 법에 대한 믿음이다. 정의의 법은 아버지인 신, 유일한 스승인 그리스도 앞에서는 모두가 평등하다고 가르친다. 자비의 법은 우리 모두가 한 아버지의 아이들이며 한 스승의 제자들이니 서로 사랑하며 도우라고 가르친다.

만일 너희에게 "우리 이전에는 아무도 정의가 무엇인지 몰랐다. 정의는 우리에게서 나온다. 우리를 믿어라. 그러면 너희가 만족할 정의를 세워주겠다"고 말하는 사람들이 있다면 그들은 너희를 속이고 있는 것이다. 만약 그것이 진심이라면 자기 자신을 속이고 있는 것이다. 왜냐하면 그들은 너희가 그들을 주인으로 인정하기를 바라기 때문이다. 그때 너희의 자유는 새 주인에 대한 순종일 뿐이다. 그들에게 너희의 주인은 오직 신뿐이고, 너희는 다른 주인을 바라지 않으며 오직 신만이 너희를 자유롭게 할 수 있다고 대답하라.　　　　라므네

4　물이 한쪽 관에서 다른 쪽 관을 타고 용량이 똑같아질 때까지 절로 흘러들어가듯 지혜도 가득찬 사람에게서 그렇지 않은 사람에게로 흘러갈 수 있는 것이라면 얼마나 좋을까. 그러나 슬프게도 남의 지혜를 받아들이려면 자기가 스스로 노력해야 한다.

5 남에게 선을 가르칠 수 있는데도 하지 않는다면, 형제를 잃게 될 것이다.

중국의 격언

／ 네 영혼을 개선하고 완성하면서 삶의 일에 힘써라. 그것이 가장 효과적으로 사회의 개선에 이바지하는 방법이다.

1월 18일

지혜로운 사람은 자기 삶의 사명을 아는 사람이다.

1 학자는 독서로 많은 지식을 얻은 사람이다. 교육받은 사람은 당대에 가장 널리 보급된 지식과 수단을 자기 것으로 만든 사람이다. 지혜로운 사람은 **자기 삶의 의미를** 아는 사람이다.

2 인류가 존재한 이래 언제나 모든 민족에게는 교사들이 나타났다. 그들은 인간에게 가장 필요한 학문을 성취했다. 개인과 모든 인간의 사명, 진정한 행복은 어디에 있는가를 가르쳤다. 오직 이 학문을 통해서만 인간은 다른 모든 지식의 의의를 판단할 수 있다.

학문의 대상은 **셀 수 없이** 많다. 모든 인간의 사명과 행복이 어디에 있는가에 대한 지식이 없으면 수없이 많은 대상 중에서 뭔가를 선택할 수도 없다. 그렇다면 그 밖의 모든 지식과 예술은 오늘날 그리스도교 세계에서 그렇듯 유해무익한 놀이가 되고 만다.

3 모든 시대의 성현들이 이해했던 것과 반대되는 오늘날 사람들의 무분별한 삶에 대한 유일한 변명은 이것이다. 오늘의 젊은 세대들은 수많은 어려운 테마, 이를테면 천체의 위치라든가 수백만 년 동안의 지구 상태라든가 생물의 기원 같은 것을 배운다는 것이다. 그러나 우리 모두에게 필요하고 언제나 필요한 오직 하나, 즉 삶의 의미란 무엇인가, 어떻게 살아야 하는가, 고대의 지혜로운 사람들은 이 문제를 어떻게 생각하고 해결했는가는 배우지 않는다. 이러한 것을 배우기는 커녕 하느님의 율법이란 명목 아래 가르치는 사람들조차 믿지 않는 명백한 헛소리들을 배우고 있다. 우리의 삶이라는 건물의 기초에는 주춧돌 대신 바람만 가득한 풍선이 놓여 있다. 이 건물이 어찌 무너지지 않겠는가?

4 오늘날 우리는 학자, 교양인, 현자로 자처하지만 필요 없는 지식으로만 꽉 찬 채 사실은 캄캄한 무지에 갇혀 있는 사람들을 흔히 본다. 그들은 삶의 의미도 모르면서 도리어 모른다는 것을 자랑한다. 그러나 주기율표도, 시차視差도, 라듐의 특성 같은 것도 전혀 모르는, 교육 수준이 낮거나 아예 교육을 받지 못한 사람들 중에 오히려 자기 삶의 의미를 알면서 그것을 자랑하지 않는 진짜 현자를 드물지 않게 만날 수 있다. 그들은 끝없는 자만으로 자신의 무지를 더욱 굳혀가는 가짜 현자들을 가엾게 바라볼 뿐이다.

✒ 학문에서 유일하게 필요한 것은 사람은 어떻게 살아야 하는가에 대한 앎이다. 이 앎은 모두에게 열려 있다.

1월 19일

외적인 삶은 오직 자기부정에 의해서만 개선될 수 있다.

1 제비 한 마리가 봄을 부르는 것은 아니라는 말이 있다. 그렇다고 해
서 이미 봄을 느낀 제비가 날지 않고 마냥 기다릴 수 있을까? 온갖
꽃봉오리와 풀잎도 그렇게 기다리기만 한다면 봄은 결코 오지 않을
것이다. 마찬가지로 우리도 신의 나라를 세우기 위해 자신이 첫번째
제비인지 천번째 제비인지 생각할 필요가 없다.

2 하늘과 땅은 영원하다. 그것이 영원한 것은 자신을 위해 존재하기 시
작한 것이 아니기 때문이다.
　마찬가지로 성인도 자기 자신으로부터 벗어남으로써 영원해진다.
그는 영원해짐으로써 강력해지고 자신에게 필요한 모든 것을 수행
한다. 노자

3 개인적 삶이든 사회적 삶이든 법칙은 하나다. 나아지길 바란다면 언제든 그
것을 버릴 준비를 해야 한다는 것이다.

4 지상에서 일어났던 어떤 투쟁보다 더 큰 선악의 투쟁이 시작될 조짐
을 기다리고 있는 오늘날, 세계의 곳곳에서 이미 둔탁한 천둥소리가
들리고 있는 오늘날, 신의 군대와 악마의 군대가 충돌할 때가 다가왔
다는 것을, 인류의 운명이 해방일지 예속일지가 그 충돌의 결과에 달

렸다는 것을 모든 이가 느끼고 있는 오늘날과 같이 엄숙한 시대에는 무엇보다 다음의 것을 기억해야 한다. 사람들을 구하기 위해 선구자의 본보기를 좇아 스스로 가난을 선택한 자만이 신의 군대에서 전사의 신분을 얻을 수 있다. 그런 사람은 자신이 안일해지지 않기 위해, 오늘은 여기에 내일은 저기에 위험이 있고 싸움이 벌어지는 곳이면 어디로든 갈 수 있도록 충분한 준비를 갖추기 위해, 죽은 자들을 묻는 일은 죽은 자들에게 맡기기 위해, 모든 관계를 끊고 복종할 대상도 갖지 않는다. 죽은 자들이란 덧없는 일상의 번민과 물욕에 사로잡혀 자기 안에 해방을 구하는 영혼이 있다는 것도, 산다는 것이 곧 싸우는 것이요 죽는 것이며 오직 그것을 통해서만 위대한 자유가 성취된다는 것을 모르는 사람들이다.　　　　　　　　　　　　　　라므네

5　인간의 자기완성은 자기 자신에게서 얼마나 해방되었는가에 따라 가늠된다. 자아에서 해방될수록 인간은 더욱 완성에 가까워진다.

／ 희생 없이 삶을 개선하려는 시도는 모두 헛되다. 그러한 시도는 개선의 가능성을 없앨 뿐이다.

1월 20일

삶과 죽음은 두 개의 경계선이다. 이 경계선 너머에 뭔가가 있다.

1 죽은 뒤 영혼이 어떻게 될까를 생각한다면, 태어나기 전의 영혼에 대해서도 생각하지 않을 수 없다. 만일 네가 어딘가로 간다면, 틀림없이 어딘가에서 온 것이다. 삶도 마찬가지다. 네가 이 삶으로 왔다면, 분명 어딘가에서 온 것이다. 만약 죽은 뒤에도 살게 된다면 그전에도 살았던 것이다.

2 우리는 죽은 뒤 어디로 갈까? 왔던 곳으로 돌아간다. 우리가 왔던 곳에는 '나'라고 하는 것이 존재하지 않았다―우리는 우리가 어디에 있었는지, 거기 얼마나 오래 있었는지, 거기 무엇이 있었는지 기억하지 못한다. 만일 우리가 죽은 뒤에 왔던 곳으로 돌아가는 거라면 죽음 뒤에도 우리가 '나'라고 부르는 것은 없을 것이다.

그러므로 우리는 우리가 죽은 뒤의 삶이 어떨지 결코 알 수 없다. 다만 한 가지 확실한 것은 태어나기 이전이 나쁘지 않았던 것처럼 죽은 뒤에도 나쁠 리 없다는 것이다.

3 훌륭한 삶을 살아간다면 지금 이미 행복하므로 삶이 끝난 뒤를 생각하지 않을 것이다. 죽음에 대해 생각하더라도 지금의 삶이 훌륭하다면 죽은 뒤에도 역시 훌륭할 거라 믿을 것이다. 신은 선하고 우리에게 최선을 다하고 앞으로도 그럴 거라 믿는 것이 천국의 복락을 믿는 것보다 훨씬 더 든든한 마음의 평화를 준다.

4 태어날 때 우리의 영혼은 육체라는 무덤에 들어간다. 이 무덤은 끊임없이 허물어지지만 영혼은 점점 더 자유로워진다. 육체가 사멸할 때 영혼은 완전히

✎ 삶이 끝난 뒤에 어떻게 될 것인지 점치지 마라. 지금의 삶에서 우리가 이성과 마음으로 알고 있는, 우리를 세상에 보낸 이의 의지를 실천하기 위해 노력하기만 하면 된다.

1월 21일

이성이 견고해지고 번뇌가 가라앉을수록 신과 이웃에 대한 사랑이라는 영혼의 생활은 자유로워진다. 의식적으로 그것에 협력하는 사람은 행복하다.

1　만일 어떤 사람이 집에 지붕을 이고 창문을 다는 대신 비바람이 칠 때마다 바깥으로 나가 비바람을 맞으며 비구름에 대고 하나에게는 오른쪽으로 가라, 하나에게는 왼쪽으로 가라 하고 화내며 호령하는 것을 본다면, 우리는 틀림없이 그를 미친 사람이라고 할 것이다. 그러나 우리 모두가 그렇게 하고 있다. 우리는 자기 안의 악을 뿌리 뽑으려는 노력은 하지 않으면서 다른 사람들이 저지르고 있는 악에 대해서는 욱하며 화를 낸다. 그러나 자기 안의 악에서 벗어나는 것, 즉 집에 지붕을 이고 창문을 다는 것은 우리의 힘이 미치는 일이지만, 세상의 악을 근절하는 것은 비구름에 대고 명령하는 것과 마찬가지로 우리의 힘이 미치지 못하는 일이다. 남을 가르치는 대신 이따금이라도 자신을 가르치려고 노력한다면, 세상의 악은 줄어들고 삶은 개

선될 것이다.

2 과오와 실책이 있더라도 실망하지 마라. 자신의 과오를 깨닫는 것만큼 교훈이 되는 일도 없다. 그것은 자신을 교육하는 가장 좋은 방법 중 하나다.

칼라일

3 남의 걱정거리로부터 너의 마음을 지켜라. 너와 상관없는 일에 참견하지 마라. 그러기보다는 자신을 바로잡고 자기완성의 길을 바르게 나아가도록 노력하라.

『성현의 사상』

4 선조의 삶이 인류의 유산이 되는 것과 마찬가지로, 우리의 삶도 우리 자신에게 도덕적 유산이 된다. 우리가 행한 위대한 행위는 남은 삶을 고무하는 동기가 된다.

조지 엘리엇

5 사소한 악행도 그냥 넘기지 마라. '이번에는 했지만 앞으로는 하지 않겠다'는 것은 거짓말이다. 한 번 저지른 죄를 다시 되풀이하지 않기는 매우 어렵다. 선행에 대해서도, 노력할 것도 없고 원하면 언제라도 할 수 있는 쉬운 일이라고 생각하지도 말하지도 마라. 아무리 사소한 선행도 선한 삶을 살아가는 데 힘이 된다. 악행은 그런 힘을 앗아간다.

6 오래된 사과나무에서 잘 익은 사과가 어린 사과나무 옆에 떨어졌다. 어린 사과나무가 잘 익은 사과에게 말을 건넸다. "안녕, 사과님, 당신도 얼른 썩어 나처럼 되길 바랍니다." "그게 그렇게 좋거든 너나 썩어, 이 맹추야." 익은 사과가 말했다. "아니, 네 눈에는 내가 얼마나 빨갛고 곱고 단단하고 수분을 듬뿍 머금었는지 안 보이는 거냐. 썩고 싶기는커녕, 기뻐하고 싶다." "하지만 당신의 아름다움, 당신의 육체는 잠깐의 껍데기일 뿐이에요. 거기에는 생명이 없어요. 생명은 오직 당신 안에, 당신은 모르고 있는 그 씨 속에 있는 거예요." "무슨 씨가 있다는 거야, 다 쓸데없는 소리" 하고 익은 사과는 입을 다물어버렸다.

이처럼 자기 안에 영혼의 생명이 있다는 것을 의식하지 못하고 그저 동물적인 삶을 영위하는 사람은 익은 사과와 같다. 그러나 다 익은 사과처럼 사람들은 원하건 원하지 않건 살아갈수록 차츰 쇠약해지고 그동안 삶이라고 알았던 것이 자기 안에서 사라진다. 그때 더욱더 명료하고 참되게 성장하는 불멸의 삶이 나타난다. 그러므로 처음부터 사멸하는 삶을 살 것이 아니라, 멈추지 않고 성장하며 영원히 파멸하지 않는 진정한 삶을 사는 것이 낫지 않겠는가.

/ 우리는 집을 짓고 밭을 갈고 가축을 치고 과일을 거둬들이는 일 같은 눈에 보이는 일은 중요한 일이고 자기 영혼에 대한 일, 즉 눈에 보이지 않는 것에 대한 일은 해도 그만 안 해도 그만인 일이라고 생각한다. 그러나 영혼에 대한 일, 나날이 더욱 훌륭해지고 선량해지는 일만이 유일하게 참된 일이며, 그 밖에 눈에 보이는 모든 일은 영혼에 대한 중요한 일을 위한 것일 때에만 유익하다.

자기완성

인간이 신과 같은 완전성에 도달하는 것은 불가능하다. 하지만 그 경지에 다가가기 위해 끊임없이 노력해야 한다. 인류는 태초부터 그 길을 가도록 명령받았다. 가시밭길이고 괴로운 길이다. 한 걸음 내디딜 때마다 난관에 부딪힌다. 그러나 열매들을 주는 위안과 행복의 길이다. 그 길의 마지막 열매는 형제애가 넘치는 세계, 지상에서 실현되는 평화와 사랑의 왕국이다. 그때 최종적으로 위대한 합일이 찾아온다. 합일이란 각자의 삶과 모든 이의 삶이 하나로 화합하는 것이다. 그러한 합일을 실현하기 위해서는 그것이 요구하는 만큼 자기 자신에게서 벗어나는 것, 즉 분열시키고 고립시키는 모든 것을 의식적으로 거부하는 것 외에 방법은 없다. 바로 여기에 성서의 모든 가르침이 있다. 그것은 자기 안에 신과 신의 모든 창조물을 끌어안는 자비와 보편적 사랑이다. 신의 창조물 속에서 만물은 그 방향을 따라 변화한다. 자기애에서는 오만과 탐욕, 음욕, 질투, 분노, 불화가 흘러나온다. 근본을 신에게 두고 있는 삶의 일체감에서는 온유함, 자기부정, 내적 평화, 즉 지상의 고통을 영원히 파괴되지 않는 지복으로 바꾸는 순수한 기쁨들이 태어난다.

그러나 기억하라. 너희가 이 길을 따라 멀리 나아갈수록 과거의 황제를 추종하는 무리의 방해가 거세질 것이다. 그들은 너희를 증오하고 박해할 것이다. 너희를 여기저기 법정으로 끌고 다니며 싹트려는 선—그 선이야말로 너희가 너희 주위에 뿌리려던 씨앗이다—을 도려내기 위해, 또한 자기들이 섬기는 악을 지속시킬 목적으로 너희를 감옥에 처넣을 것이다. 그 거룩한 싸움에서 지지 않기 위해 마음을 다잡고 용기를 굳건히 하라. 그 싸움을 너희가 가진 가장 귀한 유산으로 후손들에게 물려주어라. 휴식은 싸움 뒤에 올 것이다. 싸움은 "신이 이겼다. 지상에 신의 나라가 세워졌다. 그리하여 신의 아이들은 조국을 얻었다"고 말하는 그날까지 계속될 것이다.

펠리시테 라므네

"네 이웃을 네 몸같이 사랑하라"는 도덕률은 복음서에도 쓰여 있듯 그것이 실행되기 전에는 사라지지 않을 것이다("하늘과 땅은 사라질지라도 내 말은 결코 사라지지 않을 것이다"「마태복음」 24:35). 이 법칙은 중력의 법칙이나 화학적 결합의 법칙이나 그 밖의 모든 물리학적 법칙과 마찬가지로 불가피한 것이다.

여러 물리학적 법칙도 옛날에는 확고하지 않았고 모든 자연현상에 공통된 것이 아니었지만 연구를 거듭한 결과 정립되어 마침내 필요불가결한 것이 되었다. 도덕률도 그렇다. 우리는 도덕률을 계속 연구하고 있다.

/ 이성적인 사람은 세계 모든 존재의 합일이 세계적 차원의 삶이 지닌 가장 중요한 목적이라고 생각한다. 처음에는 이성적 법칙에 따르는 일부의 사람들만 각각의 존재가 다른 모든 존재자의 행복을 지향할 때 삶의 행복이 달성된다는 것을 이해한다. 그러나 이윽고 다른 존재들도 모두 그것을 이해하거나 혹은 그 깨달음으로 인도될 것이다.

1월 22일

어떠한 경우에도 살인은 모든 종교의 가르침과 사람들의 양심으로 표현되는 신의 법을 지극히 난폭하고 명백하게 파괴한다.

1 그리스도는 어디에 있는가? 그의 가르침은 어디에 있는가? 그리스도 교를 믿는 어느 민족에게서 그를 찾을 수 있는가? 제도에서인가? 거기에도 그는 없다. 정의롭지 않은 불평등으로 관철된 법률에서인가? 거기에도 그는 없다. 이기주의가 가득한 풍습에서인가? 그런 데 그가 있을 리 없다. 그렇다면 그리스도의 가르침은 어디에 있는가? 그것은 인간 본성의 깊은 곳에서 준비되는 미래에 있다. 그것은 대지의 끝에서 끝까지 민족들을 움직이는 운동에 있다. 그것은 순수한 영혼과 의로운 마음들의 갈망에 있다. 그것은 모든 사람의 의식 속에 있다. 왜냐하면 우리는 오늘날 존재하고 있는 것이 더이상 지속될 수 없음을 알고 있기 때문이다. 오늘날 존재하고 있는 것은 악이자, 자비와 형제애의 부정이고, 카인의 후예가 남긴 유산이며 신의 숨결을 거절하고 흩날려버리는 그 무엇이기 때문이다.　　　　　　　　라므네

2 병역이란 무엇인가? 젊은이가 성인이 되고 건장해져 부모를 도울 수 있게 되자마자 신체검사장으로 끌려나가 옷이 벗기고 신체검사를 당하고 무조건 상관의 말에 복종하고 죽이라는 명령을 받으면 누구든 죽이겠다고 십자가와 복음서에 대고 맹세하는 것이다. 이렇게 이성에도 양심에도, 심지어 복음서에 표현된 그리스도의 계율에도 배반되는 명령에 복종해 맹세하면, 그는 제복과 총을 받고 사격을 배워 마침내 자신의 형제들을 죽이러 떠난다. 그가 죽여야 하는 자들은 그

에게 어떤 나쁜 짓도 하지 않았고 본 적도 없는 사람들이다. 그는 그들에게 총을 겨눈다. 복음서에 대고 맹세했기 때문이다. 그러나 복음서에는 함부로 맹세하지 말라고, 형제들을 죽이는 건 물론이고 그들에게 화를 내지도 말라고 쓰여 있다.

3 군대 복무는 대체로 사람들을 완전한 무위의 상황, 즉 이성적이고 유익한 일이 없는 상태에 빠뜨리며 타락시킨다. 또한 그들을 인류 공동의 의무에서 면제해주는 대신 연대, 제복, 군기 따위의 조건적인 명예를, 한편으로는 다른 사람들 위에 군림하는 무한한 권력을, 다른 한편으로는 최고 상관들에 대한 노예적인 복종을 우리에게 전시한다.

특히 무위하고 방종한 생활은 군인들에게 퇴폐적으로 작용한다. 만일 군인이 그런 생활을 하지 않는다면, 마음속 깊은 곳에서는 그렇게 사는 것을 부끄럽다고 느끼게 되기 때문이다. 군인들은 그것을 너무나 당연하게 생각하고 자부심까지 느끼며, 특히 전시에는 그런 생활을 자랑한다. "우리는 전쟁에 목숨을 바칠 각오가 되어 있다. 그러니 이렇게 걱정 없고 유쾌한 생활이 허락될 뿐만 아니라 반드시 필요하다."

4 누구도 사람을 죽여서는 안 된다. 만일 죽인다면 그는 범죄자이고 살인자다. 두 사람, 열 사람, 백 사람이 사람을 죽여도 그들 모두 살인자다. 그러나 국가나 민족을 위해서라면 원하는 만큼 사람을 죽여도 살인이 아니라 훌륭하고 선한 일이 된다. 되도록 많은 국민을 징집하고 수많은 인명을 도륙해도 죄가 되지 않는다. 그렇다면 이 일을 위

해 몇 사람이 필요한 것일까? 문제는 바로 여기에 있다. 혼자서는 도둑질이나 약탈을 할 수 없지만 국민 전체라면 가능하다. 그렇다면 이 일을 위해서는 몇 사람이 필요한 것일까? 어째서 한 사람, 열 사람, 백 사람은 신의 법을 어기면 안 되는데, 수많은 사람은 그래도 되는 것일까?

밸로

/ 한 사람 한 사람의 육체에는 똑같은 신적 근원이 있다. 그러므로 개인이든 집단이든 신적 근원과 육체의 결합체인 사람의 목숨을 빼앗을 권리는 없다.

1월 23일

온갖 죄 중에 오직 하나, 이웃에 대한 분노만이 인생 최고의 행복인 사랑에 정면으로 반한다. 인간에게서 인생 최고의 행복을 이보다 더 확실히 빼앗는 것은 없다.

1 로마의 현자 세네카는 분노를 억누르는 최선의 방법은 분노를 느낄 때 감각이 없는 사람처럼 아무것도 하지 않고 가만히 있는 거라고 말했다. 즉 걷지도 말고, 움직이지도 말고, 말도 하지 않는 것이다. 거칠게 날뛰고 악다구니를 쓰면 분노는 더 격렬해진다.

또한 세네카는 화내는 버릇을 없애려면 다른 사람들이 화낼 때 어떤 모습인지 잘 살펴보는 것이 좋다고 했다. 분노에 사로잡힌 사람의 몰골을 볼 때, 흉악하게 일그러진 시뻘건 얼굴과 욕지기를 치밀게 하는 목쉰 소리가 주정꾼이나 짐승과 닮아가는 것을 볼 때, 상소리를 들을 때, 나라고 저렇게 몰골사납게 되지 말란 법은 없다고 생각하라.

2 사람들이 분노에 사로잡혀 그것을 억제하지 못하는 것은 분노 속에 일종의 호기가 있다고 생각하기 때문이다. 그들은 분노는 감춘 채, 단단히 혼내주었다고 말한다. 그러나 그것은 착각이다. 분노에 사로잡히지 않으려면 좋은 분노란 없고 있을 수도 없다는 것을, 분노는 힘이 아니라 나약함의 증거일 뿐임을 알아야 한다.

분노에 사로잡혀 힘없는 사람이나 아이나 아내, 심지어 개나 말을 때리는 사람은 힘이 아니라 자신의 나약함을 드러내는 것이다.

3 분노는 남에게도 해롭지만 분노하는 본인에게 가장 해롭다.

분노는 그것을 불러일으킨 모욕보다 늘 훨씬 해롭다.

4 탐욕스럽고 인색한 사람이 어째서 남에게 손해를 끼치는지는 이해할 수 있다. 그는 부자가 되고 싶어 남의 재산을 탐한다. 자신의 이득을 위해 남을 해친다. 악한 사람은 자신에게 아무런 이득이 없는데도 남을 해친다. 그러나 그는 남을 해치는 동시에 자기 자신도 해치고 있는 것이다.

소크라테스에 의함

5 악에 한도가 없는 사람, 즉 나팔꽃 줄기처럼 온통 악에 휘감긴 사람은 그의 가장 흉악한 적이 그를 치려 벼르고 있는 곳으로 가게 된다.

『법구경』

6 너의 적은 악으로 너에게 앙갚음하고, 너를 미워하는 자는 너에게 고통을 주겠지만, 네 마음속 분노는 그것에 비교할 수도 없을 만큼 큰 악을 너에게 가져올 것이다.

너의 아버지와 어머니, 친척과 이웃, 세상 어느 누구도 남의 죄를 용서하고 잊어버리는 네 마음보다 더 큰 선을 가져다주지는 못한다.

『법구경』

7 사람에 대한 분노는 어떠한 경우에도 정당하지 않다. 어떤 사람에 대해서도 타락한 존재라거나 쓸모없는 존재라고 말해서도, 생각해서도 안 된다.

8 우리는 뭐 때문에 화가 나는지 모르면서 화를 낸다. 만약 그것을 안다면 결과가 아니라 원인에 대해서 화를 낼 것이다. 그러나 온갖 현상의 외적 원인은 찾을 수 없을 만큼 멀리 떨어져 있지만, 내적 원인은 언제나 자기 자신이다.

9 왜 우리는 남을 비난하고, 심술궂게 함부로 헐뜯는 걸까? 그것은 남을 비난함으로써 자신은 책임을 면하게 되기 때문이다. 우리는 남에게 허물이 있기 때문에 자신이 나빠졌다고 생각한다.

✐ 사람들이 서로 날카롭게 싸우면 아이는 누가 옳고 누가 그른지 따지지 않고 진심으로 두 사람을 비난하며 슬픈 듯이 그들로부터 달아난다. 언제나 아이가 싸우는 두 사람보다 옳다.

1월 24일

인류가 어디로 갈 것인지는 누구도 알지 못한다. 최고의 지혜는 우리가 어디로 가야 하는지 아는 것이다. 최고의 완성을 향해 가야 한다는 것을 아는 것이다.

1 진정한 삶으로 가는 길은 좁아서 소수의 사람만이 그 길로 들어간다. 대부분의 사람들은 많은 사람이 걷는 넓은 길을 따라 걷기 때문이다. 진정한 삶의 길은 좁아서 한 사람씩만 들어갈 수 있다. 그 길로 들어가려면 군중과 함께 걷는 것이 아니라 자기 자신을 위해, 그리고 우리 모두를 위해 좁은 그 길을 잇달아 걸었던 부처나 공자나 소크라테스나 그리스도와 같은 고독한 사람들 뒤를 따라야 한다.

루시 맬러리에 의함

2 사람은 오직 세 부류로 나뉜다. 하나는 신을 찾아내 섬기는 사람들이다. 이들에게는 지혜와 행복이 있다. 다른 하나는 신을 찾아내지도 못하고 찾으려고도 하지 않는 사람들이다. 이들에게는 지혜도 행복도 없다. 셋째는 신을 찾지는 못했지만 찾으려는 사람들이다. 이들에게는 지혜가 있긴 하지만 아직 행복은 없다. 파스칼

3 진리의 탐구가 시작되는 곳에서 언제나 삶이 시작된다. 진리의 탐구가 중단되면 삶도 중단된다. 러스킨

4 만물을 신적 완전성 속에서 보고 자신의 삶을 완전성을 향한 정진에 바친 사람들이 있다. 소크라테스, 에픽테토스, 마르쿠스 아우렐리우스와 같은 고대 현자들이 그렇고, 그들의 인생관이 놀라운 이유가 바로 그 점에 있다. 한편, 일부 그리스도교도들은 지혜를 비방하고 인정하지 않으려 한다. 그러나 지상에서 실현되는 신의 나라에 만족하는 지혜는 무덤 저편에서만 신의 나라가 가능하다는 가르침보다 훨씬 고결하다.

거짓된 가르침의 특징은 삶을 다음 세상까지 연장해 자신의 가르침만 믿는 사람을 참된 믿음을 지닌 사람보다 더 높이 평가하는 것이다. 아미엘에 의함

5 지혜를 구하는 사람은 현명한 사람이다. 그러나 지혜를 발견했다고 생각하는 사람은 어리석은 사람이다. 페르시아의 격언(앨비티스의 책에서)

6 중요한 것은 지금 우리가 차지하고 있는 자리가 아니라 우리가 나아가고 있는 방향이다. 홈스

✒ 주변 사람들과 삶의 사명을 공유하는 것은 사명의 목적이 아니다. 세계 모든 사람의 사명과 동일한 네 삶의 사명이 네 행위를 결정해야 한다.

1월 25일

누구에게나 나름대로 필요한 지식이 있다. 자신에게 필요하고 자신의 것이 되지 않은 다른 모든 지식은 해로울 뿐이다.

1 소크라테스는 언제나 자신의 제자들에게 어떤 학문이든 일정한 한계를 넘지 않는 수준의 배움으로 충분하다고 가르쳤다. 그는 기하학을 배우는 것에 대해 이렇게 말했다. 기하학은 땅을 사고팔 때나, 유산을 분배하거나, 일꾼들에게 경작할 면적을 나눠줄 때 정확히 측정할 수 있을 정도면 충분하다. 조금 더 노력하면 지구 전체의 면적을 측량하는 것도 어렵지 않다. 소크라테스 자신은 그것을 연구했지만, 그는 기하학의 어려운 문제들에 깊이 파고드는 것을 권하지 않았고, 실제로 크게 유용하지도 않은 그것을 연구하느라 다른 더 유익한 학문을 소홀히 하게 된다고 경고했다. 천문학에 대해서도, 하늘을 보고 밤의 시간과 달과 날을 알고, 계절을 알고, 길을 잃지 않고, 바다에서 항로를 잡고, 제시간에 야경꾼을 교대시킬 수 있을 정도의 배움이면 충분하다고 말했다. 그는 이렇게 덧붙였다. "그런 학문은 사냥꾼이든 항해자든 적당한 수준까지는 조금만 노력하면 누구나 알 수 있을 만큼 쉽다." 그러나 천체가 그리는 온갖 궤도를 연구하고, 항성과 행성의 크기를 계산하고, 지구와의 거리며, 그 운행과 변화에 대해 너무 깊이 파고드는 것은 어떤 유익함도 없다며 엄히 경계했다. 그가 그런 학문을 낮게 평가한 것은 잘 몰라서가 아니라 오히려 아주 깊이 연구했기 때문이다. 그는 그런 학문에 열중하느라 인간에게 가장 필요한 도덕적 자기완성에 써야 할 시간과 정력이 낭비되는 것을 바라지 않았던 것이다.

크세노폰

2 지식을 모으러 다니는 학자들은 불쌍하다. 자기만족에 빠진 철학자, 만족을 모르는 탐구자들은 불쌍하다. 나사로의 무리는 끊임없이 굶주리는데도 이 어리석은 부자들은 날마다 지식의 향연을 벌이며 떠들어대고, 쓸데없는 것으로 배가 터질 지경이다. 공허한 지식은 자기완성과도, 사회적 완성과도 아무런 관계가 없다.　　　　페늘롱

3 네 눈길을 기만의 세계에서 돌리고, 네 감정을 믿지 마라. 감정은 사람을 속인다. 개인을 초월한 너 자신 속에서 영원한 인간을 찾아라.

『법구경』

4 철학적 반성 없이 경험과학이 그 자체를 위해서만 연구될 때, 경험과학은 눈이 없는 얼굴과 흡사해진다. 경험과학은 뛰어난 재능이 아닌 어중간한 능력에나 어울리는 일을 제시하는데, 뛰어난 재능은 오히려 경험과학적 연구에 방해가 되기 때문이다. 어중간한 능력을 가진 사람들은 자신의 모든 정력과 기술을 제한된 오직 하나의 학문 분야에 집중한다. 그러므로 그들은 그 한 분야에서는 충분한 지식을 얻을 수 있을지 몰라도 다른 분야에 대해서는 아무것도 모른다. 이들은 누구는 톱니바퀴만, 누구는 용수철만, 누구는 체인만을 만드는 시계 공장의 노동자들에 비교될 수 있다.　　　　쇼펜하우어

5 쓸데없는 학문을 많이 배우기보다는 몇 가지 삶의 규칙을 아는 것이 낫다. 삶의 규칙은 우리를 악에서 지켜주고 선을 향하게 한다. 쓸데없는 학문적 지식은 우리를 오만의 유혹으로 이끌 뿐이며, 정작 우리에게 필요한 삶의 규칙을

명확히 이해하는 데 방해만 된다.

／ 무지를 두려워하지 말고 거짓 지식을 두려워하라. 거짓을 참으로 아
는 것보다 아무것도 모르는 것이 낫다. 하늘은 단단하고 그 위에 신
이 앉아 있다고 생각하기보다는 차라리 하늘에 대해 아무것도 모르
는 것이 낫다. 그러나 우리에게 하늘로 보이는 것이 무한한 공간이라
고 생각하는 것도 얼마쯤은 낫다. 무한한 공간이라는 것이 단단한 하
늘과 마찬가지로 정확한 것은 아니라 해도.

1월 26일

부자는 무자비해질 수밖에 없다. 자비라는 인간 본연의 감정을 조금
이라도 갖기 시작한다면 그는 이내 가난해질 것이다.

1 잘 차려진 식탁에 앉아 웃고 떠들며 배불리 먹고 있을 때, 누군가 길
에서 우는 소리가 들리는데도 관심을 갖기는커녕 화를 내고 그 사람
을 사기꾼이라고 욕까지 한다면, 그보다 더 부당한 일이 있을까? 빵
한 조각에 사기를 치는 사람이 있을까? 만일 그가 사기를 치고 있다
고 생각한다면 너는 더욱 그를 빈곤에서 구해줘야 한다. 네가 그에게
한사코 무엇 하나 주고 싶지 않다면 적어도 모욕은 주지 마라.

크리소스토모스

2 먼저 약탈에서 손을 떼고, 그런 뒤에 자선하라. 돈놀이에서 손을 떼고, 그런 뒤에 자선에 손을 뻗어라. 만일 우리가 똑같은 손으로 어떤 사람을 발가벗겨 다른 사람에게 입히려고 한다면 그 자선은 범죄의 원인이다. 그런 자선은 아예 하지 않는 편이 낫다. 크리소스토모스

3 부자들의 잔인함은 자선행위를 할 때 가장 잘 드러난다.

4 부잣집에서는 세 사람이 열다섯 칸 방을 쓰면서 거지에게 하룻밤 몸을 녹일 방을 내주지 않는다. 농부의 집에서는 7제곱아르신러시아 길이 단위. 1아르신은 약 71센티미터 오막살이에 일곱 식구가 살아도 낯선 나그네를 기꺼이 재워준다.

5 우리는 뭔가를 미완성이라는 이유로 사랑한다. 노력이 삶의 법칙이 되고, 자애가 정의의 법칙이 될 수 있도록 신이 미리 정해놓은 것이 미완성이다. 러스킨

6 지혜의 첫째 원칙은, 비록 어려운 일이지만 자기 자신을 아는 것이다. 마찬가지로 자선의 첫째 원칙은, 비록 어려운 일이지만 적은 것으로 만족하는 것이다. 이렇게 만족할 줄 알고 평화를 아는 사람만이 남에 대한 자선에서도 강한 힘을 발휘한다. 러스킨

7 누구든지 세상의 재물을 가지고 있으면서 자신의 형제가 궁핍한 것을 보고도 마음의 문을 닫고 그를 동정하지 않는다면 어떻게 그에게 하느님을 사랑하는 마음이 있다고 하겠습니까? 사랑하는 자녀들이여, 우리는 말로나 혀끝으로 사랑하지 말고 행동으로 진실하게 사랑합시다.　　　　「요한1서」3:17~18

／ 말과 입이 아니라 행동과 진실함으로 사랑을 실천하기 위해서는 그리스도의 말대로 부자는 구걸하는 자에게 베풀어야 한다.

구걸하는 자에게 베푸는 부자는 아무리 많은 재물을 가졌더라도 금세 가난해질 것이다. 그렇게 가난해져야 그는 비로소 그리스도가 부유한 젊은이에게 말한 것을 실천한 사람이 된다.

1월 27일

타인에 대한 사랑은 나와 그를, 그리고 우리를 신과 결합시키기 때문에 그 무엇으로도 빼앗을 수 없는 진실하고 내적인 행복을 느끼게 해준다.

1 정신적 성장을 방해하는 것은 타인이 아니라 바로 자기 자신이다. 신체적 허약이나 지적 무능은 정신적 본성의 성장을 방해하지 않는다. 정신적 본성의 성장은 오직 사랑의 증대 속에 있을 뿐, 그것을 방해할 수 있는 것은 아무것도 없기 때문이다.　　　　루시 맬러리

2 총명한 사람은 자신의 이익을 위해 사랑하는 것이 아니라, 사랑 그 자체에서 행복을 발견하기 때문에 사랑한다.

3 과거의 일을 후회하지 마라. 후회한들 무슨 소용이 있겠는가? 허위는 후회하라고 말한다. 그러나 진실은 오직 사랑하라고 말한다. 모든 기억을 멀리하라. 지나간 일을 말하지 마라. 사랑의 빛 속에서 살아라. 그 밖의 모든 것은 지나가게 내버려두어라. ───페르시아의 격언

4 사람들이 중국의 어느 현자에게 물었다. "학문이란 무엇입니까?" 현자는 말했다. "사람을 아는 것입니다." 현자에게 또 물었다. "선행이란 무엇입니까?" 현자는 말했다. "사람을 사랑하는 것입니다."

5 인간은 여간해서 행복에 도달하기 어렵다. 현세의 행복에 대한 갈망이 클수록 그만큼 성취될 가능성은 적어지기 때문이다. 의무를 이행하는 일 또한 행복을 가져다주지 않는다. 마음의 평화는 주지만 행복을 주지는 않는다.

　오직 신성한 사랑과 신과의 융합만이 우리에게 진정한 행복을 가져다준다. 만일 자기희생이 기쁨으로 바뀐다면, 그것이 끊임없이 솟아나는 불멸의 기쁨으로 바뀐다면 우리에게는 영원한 행복이 보장될 것이다. ───아미엘

6 네가 미워하고 비난하던 사람을, 너를 모욕하던 사람을 사랑하라. 만

약 그럴 수 있다면 너는 완전히 새롭고 놀라운 기쁨을 경험하게 될 것이다. 너는 곧 네 안에 있는 것처럼 그 사람 안에도 있는 신을 만나게 될 것이다. 빛이 어둠 속에서 더 밝게 빛나듯 미움을 버리면 신의 사랑이 발하는 빛은 더 강하고 활기차게 타오를 것이다.

7 나는 이따금 세계를 변혁하는 힘이 내 안에 있음을 느낀다. 그 힘은 나를 밀치지도 짓누르지도 않지만 저항할 수 없게 조금씩 나를 이끈다. 그리고 내가 무의식적으로 다른 사람들을 끌어당기듯 나도 끌어당겨지는 것을 느낀다. 내가 그들을 끌어당기고 그들도 나를 끌어당긴다. 그렇게 우리는 새로운 결합을 향한 열망을 의식한다.

나는 내 안에 있는 힘에게 물었다. "너는 누구냐?"

그 힘이 대답했다. "나는 사랑이다, 하늘의 군주다. 그리고 땅의 군주가 되고 싶다. 나는 하늘의 힘 중에서도 가장 강한 힘이다. 미래의 세계를 건설하기 위해 여기 왔다."

크로즈비

8 목숨을 걸고 한 명의 자식을 돌보고 지키는 어머니처럼, 생명이 있는 모든 존재에 대한 자애의 감정을 키우고 지켜라.

『자비경』

/ 사랑이 주는 용기, 평화, 환희는 참으로 위대하다. 그래서 세속적인 사랑이 주는 세속적인 행복은 내면적 사랑의 행복을 아는 사람에게는 참으로 미미한 것이다.

1월 28일

인간이 따라야 할 법칙, 인간에게 자유를 주는 법칙을 알고 싶다면 육체적인 생활에서 정신적인 생활로 도약해야 한다.

1 "나는 너희에 대해 할말도 많고 판단할 것도 많지만 나를 보내신 분은 참되시기에 나도 그분에게서 들은 것을 그대로 이 세상에서 말할 뿐이다." 그러나 그들은 예수께서 아버지를 가리켜 말씀하신 줄을 깨닫지 못했다. 그래서 예수께서는 "너희가 사람의 아들을 높이 들어올린 뒤에야 내가 누구라는 것을 알게 될 것이다. 또 내가 아무것도 내 마음대로 하지 않고 아버지께서 가르쳐주신 것만 말하고 있다는 것도 알게 될 것이다." 「요한복음」 8:26~28

자신의 삶은 개인의 것이 아니라 모든 사람 안에 살고 있는 신의 영혼에 속한다고 인정하는 것. 그리스도는 바로 이것이 사람의 아들이 하늘로 올라가는 방법이라고 말했다.

2 그리스도는 참된 예언자였다. 그는 영혼의 비밀을 보았다. 인간의 위대함을 보았다. 그는 너희 안에도 내 안에도 살고 있는 것에 충실했다. 그는 인간 안에 구현된 신을 보았다. 그리하여 위대한 환희를 느끼며 말했다. "나는 신성하다, 신은 나를 통해 행하시고 나를 통해 말씀하신다. 그것을 보고 싶거든 내가 지금 생각하고 느끼는 것처럼 네가 생각하고 느낄 때의 너 자신을 살펴보아라." 사람들은 이 말을 듣고 다음 세대에 가서 말했다. "그분은 하늘에서 내려온 야훼셨다. 나는 그분이 인간이었다고 말하는 자들을 모두 죽이겠다."

표현 방법, 그의 언어, 그의 우화가 그가 가르친 진리의 자리를 차지하고 말았다. 교회는 그의 진리가 아니라 그의 비유들 위에 세워졌다. 그리하여 그리스도교는 그리스인이나 이집트인이 말했던 시적인 가르침처럼 하나의 신화가 되고 말았다.

그는 모세와 예언자들을 존중했으나 그들의 원초적인 계시를 고수해야 한다고 생각하지 않았고 오히려 그것을 마음속 영원한 계시에 종속시켰다. 그리스도는 사람들의 마음속에 존재하는 절대적인 법을 알았기에 이 법을 다른 어떤 것에도 종속시키지 않았다. 그는 이 법이 바로 신이라고 인정했다.　　　　　　　　　　　　에머슨

3 "신과 나는 하나다!" 스승은 말했다. "그러나 만일 너희가 내 육체를 신으로 여긴다면 그것은 잘못이다. 또한 다른 존재들과 다른 내 비육체적 존재를 신으로 받아들인다면 그 또한 잘못이다. 오직 진실한 나를, 실제로 신과 동일하고 모든 사람 안에 있는 단일한 그것을 자신 안에서 깨달을 때에만 비로소 옳다. 이 나를 깨달으려면 자신 안에 있는 인간을 높여야 한다. 그때 비로소 너희와 다른 사람들 사이에는 어떤 차이도 존재하지 않는다는 것을 깨닫게 될 것이다."

우리가 스스로를 개별적인 존재라 여기는 것은 사과나무꽃들이 스스로를 개별적인 존재라 여기는 것과 같다. 그러나 모두 한 나무에서 핀 꽃이며, 모두 하나의 싹에서 태어난 것이다.　　　　　스트라호프

4 우리는 이 짧은 삶에서 영원한 삶의 법칙을 좇으며 살아야 한다.　　소로

5 '인간의 정신은 본질적으로 그리스도적이다.'

사람들은 그리스도교를 잊고 살다가 갑자기 기억이 떠올랐다는 듯이 받아들인다. 그리스도교는 사람을 높은 곳으로 데려간다. 그곳에서는 이성의 법칙을 따르는 기쁨의 세계가 열린다. 그리스도교의 진리를 아는 사람이 경험하는 감정은 캄캄하고 답답한 탑 속에 갇힌 사람이 탑 위 탁 트인 높은 곳으로 올라가 지금까지 보지 못했던 아름다운 세계를 보았을 때 느끼는 기분과 비슷하다.

/ 인간이 만든 법에 따라야 한다는 의식은 우리를 노예로 만든다. 신의 법에 따라야 한다는 의식은 우리를 자유롭게 한다.

그리스도교의 본질

아주 오랜 옛날부터 인간은 언제나 자기 존재의 빈약함, 허약함, 무의미함을 느끼고 하나의 신 혹은 여러 신을 믿으며 그 같은 감정에서 구원되길 바랐다. 하나의 신 혹은 여러 신은 현세의 갖가지 불행에서 사람들을 구해주고 그들이 현세에서 원했지만 얻지 못했던 행복을 내세에서 주는 존재들로 여겨졌다. 그렇기 때문에 아주 옛날부터 여러 민족 사이에는 많은 전도자가 나타나 사람들을 구원할 하나의 신 혹은 여러 신은 어떤 존재인지, 이 하나의 신 혹은 여러 신을 기쁘게 하려면, 그리고 현세와 내세에서 보상을 받으려면 어떻게 해야 하는지에 대해 가르쳤다.

어떤 종교들은 신은 태양이며 그것이 여러 동물로 화신한다고 가르쳤다. 또 어떤 종교들은 신은 하늘과 땅이라고 가르쳤다. 셋째 부류의 종교들은 신이 세계를 창조하고 여러 민족 가운데서 사랑하는 한 민족을 선택했다고 가르쳤다. 넷째 부류의 종교들은 세상에는 많은 신이 존재하여 사람의 일에 일일이 관여한다고 가르쳤다. 다섯째 부류의 종교들은 신이 사람의 형상을 하고 땅에 내려왔다고 가르쳤다. 모든 종교의 스승들은 참과 거짓 진리를 뒤섞으면서, 사람들에게 나쁘다고 여겨지는 행위를 참고 착하다고 여겨지는 일을 행하라는 것뿐만 아니라 신비로운 의식과 희생과 기도를 요구했다. 그리고 그것들이야말로 현세와 내세에서 인간의 행복을 무엇보다 확실하게 보장한다고 말했다.

그러나 인류의 역사가 흐를수록 그런 가르침들은 인간 영혼의 요구들을 충족시키지 못하게 되었다.

첫째, 사람들은 신이나 신들의 요구를 수행하더라도 자신들이 갈망하는 이 세계에서의 행복은 달성되지 않는다는 것을 알았다.

둘째, 문화가 널리 퍼지면서 종교의 스승들이 신에 대해, 내세에 대해, 내세에 받을 보상에 대해 설교한 것은 보편적 지식들과 맞지 않아 점점 신뢰를 잃었다.

옛날이라면 신이 6천 년 전에 세계를 창조했고, 지구가 우주의 중심이며 지하에 지옥이 있고 신이 지상에 내려왔다가 하늘로 올라갔다느니 하는 것들을 사람들이 아무 거리낌 없이 믿었을지 몰라도, 오늘날 사람들은 이미 그런 것들을 믿을 수 없다. 왜냐하면 세계는 6천 년이 아니라 수십만 년이나 존재해왔다는 것, 지구는 우주의 중심이 아니라 다른 천체에 비하면 지극히 작은 별에 불과하다는 것, 지구는 둥글기 때문에 그 밑에 무엇도 있을 수 없다는 것을 알기 때문이다. 또한 하늘은 따로 존재하지 않고 다만 아치 모양으로 보일 뿐 올라갈 수 없다는 것을 알기 때문이다.

셋째, 이것이 중요한 이유인데, 교통이 발달하면서 사람들은 지금까지 한 나라 안에서 종교의 스승들이 특별한 가르침이라고 설교하며 자기 것만 참이고 다른 것은 모두 거짓이라며 부정하고 있다는 사실을 알게 되었다. 이에 따라 여러 종교적 가르침들은 사람들의 신뢰를 잃었다.

그러한 사실을 알게 된 사람들은 자연스럽게 여러 가르침 중 어느 하나 다른 것보다 더 참인 것도 없고, 그중 어느 것도 의심할 나위 없고 흠 없는 진리가 될 수 없다는 결론에 이르렀다.

현세에서는 행복에 도달할 수 없다는 의식, 계속 전파되는 인류의 문화, 그리고 다른 민족들의 신앙을 아는 데 결정적인 역할을 한 상호교류의 결과, 기존의 신앙과 가르침들은 점차 신뢰를 잃게 되었다. 그러나 삶의 의미를 깨닫고, 한편으로는 행복과 생명을 향한 갈망과 다른 한편으로는 조금씩 밝혀진 고통과 죽음의 불가피성에 대한 의식 사이에서 생겨난 모순을 해결할 필요가 마침내 절실해졌다.

인간은 행복을 원하고 그것에서 삶의 의미를 본다. 그러나 살아갈수록 행복이 불가능하다는 것을 알게 된다. 인간은 살아가기를 바라고 나아가 영원한 생명을 바라지만 자신은 물론이고 주변에 존재하는 모든 것이 죽어 사라질 운명이라는 것을 안다. 이성을 가진 인간은 삶의 현상들을 이성적으로 해석하려 하지만 자신의 삶뿐만 아니라 타인의 삶도 결코 이성적으로 해석하지 못한다. 고대에는 오직 솔로몬, 부처, 소크라테스, 노자 같은 현자들만이 행복과 생명의 영속을 요구하는 인간의 삶, 그리고 고통과 죽음의 불가피성에 대한 의식 사이에서 생겨나는 모순을 의식했을지 모르지만, 이제는 누구나 그것을 의식한다. 따라서 그 모순의 해결이 어느 때보다 필요해졌다.

행복과 생명에 대한 갈망, 그리고 그 불가능성에 대한 의식 사이의 모순을 해결하는 것이 인류에게 절실해진 바로 그때, 진정한 의미의 그리스도교의 가르침이 사람들에게 그 해결책을 주었다.

고대의 가르침은 창조자이자 보호자이며 대속^{代贖}자인 신의 존재를 믿게 함으로써 인간 생활의 모순을 숨기려고 애썼다. 그러나 그리스도교는 반대로 사람들에게 있는 그대로 그 모순을 보여준다. 모순의 필연성을 보여주고 그 모순을 인정하는 데서 해결책을 도출한다. 모순이란 다음과 같다.

인간은 실제로 동물이어서, 육체 안에서 사는 동안은 언제나 동물이 아닐 수 없다. 그런가 하면 인간은 모든 동물적인 요구를 부정하는 정신적 존재이기도 하다.

삶을 시작할 때 인간은 스스로가 살고 있다는 것을 모른다. 그러므로 그 자신이 사는 것이 아니라 우리가 아는 만물 안에 있는 생명의 힘이 그를 통해 사는 것이다. 인간은 자신이 살고 있다는 것을 깨달을 때 비로소 자신으로서 살기 시작한다. 그는 자신이 행복을 바라고 다른 존재들도 행복을 바란다는 것을 알 때 비로소 자신이 살고 있다는 것을 안다. 이러한 앎 덕분에 인간 안에서 이성이 깨어난다.

자신이 살고 있고 행복을 바라고 있으며 다른 존재들도 그것을 바란다는 것을 깨달은 인간은 자기 한 사람만을 위한 행복은 이루어지지 않는다는 것을, 또 행복 대신 피할 수 없는 고통과 죽음이 그의 앞에 놓여 있으며 다른 모든 존재도 마찬가지라는 것을 어쩔 수 없이 알게 된다. 그래서 모순이 나타나고 인간은 이 모순에 대한 해결책을 찾는데, 그 해결책은 있는 그대로의 삶에 이성적인 의미를 줄 수 있는 것이라야 한다. 인간은 이성이 눈뜨기 이전에 있었던 상태의 삶, 즉 완전히 동물적이거나 완전히 정신적인 삶이 계속되기를 원한다. 인간은 짐승 혹은 천사가 되기를 바라지만 이것도 저것도 될 수 없다.

바로 그 지점에서 그리스도교의 가르침은 삶의 모순에 대한 해결책을 제시한다. 그리스도교의 가르침은 인간이란 짐승도 천사도 아닌, 짐승에게서 태어난 천사, 즉 동물에서 태어난 정신적 존재라고 말한다. 세상을 살아가는 우리의 삶은 그러한 탄생 외의 다른 것이 아니다.

인간이 이성적인 의식에 눈뜨자마자 의식은 인간에게 행복을 원한다고 알린다. 그러나 이성적인 의식은 개인적 존재 속에서 깨어난 것이므로 그는 자신이 행복을 추구하는 것은 개인적 존재와 관계되는 것이라고 생각한다. 그러나 행복을 원하는 개인적 존재로서 나타난 이성적인 의식은 인간이 아무리 행복과 생명의 추구를 개인적 존재에 귀속시키려 해도, 개인적 존재란 행복과 영원한 생명에 합당하지 않다고 말한다. 그렇게 인간은 개인적 존재는 행복도 영원한 생명도 가질 수 없다는 것을 알게 된다.

'그렇다면 어떤 존재라야 참된 생명을 가질 수 있는가?' 인간은 스스로에게 묻는다. 그리고 그 자신도, 그를 둘러싼 존재들도 아닌, 오직 행복을 희구하는 자만이 참된 생명을 갖는다는 것을 깨닫는다. 그것을 인식한 인간은 자신을 다른 존재들과 별개이고 언젠가는 죽을 존재가 아니라, 다른 존재들과 분리될 수 없는 정신적인, 따라서 죽지 않는 존재로 자신을 받아들인다. 그의 이성적인 의식이 그러한 존재를 열어준 것이다.

바로 그때 인간에게서 새로운 정신적 존재가 탄생한다.

이성적 의식이 인간에게 열어준 존재는 행복에의 희구, 이전에도 그의 삶의 목적이었던 바로 그 행복에의 희구다. 다만 이전의 존재는 개인적인, 즉 하나의 육체적 존재에만 관계된 행복을 원했고 스스로를 의식하고 있지 않았다. 그러나 새로운 존재는 스스로를 의식하고 있으므로 그는 개인적인 것이 아니라 존재하는 모든 것에 관계된 행복을 원한다.

처음 이성에 눈을 뜬 인간은 자신이 의식하며 바라고 있는 행복은 오직 자신을 감싼 육체에만 관계되어 있다고 생각한다. 그러나 이성이 밝아지고 여물수록 참된 존재는, 이내 그가 스스로를 의식하게 될 인간의 참된 '나'는, 참된 생명을 지니지 않은 육체가 아니라 자신 안에 있는 행복에의 희구 그 자체, 다르게 말하자면 존재하는 모든 것을 위한 행복에의 희구라는 것이 더욱 분명해진다. 존재하는 모든 것을 위한 행복에의 희구는 존재하는 모든 것에 생명을 주는 것이며, 우리는 그것을 신이라 부른다.

그러므로 의식이 인간에게 열어주는 존재, 언제나 태어나고 있는 존재란 존재하는 모든 것에 생명을 주는 것, 곧 신이다.

과거의 여러 가르침에 따르면, 신을 알려는 인간은 신에 대해, 신이 어떻게 세계와 인간을 창조했고 다음에 어떻게 인간에게 나타났는가에 대해 다른 이들이 말하는 것을 믿어야 했다. 반면 그리스도교의 가르침에 따르면, 인간은 자신의 의식을 통해 자기 안에 있는 신을 직접적으로 인식한다. 의식은 인간에게 생명의 본질은 존재하는 모든 것을 위한 행복에의 희구이며 뭐라 설명할 수도 표현할 수도 없는 그 무엇인 동시에 인간에게 가장 가깝고 알기 쉬운 그 무엇이라고 말한다.

행복에의 희구의 본원은 처음에는 개별적인 동물적 존재의 생명으로서 인간 안에 나타났다. 그뒤 그가 사랑하는 몇몇 존재의 생명 속에 나타났고, 그의 내부에서 이성적 의식이 깨어난 이후로는 존재하는 모든 것을 위한 행복에의 희구로서 나타났다. 존재하는 모든 것을 위한 행복에의 희구는 온갖 생명의 시작이자 사랑이며, 복음서에서 신은 사랑이라고 말한 것과 같이 신 그 자체다.

레프 톨스토이

1월 29일

지혜는 특별한 사람에게만 있는 것이 아니다. 지혜는 모든 사람에게 필요하고 모든 사람에게 있다. 지혜는 자신의 사명과 그것을 수행하는 방법을 아는 것이다.

1 우리는 세 가지 길을 통해 지혜에 도달할 수 있다. 첫째는 사색으로, 가장 고귀한 길이다. 둘째는 모방으로, 가장 쉬운 길이다. 셋째는 경험으로, 가장 어려운 길이다.

공자

2 인간의 가치는 그가 가진 진리가 아니라 그 진리를 얻기 위해 얼마나 노력했는가에 달려 있다.

레싱

3 인생은 학교이며, 거기서는 실패가 성공보다 훌륭한 스승이다.

그레나다의 술라이만

4 자신을 알고 싶거든 남과 남의 행위를 관찰하고, 남을 알고 싶거든 자신의 마음속을 들여다보라.

실러

5 사물을 이해한다는 것은 그 속에 들어갔다가 나오는 일이다. 포로가 되었다가 풀려나고, 매혹되었다가 깨어나고, 열정을 쏟아부었다가 냉정해지는 과정이 필요하다. 열정을 쏟아붓기만 한 사람은 그런 적

없는 사람과 마찬가지로 아무것도 이해할 수 없다. 우리는 믿었다가 나중에 돌이켜 생각해본 것만을 잘 이해할 수 있다. 이해하려면 자유로워야 하지만, 그보다 먼저 그 일에 사로잡혀봐야 한다. 아미엘

6 한 인간의 삶이나 한 민족의 삶의 연속성이 하루살이의 삶처럼 하찮게 여겨지거나, 아니면 반대로 하루살이의 삶이 먼지처럼 많은 민족들을 모두 포함한 천체의 삶처럼 무한하게 여겨질 때, 우리는 자신을 아주 작은 것으로도 아주 큰 것으로도 느낀다. 저 높은 하늘에 서면 우리 자신의 존재와 우리의 작은 유럽을 뒤흔드는 작은 회오리바람을 알아볼 수 있다. 바로 이런 것이 사상을 자유롭게 한다. 아미엘

7 우리의 안쪽에서 혹은 뒤쪽에서 빛이 우리를 통과해 비칠 때, 우리는 우리가 무無라는 것을, 그 빛이 전부라는 것을 알 수 있다. 우리가 흔히 인간이라고 부르는 것은, 즉 먹고 마시고 씨를 뿌리고 셈하는 존재는 진정한 의미의 인간이 아니다. 진정한 의미의 인간은 그 안에 살고 있는 영혼이다. 만일 인간이 행위를 통해 영혼을 드러낸다면 우리는 그 앞에 고개를 숙일 것이다.

"신은 소리 없이 우리에게 온다"는 말이 있다. 우리와 만물의 근원 사이에는 벽이 없다는 것, 결과인 인간과 원인인 신 사이에 벽이 없다는 뜻이다. 에머슨

8 영혼 그 자체가 이미 자신의 재판관이고 도피처다. 네 안의 인식하는 영혼—지고한 내적 재판관을 모욕하지 마라. 마누

✒ 지혜가 발현될 수 없는 상황은 없으며 그런 무의미한 일이란 없다.

1월 30일

땅은 소유의 대상이 될 수 없다.

1 소크라테스는 어디 출신이냐는 물음을 받자, 세계의 시민이라고 대답했다. 그는 자신을 세계의 주민이자 시민이라 생각했다. 키케로

2 만일 우리가 살고 있는 모든 땅이 지주들의 것이고 그들이 그 지상권을 가지고 있다면, 지주가 아닌 자들은 지상에 대한 아무런 권리도 가질 수 없을 것이고, 지주의 승낙을 얻어야만 지상에 존재할 수 있다. 지주의 승낙이 있어야만 두 다리로 땅을 딛고 서 있을 권리를 얻는 것이다. 그러므로 만일 지주들이 그들에게 다리를 딛고 설 곳을 주지 않는다면 지구 밖으로 쫓겨 나가야 할 것이다. 스펜서

3 땅의 소유는 노예의 소유와 마찬가지로 노동으로 만들어진 물건을 소유하는 것과는 본질적으로 다르다.
   만약 너희가 한 인간이나 한 민족에게서 돈이나 물건이나 가축 따위를 빼앗더라도 그 약탈은 너희가 떠나면 끝나는 것이다. 물론 시간이 흐른다고 그 범죄가 좋은 일이 되지는 않겠지만 시간은 결국 범죄의 결과를 소멸시킬 것이다. 그 범죄에 참여했던 사람들과 함께 멀

리 과거 속으로 흘러가버리는 것이다.

그러나 한 민족에게서 땅을 빼앗는다면 그 약탈은 영원히 계속될 것이다. 모든 새로운 세대들에게 해마다, 날마다 언제나 새로운 약탈이 될 것이다.　　　　　　　　　　　　　　　　　　　　헨리 조지

4 우리는 섬 하나를 차지하고 일하며 살고 있다. 난파한 배의 선원이 우리 바닷가에 밀려왔다고 하자. 그에게 어떤 권리가 있을까? 그는 이렇게 말할 수 있을까?—나도 인간이다. 나 또한 땅을 일궈 먹고살 자연적인 권리를 가지고 있다. 그러므로 나도 너희와 같은 권리로 한 조각의 땅을 차지해 일하며 살아갈 수 있다.　　　　　　　　　라블레

5 인류에게 가장 큰 불행의 원인은 땅이 개인의 것이 될 수 있다는 해괴망측한 확신이다. 그것은 노예제도와 마찬가지로 불공평하고 잔인하다.　　　　　　　　　　　　　　　　　　　　　　　　뉴먼

6 **만일 땅에 대한 권리가 없는 사람이 한 사람이라도 있다면 땅에 대한 모든 권리는 불법이다.**　　　　　　　　　　　　　　　　　에머슨

7 대지는 우리 모두의 어머니다. 대지는 우리를 먹여주고 우리에게 보금자리와 기쁨을 주고 우리를 품어준다. 태어난 순간부터 어머니 같은 그 품에서 영원히 잠들 때까지 우리를 부드럽게 안아주고 어루만져준다.

그럼에도 사람들은 땅을 사고파는 것에 대해 이야기한다. 실제로 모든 것을 사고팔 수 있는 우리 시대에 땅은 값이 매겨져 시장에 나온다. 그러나 하늘의 창조주가 만든 땅을 사고파는 것은 야만스럽고 어리석은 행위다. 땅은 오직 전능한 신과 그 위에서 일하는 사람의 아들 전부와 앞으로 일하게 될 자들의 것이다. 대지는 어느 한 세대의 소유가 아니라 그 위에서 일하는, 과거와 현재와 미래 모든 세대의 것이다.

칼라일

/ 아무도 땅을 소유할 권리를 가질 수 없다.

1월 31일

누구의 비판도 허용하지 않고 모두 잠자코 신앙으로 받아들여야 한다는 식으로 종교적 율법을 만드는 사람들이 있다. 그보다 더 극악한 오만이 있을까.

그런 율법이 사람들에게 무슨 필요가 있겠는가?

1 진실이라면, 가난뱅이건 부자건 남자건 여자건 어린아이건 모두가 믿게 하라. 진실이 아니라면, 부자건 가난뱅이건 민중이건 여자건 어린아이건 모두가 믿지 않게 하라. 진실은 높은 곳에서 큰 소리로 외쳐라.

어떤 사람들은 민중에게 진실을 알리는 것은 위험한 일이라고 수군댄다. 그들은 말한다. "민중에게 진실을 숨겨서는 안 된다는 것을 알고 있다. 하지만 진실을 숨기는 것이 민중에게 오히려 이롭다. 괜히 민중의 신앙을 들쑤시면 나쁜 일만 많이 생길 것이다."

개인을 속이든 대중을 속이든, 그릇된 길은 어디까지나 그릇된 길이다. 그러므로 언제나 하나의 내적 동기만 인정하자. 진실이 우리를 어디로 데려가든 오로지 우리가 아는 진실을 향해 나아가는 것이다.

클리퍼드

2 대중의 무지와 미신은 계몽된 자들이 자신들은 문명의 빛을 누리면서 그 빛을 마땅히 쓰여야 할 곳—무지의 암흑에서 벗어나려는 사람들을 돕는 일—에 쓰지 않고 오히려 그들을 계속 그 안에 가두는 데 쓰기 때문이다. 그런 잔인한 사람들이 예나 지금이나 여전히 있다.

3 참으로 이상하다! 어느 시대에나 악인은 자신의 비열한 행위에 종교와 도덕과 조국에 대한 봉사라는 가면을 씌우려고 애쓴다. 하이네

4 율법학자들을 조심해라. 그들은 기다란 예복을 걸치고 나다니기를 좋아하고 장터에서 인사받는 것을 즐기며 회당에서는 높은 자리를 찾고 잔치에 가면 윗자리에 앉으려 한다. 그리고 과부들의 가산을 등쳐먹으면서도 기도만은 남에게 보이려고 오래 한다. 이런 사람들이야말로 그만큼 더 엄한 벌을 받을 것이다. 「누가복음」 20:46~47

5 너희는 스승 소리를 듣지 마라. 너희의 스승은 오직 한 분뿐이고 너희는 모두 형제들이다. 또 이 세상 누구를 보고도 아버지라 부르지 마라. 너희의 아버지는 하늘에 계신 아버지 한 분뿐이시다. 또 너희는 지도자라는 말도 듣지 마라. 너희의 지도자는 그리스도 한 분뿐이시다.

「마태복음」 23:8~10

6 그리스도의 가르침의 본질은 그의 계명을 실천하는 것이다. 하늘나라에는 "주님! 주님!" 하고 부르는 자가 아니라, 아버지의 뜻을 실천하는 사람이 들어간다.

7 그리스도는 신과 인간 사이에 중개자는 필요하지 않다고 가르쳤다. 그는 모든 인간이 신의 아들이라고 가르쳤다. 아버지와 아들 사이에 무슨 중개자가 필요하겠는가.

2
월

2월 1일

어떤 이치로도 정신적인 것을 물질적인 것으로 환원할 수 없고, 정신적인 것이 물질적인 것에서 나왔다고 설명할 수 없다.

1 인간은 자기 육체와 정신을 자신으로 생각하면서도 언제나, 특히 젊을 때는 육체에만 관심을 둔다. 하지만 인간에게 중요한 것은 정신이다. 그러므로 육체가 아닌 정신에 대해 생각하는 습관을 길러야 한다. 생명은 정신 속에 있다는 것을 더욱 자주 상기하라. 온갖 세속적 더러움에서 정신을 지켜라, 정신을 육욕에 내맡기지 마라. 정신이 육체를 지배하게 하라. 그럴 때 너는 네 사명을 다하고 즐거운 삶을 살게 될 것이다.

아우렐리우스에 의함

2 모든 문제는 정신의 실재성을 믿느냐 믿지 않느냐에 달려 있다. 바로 이 점에서 사람들은 산 사람과 죽은 사람, 즉 정신의 실재성을 믿는 자와 믿지 않는 자로 나뉜다.

믿지 않는 자는 말한다. "정신이 어디 있다는 것인가…… 지금 여기 먹고 즐기는 것이 바로 나 자신이다!" 그래서 그는 별생각 없이 자신의 육욕과 사악한 일에 탐닉하며 오직 외적인 것에만 마음을 쓰고 거짓말을 한다. 그는 아랫사람에게는 거들먹거리고 윗사람에게는 굴종하고, 자기 안에 있는 최상의 요구, 즉 자유와 진리와 사랑에 대한 요구에는 무감각하다. 그러한 인간은 이성의 빛으로부터 숨는다. 왜냐하면 그는 죽어 있기 때문이다. 빛은 오직 살아 있는 자에게만 생명을 주며, 죽은 것은 마르고 썩어갈 뿐이다.

정신적 삶의 실재성에 대한 믿음은 인간의 사고에 다른 방향을 제시한다.

정신적 삶을 믿는 자는 자신의 내부에 관심을 쏟고 자신의 생각과 감정을 이해하려고 애쓰며, 최고의 요구, 즉 자신의 삶을 자유롭고 참되고 사랑에 찬 것으로 만들려는 요구에 따라 삶의 방향을 정한다. 그리고 최대한 선의 목적에 부합하는 생각과 감정으로 자신의 삶을 이루려고 행위로써 애쓴다. 그런 인간은 진리를 찾으면서 빛을 향해 손을 뻗는다. 세상의 삶이 햇빛 없이는 불가능하듯 정신적 삶은 이성의 빛 없이는 불가능하기 때문이다.

세상에는 완전한 암흑의 주민도 없고 완전한 빛의 주민도 없다. 모든 사람은 갈림길에 서 있다. 제각기 어디로도 갈 수 있고 또 가고 싶은 곳으로 간다. 정신의 실재성을 믿고 이성의 빛 속에서 사는 사람은 신의 나라에 살면서 영원한 생명을 누릴 것이다.   부카

3 과학자들과 철학자들이 운명이니 필연적 운동이니 하며 어떤 논리를 지어내더라도 개의치 마라. 세계가 우연의 연속으로 만들어진 것이라고 하더라도 개의치 마라. 나는 이 세계에서 통일된 계획을 본다. 그들이 확신에 차서 무슨 말을 하건 나는 이 유일한 근원을 인정하지 않을 수 없다. 그들이 나에게 『일리아스』는 우연히 흩어져 있던 활자로 만들어진 것이라고 말하더라도 나는 개의치 않는다. 나는 흔들리지 않고 그들에게 말할 것이다—나에게 그것을 믿지 않을 이유가 없긴 하지만 **내가 그것을 믿을 수 없다는 것** 말고는 사실이 아니다.

"그것은 전부 미신이다"라고 과학자들은 말한다. 나는 어쩌면 미신일지도 모른다고 대꾸하겠다. 그러나 무엇 때문에 그대들의 흐릿한

이해력은 그보다 더 설득력 있는 미신에 반대하는가?

너희는 말할 것이다―"영혼과 육체의 이원론은 있을 수 없다." 그러면 나는 내 사상과 나무 사이에는 아무런 공통점이 없다고 대꾸할 것이다.

무엇보다도 우스운 것은, 그들은 궤변으로 서로를 부수고 있으며 인간의 영혼을 인정하기보다 돌에게 영혼을 부여하려 하고 있다는 것이다.

루소

4 나는 개가 선택하고 기억하고 사랑하고 두려워하고 상상하고 생각할 수 있는지 알지 못한다. 그러므로 만일 사람들이 나에게 개 안에 있는 것은 욕망도 감정도 아니며, 다만 물질들의 다양한 조합으로 구성된 유기체 조직의 자연적이고 필연적인 움직임일 뿐이라고 말한다면 나는 동의할지도 모른다. 그러나 나는 사유를 하고, 내가 사유하고 있다는 것을 안다. 길이와 너비와 깊이라는 방향과 차원으로 분류되는 공간인 물질의 이러저러한 결합과 사유하는 존재자 사이에는 어떤 공통점이 있는 것일까?

라브뤼예르

5 만일 만물이 오직 물질일 뿐이고 모든 사람의 생각도, 내 안에 있는 생각도 다만 물질의 입자들이 결합한 결과에 지나지 않는다고 한다면 도대체 누가 이 세계에 물질적인 것 외의 다른 존재에 대한 관념을 낳았을까? 어떻게 물질이 물질을 부정하고 자기 존재에서 배제하려는 것의 원인이 될 수 있을까? 어떻게 물질이 인간 안에서 인간은 물질이 아니라는 확신을 인간에게 줄 수 있을까?

라브뤼예르

6 형이상학은 실제로 존재한다. 학문으로서는 아닐지라도 자연적인 성향으로서 존재한다. 왜냐하면 인간의 이성은 그저 많은 것을 알려고만 드는 허영적인 욕망뿐만 아니라, 자기 자신의 요구에 따라 억누를 수 없는 기세로 앞으로 나아가며 어떤 경험적인 이성의 활동이나 거기서 도출된 원칙들도 해답을 주지 못하는 문제들에 도달하기 때문이다. 그리하여 사변으로까지 확대된 이성을 갖춘 사람들에게는 언제나 어떤 형이상학이 존재했고, 앞으로도 존재할 것이다.   칸트

/ 어린아이의 단순한 지적 능력으로도, 현자의 심오한 지혜로도 정신적인 것과 물질적인 것은 언제나 명확히 구별된다. 정신적인 것과 물질적인 것에 대한 논쟁은 무익하다. 그와 같은 논쟁은 아무것도 밝혀주지 않는다. 명백하고 의심의 여지가 없는 것을 모호하게 할 뿐이다.

2월 2일

죽음을 잊고 있는 삶과 매 순간 죽음에 다가간다는 것을 의식하는 삶의 모습은 완전히 다르다.

1 삶이 육체의 영역에서 정신의 영역으로 옮겨갈수록 죽음에 대한 두려움은 점점 줄어든다. 완전히 정신적인 삶을 사는 사람에게 죽음에 대한 두려움은 있을 수 없다.

2 껍데기인 육체를 벗어던진다는 것, 즉 죽음이 시시각각 눈앞에 다가오고 있다는 것을 굳게 믿고 기억한다면 훨씬 쉽게 정의와 진리에 따르는 삶을 살 수 있다. 운명을 받아들이기도 한결 쉬워진다. 오늘 네 앞에 놓인 모든 일을 정의롭게 행하고, 지금 네 앞에 놓인 짐을 겸손히 지고 가야 한다는 것만 생각하며 살아가라. 세상의 어떤 풍문과 비방과 음모에도 흔들리지 않을 수 있고 그것들에 대해 생각하지도 않게 될 것이다. 너를 덮칠지 모르는 어떤 불행도 하찮게 여겨질 것이다. 그런 삶에서는 모든 욕망이 신의 뜻을 실천하는 일에만 집중되기 때문이다. 너는 언제라도 그렇게 할 수 있다.   아우렐리우스에 의함

3 죽음에 대해 더욱 자주 생각하고 당장이라도 죽을 수 있다는 생각으로 살아라.

어떻게 행동해야 할지 고민되다가도 오늘밤 당장 죽는다고 생각하면 고민은 사라진다. 바로 그때 무엇이 너의 의무이고, 무엇이 너 개인의 욕망인지 분명해진다.

4 죽음이 가까이 왔다는 생각은 삶에서 진정으로 중요한 것의 우위에 따라 인간의 행위를 구분하게 해준다. 형 집행이 얼마 남지 않은 사형수는 능력을 키우거나, 재산을 지키거나, 좋은 평판을 얻거나, 조국의 승리나 새로운 행성의 발견 같은 일에 마음을 쓰지 않는다. 사형이 가까워진 그는 슬픔에 빠진 사람을 위로하고, 쓰러진 노인을 부축해 일으키고 상처를 붕대로 감싸줄 것이다. 그리고 아이들의 망가진 장난감을 고쳐줄 것이다……

5 나는 내 정원을 사랑하고 독서를 즐기고 아이들을 쓰다듬는 일을 좋아한다. 그러나 죽음과 함께 그것을 잃을 것이다. 그래서 나는 죽고 싶지 않고, 죽음이 두렵다.

나의 모든 생활은 그런 일시적이고 세속적인 욕망과 그 욕망을 충족하는 것으로 이루어져 있는지도 모른다. 만일 그렇다면 그런 욕망을 멈추게 하는 죽음이 두렵지 않을 수 없다. 그러나 그런 욕망과 그 충족이 내 안에서 신의 의지를 수행하고 지금의 내 모습과 미래에 내가 될 수 있는 모든 모습까지 신에게 나를 맡기고 싶다는 욕망으로 바뀐다면, 나의 의지가 신의 의지로 대체될수록 죽음에 대한 두려움은 줄어들 뿐 아니라 그 존재마저 희미해질 것이다. 그리고 나 개인의 행복에 대한 욕망이 신의 의지를 수행하고 싶다는 욕망으로 완전히 대체된다면, 그때 나에게는 삶 외에 어떤 것도 존재하지 않을 것이다.

세속적이고 일시적인 것을 영원한 것으로 바꾸어가는 것이 곧 삶의 길이다. 우리는 그 길을 걸어가야 한다. 어떻게 그 길을 갈 수 있을까? 우리는 이미 그것을 알고 있다.

╱ 죽음을 일부러 떠올린다는 것은 곧 죽음을 생각하지 않고 살고 있다는 것이다. 일부러 떠올리는 것이 아니라 언제나 죽음이 시시각각 다가오고 있다는 것을 인식하며 조용하고 기쁘게 살아가야 한다.

2월 3일

영혼에게 선은 육체에게 건강과 같은 것이다. 선을 이미 지니고 있을 때는 눈에 보이지 않는다.

1 덕이 높은 사람은 자신의 덕을 의식하지 않기 때문에 덕이 높은 것이고, 덕이 낮은 사람은 자신의 덕을 결코 잊지 않으려 하기 때문에 덕이 낮은 것이다. 참된 덕은 무위이고 자신을 알리지도 드러내지도 않는다.

참된 자애는 스스로 알지 못하고 드러내지도 않는다. 참되지 않은 자애는 내세우고 드러낸다. 참된 정의는 그것을 행하면서 저절로 의도를 없애고, 거짓된 정의는 그것을 행하며 언제나 의도를 드러낸다.

참된 예의는 저절로 나타나고 드러내지 않는다. 거짓된 예의는 억지로 나타나고 호응이 없으면 힘으로라도 답하게 한다.

참된 덕을 잃은 후 자애가 생겼고, 자애를 잃은 후 정의가 생겼고, 정의를 잃은 후 예의가 나타났다.

예의는 진실의 모방이며 세상이 어지러워지는 시초가 된다.　　노자

2 덕이 있는 사람은 곧은길을 끝까지 걸어가려 한다. 반쯤 걷다 의지를 잃는 것이야말로 가장 두려워해야 할 일이다.　　중국의 격언

3 인간의 덕행은 보석 같아야 한다. 무슨 일이 있어도 보석은 천연의 아름다움을 잃지 않는다.　　아우렐리우스

4 선을 행할 때는 사람들에게 알리지 말고 몰래 행하라. 그때 비로소

선행의 기쁨을 알게 될 것이다. 선한 삶을 살고 있다고 스스로 의식하는 것이야말로 최고의 보상이다.

5 남을 행복하게 한 만큼 자신의 행복이 커진다. 벤담

6 우리가 서로 도우며 행복하게 사는 삶 속에 신의 의지가 있다. 러스킨

7 식물의 행복은 빛에 있기 때문에 어떤 것에도 가려지지 않은 식물은 자기가 어느 쪽으로 뻗어가야 하는지, 이 빛이 좋은 빛인지, 더 좋은 빛을 기다리지 않아도 되는지 물을 수도 없고 묻지도 않는다. 식물은 다만 세상에 존재하는 유일한 빛을 받아들이고 빛을 향해 뻗어간다. 마찬가지로 자기만의 행복에서 벗어난 사람은 누구를 사랑해야 하는지, 지금 사랑하는 사람을 사랑해도 좋은지, 더 좋은 다른 사랑을 기다려야 하는지 따지지 않고 다가갈 수 있는 자기 앞의 사랑에 전부를 바친다.

8 벗을 위해 목숨을 바치는 것보다 더 큰 사랑은 없다. 사랑은 자기희생을 동반해야 비로소 사랑이다. 자기 자신을 잊고 자신이 사랑하는 사람의 삶을 위하는 사랑만이 진실한 사랑이며 그런 사랑 속에서만 우리는 사랑의 보상으로서 행복을 얻게 된다. 사람들 사이에 그런 사랑이 있기 때문에 세계는 존립할 수 있다.

✒ 선한 사람이 되려고 노력하는 것만큼 자신이나 타인의 삶을 아름답게 가꿔주는 것은 없다.

2월 4일

인간은 오직 진리 안에 있어야 자유롭다. 진리는 이성을 통해 열린다.

1 이성적인 존재의 특성은 자신의 운명에 자유로운 자로서 따르는 것이며, 짐승처럼 운명과 추하게 싸우는 것이 아니다.

아우렐리우스

2 눈을 뜨면 보이는데도 한 번도 눈을 뜨지 않았다면 그는 참으로 불쌍한 사람이다. 불행을 차분히 견뎌낼 이성이 주어져 있는데도 그것을 몰랐다면 더욱 불쌍한 사람이다. 이성적으로 사는 사람은 훨씬 쉽게 불행을 이겨낸다. 이성은 어떤 불행도 결국은 지나가기 마련이고 그것이 종종 선으로 바뀌기도 한다고 우리에게 귀띔해주기 때문이다. 그러나 사람들은 불행을 마주보지 않고 외면하려 애쓴다. 신이 우리의 뜻에 반해 일어난 일에 괴로워하지 않을 수 있는 힘을 주었다는 것에, 우리 영혼을 오직 우리 힘 안에 있는 이성에 종속시켜주었다는 것에 감사하는 편이 낫지 않을까? 신은 우리 영혼을 우리의 부모나 형제, 재물, 육체, 죽음, 그 어느 것에도 종속시키지 않았다. 신은 우리 영혼을 우리에게 속한 유일한 것, 즉 이성에 종속시켰다.

에픽테토스에 의함

3 길에 호두나 생강과자를 뿌려보아라. 금세 아이들이 달려와 서로 주우려고 다툴 것이다. 어른들이라면 그것 때문에 싸우지는 않을 것이다. 그것이 빈 호두 껍데기라면 아이들도 줍지 않을 것이다.

이성적인 인간에게 부와 영예는 어린아이들 눈앞에 있는 눈깔사탕이나 빈 호두 껍데기 같은 것이다. 철부지 아이들이 줍든 다투든 내버려두어라. 부자, 권력자, 관리의 손에 입을 맞추는 사람도 마찬가지다. 이성적인 인간에게 그들은 모두 빈 호두 껍데기나 다름없다. 만일 이성적인 인간의 손에 우연히 호두가 굴러들어온다면 어찌 그라고 그것을 먹지 못하겠는가. 그러나 그것은 주우려고 허리를 구부리거나, 싸우거나, 누군가를 나가떨어지게 하거나 자신이 거꾸러질 만한 가치 있는 것이 아니다.　　　　　에픽테토스

／ 우리는 이성의 요구에서 멀어질수록 자유를 잃고 자신의 욕망과 타인에게 얽매이게 된다. 참된 자유는 오직 이성을 통해 얻을 수 있다.

이성

1

세상 모든 일에서 온갖 새로운 방법과 새로운 특권, 새로운 탁월함이 이내 나름의 불이익을 가져오듯이, 이성도 인간에게 동물에게는 없는 커다란 특권을 주는 대신 불이익을 주어서, 동물은 절대로 빠지지 않는 유혹의 길을 터놓는다. 동물은 접근도 할 수 없는 새로운 종류의 충동, 즉 **추상적** 충동은 바로 그런 길을 통해 의지를 지배하는 힘을 얻는다. 추상적 충동이란 자신의 경험이 아니라 흔히 다른 사람들의 말과 사례와 암시와 문학을 통해 싹트는 관념일 뿐이다. **이성적** 이해의 가능성과 함께 이내 인간에게는 **망상**의 가능성도 열린다. 그리고 모든 망상은 이내 해악의 원인이 되며, 망상이 클수록 그 해악도 커진다. 개인의 망상은 언젠가는 대가를 치러야 하는데, 종종 아주 비싼 대가를 치르게 한다. 민족 차원의 망상이라면 그 규모는 엄청나게 클 수밖에 없다. 그러므로 어느 곳에서든 망상은 인류의 적으로서 찾아내 뿌리 뽑아야 한다는 것, 해롭지 않은 망상이란, 더욱이 유익한 망상이란 있을 수 없다는 것을 잊지 말아야 한다. 사려가 있는 사람이라면 망상과 싸워야 한다. 설령 인류가 병원에서 종기를 절개한 환자처럼 큰 소리로 울부짖더라도 그는 싸워야 한다.

　특별한 종류의 훈련이 대중을 위한 참된 교육을 대신하고 있다. 특수한 훈련은 그것에 대항할 만한 사고의 경험과 판단력이 쌓이기도 전인 어린 시절부터 머릿속에 어떤 관념을 모범으로 심어놓고 습관적으로 주입함으로써 이루어진다. 이렇게 심어진 온갖 관념이 접붙

여겨 이윽고 마치 **선천적인 것인** 양 뿌리내리면 어떤 가르침도 그것을 이길 수 없게 된다. 심지어 철학자들까지도 종종 그렇다. 그런 식으로 올바른 것이든, 합리적인 것이든, 극히 불합리한 것이든 무엇이든 사람들에게 접붙일 수 있다. 이를테면 우상에 다가갈 때마다 몸을 벌벌 떨고, 그 이름을 부를 때마다 몸과 마음으로 코가 땅에 닿도록 엎드리고, 명성을 지킨다는 이유로 지극히 이상하고 쓸모없는 것에 자신의 삶과 재산을 자발적으로 바치고, 제멋대로 이것 혹은 저것을 최고의 명예 혹은 최대의 모욕으로 생각하면서 그것에 따라 누군가를 진심으로 존경하거나 경멸하는 것, 또는 힌두스탄에서처럼 모든 육식을 금하는 것, 아비시니아에서처럼 살아 있는 짐승의 살을 잘라내 온기가 남은 꿈틀거리는 날고기를 먹어치우는 것, 뉴질랜드에서처럼 인육을 먹는 것, 자기 자식을 몰록^{고대 셈족이 섬기던 불의 신}의 제물로 바치는 것, 스스로 거세하고 죽은 자를 태우는 장작불 속에 자진해서 뛰어드는 것 등이다. 한마디로 사람들을 **무엇에든** 길들게 할 수 있는 것이다. 바로 거기서 광신적인 종파가 타락한 결과인 십자군이, 천년왕국파와 채찍파가, 이교도에 대한 박해가, 아우토다페^{autodafé}(종교재판의 화형)가, 인류의 망상들이 적힌 긴 두루마리에서 발견할 수 있는 온갖 일이 생겨났다.

망상과 편견의 비극은 그 실제적 측면에 있으며, 희극은 그 이론적 측면에 있다. 어떤 어리석은 사상도 설령 처음에는 단 세 사람에게 주입됐다 할지라도 나중에는 온 민족의 신념이 될 수 있다.

우리 안에 있는 이성과 연관된 불이익은 이런 것이다.

아르투어 쇼펜하우어

진리를 탐구하고 인정할 때 사람들 사이에서 생기는 망상과 의견의 불일치는 이성을 믿지 않기 때문이다. 그 결과로서 인간의 삶은 관습, 전통, 유행, 미신, 편견, 폭력 등 이성이 아닌 아무것에나 이끌리면서 제멋대로 흘러간다. 그렇게 이성은 홀로 존재하게 된다. 만일 이성의 기관인 사유가 뭔가에 적용된다면, 그것은 진리를 탐구하고 널리 퍼뜨리는 일이 아니라 관습, 전통, 유행, 미신, 편견을 애써 정당화하고 지지하는 데 쓰인다.

하나의 진리를 인정할 때 사람들 사이에서 망상과 의견의 불일치가 일어나는 것은 이성이 하나가 아니거나 하나의 진리를 나타낼 수 없기 때문이 아니라 사람들이 이성을 믿지 않기 때문이다.

만약 사람들이 자신의 이성을 믿는다면 자기 안에 나타나는 이성과 다른 사람에게서 나타나는 이성을 비교할 방법을 발견할 것이다. 그리고 그들이 서로의 이성을 확인하는 방법을 발견한다면 이성의 기관인 사유가 지닌 힘의 정도가 다양해 각자의 이성이 다른 것을 나타내고 있더라도 결국 이성 자체는 하나임을 확신할 것이다.

이성이란 시각과 같다. 시각의 기관인 눈이 사람들에게 시야의 반경에 따라 다양한 물리적 범위를 열어주는 것은 시각이 동일한 법칙을 따르지 않기 때문이 아니라 먼 것을 식별하는 능력의 정도 혹은 시점(축자적 의미의 시점)이 다양하기 때문이다. 이성의 기관인 사유가 사람들에게 다양한 지성적, 도덕적 지평을 열어주는 것은 사유가 동일한 법칙을 따르지 않기 때문이 아니라 먼 것을 내다볼 줄 아는 지적 능력의 정도 혹은 시점(비유적 의미의 시점)이 다양하기 때문이다.

그리고 물리적 범위를 측정하는 일에서 각각의 일방적인 시점들은 하나의 공통된 시점, 이를테면 가장 높은 곳의 시점(축자적 의미)에 집중시켜 바로잡을 수 있고, 먼 것을 식별하는 능력의 차이는 여러 광학기기, 즉 안경이나 망원경이나 현미경 등을 통해 없앨 수 있는 것과 마찬가지로, 도덕적 및 정신적 범위를 연구하는 일에서도 각각의 일방적인 시점들은 하나의 공통된 시점, 가장 높은 시점에 집중시켜 바로잡을 수 있고, 먼 것을 내다볼 줄 아는 지적 능력의 차이는 교육을 통해 없앨 수 있다. 이때 그러한 차이를 없애는 가장 훌륭한 기관은 지혜로운 사람들의 입에서 나온 말들이다.

현자는 아주 먼 옛날 사람들에게 주어진 **생각과 감정이 독자적으로 태어날 수 있도록 돕는다.** 그의 역할은 망원경의 역할과 아주 흡사하다. 망원경은 장님에게 시력을 주지는 못하지만 시력이 있다면, 아무리 눈이 나쁘더라도 조금 더 볼 수 있게 해준다. 소크라테스는 현자를 산파에 비유했다. 산파는 여자에게 아기를 주진 못하지만 여자가 가지고 있는 것을 세상에 생산할 수 있도록 돕는다.

그러나 하나의 진리를 아는 일에서 사람들의 의견이 일치하지 않는 것은 시점이나 이성의 정도 차이 때문만은 아니다. 또다른 원인은 사람들의 자기애에도 있다. 자기애 때문에 인간은 상대방의 논리가 지극히 이치에 맞는다는 것을 내심 인정하면서도 자신의 의견을 끝까지 고집한다.

표도르 스트라호프

2월 5일

개인과 사회의 삶에서 일어나는 모든 일의 근원은 생각이다. 그러므로 사람들에게 일어나는 모든 일에 대한 설명은 앞서 일어난 일이 아니라 생각 속에서 찾을 수 있다.

1 무엇에 대해 생각해야 하는가보다 무엇에 대해 생각하지 않아도 되는가를 아는 것이 더 중요하다.

2 우리의 삶은 우리 생각들의 결과다. 삶은 생각에서 비롯된다. 나쁜 생각으로 말하거나 행동한다면 소달구지의 수레바퀴가 소를 따라오듯 고통이 뒤따를 것이다.

　우리의 삶은 우리 생각들의 결과다. 삶은 우리 마음에서 태어나고 우리 생각으로 이루어진다. 선한 생각으로 말하거나 행동한다면 절대 떨어지지 않는 그림자처럼 기쁨이 따라다닐 것이다.　　　『법구경』

3 인간은 사는 곳이 깨끗해진다고 달라지지 않는다. 행복은 더 많은 만족과 물질적 풍요가 있다고 커지는 것이 아니다. 정신은 자신이 사는 육체를 창조한다. 오직 정신만이 자신에게 맞는 집을 지을 수 있다.

마치니

4 우리에게 익숙해져 굳어버린 생각은 우리가 접촉하는 모든 것에 자기 색을 입힌다. 그 생각이 잘못된 것이라면, 고귀한 진리까지 왜곡

시킨다. 습관적인 생각은 우리가 살고 있는 집보다 더 단단하게 우리 주변을 둘러싸버린다. 그것은 달팽이가 언제나 지고 다니는 껍데기와 비슷하다.

루시 맬러리

5 우리의 좋거나 나쁜 생각은 우리를 천국이나 지옥으로 데려간다. 그 천국과 지옥은 하늘 위나 땅 아래가 아니라 바로 여기, 이 삶에 있다.

루시 맬러리

6 우리의 생각은 자유로워 보이지만 우리 안에는 생각을 지배하는, 생각보다 강한 뭔가가 있다.

✒ 이미 굳어져버린 삶의 진로를 바꾸기 위해서는 지금까지의 숱한 사건이 아니라 그 같은 사건을 낳았고 지금도 낳고 있는 생각과 싸워야 한다.

2월 6일

우리를 가장 강하게 사로잡는 욕망은 정욕이다. 정욕은 결코 만족을 모르며, 만족할수록 더 강해진다.

1 노예가 얼마나 살고 싶어하는지 보라. 무엇보다 그는 노예 신분에서

벗어나길 바란다. 벗어나지 않고는 자유로울 수도 행복할 수도 없다고 생각한다. 그는 말한다—내가 만약 노예가 아니라면 당장 더없이 행복해질 것이다. 억지로 주인을 섬기고 비위를 맞추지 않아도 될 것이다. 누구와도 대등하게 대화하게 될 것이다. 누구에게도 고하지 않고 마음이 내키는 대로 자유롭게 다닐 것이다.

그러나 노예 신분에서 벗어나자마자 그는 더이상 먹이고 재워주는 주인이 없기 때문에 배를 채우기 위해 아첨할 대상을 사방으로 찾아다니게 될 것이다. 배를 채우기 위해 비천한 일도 마다하지 않고, 이전보다 한층 더 괴로운 노예 상태로 떨어지게 될 것이다.

유난히 힘든 일이 생기면 그는 이전의 노예생활을 떠올리며 말할 것이다.

"주인을 섬길 때가 정말 좋았어! 걱정하지 않아도 옷과 신발과 음식을 받았고, 병에 걸리면 주인이 보살펴줬지. 일도 그렇게 힘들지 않았어. 그런데 지금은 너무 불행해! 전에는 주인이 한 사람밖에 없었는데 지금은 대체 몇 사람인가! 풍족해지려면 나는 대체 얼마나 많은 사람의 비위를 맞춰야 한단 말인가!"

풍족해지기 위해 그는 역경을 견딘다. 그러나 바랐던 것을 얻어도 갖가지 걱정으로 스스로를 옥죄고 있는 자신을 깨닫게 된다.

그래도 그는 이성을 붙들지 않는다. 그는 생각한다—내가 만일 훌륭한 지휘관이라면 나의 모든 불행은 끝날 것이다. 모두 얼마나 나를 예찬할까! 그래서 그는 군대에 들어간다. 군대에서 온갖 궁핍을 참고 죄수처럼 고통을 겪는다. 두세 차례 전쟁에 나가겠다고 자원한다. 그의 삶은 계속 나빠진다.

불행에서 벗어나길 원한다면 그는 스스로 깨어나야 한다. 진정한 행복은 모든 이의 영혼 속에 새겨진 진리와 선의 법칙을 삶의 걸음걸음마다 실천하는 데서 온다. 그렇게 해야만 인간은 참된 자유를 얻

고, 원하는 행복도 누리게 될 것이다. 에픽테토스에 의함

2 육체적 쾌락을 갈망하는 비천한 정욕, 독으로 가득한 정욕에 사로잡
   힌 인간은 칭칭 엉킨 메꽃처럼 온갖 고통에 휘감길 것이다. 그러나
   정욕을 이겨내는 인간은 연잎에서 빗방울이 굴러떨어지듯 온갖 고
   통이 사라질 것이다. 『법구경』

3 사람들이 욕망하고 동요하고 괴로워하는 것은 모두 악 때문이다. 진정한 선
   은 우리의 욕망과 상관없이 생겨날 뿐 아니라 오히려 욕망에 반하며, 악으로
   인한 동요와 고뇌가 끝난 뒤에 온다.

4 사람들은 종종 욕망을 다스리는 힘보다 욕망의 힘 자체를 더 자랑한
   다. 얼마나 해괴한 착각인가!

／ 지금의 네가 혐오까지는 아닐지라도 경멸하는 많은 것을 과거의 네
   가 얼마나 열렬히 원했던가 떠올려보라. 지금 너를 흔드는 온갖 욕망
   도 장차 그럴 것이다.
   　또 네가 욕망을 충족시키려다 얼마나 많은 것을 잃었는지 떠올려
   보라. 미래에도 똑같을 것이다. 욕망을 누르고 달래라. 그것은 언제
   나 유익하고, 언제나 가능한 일이다.

2월 7일

자기완성은 내적인 일이기도 하고 외적인 일이기도 하다. 그것은 사람들과 어울리지 않고는, 서로 영향을 주고받지 않고는 완성될 수 없다.

1 세 가지 유혹이 사람들을 괴롭힌다. 육체의 욕망, 오만, 재물에 대한 집착이다. 여기서 모든 불행이 생겨난다. 육욕과 오만과 물욕이 없다면 사람들은 행복할 것이다. 대체 어떻게 해야 이 무서운 병에서 해방될까? 이 병에서 벗어나는 것은 정말 어렵다. 이 병의 뿌리가 우리의 천성 속에 도사리고 있기 때문이다.

이 병에서 벗어나는 수단은 오직 하나다. 누구나 스스로 노력하는 수밖에 없다. 사람들은 흔히 정부와 법률이 도울 수 있다고 생각하지만 그런 것은 있을 수 없다. 왜냐하면 법률을 제정하고 사람들을 다스리는 사람들 또한 우리와 다를 바 없이 육욕과 오만과 물욕의 유혹에 괴로워하기 때문이다. 그러므로 법률이나 위정자들에게 기대해선 안 된다. 따라서 인간이 자신의 행복을 위해 할 수 있는 유일한 일은, 자기 안의 육욕과 오만과 물욕을 완전히 몰아내는 것이다. 각자가 스스로 노력하기 전까지는 어떠한 개선도 불가능하다. 라므네에 의함

2 인내를 배우려면 음악 연주만큼이나 많은 연습이 필요하다. 하지만 우리는 스승이 오자마자, 인내를 배울 기회가 생기자마자 수업에서 달아나고 만다. 러스킨

3 "하늘에 계신 아버지께서 완전하신 것같이 너희도 완전한 사람이 되어라."「마태복음」5:48 복음서의 이 말은 인간이 신과 똑같아져야 한다는 것이 아니라 신적 완성에 다가가도록 노력해야 한다는 뜻이다.

4 흠 없는 완전무결함은 곧 신이다. 신에게 다가가는 것은 곧 인간의 삶이다. 자기완성을 향해 끊임없이 정진하는 사람은 이성적이며, 선악을 분별할 수 있다. 선은 선이고 악은 악이라는 것을 알 때 비로소 선에 전념하고 악을 멀리하게 된다. 공자

5 배움이 부족해도 이성의 길을 따라 살 수 있다. 경계할 것은 오직 자만심이다. 최고의 지혜는 지극히 간결하다. 그러나 사람들은 그것을 이해하지 못한다. 이해하지 못하는 것을 이해한다고 생각하기 때문이다. 노자에 의함

6 해괴한 일이다! 인간은 언제나 외부의 악이나 타인의 악—자신의 힘으로 제거할 수 없는 악—에는 안절부절못하면서 자신의 힘으로 제거할 수 있는 자기 악과는 싸우지 않는다. 아우렐리우스

7 생활의 구조를 바꾸고 부를 올바르게 분배하기 위한 수단을 고안하거나 부자들에 대한 공격에 허비하는 시간과 정력을 자기완성에 쏟는다면, 우리가 그토록 바라는 국가적, 사회적, 도덕적 삶의 개선은 금방 이루어질 것이다. 인류가 올바르게 사고하게 된다면 우리의 세

계는 지금 불행한 것만큼이나 행복해질 것이다. 그러나 민중은 그들을 해방시킬 진리를 알려 하지 않는다. 그 진리는 그들의 몸에 밴 국가적, 종교적 망상에 반하기 때문이다. 루시 맬러리

/ 동물적인 삶에 집중하는 것보다 자신과 타인에게 해로운 것은 없고, 영혼의 개선에 힘쓰는 삶보다 자신과 타인에게 유익한 것은 없다.

2월 8일

사람들은 왜 그렇게 비난을 좋아할까? 모두 남을 비난할 때는 자신은 비난받을 짓을 하지 않았다고 생각하기 때문이다. 그래서 사람들은 남에 대한 비난을 듣는 것을 좋아한다.

1 비난은 부당한 것이든 정당한 것이든 단번에 세 사람을 해친다. 비난당하는 자, 비난하는 자, 비난하는 말을 듣는 자로, 그중에서도 비난하는 자를 가장 크게 해친다. "남의 잘못을 덮어주어라. 그러면 신은 네 죄를 두 개 용서하신다"는 속담이 있다. 참으로 그렇다.

2 사람들은 남의 험담을 듣는 것을 무척 좋아한다. 그래서 듣는 사람에게 즐거움을 주고 싶은 마음에 저항하기란, 즉 남의 험담을 하지 않기란 정말 어렵다.

3 두 사람이 말다툼할 때는 언제나 둘 모두에게 잘못이 있다. 그래서 말다툼은 둘 중 하나라도 잘못을 인정해야만 멈출 수 있다.

4 "남을 판단하지 마라. 그러면 너희도 판단받지 않을 것이다. 남을 판단하는 대로 너희도 하느님의 심판을 받을 것이고 남을 저울질하는 대로 너희도 저울질을 당할 것이다. 어찌하여 너는 형제의 눈 속에 있는 티는 보면서 제 눈 속에 들어 있는 들보는 깨닫지 못하느냐? 제 눈 속에 있는 들보도 보지 못하면서 어떻게 형제에게 '네 눈의 티를 빼내어주겠다' 하겠느냐? 이 위선자야! 먼저 네 눈에서 들보를 빼내어라. 그래야 눈이 잘 보여 형제의 눈에서 티를 빼낼 수 있지 않겠느냐?" 「마태복음」 7:1~5

5 끊임없이 자기 자신을 돌아보라. 남을 비난하기 전에 자신부터 바로잡아라. 『성현의 사상』

6 생각 없이 하는 칭찬이나 비난은 많은 해악을 가져올 수 있다. 그러나 가장 큰 해악은 비난에서 생겨난다. 러스킨

7 남에 대한 비난을 멈춰라. 그러면 술꾼이 술을 끊었을 때나 흡연자가 담배를 끊었을 때처럼 마음이 한결 가벼워질 것이다.

2월 9일

전쟁이 가져오는 물질적 손해가 아무리 어마어마하더라도, 생각이 단순하고 부족한 대중에게 전쟁이 주입하는 선악에 대한 그릇된 이해라는 악에 비하면 아무것도 아니다.

1 전쟁이 야기하는 열정, 국가 간의 증오, 군사적 영예에 대한 숭앙, 승리 또는 복수에 대한 갈망, 이 모든 것은 민중의 양심을 마비시키고 서로 돕고 살려는 인지상정을 이른바 애국심이라는 저열하고 분별 없는 자기애로 바꾸고, 자유에 대한 사랑을 죽이고, 다른 사람들의 목을 찌르려는 야만적인 욕망 혹은 다른 사람들이 제 목을 찌르지 않을까 하는 불안감을 조장해 압제자에게 복종하게 만든다. 또한 전쟁이 야기하는 열정은 인간의 종교적 감정을 일그러뜨려, 그리스도교의 스승들은 그리스도의 이름으로 살인과 약탈을 축복하고 승리를 거두게 되면 평화의 신에게 감사의 기도를 올리는데, 그 승리로 대지는 피비린내나는 주검들로 덮이고 죄 없는 이들의 가슴에는 비애가 차오른다.
헨리 조지

2 어린아이는 다른 어린아이를 미소로 맞으며 선량한 기쁨을 나타내는데, 타락하지 않은 사람도 그렇다. 그러나 국민의 일원으로서의 인간은 다른 국가의 국민들을 보지도 않고 증오하고, 그들에게 고난과 죽음을 주겠다고 마음먹는다. 국민에게 이런 감정과 행위를 선동하는 자들이야말로 최악의 죄인이다!

3 가장 훌륭한 무기는 동시에 가장 축복할 수 없는 무기다. 이성적인

사람은 무기에 의지하지 않는다. 그는 평화와 안정을 가장 존중한다. 그는 승리하지만, 그것은 무기를 통한 승리가 아니다. 노자

4 "분할하고 통치하라"는 말 속에 모든 압제자의 간계가 있다. 오직 인종 간의 적대, 국가 간의 증오, 지역적인 편견을 부채질함으로써만, 한 국민을 다른 국민과 대립하게 함으로써만 귀족정과 전제정은 조직되고 유지될 수 있다. 따라서 사람들을 해방시키려 하는 자는 그들이 증오의 감정을 초월하도록 이끌어야 한다. 그러지 않고는 목적을 달성하지 못할 것이다. 헨리 조지

❘ 전쟁에서는 가장 저열하고 타락한 자들이 권력과 영광을 얻는다.

2월 10일

스스로를 높이 평가하고 높은 자리에 오를수록 그의 자리는 불안하고, 자신을 낮추고 낮은 자리로 갈수록 그의 자리는 안정된다.

1 강한 사람이 되려면 물처럼 되어야 한다. 장애물이 없으면 물은 흐른다. 둑에 닿으면 멈추고, 둑이 열리면 다시 흐른다. 네모난 그릇에 담으면 네모가 되고 둥근 그릇에 담으면 둥글어진다. 그처럼 겸손하기에 물은 무엇보다 필요하고 무엇보다 강하다. 노자에 의함

2 겸손은 스스로를 죄인이라 생각하고 자신의 선행을 드러내지 않는 것이다.

3 사람은 자기 내면을 깊이 성찰할수록 스스로가 보잘것없다고 느끼게 된다. 여기에 지혜로운 사람이 되기 위한 첫번째 가르침이 있다. 지혜로운 사람이 되기 위해서는 겸손해야 한다. 자신의 약점을 아는 것이 곧 힘이다. 채닝

4 물이 높은 곳에 머물지 않고 낮은 곳에 흘러내려 머물듯 선 또한 자신을 높이는 사람들이 아니라 자신을 낮추는 사람들에게 머문다.

『탈무드』에 의함

5 지혜로운 사람은 선행을 할 때 자신의 부족함을 한탄하지 남이 알아주지 않는다거나 자신에 대해 잘못 알고 있다고 한탄하지 않는다.

중국의 격언

6 대부분의 사람들은 자신의 결점에 별로 주의를 기울이지 않지만, 남에게서 보이는 악보다 더한 악이 자기 안에 있다는 것을 모르는 사람은 없다. 욜슬리

7 선량하고 지혜로운 사람의 첫번째 특징은, 자신은 아는 것이 조금밖

에 없고 자신보다 총명한 사람이 많다고 생각하면서 남을 가르치지 않고 언제나 배우길 원한다는 것이다.

남을 가르치거나 좌지우지하려는 사람은 남을 가르칠 수도 좌지우지할 수도 없다.

러스킨

8 자신을 잘 알수록 자신을 존경하는 마음이 줄어든다.

/ 자신의 능력을 제대로 알고, 과대평가하지 마라.

2월 11일

인간의 삶은 삶의 법칙, 즉 신의 법칙을 수행할수록 훌륭해진다.

1 죽음과 고뇌라는 형태로 나타나는 악은 인간이 육체적, 동물적 존재의 법칙을 자기 삶의 법칙으로 받아들일 때 비로소 눈에 보인다. 인간이면서 동시에 동물의 단계로 내려갈 때, 죽음과 고뇌는 두려운 것이 된다. 죽음과 고뇌는 사방에서 인간에게 으르렁대며 그의 눈앞에 트인 유일한 삶의 길, 즉 사랑으로 표현되는 신의 법칙을 실천하는 길로 그를 몰아세운다. 죽음과 고뇌는 그 법칙에 대한 배반을 의미할 뿐이다. 신의 법칙을 좇으며 사는 인간에게는 죽음도 고뇌도 없다.

2 건강, 기쁨, 애착, 생생한 감정, 기억력, 일할 수 있는 능력—이 모든 것이 우리를 저버렸을 때, 그리고 태양도 식고 인생도 매력을 잃어버린 것처럼 느껴질 때 우리는 무엇을 해야 할까? 아무 희망도 없다면 어떻게 될까? 마음을 굳게 닫아버려야 할까, 돌처럼 가만 있어야 할까? 답은 언제나 하나다. 자신의 의지를 신의 의지에 일치시켜라. 마음이 평화롭거나, 조화롭거나, 자신의 상황이 편하게 느껴진다면 다른 것은 어떻게 되어도 좋다. 마땅히 그래야 할 모습이면 된다. 나머지는 모두 신의 일이다. 설령 신의 사랑이라는 것이 없고 만물의 법칙만 존재할지라도 인간으로서의 의무를 지키는 것만이 모든 비밀을 푸는 열쇠가 될 것이다.

아미엘

3 의무의 수행과 개인적 쾌락 사이에 공통점은 없다. 의무에는 고유한 법칙과 고유한 심판이 있다. 만약 우리가 의무와 개인적 쾌락을 뒤섞어 그 속에서 살려 한다 해도, 그 둘은 그 자리에서 저절로 분리되어 버릴 것이다.

칸트에 의함

✏ 우리의 정신이 욕망과 기만에 찬 사상으로 흐려 있지 않은 한, 우리는 온갖 종교의 가르침을 통해 자신의 의식으로 신의 법칙을 알 수 있다. 또한 신의 법칙을 삶의 법칙으로 적용해봄으로써도 알 수 있다. 우리에게 흔들림 없는 행복을 주는 법칙이 요구하는 것은 진실하라는 요구다.

붓다

2400여 년 전 인도에 슈도다나왕이 있었다. 그에게는 친자매 사이인 두 아내가 있었는데, 두 사람 다 아이를 낳지 못했다. 왕은 몹시 한탄하고는 기대를 접었는데 뜻밖에도 첫째부인 마야에게서 아들을 얻었다.

왕은 크게 만족했고, 아들을 기쁘고 즐겁게 해주기 위해, 아들에게 온갖 학문을 가르치기 위해 아무것도 아끼지 않았다. 아들의 이름은 싯다르타로, 총명하고 잘생긴 착한 아이였다. 부왕은 싯다르타가 열아홉 살이 되자 사촌누이와 혼인시켜 젊은 부부를 화려한 궁전에 살게 했다. 궁전은 아름다운 정원과 숲 한가운데에 있었다. 젊은 싯다르타의 궁전과 정원에는 인간이 원하는 모든 것이 있었다.

사랑하는 아들이 언제나 행복하고 즐겁게 살기를 바란 슈도다나왕은 싯다르타의 하인들에게 절대 아들의 기분을 거스르지 말라고 엄명을 내리면서, 젊은 후계자가 슬프거나 우울한 생각을 할 수도 있는 것은 모조리 숨기도록 했다.

싯다르타는 궁전 밖으로 한 발짝도 나가지 않았다. 궁전 안에서 그는 부패한 것, 불결한 것, 늙은 것은 아무것도 보지 못했다. 하인들은 보기에 불쾌한 모든 것을 치우려 애썼다. 불결한 것은 전부 멀리 치웠고 나무나 풀숲에서도 마른잎은 따거나 잘라버렸다. 그래서 젊은 싯다르타는 자기 주위에 있는 언제나 싱싱하고 건강하고 아름답고 즐거운 것만 보며 지냈다.

싯다르타는 결혼하고 일 년 남짓 그렇게 지냈다. 어느 날 정원에서 마차를 타고 돌아다니던 싯다르타는 문득 다른 사람들은 어떻게 사는지 궁금해져서 궁전 밖으로 나가보기로 했다.

싯다르타는 마부 찬나에게 자신을 궁전 밖으로 안내하라고 명했다. 거리와 집들, 다양한 옷차림의 남녀들, 상점들, 상품들, 보이는 모든 것이 새롭고 재미있고 매혹적이었다.

그런데 갑자기 그는 거리에서 지금까지 한 번도 본 적 없는 기괴한 행색의 사람을 보게 되었다. 그 기괴한 사람은 어느 집 담 앞에 웅크려 앉아 원망스러운 듯이 큰 소리로 끙끙거리고 있었다. 얼굴은 창백하고 주름투성이인데다 온몸을 달달 떨고 있었다.

"저자는 대체 왜 저러는 것이냐?" 싯다르타는 마부 찬나에게 물었다.

"병을 앓고 있나봅니다." 찬나는 대답했다.

"병을 앓는다는 게 무슨 뜻이냐?"

"그건 사람의 몸이 망가졌다는 뜻입니다."

"그래서 괴로워하는 것인가?"

"아마 그럴 겁니다."

"대체 저 사람은 왜 저렇게 된 것이냐?"

"병에 걸렸기 때문입니다."

"그럼 누구나 다 저렇게 병에 걸리는 것이냐?"

"누구나 다 그렇습니다."

싯다르타는 더이상 묻지 않았다.

잠시 후 싯다르타의 마차 쪽으로 늙은 거지가 다가왔다. 허리는 굽고 뻘건 두 눈에 눈물이 고인 쇠약한 노인은 비쩍 말라빠지고 달달 떨리는 두 발을 가까스로 질질 끌고 있었다. 그리고 이가 빠진 입을 연신 우물거리며 동냥을 했다.

"저 사람도 병에 걸렸느냐?" 싯다르타는 물었다.

"아닙니다, 노인입니다." 찬나는 말했다.

"노인이 무슨 뜻이냐?"

"늙었다는 뜻입니다."

"왜 그리되는 것이지?"

"오래 살았기 때문입니다."

"모든 사람이 다 늙는 것이냐. 오래 살면 다 그렇게 되는 것이냐?"

"누구나 다 그렇게 됩니다."

"내가 만일 오래 산다면 나 또한 그리되느냐?"

"누구나 마찬가지입니다." 찬나는 대답했다.

"집으로 돌아가자." 싯다르타는 말했다.

찬나는 말을 몰았다. 그러나 마을 어귀에서 무리지어 있는 사람들 때문에 길이 막히고 말았다. 그들은 사람 형상으로 보이는 뭔가를 들 것으로 나르고 있었다.

"저건 뭐이냐?" 싯다르타가 물었다.

"송장입니다." 찬나는 대답했다.

"송장이 무슨 뜻이냐?" 싯다르타는 거듭 물었다.

"송장이 됐다는 건 목숨이 끝났다는 겁니다."

싯다르타는 마차에서 내려 주검을 나르는 사람들에게 다가갔다. 주검은 유리알 같은 두 눈을 부릅뜬 채 이를 드러내고 있었고, 주검이 다 그렇듯 사지가 굳어 꼼짝도 않고 누워 있었다.

"저자는 왜 저렇게 되었지?" 싯다르타는 물었다.

"죽음이 찾아온 겁니다. 사람은 누구나 죽습니다."

"사람은 누구나 죽는다." 싯다르타는 되풀이했다. 그리고 마차로 돌아와 궁전에 도착할 때까지 고개를 들지 않았다.

싯다르타는 온종일 정원의 구석진 곳에 앉아 자신이 보았던 것에 대해 계속 생각했다.

'인간은 모두 병들고, 늙고, 죽는다. 한 시간 뒤에 병에 걸릴지도 모르고, 매시간 추해지고, 힘이 빠지고, 늙고, 한 시간 뒤에 죽을 수도 있고 누구나 죽는다는 것을 알면서 사람들은 어떻게 살아갈 수 있는 걸까. 죽는다는 것을 분명히 아는데 대체 무엇을 기뻐할 수 있고 무얼 할 수 있으며 어떻게 살아갈 수 있단 말인가? 이렇게 있을 수 없다.' 싯다르타는 자신에게 말했다. '그것에서 벗어날 길을 찾아야 한다. 나는 그것을 찾아낼 것이다. 찾아내 사람들에게 전할 것이다. 그러려면 나의 사색을 방해하는 이 궁전을 떠나야 한다. 아버지와 어머니와 아내 곁을 떠나 수행자와 지혜로운 사람들을 찾아가 그들이 이모든 문제를 어떻게 생각하는지 물어봐야 한다.'

싯다르타는 이튿날 밤 마부 찬나를 불러 말에 안장을 얹고 대문을 열어놓으라고 일렀다. 집에서 떠나기 전 그는 아내에게 갔다. 아내는 잠을 자고 있었다. 그는 아내를 깨우지 않고 마음속으로 아내와 작별한 뒤 잠들어 있는 노비들을 깨우지 않도록 조용한 발걸음으로 다시는 돌아오지 않겠다는 결심을 품은 채 궁전을 빠져나왔다. 그리고 말에 올라타 정든 궁전을 홀로 떠났다.

말이 달릴 수 있는 가장 먼 곳에 이르자 그는 말에서 내려 말을 놓아주었다. 도중에 만난 승려와 옷을 바꿔 입고 삭발을 한 뒤 브라만교 수행자들을 찾아가 그들에게 그가 깨닫지 못한 것, 즉 어째서 인간은 병들고 늙고 죽는가, 그리고 어떻게 해야 그런 것들에서 벗어날 수 있는지 물어보았다. 한 브라만교 승려가 그를 맞아 그에게 브라흐마_{브라만교의 창조와 지배의 신}의 가르침을 전했다. 가르침의 골자는 인간의 영혼은 한 존재에서 다른 존재로 옮아가며 모든 인간은 전생에서는 동물이었지만 어떻게 살았는지에 따라 죽은 뒤 고귀한 존재, 혹은 비천한 존재로 환생한다는 것이었다. 싯다르타는 이 가르침을 이해했지만 받아들이지는 않았다. 그는 브라만교 승려들과 반년쯤 지내다가 고명한 수행자들이 사는 밀림으로 들어가 그들과 함께 단식과 노동을 하며 여섯 해를 보냈다. 지극한 고행과 단식으로 그는 사람들 사이에서 이름을 떨치게 되었고, 제자들이 모여들었으며, 사람들은 그를 칭송했다. 그러나 수행자들의 가르침에서도 그는 자신이 찾고 있는 것을 찾지 못했고 갖은 유혹이 그를 덮쳤다. 자신이 버리고 온 것이 너무 아깝게 느껴졌고 아버지와 아내에게 돌아가고 싶었다. 그러나 그는 집으로 돌아가지 않았고 자신의 숭배자들과 제자들에게서 떠나 아무도 자신을 알지 못하는 곳으로 가서 오직 한 가지, 즉 어떻게 하면 고통과 노쇠와 죽음에서 구원받을 수 있을까만 생각했다.

오랫동안 그는 번민으로 괴로워했다. 그러던 어느 날 나무 아래 앉아 줄곧 한 가지만 생각하고 있는데 갑자기 그의 앞에 자신이 찾고 있던 것이 열렸다. 고통과 노쇠와 죽음으로부터 벗어날 수 있는 길이 열린 것이다. 구원의 길은 그에게 네 가지 진리로 나타났다.

첫번째 진리는 모든 인간은 고통에서 벗어날 수 없다는 것, 두번째 진리는 고통의 원인은 정욕이라는 것, 세번째 진리는 고통에서 벗어나려면 자기 안의 정욕을 없애야 한다는 것, 네번째 진리는 정욕을 없애기 위해서는 네 단계를 거쳐야 한다는 것이었다.

그것은 정신을 깨우는 것, 마음을 깨끗이 하는 것, 악의와 조급함으로부터 벗어나는 것, 인간과 생명이 있는 모든 것에 대한 사랑을 스스로 깨우치는 것이었다.

육체적 욕망을 억누르는 것은 말할 것도 없고, 무엇보다 중요한 것은 나쁜 생각을 지우고 마음을 깨끗이 하는 것이다. 참된 해방이란 오직 사랑에 있다. 육욕을 사랑으로 바꾸어놓은 사람만이 무지와 정욕의 사슬을 끊고 고통과 죽음에서 벗어난다.

싯다르타는 단식과 고행을 멈추고 황야에서 세상으로 나가 사람들에게 자신이 깨달은 진리를 설법하기 시작했다.

처음에는 제자들이 떠나버렸으나 이윽고 그의 가르침을 이해하고 다시 모여들었다. 브라만교 승려들이 싯다르타 붓다를 박해해도 그의 가르침은 점점 퍼져나갔다.

싯다르타는 사람들에게 자신의 가르침을 **열 가지 계율**로 설법했다.

첫째 계율: 살생하지 마라. 살아 있는 모든 생명을 소중히 하라.

둘째 계율: 훔치지 말고 빼앗지 마라. 타인이 노동으로 이룬 것을 가로채지 마라.

셋째 계율: 생각도 생활도 정결히 하라.

넷째 계율: 거짓말하지 마라. 말을 해야 할 때는 두려워하지 말고 사랑의 마음으로 바른말을 하라.

다섯째 계율: 남을 험담하거나 남에게 들은 험담을 옮기지 마라.

여섯째 계율: 맹세하지 마라.

일곱째 계율: 쓸데없는 말에 시간을 허비하지 말고 필요한 말만 하고 입을 다물어라.

여덟째 계율: 탐하지 말고 질투하지 마라. 이웃의 행복을 기뻐하라.

아홉째 계율: 악에 물들지 않도록 마음을 깨끗이 하라. 누구도 미워하지 말고 모든 사람을 사랑하라.

열째 계율: 진리를 깨우치기 위해 노력하라.

싯다르타 붓다는 육십 년을 하루같이 이곳저곳으로 옮겨다니며 설법했다.

만년에는 몸이 몹시 쇠약해졌지만 계속 행각하며 설법했다. 그러던 어느 날 그는 자신에게 죽음이 다가온 것을 느끼고는 걸음을 멈추고 말했다. "목이 몹시 마르구나." 제자들이 그에게 물을 떠다 바쳤다. 그는 몇 모금 마시고 잠시 그 자리에 앉아 있다 이윽고 다시 길을 나섰다. 그러나 하라네아바타강가에서 또다시 걸음을 멈추고 나무 아래 앉아 제자들에게 말했다. "죽음이 찾아왔구나. 내가 없더라도 내가 너희에게 말한 것을 모두 잊지 말아야 한다." 그의 애제자 아난다는 그의 말을 듣다 참지 못하고 한쪽으로 물러가 울음을 터뜨렸다. 싯다르타는 곧 그를 데려오라 이르고 말했다. "그만, 아난다! 울음을 거둬라, 슬퍼하지 마라. 이르든 늦든 우리는 누구나 소중한 모든 것과 헤어져야 한다. 삶에서 영원불멸한 것이 있더냐? 나의 벗들아," 그는 다른 제자들에게로 얼굴을 돌리며 덧붙였다. "부디 너희는 내가 가르쳤던 대로 살아라. 인간을 속박하는 정욕의 그물에서 벗어나라. 내가 알려준 길을 걸어가라. 육체에 속한 자는 반드시 파멸하고 오직 진리만이 영원불멸하다는 것을 한시도 잊지 마라. 그 안에서 구원을 찾을 것이다."

이것이 그의 마지막 말이었다.

레프 톨스토이

2월 12일

죽음이 우리를 기다리고 있다는 사실만큼 확실한 것이 없는데도 우리는 죽음 따위는 결코 없다는 듯이 살고 있다.

1 우리의 삶은 죽음과 동시에 끝나는 것일까. 가장 중요한 이 문제에 대해 생각하지 않을 수 없다. 불멸을 믿느냐 안 믿느냐에 따라 우리의 행위는 합리적인 것이 되기도 하고 무의미한 것이 되기도 한다.

그러므로 우리는 다음의 문제를 해결해야 한다. 우리는 육체의 죽음을 통해 완전히 사라지는가, 그렇지 않은가, 만일 그렇지 않다면 우리 안에서 불멸하는 것은 대체 무엇인가. 우리 안에서 불멸하는 것은 무엇이고 멸하는 것은 무엇인지 깨달을 때, 우리가 멸하는 것보다 불멸하는 것에 더 마음을 써야 한다는 것이 명백해진다. 하지만 사람들은 이와 정반대로 살아간다.

파스칼에 의함

2 만일 세계의 온갖 고난이 선을 낳지 않는다면 이 세계는 두려움 그 자체일 것이다. 그러한 세계는 사람들을 정신적, 육체적으로 괴롭히기 위해 만들어진 사악한 조직일 뿐이기 때문이다. 만일 세계가 그런 것이라면 이 세계는 미래의 선을 위해서가 아니라 다만 헛되이, 아무런 목적도 없이 악을 자행하는 더없이 부도덕한 곳일 뿐이다. 그러한 세계는 마치 일부러 그런 것처럼 오직 사람들의 고통만을 목적으로 사람들을 유혹할 것이기 때문이다. 그러한 세계는 우리가 태어나자마자 우리를 괴롭히고 온갖 행복의 잔에 슬픔을 타고 언제나 죽음을 위협적인 공포로 만들 것이기 때문이다. 만약 신과 불멸이 없다면 사람들이 말하는 삶에 대한 혐오는 마땅한 것일 것이다. 그러한 혐오는

현존하는 질서보다는 오히려 무질서로 인해, 즉 무서운 도덕적 혼돈으로 유발되는 것이기 때문이다.

그러나 만일 우리 위에 신이 있고 우리 앞에 영원이 있다면 모든 것은 달라진다. 우리는 악을 통해 선을 보고 어둠 속에서 빛을 볼 것이며, 희망이 절망을 몰아낼 것이다.

그렇다면 두 가지 전제 중에서 어느 쪽이 더 사실에 가까울까? 과연 도덕적 존재인 인간이 자기 앞에 모든 모순을 해결해주는 출구가 열려 있는데도 현존하는 질서를 그저 저주할 수밖에 없는 처지라고 말할 수 있는가. 만약 신과 내세가 없다면 인간은 세계와 자신이 태어난 날을 저주해야 할 것이다. 반대로 신과 내세가 존재한다면 삶은 저절로 행복해지고, 세계는 도덕적 완성의 장이고, 행복과 신성이 무한히 커지는 곳일 것이다.

에라스뮈스

3 자신의 생명을 깊이 의식할수록 죽음에 의한 파멸을 믿지 않게 된다.

4 우리는 흔히 자신이 죽어서 **저세상으로** 가는 것을 상상해보려 하는데, 그것은 신을 상상하는 것만큼이나 불가능한 일이다. 우리가 할 수 있는 것은, 신에게서 나오는 모든 것이 그렇듯 죽음 또한 선(善)임을 믿는 것뿐이다.

5 사람들 속에서 느끼고 이해하고 살고 존재하는 근원은 어떤 것이든 성스럽고 신적이며, 그렇기에 영원한 것이다.

키케로

✔ 불멸을 믿지 않는 사람은 죽음에 대해 한 번도 진지하게 생각해보지 않은 사람이다.

2월 13일

종교는 모두에게 쉽게 이해되는 철학이다.

1 인간은 선한 삶을 통해서만 신을 만족시킬 수 있다. 그러므로 아름답고 깨끗하고 선량하고 겸허한 삶과 반대되는 삶은 모두 기만이자 신에 대한 거짓된 봉사다. 칸트에 의함

2 그리스도교 가르침의 특징은 도덕적으로 좋은 것과 나쁜 것을 하늘과 땅이 아니라 천국과 지옥 같은 표상으로 구별해서 생각한다는 점에 있다. 영원히 사라지지 않을 온갖 고통을 주는 지옥의 표상은 우리를 두렵게 하지만 그 본뜻을 생각하면 옳다. 그것은 우리에게 선과 악이, 빛의 나라와 어둠의 나라가 나란히 존재하고 그 사이를 언제나 오갈 수 있는 계단이 있다고 상상하지 못하게 경고한다. 그러한 표상은 선과 악이 헤아릴 수 없는 심연에 의해 서로 분리되어 있다는 것을 나타낸다. 칸트에 의함

3 추상적인 것에 대해서는 대개 최초의 의견, 즉 가장 오래된 의견이 옳다. 인간의 건전한 지성은 언제나 그 대상에 곧바로 다다르기 때문

이다. 세계의 근원인 신이 존재한다는 생각도 그와 같다.　　레싱에 의함

4 종교란 마음에 호소하는 단순한 지혜다. 지혜란 이성이 인정하는 종교다.

5 사람들이 종교라고 일컫는 것에서 교육의 원칙, 정치, 사회경제, 예술이 파생된다.　　마치니

6 신앙이 없는 사람, 다시 말해 세계에 대해 어떤 태도도 없는 사람은 심장이 없는 사람과 마찬가지로 존재할 수 없다. 자신에게 심장이 있다는 것을 모르는 사람이 있을 수는 있다. 하지만 심장 없는 사람이 없듯 신앙이 없는 사람도 존재할 수 없다.

7 선한 삶의 법칙(살생하지 마라, 분노하지 마라, 간음하지 마라, 악을 악으로 갚지 마라 등)이 신의 법칙이기 때문에 진리이고 그래서 지켜야 하는 의무라고 생각해서는 안 된다. 그것을 내면적 의무로 느끼기 때문에 신의 법칙이라고 생각해야 한다.　　칸트에 의함

8 '앞으로 무슨 일이 일어날지, 무엇이 우리를 기다리는지 알지 못하는데 어떻게 살아가야 할까?'
　무엇이 우리를 기다리는지 알지 못할 때 비로소 진정한 삶이 시작

된다. 그때 비로소 우리는 삶을 창조하고 신의 의지를 실천한다. 신은 알고 있다. 오직 그러한 활동만이 신과 신의 법칙에 대한 믿음을 증명한다. 그때 비로소 자유가 있고 삶이 있다.

/ 종교는 철학적 사고에 빛을 줄 수 있고, 철학적 사고는 종교적 진리를 뒷받침할 수 있다. 그러므로 살아 있는 사람이든 죽은 사람이든 참으로 종교적인 사람들과 참으로 철학적인 사람들과 교유하라.

2월 14일

인간 안에는 신의 정신이 살고 있다.

1 누구든지 새로 나지 아니하면 아무도 하느님의 나라를 볼 수 없다.

「요한복음」 3:3

2 이성은 선한 사람만이 밝힐 수 있다. 사람은 이성이 밝아질 때 선한 사람이 될 수 있다. 선한 삶에는 이성의 빛이 필요하고, 이성의 빛에는 선한 삶이 필요하다. 이 둘은 서로를 돕는다. 그러므로 이성이 선한 삶을 돕지 않는다면 진정한 이성이 아니다. 마찬가지로 삶이 이성을 돕지 않는다면 선한 삶이 아니다. 중국의 격언

3 한 장사치가 황녀와 결혼한 후 아내에게 대궐 같은 집을 지어주고 값비싼 옷을 사주고 수백 명의 하인을 딸려주었다. 그러나 황녀는 싫증을 내며 언제나 자신이 황족이라는 것만 생각했다. 인간의 영혼도 그와 마찬가지다. 지상의 온갖 쾌락에 감싸이더라도 영혼은 언제나 자신의 집, 자신의 근원, 즉 신을 그리워한다. 『탈무드』

4 선이 무엇인지 몰라도 사람은 언제나 자기 안에 그것을 가지고 있다.

공자

5 옛날 로마에 세네카라는 철학자가 있었다. 그는 그리스도나 그의 가르침을 몰랐지만 인생을 그리스도처럼 이해하고 있었다. 그는 한 친구에게 다음과 같이 썼다. "친애하는 루실리우스고대로마 시인, 자네가 아름답고 선한 마음을 유지하기 위해 애쓰고 있다는 것은 참으로 좋은 일이라고 생각하네. 우리는 누구든 스스로 그렇게 할 수 있지. 하늘을 향해 두 팔을 벌리거나, 신에게 우리의 말이 더 잘 들리도록 하려고 신전 문지기에게 좀더 가까이 들여놓아달라고 사정할 필요는 없어. 신은 언제나 자네 가까이, 아니 자네 안에 있으니까. 그렇다네, 친애하는 루실리우스, 나는 모든 선악의 증인이자 감시자인 성령이 우리 안에 엄연히 존재한다고 확신하네. 그것은 우리와 똑같은 태도로 우리를 대하지. 만일 우리가 그것을 아껴준다면 그것도 우리를 아껴줄 걸세.

모든 선한 인간들 안에는 신이 살고 있으니까."

6 우리는 인간의 영혼을 보지 못하는 것과 마찬가지로 신을 보지 못하지만, 신의 창조물 속에서 신을 본다. 따라서 완성을 향한 인간 영혼의 영원한 열망 속에 나타나는 신의 힘을 인정하지 않을 수 없다.

세네카

✓ 모든 사람 안에 신이 살고 있다. 이 자각만큼 악행을 억제하고 선행을 돕는 것도 없다.

2월 15일

자연스러운 단순함과 지혜에서 오는 단순함이 있다. 둘 다 사랑과 존경을 불러일으킨다.

1 인생에서 마주치는 문제는 대부분 방정식 같다. 즉 가장 단순한 형식으로 바꾸면 쉽게 풀린다.

2 진리의 말은 언제나 꾸밈없이 단순하다.

마르켈리누스

3 가장 위대한 진리는 가장 단순하다.

4 단순함은 언제나 매력적이다. 아이나 동물이 우리의 마음을 사로잡는 것도 그 때문이다.

5 자연은 사람들이 제멋대로 정한 혐오스러운 차별을 모른다. 자연은 신분이나 부에 관계없이 모든 사람에게 정신적인 자질을 나눠준다. 자연스럽고 선한 감정은 평범한 사람들에게서 더 자주 느끼게 된다.

레싱

6 교활하고 능청스레 청산유수로 이야기하는 것은 상대를 속이거나 자신을 과장하고 싶기 때문이다. 그런 사람들은 믿어서도 안 되고 흉내를 내서도 안 된다.

좋은 말은 언제나 간결하고 누구나 알기 쉽고 조리 있다.

7 솔직함은 자신의 인간적 가치에 대한 의식이다.

부아스트

8 솔직함은 언제나 감정이 승화된 결과다.

달랑베르

9 말은 사람들을 가깝게 만들어준다. 말을 할 때는 모두가 이해할 수 있도록, 언제나 솔직하게 해야 한다.

✒ 꾸미거나 유별난 행동, 눈길을 끄는 행동은 삼가라. 단순함만큼 사람들을 가깝게 만들어주는 것은 없다.

2월 16일

어리고 생각이 얕을수록 자기 생명의 근원이 육체에 있다고 믿기 쉽다. 나이가 들고 사려가 깊어질수록 자신과 전 세계 생명의 근원이 정신에 있다는 것을 알게 된다.

1 진정한 삶은 지금 이 세상에서 보내는 피상적이고 육체적 삶에 국한되는 것이 아니다. 우리에게는 또다른 내적인 삶, 즉 정신적 삶이 있다.

눈에 보이는 우리의 육체적 삶은 건물을 지을 때 설치하는 비계와 같다. 비계는 건물을 짓는 동안에만 필요하다. 건물이 다 지어지면 용도가 다해 치워진다. 우리의 육체적 삶도 그와 같다. 육체는 정신적 삶이라는 집을 짓기 위해서만 필요한 것이며, 집이 지어지면 소멸한다.

건물은 겨우 토대 위로 올라왔을까 말까 한데 쇠로 단단히 조여진 거창하고 높다란 비계를 보면, 중요한 것이 건물이 아니라 비계인 것처럼 보인다. 우리 삶을 육체 속에서만 보는 것도 이와 마찬가지다.

비계가 건물을 짓기 위해서만 필요한 것처럼 우리의 육체도 정신적 삶을 키우기 위해서만 필요하다는 것을 스스로에게, 또 이웃에게 일깨워라.

2 하늘과 땅을 보고 생각하라. 산도 강도, 다양한 삶도, 자연의 창조물도 모두 덧없이 지나가버린다. 모든 것은 지나가버린다. 그것을 분명히 깨닫는다면 한줄기 광명이 나타나, 영원하고 결코 지나가버리지 않는 것을 인식하게 될 것이다.　　　　　　　　부처의 금언

3 우리는 건물이나 산이나 천체의 거대함에 놀라 몇백만 피트일까, 몇백만 푸트일까 하며 계산을 해보지만, 그렇게 커 보이는 것들도 모든 것을 알고 있는 존재에 비하면 아무것도 아니다. 세상에서 가장 강한 것은 보이지도 들리지도 않고 만질 수도 없는 그 존재다.

4 죽는 것은 너 자신이 아니라 네 육체이고, 사는 것은 네 육체가 아니라 육체 안의 정신이다. 네 육체가 네 정신에게 너의 삶과 세계의 삶을 이해하게 하는 것이 아니라 네 안에 사는 정신이 움직이고, 느끼고, 생각하고, 예견하면서 네 육체와 네 행위를 다스리는 것이다. 눈에 보이지 않는 힘이 네 육체를 다스리듯 전 세계를 다스리는 보이지 않는 힘이 분명히 존재한다.　　　　　　　　키케로에 의함

／ **물질적** 세계만을 진정으로 존재하는 중요한 것으로 인식하는 감각의 기만에서 풀려난다면, 인간은 자신의 진정한 사명을 깨닫고 수행할 수 있다.

2월 17일

누구나 자연의 혜택을 누릴 평등한 권리와 평등한 인권을 가지고
있다.

1 우리는 그리스도교가 너무 왜곡되었고, 그 가르침이 조금도 삶에서
실현되지 않고 있다는 데 놀란다. 그런데 그리스도교의 가르침이 사
람들의 진정한 평등 말고 다른 가르침일 수 있을까. 모든 사람은 신
의 아들이라는 것, 모든 사람은 형제라는 것, 모든 삶은 언제나 신성
하다는 것이야말로 그리스도교의 가르침이 아닐까. 참된 평등은 계
급과 특권과 사유재산의 폐지뿐만 아니라 불평등의 최고 무기인 폭
력의 근절도 요구한다. 평등은 사람들이 생각하듯 사회적인 수단이
아니라 신과 인간에 대한 사랑을 통해서만 실현된다. 신과 인간에 대
한 사랑은 사회적인 수단이 아니라 참된 종교적 가르침을 통해서만
생겨난다.

   사람들이 처형과 형벌의 위협이나 폭력으로 자유와 평등과 사랑
을 실현할 수 있다는 터무니없는 미망에 빠졌다고 해서, 그들이 지향
했던 것들이 틀렸다고 말할 수는 없다. 미망에 빠진 그들이 자유와
평등과 사랑을 실현하기 위해 사용한 수단과 방법이 올바르지 않았
을 뿐이다.

2 남보다 강하고 영리한 사람들이 반드시 있기 때문에 평등이 불가능하다고 말
하는 이들이 있다. 리히텐베르크는 어떤 사람들이 다른 사람들보다 강하고
똑똑하다는 바로 그 이유 때문에 평등이 더욱 필요하다고 말했다. 약자에 대
한 강자의 박해가 무서운 것은 지능과 체력의 불평등 외에 권리의 불평등까

지 존재하기 때문이다.

3 그리스도교를 믿는 사람들이 당하는 불평등이 얼마나 심각한지 충격을 받으려거든, 특히 삶이 극도로 잔악하고 현저한 불평등에 위협받고 있는데도 평등을 설교하는 새빨간 거짓말에 놀라고 싶거든, 그들 자신에게는 아무런 이익이 없는데도 뭔가에 홀린 듯 죽도록 일만하며 평생을 보내는 사람들과, 온갖 쾌락에 빠진 채 무위도식하는 나태한 사람들로 나뉜 그리스도인의 삶을 흘끗 들여다보는 것만으로도 충분하다.

4 어린아이들만큼 생활에서 참된 평등을 실현하는 사람은 없다. 그런 아이들에게 무조건 존경해야 하는 황제니 왕이니 부자니 유명인사니 하는 사람들과, 함부로 대해도 괜찮은 노예니 노동자니 거지니 하는 사람들이 존재한다고 가르치면서 아이들의 신성한 감정을 파괴하는 어른들은 얼마나 큰 죄를 범하고 있는가! "이 보잘것없는 사람들 가운데 누구 하나라도 죄짓게 하는 사람은……"「마태복음」 18:6

/ 그리스도는 사람들에게 그들이 언제나 알고 있는 것을 가르쳤다. 모든 사람은 평등하고, 그것은 모든 사람 안에 동일한 정신이 살고 있기 때문이라고 가르쳤다. 그러나 사람들은 옛날부터 황제니 고관이니 부자니 노동자니 거지니 하며 스스로 차별을 두었고, 모든 사람이 평등하다는 것을 알면서도 모르는 양 살고 있고, 인간의 평등이란 실제로는 존재할 수 없다고 말한다. 그런 말은 믿지 마라. 어린아이들

에게 배워라. 그들처럼 사랑과 온정으로 모든 사람과 사귀고 모든 사람에게 한결같이 대하라. 만일 누군가에게 반말을 썼다면 모든 사람에게 반말을 쓰고, 누군가에게 존댓말을 썼다면 모든 사람에게 존댓말을 써라. 스스로 자신을 높이는 사람에게는 다른 사람과 똑같이 대하고, 남에게 천대받는 사람에게는 나쁜 본을 따르지 말고 남들보다 더 존중하라.

2월 18일

사람의 자아는 그 안에 있는 신성을 가리는 덮개다. 자아에서 벗어날수록 우리 안의 신성은 더욱 뚜렷이 나타난다.

1 오직 신만을 사랑하고, 오직 자신만을 미워하라. 　　　　파스칼

2 아버지께서는 내가 목숨을 바치기 때문에 나를 사랑하신다. 그러나 결국 나는 다시 그 목숨을 얻게 될 것이다. 누가 나에게서 목숨을 빼앗아가는 것이 아니라 내가 스스로 바치는 것이다. 나에게는 목숨을 바칠 권리도 있고 다시 얻을 권리도 있다. 이것이 바로 내 아버지에게서 내가 받은 명령이다. 　　　　「요한복음」10:17~18

3 자신에 대해 걱정할수록, 자신에게 얽매일수록, 자신의 삶을 아낄수록 인간은 약해지고 자유에서 멀어진다. 반대로 자신에 대해 덜 생각

할수록, 덜 얽매일수록, 덜 아낄수록 인간은 강해지고 자유로워진다.

4 만약 자기 존재와 자기 의지를 부정할 수 있다면 모든 일은 쉽고 좋아질 것이다.

5 진리를 가르치는 말은, 자기를 부정하는 사람의 입에서 나왔을 때에만 확고부동한 것이다. 『탈무드』

6 제 영혼(목숨)을 살리려고 하는 사람은 잃을 것이며 나를 위하여 제 영혼(목숨)을 잃는 사람은 얻을 것이다. 「마태복음」 16:25에 의함

7 언젠가 사라질 자기 속에서, 자신의 명성 속에서, 자신의 육체 속에서 자신을 보지 않는 자가 삶의 진리를 깨닫는다. 『법구경』

8 잠시나마 자기를 부정하는 삶을 살아보려는 용기를 내지 못한다면 절대적인 자기부정으로 충만한 삶의 결과를 평가할 수도, 그런 삶을 비판할 권리도 가질 수 없다. 그러나 총명하고 정직한 인간이라면 자기를 잊고 부정하는 우연한 순간이 정신과 육체에 얼마나 귀중한 영향을 끼치는지 감히 부정하지 못할 것이다. 러스킨

말을 하면서 자신을 의식하면 생각의 실마리를 놓치게 된다. 자신을 완전히 잊고 자신을 벗어났을 때 비로소 우리는 타인과 유익한 소통을 할 수 있고, 그들에게 도움과 영향을 줄 수 있다.

1
자기부정

아주 강인한 사람도 의기소침해질 때가 있다. 선^善에 매진하며 실천하려 하지만 모든 노력이 허망하게 느껴지고, 사람들을 위해 희생했는데 바로 그들에게서 버림받은 느낌을 받는다. 그는 그들의 증오와 비방과 박해를 견딘다. 그럴 때 마음속에서 외침이 터져나온다. '아버지시여, 저를 이 순간에서 벗어나게 해주소서……' 그리스도도 같은 일을 겪었다. 병자와 장님과 귀머거리의 세계 한가운데서, 그를 이해하지 못하는 제자들 속에서, 거칠고 냉담한 군중 속에서, 잔인한 적들 속에서 그의 일의 첫 열매였던 사형을 홀로 예견하며 그리스도는 말했다. "아버지시여, 저를 이 순간에서 구해주소서." 그러나 바로 그 자리에서 고통과 십자가의 죽음을 예감하며 덧붙였다. "그러나 나는 이 순간을 위해 온 것이다."

그렇다, 바로 그것을 겪기 위해, 고통 속에서 죽지만 고통과 죽음을 이겨내기 위해 세상에 온 것이다.

그것이야말로 그리스도의 일을 이어나가고자 하는 사람들을 위한 영원한 본보기다! 그는 그들에게 자기희생을 통해서만 열매를 맺을 수 있다는 것, 씨앗을 뿌린 사람이 거둬들이는 것이 아니라는 것, **죽지 않으면 혼자 남지만, 죽으면 땅에 던져진 한 톨의 씨앗처럼 자라 많은 열매를 맺는다는 것**을 가르쳤다.

너희의 말이 받아들여지지 않고 성과를 보지 못할 때 너희의 영혼은 동요한다. 마땅히 너희의 말에서 비롯되었어야 할 미래가 너희와 함께, 악마의 아들들이 진리를 파묻어버리는 무덤 속에 내던져진다고 느낀다. 그러나 바로 그때가 삶의 일이 시작되는 때이고 **그런 순간을 위해 너희가 세상에 태어난 것임**을 믿어야 한다. 그리스도의 제자인 너희는 스승보다 훌륭하지 않다. 너희는 그리스도가 너희에게 가르쳐준 길을 따라가야 한다. 의무를 위해 의무를 수행하고 지상에서는 아무것도 구하지 말고 기대하지도 마라. 디디무스처럼 **우리도 가서 그분과 함께 죽자**고 말해야 한다. 타오르는 태양 속에서도, 얼어붙는 진눈깨비 속에서도 씨앗을 뿌리고 또 뿌려라. 법정에서도, 감옥에서도, 형장에서도 씨앗을 뿌려라. 거둬들일 때가 반드시 올 것이다.

펠리시테 라므네

말로만 사랑하는 것이 아니라 진정으로 남을 사랑하려면 자기 자신에 대한 사랑을 멈춰야 한다. 흔히 우리는 남을 사랑한다고 생각하고 자신은 물론 남에게도 그것을 믿게 하려고 한다. 그러나 남을 사랑하는 것은 말뿐이고 실제로는 자기 자신을 사랑한다. 남에게 먹을 것을 주고 잠자리를 마련해주는 것은 잊어버리지만 자기 일이라면 절대 잊지 않는다. 남에게 먹을 것이나 잠자리를 마련해주는 일을 종종 잊어버리듯 자신에 대해서도 그래야 한다.

희생이 클수록 사랑도 크고, 사랑이 클수록 많은 열매를 맺고 사람들에게 더 이롭다.

사람들을 나누는 두 개의 경계선이 있다. 한쪽은 남을 위해 자기 삶을 내던지는 사람이고, 다른 한쪽은 자기 삶의 조건을 바꾸지 않고 살아가는 사람이다. 누구나 이 둘 중 하나에 속한다. 모든 것을 버리고 그리스도의 뒤를 따르던 제자는 전자에 속하고, 삶을 바꾸라는 말을 듣자 이내 돌아서 달아나버린 부유한 젊은이는 후자에 속한다. 두 경계 사이에는 삶의 일부만 바꾸는 다양한 자캐오「누가복음」에 나오는 인물. 동족을 수탈하는 *세관장이었으나 그리스도를 만나 회심했다*들이 존재한다. 자캐오라도 되기 위해서는 끊임없이 첫번째 경계선을 향해야 한다.

레프 톨스토이

2
자유로운 인간

네흘류도프는 물살이 거친 넓은 강을 바라보며 나룻배 뱃전에 서 있었다. 도시에 있는 성당의 커다란 종이 울리며 둔탁한 금속성의 은은한 여운이 강물에 실려 들려왔다. 네흘류도프 옆에 서 있던 역마차의 마부도, 짐수레의 마부들도 잇따라 모자를 벗고 성호를 그었다. 다만 뱃전 난간 가까이에 선 작은 키에 머리가 텁수룩한 노인만이, 네흘류도프도 처음에는 주의를 기울이지 않았던 그 노인만이 성호를 긋지 않고 고개를 든 채 네흘류도프를 찬찬히 응시하고 있었다. 노인은 해진 여름 외투에 나사 잠방이를 입고 역시 다 해진 생피화를 신고 있었다. 어깨에는 작은 자루를 메고 머리에는 운두가 높은 닳아빠진 털모자를 쓰고 있었다.

"영감, 당신은 왜 기도를 올리지 않는 겁니까?" 네흘류도프의 마부가 모자를 고쳐 쓰며 말했다. "세례를 받지 않으셨나?"

"누구한테 기도한다는 건가?" 텁수룩한 노인은 단호하면서도 공격적인 말투로 한마디 한마디 또박또박 발음했다.

"누구한테긴, 빤하잖아, 하느님이지." 역마차 마부는 조롱하듯 말했다.

"그럼 그게 어디 있는지 나한테 보여봐, 하느님 말이야."

노인의 표정에 어딘지 모르게 진지하고 늠연한 구석이 있어 역마차 마부는 만만찮은 상대에게 걸려들었구나 생각하며 약간 당황했지만, 그런 내색은 하지 않고 많은 사람 앞에서 말문이 막혀 창피를 당하지 않으려고 애쓰며 얼른 대꾸했다.

"어디긴요? 빤하잖아요, 하늘이지 어딥니까."

"그럼 자네는 하늘에 가봤나?"

"가보지 않아도 하느님에게 기도한다는 건 누구나 다 아는 거 아닙니까."

"하느님을 봤다는 사람은 본 적이 없어. 아버지 품안에 있는 독생자에게만 보여주었을 뿐이야." 노인은 엄격한 얼굴로 눈살을 찌푸리며 여전히 단호하게 말했다.

"당신은 아무래도 그리스도교도가 아닌가보군요, 구멍교도인가, 구멍이라도 믿나." 마부는 채찍 자루를 허리춤에 꽂고 부마鬬馬의 봇줄을 손보며 말했다.

누군가 웃음을 터뜨렸다.

"그럼 영감님, 당신의 신앙은 뭡니까?" 뱃전의 짐 옆에 서 있던 중년 남자가 물었다.

"나는 신앙이 없습니다. 나 자신 외에는 아무도 믿지 않소." 노인은 언제나처럼 단호한 어조로 대답했다.

"어떻게 자기 자신을 믿을 수 있습니까?" 네흘류도프가 대화에 끼어들어 말했다. "잘못을 저지를 수도 있잖습니까."

"천만에, 그럴 일은 없소." 노인은 고개를 젓고 결연히 대답했다.

"그렇다면 어째서 그렇게 다양한 종교가 있겠습니까?" 네흘류도프가 물었다.

"다양한 종교가 있는 건 모두들 자기 자신을 믿지 않고 다른 사람들을 믿으려 하기 때문이오. 나도 한때는 다른 사람들을 믿고 타이가를 헤매듯 방황했었소. 미로를 헤매듯 빠져나갈 수가 없었소. 구교니 신교니 토요안식교니 채찍파니 사제인정파니 사제부정파니 오스트리아파니 몰로칸교도니 거세파니 할 것 없어. 어느 종파고 모두 자기들만 옳다 하지요. 모두 눈먼 개처럼 그저 사방을 기어다닐 뿐이란 말이오. 종파는 넘쳐나지만 영혼은 하나예요. 당신 안에도, 내 안에도, 저 사람 안에도 영혼이 있소. 그러니까 모두가 자신의 영혼만 믿으면 세상은 하나가 될 수 있단 말이오. 모두가 자신을 믿으면 하나가 될 수 있소."

노인은 큰 목소리로 말하며 줄곧 주위를 둘러보았고, 되도록 더 많은 사람이 들으라고 말하는 것 같았다.

"그럼 당신은 오래전부터 그런 믿음을 가지고 계셨습니까?" 네흘류도프가 물었다.

"나 말이오? 벌써 오래전이오. 그 때문에 쫓겨다닌 지가 벌써 이십삼 년째요."

"쫓겨다니고 있다니요, 어째서요?"

"그리스도가 쫓겨다녔듯이 나도 그렇게 쫓겨다니고 있소. 붙잡혀서 재판정으로, 사제들한테로, 학자들한테로, 바리새파한테로 여기저기 사방으로 끌려다닌 적도 있고 정신병원에 처넣어진 적도 있소. 하지만 나를 어떻게 할 수는 없어요, 나는 자유로우니까. 다들 묻지요. '네 이름이 뭐냐?' 모두들 내게 이름이 있다고 생각하지. 하지만 난 이름 같은 건 없소. 나는 모든 걸 버렸거든—이름도 사는 곳도 나라도 없소—아무것도 없단 말이오. 나는 나일 뿐이오. '이름이 뭐냐?' 물으면 그저 인간이라고 부를밖에. '몇 살이냐?' 물으면 나는 세본 적도 없고 셀 수도 없다고 말하오. 왜냐하면 나는 언제나 존재해왔고 앞으로도 영원히 존재할 테니까. '네 아버지와 어머니는 누구냐?' 물으면 나한테는 아버지도 어머니도 없다고 대답하오, 신과 땅외에는 아무도 없다고. 신이 아버지고 땅이 어머니라고. '그럼 황제

는 인정하느냐?' 물으면 어찌 인정하지 않을 수 있겠소? 그 사람은
그 사람 자신의 황제이고 나는 나 자신의 황제인데. 그러면 '네놈하
곤 대화가 되질 않아' 하죠. 그럼 나는 나도 네놈에게 제발 나와 대화
해달라고 사정하지 않는다고 말하오. 그렇게들 나를 괴롭힙니다."

"그런데 당신은 어디로 가시는 겁니까?" 네흘류도프는 물었다.

"하느님이 이끄시는 대로. 일이 있으면 일을 하고 일이 없으면 결
식하오." 노인은 나룻배가 강기슭에 가까워지자 말을 멈췄고 자신의
말을 듣고 있던 사람들을 의기양양하게 둘러보았다.

나룻배가 강기슭에 닿았다. 네흘류도프는 지갑을 꺼내 노인에게
돈을 내밀었다. 노인은 거절했다.

"돈은 받지 않소. 빵이면 몰라도." 그는 말했다.

"아, 결례했습니다."

"결례랄 건 없소. 당신은 나를 모욕하지 않았습니다. 또 나를 모욕
할 수도 없고." 노인은 이렇게 말하고 내려놓았던 자루를 어깨에 짊
어졌다.

그사이 마부가 네흘류도프의 역마차를 끌고 나와 말들을 채웠다.

"나리도 참 호기심이 대단하시군요, 저런 인간과 말을 섞으시다
니." 마부는 네흘류도프가 사공들에게 행하를 주고 달구지에 올라탔
을 때 말했다. "저 사람은 정처 없는 부랑자일 뿐인데요."

레프 톨스토이 『부활』에서

2월 19일

일을 하지 않고도 살아갈 수 있다는 이유로 일을 하지 않는 것은 죄악이다.

1 노동처럼 인간을 고결하게 만드는 것은 없다. 노동하지 않는 자는 인간적 존엄을 지킬 수 없다. 그래서 무위도식하는 사람들이 겉치레에 마음을 쓰는 것이다. 그런 겉치레라도 없으면 사람들에게 경멸당한다는 것을 알기 때문이다.

2 **자기 손으로 일해 빵을 얻지 않는 계급에게 참된 종교적 이해와 순수한 도덕성은 물리적으로 불가능하다.** 러스킨

3 삶에 특권이나 우선권은 없고 또 가질 수도 없다는 것, 의무에는 끝도 한계도 없다는 것, 인간으로서 가장 중요한 의무는 자신과 타인의 삶을 위해 대자연과의 싸움에 참여하는 것임을 깨닫기 위해서는 진리를 전적으로 받아들이고 반성하며 사는 것으로도 충분하다.

4 가장 확실하고 순수한 기쁨 중 하나는 노동 뒤의 휴식이다. 칸트

5 일을 하지 않는 사람은 부자든 빈자든 강자든 약자든 모두 쓸모없는 사람이다. 사람은 누구나 기술을 배우거나 순수한 육체노동을 익혀

야 한다. 오직 일을 해야만 최상의 순수한 기쁨을 알 수 있다. 노동이
고될수록 휴식의 기쁨도 커진다. 루소에 의함

6 쉬지 말고 일하라. 노동을 불행으로 생각하지도 말고 칭찬을 기대하
지도 마라. 아우렐리우스

7 탁월한 재능도 무위도식하면 쓸모없어진다. 몽테뉴

✓ 정의란 네가 남에게 준 것보다 많은 것을 남에게서 받지 않는 것이
다. 그러나 너의 노동과 네가 이용하는 남의 노동을 저울질하는 것은
불가능하다. 또한 언제 어느 때 네가 일할 능력을 잃어 남의 노동력
을 이용하게 될지 모르는 일이다. 그러므로 정의를 잃지 않기 위해서
는 항상 네가 취한 것보다 많은 것을 남에게 주도록 노력해야 한다.

2월 20일

인류는 끊임없이 전진한다. 전진은 신앙 속에도 있어야 한다.

1 인간의 생활양식은 그들의 신앙에 달려 있다. 신앙은 시간이 갈수록
단순해지고 이해하기 쉬워지며 명확해지고, 진정한 지식과 일치한
다. 신앙이 단순해지고 명확해지면 더욱 많은 사람이 굳게 결합한다.

2 만일 우리의 신앙에 대한 이해가 지금의 단계에 머물러 있어야 한다고 생각하는 사람이 있다면 그는 진리에서 한참 멀리 떨어져 있는 것이다. 우리가 받는 빛은 계속 바라만 보라고 주어진 것이 아니다. 그 빛으로 아직 우리가 보지 못한 새로운 진리를 보라는 것이다.

밀턴에 의함

3 세상의 권력자들이 높은 권좌에서 그리스도의 정신을 짓누르려고 안간힘을 쓰지만 그리스도의 정신은 여전히 곳곳에서 나타나고 있다. 실로 복음서의 정신이 민중에게 스며들지 않았는가? 실로 민중이 빛을 보기 시작하지 않았는가? 모든 이가 권리와 의무에 대해 한결 명료하게 이해하게 되지 않았는가? 더 정의로운 법률을 요구하는 목소리가, 정의로운 평등에 기초해 약자를 보호하는 제도를 요구하는 목소리가 사방팔방에서 들리지 않는가? 실로 군주들이 분열시킨 사람들 사이에 있던 적대감이 소멸되고 있지 않은가? 실로 세계 모든 나라 국민들이 서로를 형제로 느끼고 있지 않은가? 이미 압제자들은 마치 그들 내면의 목소리가 멀지 않은 종말을 예언하는 듯 벌벌 떨고 있다. 무서운 환영을 보고 겁먹은 제후들은 민중을 매어놓은 쇠사슬을 불안한 듯 움켜쥐고 있지만 그리스도는 그들에게서 민중을 해방하러 온 것이고 쇠사슬은 머지않아 끊길 것이다. 지하의 둔중한 울림이 그들의 꿈을 어지럽히고 있다. 사회의 내밀한 심층에서는 어떤 과업이 성취되고 있고 그들은 어떤 힘으로도 그것을 제지할 수 없다. 그리고 그 과업의 끊임없는 성과는 그들을 더없는 공포로 몰아넣고 있다. 그것은 성장하려고 준비하는 새싹의 과업이고, 사랑의 과업이다. 사랑의 과업은 세상에서 죄악을 제거하고 시들어가는 생명을 되살리며 슬퍼하는 자를 달래고 묶인 자의 사슬을 끊으며 세계

모든 민중에게 삶의 새로운 길을 열어줄 것인데, 그 길의 법칙은 폭력이 아니라 서로에 대한 사랑이다.　　　　　　　　　　라므네

4 인류는 오직 신앙이 진보할 때 진보한다. 신앙의 진보란 새로운 종교적 진리의 발견이나 세계와 그 근원에 대한 인간의 새로운 관계 탐색이 아니라(여기서 새로운 것이란 있을 수 없다) 종교적 깨달음과 결부되는 모든 쓸모없는 것을 떨쳐버리는 것이다. 새로운 종교적 진리란 없다. 유사 이래 인간과 세계와 그 근원에 대한 관계는 이미 오늘날의 그것과 똑같았다. 만일 종교에 진보라는 것이 있다면 그것은 새로운 것의 발견이 아니라 이미 발견되고 표현된 것을 정화하는 것이다.

5 신앙은 어떤 시대나 사회의 가장 뛰어난 선각자들이 도달한, 삶에 대한 최고의 깨달음이다. 그 사회의 나머지 사람들도 언젠가는 그 깨달음에 불가항력적으로, 반드시 다가가게 된다.

／ 진정한 진보, 즉 종교적 진보와 기술적, 과학적, 예술적 진보를 혼동해서는 안 된다. 기술과 과학과 예술의 성공은 오늘날 종종 볼 수 있듯 종교적 퇴보를 수반하는 경우에도 아주 위대할 수 있다.

　신을 섬기려면 무엇보다도 먼저 온갖 미신과 싸우고, 종교적 의식을 명확하고 단순하게 만드는 종교적 진보의 일꾼이 되어야 한다.

2월 21일

사람들이 서로 먹고 먹히던 시대가 있었다. 그런 시대는 지났지만 사람들은 아직도 여전히 동물을 먹고 있다. 이제 그 무서운 습관을 버릴 때가 되었다.

1 아동 보호와 동물 보호를 주장하는 온갖 단체가 채식주의에 무관심한 것은 정말 이상하다. 육식이야말로 그들이 형벌을 통해 방지하고 싶어하는 잔혹행위의 원인이지 않은가. 사랑의 법을 실천하면 공포스러운 형벌보다 훨씬 강력하게 잔혹행위를 방지할 수 있다. 분노를 분출시키기 위해 괴롭히고 죽이는 잔학성과, 동물의 고기를 먹기 위해 괴롭히고 죽이는 잔학성은 다를 것이 없다. 사람들은 동물의 고기를 먹으면서 자기 안의 커다란 잔학성의 아궁이를 뻘겋게 달구고 있다.

루시 맬러리

2 흡연과 음주와 육식은 저주받을 커다란 세 가지 습관이다. 이 끔찍한 세 가지 습관 때문에 불행해지고 가난해진다. 또한 사람들은 이 세 가지 습관의 힘에 눌려 동물에 가까워지고 인간다운 모습이나 인간으로서 최대의 행복인 맑은 이성과 선량한 마음을 잃게 된다.

힐스에 의함

3 **동물에 대한 인간의 행위에는 도덕적 의미가 없다는 생각, 혹은 인간은 동물에 대해 아무런 의무도 없다고 통상적인 도덕의 언어로 말하는 것, 바로 이러한 망상에 무서운 잔학성과 야만성이 도사리고 있다.** 쇼펜하우어

4 한 여행자가 살코기를 한창 먹고 있는 아프리카 식인종들에게 다가 갔다. 그는 무엇을 먹고 있느냐고 물었다. 그러자 그들은 사람 고기 라고 대답했다.

　"당신들은 어떻게 그것을 먹을 수 있소?" 여행자가 소리쳤다. "왜 못 먹어, 소금만 곁들이면 아주 맛있지." 아프리카 식인종이 대답했 다. 그들은 이미 식인에 길들어 왜 여행자가 놀라 외치는지도 이해하 지 못했다.

　마찬가지로 육식을 하는 사람들도 돼지와 양과 소의 고기가 소금 을 곁들이면 맛있다고 하면서, 채식주의자들이 느끼는 당혹감을 이 해하지 못한다.　　　　　　　　　　　　　　　　루시 맬러리에 의함

5 도축과 육식이 널리 퍼진 것은, 동물은 인간이 이용할 수 있도록 신 이 내려준 존재라서 죽여도 잘못이 아니라고 생각했기 때문이다. 그 러나 이는 옳지 않다. 설령 책에 동물을 죽이는 것이 위법이 아니라 고 쓰여 있다 해도, 동물도 인간과 마찬가지로 소중한 존재라는 것은 책보다 더 명확하게 우리 마음에 새겨져 있다. 양심을 외면하지 않는 한 우리는 그것을 다 알고 있다.

／ 너희가 육식을 하지 않는다고 가족이나 친척들이 달려들어 공격하 고 비난하고 비웃는다 해도 동요하지 마라. 만일 육식이 누구에게나 허용되는 일이었다면 고기를 먹는 사람들은 채식주의자를 공격하지 않았을 것이다. 죄악임을 알면서도 죄악에서 벗어나지 못하고 있기 때문에 그들은 안절부절못하는 것이다.

2월 22일

신에 대해 어떤 말을 들어도, 신에 대해 어떤 말을 해도 우리의 마음은 채워지지 않는다. 신에 대해 이해할 수는 있지만 표현할 수는 없는 것, 그것만이 모든 사람에게 필요한 것이고, 생명을 주는 것이다.

질레지우스에 의함

1 우리가 이해할 수 있는 이성은 영원한 이성이 아니다. 우리가 이름 붙일 수 있는 존재 또한 영원한 존재가 아니다. 노자

2 자기 안에 모든 것을 품고 있고 그것 없이는 하늘도 땅도 있을 수 없는 존재가 있다. 이 존재는 평안하고, 비육체적이다. 이 존재의 특성을 가리켜 이성이라고 부르고 사랑이라고 부르지만, 이 존재 자체는 이름이 없다. 이것은 가장 먼 동시에 가장 가까운 존재다. 노자에 의함

3 신, 그것은 우리에게 정의를 요구하는 무한한 뭔가다. 아널드

4 신, 그것은 우리가 자신을 그 일부로서 의식하는 전체다.

5 신이 어디에 있느냐고 묻는 자들은 어리석다. 신은 모든 자연과 개개인의 영혼 속에 있다. 신앙은 천차만별이지만 신은 하나다. 자기 자신을 인식하지 못하는 자가 어찌 신을 인식하겠는가? 인도의 격언

6 나라는 것은 한 번도 존재한 적이 없었고, 내가 언젠가 존재했다는 것도 내 의지에 달린 것이 아닌 것처럼 지금 존재하는 내가 언젠가는 존재하지 않는 것도 내 의지와는 상관없는 일이다. 나는 나 이전에도 존재했고 나 이후에도 존재할 나보다 강력한 존재의 힘에 의해 존재하기 시작했고 계속 존재하고 있다. 그런데 사람들은 나에게 신이라는 것은 존재하지 않는다고 말한다. 라브뤼예르

7 태어나면서부터 창문에 불투명유리가 끼워진 방에 갇힌 사람은 방에 햇빛을 비추는 그 유일한 물체의 이름으로 태양을 부른다. 마찬가지로 복음서도 높은 곳에 있는 존재의 계시를 전달하는 유일한 지고의 감정 혹은 지고의 인간적 자질의 이름으로 신을 부른다. 즉 신을 사랑이라고 부르고, 이성(말)이라고 부른다.

방에 갇힌 사람은 거기서 나와야만 태양과 그 빛을 비추는 불투명유리를 구별할 수 있듯, 인간의 영혼도 육체 또는 물질의 속박에서 벗어나야만 신의 본질과 직접적으로 하나가 될 수 있다.

이성을 가장 높이 평가하는 사람들은 신과 이성을 동일시해 신을 이성이라 부를 것이고, 사랑을 가장 높이 평가하는 사람들은 신과 사랑을 동일시해 신을 사랑이라 부를 것이다.

그러나 여전히 자신의 이성과 사랑을 믿지 않는 사람들―타인의 자아가 지닌 권위를 맹신하는 사람들―은 신과 그 자아를 동일시할 것이다. 스트라호프

✚ 네 눈이 햇빛을 보지 못한다고 해서 태양이 존재하지 않는다고 단언하지 마라. 네 이성이 신을 이해하려다가 혼란에 빠져 길을 잃었다고

해서 신이 존재하지 않는다고 단언하지 마라.　　　질레지우스에 의함

2월 23일

현재의 사회체제는 양심의 요구에도, 이성의 요구에도 부합하지 않는다.

1　간단히 말하자면 대부분의 사업가들은 무질서한 대중이 가능한 한 서로의 것을 빼앗도록 하고, 어린이와 노인까지 진창 속으로 끌어들여 짓밟고, 언제라도 유혹해서 불러들였다가 필요 없어지면 굶어죽든 말든 내쫓을 수도 있는 노동자들의 도움으로 온갖 해로운 물건들을 생산하는 것을 가장 적합한 사회체제라 생각한다.　　　러스킨

2　호밀밭에 내려앉은 비둘기떼를 상상해보라. 그중 아흔아홉 마리가 원하는 것을 꼭 필요한 만큼만 먹고 자신의 힘으로 모을 수 있는 최대한 많은 낟알을 모아 자신들 것으로는 껍질만 남기고 무리 중 가장 허약하고 말라빠진 한 마리에게 주고 있다. 아흔아홉 마리가 한 마리 주위를 둘러싼 채 한 마리가 실컷 먹은 뒤 호밀을 온통 흩트리며 낭비해도 자못 만족스러운 듯이 바라보는데, 다른 놈들보다 한층 더 대담하고 더 배를 주린 한 마리가 호밀 한 톨에 부리를 대자 모두가 한꺼번에 달려들어 그 비둘기를 갈가리 찢어버린다.

　만약 그런 광경을 보았다면, 우리 사회에서 끊임없이 일어나고 있는 일을 본 것이다.　　　페일리

3 사람들이 서로 지혜를 다투고 서로 함정을 만들어 속이고 배신하는 모습을 서글픔 없이 바라볼 수 있을까. 선악의 근본이 무시되고, 아니 완전히 잊혀버린 모습을 눈물 없이 바라볼 수 있을까. 테오그니스

4 이성적인 사람이라면 햇빛과 토양, 동물계와 식물계, 광물과 그 밖의 우리가 갓 이용하기 시작한 여러 자연의 힘에는 인간의 온갖 물질적 요구를 충족시킬 무한한 부가 있다는 것을 안다. 자연에서는 빈곤할 이유가 없다. 심지어 장애인이나 노약자도 빈곤에 빠질 이유가 없다. 인간은 천성적으로 사회적 동물이라서 탐욕이라는 만성적 빈곤의 원인에 영향을 받지 않는다면, 스스로 자신을 부양할 힘이 없는 사람들도 가족의 사랑과 사회적 연민의 힘으로 필요한 모든 것을 조달받을 것이기 때문이다. 헨리 조지

5 사회적 삶을 개선하기 위해서는 소수가 아니라 사회 전체의 이성과 사랑이 결집되어야 한다. 정치가들에게 맡기면 좋은 결과를 얻을 수 없다. 민중 스스로가 생각해야 한다. 실제로 일하는 것은 민중이기 때문이다. 헨리 조지

6 현대 문명이 아무리 견고해 보일지라도 그 안에는 이미 파괴력이 작용하고 있다. 황야나 숲속이 아니라 도시 뒷골목과 중심가에, 흉노족과 반달족이 고대 문명에 대해 자행했던 것과 마찬가지로 현대 문명을 아무 거리낌도 없이 파괴하는 야만인들이 있다. 헨리 조지

7 개혁은 민중에 의해, 민중을 위해 수행되어야 한다. 개혁이 지금처럼 어느 계급의 전유물인 한 개혁은 하나의 악을 다른 악으로 바꾸어놓을 뿐 결코 민중을 구제하는 데 이바지하지 못한다. 마치니

/ 인간은 이성적인 존재다. 그런데 왜 사회적 삶에서는 이성이 아니라 폭력을 따르는 것일까?

2월 24일

진리가 사람들 귀에 들리도록 하려면 선의와 함께 표현되어야 한다. 흥분한 채 이야기하는 것은 아무리 이치에 맞고 옳은 말이라 해도 상대방에게 잘 전달되지 않는다. 만일 네가 한 말이 상대방에게 받아들여지지 않는다면, 네가 진리라고 생각한 것이 진리가 아니거나, 네가 그것을 선의 없이 전달했거나, 아니면 둘 다이다.

1 진리를 전하는 유일한 방법은 사랑으로 이야기하는 것이다. 사람들은 사랑하는 사람의 말만 듣는다. 소로

2 진실을 말하는 것은 잘 꿰매고, 능숙하게 풀을 베고, 글씨를 잘 쓰는 것과 같다. 많이 꿰매고, 많이 베고, 많이 써본 사람만 그것에 대해 말할 수 있다. 해보지 않은 일에 대해서는 잘 말할 수 없다. 그러므로 진실을 말하고 싶다면 그 일에 익숙해야 한다. 진실을 말하는 것에

익숙하려면 아무리 사소한 일이라도 언제나 진실만을 말해야 한다.

3 우리는 사람들 앞에서 자신을 거짓으로 꾸미는 버릇이 들어 이제는 스스로에
게도 자신을 거짓으로 꾸민다.　　　　　　　　　　　　　　　라로슈푸코

4 자신에게 확고히 자리잡은 생각만이 진리와 생명을 지니며 참된 의
미로 이해될 수 있다. 책에서 읽은 남의 생각은 남이 밥상에서 먹다
남긴 것이며 이방인의 어깨에서 벗겨낸 옷과 같다.　　　　　쇼펜하우어

5 진리 앞에서 위축되어 그것을 부인하거나, 자신이 진리라고 생각한
것이 허위였다는 자각을 무시해버린다면 자신이 무엇을 해야 하는
지 영원히 알 수 없다.

6 진리를 위해 진리를 사랑하는 현자들은 진리를 자기 것으로 만드는
데 신경쓰지 않는다. 현자들은 어디서 진리를 만나든 감사하는 마음
으로 받아들이며, 그것에 누군가의 이름표를 붙이지 않는다. 그러한
진리는 이미 아주 오래전부터 변함없는 최고의 지혜였기 때문이다.
　　　　　　　　　　　　　　　　　　　　　　　　　　　에머슨

／ 진리는 절대 인간을 악하고 교만하게 만들지 않는다. 진리의 현현은
언제나 온화하고 겸허하고 순수하다.

2월 25일

기도란 영원하고 무한한 존재인 신의 계율을 인정하고 상기하면서 그것에 자신의 과거와 미래의 행위를 맞춰보는 일이다. 기도는 자주 할수록 좋다.

1 기도하기에 앞서 자신이 그 시간에 온전히 집중할 수 있는지 돌아보라. 그럴 수 없다면 기도하지 마라. 습관적인 기도는 진실하지 않다.

『탈무드』

2 우리의 약점을 고쳐주는 수단인 기도를 어찌 내팽개칠 수 있겠는가? 신에게 다가가기 위한 모든 정신적 노력은 아집에서 벗어나게 해준다. 우리는 신에게 도움을 청하면서 자기 안에서 스스로를 도울 수 있는 방법을 발견한다. 신이 우리를 변화시키는 것이 아니라 우리가 신을 향해 한 발짝씩 다가가면서 스스로를 변화시키는 것이다. 우리는 신에게 구하는 모든 것을 스스로에게 줄 수 있다. 루소

3 기도할 때에도 위선자들처럼 하지 마라. 그들은 남에게 보이려고 회당이나 한길 모퉁이에 서서 기도하기를 좋아한다. 나는 분명히 말한다. 그들은 이미 받을 상을 다 받았다. 너는 기도할 때에 골방에 들어가 문을 닫고 보이지 않는 네 아버지께 기도하여라. 그러면 숨은 일도 보시는 아버지께서 다 들어주실 것이다. 너희는 기도할 때에 이방인들처럼 빈말을 되풀이하지 마라. 그들은 말을 많이 해야만 하느님께서 들어주시는 줄 안다. 그러니 그들을 본받지 마라. 너희의 아버지께서는 구하기도 전에 벌써 너희에게 필요한 것을 알고

계신다.　　　　　　　　　　　　　　　「마태복음」6:5~8

4 이미 고대부터 인간은 기도의 필요성을 인정해왔다.

　옛날 사람들에게 기도는 일정한 조건과 장소에서 일정한 동작과 언어로 하나의 신 혹은 여러 신에게 자비를 구하는 것이었다. 오늘날에도 대부분의 사람들은 이런 기도를 한다.

　그리스도는 그런 기도를 알지 못하며, 그에게 기도란 세속적인 불행에서 벗어나거나 세속적인 행복을 획득하기 위한 것이 아니라, 죄악과의 싸움에서 인간을 강인하게 만들어주는 꼭 필요한 수단이다.

5 기도란 세속적인 모든 것과 감정을 어지럽힐 수 있는 모든 것에서 벗어나(이슬람교도들이 사원에 들어가거나 기도할 때 손가락으로 눈과 귀를 가리는 것은 의미 있는 행위다) 자기 안의 신적 근원을 불러내는 것이다. 그리스도는 그 최선의 방법을 다음과 같이 가르쳤다. 혼자 방에 들어가 문을 닫고, 방이든 숲이든 들이든 완전히 혼자가 되어 기도하는 것이다. 기도는 세속적이고 외적인 모든 것에서 벗어나 자기 영혼의 신적인 부분을 깨우고 거기에 자신을 옮겨놓고 자신의 영혼이 속한 전체와 소통하며 스스로를 신의 종으로 의식한 상태로 자신의 영혼, 행위, 욕망을 점검하는 것이다.

　이러한 기도는 노래, 그림, 조명照明, 설교로 이루어지는 속세의 기도가 자아내는 공허한 감동과 흥분이 아니라, 영혼을 구원하고 단련해 높은 곳으로 이끈다. 이러한 기도를 통해 우리는 반성하고, 과거의 행위를 점검하고, 미래에 할 행위의 방향을 알게 된다.

／ 신에 대한 자신의 태도를 표현하는 기도도 종종 새로운 말로 바꾸어
　보는 것이 좋다. 인간은 부단히 성장하고 변화한다. 그러므로 신에
　대한 태도도 마땅히 변화하고 더욱 분명해져야 한다. 기도도 변화해
　야 한다.

대천사 가브리엘

어느 날 대천사 가브리엘은 하늘나라에서 들려오는 신의 목소리를 들었다. 신은 누군가에게 축복을 내리고 있었다. 천사가 말했다. "그래, 그 사람은 신의 귀한 종일 거야. 분명 성스러운 수행자겠지." 천사는 그를 보기 위해 지상으로 내려왔다. 그러나 천상에서도 지상에서도 그를 찾을 수 없었다. 천사는 신에게 돌아와 말했다. "오, 주님! 당신이 사랑하시는 사람에게 가는 길을 가르쳐주십시오." 신은 대답했다. "시골로 가보아라, 그곳의 작은 사원에서 불빛을 보게 될 것이다." 천사는 사원으로 내려갔고 한 인간이 우상 앞에서 기도하는 것을 보았다. 천사는 신에게 돌아와 말했다. "오, 주님! 어째서 우상을 사랑하며 받드는 자를 지켜보십니까?" 신은 말했다. "나는 그가 나를 잘못 이해하는 것을 지켜보는 것이 아니다. 그 누구도 내가 어떤 존재인지 이해할 수 없다. 가장 위대하고 지혜로운 사람도 그 사람과 마찬가지로 내가 어떤 존재인지 이해할 수 없다. 나는 그의 지혜가 아니라 마음을 지켜보고 있다. 그의 마음은 나를 찾고 있고 그렇기 때문에 나에게 가까운 것이다."

페르시아 시인 아타르의 이야기

기도

너희의 아버지께서는 구하기도 전에 너희에게 필요한 것을 알고 계신다⋯⋯

「마태복음」 6:8

"아니에요, 아니에요, 안 돼요! 그럴 리가 없어요…… 선생님! 도저히 방법이 없는 건가요? 두 사람 다 왜 잠자코 있는 거죠?!"

이렇게 말하고 젊은 어머니는 하나밖에 없는 세 살배기 첫아들이 뇌수종에 걸려 죽은 방에서 결연한 걸음걸이로 성큼성큼 걸어나왔다.

낮은 목소리로 이야기하던 남편과 의사는 입을 다물어버렸다. 남편은 멈칫거리며 아내에게 다가가 그녀의 헝클어진 머리를 부드럽게 어루만지고는 무거운 한숨을 내쉬었다. 의사는 고개를 숙인 채 입을 꾹 다물고 미동도 없이 서 있는 것으로 모든 것이 절망적이라고 말하고 있었다.

"어쩔 수 없어!" 남편이 말했다. "어떡하겠어, 여보……"

"아, 그런 말 하지 말아요, 아무 말도!" 그녀는 비난하듯 앙칼지게 외치고는 휙 돌아서서 다시 아이 방을 향해 걸어갔다.

남편은 그녀를 말렸다.

"카탸! 가지 마……"

그녀는 대답하지 않고 피곤에 지친 커다란 눈으로 그를 돌아보더니 그대로 아이 방으로 돌아갔다.

아이는 머리 밑에 하얀 베개가 받쳐진 채 유모에게 안겨 있었다. 눈은 뜨고 있었지만 무엇을 보고 있지는 않았다. 앙다문 입에서는 거품이 흘러나와 있었다. 유모는 엄하고 굳은 얼굴로 아이 얼굴을 멀거니 내려다보고 있었고, 어머니가 들어와도 미동도 하지 않았다. 어머니가 다가가 유모에게서 아이를 옮겨 안으려고 베개 밑으로 손을 밀어넣자 유모는 조용히 말했다. "저쪽으로 가 계세요!" 그러고는 어머니에게서 살짝 몸을 뺐다. 그러나 어머니는 그녀의 말을 듣지 않고 날렵하고 익숙한 손놀림으로 아이를 받아 안았다. 아이의 곱슬곱슬한 긴 머리털은 엉켜 있었다. 그녀는 그 머리털을 쓰다듬으며 아이 얼굴을 찬찬히 들여다보았다.

"아니야, 안 돼." 그녀는 속삭이듯 말하고 조심스러운 몸짓으로 재빠르게 아이를 유모에게 돌려주고는 방에서 나갔다.

아이는 이 주 동안 병을 앓았다. 그동안 어머니는 하루에도 몇 번씩 희망과 절망 사이를 오갔다. 하루에 고작 한 시간 반쯤 눈을 붙였다. 그리고 하루에도 몇 번씩 자기 침실로 가 금빛 옷을 걸친 커다란 구세주상 앞에서 아들을 구해달라고 기도했다. 검은 얼굴의 구세주는 "고생하며 무거운 짐을 지고 허덕이는 사람은 다 나에게로 오너라, 내가 편히 쉬게 하리라"「마태복음」11:28라는 구절이 검은 글씨로 새겨진 금빛 책을 작고 검은 손에 들고 있었다. 성상 앞에 서서 그녀는 온 마음으로 기도했다. 그러나 기도를 하면서도 마음 깊은 곳에서는 자신에게 신을 움직일 힘이 없다는 것을, 신은 그녀의 뜻이 아니라 신의 뜻대로 일하시리라는 것을 느꼈다. 그녀는 유달리 긴장하며 소리 내어 외우곤 했던, 자신이 생각해낸 기도문과 교회에서 정한 기도문을 읽었다.

그녀는 아들이 죽었다는 것을 또렷이 깨닫자 머릿속에서 뭔가가 끊어져 빙빙 돌기 시작하는 기분을 느꼈다. 자기 침실로 돌아와서도 여기가 어딘지 모르는 사람처럼 놀란 눈으로 세간을 둘러보았다. 그러고서 침대 위에 개켜진 남편의 잠옷 위에 머리를 얹고는 그대로 의식을 잃고 말았다.

꿈속에서 그녀는 건강하고 유쾌한 표정의 코스챠가 곱슬곱슬한 머리털과 가느다란 흰 목을 드러내고 안락의자에 앉아 입술을 삐죽이 내민 채 장딴지가 통통한 두 다리를 까불거리면서 골판지로 만든, 다리 하나가 없고 등에 구멍이 난 말 등에 인형을 태우려 하는 것을 보았다.

'저애가 살아 있다면 얼마나 좋을까.' 그녀는 생각했다. '저애가 죽다니 정말 끔찍한 일이야. 왜 죽었을까? 내가 그렇게 기도를 했는데 하느님은 어떻게 저애를 죽게 하셨을까? 왜 그래야 하셨을까? 저애가 누구를 해치기라도 한단 말인가? 저애가 나의 삶이고 내가 저애 없이는 살아갈 수 없단 것을 모르셨을까? 왜 느닷없이 불쌍하고 죄 없는 그 귀여운 것을 붙들어 괴롭히셨을까? 그렇게 기도했는데 그 응답이 저애의 눈동자가 멈추고 사지를 내뻗고 싸늘하게 굳어버리는 것이었다니.'

그녀는 또다시 보았다. 아이가 걷고 있었다. 저렇게 작은 애가, 저렇게 높은 대문 안으로 어른이 걸어가듯 조막손을 흔들며 걸어들어가고 있었다. 아이는 두리번거리며 살포시 웃기도 했다…… '내 아기! 그런데 하느님은 저런 아이를 괴롭히다가 생명을 가져가셨어! 그렇게 끔찍한 짓을 하셨는데 나는 뭐 때문에 그토록 기도했을까?'

그때 갑자기 보모 마트료샤가 아주 이상한 말을 하기 시작했다. 어머니는 그녀가 마트료샤라는 건 알고 있지만 마트료샤로도 보이고 천사로도 보였다. '하지만 천사라면 왜 등에 날개가 없지?' 어머니는 생각했다. 그런데 그녀는 누구였는지는 잘 기억나지 않지만 어쨌든 믿을 만한 어떤 사람이 그녀에게 요즘은 날개가 없는 천사들도 있다고 말했던 것이 기억났다. 천사 마트료샤가 말했다. "마님, 하느님을 나쁘게 얘기하셔도 소용없어요. 하느님이라고 모든 사람 말을 다 들어줄 순 없으니까요. 사람들은 곧잘 누구에게는 좋고 다른 누구에게는 나쁜 걸 빌거든요. 지금도 그래요. 온 러시아 사람들이 기도하고 있는데, 그게 어떤 사람들인지 아시나요! 가장 높은 대주교들, 대성당과 교회에서 수도사들이 성자의 유골을 앞에 놓고 너나없이 제발 일본군을 이기게 해달라고 기도하고 있어요. 그런데 그게 과연 지당한 일일까요? 그렇게 기도해도 소용없고 하느님도 결코 기뻐하시지 않아요. 일본군도 자신들이 이기게 해달라고 빌고 있을 테니까요. 하지만 하느님은 우리 모두의 아버지시잖아요. 하느님은 대체 어떻게 하셔야 할까요?"

"하느님은 어떻게 하셔야 할까요, 마님?" 마트료샤가 말했다.

"그래, 그 말이 맞아. 그런 말은 예전부터 있었어. 볼테르도 그런 말을 했어. 다들 아는 것이고 다들 그런 말을 하잖아. 하지만 내 말은 그런 것이 아니야. 나는 나쁜 것을 비는 것이 아니라 그저 내 사랑스러운 아들을 죽이지 말아달라고 간청했을 뿐인데 왜 하느님이 그것을 들어주실 수 없는지를 말하는 거야. 나는 그애 없이 살아갈 수 없는데 말이야." 어머니는 이렇게 말하고 아들이 그녀의 목을 오동통한 두 조막손으로 껴안는 것과 그 작은 몸의 온기를 온몸으로 느꼈다. '그런 일이 일어나지 않았으면 얼마나 좋았을까.' 그녀는 생각했다.

"하지만 그것과 이것은 다르잖아요, 마님." 마트료샤는 늘 그랬던 것처럼 어눌한 어조로 덧붙였다. "그것과 이것은 다르잖아요. 누군가 뭔가를 빌어도 하느님이 도저히 들어주실 수 없을 때가 있는 법이에요. 누구나 다 알고 있고, 그건 제가 알아요, 제가 하느님께 아뢰는 사람이니까요." 천사 마트료샤는 어제 마님이 나리를 모시고 오라고 심부름 보냈을 때 유모에게 '그건 제가 알아요. 나리는 집에 계세요. 들어오신 걸 제가 아뢨거든요'라고 말했을 때와 똑같은 말투로 말했다.

"얼마나 많이 아뢨는데요," 마트료샤가 말했다. "젊고 착한 그분이, 나쁜 짓을 저지르지 않도록, 술과 향락에 빠지지 않도록 힘을 달라고 하시는 걸 얼마나 자주 아뢨는지 몰라요. 가시를 뽑아내듯 악을 뽑아달라고 하시는 걸 말이에요."

'어쩜, 마트료샤가 말을 참 잘하네.' 마님은 생각했다.

"하지만 하느님은 그것을 절대로 도와줄 수 없었어요, 왜냐하면 모든 사람은 <u>스스로</u> 노력해야 하니까요. 오직 노력을 통해서만 좋은 결과가 생기는 법이잖아요. 마님이 제게 검은 암탉 이야기를 읽어보라고 권하신 적이 있어요. 검은 암탉이 자신을 죽을 고비에서 살려준 아이에게 보답으로 마법의 삼씨 한 알을 주었어요. 그 삼씨가 바지 주머니에 들어 있으면 아이는 공부를 하지 않아도 무슨 과목이든 다 잘할 수 있었죠. 그래서 아이는 공부를 전혀 하지 않게 되었고 결국 그동안 알고 있던 것마저 다 까먹고 말았다는 이야기였어요. 하느님도 사람들에게서 악을 뽑아내지는 못해요. 그러니까 기도가 아니라 스스로 악을 뽑아내고 씻어내고 비틀어 빼내야 하는 거예요.”

‘이애는 어디서 이런 말을 다 알았을까.’ 마님은 이렇게 생각하고는 말했다.

“그런데 마트료샤, 넌 내가 묻는 말에는 아직 대답하지 않았어.”

“잠깐만 기다리세요, 다 말씀드릴 테니까요.” 마트료샤가 말했다. “한번은 이런 기도를 아뢴 적도 있어요. 어느 집안이 아무런 잘못도 하지 않았는데 파산을 해서 가족들이 울고불고하며 지금까지 살았던 훌륭한 저택에서 단칸방으로 이사하고 심지어 마실 차조차 없는 상황이 되자, 하느님에게 도와달라고 간청했어요. 하지만 하느님은 그들의 청을 들어주시지 않았어요. 들어주면 그들의 살림이 넉넉해질 것이기 때문이었죠. 그들은 깨닫지 못했지만, 하느님은 그들이 풍요로운 생활을 계속하다가는 언젠가 형편없이 타락하리란 걸 알고 계셨던 거예요.”

‘맞는 말이야.’ 마님은 생각했다. ‘그런데 어째서 이애는 하느님에 대해 말하면서 이렇게 버릇없는 말을 할까? **형편없이**라니…… 정말 좋지 않은 말이야. 기회가 되면 주의를 줘야겠어……’

“하지만 난 그런 걸 묻는 게 아니야.” 어머니는 다시 되풀이했다. “나는 무엇 때문에 하느님이 내 아들을 데려가셨는지 묻고 있는 거야." 그리고 어머니는 또 눈앞에서 살아 있는 코스탸를 보았다. 그리고 작은 종처럼 짜랑짜랑 울리는 순진하고 마냥 귀여운 웃음소리를 들었다. '어째서 내게서 그애를 빼앗아갔을까? 만약 하느님이 그렇게 하셨다면, 그 하느님은 잔악하고 나쁜 하느님이야, 그런 하느님은 필요 없어, 알고 싶지도 않아.'

그런데 어찌된 일인지 마트료샤는 이제 마트료샤가 아니라 뭔가 완전히 새롭고 기묘한 알 수 없는 존재가 되어, 입으로 소리 내어 말하는 게 아니라 독특한 방법으로 직접 어머니의 심장에 대고 말을 하고 있었다.

"불쌍한 너는, 눈멀고 오만불손한 너는," 이 존재는 말했다. "야무지고 탄탄한 팔다리와 긴 곱슬머리를 가진 코스탸가 불과 일주일 전 순진하고 사랑스럽게 기특한 말을 종알대던 것을 보았다. 하지만 그애가 언제나 그런 모습이었을까? 너는 그애가 '엄마' '아빠' 하고 말을 떼고 사람을 알아보는 것을 보고 기뻐했다. 또 그애가 귀엽게 두 발을 아장거리며 탁자 쪽으로 걸어가는 것을 보고 기뻐했고, 작은 동물처럼 온 바닥을 기어다니는 것을 보고 함께 기뻐했고, 정수리가 아직 팔딱거리는 머리털 없는 머리를 가누는 것을 보고 기뻐했고, 잇몸으로 젖꼭지를 꼭 물고 누르는 것을 보고 기뻐 어쩔 줄 몰라했다. 또 아직 너에게서 탯줄도 끊지 않은 새빨간 아이가 처음으로 폐를 부풀리며 애처롭게 우는 것을 보고 기뻐했다. 그런데 그애는 아직 세상에 나오지 않았던 일 년 전 어디에 있었을까? 너희는 너희가 가만히 서 있다고, 너희와 너희가 사랑하는 사람이 언제나 지금과 똑같은 모습이어야 한다고 생각한다. 그러나 너희는 한시도 가만히 서 있지 않고 모두 강물처럼 흐르고 있다. 아래로 굴러떨어지는 돌처럼 조만간 너희 모두를 기다리는 죽음을 향해 떨어지고 있다. 그런데 너는 왜 아이가 무無에서 생겨나 그처럼 되었다면 죽은 뒤에도 한순간도 그대로 머물지 않으리라는 것을 깨닫지 못하느냐. 너는 왜 무에서 젖먹이가 되고 젖먹이에서 어린아이가 되는 것처럼 어린아이가 학교에 다니고 소년이, 청년이, 성인이, 장년이, 노인이 된다는 것을 깨닫지 못하느냐. 너는 그애가 살아 있었다면 무엇이 되었을지 모르지만, 나는 알고 있다."

그러자 어머니의 눈에 전깃불이 휘황하게 밝혀진 레스토랑의 한 별실에서(언젠가 남편이 그녀를 그런 레스토랑에 데려간 적이 있었다) 뚱뚱하고 주름살이 쭈글쭈글한 노인이 콧수염을 위로 말아올리고 구역질이 날 정도로 젊게 단장한 채 저녁식사를 마친 테이블에 앉아 있는 모습이 보였다. 그는 푹신한 소파에 깊이 파묻힌 채 술 취한 몽롱한 눈으로, 희고 굵은 목을 드러내고 짙게 화장한 음탕한 여자를 쳐다보고 있었다. 그는 혀가 꼬부라진 채 상스러운 농담을 큰 소리로 되풀이했다. 그와 똑같은 그의 패거리가 걸걸대며 웃어대자, 그는 아주 만족스러운 표정을 지었다.

"아니야, 저건 우리 애가 아니야. 저건 우리 코스탸가 아니야!" 어머니는 코스탸를 생각나게 하는 뭔가가 눈매와 입매에 남아 있는 구역질나는 노인을 두려운 마음으로 쳐다보며 외쳤다. '이게 꿈이라면 좋으련만.' 그녀는 생각했다. '바로 저 사람이 코스탸다.' 그녀는 부푸한 가슴팍 피부가 눈발같이 하얀 맨몸의 코스탸가 욕조에 앉아 깔깔거리면서 작은 두 발을 까불거리는 것을 보았다. 눈으로 봤을 뿐만 아니라 갑자기 그애가 팔꿈치까지 걷어올린 그녀의 팔을 붙잡고 연신 입을 맞추다가 뭘 어떻게 해야 할지 모르는 듯 깨무는 것을 느끼기까지 했다.

'그래, 바로 이애가 코스탸야. 아까 그 끔찍한 노인은 코스탸가 아니야.' 그녀는 혼잣말을 했다. 그 순간 잠에서 깼다. 그러고는 더이상 깨어날 수도 없는 현실을 두려운 마음으로 인정했다.

그녀는 아이 방으로 갔다. 유모는 벌써 코스탸의 몸을 씻고 단장을 마친 상태였다. 밀랍으로 만든 것 같은 날카로운 코, 콧구멍 옆의 보조개, 이마 위로 말끔히 빗긴 머리칼. 아이는 높은 받침대 위에 누워 있었다. 주위에 촛불이 켜져 있고 머리맡 작은 탁자에는 흰색과 연보라색, 분홍색 히아신스가 놓여 있었다. 유모는 의자에서 일어나, 눈썹을 치켜올리고 입술을 내민 얼굴로 돌처럼 반듯하게 누워 있는 사랑스러운 얼굴을 들여다보고 있었다. 어머니가 들어간 문의 맞은편 문에서 언제나처럼 순진하고 선한 얼굴의 마트료샤가 울어서 퉁퉁 부은 눈으로 들어왔다.

'나더러 속을 끓여서는 안 된다고 말한 저 아이도 울었구나.' 어머니는 생각했다. 그녀는 죽은 아이에게로 시선을 옮겼다. 순간 죽은 아이의 얼굴과 그녀가 꿈속에서 보았던 노인의 얼굴이 너무도 비슷하게 겹쳐 보여 그녀는 깜짝 놀라 뒤로 물러섰다. 그녀는 부랴부랴 그런 생각을 떨쳐버리고 성호를 그으며 따뜻한 입술을 밀랍 같은 이마에 댔다. 그리고 한데 포개진 작고 차가운 손에 입을 맞추었다. 그러자 히아신스 향기가 그녀에게 이제 그 아이는 없다고, 다시는 돌아오지 못한다고 말을 건네는 것 같았다. 흐느낌에 목이 멘 그녀는 다시 한번 아이 이마에 입을 맞추었다. 그리고 처음으로 울음을 터뜨렸다. 그녀는 울었다. 그러나 절망의 눈물이 아니었다. 모든 것을 받아들이는 평안의 눈물이었다. 그녀는 괴로웠지만 더이상 애태우지도 않았고 누구에게 하소연하지도 않았다. 그녀는 지금까지 있었던 일은 마땅히 그래야 했고 그렇기 때문에 좋은 것이라는 사실을 깨달았다.

"마님, 그만 우세요." 유모는 어린 시신에게 다가가 접은 손수건으로 코스탸의 밀랍 같은 이마 위에 남은 어머니의 눈물을 닦아냈다. "눈물을 흘리시면 죽은 도련님이 괴로워할 거예요. 도련님은 이제 괜찮아요. 죄 없는 천사가 되었으니까요. 살아 있다면 어떤 사람이 될 지 알 수 없잖아요."

"그래, 맞는 말이야, 하지만 참으로 슬프구나, 너무나 슬퍼!" 어머니 는 말했다.

레프 톨스토이

2월 26일

대화를 오래한 뒤에는 무슨 말을 했는지 전부 떠올려보라. 네가 한 말 대부분이, 때로는 전부가 얼마나 공허하고 쓸모없고 사악했는지 깨닫고 놀랄 것이다.

1 어리석은 사람은 침묵하는 것이 가장 낫다. 그러나 그것을 안다면 그는 어리석은 사람이 아니다. 사디

2 말을 할 때는 그 말이 침묵보다 나은 것이어야 한다. 아라비아의 속담

3 말하지 않아서 후회하는 일이 한 번이라면, 말을 해서 후회하는 일은 백 번이다.

4 선한 사람들은 말다툼을 일삼지 않는다. 말다툼을 일삼는 사람들은 선한 사람이 아니다.

지혜로운 자는 많이 배운 자가 아니다. 많이 배운 자는 지혜로운 자가 아니다.

진실한 말은 듣기 싫다. 듣기 좋은 말은 진실하지 않다. 노자

5 **육체노동은 공허한 잡담에 빠지지 않게 해주는 것만으로도 유익하다.**

6 현명한 사람이 되려면 사리에 맞게 질문하고, 주의깊게 듣고, 침착하게 대답하고, 할말이 없을 때 말하지 않는 법을 배워라.　　　라바터

7 사람들이 오랫동안 언쟁하는 것은 그들이 쟁점을 잘 모른다는 증거다.　　　볼테르

8 뭔가 새로운 이야기를 하고 싶은 욕망 때문에 얼마나 하찮은 말을 많이 하게 되는지 모른다.　　　볼테르

9 벙어리의 혀는 거짓말쟁이의 혀보다 낫다.　　　터키의 속담

✓ 말하기 전에 생각할 시간이 있으면, 그 말을 할 가치가 있는지, 할 필요가 있는지, 그 말로 누군가에게 상처를 주지 않을지 생각하라.

2월 27일

자선은 자기희생에 의한 것일 때에만 자선이다.

1 당신들의 금과 은은 녹이 슬었고 그 녹은 장차 당신들을 고발할 증거가 되며 불과 같이 당신들의 살을 삼켜버릴 것입니다. 당신들은 이

와 같은 말세에도 재물을 쌓았습니다. 「야고보서」 5:3

2 돈에, 돈 그 자체에, 돈을 가졌다는 사실에 뭔가 부도덕함이 있다.

3 신의 은총을 원한다면 행동을 보여라. 그러나 복음서의 그 부유한 젊
은이처럼 누군가는 이렇게 말할지도 모른다. "나는 모든 것을 지켰습
니다. 훔치지도 않았고, 살생도 간음도 하지 않았습니다." 그러나 그
리스도는 그 젊은이에게 그것으로는 부족하고 또다른 뭔가가 필요
하다고 말했다. "너의 재산을 다 팔아 가난한 사람들에게 나누어주어
라. 그리고 나를 따라오너라" (「마태복음」 19:21). 그를 따른다는 것
은 모든 행위에서 그를 본받는다는 것이다. 행위란 이웃에 대한 사
랑이다. 그런데 그 젊은이가 그토록 부유하게 살면서도 자기 재산을
가난한 사람들에게 나누어주지 않는다면 어떻게 이웃을 사랑한다고
말할 수 있겠는가? 만일 그 사랑이 확고하고 그저 입으로만 하는 말
이 아니라면 그것은 행위로 나타날 것이다. 부자가 행위로써 사랑을
실천하는 것은 자신의 부를 거부하는 것과 같다. 크리소스토모스에 의함

4 자비로운 자는 부자가 아니며, 부자는 자비롭지 않다. 만주의 속담

5 부유한 자선가들은 가난한 사람에게 베푸는 돈이 더 가난한 사람들
의 손에서 빼앗은 것임을 깨닫지 못한다.

6 부유한 자들은 빈곤한 자들에게 아무리 적선한다 해도 풍요와 사치에 빠져 있는 한 민중에게 커다란 해악만 끼칠 뿐이다. 그들은 부의 숭배, 사치스러운 생활, 가난하고 헐벗은 삶에 대한 경멸이 가난한 사람들을 타락시킨다는 것을 모른다. 그리고 세상의 유일한 행복은 부이며 무엇보다 먼저 부를 획득해야 한다는 생각을 가난한 자들에게 주입시키고 있다는 것을 모른다.　　　　　　　　채닝에 의함

7 부자는 하늘나라에 들어가기가 어렵다. 거듭 말하지만 부자가 하느님 나라에 들어가는 것보다는 낙타가 바늘귀로 빠져나가는 것이 더 쉬울 것이다.　　　　　　　　「마태복음」 19:23~24

✔ 부로는 선을 행할 수 없다. 부자가 선을 행하려면 먼저 부를 버려야 한다.

2월 28일

예술은 사람들을 결합하는 수단 중 하나다.

1 아무리 세련된 예술이라도 사람들을 결합시키는 유일한 것, 즉 인류의 보편적인 도덕성이 배어 있지 않다면 오락에 불과하다. 사람들은 자신에 대한 불만을 해소하기 위해 예술에 의지하고 그럴수록 더욱 예술에 매달리지만, 그럼으로써 끊임없이 자신을 더욱더 쓸모없고

만족 못하는 존재로 만든다. 칸트

2 예술이 사멸하는 것은 상상할 수 있지만, 예술이 부귀 앞에서 굽실거리고 가난을 우롱하면서 존재한다는 것은 상상도 할 수 없는 일이다.

모리스

3 예술은 감정이나 생각을 불어넣는 가장 강력한 수단 중 하나다. 나쁜 것이든(언제나 더 쉽게 주입된다) 좋은 것이든 주입되기 쉽기 때문에 예술은 다른 수단들보다 더 주의가 필요하다.

4 종교적 가르침은 도취적 영향이 적을수록 숭고하며 그것이 클수록 숭고하지 않다.

5 **예술과 과학의 가치는 모든 사람을 위해 사욕 없이 봉사하는 데 있다.** 러스킨

6 예술가는 제사장이거나 능란한 광대거나 둘 중 하나다. 마치니

7 예술은 그 목적이 도덕적 완성일 경우에만 설 자리를 얻는다. 예술의 임무는 사랑으로 가르치는 것이다. 만일 예술이 진리의 발견을 돕지 않고 유쾌한 시간 때우기로 그친다면 예술은 고상하기는커녕 수치

스러운 일일 뿐이다. 러스킨

8 부유한 계급에게 오락을 제공하는 것이 목적인 지금의 예술은 매춘과 흡사하다. 아니 매춘 외에 아무것도 아니다.

/ 예술에 관한 논의야말로 가장 공허하다. 예술을 이해하는 사람은 모든 예술은 고유한 언어를 가지고 말하기 때문에 우리의 말로 예술을 논한다는 것이 아무 의미가 없다는 것을 안다. 오히려 예술을 이해하지도 느끼지도 못하는 사람들이 자주 예술에 대해 이러쿵저러쿵한다.

2월 29일

길을 가려면 어디로 가고 있는지 알아야 한다. 이성적이고 선한 삶을 살 때도 마찬가지다. 자신을 비롯한 모든 사람의 삶이 어디를 향하고 있는지 알아야 한다.

1 완성은 신의 본성이고, 완성을 바라는 것은 인간의 본성이다. 괴테

2 삶은 일하지 않고 즐기라고 주어진 것이 아니다. 아니, 삶은 싸움이자 행군이다. 악에 맞서는 선의 싸움, 불의에 맞서는 정의의 싸움, 압

제에 맞서는 자유의 싸움, 정욕에 맞서는 사랑의 싸움. 그렇다, 삶이 란 우리의 머리와 마음을 여명으로 비춰주는 이상을 실현하기 위해 우리의 **자**아가 전진하는 것이다. 마치니

3 우리는 우리가 마땅히 살아야 하는 모습으로, 노력하면 살 수 있는 모습으로 살고 있지 않다는 것을 알고 있다. 삶은 더 좋아질 수 있고 더 좋아져야 한다는 것을 결코 잊어서는 안 된다. 지금의 삶을 비판 하기 위해서가 아니라, 더 나은 삶을 만들기 위해 잊지 말아야 한다. 삶이 지금보다 더 좋아지리라 믿으면서 더 나은 삶을 추구해야 한다.

4 '인간은 약한 존재이고, 어차피 성자가 될 수 없으며, 노력해도 소용 없으니 다른 사람들처럼 살면 된다'고 사람들은 흔히 말한다. 이 말 에는 커다란 오류가 있다. 성자가 되기 위해서가 아니라 어제보다 나 은 사람이 되기 위해 선하게 살아야 하는 것이다. 이것이 삶에서 가 장 중요한 일이며 개인과 인류의 행복이 거기에 있다.

5 이상은 자신 안에 있다. 이상의 실현을 방해하는 장애물도 자신 안에 있다. 우리가 처한 상황은 이상을 실현하는 재료에 불과하다. 칼라일

6 완성은 그 실현이 오직 생각으로만 가능한 경우, 무한한 미래에서만 실현될 수 있다고 생각되는 경우, 따라서 그 실현을 향한 노력이 무 한히 계속되어야 하는 경우에만 참되다.

／ 우리가 의식하는 선이 우리 내부와 이 세계에서 반드시 실현되리라 믿고 기대하는 것이 바로 선의 실현을 가능하게 하는 중요한 조건이다. 그것을 믿지 않고 지금과 같은 잘못된 생활을 계속하면서 다른 사람들도 모두 그럴 거라 생각하는 것이야말로 선의 실현을 방해하는 가장 큰 장애물이다.

3
월

3월 1일

죽음의 공포는 이성적 존재의 특성이 아니다. 인간이 느끼는 죽음의 공포는 죄의식이다.

1 동물은 죽음을 예견하지 못하기 때문에 그 공포를 모르지만 인간은 대개 죽음을 두려워한다. 죽음의 불가피성을 아는 이성이 있기 때문에 인간은 다른 동물보다 불행할까? 만일 인간이 이성을 죽음을 예견하는 데만 사용하고 삶을 개선하는 데 쓰지 않는다면 그럴 것이다. 하지만 인간은 정신적인 삶을 살수록 죽음을 두려워하지 않게 된다. 오로지 정신적인 삶을 사는 인간은 죽음을 전혀 두려워하지 않는다. 죽음이란 정신이 육체로부터 자유로워지는 것이기 때문이다. 그는 자기 삶의 근원이 파멸될 수 없다는 것을 안다.

2 죽음이 두려운 인간은 진정한 삶을 살고 있지 않은 것이다. 　조이메

3 죽으면 새로운 상태가 되는 것이 아니라 다만 태어나기 전에 **있었던** 곳으로 돌아갈 뿐이라는 생각처럼 우리 삶의 불멸성과 영원성을 확증해주는 것도 없다. 또 이런 생각만큼 죽음을 평안하게 받아들이도록 도와주는 것도 없다. 정확히 말하자면 **있었던** 곳이 아니라, 지금 우리가 여기 있는 것과 똑같은 상태로 돌아가는 것이다.

4 죽음은 육체에 일어나는 최후의 가장 큰 변화다. 우리는 육체의 변화를 경험했고 지금도 경험하는 중이다. 우리는 벌거벗은 붉은 살덩이였고 그다음에 젖먹이가 되었다. 머리털이 자랐고 이가 났고, 이가 빠진 자리에 새 이가 났다. 그다음에 머리털이 세고 머리가 벗어졌다. 우리는 그 모든 변화를 두려워하지 않는다. 그런데 왜 마지막 변화는 두려워하는가? 그것은 변화 뒤에 우리가 어떻게 되는지 아무도 말해주지 않기 때문이다. 우리는 아는 사람이 어딘가로 떠나 그길로 소식을 끊으면, 그가 세상에 없다고 말하지 않고 소식이 없다고 말한다. 죽은 사람에 대해서도 똑같이 말할 수 있다. 사후에 우리가 어떻게 되는지 모르는 건 세상에 태어나기 전 우리가 어땠는지 모르는 것과 마찬가지로 알 필요가 없어서 알려져 있지 않을 뿐이다. 오직 한 가지 우리가 아는 것은, 우리의 생명은 육체의 변화가 아니라 육체에 살고 있는 것은 정신적 존재에게 있으며, 그 존재에게는 시간이 존재하지 않으므로 처음도 없고 마지막도 없다는 것이다.

5 소크라테스는 만약 죽음이 잠들어 완전히 의식을 잃는 상태라면 두려울 것이 없다고 말했다. 만일 죽음이라는 것이 많은 사람이 생각하듯 더 나은 삶으로의 이행이라면 죽음은 불행이 아니라 행복이다.

✓ 죽음은 내일이 온다는 것보다, 낮이 지나면 밤이 오고 여름이 지나면 겨울이 온다는 것보다 더 확실하다. 그런데 왜 우리는 내일과 밤과 겨울에 대해서는 준비하면서 죽음에 대해서는 준비하지 않을까? 죽음을 준비해야 한다. 그 준비란 오직 한 가지, 선한 삶을 사는 것뿐이다. 선하게 살수록 죽음의 공포는 줄어들고 훨씬 가벼워진다. 성자에

게는 죽음이 존재하지 않는다.

3월 2일

인간이 자신의 의지를 신의 의지에 일치시킬수록 그의 행위는 견실해진다.

1 우리는 무엇 때문에 살고 세계의 삶을 위해 우리가 어떤 일을 하고 있는지 알지 못하고 알 수도 없다. 그러나 우리를 세상에 보낸 자의 의지를 순종적으로 따르는 것이 마땅히 우리가 해야 할 일이며 그래야만 행복해진다는 것을 알고 있다. 달구지가 채워진 말은 어디로 무엇 때문에 무엇을 싣고 가는지 모른다. 그러나 얌전하고 온순하게 싣고 가는 것이 주인을 위하는 것임은 안다. 그때 말은 행복을 느낄 것이다. 사람도 마찬가지다. "내 멍에는 편하고 내 짐은 가볍다"「마태복음」11:30 하고 그리스도는 말했다. 신이 우리에게 바라는 것을 행한다면 그것은 우리에게 가벼운 것이고 우리를 행복하게 하는 것이다.

2 너 자신의 의지처럼 신의 의지를 수행하면 신은 자신의 의지처럼 네 의지를 실행할 것이다. 신이 원하는 것을 위해 네가 원하는 것을 희생하면 신은 다른 사람들이 네가 원하는 것을 이루도록 자신들이 원하는 것을 희생하게 해줄 것이다. 『탈무드』

3 신의 의지를 좇아 행동하고 모든 일에서 신에게 순종하는 사람의 내면에는 얼마나 커다란 힘이 있을까!　　　　　　　　　아우렐리우스

4 강도들이 판칠 때 여행자는 혼자 길을 떠나지 않는다. 그는 호위가 딸린 누군가가 지나가기를 기다렸다가 따라붙는다. 그러면 강도들도 두렵지 않게 된다.

현명한 사람도 살면서 그렇게 한다. 그는 자신에게 묻는다. '삶에는 온갖 불행이 있다. 어떻게 그 모든 것에서 나를 지킬까? 위험에 빠지지 않고 길을 가려면 어떤 길동무를 기다려야 할까? 누구의 뒤를 따라가야 할까? 이 사람을 따라가야 할까, 저 사람을 따라가야 할까? 부자의 뒤를 따를까, 지체 높은 자의 뒤를 따를까? 차라리 황제의 뒤를 따를까? 과연 그들은 나를 지켜줄까? 그런데 그들도 약탈당하고 살해당한다. 다른 사람들과 마찬가지로 그들도 불행에 빠진다. 어쩌면 나와 함께 길을 가는 사람이 나를 덮쳐 약탈할지도 모른다. 나를 보호해주고 나를 습격하지 않을 강하고 믿을 만한 길동무를 어디서 찾을 수 있을까? 나는 누구의 뒤를 따라가야 할까?'

믿을 만한 길동무는 오직 신뿐이다. 불행에 빠지지 않으려면 신의 뒤를 따라야 한다. 신의 뒤를 따른다는 것은 어떤 의미일까? 신이 바라는 것을 바라고 신이 바라지 않는 것을 바라지 않는 것이다. 그런데 어떻게 그렇게 할 수 있을까? 신의 법칙을 이해하고 따르면 된다.

에픽테토스에 의함

5 자신의 처지를 이해할 때 비로소 일꾼은 맡은 일을 훌륭하게 수행할 수 있다. 삶은 자신의 것이 아니라 자신에게 삶을 준 자의 것이라는

것, 삶의 목적도 삶을 준 자의 의지에 달려 있다는 것, 그 의지를 이해하고 수행해야 한다는 것을 깨달을 때 비로소 인간은 그리스도의 가르침대로 살게 된다.

6 아무것도 구하지 마라, 그것이 필요하다고 생각지도 마라. 필요한 건 신이 바라는 것을 바라는 것뿐이다.　　　　　　　　　아미엘

7 처지 때문에 인간으로서의 사명을 수행할 수 없다고 생각하지 마라. 대지의 어느 지점에서도 우리는 똑같이 하늘에, 무한한 존재에 가까이 있다.　　아미엘

/ 선한 삶의 길은 좁다. 그러나 그 길은 쉽게 알아볼 수 있다. 우리는 수렁 위에 널빤지를 걸쳐 낸 길을 알듯 그 길을 쉽게 알아본다. 그 길에서 어느 한쪽으로 발을 헛디디는 순간, 우리는 무지와 악의 수렁에 빠지고 만다. 이성적인 인간은 수렁에서 나와 이내 널빤지 위로 되돌아가지만 어리석은 인간은 더 깊이 빠져들어 헤어나기가 점점 어려워진다.

3월 3일

선한 일에 대해 어떤 보답을 바라는가? 이미 선행을 하며 느낀 기쁨이 보답이다. 다른 모든 보답은 그 기쁨을 줄일 뿐이다.

1 남에게 선을 행하는 것은 자기 자신에게 선을 행하는 것이다. 선을 행했다는 의식 자체가 이미 커다란 기쁨을 안겨주기 때문이다. 세네카

2 선한 삶을 사는 사람이 신에게 빌었다. "오, 신이시여! 악한 자에게 자비를 베푸소서, 당신은 선한 자에게는 이미 자비를 베푸셨나이다. 선한 자는 선하다는 이유만으로 이미 행복합니다." 사디

3 선을 행하고 보답을 요구하는 것은 선의 힘과 작용을 없애는 것이다. 『성현의 사상』

4 남이 우리에게 베푼 은혜는 우리 마음에 흔적도 남지 않지만, 우리가 남에게 베푼 은혜는 흔적이 지워지지 않는다. 『성현의 사상』

5 **오른손이 하는 일을 왼손이 모르게 하라.** 「마태복음」 6:3

6 어떤 사람들은 누군가에게 선을 베풀면 그것에 대해 보상이나 답례를 기대한다. 또 어떤 사람들은 비록 보상이나 답례를 기대하지는 않지만 그래도 역시 자신의 행위를 잊지 않고 그들을 자신에게 은혜를 입은 사람들이라고 생각한다. 그러나 선은 남이 아니라 자신을 위해 행해졌을 때, 선을 행한 사람이 보상을 바라지 않을 때 비로소 참된 선이다. 그것은 나무가 자라 열매를 맺고 그 열매를 필요한 사람들에

게 주는 것만으로 만족하는 것과 같다. 아우렐리우스에 의함

7 사람들의 감사와 이익을 기대하고 선을 행한다면 어떤 보답도 없을 것이다. 그러나 아무런 욕심 없이 선을 행한다면, 이익을 얻을 것이다. 모든 일이 그렇다. "자기 목숨을 얻으려는 사람은 잃을 것이며 나를 위하여 자기 목숨을 잃는 사람은 얻을 것이다."「마태복음」10:39 러스킨

8 온갖 선행을 연습하고 온갖 악행을 피하라. 하나의 선행은 다른 선행을 부르고 하나의 악행은 다른 악행을 부른다. 선행의 대가는 선행이고 악행의 대가는 악행이다. 벤차사이

/ 선행은 기쁜 일이다. 자신의 선행을 아무도 모른다면 기쁨은 더욱 커진다.

가난한 사람들

오막살이 안에서 어부의 아내 잔느가 불빛 옆에 앉아 낡은 돛을 손보고 있었다. 바깥에서는 바람이 휘파람소리를 내며 울부짖고 해안에 파도가 부딪치며 포효했다…… 바다는 거칠고 바깥은 어둡고 추웠지만 어부의 오막살이 안은 훈훈하고 아늑했다. 흙바닥은 깨끗하게 비질이 되어 있었고 아직 난롯불이 타오르고 있었으며 선반 위에는 깨끗하게 닦은 접시가 반짝거렸다. 하얀 휘장이 드리워진 침상에서는 거친 바다의 으르렁대는 소리에 싸여 다섯 아이가 곤히 잠들어 있었다. 어부인 남편은 아침에 거룻배를 타고 바다에 나가 아직 돌아오지 않았다. 어부의 아내는 포효하는 파도와 바람 소리를 듣고 있었다. 잔느는 불안했다.

낡은 나무 괘종시계가 목쉰 듯한 소리로 열시, 열한시를 친다…… 남편은 여전히 돌아오지 않는다. 잔느는 생각에 잠겼다. 남편은 자기 몸을 돌보지 않고 추위와 비바람 속에서 물고기를 잡고, 그녀는 아침부터 저녁까지 손에서 일을 놓지 않는다. 그런데 어떤가? 근근이 목에 풀칠만 하고 있다. 아이들은 여름이나 겨울이나 맨발로 뛰어다닌다. 흰 밀가루빵은커녕 시커먼 호밀빵을 먹는 것만도 고마울 지경이다. 식사는 호밀빵에 잡은 생선을 곁들여 먹는 것이 고작이다. '아, 그래, 아이들이라도 건강하니 다행이지. 불평할 거 없어.' 잔느는 이렇게 생각하고 다시 휘몰아치는 비바람 소리에 귀를 기울였다. '그 사람은 지금 어디 있을까? 주님, 그 사람을 지켜주세요, 구해주세요, 자비를 베풀어주세요!' 그녀는 기도하고 성호를 그었다.

잠자리에 들기에는 아직 일렀다. 잔느는 일어나 두꺼운 머릿수건을 머리에 둘렀다. 그녀는 바다가 조금 잔잔해졌는지, 날이 샜는지, 등대의 불이 타고 있는지, 그리고 남편의 거룻배가 보이는지 살펴보려고 불을 켠 램프를 들고 밖으로 나갔다. 바다에는 아무것도 보이지 않았다. 바람에 그녀의 머릿수건이 벗겨져 날아가더니 이웃집 문에 부딪혔다. 그제야 잔느는 저녁나절부터 몸져누워 있는 이웃집 여자를 들여다봐야겠다고 마음먹었던 일이 기억났다. '그 여자는 돌봐줄 사람이 아무도 없는데.' 잔느는 이렇게 생각하며 문을 두드렸다. 귀를 기울였다…… 아무 대답이 없었다.

'가엾게도, 과부가 참 안됐다.' 잔느는 문가에 서서 생각했다. '애가 둘뿐이니 많지는 않지만 그래도 혼자서 살림을 꾸려가야 하잖아. 게다가 엎친 데 덮쳐 병까지 얻다니! 에그, 가여워라, 과부가 참 안됐다. 들여다봐야겠어, 문병이라도 해야지.'

잔느는 계속 문을 두드렸다. 아무 대답이 없었다.

"이봐요, 아주머니!" 잔느는 소리쳤다. '벌써 무슨 일이라도 생긴 걸까.' 그녀는 이렇게 생각하며 문을 밀쳤다.

오두막 안은 축축하고 썰렁했다. 잔느는 병자가 어디 있는지 둘러보려고 램프를 올려들었다. 맨 처음 그녀의 눈에 들어온 것은 문 맞은편에 있는 침대였고, 침대 위에는 이웃집 여자가 죽은 사람처럼 반듯하게 꼼짝도 않고 조용히 누워 있었다. 잔느는 램프를 더 가까이 가져갔다. 역시 그녀였다. 고개는 뒤로 젖혀지고, 싸늘하고 푸르스름한 얼굴에는 죽음의 고요가 떠올라 있었다. 뭔가를 잡으려는 듯죽 뻗은 감각 없는 창백한 팔 한쪽이 지푸라기 침대 밑으로 축 늘어져 있었다. 그리고 죽은 어머니에게서 저만치 떨어진 곳에 머리털이 곱슬곱슬하고 볼이 통통하고 사랑스럽기 그지없는 두 아이가 미간을 찌푸리고 금발의 작은 머리를 서로 꼭 붙인 채 낡은 옷가지에 덮여 새근새근 잠자고 있었다. 죽기 직전의 어머니가 가까스로 어린 자식들의 발을 낡은 머릿수건으로 감싸주고 자기 옷가지를 덮어준 것이 분명했다. 아이들의 숨결은 고르고 조용했다. 깊은 잠에 빠져 있었다.

잔느는 아이들이 누워 있는 요람을 내렸고 그들을 옷에 감싸안고 집으로 왔다. 그녀의 심장은 세차게 뛰었다. 그녀는 자신이 왜 이러는지 알 수 없었다. 그러나 이러지 않을 수 없었다.

집으로 돌아온 그녀는 잠이 깨지 않은 그 아이들을 자기 아이들과 한 침대에 나란히 눕혔다. 그리고 얼른 휘장을 쳤다. 그녀는 긴장감에 창백해졌다. 양심의 가책에 괴로워하고 있었다. '그이가 뭐라고 할까?……' 그녀는 자신에게 말했다. '정신이 나갔어, 우리 아이가 다섯이나 되는데, 지금도 뼛골이 빠질 지경인데 어떻게 이 아이들을 거둔다고…… 그이가 돌아왔나?…… 아니, 아직 오지 않았구나!…… 어쩌자고 데려왔을까!…… 그이는 나를 때릴 거야! 그래, 맞아도 싸, 맞을 짓을 했어. 아, 그이가 왔어! 아니구나!…… 아니, 차라리 얼른 오지!……'

문이 삐걱거리며 누군가 들어온 것 같았다. 잔느는 부르르 몸을 떨며 의자에서 벌떡 일어났다.

'아니야, 아무도 오지 않았어! 주님, 저는 어쩌자고 이런 짓을 했을까요?…… 이제 어떻게 그 사람 눈을 보지?……' 잔느는 시름에 잠겨 한참 동안 침대 옆에 묵묵히 앉아 있었다.

비가 그치고 동이 텄다. 그러나 여전히 바람은 울부짖고 바다는 으르렁거렸다.

갑자기 문이 홱 열렸고 방안으로 신선한 바닷바람이 훅 들어왔다. 훤칠한 키에 햇볕에 그을린 어부가 젖고 찢어진 그물을 질질 끌며 들어왔다. 그가 말했다.

"나 돌아왔어, 잔느!"

"아, 당신!" 잔느는 이렇게 말하고 감히 그와 눈을 맞추지 못하고 발을 멈췄다.

"아, 정말로 굉장한 밤이었어, 무서운 날씨야!"

"그래, 정말, 무서운 날씨였어! 고기는 얼마나 잡았어?"

"형편없어, 아주 형편없어! 아무것도 잡지 못했어. 그물만 찢어졌지. 무서운 날씨였어. 아주 엄청난 비바람이었지!…… 여간 나빴어야지! 그렇게 비바람이 치는 밤은 내 기억에 처음 같아. 그런 판국에 고기는 무슨 고기야! 살아 돌아온 것만도 천만다행이지…… 당신은 나 없는 동안 집에서 뭘 했어?"

어부는 그물을 집안으로 끌고 들어와 난롯가에 앉았다.

"나?" 잔느는 창백해지면서 말했다.

"내가 뭘 했느냐면…… 그물을 손보고…… 바람이 어찌나 으르렁대던지 너무 무서웠어. 당신을 걱정하고 있었지."

"그래, 그랬겠지." 남편은 중얼거렸다. "날씨가 정말 나빴어! 그래도 어쩌겠어!"

두 사람은 잠시 잠자코 있었다.

"그런데 말이지," 잔느가 입을 열었다. "이웃집 시몬 부인이 죽었어."

"뭐?"

"언제 죽었는지는 모르겠어, 틀림없이 저녁나절이었을 거야, 얼마나 고통스러웠을까, 어린것들 생각에 가슴이 찢어질 것처럼 아팠을 거야! 두 아이가 다 어리잖아…… 한 애는 아직 말도 못하고 다른 한 애는 겨우 기어다니기 시작했는데……"

잔느는 입을 다물었다. 어부는 얼굴을 잔뜩 찌푸렸다. 그러더니 진지하고 걱정스러운 표정을 지었다.

"거참 큰일이군!" 이윽고 그는 뒤통수를 긁적이며 입을 열었다. "하는 수 없어! 우선 아이들을 데려와야지, 죽은 사람이 어떻게 깨어나 겠어? 뭐, 어떻게든 꾸려나갈 수 있을 거야! 어서 가서 데려와!"

그러나 잔느는 자리에서 움직이지 않았다.

"왜 그래? 싫은 거야? 왜 그래, 잔느?"

"여기 그애들이 있어." 잔느는 이렇게 말하며 휘장을 젖혔다.

빅토르 위고 원작에 따라 레프 톨스토이 씀

3월 4일

대식大食은 가장 흔한 죄악이다. 우리가 그것을 별다르게 인식하지 못하는 것은 거의 모든 사람이 이 죄악에 빠져 있기 때문이다.

1 타인에 대한 죄악과 자기 자신에 대한 죄악이 있다. 타인에 대한 죄악은 우리가 그 사람 안에 있는 신적 영혼을 존중하지 않는 데서 생긴다. 자신에 대한 죄악은 자기 안에 있는 신적 영혼을 존중하지 않는 데서 생긴다. 자신에 대한 가장 흔한 죄악 중 하나가 대식이다.

2 만일 탐욕이라는 것이 없다면 한 마리의 새도 그물에 걸리지 않을 것이다. 사람들도 탐욕이라는 그물에 걸려든다. 식욕은 손을 묶는 쇠사슬이며 발목을 죄는 족쇄다. 식욕의 노예는 언제나 노예다. 자유로워지려면 먼저 식욕에서 벗어나라. 허기를 면하는 것으로 충분하며, 식욕을 채우기 위해 먹지는 마라.

사디에 의함

3 대식가는 게으름과 싸우는 것이 어렵고, 하는 일 없이 대식만 일삼는 사람은 성욕과 싸우는 것이 훨씬 더 어렵다. 어떤 가르침에서도 절제를 향한 첫걸음은 대식의 욕심과 싸우는 것, 즉 절식에서부터 시작된다고 말한다.

4 모든 인간은 야수를 길들이는 사육사와 흡사하다. 이 야수는 우리의 욕정이다. 이 야수의 이빨과 발톱을 뽑고 재갈을 물리고 서서히 길들

여 비록 짖긴 하지만 온순한 가축으로 만드는 것이 자기수양이다.

아미엘

5　신은 인간에게 먹을 것을 보냈지만, 악마는 요리사라는 것을 보냈다.

6　현자 소크라테스는 허기 때문이 아니라 식도락을 위해 먹는 것을 자제하라고 제자들에게 가르쳤다. 그는 지나치게 먹고 마시는 것은 정신과 육체에 큰 해를 끼치므로 절대 포식하지 말고 조금 부족하다 싶을 때 식탁을 떠나라고 충고했다. 그는 제자들에게 지혜로운 오디세우스의 이야기를 들려주었다. 마녀 키르케는 오디세우스가 음식을 탐하지 않아 마법을 걸 수 없었고, 그의 동료들은 맛있는 음식에 달려들자마자 모두 돼지로 변하고 말았다는 이야기다.

7　만일 노동으로 육체가 괴롭다면 나쁜 일이 아니지만, 인간에게 가장 소중한 정신이 육체 때문에 괴롭다면 부끄러운 일이다. 『탈무드』에 의함

8　입을 조심하라. 병은 입으로 들어간다. 조금 부족하다 싶을 때 식탁을 떠나라.

✦　음식을 절제하지 못하는 것이 죄악으로 인식되지 않는 것은 다른 사람들에게 눈에 띄는 해를 주지 않기 때문이다. 그러나 스스로 인식

하는 인간으로서의 존엄에 반하는 죄악 중 하나가 바로 음식에 대한 무절제다.

3월 5일

인간이 자신의 몸을 스스로 들어올릴 수 없듯이 스스로를 높일 수는 없다. 자신을 칭찬할수록 남들은 오히려 그를 끌어내린다.

1 스스로를 치켜세우거나 깎아내리지 마라. 스스로를 치켜세운다면 사람들은 믿지 않을 것이다. 스스로를 깎아내린다면 사람들은 네가 말한 것보다 한층 더 너를 나쁘게 여길 것이다. 가장 좋은 것은 자기 자신에 대해 아무 말도 하지 않는 것이다.

2 스스로 겸손하다고 말하는 사람은 겸손하지 않은 사람이다. 스스로 아무것도 모른다고 말하는 사람은 현명한 사람이다. 스스로 배운 사람이라고 말하는 사람은 허풍쟁이다. 침묵을 지키는 사람은 가장 현명하고 가장 뛰어난 사람이다.

『바마나 푸라나』^{힌두교 경전}

3 페르시아인 사디는 집안 식구가 깊이 잠든 밤에 아버지 곁에 앉아 밤을 새우며 『쿠란』을 읽던 때를 이야기했다. 한밤중에 사디는 경전에서 눈을 떼고 아버지에게 말했다. "아무도 기도를 드리는 사람이 없고 경전에 귀기울이는 사람도 없습니다. 모두 죽은 것처럼 깊이 잠

들어 있습니다." 그러자 아버지는 엄격하게 말했다. "남에 대해 이야기할 바에는 너도 어서 가서 자는 게 낫겠구나."

4 <u>스스로를</u> 치켜세우는 사람은 자기밖에 보지 못한다. 자기만 보는 사람은 차라리 장님이 되는 것이 낫다.　　　　　　　　　사디

5 **남에게 좋은 말을 듣고 싶다면 자신의 장점을 떠벌리지 마라.**　　　파스칼

6 사상과 그 표현인 말은 진지한 것이다. 자신의 행위를 정당화하려고 사상과 말을 가지고 노는 것은 좋지 않다.

7 자신에 대한 남의 말에 귀기울이는 사람은 마음이 평화로울 수 없다.

8 아첨꾼이 아첨을 하는 것은 자신도 상대도 낮게 보기 때문이다.

라브뤼예르

/ 좋은 평판을 얻고 싶다면, 혹은 악평이라도 면하고 싶다면 자신을 치켜세워서도 안 되고 남에게 자신을 치켜세우게 해서도 안 된다.

3월 6일

신에 대한 사랑은 사랑 그 자체에 대한 사랑, 즉 사랑에 대한 사랑이다. 이 사랑은 지고의 행복이다. 그러한 사랑은 어떤 존재에게도 예외를 허용하지 않는다. 비록 한 사람이라도 사랑에서 제외된다면, 그는 이미 신에 대한 사랑과 그 사랑의 행복을 잃은 것이다.

1 그들 중 한 율법 교사가 예수의 속을 떠보려고 "선생님, 율법서에서 어느 계명이 가장 큰 계명입니까?" 하고 물었다. 예수께서 이렇게 대답하셨다. "네 마음을 다하고 목숨을 다하고 뜻을 다해 주님이신 너의 하느님을 사랑하여라. 이것이 가장 크고 첫째가는 계명이고, '네 이웃을 네 몸같이 사랑하라' 한 둘째 계명도 이에 못지않게 중요하다. 이 두 계명이 모든 율법과 예언서의 골자다.　　「마태복음」 22:35~40

2 온갖 불행과 고뇌는 어디에서 생겨나는가? 그것은 무한히 변화하기 때문에 항구적으로 소유할 수 없는 사물들에 대한 애착에서 생겨난다. 사람들은 사랑하는 사물들 때문에 불안해하고 번민한다. 분노와 의혹과 불화도 모두 인간이 결코 온전히 소유할 수 없는 사물에 대한 애착에서 생겨난다.

　　오직 영원하고 무한한 사물에 대한 사랑만이 우리의 영혼에 순수한 기쁨을 준다. 바로 이러한 행복을 향해 우리는 온 마음으로 매진해야 한다.

　　그러므로 인간 지고의 행복은 신을 인식하는 것에 달려 있다. 인간의 완전성은 다른 모든 것보다 더 사랑하는 사물의 완전성의 정도에 따라 증대하고 그렇지 않을 때는 반대가 되기 때문이다. 따라서 인간이 가장 완전한 존재, 즉 신을 사랑할수록, 이 사랑에 자신을 내맡길수록 그는 더욱더 완전한 인간이 되고 지고한 행복의 일부가 된다. 그러므로 우리의 지고한 행복도, 우리 행복의 기초도 오직 신에 대한 인식과 신에 대한 사랑에 있는 것이다.

이것을 한번 인식하면 인간이 지향하는 궁극적 목적을 달성하는 수단은 신의 계율에 의해 인식될 수 있다는 것, 아니 인식되어야 한다는 것 또한 분명해진다. 왜냐하면 이러한 수단의 사용은 바로 신이 우리에게 정한 것인데 신은 우리의 영혼 속에 존재하고 있기 때문이다. 이러한 목적으로 이끄는 행동의 규범을 신의 계율 혹은 신의 율법이라 일컬을 수 있을 것이다. 신의 율법은 전부 유일한 지고의 계명, 즉 지고의 행복으로서 신을 사랑하는 것에 있다. 즉 벌이 두려워서가 아니라, 다른 대상에 대한 사랑 때문이 아니라, 신에 대한 사랑이야말로 모든 행위의 궁극적 목적이라는 마음가짐으로 신을 사랑하라는 계명이다.

육체적인 생활에 몰두하는 사람은 이를 이해하지 못하며 이 계명을 공허한 것으로 여긴다. 왜냐하면 그는 신을 불완전하게 이해하고, 그에게 주어진 지고의 행복에서는 감각적인 어떠한 것도, 쾌감을 주는 어떠한 것도, 쾌락의 원천인 육체를 만족시키는 어떠한 것도 찾지 못하기 때문이다. 그가 보기에 지고의 행복은 추상적인 사색─이성─에 불과한 것으로 여겨진다. 그러나 인간에게 이성보다 높고 순수한 영혼보다 완전한 것은 없다는 것을 이해하는 사람들은 틀림없이 그렇게 생각하지 않을 것이다.

만일 우리가 신의 율법의 본질을 주의깊게 살펴본다면 우리는 첫째로 이 율법이 보편적인 것임을, 즉 모든 사람의 본성에서 도출된 것이기 때문에 모든 사람에게 공통된 것임을 알게 될 것이다. 둘째로 이 율법은 그 어떤 역사적 전설의 힘을 빌리지 않아도 된다는 것을 알게 될 것이다. 왜냐하면 신의 율법은 오로지 인간 본성에서 도출된 것이므로 고독 속에서 살아가건 자신과 닮은 사람들 속에서 살아가건 모든 이의 영혼에서 발견할 수 있기 때문이다. 셋째로 우리는 신에 대한 사랑, 즉 자연적인 신의 율법은 우리에게 어떠한 거추장스러운 예배의식도 요구하지 않는다는 것을 알게 될 것이다. 예배의식은 본디 특별한 것이 없으며 다만 사람들의 전승으로 좋은 것으로 여겨지게 됐을 뿐이다. 우리 안에 살고 있는 자연적인 이성의 빛은 우리가 그 자체로 선량한 것이고 지고의 행복을 획득하는 수단이라고 깨닫고 여길 수 없는 것은 요구하지 않는다. 넷째로 우리는 이 율법을 지킨 데 대한 보답이 율법 그 자체, 즉 신에 대한 앎과 신에 대한 순수하고 자유롭고 항구적인 사랑이라는 것을 알게 될 것이다. 율법을 깨뜨린 자에 대한 벌은 이러한 행복의 상실, 즉 끊임없이 변화하고 끊임없이 방황하는 영혼의 노예이자 육체의 노예가 되는 것이다.

스피노자

3 신에 대한 사랑이 없는 이웃에 대한 사랑은 뿌리 없는 식물과 같다. 나를 사랑하는 자, 나를 기분좋게 하는 자, 아름다운 자, 유쾌한 자에 대한 사랑이 그렇다. 그러한 사랑은 종종 적의로 돌변한다. 신을 사랑하기 때문에 이웃을 사랑하는 사람은 나를 사랑하지 않는 자, 나를 불쾌하게 하는 자, 육체적 불구자나 몰골이 추악한 자도 똑같이 사랑한다. 참되고 견고하고 결코 약해지지 않는 그런 사랑이야말로 날이 갈수록 견고해지며 더욱더 큰 행복을 준다.

4 사람들은 "신을 사랑한다는 것이 무슨 의미인지 모르겠다"고 말한다. 뭔가를, 누군가를 사랑한다는 것이 무슨 의미인지 누가 이해할 수 있

겠는가? 오직 사랑하는 본인만이 그것을 이해할 수 있다.

가령 예술이나 과학을 사랑한다는 것이 무슨 의미인지 모른다고 하더라도, 과학이나 예술을 모르는 사람에게 어떻게 그 사랑을 설명할 수 있겠는가?

신이 무엇인지 모를 뿐만 아니라 모른다는 것을 자랑까지 하는 사람에게 신을 사랑한다는 것이 무슨 의미인지 어떻게 설명할 수 있겠는가?

/ 사람들은 신을 두려워해야 한다고 말한다. 이것은 옳지 않다. 신은 사랑해야 한다. 두려운 자를 어떻게 사랑할 수 있겠는가. 신은 사랑이기 때문에 두려워해서는 안 된다. 어찌 사랑을 두려워할 수 있겠는가? 신을 두려워해서는 안 된다. 신을 사랑한다면 세상 무엇도 두렵지 않을 것이다.

3월 7일

노동은 삶의 필수조건이다. 인간은 자신에게 필요한 것을 남을 시켜 얻을 수 있지만 노동에 대한 육체의 요구에서 벗어날 수는 없다. 자신에게 필요하고 마땅히 해야 할 일을 하지 않는다면 불필요하고 어리석은 일을 하게 될 것이다.

1 인간은 다른 동물들과 마찬가지로 굶주림과 추위로 죽지 않기 위해 일을 해야 하는 존재로 창조되었다. 자신을 부양하고 악천후 같은 조

건에서 지키기 위한 노동은 동물에게나 인간에게나 고통이 아니라 기쁨이다. 그러나 사람들은 스스로 아무 일도 하지 않고 남에게 일을 시켜놓고는 무료함에 싫증을 느끼고 싫증을 해소하기 위해 온갖 어리석고 추잡한 짓을 궁리한다. 또 어떤 사람들은 가혹한 노동을 해야 하고 그것도 자신이 아니라 남을 위해 억지로 노동을 한다는 데 싫증을 느낀다.

양쪽 다 좋지 않다. 첫번째 부류, 즉 일을 하지 않는 사람들은 무위도식으로 영혼을 파멸시켜서 불행하고, 두번째 부류의 사람들은 가혹한 노동으로 육체를 소모시킨다는 점에서 불행하다.

그러나 일을 하는 사람이 일하지 않는 사람들보다 낫다. 영혼이 육체보다 귀중하기 때문이다.

2 노동이 주된 것이고 그 보수는 부차적인 것이라면 너희의 주인은 노동과 그 창조자인 신이 될 것이다. 그러나 노동이 부차적인 것이고 보수가 주된 것이라면 너희는 보수와 그 창조자인 악마, 악마들 중에서도 가장 비천하고 열등한 악마의 노예가 될 것이다.　　　　러스킨

3 악마는 인간을 낚싯대로 낚으려고 갖은 미끼를 매단다. 그러나 무위도식하는 사람에게는 어떤 미끼도 필요하지 않다. 그런 사람은 미끼가 달리지 않은 낚싯바늘에도 달려든다.

4 유럽인은 중국인에게 "기계공업은 인간을 노동에서 해방시킨다"고 기계공업의 우월성을 자랑한다. 이에 중국인이 대답한다. "노동은 행

복이다. 노동에서 해방되는 것은 커다란 불행이다."

5 육체노동은 인간을 고취시킨다. 자식에게 노동의 기쁨을 가르치지 않는 것은 도둑질을 가르치는 것과 같다. 『탈무드』

/ 동물은 몸을 쓰지 않고는 살아갈 수 없다. 인간도 마찬가지다.

　활동의 욕구를 충족시키고 기쁨을 얻기 위해서는 무엇보다 타인에 대한 봉사에 힘써야 한다. 그것이 육체를 사용하는 가장 좋은 방법이다.

3월 8일

기도는 자신과 무한한 존재, 즉 신에 대한 자신의 태도를 상기하는 행위다.

1 삶은 우리를 어수선하게 하고 안절부절못하게 하며 우리의 생각을 흩어놓는다. 그래서 기도는 영혼에게 매우 유익하다. 기도는 강장제다. 우리에게 평화와 용기를 되돌려준다. 기도는 우리의 죄와 모든 사람을 용서해야 하는 우리의 의무를 떠올려준다. 기도는 우리에게 말한다. "너는 사랑받고 있다―사랑하라. 너는 남에게서 받았다―남에게도 주어라. 너는 죽지 않으면 안 된다―네 일을 행하라. 관용으로 분노를 극복하라. 선으로 악을 이겨내라. 너에 대한 사람들의

거짓된 판단은 아무 소용 없다. 너는 그들을 기쁘게 할 의무도 없고 그들 사이에서 성공을 거둬야 할 의무도 없다. 마땅히 해야 할 일을 하라. 나머지는 내버려두어라. 너의 증인은 바로 너의 양심이다. 너의 양심은 네 안에서 속삭이는 신이다. 이 모든 것을 떠올리고 네 안에서 새롭게 하라. 이것이 바로 기도다."

아미엘

2 우리는 신에게 기도하고 자신의 소망을 말한다. 그것은 신의 의지를 바꾸고자 하는 것이 아니라, 신에게 고함으로써 신을 인식하고 신의 권능을 인식함으로써 우리의 영혼이 정화되고 높아지기 때문임을 잊지 말아야 한다.

『탈무드』

3 기도를 할 때 우리가 신을 인격체처럼 대하는 것은 신이 실제로 인격체여서가 아니라(나는 신은 인격체가 아니라는 것을 확실히 알고 있다. 인격체는 유한하지만 신은 무한하기 때문이다) 내가 인격체이기 때문이다.

　내가 푸른색 안경을 썼다고 하자. 그러면 나에게는 모든 것이 푸른색으로 보인다. 이 세계가 푸르지 않다는 것을 알고 있지만 푸르게 보지 않을 수 없다.

4 기도는 만물의 근원과 자신의 관계를 밝히는 것이고, 타인들과 자신의 관계를 밝히는 것이며, 우리와 똑같은 한 아버지의 아이들인 타인들에 대한 자신의 의무를 밝히는 것이다. 기도는 자신의 모든 행위를 결산하는 것이며 지난날의 잘못을 되짚어 미래에 같은 잘못을 되풀

이하지 않기 위해 자신의 어두운 과거를 반성하는 것이다.　　『탈무드』

5　기도는 매일 같은 시각에 하는 것이 좋다. 그러나 기도에 집중할 수 없다면 하지 않는 편이 낫다. 입으로만 하는 기도는 안 하느니만 못하다.

6　기도는 혼자서 하는 것이 바람직하고 또 중요하지만, 흥분해 있거나 유혹에 사로잡혀 불안정할 때는 사람들이 모여 소란스러운 곳에서 하는 것이 낫다. 그런 곳에서 자신의 영혼과 신을 떠올릴 수 있다면 더없이 바람직하다.

✚　신을 따르지 않으면서 기도만으로 신을 기쁘게 할 수 있다고 생각하지 마라. 기도는 네가 어떤 존재인지, 삶에서 네가 해야 할 일이 무엇인지 너 자신에게 들려주는 행위다.

3월 9일

전쟁과 그리스도의 가르침은 양립할 수 없다.

1　어떤 사람이 뭔가 나쁜 일에 대해, 비록 나쁘다는 건 알지만 그 일을 하지 않을 수 없다고 말한다면, 결국 그는 가장 무서운 그 일을 할 것이며, 그래도 괜찮다고 생각할 뿐만 아니라 더 나아가 그것을 자랑할

것이다. 그런 끔찍한 일들 중 하나가 전쟁이다.

2 무장된 세계와 전쟁이 언젠가는 절멸된다 해도 그것은 결코 통치자들이나 이 세상의 권력자들에 의해서는 아닐 것이다. 전쟁은 그들에게 너무나도 큰 이득을 주기 때문이다. 전쟁으로 가장 고통받는 사람들이 자기 운명은 자기 손에 있음을 깨닫고 전쟁의 불행에서 벗어나기 위해 가장 단순하고 자연스러운 수단을 행사할 때, 즉 자신들을 군인으로 무장시켜 전쟁으로 끌어들인 사람들에게 복종하기를 그만둘 때 전쟁은 사라질 것이다. 아르두앙에 의함

3 우리의 신앙을 이해하지 못하고 우리 손에 총검을 들려 이른바 대의를 위해 살인을 시키려는 자들에게 말하라. "너희의 우상과 성전에 제사를 올리는 너희의 사제들은 피와 살인으로 더럽히지 않은 깨끗한 손으로 번제물을 바치기 위해 자신들 손은 항상 깨끗이 지킬 것이다. 너희는 어떤 전쟁이 일어나더라도 그들을 절대 군대로 끌어들이지 않는다. 만일 그 관습이 합리적인 것이라면, 우리 그리스도교도들이 자신들의 손을 온갖 더러움에서 지키려 하는 것은 더 합리적이다."

평화를 위한 조건과 동맹을 파괴하지 말라고 민중을 가르치며 격려하는 우리야말로 권력자들에게 병사보다 훨씬 도움이 되는 존재다. 욕망에서 벗어나라고, 사유하고 실천하라고 가르치는 우리야말로 공공의 이익을 위한 일에 진정으로 참가하고 있는 것이다. 그렇다, 우리는 어느 누구보다 더 치열하게 황제의 행복을 위해 싸우고 있다. 정말 그렇다, 황제의 깃발 아래서도 그를 섬기지 않고, 만일 그가 섬기라 강제한다 해도 섬기지 않을 것이지만, 우리는 선을 실천함으로써 그를 위해 끝까지 싸우고 있는 것이다. 오리게네스

4 예수는 새로운 사회의 기초를 닦았다. 그가 나타나기 전까지 민중은 가축떼처럼 한 사람 혹은 여러 주인의 소유였다. 왕후와 세상의 권력자들은 오만과 이기심으로 민중을 압제했다. 예수는 그런 왜곡된 사회에 종지부를 찍고 꺾여 있던 민중의 고개를 들게 하고 노예를 해방시켰다. 예수는 민중에게 모든 사람은 하느님 앞에서 평등하기 때문에 모두 자유롭다고 가르쳤다. 그는 누구도 자기 형제들에게 권력을 휘두를 자격이 없으며 하느님이 인류에게 내린 율법인 평등과 자유는 절대로 파괴할 수 없다고 가르쳤다. 또한 권력은 법이 아니라 사회생활에서 의무와 봉사와 공공의 이익을 위해 자발적으로 받아들인 일종의 예속이라고 가르쳤다. 이것이 예수가 세우려 한 사회였다. 그런데 우리는 그런 사회를 보고 있는가? 예수의 가르침이 지상을 다스리고 있는가? 지금 우리 사회의 왕후들은 민중의 주인인가, 봉사자인가? 19세기를 거치는 동안 인간은 대대로 그리스도의 가르침을 전하고 믿는다고 말해왔지만 세계는 변화했는가? 짓밟혀 고통에서 허우적대는 민중은 약속된 해방을 헛되이 고대하고 있다. 이것은 그리스도의 말이 불확실하거나 비현실적이기 때문이 아니다. 민중의 노력과 굳은 의지를 통해서만 그리스도의 가르침이 실현된다는 것을 민중이 이해하지 못했거나, 아니면 비참함에 빠진 채 잠들어버린 민중이 승리를 가져오는 유일한 일을 하지 않았거나, 즉 진리를 위해 죽을 준비가 되지 않았거나, 어느 한쪽이다. 그러나 그들은 마침내 잠에서 깨어날 것이다. 그들 속에서 이미 뭔가가 꿈틀거리고 있다. 구원의 날이 가까이 왔다고 말하는 목소리가 들려오고 있다.   라므네

/ 모든 인간은, 특히 그리스도교도는 전쟁과 그 준비에 몸으로든, 돈으로든, 전략으로든 참가해서는 안 된다.

3월 10일

생명을 주는 근원은 삼라만상 가운데 오직 하나다.

1 생명이 있는 모든 것은 고통을 두려워한다. 생명이 있는 모든 것은
죽음을 두려워한다. 생명이 있는 모든 존재 속에 너 자신이 깃들어
산다. 그러므로 학대하거나 살생하지 마라, 고통과 죽음의 원인을 만
들지 마라.

　생명이 있는 모든 것은 너와 똑같은 것을 바란다. 생명이 있는 모
든 것은 자신의 목숨을 아낀다. 생명이 있는 모든 존재 속에 너 자신
이 깃들어 산다. 　　　　　　　　　　　　　　　　　『법구경』

2 네가 보는 모든 것, 신적인 것과 인간적인 것이 깃든 모든 것은 하나
다. 우리는 위대한 한 몸의 지체다. 자연은 우리를 하나의 목적을 위
해 같은 재료로 창조하고 형제로 만들어 세상에 내보냈다. 자연은 우
리 안에 서로에 대한 사랑을 심어놓았고, 벗을 사랑하고 화합하는 존
재로 만들어놓았다. 자연은 우리 안에 정의에 대한 갈망과 의무감을
세워주었다. 자연의 법칙에 의하면 다른 생명을 죽이는 것은 자신을
죽이는 것보다 더 나쁜 일이다. 자연의 명령에 의하면 우리의 손은
언제나 남을 돕기 위해 준비되어 있어야 한다. 우리는 화합하기 위해
태어난 존재다. 우리의 화합은 돌로 만든 궁륭 같은 것이다. 돌 하나
하나가 서로에게 기대지 않는다면 궁륭은 이내 무너져내릴 것이다.

세네카

3 인간은 오직 이웃에 대한 봉사 속에서만 행복을 발견할 수 있다. 그리고 그 봉사를 통해 세계의 생명의 근원과 하나가 될 수 있다.

4 모든 사람과 내가 하나임을 나는 생생하게 의식하고 감지한다. 모든 동물과도(비록 사람과 느끼는 것보다는 약하지만) 나는 하나임을 느낀다. 미미하긴 하지만 벌레와 식물과도 그런 일체감을 느낀다. 현미경이나 망원경을 통해서만 볼 수 있는 존재와는 그런 일체감을 느끼지 못한다. 그러나 그런 존재와의 일체감을 인식하는 감각기관이 나에게 없다고 해서 그 일체감이 존재하지 않는 것은 아니다.

5 삶의 길은 외길이어서 우리는 모두 이르든 늦든 이 길에서 만난다. 우리는 마음으로 이 길을 명백히 알고 있다. 이 길은 아주 넓고 눈에 잘 띈다. 그래서 우리는 이 길에 이르지 않을 수 없다. 이 길의 끝에 신이 있고, 우리를 자신에게로 부르는데 이 길을 벗어나 죽음의 길로 가는 사람들을 보면 나는 가슴이 아프다.

삶의 길은 넓다. 하지만 많은 사람들이 그 넓은 길을 모르고 죽음의 길을 걸어간다.

고골에 의함

❘ 생명이 있는 모든 것과의 유대감을 방해하는 모든 것을 너에게서 몰아내라.

합일

'모든 개인은 모두 완전히 별개의 존재다. 내 존재는 오직 내 안에 있을 뿐이고 그 밖의 모든 것은 진정한 나가 아니며 나와 무관하다.' 살과 뼈가 그 증명이고 자기애의 바탕인 이러한 인식은 사랑에 반하는 부정한 행위 또는 악의적 행위로 나타난다.

'나의 참된 내적 존재는 내 자의식을 통해 직접 나에게 계시되는 것과 마찬가지로 살아 있는 모든 존재 속에도 있다.' 이것은 산스크리트어로 표현되는 불변의 공리인 *tat-twam-asi*, 즉 '모든 것은 너다내가 너이고, 네가 나라는 뜻'가 뜻하는 인식으로, 주로 연민의 형태로 나타나며, 여기서 모든 참된 선행, 즉 개인적 욕심을 떠난 선행이 시작되고 개개의 선행으로 나타난다. 사람들에게 사랑과 용서와 자비를 호소하는 것도 바로 이러한 인식에 기댄 것이다. 그런 호소야말로 우리가 모두 하나의 존재라는 생각으로 돌아가라고 말하는 것이기 때문이다. 이와 반대로 자기애와 질투, 증오, 박해, 냉담, 복수, 원한, 잔인함 등은 모두 첫번째 인식, 즉 '모든 개인은 모두 완전히 별개의 존재'라는 인식에 기초하고 그것으로 지탱되는 것이다. 우리가 누군가의 고결한 행위를 듣거나 실제로 보았을 때, 나아가 스스로 고결한 행위를 했을 때 감동과 기쁨을 느끼는 것은 무수히 많은 자아 속에 일체성이 숨어 있고 실제로 그 일체성이 고결한 행위로 드러나 우리에게 그것이 존재한다는 확신을 주기 때문이다.

이러한 두 가지 인식은 개개의 행위에서도 나타나고, 개개인의 의식과 정신 상태에서도 나타난다. 선한 성격의 사람과 악한 성격의 사람은 그 의식도 완전히 다르다. 악한 성격의 사람은 언제 어디서나 자신 외의 모든 사람에게서 두꺼운 장벽을 느낀다. 세계는 그에게 나가 아니며, 세계와 그의 관계는 처음부터 적의에 차 있다. 그래서 그의 기본적 정신 상태는 언제나 적의와 의혹, 질투, 원한이다. 선한 성격의 사람은 자기 자신이 아니라 그가 자신과 동일한 존재로 의식하는 이웃 속에서 산다. 그에게 타인은 나가 아닌 것이 아니라 '모든 나, 즉 모두는 나'다. 그래서 그는 모든 사람에게 언제나 우호적이다. 그는 모든 존재와 자신이 한 생명이라고 느끼고, 그들의 행복과 불행에 직접적인 관심을 가지며, 그들도 그렇다는 것을 결코 의심하지 않는다. 그래서 그는 평화를 느끼게 되고, 그의 옆에 있으면 누구나 기분이 좋아지는 믿음직하고 조용하고 충만한 정신 상태가 그의 내면에 단단히 뿌리를 내린다.

아르투어 쇼펜하우어

항해

나는 함부르크에서 런던으로 가고 있었다. 승객은 나와 작은 원숭이, 둘뿐이었다. 원숭이는 함부르크의 어느 상인이 영국인 친구에게 선물로 보내는 암컷 비단원숭이였다.

원숭이는 갑판의 한 벤치에 가느다란 쇠사슬로 묶여 있었는데 몸부림치며 애처롭게 끽끽거렸다.

원숭이는 내가 자기 옆을 지나갈 때마다 검고 차가운 손을 내밀며 사람처럼 우울한 눈으로 나를 쳐다보았다. 나는 그 손을 잡아주었고 그러면 원숭이는 더이상 울고 몸부림치지 않았다.

아주 잔잔한 항해였다. 바다는 움직이지 않는 납빛 탁자보처럼 사방에 펼쳐져 있었다.

뱃고물에서는 작은 종이 원숭이 울음소리 못지않은 애처로운 소리를 끊임없이 울렸다.

이따금 바다표범이 물위로 떠올랐다가 다시 빠르게 곤두박질쳐 물속으로 사라지면 수면에 희미한 물결만 일었다.

말수가 적고 햇볕에 그을린 음울한 얼굴을 한 선장은 짤따란 파이프 담배를 피우며, 굳어버린 듯한 바다에 침을 뱉었다.

내가 말을 걸어도 그는 띄엄띄엄 무뚝뚝하게 대꾸할 뿐이었다. 나는 나의 유일한 동행자인 원숭이에게 돌아가는 수밖에 없었다.

나는 원숭이 옆에 앉았다. 원숭이는 끽끽거리는 울음을 멈추고 다시 나에게 손을 내밀었다.

고여 있는 것 같은 안개의 축축한 습기에 감싸이자 우리는 나른해졌다. 우리는 똑같이 멍하니 생각에 잠긴 채, 마치 피를 나눈 형제처럼 기대앉아 있었다.

지금은 미소가 떠오르지만…… 그때 내 가슴속에는 뭔가 다른 감정이 일고 있었다.

우리는 모두 한 어머니의 아이들이라는 기분이었다. 그래서 나는 가련한 작은 짐승이 나를 쉽사리 믿고 얌전해져서 피붙이를 대하듯 내게 기댔던 것이 기뻤던 것이다.

이반 투르게네프

3월 11일

음식이 삶에 없어서는 안 되듯 결혼도 인류의 삶에 없어서는 안 될 필수조건이다. 음식을 악용하면 해롭듯 결혼을 악용하는 것 또한 개인과 인류에게 커다란 해악을 낳는다.

1 출산을 전제로 한 남녀의 동거야말로 진정한 결혼이다. 온갖 의식이나 신고나 약속은 결혼을 성립시키는 것이 아니라 그 이전의 모든 동거는 진정한 결혼이 아니라는 딱지를 붙이는 데 쓰이고 있다.

2 너는 남편 혹은 아내에 대한 의무를 소홀히 할 수 있고 그 의무가 너에게 주는 슬픔에서 벗어날 수도, 아예 떠날 수도 있다. 그러나 그때 네가 찾게 되는 건 무엇일까?

역시 똑같은 슬픔이지만, 의무를 이행하지 않았다는 의식이 따르는 슬픔이다. 　　　　　　　　　　　　　　　　　　　　조지 엘리엇

3 결혼도 일반적인 약속과 마찬가지로, 성별이 다른 두 사람이 오직 둘만의 관계에서 자식을 낳겠다고 하는 계약이다. 이 계약을 파기하는 것은 기만이자 배신이자 죄악이다.

4 두 영혼이 온갖 노고와 슬픔 속에서도 서로를 의지하고, 온갖 고난 속에서도 서로를 돕고, 마지막 이별이라는 침묵의 순간에도 서로 굳게 맺어지기 위해 영원히 하나가 되는 거라고 느낄 때 결혼은 참으

로 위대한 것이다. 조지 엘리엇

5 사랑하는 부부가 자기완성을 목표로 살며 서로에게 주의와 조언을 건네고 모범을 보이며 돕는다면 얼마나 큰 행복을 얻을 수 있을까?

6 바리새파 사람들이 와서 예수의 속을 떠보려고 "무엇이든지 이유가 닿기만 하면 남편이 아내를 버려도 좋습니까?" 하고 물었다. 그러자 예수께서는 "처음부터 창조주께서 사람을 남자와 여자로 만드셨다는 것과 '그러므로 남자는 부모를 떠나 제 아내와 합하여 한몸을 이루리라' 하신 말씀을 아직 읽어보지 못했느냐? 따라서 그들은 이제 둘이 아니라 한몸이다. 그러니 하느님께서 짝지어주신 것을 사람이 갈라놓아서는 안 된다" 하고 대답하셨다. 「마태복음」 19:3~6

7 아내를 버리고 다른 여자와 결혼하는 사람은 간음을 행하는 것이며 버림받은 여자와 결혼하는 사람도 간음을 행하는 것이다.
「누가복음」 16:18

✓ 인류의 존속을 위한 남녀의 결합은 개인에게도 인류에게도 대단히 중요한 일이다. 내키는 대로 행하거나 순간의 기분에 따라서는 안 되며 우리보다 먼저 세상을 살았던 성현들이 숙고하고 결정한 대로 행해야 한다.

3월 12일

인간이 하는 일이 곧 삶이다. 그 일이 좋든 나쁘든 인간의 운명을 결정한다. 여기에 우리 삶의 법칙이 있다. 그러므로 인간에게 가장 중요한 것은 지금 하고 있는 그 일이다. 『아그니 푸라나』한두교 경전

1 페르시아에 이런 이야기가 있다.

육체가 죽고 영혼은 하늘로 올라갔다. 그런데 온몸이 곪아터진 상처투성이에 추악하고 지저분하고 끔찍한 여자가 영혼 앞에 턱 나타났다. "혐오스럽고 어떤 악귀보다 흉측한 몰골을 하고 너는 왜 이런 곳에서 헤매느냐?"

그러자 끔찍한 여자가 대답했다. "나는 너의 행위다."

2 선행을 하고 자비롭고 온화하고 겸손한 사람이 되는 것, 좋은 말을 하고 남에게 선을 기대하고 순결한 마음을 가지는 것, 언제나 배우고 언제나 진실을 이야기하고 노여움을 억누르고 참을 줄 알고 만족할 줄 아는 것, 벗을 사랑하고 부끄러움을 알며 웃어른을 공경하는 것, 어버이와 스승을 공경하는 것. 이 모든 것은 선인의 벗이고 악인의 적이다.

반대로 거짓을 말하고 남의 것을 훔치고 불순한 시선으로 여자를 바라보는 것, 속이고 욕하고 이웃에게 악을 기대하는 것, 오만하고 무위도식하며 남을 험담하는 것, 인색하고 무례하고 파렴치하며 툭하면 성을 내는 것, 남의 것을 가로채고 복수심에 불타고 고집부리고 시샘하는 것, 이웃에게 나쁜 짓을 하고 미신에 빠지는 것. 이 모든 것은 악인의 벗이고 선인의 적이다. 페르시아의 교리문답서

3 중요한 것은 선한 삶에 대한 논의가 아니라 실제로 선을 행하는 것이다.

『탈무드』

4 오늘 선행을 할 수 있다면 절대 미루지 마라. 죽음은 인간이 마땅히 해야 할 일을 다 했든 하지 못했든 상관없이 찾아오기 때문이다. 죽음은 아무도, 아무것도 기다려주지 않는다. 죽음에게는 적도 없고 친구도 없다.

『아그니 푸라나』

5 네가 세상에 태어났을 때 너는 울었고 주변의 모든 사람은 기뻐했다. 네가 세상을 떠날 때는 주변의 모든 사람이 울고 너만 미소지을 수 있도록 살아라.

인도의 격언

6 자신이 아는 진리를 실천했을 때 비로소 새로운 진리가 열린다.

루시 맬러리

✐ 과거의 행위가 삶의 방향에 아무리 큰 영향을 미칠지라도 인간은 정신력으로 그 방향을 바꿀 수 있다.

3월 13일

지혜의 조건은 도덕적 순결이며 그 결과는 정신적 평화다.

1 선한 사람은 자신에게 일어나고 있는 일보다 마땅히 해야 할 일에 더 마음을 쓴다. 그는 이렇게 말한다. "마땅히 해야 할 일을 하는 것이 내 일이고, 내게 일어나고 있는 일은 신의 일이다. 나에게 무슨 일이 일어나더라도 내가 해야 할 일을 방해할 수 있는 것은 아무것도 없다."

2 하고 싶은 일만 하는 것을 규칙으로 삼은 사람은 무슨 일을 하든 싫증을 낼 것이다.

3 자신이 육체적으로 누구보다 약하다고 느낄 때도 정신적으로는 누구보다 강할 수 있다.   루시 맬러리

4 **지혜의 가장 좋은 증거는 변함없이 지속되는 선한 정신이다.**   몽테뉴

5 오직 영혼을 드높이는 일을 하라. 그럼으로써 사회에 더욱 유익한 존재가 되어간다고 믿어라.

6 슬프고 괴로운 일이 있을 때는 이렇게 생각하라. 1)그보다 더 나쁜 일이 나에게도 다른 사람에게도 얼마든지 일어날 수 있다. 2)전에도 지금처럼 어떤 사건과 사정 때문에 슬프고 괴로웠지만 지금은 아무렇지 않게 그때를 떠올릴 수 있다. 3)이것이 가장 중요한데, 지금 나

를 슬프고 괴롭게 하는 것은 시련에 불과하며, 이 시련은 정신력을 키워 나를 더욱 굳건하게 해줄 것이다.

7 인간의 마음은 가장 완전한 상태에 있을 수도 있고 가장 타락한 상태에 있을 수도 있다. 선한 시간을 소중히 유지하고 악한 시간을 물리쳐라. 선한 시간을 오래 유지할수록 악한 시간은 줄어들 것이다.

베이컨에 의함

8 스스로를 지혜롭다 여기지 않아야만 지혜로운 사람이 될 수 있다. 자기 눈앞에서 언제나 신의 완전성을 보고 있는 사람만이 스스로를 지혜롭다 여기지 않는다.

9 잃을 것이 아무것도 없는 사람이 가장 큰 부자다. 중국의 속담

❙ 지혜는 무한하다. 지혜는 지혜를 향해 나아갈수록 더욱 필요해진다. 그래서 인간은 무한히 성장할 수 있다.

3월 14일

사랑은 사람들을 결합으로 이끈다. 누구에게나 있는 이성이 이 결합을 뒷받침해준다.

1 인간은 사유한다. 사유하도록 만들어졌다. 또한 인간은 합리적으로 사유해야 하는 존재다. 합리적으로 사유하는 인간은 먼저 어떤 목적을 위해 살아야 하는지 생각한다. 그는 자기 영혼에 대해, 신에 대해 생각한다. 잘 살펴보라, 세상 사람들은 무엇을 생각하고 있는가? 대부분은 무엇이든 닥치는 대로 생각하지만 자기 영혼과 신에 대해서는 생각하지 않는다. 그들은 춤에 대해, 음악에 대해, 노래에 대해 생각한다. 건축에 대해, 부富에 대해, 권력에 대해 생각한다. 부자와 왕후의 처지를 부러워한다. 그러나 인간이라는 것이 무엇을 의미하는지는 전혀 생각하지 않는다. 파스칼

2 인간의 중요한 의무 중 하나는, 하늘로부터 받은 이성의 밝은 근원을 최대한 더 빛나게 하는 것이다. 중국의 격언

3 모든 사람이 인식하고 또 인식하지 않을 수 없는 것만이 참된 이성의 빛이다.

4 참된 인간이 되고자 한다면 속세를 추종하지 말아야 한다. 진정한 삶을 살고자 한다면 세상이 인정하는 선에 이끌리지 말고 진정한 선이 무엇이고, 어디 있는지 스스로 깊이 생각해야 한다. 자율적인 정신의 탐구보다 존엄하고 생산적인 것은 없다. 그런 태도로 삶의 현상에 대해 먼저 생각하라. 그런 다음 직면하는 모든 문제는 스스로 해결하라. 에머슨

5 진리의 힘을 의심하면서 어떤 사상의 표현을 허용하거나 금지한다면 진리를 모욕하는 것이다. 진리와 거짓을 맞대결하게 하라. 진리는 자유롭고 공평한 싸움에서 절대로 지지 않는다. 진리는 거짓을 논파함으로써 어떤 금지보다 더 훌륭하게 그것을 깨부순다.　　　밀턴

6 그리스도교 교회는 공허하고 취약한 지반에 세워져 있다. 여기에 귀의하는 사람들은 끊임없는 위험에 처해 언제나 두려움에 떤다. 그리스도교 교회의 지반을 흔드는 강력한 의혹이 제기되면 교회의 대표자들은 천둥과 번갯불처럼 반발한다. 근거 있는 의혹일수록 더욱 요란해진다.

　　과연 사람들은 산이 무너질까봐 걱정하는 것일까? 교회의 전통은 언제 어느 때 무너질지 알 수 없다. 어쩌면 무너질지도 모르고, 어쩌면 그렇지 않을지도 모른다. 이것이 바로 그리스도교 교회에 귀의하는 사람들이 말할 수 있는 전부다. 그럼에도 그들은 종교의 기초를 교회에 두고 있다. 권위가 진리로 인정되고 맹목적인 믿음이 종교의 본질이 된 것이다.　　　파커

/ 어떤 것도 이성의 결정을 뒤엎지 못한다. 안다는 것은 이성을 통해 아는 것이다. 그러므로 이성에 따르지 말라는 사람들을 믿어서는 안 된다. 그 말은 암흑 속에서 우리를 인도하는 하나뿐인 등불을 끄라는 말과 똑같다.

3월 15일

남을 불쾌하게 하고 적대적으로 대하는 사람들까지 사랑하는 것이 진정한 사랑이다. 원수에 대한 사랑이야말로 진정한 사랑이다.

1 우리를 사랑하는 사람, 기분이 좋아지게 하는 사람은 인간의 사랑으로 사랑할 수 있다. 그러나 원수를 사랑하는 것은 신의 사랑으로만 가능하다. 인간의 사랑은 미움으로 바뀔 수 있지만 신의 사랑은 바뀔 수 없다. 심지어 죽음도 그것을 바꾸지 못한다. 신의 사랑은 영혼의 본질이다.

2 너희가 만일 자기한테 잘해주는 사람에게만 잘해준다면 칭찬받을 것이 무엇이겠느냐? 죄인들도 그만큼은 한다. 너희가 만일 되받을 가망이 있는 사람에게만 꾸어준다면 칭찬받을 것이 무엇이겠느냐? 죄인들도 고스란히 되받을 것을 알면 서로 꾸어준다. 그러나 너희는 원수를 사랑하고 남에게 좋은 일을 해주어라. 그리고 되받을 생각을 말고 꾸어주어라. 그러면 너희가 받을 상이 클 것이며 너희는 지극히 높으신 분의 자녀가 될 것이다. 그분은 은혜를 모르는 자들과 악한 자들에게도 인자하시다. 그러니 너희의 아버지께서 자비로우신 것같이 너희도 자비로운 사람이 되어라. 「누가복음」 6:33~36

3 너희를 미워하는 자들을 사랑하면 적이 사라질 것이다. 「열두 사도의 가르침」

4 '네 이웃을 사랑하고 원수를 미워하라' 하신 말씀을 너희는 들었다. 그러나 나는 이렇게 말한다. 원수를 사랑하고 너희를 박해하는 사람들을 위해 기도하여라. 그래야만 너희는 하늘에 계신 아버지의 아들이 될 것이다. 아버지께서는 악한 사람에게나 선한 사람에게나 똑같이 햇빛을 주시고 옳은 사람에게나 옳지 못한 사람에게나 똑같이 비를 내려주신다. 「마태복음」 5:43~45

신이 모든 사람을 평등하게 하고 선인과 악인 사이에 차별을 두지 않는 것은 인간의 마음을 잘 알기 때문이다. 그런데 사람의 마음속에서 무슨 일이 일어나는지 알지 못하는 우리가 어찌 겉모습만으로 사람들을 구별해 누구는 사랑하고 누구는 미워할 수 있겠는가.

5 어떤 사람을 다른 사람들보다 더 아끼는 열정, 사랑이라고 잘못 불리는 이 열정은 진정한 사랑을 접붙여 열매를 맺기 위해 쓰는 야생의 밑나무에 불과하다. 야생의 밑나무가 사과나무가 아니어서 제 열매를 맺지 못하거나 쓴 열매밖에 맺지 못하듯, 편애도 진정한 사랑이 아니기 때문에 사람들에게 선한 영향을 주지 못하며 악을 낳을 뿐이다.

6 사랑의 싹은 막 눈이 텄을 때는 몹시 여려 살짝 건드리기만 해도 견디지 못한다. 성장을 거듭하면서 비로소 힘이 생긴다. 그전에 사랑의 싹에 하는 온갖 바라지는 오히려 해로울 뿐이다. 필요한 것은 그 사랑의 싹을 무럭무럭 자라게 할 이성의 햇빛을 가리지 않는 것뿐이다.

7 가장 완전한 사람은 이웃을 사랑하고 선인이든 악인이든 모두에게 선을 행하는 사람이다. 마호메트

8 타락한 자에게도 너그럽게 대하라. 날카로운 칼은 부드러운 비단을 자르지 못한다.

부드러운 말과 친절은 머리카락 한 가닥으로도 코끼리를 끌 수 있게 한다. 사디

/ 너에게 모욕을 준 사람에게 악감정을 느낄 때는 모든 사람은 다 신의 아들이라는 것, 그가 아무리 너를 언짢게 했더라도 그를 형제로서, 너와 똑같은 신의 아들로서 사랑해야 한다는 것을 떠올려라.

3월 16일

현대 과학 연구의 주된 해악은 **모든 것을 연구하지도 못하고** 종교의 도움 없이는 **무엇을 연구해야 하는지도** 모르면서 바르지 않은 삶을 사는 과학자들이 자신에게 **필요하고 좋은 것만** 연구한다는 데서 비롯된다.

그들에게 **필요한 것**이란 그들에게 유리한 체제다.

그들에게 **좋은 것**이란 쓸모없는 지식욕의 만족이다.

1 자연과학 연구는 결국 독일에서 광기의 지경으로 치달았다. 신에게

는 인간도 곤충도 똑같이 소중한 존재겠지만 우리 인간의 이성으로
는 그렇지가 않다. 인간은 새나 나비를 신경쓰기 전에 해결해야 할
일이 너무도 많다! 자신의 영혼을 연구하라. 신중한 판단을 내릴 수
있도록 지성을 훈련하고 평화를 사랑하는 마음을 길러라. 인간을 알
기 위해 노력하고 이웃의 행복을 위해 결연히 진실을 말하는 용기를
갖추어라. 이것을 위한 적당한 수단이 발견되지 않을 때는 수학으로
두뇌를 연마하라. 딱정벌레니 뭐니 하는 곤충의 분류 같은 것은 그
만두어라. 그런 피상적인 지식은 도움이 되지 않으며, 정확한 연구를
하려면 끝이 없다.

'그러나 신은 태양에서와 마찬가지로 벌레 속에도 무한한 모습으
로 존재한다'고 너는 말할 것이다. 나도 인정한다. 그렇다, 신은 아직
그 다양한 모습이 체계적으로 정리되지 않은 바닷가 모래알들보다
도 무한한 헤아릴 수 없는 존재다. 만일 네가 그 모래알 속에서 진주
를 캐야 하는 특별한 사명이 자신에게 있다고 생각하지 않는다면 차
라리 집에 남아서 네 밭을 일구어라. 그것을 부지런히 하라. 그와 동
시에 네 두뇌의 용량에 한계가 있음을 기억하라. 나비 연구를 그만둔
다면 너에게 영감을 줄 성현의 사상을 받아들일 수 있는 여유가 생
길지도 모른다.

리히텐베르크

2 지혜는 많은 것을 아는 것이 아니다. 우리는 결코 모든 것을 다 알 수
없다. 지혜는 최대한 많은 것을 아는 것이 아니라 어떤 것이 가장 필
요하고 어떤 것이 덜 필요하고 또 어떤 것이 가장 덜 필요한 것인지
아는 것이다. 인간에게 필요한 가장 중요한 지혜는 어떻게 해야 진정
한 삶을 살아갈 수 있는가, 즉 어떻게 하면 악을 줄이고 선을 늘리는
삶을 살아갈 수 있는가를 아는 것이다. 오늘날 사람들은 온갖 불필요

한 학문은 배우면서 정작 가장 필요한 하나의 학문은 배우지 않는다.

3 가장 큰 불손은 무엇일까? 우리가 모르는 것은 신도 모른다고 생각
   하는 것이다.   칼뱅

4 아는 것이 적은 사람은 말이 많고, 아는 것이 많은 사람은 말이 적다.
    아는 것이 적은 사람은 자기가 아는 모든 것이 중요하다고 생각하
   고 그것을 모두에게 말하고 싶어한다. 그러나 아는 것이 많은 사람은
   지금 아는 것보다 알아야 할 것이 훨씬 많다는 것을 알기 때문에 질
   문에 답할 때 외에는 침묵한다.   루소에 의함

5 진정한 학자는 이성의 요구를 깨달으면 반드시 실현하려고 노력한
   다. 평범한 학자는 이성의 요구를 들으면 때로는 실현하려 노력하고
   때로는 하지 않는다. 어리석은 학자는 이성의 요구를 들으면 그것을
   비웃는다. 어리석은 사람이 비웃지 않는다면 그것은 이성이라 할 수
   없다.   노자

6 어떤 질문을 해야 할지 안다는 것은 지성과 이해력을 갖췄다는 뚜렷
   한 증거다. 질문 자체가 어리석다면, 질문한 사람 자신에게 수치일
   뿐만 아니라 질문을 받은 사람도 어리석은 대답을 하게 되기 때문이
   다. 그래서 한 사람이 산양의 젖을 짜는데 또 한 사람이 그 밑에 체를
   갖다댄다는 옛말처럼 우스꽝스러운 장면이 연출되는 것이다.   칸트

✔ 만일 모든 지식이 진정한 지식이라면 어떤 지식도 다 유익할 것이다. 그러나 사람들의 잘못된 생각이 종종 참된 지식으로 둔갑하기 때문에 지식을 선택할 때는 엄격하고 또 엄격해야 한다.

3월 17일

잘못된 사회체제에서 벗어나는 길은 오직 사람들에게 진정한 신앙을 전하는 것뿐이다.

1 신앙이 인간사회의 완성에서 기초가 아니라면, 인류는 인간사회의 완성이라는 커다란 사업을 위해 단 한 걸음도 진지하게 나아가지 못했을 것이다. 그래서 신앙에 기초하지 않은 가르침은 언제나 사회체제를 개선하는 데 무력했고 앞으로도 그럴 것이다. 아름다운 형식을 만드는 것은 가능할지도 모르지만, 그런 형식에 프로메테우스가 하늘에서 훔친 불꽃은 결코 존재하지 않는다.   마치니

2 "너희는 먼저 하느님의 나라와 하느님께서 의롭게 여기시는 것을 구하여라. 그러면 이 모든 것도 곁들여 받게 될 것이다."「마태복음」6:33 건전하고 자연스러운 사회체제를 위한 첫걸음은 언제나 모든 사람에게 물질적 세계에 대한 자연적이고 평등하고 양도할 수 없는 권리를 보장해주는 것이다. 이러한 권리를 보장한다고 필요한 모든 것이 다 이루어지는 것은 아니지만 그 밖의 것들을 보다 쉽게 이룰 수 있게 한다. 그 권리가 보장되지 않는 한 어떤 것도 효용을 가져오지

못한다. 헨리 조지

3 사회는 공동의 신앙과 공동의 목적 없이 존재할 수 없다. 사회적 활동은 종교가 세운 원칙을 삶에 적용하는 것이어야 한다. 마치니

4 사도들은 모든 이에게 오직 하나의 마음과 하나의 영혼이 있다고 여기며 생활했다. 만일 그들 사이에 불화가 있었다면 아무도 그리스도교를 몰랐을 것이다. 사실 오늘날 이교도들은 그리스도교도들에게서 사랑과 화합을 보지 못하기 때문에 그리스도교를 받아들이지 않고 있다. 선행처럼 사람을 잡아끄는 것도 없고 악행처럼 사람을 떠나게 하는 것도 없다. 그렇기 때문에 사람들은 그리스도교도들에게서 등을 돌린다. 원수도 사랑하라는 계율을 받은 자가 고리대금업을 일삼고 약탈하고 싸우고 불화를 선동하고 사람들을 가혹하게 대하는 것을 목격하고 나면 결코 사랑의 가르침을 믿을 수 없게 되기 때문이다. 그리스도교도가 죽음을 두려워한다면 사람들은 절대로 불멸을 믿지 않을 것이다. 그리스도교도의 죄는 바로 그리스도의 가르침을 믿지 않는다는 것이다. 어쩌면 우리는 이렇게 말할지 모른다. "옛 성자들에게서 모범을 보아라." 그러나 사람들은 지금 살아서 선을 실천하는 사람들을 보고 싶어한다. 사람들은 우리에게 행위로써 신앙을 보이라고 말한다. 그러나 그런 행위는 전혀 볼 수 없다. 그러기는커녕 이웃을 괴롭히며 짐승만도 못한 모습을 보이고 있다. 사람들을 그리스도의 가르침으로부터 가로막고 있는 것은 바로 그런 것이다. 입으로만 믿는 교도들이 사람들을 그리스도교에 질겁하게 하고 그 가르침에서 멀어지게 하고 있다. 크리소스토모스에 의함

5 그리스도교가 올바르게 받아들여진다면 낡은 것을 부수고 새롭고 무한한 지평선을 열 가장 무서운 다이너마이트가 될 것이다.

／ 잘못된 사회체제를 개선하는 유일한 방법은 모든 사람이 이전보다 나은 사람이 되는 것인데, 여기서 네가 할 수 있는 일은 너 자신이 보다 나은 사람이 되는 것뿐이다.

악에 악으로 맞서지 마라

"'눈은 눈으로, 이는 이로' 하신 말씀을 너희는 들었다. 그러나 나는 이렇게 말한다. 앙갚음하지 마라."(「마태복음」 5:38~39)

그리스도는 악에 맞서지 말라고 가르쳤다. 이 가르침이 진실한 까닭은 모욕당하고 학대당한 자의 마음에서 악을 뿌리째 뽑아내기 때문이다. 이 가르침은 세상에 악이 널리 퍼져 뿌리내리는 것을 허용하지 않는다. 누군가 남을 공격하고 모욕하면 상대방의 마음속에는 온갖 악의 뿌리인 증오의 감정이 들끓게 된다. 그런 감정을 가라앉히기 위해 우리는 무엇을 해야 할까? 악의 감정을 불러일으키는 짓, 남을 모욕하는 짓, 즉 악행을 되풀이해야 할까? 그것은 악마를 내쫓기는커녕 강하게 만들 뿐이다. 악마는 악마를 내쫓을 수 없고 불의는 불의를 정화할 수 없으며 악은 악을 이길 수 없다.

악을 이기는 유일한 수단은 악에 대한 **무저항**뿐이다. 그것은 악을 저지르는 자에게서도 악을 당하는 자에게서도 악의 감정을 제거한다.

'하지만' 하고 사람들은 물을 것이다. '예수의 가르침은 옳지만 과연 실천할 수 있는 일인가?' 그렇다, 그것은 신의 계율로 부여된 온갖 선과 마찬가지로 실천할 수 있다. 선은 어떤 경우에도 자기부정, 손실, 고뇌, 극단적인 경우 생명마저 희생하지 않고는 실천할 수 없다. 자신의 생명을 신의 의지를 실천하는 것보다 중히 여기는 사람은 이미 유일하고 진정한 삶을 살 수 없는 주검이나 다름없다. 그런 사람은 자신의 생명을 구하려다 오히려 잃는다. 저항하지 않는 것이 한 사람의 생명과 한 사람의 실질적 행복을 희생시킨다면, 악에 대한 저항은 천의 희생을 요구한다.

무저항은 지키고 저항은 파괴한다.

정의로운 행동은 정의롭지 못한 행동에 비할 수 없을 만큼 안전하다. 마찬가지로 모욕을 참는 것이 폭력으로 대항하는 것보다 훨씬 안전하다. 실제 삶에서도 마찬가지다. 모든 사람이 악에 악으로 맞서지 않는다면 우리의 세계는 행복해질 것이다.

'그러나 소수의 사람들만 그렇게 행동한다면 그들은 어떻게 될까?' 단 한 사람이 그렇게 행동하고 다른 사람들은 모두 그를 십자가형에 처하자고 결의하더라도, 자신이 죽인 자의 피가 흩뿌려진 왕관을 쓰고 제왕이 되기보다 차라리 자신의 적을 위해 기도하며 죽어가는 편이 더 영광스러운 일이다. 악에 악으로 맞서지 않겠다고 굳게 마음먹은 사람이 한 명이든 천 명이든 상관없다. 그들은 계몽된 사람들 사이에서건 미개한 이웃들 사이에서건 폭력을 믿는 사람들보다 훨씬 더 폭력에서 안전하다. 강도, 살인자, 사기꾼은 무기로 저항하는 자들보다 그들을 덜 해치고 내버려둘 것이다. 칼을 든 자는 칼로 망할 것이고 평화를 찾는 자, 친절하고 악의 없이 행동하는 자, 모욕을 잘 잊고 잘 용서하는 자들은 대부분 평화를 누릴 것이다. 그들은 죽더라도 축복을 받으며 죽을 것이다.

따라서 모든 사람이 무저항의 계율을 지킨다면 분명히 모욕도 악행도 사라질 것이다. 그런 사람들이 대다수라면 그들은 절대 악에 악으로 맞서지 않고 폭력을 행사하지 않으면서, 자신을 모욕하는 자들에게도 사랑과 우의를 베푸는 사회를 세울 것이다. 그리고 그런 사람들의 수가 어느 정도 된다면 사회의 온갖 잔인한 형벌이 폐지되고 폭력과 적의가 평화와 사랑으로 바뀌도록 도덕적 영향을 끼칠 것이다. 그리고 그런 사람들의 수가 아주 적다면 그들은 간혹 세상에서 경멸이나 그 이상의 나쁜 대우를 받겠지만, 그리고 세상 사람들이 그들의 존재를 알지도 고마워하지도 않겠지만 세상은 조금씩이나마 지혜로워지고 좋아질 것이다.

최악의 경우 그 소수 가운데 몇몇이 박해를 받고 급기야 죽임을 당하더라도 진리를 위해 죽는 자들은 순교의 피로 신성해진 가르침을 남길 것이다.

애딘 밸로*

---

* 미국의 영적공동체 지도자였던 애딘 밸로는 오십 년간 무저항주의에 대한 뛰어난 많은 저서를 펴냈고, 1890년 8월에 사망했다. 그는 이 저서들에서 무저항주의 문제를 가능한 한 모든 측면에서 아주 명확하고 짜임새 있게 다루었다. 주요 저서로 『무저항주의 문답』이 있다—원주.

3월 18일

남에 대한 판단은 언제나 정확하지 않다. 그 사람의 내면에서 일어났거나 일어나고 있는 일은 누구도 알 수 없기 때문이다.

1 우리는 자주 남을 판단한다. 누구는 선인이고, 누구는 악인이고, 누구는 어리석은 사람, 또 누구는 현명한 사람이라고 말한다. 그러나 그것은 옳지 않다. 사람은 강물처럼 흐르는 존재다. 날마다 똑같지 않다. 어리석은 사람이 현명해지고 악한 사람이 선해지며 또 반대의 경우도 있다. 함부로 판단해서는 안 된다. 판단한 순간에도 이미 그는 다른 사람이 되고 있다.

2 네가 만일 항상 진실만 이야기하고, 허위를 거부하고, 의심스러운 것만 의심하고, 선과 유익한 것만 원할 만큼 행복한 사람이라면, 너는 악인이나 어리석은 사람에게 화를 내지 않을 것이다.

　"저 사람은 도둑이야! 사기꾼이야!" 너는 말한다. 도둑이란, 사기꾼이란 뭔가? 죄악과 망상에 빠진 사람들일 뿐이다. 오히려 가여워해야지 그들에게 화를 내서는 안 된다. 지금처럼 사는 건 좋지 않다고, 악행을 멈출 수 있도록 그를 일깨워라. 그래도 여전히 그것을 깨닫지 못하고 여전히 어리석은 생활을 하더라도 놀랄 필요는 없다.

　너는 말할 것이다. "정말로 그들을 처벌하면 안 되는 걸까!" 그렇게 말해서는 안 된다. 그는 세상에서 가장 중요한 것을 모른 채 길을 잃었고, 육체의 눈이 아니라 정신의 눈이 멀었다고 생각하라. 그 순간 네가 그동안 그에게 얼마나 무자비했는지 깨닫게 될 것이다. 시력을 잃은 사람을 벌주어야 한다고 말하는 사람은 없을 것이다. 그런데 너는 왜 눈보다 더 귀한, 인간으로서 가장 큰 행복, 즉 지혜롭게 사는 능력을 잃은 사람을 벌주려 하는가? 화를 낼 것이 아니라 가여워해야 한다.

불행한 그들을 가여워하고 잘못에 화내지 마라. 너 자신도 자주 잘못에 빠지고 죄를 짓는다는 것을 떠올리고, 증오와 잔인성이 도사리고 있는 네 마음을 꾸짖어라.

에픽테토스

3 자신의 결점을 자주 생각하고 고치려 노력한다면, 남의 결점은 생각나지 않을 것이고 그럴 겨를도 없을 것이다.

4 입장을 바꿔 생각해보지도 않고 사람을 비난하지 마라.

『탈무드』

5 남의 잘못은 모두 용서하고 자신의 잘못은 아무것도 용서하지 마라.

푸블릴리우스 시루스

／ 나는 악행을 원하지 않지만 만약 그런 행위를 했다면 나를 자제하지 못했기 때문이라는 것을 잘 알고 있다. 다른 사람들도 똑같다. 그런 내가 어떻게 그들을 나쁘다고 비난할 수 있겠는가?

가난한 자들의 노동으로 의식주를 해결하는 부자들이 자신을 가난한 자들의 은인이라고 생각하는 세상은 대단히 잘못된 세상이다!

1 물병 위에 돌이 떨어지면 물병이 깨진다. 물병이 돌 위에 떨어져도 물병이 깨진다. 언제나 깨지는 것은 물병이다.　　　　『탈무드』

2 부자들이 가난한 사람들에게 자선을 베푸는 것은 정부가 소수를 비호해 부의 불평등을 용인하고, 자선행위를 할 수밖에 없게 만들었기 때문이다. 그런데 부자가 가난한 사람에게 베푸는 도움이 무슨 업적인 양 자선이라고 이름 붙이는 것이 과연 합당한가?　　　　칸트

3 **부자의 만족은 가난한 사람들의 눈물로 얻어진다.**

4 우리는 문자 그대로 황금이나 땅을 강탈하는 것은 아니더라도, 소소한 사기나 은닉을 통해 똑같은 강탈을 자행하고 있다. 이를테면 물건을 살 때 말다툼까지 해가며 정당한 값보다 적게 내려 안달하는 것이 강탈이 아니고 무엇인가? 절도와 다름없는 파렴치한 행위가 아닌가? 집이나 노예를 빼앗은 것이 아니라고 말해도 그렇다. 불의는 약탈하는 물건의 가치가 아니라 약탈하는 사람의 의도에 따라 결정되는 것이다. 크든 작든 정의는 정의이고 불의는 불의다. 그러므로 남의 주머니에서 돈을 훔치는 자를 도둑이라 부르는 것과 마찬가지로

시장에서 물건을 살 때 턱없이 값을 깎는 자 역시 도둑이다. 벽을 부수고 남의 집에서 물건을 훔치는 자만 도둑이 아니라 부정한 방법으로 이웃에게서 뭔가를 가로채는 자 또한 도둑이다.　크리소스토모스

5 "가난한 자를 약탈하지 마라. 왜냐하면 그는 가난하기 때문이다" 하고 솔로몬은 말한다. 그러나 '가난하기 때문에 당하는 약탈'은 일상에서 아주 흔한 일이다. 부자는 언제나 빈자의 가난을 이용해 자신을 위해 일하게 하거나 그들이 파는 물건을 헐값에 사들인다.

한편, 부자가 부유하기 때문에 약탈당하는 일은 훨씬 드물다. 왜냐하면 빈자는 아무런 위험 없이 약탈할 수 있지만 부자를 약탈하는 것은 위험천만한 일이기 때문이다.　러스킨

6 부가 노동의 축적이라는 건 맞는 말이다. 그런데 누구는 노동만 하고 누구는 축적만 한다. 학자들은 이를 가리켜 '분업'이라고 부른다!

영국의 격언

7 의로운 부는 모두가 부유한 사회에서만 존재한다. 우리 사회처럼 한 사람의 부자에게 수백 명의 빈자가 매달리는 구조에서 의로운 부는 있을 수 없다.

3월 20일

신의 의지를 실천하기 위해 사는 사람은 세상 사람들의 평판에 민감하지 않다.

1 모든 사람이 우리의 영혼에서 무슨 일이 일어나는지 볼 수 있다고 생각하며 살아야 한다. 세네카

2 떳떳하게 살아라. 콩트

3 악행을 숨기는 것도 나쁘지만 공공연히 악행을 일삼으며 그것을 과시하는 것은 더 나쁘다.

4 타인에게 느끼는 수치심은 좋은 감정이지만 가장 좋은 것은 스스로에게 느끼는 수치심이다.

5 무엇을 부끄러워하고 무엇을 부끄러워하지 않는가. 이것만큼 인간의 도덕적 완성의 정도를 정확히 드러내는 것도 없다.

6 질문을 받으면 아무것도 숨기지 말아야 하지만 자신의 악행을 떠벌리는 것은 좋지 않다.

7 신에게 느끼는 두려움이 사람에게 느끼는 두려움만큼 강하다면 얼마나 좋을까. 사람들에게는 악행을 숨길 수 있지만 신에게는 절대 숨길 수 없다. 그러므로 악행을 하지 마라.

8 사람들에게는 숨길 수 있지만 신에게는 숨길 수 없다. 속담

9 사람들이 숨기려고 애쓰는 것은 거의 언제나 나쁜 것이다.

10 선행은 숨길수록 좋다.

11 감추어둔 것은 나타나기 마련이고 비밀은 알려져서 세상에 드러나기 마련이다. 「누가복음」 8:17

✒ 아무것도 감출 필요가 없는 삶, 드러내고 싶은 마음도 없는 삶을 살아라.

3월 21일

우리가 아는 삶은 지상에만 있다. 따라서 우리의 삶에 의미가 있다면, 마땅히 이곳 이 세계에 있어야 한다.

1 세속적인 목적을 위해 사는 사람도, 자신의 정신적인 목적을 위해 사는 사람도 평안하지 못하다. 사람들 속에서 신에게 봉사하기 위해 사는 사람만이 진정으로 평안하다.

2 살기 힘들다 해서 죽기를 바라서는 안 된다. 도덕적인 존재는 어깨를 짓누르는 번뇌를 떨치기 위해 자신의 사명을 수행하며, 그것만이 번뇌에서 벗어나는 유일한 방법이다. 주어진 사명을 다했을 때 비로소 그 짐에서 벗어날 수 있다.

에머슨

3 진정한 삶은 오직 현재에 있다. 있었던 것은 이미 없는 것이고, 미래에 올 것도 지금은 없는 것이고, 지금 있는 것만이 있을 뿐이다. 그러므로 오직 지금 이 순간에 온 마음을 쏟아라. 현세는 내세를 위한 것이라는 말을 믿지 마라. 우리는 오직 이 삶만 알고, 이 삶만을 살아가고 있다. 따라서 현재 이 삶의 매 순간이 충실하도록 모든 힘을 쏟아라.

4 삶은 괴로움도 즐거움도 아니다. 삶은 우리가 성실히 수행하고 끝까지 이끌고 가야 하는 사업이다.

토크빌

5 너는 아무리 노력해도 네가 바라는 훌륭한 삶을 살 수 없을 것 같다고 생각한다. 네 삶이 지금과 다르다면 마음먹은 일을 더 쉽게 할 수 있을 거라고 생각한다. 그러나 이 삶 속에서도, 지금의 조건 속에서

도 너는 언제나 해야 할 그 일을 할 수 있다. 칼라일에 의함

/ 우리가 봉사해야 할 곳은 현재의 이 세계다. 이 세계에서의 봉사에 온 힘을 쏟아라.

3월 22일

진실이 네 죄를 들춰내더라도 감추지 말고 떳떳하게 인정하라. 네 삶은 바뀔 수도 있지만 진실은 언제까지나 그대로 남아 결국 네 죄를 들춰낼 것이다.

1 항상 사람들이 나를 보고 있다는 마음가짐으로 살아야 한다. 마음속 구석구석까지 누군가의 눈길이 닿고 있다고 생각해야 한다. 무엇 때문에 사람들에게 숨기겠는가? 신에게는 아무것도 숨길 수 없다. 신의 가르침과 인간의 가르침은 모두 하나의 진리에, 우리 모두 하나의 위대한 몸에 딸린 지체라는 진리에 이른다. 자연은 우리 모두를 하나의 가족으로 결합시켰다. 우리는 서로 관계를 맺고 도우며 살도록 창조되었다. 세네카에 의함

2 그리스도교의 가르침은 인간은 평등하고, 신은 아버지이고 인간은 모두 형제라는 것이었다. 이 가르침은 문명 세계를 질식시킨 무서운 폭력의 뿌리에 일격을 가했다. 노예의 사슬을 끊었고, 민중의 부로

사치스럽게 지낼 수 있는 가능성을 준 불의를, 노동자들에게서 노동의 결과를 탈취한 거대한 불의를 파괴시켰다. 초기 그리스도교가 박해를 받았던 것은 바로 이 때문이다. 이 가르침을 절멸시킬 수 없다는 판단이 확고해지자 지배계급이 고육지책으로 일단 이를 받아들인 뒤 변질시킨 것도 이 때문이다. 그리하여 그리스도교는 승리를 거두었으나 진정한 그리스도교이기를 멈추고 부자들의 하수인으로 전락하고 말았다.

헨리 조지에 의함

3 네 형제는 태어나서부터—영적으로 태어나는 것을 말한다—굶주리는데 너는 과식으로 병이 난다. 네 형제는 알몸으로 돌아다니는데 너는 옷에 좀이 스는 걸 막으려고 싸개를 만든다. 남는 옷은 가난한 사람들에게 주는 것이 낫지 않을까? 그러면 그 옷도 제구실을 할 것이고, 너도 쓸데없는 걱정에서 풀려날 것이다. 그러니 네 옷에 좀이 슬길 바라지 않는다면 가난한 사람들에게 주어라. 그들은 그 옷을 잘 털어줄 것이다. 부에 중독된 사람들은 내 말을 듣지 않겠지만 가난한 사람들은 알아들을 것이다. 하지만 너는 가난한 사람들이 알아들어서 뭐하느냐, 돈도 없고 옷도 없는데? 라고 말할 것이다. 그러나 그들에게도 빵과 물이 있고 병자를 찾아갈 수 있는 두 다리가 있고, 불쌍한 사람을 위로할 수 있는 혀와 말이 있고, 나그네를 맞아줄 집과 지붕이 있다.

크리소스토모스

4 오늘날 선한 사람들도 악한 사람들에게 정중히 손을 내밀어 그들의 악행을 지지할 뿐만 아니라 종종 그들을 도우면서 그 악의 결과로부터는 달아나려는 과오를 저지른다.

아침에는 선의 욕구를 충족시키려고 가난한 이웃에게 손을 내밀다가도, 저녁이 되면 그들을 가난의 구렁텅이로 몰아넣은 장본인들과 식사를 하고 수천 명을 파산시킨 부유한 투기꾼을 부러워한다. 그렇게 그들은 바로잡는 데 수십 년이 걸리는 것보다 더 많은 것을 순식간에 파괴한다. 아무리 좋게 보아도 그들은 모든 것을 파괴하는 군대의 후방에서 굶주리는 주민들에게 먹을 것을 던져주며 군사 수를 늘리고 행군을 재촉하는 사람들과 다를 바가 없다. 러스킨

5 너희는 사람을 구덩이 속에 밀어넣고도 그에게는 신이 주신 처지를 기꺼이 받아들여야 한다고 말한다. 오늘날 그리스도교도도 그와 비슷하다. "우리가 그를 밀어넣은 것이 아니다." 너희는 이렇게 말한다. 그렇다, 아침마다 오늘 하루 이익이 되는 것이 아니라 인간의 본성에 따르는 것을 어떻게 실천할 것인지 스스로에게 묻지 않는 한, 우리는 자신이 하는 일이 무엇인지, 또 무엇을 하고 있지 않은지 아무것도 깨닫지 못할 것이다. 러스킨

✒ 진실이 언제나 우리에게 무엇을 해야 하는지 알려주지는 않지만, 해선 안 되는 일과 지금 당장 멈춰야 하는 일은 알려준다.

3월 23일

땅은 공기나 태양과 마찬가지로 만인의 것이다.

1 세상에서 너희는 모두 나그네다. 동서남북 어디로 가든 발을 멈추는 곳마다 "이곳은 내 땅이다" 하며 너희를 내쫓는 사람을 만나게 될 것이다. 세상 어디를 가더라도 너희는 너희의 아내가 아이를 낳을 초라한 땅 한 뙈기도, 너희가 정착해 일굴 초라한 땅 한 뙈기도, 너희의 자식들이 너희의 뼈를 묻을 초라한 땅 한 뙈기도 없다는 것을 깨닫고 본디 있던 곳으로 돌아오게 될 것이다.　　　　　라므네

2 누군가를 대서양 한가운데 던져놓고 해안으로 가는 것은 네 자유다, 라고 말하는 것은 가는 곳마다 사유지인 땅에 그를 잡아두고 너는 자유의 몸이다, 너를 위해 일하고 네가 번 것을 쓰는 것은 네 자유다, 라고 말하는 것과 똑같은 조롱이다.　　　　　헨리 조지

3 토지 사유라는 불법적 권리는 인류의 절반에게서 자연의 집을 빼앗았다.　　　　　페인

4 사람 백 명을 출구 없는 외딴섬에 가둬놓고 한 명을 나머지 아흔아홉 명의 지배자로 만드는 것은 섬 전체를 한 사람이 소유하는 것과 다를 바 없다.　　　　　헨리 조지

5 영국에 현재 인구보다 열 배나 많은 사람이 살 수 있는 충분한 땅이 있는데도 많은 사람이 동포들에게 구걸하거나, 고된 날품팔이를 하거나, 굶어죽거나, 도둑질하거나, 지상에서 살 가치도 없는 인간으로

찍혀 교수형을 당한다면 그들이야말로 노예가 아니고 무엇이겠는가.

윈스턴리

6 법의 힘이 가난한 사람들의 가장 민감한 삶의 권리를 침해한다면, 토지 사유제는 굶주림과 헐벗음, 헛된 노동, 노동 착취, 가옥의 파괴, 빈곤, 질병, 가족의 죽음, 가난한 자들의 절망과 퇴화를 뜻할 것이다. 이 모든 것이 토지 사유제의 산물이다. 매닝 추기경

／ 자신과 가족을 부양하는 데 필요 이상의 많은 땅을 소유한 사람은 민중의 물질적 결핍과 불행과 타락을 야기하는 장본인이다.

3월 24일

신의 계율을 따르는 자만이 신을 인식하고, 계율을 충실히 따를수록 신을 더욱 인식하게 된다.

1 예수께서는 이렇게 말씀하셨다. "내 말을 믿어라. 사람들이 아버지께 예배를 드릴 때 '이 산이다' 또는 '예루살렘이다' 하고 굳이 장소를 가리지 않아도 될 때가 올 것이다.

　　그러나 진실하게 예배하는 사람들이 영적으로 참되게 아버지께 예배를 드릴 때가 올 터인데 바로 지금이 그때이다. 아버지께서는 이렇게 예배하는 사람들을 찾고 계신다. 하느님은 영적인 분이시다. 그

러므로 예배하는 사람들은 영적으로 참되게 하느님께 예배드려야
한다.”　　　　　　　　　　　　　　　　　　「요한복음」 4:21, 23~24

2　신의 존재를 의심하는 순간이 없었던 신앙인은 없다. 그 의심은 해로
운 것이 아니며 오히려 신을 더 깊게 이해하게 해준다.

　우리가 아는 신은 습관적인 존재가 되어버렸고 이제 우리는 신을
믿지 않는다. 우리가 온전하게 신을 믿는 것은 신이 새로운 측면에서
계시할 때뿐이다. 그런데 신은 우리가 마음을 다해 찾을 때 새로운
측면에서 계시한다. 그러한 측면들은 무한하다.

3　모세가 신에게 물었다. “오, 주여, 어디서 당신을 찾으리까?” 신은 말
했다. “네가 나를 찾을 때 너는 이미 나를 찾았다.”

　사람들이 지혜로운 사람에게 신이 존재하는지 어떻게 아느냐고
물었다. 지혜로운 사람이 대답했다. “해를 보는데 횃불이 필요하겠는
가?”

　우리는 신이 무엇인지 가리킬 말을 갖고 있지 않지만, 그 말이 없
어도 신이 존재한다는 것을 안다.　　　　　　　　　아라비아의 격언

4　두 부류의 사람들이 신을 알고 있다. 영리하든 어리석든 겸허한 마음
을 가진 사람들과 참으로 이성적인 사람들이다. 어설픈 이성을 가진
오만한 사람은 신을 알지 못한다.　　　　　　　　　파스칼에 의함

5 사물을 가까이에서 봐야 잘 알 수 있듯 신도 가까이 다가갔을 때 알 수 있다. 신에게 다가가는 것은 오직 선행으로만 가능하다. 즉 신의 계율을 실천해야 가능하다. 신을 더 알수록 더 기꺼이 신의 계율을 실천하게 된다. 신의 계율을 잘 실천할수록 더 가까이에서 신을 알아보게 된다.

/ 유대인들은 신의 이름을 부르는 것을 죄악시한다. 그들이 옳다. 신은 영적인 존재이기 때문이다. 이름은 육체적인 것에만 붙여지는 것이다.

수라트의 찻집

인도의 도시 수라트에 있는 한 찻집에 여러 나라의 여행객과 외국인들이 찾아와 담소를 나누곤 했다.

한번은 페르시아의 박학한 신학자가 찾아왔다. 그는 평생을 바쳐 신의 본질을 연구하고 책들을 읽고 썼다. 그는 너무 오랫동안 신에 대해 생각하고 읽고 쓰느라 정신이 이상해져서, 머릿속에서 모든 것이 뒤죽박죽되고 말았다. 그러다 마침내 신을 믿지 않기에 이르렀다.

그 사실을 안 황제는 그를 페르시아제국에서 추방했다.

한평생을 우주 제1의 기원에 대해 연구하다 정신이 이상해져버린 불행한 신학자는 자신이 이성을 잃었다는 것은 깨닫지 못하고, 세계를 지배하는 것은 최고의 이성이라고 생각하게 되었다.

신학자에게는 어디를 가든 따라다니는 아프리카인 노예가 있었다. 신학자가 찻집에 들어가자 아프리카인은 문밖 마당에 남아 볕이 잘 드는 돌에 걸터앉았다. 그는 달려드는 파리들을 쫓고 있었다. 신학자는 찻집 소파에 비스듬히 누워 아편차를 한 잔 주문했다. 아편차를 마시고 나자 머릿골이 흔들리기 시작했다. 그는 노예에게로 얼굴을 돌렸다.

"어이, 더러운 노예 놈아," 신학자는 말했다. "너는 신이 있다고 생각하느냐, 없다고 생각하느냐?"

"그야 물론 있습니다!" 노예는 당장 허리춤에서 작은 나무 조각상을 꺼냈다. "여기요," 노예는 말했다. "보십시오, 이것이 신입니다. 제가 이 세상에 태어난 날부터 저를 지켜주고 있는 신이죠. 이 신은 우리 나라 사람들이 숭배하는 아주 신성한 나무의 가지로 만든 겁니다.”

찻집에서 신학자와 노예의 대화를 듣고 있던 사람들은 놀랐다.

주인의 물음에도 놀랐지만 더욱 놀라운 것은 노예의 대답이었다.

노예의 말을 듣고 있던 한 브라만이 그에게 말했다.

“이 불쌍한 미친놈아! 너는 신이 인간의 허리춤에 있다고 생각하는 거냐? 세상에 신은 오직 브라흐마밖에 없어. 브라흐마가 세상에서 가장 위대하시다. 이 세상은 그분이 만드신 거니까. 브라흐마야말로 오직 유일하고 위대한 신이시다. 갠지스강 언덕 위에 그분의 사원들이 있고, 그분의 유일한 승려들인 브라만들이 그 신만을 섬기고 있지. 그 승려들만이 진실한 신을 알고 있어. 그리고 벌써 2천 년이 지나며 세상에 수많은 격변이 있었지만 그들만은 늘 그랬던 것처럼 조금도 달라지지 않았어. 유일하고 참된 신인 브라흐마가 그들을 지켜주시기 때문이야.”

브라만은 모든 사람을 설복시켰다고 생각했다. 그러나 거기 있던 한 유대인 환전상이 반박했다.

“그렇지 않아요.” 그는 말했다. “진정한 신의 사원은 인도에는 없습니다!…… 신은 브라만들의 카스트를 지켜주시지 않습니다! 참된 신은 브라만들의 신이 아니라 아브라함과 이삭과 야곱의 신입니다. 그리고 참된 신은 하나밖에 없는 이스라엘 민족을 지켜주고 계십니다. 신은 세상이 시작되면서부터 우리 민족만을 한결같이 사랑하셨으니까요. 그리고 지금 우리 민족이 지상에 산산이 흩어져 있는 것은 신이 주신 시련일 뿐입니다. 신은 약속하셨듯이 또다시 당신의 백성을 예루살렘에 모을 겁니다. 그때가 되면 옛날 같은 기적이 일어나 예루살렘의 사원이 다시 지어지고, 이스라엘 민족을 모든 민족의 지배자가 되게 하실 겁니다.”

유대인은 이렇게 말하고 울음을 터뜨렸다. 그는 말을 더 잇고 싶었으나 거기에 있던 이탈리아인이 가로막았다.

"그런 거짓말이 어디 있습니까." 이탈리아인이 유대인에게 말했다. "당신은 신이 불공평하다고 말하고 있군요, 신은 어느 한 민족을 다른 민족들보다 더 많이 사랑하시지 않습니다. 오히려 그 반대로 전에는 이스라엘을 지켜주셨지만 그들에게 노하시고 그 분노의 표시로 이스라엘을 없애고 그 민족을 지상에 흩어놓아 그들의 신앙이 퍼지기는커녕 여기저기서 겨우 명맥만 이어온 지 벌써 1800년이나 됐습니다. 신은 어느 한 민족을 편애하시지 않는단 말입니다. 그리고 구원을 얻으려는 모든 사람을 유일한 로마가톨릭교회의 품안으로 불러들이고 계십니다. 로마가톨릭교회 외에 구원은 어디에도 없습니다."

그러나 거기에 있던 프로테스탄트 목사가 새파랗게 질린 얼굴로 가톨릭 신부에게 말했다.

"구원이 오직 당신들 종파에서만 가능하다는 말을 감히 어떻게 할 수 있습니까? 복음서에 나오듯이 오직 예수의 율법을 좇아 정신과 진리 속에서 신을 섬기는 자만이 구원받는다는 것을 알아야죠."

그때 옆에 앉아 있던 수라트의 세관에 근무하는 터키인이 엄숙한 얼굴로 파이프담배를 뻐끔뻐끔 태우며 두 그리스도교도에게로 얼굴을 돌렸다.

"아직도 그렇게 로마교회 신앙을 확신해봤자 다 쓸데없는 일입니다." 그는 말했다. "당신네 신앙은 벌써 600년도 더 전에 마호메트의 진정한 신앙으로 바뀌었어요. 그리고 당신들도 보다시피 마호메트의 진정한 신앙은 유럽, 아프리카, 아시아, 심지어 문명국 중국에까지 퍼지고 있습니다. 당신들도 알다시피 유대인은 신에게 버림받았습니다. 그 증거로 유대인들은 가는 곳 어디에서나 멸시를 당하고, 그들의 신앙은 전파되지 않고 있습니다. 마호메트의 신앙이 진실하다는 것을 인정해야 합니다. 마호메트의 신앙은 숭상받고 갈수록 널리 퍼지고 있으니까요. 신의 마지막 예언자 마호메트를 믿는 자만이 구원받을 수 있습니다. 그리고 알리가 아니라 오마르를 따라야만 합니다, 알리는 틀렸으니까요."

그 말을 듣고 알리 종파에 속해 있는 페르시아의 신학자가 반박하려 했다. 이때 찻집 안에 있던 다른 신앙과 종파에 속해 있는 모든 외국인 사이에 일대 논쟁이 벌어졌다. 거기에는 아비시니아의 그리스도교도와 인도의 라마승, 심지어 배화교도까지 있었다.

모든 사람은 신의 본질과 신을 어떻게 믿어야 하는가에 대해 논쟁을 벌였다. 모두 자기 민족만이 진정한 신을 알고, 어떻게 신을 숭상해야 하는지 안다고 앞다퉈 우겨댔다.

모두가 말다툼을 하고 소리를 질러댔다. 오직 한 사람, 공자의 제자인 중국인만이 찻집 한쪽 구석에 점잖게 앉아 말다툼에 끼어들지 않았다. 그는 차를 마시면서 사람들의 말을 듣고만 있었다.

터키인이 한창 논쟁하다가 중국인에게 말했다.

"나를 지지해주시오, 중국인 양반. 당신은 잠자코 있지만 뭐든 내 편을 들어 말할 수 있을 것 같은데요. 나는 당신네 중국에 요즈음 온갖 신앙이 파고들고 있다는 걸 알고 있습니다. 당신네 나라 상인들이 여러 번 내게 얘기해줬소. 중국인들은 모든 신앙 가운데 마호메트의 신앙을 가장 훌륭하다 생각하고 받아들이고 있다고 하던데. 나를 지지해주시오. 그리고 진정한 신과 그 예언자에 대해 당신이 어떻게 생각하는지 말씀해주지 않겠습니까."

"그래요, 맞아요, 어디 당신 생각을 들어봅시다." 다른 사람들도 그를 보았다.

공자의 제자인 중국인은 두 눈을 지그시 감은 채 잠시 생각하더니 이윽고 눈을 뜨고 널따란 소맷부리에서 두 손을 빼 가슴 위에 포개고는 평화롭고 나지막한 목소리로 말문을 열었다.

"여러분," 그는 말했다. "나는 무엇보다 사람들의 자기애가 신앙의 결합을 방해하고 있다고 생각합니다. 여러분이 꾹 참고 내 말에 귀를 기울여주신다면 그 예를 들어 설명해보겠습니다.

나는 세계를 일주하는 영국 기선을 타고 중국에서 이 수라트로 왔습니다. 도중에 우리는 급수를 위해 수마트라섬 동쪽 해변에 잠시 머물렀습니다. 한낮에 상륙한 우리는 주민들이 사는 마을에서 멀지 않은 바닷가 야자나무 그늘에 앉았습니다. 우리 일행에는 여러 나라의 사람들이 있었죠.

우리가 앉아 있는데 한 장님이 다가왔습니다.

나중에 안 일입니다만, 그는 태양이 무엇인지 알고 싶어서 너무 오랫동안 집요하게 태양을 바라보다 눈이 멀어버린 사람이었습니다. 햇빛을 가지고 싶어할 만큼 그것을 알고 싶어했습니다.

그는 오랫동안 열심히 온갖 학문을 연구했습니다. 햇빛을 조금이라도 붙들어 병속에 채워두고 싶었다고 합니다.

그래서 오랫동안 고통을 참으며 태양을 바라보았지만 결국 아무것도 할 수 없었습니다. 그러다 눈병에 걸리고 마침내 눈이 멀고 말았습니다.

그때 그는 스스로에게 말했습니다.

'햇빛은 액체가 아니다. 액체라면 뭔가에 부어넣을 수 있고 물처럼 바람에 흔들릴 것이다. 햇빛은 불이 아니다. 불이라면 물속에서 꺼질 것이다. 햇빛은 영이 아니다. 눈에 보이기 때문이다. 햇빛은 육체도 아니다. 움직일 수 없기 때문이다. 액체도 아니고 불도 아니고 영도 육체도 아니기 때문에 햇빛은 무無다.'

그는 이렇게 생각했습니다. 줄곧 태양을 바라보며 그것만 생각하다가 시력과 함께 이성까지 잃어버리고 만 겁니다.

그가 완전히 장님이 됐을 때는 이미 태양 따위는 없는 거라고 믿게 되었습니다.

장님과 함께 그의 노예도 다가왔습니다. 그는 자기 주인을 야자나무 그늘에 앉히고는 떨어져 있는 야자열매를 주워 등불을 만들기 시작했습니다. 야자의 섬유로 심지를 비비고 알맹이에서 기름을 짜더니 껍질 속에 넣고 심지를 기름에 담갔습니다.

노예가 등불을 만드는 동안 장님은 한숨을 내쉬고는 그에게 말했습니다.

'그래, 내가 너에게 태양은 없다는 진실을 말해주었었지? 봐, 이렇게 깜깜하잖아. 그런데도 사람들은 태양이 이렇다 저렇다 말하고 있으니…… 도대체 태양이 무엇이라고?'

'저는 모릅니다. 태양이 무엇인지.' 노예는 말했습니다. '저와는 상관없는 일이니까요. 그래도 빛은 압니다. 이렇게 등불을 만들면 밤에 빛이 저를 밝혀주거든요. 덕분에 주인님을 잘 모실 수 있고 오두막에서 물건도 잘 찾아낼 수 있고요.'

그리고 노예는 야자껍질을 집어들고 말했다. '저에게는 바로 이것이 태양이죠.'

그 자리에 목발을 짚는 절름발이가 있었습니다. 그는 이 말을 듣고 웃음을 터뜨렸습니다.

'당신은 태어나면서부터 장님이었나보군요.' 그는 장님에게 말했습니다. '태양이 무엇인지 모르니까 말입니다. 내가 가르쳐드리죠, 그게 뭐고 하니, 태양은 불덩어리입니다. 그리고 그 불덩어리는 아침마다 바다에서 솟아 저녁마다 우리 섬의 산속으로 지죠. 우리 모두가 매일같이 봤습니다. 당신도 앞이 보인다면 그걸 볼 수 있을 텐데요.'

거기에 앉아 있던 한 어부가 이 말을 듣고 절름발이에게 말했습니다.

'그러고 보니 당신은 이 섬 밖으로는 나가본 적이 없는 모양이군요. 당신이 만일 절름발이가 아니어서 바다에 나갈 수 있다면, 해가 이 섬의 산속으로 지는 것이 아니라 바다에서 솟아 저녁에도 똑같이 바닷속으로 진다는 것을 알 텐데 말입니다. 나는 자신 있게 말할 수 있습니다. 매일같이 내 눈으로 보고 있으니까요.'

한 인도인이 이 말을 듣고 있었습니다.

'이거 놀랍군요.' 그는 말했습니다. '알 만한 사람들이 그런 어리석은 말을 하다니요. 아니 불덩어리가 물속에 떨어지는데 꺼지지 않는다는 게 말이 됩니까? 태양은 불덩어리가 아니라 신입니다. 이 신은 데바Deva라고 불리죠. 메루바에 있는 황금의 산 둘레 하늘을 마차를 타고 돌아다닙니다.

한번은 이런 일이 있었습니다. 라구와 케투라는 나쁜 뱀이 데바에게 달려들어 칭칭 감았어요. 바로 그때 세계가 캄캄해졌습니다. 우리의 신관들이 신이 풀려나시길 빌었고 그러자 신은 뱀 속에서 풀려나셨습니다. 섬 밖으로 한 번도 나가보지 못한 당신네 같은 무지한 사람들만이 태양은 오직 자기네 섬만 비추고 있다고 생각하는 겁니다.'

그때 역시 거기에 있던 한 이집트인 선주가 말을 꺼냈습니다.

'아닙니다,' 그는 말했습니다. '잘못 생각하는 겁니다. 태양은 신도 아니고 인도와 그 황금의 산 둘레만을 도는 것도 아닙니다. 나는 흑해나 아라비아 연안을 여러 번 항해했고, 마다가스카르와 필리핀군도에도 가봤습니다. 하지만 태양은 모든 곳을 비추고 있었습니다. 인도만 비추는 게 아닙니다. 태양은 하나의 산 둘레만 도는 것이 아니라 일본 연안에서도 떠오르기 때문에 그들도 자신들 나라를 '야펜Japan을 음차한 것', 즉 그 나라 말로 해가 뜨는 곳이라고 한 겁니다. 그리고 태양은 저멀리 훨씬 서쪽에 있는 영국의 섬들 너머로 집니다. 나는 그것을 잘 알죠, 내가 직접 많이 보기도 했고 조부에게도 숱하게 들었으니까요. 내 조부는 바다 끝까지 항해하면서 돌아다녔던 분입니다.'

그는 더 말하고 싶어했으나 우리 배의 영국인 선원이 그를 가로막았습니다.

'지상에서 오직 영국에서만,' 그는 말했습니다. '태양의 운행을 가장 잘 알 수 있습니다. 우리 영국에서는 모두들 아는데, 태양은 어디에서도 떠오르지 않고 어디에서도 지지 않습니다. 그것은 끊임없이 지구 둘레를 돌고 있어요. 우리는 그것을 잘 압니다. 왜냐하면 우리가 지구의 여기저기를 돌아다니는데, 어디에서도 태양과 부딪힌 일이 없기 때문입니다. 태양은 여기서와 마찬가지로 어디에서도 아침에 나타났다가 저녁에는 숨는 겁니다.'

그리고 영국인은 지팡이를 들고 모래 위에 원을 그리고는 태양이 지구 둘레를 어떻게 회전하는지 설명하기 시작했습니다. 그러나 그는 잘 설명하지 못하고 자기네 배의 키잡이를 가리키며 말했습니다.

'저 사람이 나보다 배운 것이 많으니까 더 잘 설명해줄 겁니다.'

키잡이는 이치를 아는 사람이었고 질문을 받기 전까지는 잠자코 이야기를 듣고 있었습니다. 모든 사람이 그에게로 시선을 돌리자 그제야 그는 말하기 시작했습니다.

'당신들은 모두 서로를 속이고 스스로도 속고 있습니다. 태양이 지구 둘레를 도는 것이 아니라 지구가 태양의 둘레를 돌고 있는 겁니다. 그리고 지구 그 자체도 돌면서 스물네 시간 동안 일본, 필리핀군도, 우리가 지금 앉아 있는 수마트라, 아프리카, 유럽, 아시아 또 그밖의 다른 많은 나라를 태양을 향해 돌리고 있습니다. 태양은 산, 섬, 바다, 지구만이 아니라 지구와 같은 다른 많은 행성도 비추고 있습니다. 만일 자기 발밑이 아니라 하늘을 올려다본다면 여러분 한 사람

한 사람이 모두 그것을 이해할 수 있을 겁니다. 태양이 자기 한 사람, 혹은 자기 나라만을 위해 비춘다고 생각하지 않게 될 겁니다.'

이렇게 온 세상을 돌아다니고 하늘을 많이 올려다보았던 현명한 키잡이가 말했습니다."

"그렇습니다, 신앙에 대해서 사람들이 빠지는 망상과 불화는 자기애에서 비롯되는 겁니다." 공자의 제자인 중국인이 말을 이었다. "태양의 이야기는 신의 이야기이기도 합니다. 사람들은 누구나 자기만의 신이나 최소한 자기 나라만의 신을 가지고 싶어합니다. 각 나라의 사람들은 자신들만의 사원에 전 세계를 포용할 수 없는 자신들만의 신을 가두듯 모시려 합니다.

모든 이를 하나의 가르침과 하나의 신앙으로 결합하기 위해 신이 만드신 사원을 그런 사원과 견줄 수 있을까요?

모든 인간의 사원들은 바로 그 사원, 즉 신의 세계를 본뜬 겁니다. 모든 사원에는 세례반이 있고, 궁륭과 등불과 성상과 현판과 경전과 공물과 제단과 신관이 있습니다. 그런데 태양 같은 세례반, 천공 같은 궁륭, 태양이나 달이나 별 같은 등불, 서로 사랑하고 도우며 살고 있는 사람들 같은 성상은 어느 사원에 모셔져 있습니까? 인간의 행복을 위해 신이 가시는 곳마다 흩뿌리신 선행처럼 이해하기 쉬운 신의 자비로움을 적은 현판은 어디에 있습니까? 인간의 마음속에 새겨져서 모두에게 자명한 경전은 어디에 있습니까? 서로를 사랑하는 사람들이 이웃에게 베푸는 자기부정의 희생과 맞먹는 공물은 어디에 있습니까? 그리고 신이 공물을 받아들이시는 제단은, 선한 인간의 마음보다 더 훌륭한 제단은 어디에 있습니까?

우리는 신을 깊이 이해할수록 신을 더 잘 알게 됩니다. 신을 잘 알수록 신에게 더 가까워지고 신의 자비와 인간에 대한 사랑을 더 많이 본받게 됩니다.

그러므로 세상을 가득 채우고 있는 햇빛을 본 사람이라도, 자신의 우상 속에서 한줄기 빛만을 보는 어리석은 사람을 비난하고 경멸해서는 안 됩니다. 눈이 멀어 전혀 빛을 보지 못하는 사람도 경멸해서는 안 됩니다."

공자의 제자인 중국인이 이렇게 말하자, 찻집에 있던 사람들은 모두 입을 다물었다. 그리고 누구의 신앙이 나은지 더이상 다투지 않았다.

베르나르댕 드 생피에르 원작에 따라 레프 톨스토이 씀

3월 25일

사람이 사람을 돕는다는 속담이 있다. 우리는 남의 도움 없이는 살아갈 수 없다. 도움은 상호적인 것이어야 하지만 어떤 사람들은 언제나 남을 돕고, 어떤 사람들은 남에게 도움을 받기만 한다.

1 누구나 남의 노력을 이용하기 때문에, 도둑이 되지 않으려면 남에게도 자신의 노력으로 얻은 것을 주어야 한다.

그러나 자신이 얼마나 받고 얼마나 주고 있는지 계산하는 것은 불가능하다. 남에게는 가능한 한 적게 받고 자신은 가능한 한 많이 주는 것이 좋다.

2 어떤 물건을 얻거나 사용할 때는 그것이 노동의 결과이며, 그것을 파괴하고 망가뜨리는 것은 인간의 노동과 생명을 허비하는 것임을 늘 기억하라.

3 너와 네가 손에 넣은 물건 사이에 중개인이 있다 하더라도 그 물건은 너의 형제인 인간이 만든 것이므로 그의 노동에 경의를 표해야 한다. 경의는 노동의 결과인 물건을 귀하게 다루고 그들을 위해 너의 노동을 바치는 것으로 드러낼 수 있다. 러스킨

4 부자들은 구매행위로써 타인의 노동과 관계를 맺으며 그가 고용한 일꾼들, 즉 하인들과도 직접적인 관계를 맺는다. 하인과 주인의 관계처럼 그리스도의 가르침에 위배되는 것도 없다. 하인들은 주인을 대

신해, 또한 주인을 위해 불결하고 불쾌하고 무의미한 일을 하는 데 자신의 모든 시간을 바치지만, 주인은 약속한 임금만 주면 그들과의 셈은 끝이라고 생각한다. 그러나 우리는 모두 형제다. 사회구조상 돈 때문에 봉사해야 하거나 봉사를 받는 입장이라 해도, 최소한 그들과 인간적인 관계를 맺도록 노력해야 한다.

그들이 같은 것을 함께 먹지 못할 이유가 있는가? 그들이 함께 쉬고 즐기고 배우면 안 될 이유가 있는가?

5 자신의 재능과 지식을 남을 돕는 수단으로 생각하라.

강하고 현명한 사람에게 주어진 재능은 약자를 억압하기 위해서가 아니라 돕고 보호하기 위해서다. 러스킨

/ 서로 돕는 것만으로는 충분하지 않다. 형제에게 도움을 받은 사람은 물질뿐만 아니라 존경과 감사로도 갚아야 한다.

3월 26일

모든 민족에게 가장 중요한 삶의 변화는 신앙의 변화다.

1 그리스도는 생애 마지막에 이르자 주로 두 가지 문제를 깊이 생각했다. 자신의 이름이 악용될 위험과 근본적인 파국 뒤에 자신의 계율을 어떻게 확립할 것인가에 관한 문제였다. 그리스도는 죽기 전 제자들

과 모든 사람에게 자신이 죽은 뒤 가짜 그리스도와 가짜 예언자들이 나타나겠지만 그들이 아무리 세상 사람들을 놀라게 하더라도 현혹되지 말라고 말했다. 그는 그들이 매우 강력하며, 그 강력함이 세상 사람들을 유혹할 거라고 말했다.

그리고 어떻게 그들의 가르침이 거짓임을 알 수 있는지에 대해서도 말했다. 좋은 나무와 나쁜 나무는 열매로 알아보듯이 그들의 가르침에 세상 온갖 악의 유혹에 대한 경멸이 없다면, 자기부정이 없다면, 차별 없이 모든 사람에게 베푸는 자비와 사랑이 없다면 가짜 그리스도와 가짜 예언자들이라고 했다. 그리고 그들의 수가 아주 많을 것이며, 하늘에 계시는 아버지만이 아는 그날이 오기 전까지 그들은 끊임없이 나타날 거라고 말했다.

그러나 그날은 언젠가 반드시 올 것이다. 인간사회의 모든 것이 동요하기 시작할 때, 한 민족이 다른 민족을 덮칠 때, 권세와 폭력이 무너지기 시작하고 인류 전체에 대혼란이 일어날 때, 그날은 도래할 것이다. 그리스도는 그때 비로소 낡은 세계가 끝나고 새로운 세계가 열리며 신의 나라가 세워질 거라고 말했다. 그리고 그 새로운 세계의 도래가 멀지 않았다고 말했다. 낡은 세계, 가짜 그리스도의 세계, 가짜 예언자들의 세계가 물러가고 있는 것이 벌써 사람들 눈에 보이기 때문이다. 모든 사람이 신의 나라를 환영하기 위해 벌써 기쁜 마음으로 고개를 들고 사방을 바라보고 있다.

라므네에 의함

2 민중이 불행했던 그 옛날, 예언자들이 말했다. "너희는 신을 잊고 신의 길에서 벗어났다. 그렇지 않았다면 불행에 빠지지 않았을 것이다. 너희는 영원한 율법에 따라 살지 않았고 거짓과 기만의 율법에 따르면서 의식적으로 현실을 인정하지 않았다. 그리하여 자연의 오랜 인

내도 한계에 이르렀다."

타락하지 않은 소박한 사람들은 이 말을 온전히 이해한다. 그러나 자연을 수천 년 전에 만들어진 주간週間시계 같은 고물로 생각하는 사람들이 나타나 그 시계는 지금도 여전히 재깍거리고 가지만 아무 쓸모가 없다고 말하고 있다. 그런 사람들에게는 충고도 비난도 소용없다. 그러나 다행히 모든 사람이 다 그렇지는 않다. 자신의 삶이 나쁘다면 죄는 오직 자신에게 있다는 것을 아는 사람들도 있다.

칼라일에 의함

3 벼랑 끝에 서 있는 주정꾼이 행여 떨어질까 그를 제지하려는 사람들에게 비웃음과 본데없는 말로 답하듯이, 갖가지 부정한 욕망에 취한 우리 세계도 우리를 위협하는 운명에서 구출하려는 예언자들을 비웃는다. 옛날이나 오늘날이나 이렇게 말할 수 있을 것이다. "예루살렘아! 예루살렘아! 너는 예언자들을 죽이고 너에게 보낸 이들을 돌로 치는구나. 암탉이 병아리를 날개 아래 모으듯이 내가 몇 번이나 네 자녀를 모으려 했던가. 그러나 너는 응하지 않았다."「마태복음」 23:37

루시 맬러리

4 인류는 영원히 배우는 존재다. 개개인은 죽지만 그들이 생각을 거듭해 도달한 진리와 그들이 토로한 진실은 사멸하지 않는다. 인류는 모든 것을 보존하며, 개개인은 앞서 살았던 자들이 획득한 것을 그들의 무덤에서 꺼내 이용한다. 우리는 모두 우리 이전에 살았던 인류가 구축한 신앙의 세계 안에서 태어난다. 그리고 크든 작든 가치 있는 귀중한 뭔가를 무의식적으로 후대에 남긴다. 인류의 교육은 길을 가던

사람들이 하나씩 돌을 쌓아올려 완성되는 동양의 돌탑 같은 것이다. 나그네와 다름없는 우리는 부름을 받고 이 세상을 떠나지만 인류의 교육은 비록 느리더라도 부단히 완성되고 있다. 마치니에 의함

✒ 신앙이 어느 시대에나 같을 수 있다고 생각한다면 큰 오산이다. 나이가 들수록 인간의 신앙은 더욱 이해하기 쉽고 단순하고 견고한 것이 된다.

그리고 신앙이 이해하기 쉽고 단순하고 견고한 것이 될수록 인간의 삶도 더욱 조화롭고 훌륭해진다.

신앙이 언제나 똑같고 바뀔 필요 없이 모든 시대에 도움이 된다고 믿는 것은 어릴 때 어머니에게 들은 옛날이야기를 사실로 믿고 영원히 그것을 믿어야 한다고 생각하는 것과 같다.

3월 27일

신을 믿을수록 사람을 두려워하지 않게 된다.

1 네가 바라는 선행을 모두 완전히 실행하지 못했더라도 낙담하거나 실망하지 마라.

높은 데서 떨어졌다면 다시 올라가기 위해 노력하라. 인생의 시련을 조용히 극복하면서 기꺼이 너의 맨 처음 자리로 돌아가라.

아우렐리우스

2 사람을 두려워하는 자는 신을 두려워하지 않고, 신을 두려워하는 자는 사람을 두려워하지 않는다.

3 삶이 끊임없는 승리인 사람, 무한하고 진실한 것을 위해 사람들의 칭찬이 아니라 자신의 노력에서 버팀목을 찾는 사람, 환히 빛나지도 않고 그러고자 하는 생각도 없는 사람을 존경하라. 그들은 자신이 괴로울 것을 알면서도 세상 사람들이 비난하는 선행을 선택하고, 분열되어 있던 적들까지 합세해 몰아내려 하는 진리를 선택한다. 지고의 선은 언제나 세상의 법칙에 반한다. 에머슨

4 모든 위대한 진리는 인류의 의식으로 들어가기 위해 반드시 세 계단을 거친다. 첫째는 '시비를 가릴 필요도 없을 만큼 어리석다'는 계단이다. 둘째는 '부도덕하고 종교에 반한다'는 계단이다. 마지막 셋째는 '이미 오래전부터 모두가 알고 있던 사실이다'라는 계단이다.

5 진리를 위해서라면 아무것도 두려워하지 않으며 기꺼이 목숨까지 바칠 각오가 되어 있는 사람은 다른 사람들의 생살권을 쥔 두려운 권력자보다 훨씬 강한 사람이다.

6 세상 사람들이 비난하는 사람들 중에서 훌륭한 인물을 찾아라.

7 마땅히 해야 한다고 생각하는 일을 하되, 칭찬을 기대하지 마라. 어리석은 인간은 이성적인 행위에 대한 어리석은 재판관임을 기억하라.

/ 인간의 권력에서 벗어나고 싶다면 신의 권력에 몸을 맡겨라. 신의 권력 안에 있다고 의식한다면 누구도 너를 지배하지 못할 것이다.

3월 28일

지혜는 고독 속에서 이루어지는 정신활동과, 사람들과 어울리는 가운데 자신을 의식하는 활동으로 얻어진다.

1 남의 말에 귀를 기울이고 신중하며, 말은 줄여라.

묻지 않으면 말하지 마라. 물음에는 짧게 대답하라. 모를 때는 당당히 모른다고 말하라.

논쟁을 위한 논쟁을 하지 마라.

자찬하지 마라.

높은 자리를 찾지 말고 받아들이지도 마라.

아무래도 상관없는 일, 즉 네 의무가 달라지는 일이 아니라면 너와 함께 살고 있는 사람들의 관습과 희망에 따라라.

네 의무도 아니고 함께 사는 사람들에게 도움이 되지도 않는 일에 나서지 마라. 그러한 습관은 우상을 만들기 쉽다. 우리 모두는 자기 안의 우상을 파괴해야 한다.　　　　　　　　　　　　　수피파의 금언

2 남의 눈을 통해서만 제 흠을 볼 수 있다. 중국의 속담

3 누구나 타인을 통해 자신을 비추는 거울을 가지고 있다. 그 거울로 자신의 죄와 결점, 나쁜 습관을 자세히 관찰할 수 있다. 하지만 우리 는 거울에 비치는 자신을 향해 짖어대는 개처럼 행동한다. 쇼펜하우어

4 '너 자신을 알라'는 것은 근본적인 법칙이다. 그러나 자신을 바라본 다고 자신을 알 수 있을까? 그렇지 않다. 인간은 자신 바깥에 있는 것을 보아야 비로소 자신을 알 수 있다. 자신의 힘을 타인의 힘과 견 주어보라. 자신의 이해관계와 타인의 이해관계를 견주어보고 타인의 이해관계를 우선시하라. 내 안에는 특별한 것이 없다는 마음가짐으 로 타인의 존엄성에 경의를 표하라. 러스킨

5 세 사람이 함께 있을 때 두 사람은 나의 스승으로 삼을 수 있다. 선인 이면 본받고, 악인이면 거울삼아 나 자신을 바로잡을 수 있다.

중국의 격언

6 나는 스승들에게 많은 것을 배웠다. 벗들에게는 더 많은 것을 배웠 다. 제자들에게는 가장 많은 것을 배웠다. 『탈무드』

7 선인을 보면 그런 사람이 되겠다고 생각하고, 악인을 보면 자신을 되

돌아보라.

8 '인간 안에 있는 악마를 벌주려다 그 안에 있는 신을 건드리지 않도록 조심하라.' 이는 사람을 비판할 때 그의 내면에 신의 영혼이 살고 있음을 잊지 말라는 뜻이다.

9 '죄는 미워하되 사람은 미워하지 마라.' 악은 미워하되 악인은 미워하지 마라.

10 말이 아니라 행위로 실천하는 사랑은 어리석을 수 없고, 오직 그런 사랑만이 진정한 통찰력과 지혜를 준다.

／ 사람들과 함께 있을 때는 네가 혼자 있을 때 깨달은 것을 잊지 마라. 혼자 있을 때는 사람들과 사귀면서 깨달은 것을 깊이 생각하라.

3월 29일

정욕을 이겨내려 하는데도 이따금 지배당하는 기분이 들더라도 자신에게 이겨낼 힘이 없다고 생각해서는 안 된다. 일시적으로 그럴 수 없을 뿐이다. 마부는 단번에 말을 세우지 못해도 고삐를 놓지 않고 계속 잡아당겨 결국 말을 세운다. 마찬가지다. 단번에 이기지 못하더라도 싸움을 멈추지 마라. 반드시 이겨낼 수 있다.

1 지성을 욕망보다 높은 곳에 두는 것이 절제다. 어느 신부는 이에 대해 덕
행은 아니지만 덕행의 위대한 사업이라고 말했다. 　　　　　벤저민 존슨

2 탐욕과 잠과 사치와 분노를 다스리는 법을 깨우쳐라.

3 자기 자신을 이겨낸 자는 싸움터에서 천 명을 천 번 이긴 자보다 훨
씬 위대한 승리자다. 남을 이기는 것보다 자신을 이기는 것이 낫다.
　　싸움터에서 남을 이겼더라도 언젠가는 질 수 있지만, 자기 자신을
이기고 다스리는 자는 영원히 승리자다. 　　　　　　　　　『법구경』

4 남을 자기 자신처럼 존경하기 위해 자신을 다스리고, 남이 나에게 해
주기를 바라는 것을 남에게 해주는 것이 박애다. 세상에 그보다 고결
한 것은 없다. 　　　　　　　　　　　　　　　　　　　　공자

5 젊은이여! 온갖 욕망(유흥이나 사치 등)의 만족을 거부하라. 완전히
거부하지 않더라도 미룰수록 점점 커지는 즐거움을 위해 절제하라.
절제는 진정한 의미에서 인간을 풍요롭게 한다. 스스로 욕망을 조절
할 수 있다는 의식은 채워지는 순간 사라지는 욕망의 만족보다 한결
더 유익하고 가치롭다. 　　　　　　　　　　　　　　　　칸트

6　인간의 정욕은 처음에는 거미줄 같지만 나중에는 굵은 동아줄이 되
　어버린다.
　　정욕은 처음에는 남과 같다가 나중에는 손님 같고 마지막에는 그
　집의 주인이 되어버린다.　　　　　　　　　　　　　　　　『탈무드』

7　방종은 자살의 싹이다. 집 밑에서 보이지 않게 흐르다가 그 집의 토
　대를 쓸어버린다.　　　　　　　　　　　　　　　　　　　　블래키

8　자신을 이기는 자가 진정으로 강한 자다.　　　　　　　　동양의 금언

9　나의 큰 소망은 절대 화를 내지 않는 것이다. 언제나 진실을 말하고,
　누구도 상처받지 않게 진실을 사랑으로 말하고, 성미가 급한 사람에
　게는 참을성 있게 대하고 나를 헐뜯는 자에게는 선량하게 대하고 욕
　망에 사로잡힌 사람들 속에 있어도 욕망으로부터 자유로운 것. 이것
　이 나의 큰 소망이다.　　　　　　　　　　　　　　　　　　『법구경』

╱　절제는 단번에 이루어지지 않지만 언젠가는 이루어질 수 있다. 인간
　의 삶은 정욕의 강화가 아니라 약화를 향해 나아간다.
　　시간이 절제와 그 노력을 도와줄 것이다.

3월 30일

진정한 선은 미덕이자 기쁨이고 폭력보다 강력한 무기다.

1 죄 많고 위선적인 인간, 특히 나를 모욕하는 자에게 선량하게 대하기란 참으로 어렵다. 그러나 그를 위해서나 나 자신을 위해서나 그런 사람에게 가장 선량한 사람이 되어야 한다.

2 그때 베드로가 예수께 와서 "주님, 제 형제가 저에게 잘못을 저지르면 몇 번이나 용서해주어야 합니까? 일곱 번이면 되겠습니까?" 하고 묻자 예수께서는 이렇게 대답하셨다. "일곱 번뿐 아니라 일곱 번씩 일흔 번이라도 용서하여라." 「마태복음」 18:21~22

3 네가 행복을 위해 어떻게 살아야 하는지 알고 있고 또 선을 추구하고 있다면, 사람들에게 그것에 대해 말할 것이고 그들이 믿길 바랄 것이다. 그들이 네 말을 믿고 깨닫게 하려면 차분하고 친절하게 전달해야 한다.

그러나 우리는 종종 정반대로 행동한다. 우리는 우리 의견에 동의하거나 동의할 것 같은 사람과는 잘 대화한다. 그러나 상대방이 우리가 인식하고 있는 진리를 믿지 않거나 이해하지 못하거나 애써 설명해도 동의하지 않고 부득부득 고집을 부리거나 왜곡할 때, 우리는 너무나 쉽게 평정을 잃고 분노한다! 화를 내며 불쾌한 말을 퍼붓거나 머리가 돌아가지 않는 고집불통과는 왈가왈부할 것이 못 된다고 생각해 입을 다물어버린다.

상대방에게 진실을 말할 때 가장 중요한 것은 화를 내지 않는 것이고, 불쾌하거나 모욕적인 말을 절대 하지 않는 것이다.

에픽테토스에 의함

4 남의 잘못을 발견하면 따뜻하게 감싸주고 무엇이 잘못인지 지적해주어라. 만일 그가 네 말을 듣지 않더라도 너 자신을 탓하고 그에게는 언제나 너그럽게 대하라. 아우렐리우스

/ 누군가와 불화가 있다면, 누군가가 너에게 불만을 품는다면, 네가 옳은데 그가 네 말에 동의하지 않는다면 잘못은 그가 아니라 그와 소통할 때 선하지 않았던 너에게 있다.

3월 31일

뉘우친다는 것은 자신의 잘못과 단점을 모두 인정하는 것이다. 후회는 자기 안의 모든 나쁜 것을 반성하고, 영혼을 정화하고, 선을 받아들이도록 영혼을 준비시키는 일이다.

1 아무리 선한 사람도 자신의 잘못을 인정하지 않고 언제나 자기변호를 하다보면 이내 악인으로 전락한다.

2 자신의 잘못은 없는지 언제나 늦지 않게 살펴보라.

3 자신의 잘못을 깨닫는 것만큼 마음을 유연하게 해주는 것은 없다. 언제나 자신이 옳다는 생각만큼 마음을 완고하게 만드는 것도 없다.

『탈무드』에 의함

4 마음속으로는 신에게 죄를 지었다고 느끼면서도 타인에게나 자신에게나 그 죄를 인정하지 않는 사람은 언제나 거리낌없이 남에게, 특히 자신이 죄를 지은 상대방에게 잘못을 뒤집어씌운다.

5 선인이란 자신의 잘못은 기억하고 선행은 잊는 사람이고, 악인이란 자신의 선행은 기억하고 잘못은 잊는 사람이다.

자신을 용서하지 마라. 그러면 남을 쉽게 용서하게 될 것이다.

『탈무드』

6 지난날 저지른 자신의 악행을 선행으로 덮는 자는 구름 낀 밤하늘에 뜬 달처럼 어두운 세상에서 빛난다.

『법구경』

7 아직 힘이 있을 때 뉘우치는 것이 좋다.

뉘우침은 영혼을 정화하고 선한 삶을 준비하는 일이다. 그러므로 생명의 힘이 사라지기 전에 뉘우쳐야 한다. 등잔불이 꺼지기 전에 기

름을 부어라. 『탈무드』에 의함

／ 무한한 세계에서 자신은 유한한 존재라는 의식, 즉 할 수 있었고 마
땅히 했어야 할 모든 일을 수행하지 않았다는 죄의식은 인간이 인간
인 한 언제나 있었고 앞으로도 있을 것이다.

코르네이 바실리예프

1

코르네이 바실리예프가 마지막으로 시골에 돌아왔을 때는 쉰네 살이었다. 숱 많은 곱슬머리는 아직 새치 한 가닥 없었다. 광대뼈 언저리의 검은 수염이 조금 희끗할 뿐이었다. 얼굴은 반지르르하고 혈색이 돌았다. 목덜미는 두두룩하고 실팍졌다. 그의 튼튼한 몸은 풍족한 도시생활로 기름기가 올라 있었다.

그는 이십 년 전 병역을 마치고 얼마간 돈을 모아 돌아왔다. 처음에는 가게를 냈다가 나중에는 거두고 가축장사를 하게 되었다. '상품'(가축)을 사러 체르카시로 가서 모스크바로 몰고 왔다.

가이 마을에 있는 양철 지붕의 돌집에는 노모와 두 자식(계집아이와 사내아이)을 건사하는 아내, 부모를 여읜 열다섯 살 된 벙어리 조카, 하인 한 명이 있었다. 코르네이는 두번째 장가를 들었다. 첫번째 부인은 워낙 허약해 병치레만 하다가 아이 없이 죽고 말았고, 그는 이웃 마을에 사는 가난한 과부의 딸인 튼튼하고 아리따운 처녀에게 나이들어 두번째 장가를 들었다. 자식들은 두번째 아내에게서 태어났다.

코르네이는 이즈막에 '상품'을 팔아 모스크바에서 톡톡히 재미를 보았고 3천 루블가량 목돈을 쥐었다. 코르네이는 고향 사람에게 마을에서 그리 멀지 않은 곳에 있는 영락한 지주의 숲을 사면 돈벌이가 될 거라는 이야기를 들었다. 그는 목재장사에도 한번 더 손을 대볼까 생각했다. 군대에 들어가기 전 목재상 밑에서 견습 점원으로 일한 적이 있어 어느 정도 잘 알고 있었기 때문이다.

가이에서 가장 가까운 정거장에서 코르네이는 고향 사람인 애꾸눈 쿠지마를 만났다. 쿠지마는 기차에서 내린 손님을 받으려고 도착 시간에 맞춰 가이에서 비리비리하고 텁수룩한 두 필의 조랑말이 끄는 썰매를 몰고 나왔다. 가난한 쿠지마는 부자를 싫어했는데, 특히 돈 많은 코르네이를 싫어했다. 그는 코르네이를 코르뉴시카 코르네이의 비칭라고 불렀다.

양피 반외투 위에 털외투를 입은 코르네이는 여행용 가방을 들고 정거장 출구로 나와 배를 쑥 내민 자세로 멈춰 서서 숨을 몰아쉬며 주위를 둘러보았다. 아침이었다. 조용했고, 흐린 날씨에 엷은 서리가 내려 있었다.

"아직 손님을 못 찾은 건가, 쿠지마 아저씨?" 그는 말했다. "그럼 나나 좀 태워다줘, 어때?"

"1루블은 내야 해. 그럼 가지."

"70코페이카면 충분하지 뭘 그래."

"돈도 많은 사람이 이런 가난뱅이에게 30코페이카를 아낄 셈인가."

"그럼 그러지 뭐, 까짓것." 코르네이는 말했다. 그리고 작은 썰매에 트렁크와 보따리를 집어넣고는 뒷자리에 널찍이 자리잡고 앉았다.

쿠지마는 마부석에 앉아 있었다.

"자, 됐어, 가지."

썰매는 정거장의 낮은 땅에서 평탄한 길로 나왔다.

"그래 영감네 마을은, 우리 마을 말고, 영감네 마을은 어때?" 코르네이는 물었다.

"형편없지 뭐."

"그래? 우리 노모는 잘 계시지?"

"잘 계시지. 얼마 전 교회에서 뵀는데, 건강하시더군. 젊은 마님도 아직 건강하시고, 다들 여전하지. 이번에 하인을 새로 들였다던데."

그리고 쿠지마는 웃었는데, 코르네이는 그 웃음이 이상야릇하게 느껴졌다.

"어떤 하인? 페트라는 어쩌고?"

"페트라는 병에 걸렸어. 카멘카에서 옙스티그네이 벨리를 데려왔다지." 쿠지마는 말했다. "그러니까 친정 마을에서 데려온 거야."

"그래?" 코르네이는 말했다.

전에 코르네이가 마르파에게 혼담을 넣고 있을 때 옙스티그네이가 이러니저러니 하는 이야기가 아낙들의 입에 오르내린 적이 있었다.

"그래, 코르네이 바실리치^{바실리예프의 약칭}." 쿠지마는 말했다. "요즘 아낙들은 어찌나 기승스러운지 말이야."

"누가 아니래!" 코르네이가 말했다. "그런데 영감네 말도 어지간히 늙었군." 그는 말을 그만둘 양으로 덧붙였다.

"내가 젊지 않으니 말도 주인을 닮을밖에." 쿠지마는 다리가 굽은 텁수룩한 거세마에게 채찍을 휘두르며 대답했다.

도중에 주막이 있었다. 코르네이는 거기서 말을 세우게 하고 안으로 들어갔다. 쿠지마는 말을 빈 말구유로 돌려세우고 코르네이를 등진 채 속으로는 은근히 그가 자신을 불러주길 기대하며 봇줄을 손보았다.

"들어와, 쿠지마 아저씨," 코르네이가 입구로 나오면서 말했다. "한잔하지."

"한잔은 무슨." 쿠지마는 서두르지 않는 척하며 대답했다.

코르네이는 보드카를 한 병 주문해 쿠지마에게도 권했다. 아침부터 빈속이라 금세 취기가 오른 쿠지마는 코르네이 쪽으로 몸을 기울이고는 마을에 떠도는 소문을 숙덕대기 시작했다. 그의 아내 마르파가 옛날 애인을 하인으로 들여 같이 살고 있다는 소문이 나돈다는 것이었다.

"나는 상관없는 일이지만 자네가 불쌍해." 거나하게 취한 쿠지마가 말했다. "못된 짓이라고 다들 비웃고 있어. 죄짓는 게 두렵지도 않나. 어디 두고 보자. 곧 남편이 돌아올 테니까. 다들 그러고 있었네, 코르네이 바실리치."

코르네이는 잠자코 쿠지마의 말을 듣고 있었는데 짙은 눈썹이 석탄처럼 반짝이는 검은 눈 위에서 점점 처졌다.

"말에게 물을 먹여야 하지 않나?" 그는 병이 거의 다 비었을 때 말했다. "자, 이제 나가볼까."

코르네이는 계산을 마치고 한길로 나왔다.

땅거미가 져서야 집에 도착했다. 맨 먼저 코르네이를 맞은 사람은 바로 그 옙스티그네이 벨리였다. 오는 내내 그의 머리에서 떠나지 않았던 사람이었다. 코르네이는 그와 인사를 나누었다. 허둥지둥하는 옙스티그네이의 비쩍 마른 허연 얼굴을 보자 코르네이는 설마 하는 듯이 고개를 저었다. '늙어빠진 영감이 허풍을 떨었구나.' 그는 쿠지마가 했던 말을 떠올렸다. '그러나 아직은 모를 일이다. 좀더 두고 봐야지.'

쿠지마는 말 옆에 서서 눈짓으로 옙스티그네이를 가리켰다.

"그러니까 네가 우리집에 살고 있단 말이지?" 코르네이가 물었다.

"어떡하겠습니까, 어디서든 일은 해야 하니까요." 옙스티그네이가 대답했다.

"방에 불은 지폈나?"

"그럼요, 마트베브나님이 거기에 계신걸요." 옙스티그네이는 대답했다.

코르네이는 계단을 올라갔다. 마르파가 그의 목소리를 듣고 현관으로 달려나왔다. 그리고 남편을 보자 얼굴이 새빨개지며 안절부절 못하고 유난히 상냥하게 인사했다.

"어머니와 우리는 당신이 돌아올 거라 생각도 못하고 있었어요." 그녀는 코르네이를 뒤따라 방으로 들어왔다.

"그래, 나 없는 동안 다들 어떻게들 지냈어?"

"여전해요." 그녀는 대답했다. 그리고 그녀의 치마를 잡아당기며 젖을 달라고 조르는 두 살배기 딸을 안아올리고는 성큼성큼 현관으로 걸어갔다.

코르네이처럼 눈이 검은 어머니는 펠트 슬리퍼를 신은 발을 가까스로 끌며 방에 들어왔다.

"잘 돌아왔다." 그녀는 떨리는 머리를 흔들며 말했다.

코르네이는 무슨 일로 들렀는지 어머니에게 말하고 쿠지마가 생각나서 그에게 돈을 주려고 나갔다. 현관문을 열자 바로 앞 바깥문쪽에 마르파와 옙스티그네이가 서 있는 것이 보였다. 두 사람은 바싹 붙어 서서 말을 주고받고 있었다. 코르네이를 보자 옙스티그네이는 후닥닥 마당으로 뛰어가버리고 마르파는 사모바르로 다가가 덜덜대는 연통을 바로잡았다.

코르네이는 묵묵히 허리를 구부리고 있는 그녀 옆을 지나 보따리를 들고 쿠지마에게 차를 마시고 가라고 말했다. 차를 들기 전에 코르네이는 모스크바에서 가지고 온 선물을 집안 식구들에게 나누어 주었다. 어머니에게는 비단 머릿수건을, 페디카에게는 그림책을, 벙어리 조카에게는 조끼를, 아내에게는 옥양목 한 필을 주었다.

차를 마시는 동안 코르네이는 찡찡한 얼굴로 묵묵히 앉아 있었다. 기쁨에 겨워 여러 사람을 즐겁게 하고 있는 벙어리 조카를 바라보며 간혹 억지 미소를 지을 뿐이었다. 조카는 조끼를 받자 무척 좋아하며 그것을 개었다 폈다 하다가 입어보고 코르네이를 쳐다보며 제 손에 입을 슬쩍 맞추고 싱글벙글 웃었다.

차를 마시고 저녁식사가 끝나자 코르네이는 아내 마르파와 어린 딸과 셋이 함께 자는 방으로 갔다. 마르파는 설거지를 하느라 본채에 남아 있었다. 코르네이는 혼자서 탁자 옆에 앉아 턱을 괴고 그녀를 기다렸다. 아내에 대한 증오심이 점점 끓어올랐다. 그는 기분을 바꿔보려고 벽에서 주판을 내리고 호주머니에서 수첩을 꺼내 계산을 하기 시작했다. 그러면서도 연신 문 쪽을 쳐다보며 본채에서 나는 소리에 귀를 기울였다.

몇 차례 본채의 문이 열리고 누군가가 현관으로 나가는 소리가 들렸지만 번번이 마르파가 아니었다. 마침내 그녀의 발소리가 들리고 문이 열리더니 빨간 머릿수건을 쓴 아름다운 그녀가 딸을 안고 들어왔다.

"당신 피곤하겠어요." 그녀는 남편의 어두운 얼굴빛을 눈치채지 못한 듯 환히 웃으며 말했다.

코르네이는 아내를 힐끔 쳐다보고 다시 계산을 시작했지만 계산할 것이 있지도 않았다.

"벌써 밤이 깊었어요." 그녀는 이렇게 말하고 딸을 내려놓더니 칸막이 뒤로 갔다.

그는 그녀가 잠자리를 보며 딸을 재우는 소리에 귀를 기울였다.

'다들 비웃고 있어.' 그는 쿠지마의 말을 떠올렸다. '어디 두고 보자……' 그는 무겁게 한숨을 몰아쉬며 생각하고 천천히 일어나 몽당연필을 호주머니에 집어넣고 주판을 못에 건 뒤 재킷을 벗고 문 쪽으로 갔다. 그녀는 성상 앞에서 기도하고 있었다. 그는 발을 멈추고 기다렸다. 그녀는 한참이나 성호를 긋고 절하고 속삭이듯 기도문을 외웠다. 그가 보기에는 그녀가 진작 기도문을 다 외웠는데 일부러 되풀이하고 있는 것 같았다. 그녀가 무릎을 꿇고 바닥에 조아리더니 일어서서 기도문을 입속으로 중얼거린 뒤 그에게로 얼굴을 돌렸다.

"아가시카는 이제 자요." 그녀는 딸을 가리키며 말하고 싱긋 웃으면서 삐걱거리는 침대에 앉았다.

"옙스티그네이는 온 지 오래됐나?" 코르네이는 문으로 들어서며 물었다.

그녀는 숱 많은 머리 한쪽을 어깨에서 가슴팍까지 늘어뜨리고 손가락을 날쌔게 놀려 풀기 시작했다. 그녀는 그의 얼굴을 똑바로 바라보았다. 그녀의 눈은 웃고 있었다.

"옙스티그네이요? 글쎄, 온 지 이삼 주 됐을걸요."

"당신 그놈하고 좋아지내고 있지?" 코르네이가 말했다.

그녀는 손에서 머리채를 놓았다가 이내 빳빳하고 칠칠한 머리칼을 잡아 다시 땋기 시작했다.

"무슨 당치도 않은 말이에요. 내가 옙스티그네이하고 좋아지낸다고요?" 그녀는 옙스티그네이를 유독 강조하며 말했다. "그런 말 같지도 않은 말이 어디 있담! 누가 그런 말을 해요?"

"사실대로 말해, 그럼 아니야?" 코르네이는 이렇게 말하고 호주머니 속에서 커다란 손을 불끈 쥐었다.

"쓸데없는 소리 그만해요. 장화나 벗지 그래요?"

"나는 당신에게 묻고 있어." 그는 거푸 말했다.

"어머, 별소리를 다 하는군요. 내가 옙스티그네이하고 좋아지낸다니." 그녀는 말했다. "대체 누가 그런 거짓말을 해요?"

"아까 그놈하고 현관에서 무슨 말을 한 거야?"

"무슨 말을 했긴요. 통에 테를 메워야 한다고 말했어요. 대체 왜 그런 걸로 나를 괴롭혀요?"

"당장 사실대로 말해. 죽여버리겠어, 더러운 년."

그는 아내의 머리채를 덥석 움켜잡았다.

그녀는 그의 손에서 머리채를 빼려고 했고 얼굴은 아픔으로 일그러졌다.

"툭하면 사람을 패려고 한다니까. 대체 당신이 나한테 뭘 얼마나 잘해줬다고 이래요? 이러면 나도 무슨 짓을 할지 몰라요."

"무슨 짓을 하겠다는 거지?" 그는 그녀에게 다가들며 말했다.

"머리채는 왜 잡아요? 어머, 머리 빠진 것 좀 봐. 왜 이렇게 지긋지긋하게 구는지 모르겠어. 정말이지……"

그녀가 말을 끝내기도 전에 그는 그녀의 팔을 움켜잡고 침대에서 홱 끌어내린 뒤 머리며 옆구리며 가슴팍을 마구 때리기 시작했다. 그녀를 때릴수록 그의 증오는 더욱 맹렬하게 타올랐다. 그녀는 피하고 소리지르며 달아나려 했지만 그는 놓아주지 않았다. 딸이 잠에서 깨어 어머니에게 매달렸다.

"엄마." 딸이 울며 소리쳤다.

코르네이는 딸의 손을 움켜잡아 어머니에게서 떼어내고 고양이를 밀치듯 한쪽 구석으로 내동댕이쳤다. 딸은 외마디소리를 지르고는 잠시 아무 소리도 내지 못했다.

"악마! 애를 죽이려고." 마르파는 외치며 딸 쪽으로 몸을 일으키려 했다.

그러나 그가 또다시 그녀를 움켜잡고 가슴팍을 후려치자 넉장거리로 나가떨어졌고 소리도 뚝 그쳤다. 딸은 사색이 되어 숨이 끊어질 듯 울기 시작했다.

노모가 머릿수건도 쓰지 않고 허연 머리털을 흐트러뜨린 채 머리를 덜덜 떨고 비틀거리며 방안으로 들어왔다. 그녀는 코르네이와 마르파는 거들떠보지도 않고 계속 울고 있는 손녀에게 다가가 번쩍 안아올렸다.

코르네이는 괴로운 숨을 토하고, 방금 잠에서 깨어 자신이 지금 어디에 누구와 있는지 모르는 사람처럼 두리번거리며 우두커니 서 있었다.

마르파는 고개를 들고 신음하며 피투성이가 된 얼굴을 옷소매로 닦았다.

"악마!" 그녀는 말했다. "그래, 나는 옙스티그네이하고 좋아지낸다. 자, 어디 죽여봐. 아가시카도 당신 딸이 아냐. 그 사람 딸이지." 그녀는 내뱉듯이 말하고는 맞지 않으려고 팔꿈치로 얼굴을 가렸다.

그러나 코르네이는 아직도 뭐가 뭔지 모르는 사람처럼 그저 식식거리며 두리번거릴 뿐이었다.

"아이고 이런, 아이에게 무슨 짓이냐. 팔을 부러뜨리다니." 노모는 아직도 큰 소리로 울어대고 팔이 빠져서 덜렁거리는 손녀를 그에게 보이며 말했다. 코르네이는 휙 돌아서서 말없이 현관 계단 쪽으로 나갔다.

바깥은 여전히 꽁꽁 얼어붙은 음산한 날씨였다. 화끈화끈 달아오른 볼과 이마에 눈송이가 내려앉았다. 그는 계단에 앉아 난간 위 눈을 한줌 쓸어 입에 넣었다. 문 뒤에서 마르파의 신음소리와 딸의 애처로운 울음소리가 들려왔다. 이윽고 현관문이 열리고 딸을 안은 노모가 거실에서 나와 현관을 지나 본채 쪽으로 가는 소리가 들렸다. 그는 일어나 방으로 들어갔다. 심지를 줄인 램프가 탁자 위에서 약하게 가물거리고 있었다. 칸막이 뒤에서는 그가 들어오자 더욱 커진 마르파의 신음소리가 들렸다. 그는 말없이 옷을 걸쳐입고 의자 밑에서 트렁크를 꺼내 물건들을 주섬주섬 챙겨넣고 밧줄로 잡아맸다.

"왜 나를 죽이려는 건데? 왜? 내가 도대체 무슨 짓을 했다고?" 마르파는 애처로운 목소리로 말했다. 코르네이는 대꾸도 하지 않고 트렁크를 들어 문가로 옮겼다. "개자식. 악마! 두고 봐. 천벌을 피할 수 있을 것 같아?" 그녀는 완전히 딴 목소리로 앙칼지게 말했다.

코르네이는 대꾸 없이 발로 차서 문을 열고는 벽이 흔들릴 만큼 세게 닫았다.

코르네이는 본채로 들어가 벙어리를 깨워 말 채비를 하라고 일렀다. 벙어리는 단번에 잠이 깨지 않아 얼떨떨한 듯 의아한 눈으로 작은아버지의 얼굴을 쳐다보며 두 손으로 머리를 긁적였다. 그러다 마침내 무슨 말인지 알아채고는 자리를 차고 일어나 펠트 장화를 신고 반외투를 걸쳤다. 그리고 등불을 들고 마당으로 나갔다.

코르네이가 벙어리와 함께 작은 썰매를 몰고 대문을 나와 어제저녁 쿠지마와 함께 돌아왔던 길을 되돌아갈 때는 벌써 훤히 동이 트고 있었다.

그는 기차 출발 오 분 전에 정거장에 닿았다. 벙어리는 코르네이가 표를 사서 트렁크를 든 채 그에게 고개를 끄덕여 인사한 뒤 기차에 오르고 기차가 떠나가는 모습을 지켜보았다.

마르파는 얼굴에 입은 상처 외에도 갈빗대가 두 대 부러지고 머리가 깨졌다. 그러나 아직 젊어 건강하고 기력이 좋은 그녀는 반년도 안 되어 회복했고 흉터 하나 남지 않았다. 그러나 딸은 영영 반병신이 되고 말았다. 팔뼈가 두 군데나 부러져 팔이 굽어버린 것이다.

코르네이가 떠난 뒤로 그의 소식을 들은 사람은 아무도 없었다. 그가 살았는지 죽었는지도 알지 못했다.

2

그후로 십칠 년이 지났다. 음산한 가을날이었다. 해가 뉘엿뉘엿 지고 있었고 세시 조금 지났는데도 벌써 주위가 어둑했다. 안드레옙카 마을의 가축들이 마을로 돌아가고 있었다. 목부牧夫들은 정한 기간의 일을 마치고 단식재사순절이 시작되는 수요일과 예수 수난의 금요일에 아침을 굶고 재계하는 일까지는 집을 떠나 있었기 때문에 지금은 아낙들과 아이들이 대신 가축을 몰고 있었다.

가축떼는 귀리밭에서 발굽과 수레바퀴에 검은 흙이 푹푹 파인 지저분한 큰길로 나와 끊임없이 울어대며 마을 쪽으로 가고 있었다. 가축떼가 가는 길 앞에는 비를 하도 맞아 색이 바래고 누더기가 된 외투에 커다란 모자를 쓰고 구부정한 등에 가죽자루를 진 키가 큰 노인이 걷고 있었다. 하얀 턱수염에 곱슬곱슬한 머리털도 세었고 짙은 눈썹만 검었다. 그는 다 해져 볼품없는 소러시아우크라이나의 전 이름풍의 장화를 먼지 속에서 용케 질질 끌면서 떡갈나무 지팡이에 기대어 한 발짝 한 발짝 걷고 있었다. 가축떼가 따라붙자 그는 지팡이에 기댄 채 발을 멈췄다. 아마포로 머리를 싸고 치맛자락을 걷어붙인 채 남자 장화를 신고 가축떼를 몰던 새색시가 뒤처진 양과 돼지를 빠른 발로 부지런히 몰아대며 길 이쪽저쪽을 뛰어다니고 있었다. 노인과 나란히 되자 그녀는 그를 이리저리 살피면서 발을 멈췄다.

"안녕하세요, 할아버지." 그녀는 부드럽고 낭랑한 젊은 목소리로 말했다.

"안녕하시오, 아가씨." 노인도 말했다.

"오늘밤 이 마을에서 묵으실 거예요?"

"글쎄, 보다시피 녹초가 됐긴 한데." 노인은 목쉰 소리로 말했다.

"할아버지, 그래도 순경을 찾아가진 마세요." 새색시가 친절하게 말했다. "우리집으로 오세요, 끝에서 세번째 집이에요. 제 시어머니는 언제나 나그네들을 재워주세요."

"세번째 집이라. 그럼 지노베예프네인가?" 노인은 뭔가 생각난 듯 검은 눈썹을 움직이며 말했다.

"우리집을 아세요?"

"아, 옛날에는."

"아니, 페듀시카, 왜 멍하니 그러고 있니, 저 절름발이가 저렇게 뒤처졌잖아." 새색시는 가축떼 뒤에 처진 다리가 셋밖에 없는 양을 가리키며 소리쳤다. 그리고 오른손으로 삭정이를 휘두르고 굽은 왼손으로 머리 위 아마포를 묘하게 누르며 절룩거리다가, 뒤에 처진 축축하게 젖은 까만 양을 쫓아 뛰어갔다.

이 노인은 코르네이였다. 젊은 새색시는 십칠 년 전 그가 팔을 부러뜨렸던 아가시카였다. 그녀는 가이에서 4베르스타러시아의 길이 단위. 1베르스타는 약 1,067킬로미터 떨어진 안드레옙카의 부잣집으로 시집왔던 것이다.

3

건강하고 부유하고 오만했던 코르네이 바실리예프는 몸에 걸친 다 해진 옷과 병적증명서와 봇짐 속의 속옷 두 벌 외에는 아무것도 없는 늙은 거지 신세가 되어 있었다. 이 같은 변화는 모두 시나브로 일어난 것이어서, 그 자신도 그것이 언제 시작되어 이렇게까지 됐는지 알 수 없었다. 오직 그가 알고 확신하는 한 가지는 불행의 원인이 아내의 부정이라는 것이었다. 그는 옛날 일을 생각하면 기분이 이상해지고 가슴이 아팠다. 그리고 그 일을 생각할 때마다 지난 십칠 년 동안 겪은 모든 불행의 원인인 아내에 대한 미움이 치밀었다.

그는 아내를 때린 날 밤, 숲을 판다는 지주한테 갔었다. 하지만 숲은 살 수 없었다. 이미 팔린 뒤였기 때문이다. 그래서 그는 모스크바로 돌아가 술을 마시기 시작했다. 전에도 술을 마시긴 했지만 그때는 이 주 내내 취해 있었다. 그러다 정신을 차리고는 남쪽 지방으로 가축을 사러 떠났다. 그곳에서 물건을 잘못 사서 그는 큰 손해를 보았다. 그는 다시 갔지만 두번째 산 물건도 실패였다. 일 년이 지나자 수중에 있던 3천 루블에서 달랑 25루블만 남았고, 고용살이라도 해야 할 처지가 되었다. 그때부터는 술을 더욱 자주 마시게 되었다.

처음 일 년 동안은 가축상 밑에서 일했는데 장삿길에서 술을 마셔 취하는 바람에 해고되었다. 그후 아는 사람의 소개로 주류상점에 들어갔지만 거기서도 계산을 잘못하는 바람에 얼마 안 가 쫓겨났다. 집으로 돌아가는 것은 창피하고 원망스러웠다. '내가 없어도 그것들은 잘살고 있다. 어쩌면 아들도 내 자식이 아닐지 모른다'고 그는 생각했다.

모든 것이 점점 나빠지기만 했다. 이제 술 없이는 살아갈 수 없었다. 점원으로 들어가지 못하자 가축 몰이꾼으로 일했지만 그것도 오래가지 못했다.

하는 일마다 안 되자 그는 더욱 아내를 미워하게 됐고 원망도 깊어졌다.

마지막으로 코르네이는 어느 집 몰이꾼으로 일하게 되었다. 그런데 가축들이 병이 들었다. 코르네이 잘못이 아닌데도 주인은 화를 내고 점원과 그를 함께 내쫓았다. 어디서도 그를 받아주지 않았다. 코르네이는 방랑길에 나서기로 마음먹었다. 손수 장화를 만들고, 바랑을 지고 차와 설탕과 돈 8루블을 장만해 키예프로 갔다. 그는 키예프가 마음에 들지 않아 캅카스 지방의 노비 아폰으로 갔다. 그러나 노비 아폰에 채 도착하기도 전에 열병에 걸렸다. 그는 갑자기 쇠약해졌다. 남은 돈은 1루블 70코페이카뿐인데다 아는 사람 하나 없었다. 그래서 그는 고향에 있는 아들을 찾아가기로 결심했다. '그 여편네도 지금쯤은 죽었겠지' 하고 그는 생각했다. '아직 살아 있다면 죽기 전에 내가 그 몹쓸 년 때문에 그동안 어떤 고생을 겪으며 살았는지 말이라도 퍼부어야겠다' 하고 그는 생각하며 고향으로 돌아왔다.

열병은 하루가 멀다 하고 그를 괴롭혔다. 그는 갈수록 쇠약해져서 하루에 10베르스타나 15베르스타 이상은 걸을 수 없게 되었다. 집까지 200베르스타나 남았을 때 그는 무일푼이 되었다. 할 수 없이 구걸하면서 마을 순경이 마련해주는 데서 눈을 붙이곤 했다. '자, 네년이 나를 어떻게 만들었는지 봐라!' 그는 아내를 생각할 때마다 늙고 힘없는 손으로 옛 버릇처럼 주먹을 불끈 쥐었다. 그러나 주먹을 휘두를 상대도 없었고, 그 주먹에 힘도 없었다.

그는 병들고 쇠잔한 몸을 이끌고 이 주 동안 200베르스타를 걸었고 집까지 4베르스타 남겨뒀을 때 아가시카와 마주쳤던 것이다. 그도 아가시카도 서로를 알아보지 못했다. 그는 자신이 팔을 부러뜨린 아가시카를 알아보지 못했지만 왠지 그녀가 딸처럼 느껴졌다.

4

그는 아가피야^{아가시카의 원래 이름}가 말한 대로 했다. 지노베예프네 집에 가 하룻밤 묵게 해달라고 청했다. 그는 집안으로 들어가게 됐다.

본채로 들어서며 그는 언제나처럼 성상을 향해 성호를 긋고 주인과 인사를 나누었다.

"추우시죠, 영감님! 자, 이리 와요, 페치카 옆으로." 탁자 위를 치우고 있던 활달한 성격의 주름투성이 노파가 말했다.

아가피야의 남편인 앳돼 보이는 농부가 탁자 옆 의자에 앉아 램프에 기름을 넣고 있었다.

"가뜩이나 추운데 젖기까지 하셨군요, 할아버지!" 그는 말했다. "자, 편하게 말리십시오!"

코르네이는 윗도리와 장화를 벗고 각반을 페치카 앞에 널고 그 위로 올라갔다.

주전자를 든 아가시카도 본채로 들어왔다. 벌써 가축떼를 몰아넣고 뒤처리를 마치고 온 것이었다.

"혹시 낯선 할아버지 한 분 오시지 않았어요?" 그녀가 물었다. "우리집으로 오시라고 일러놨는데."

"저기 계셔." 주인은 코르네이가 뼈만 앙상한 털북숭이 두 다리를 문지르며 앉아 있는 페치카 위를 가리키며 말했다.

그들은 코르네이를 차 마시는 자리에도 불렀다. 그는 내려가 의자 가장자리에 앉았다. 식구들이 그에게 찻잔과 설탕을 건넸다.

화제는 날씨와 가을걷이로 옮아갔다. 가을걷이가 제대로 되고 있지 않았다. 지주네 낟가리는 들판에 쌓인 채 싹이 나기 시작했다. 나르려고 하면 비가 내리곤 했다. 농부네 것은 다 날라 들였다. 지주네 것은 내버려진 채 썩고 있었다. 들쥐들이 그 속에 들끓고 있었다.

코르네이는 오는 도중 낟가리가 빼곡히 널려 있는 들판을 보았다고 이야기했다. 새색시가 노래진 다섯 잔째 엷은 차를 따라 그에게 권했다.

"괜찮아요, 자, 드세요, 할아버지, 사양 마시고요." 사양하는 그에게 그녀가 말했다.

"팔은 어쩌다 그렇게 됐소?" 그는 가득찬 찻잔을 그녀에게서 조심스럽게 받아들고 눈썹을 살짝 움직이며 물었다.

"아주 어렸을 때 부러졌지요." 그녀의 수다스러운 시어머니가 말했다. "아가샤^{아가피야의 애칭}의 아버지가 이애를 죽이려다 이렇게 됐답니다."

"왜요?" 코르네이는 물었다. 그리고 새색시의 얼굴을 쳐다보았다. 그러자 순간 그의 기억 속에 파란 눈의 옙스티그네이 벨리가 떠올랐다. 찻잔을 들고 있던 손이 떨려 그는 찻잔을 탁자로 가져가기도 전에 반쯤 엎질러버렸다.

"이애 아버지는 코르네이 바실리예프라고 가이 마을 사람이었어요. 부자였죠. 그런데 어쩌다 마누라한테 화가 나서는 두들겨패다 이애까지 이렇게 병신을 만들어버렸지 뭡니까."

코르네이는 끊임없이 꿈틀거리는 검은 눈썹 아래 눈으로 말없이 주인과 아가샤를 번갈아 쳐다보았다.

"왜 그랬답니까?" 그는 설탕을 깨물면서 물었다.

"그걸 누가 알겠어요. 암튼 우리 여자들 사이에는 곧잘 뜬소문이 나곤 하잖아요." 노파가 말했다. "뭐 그 집 하인하고 뭔 일이 있었대나 어쨌대나. 그 하인은 젊고 잘생긴 우리 마을 사람이었어요. 그 집에서 벌써 죽었지만."

"죽었습니까?" 코르네이는 되묻고 기침을 했다.

"죽은 지 꽤 됐을걸…… 그 집에서 며느리를 데려왔어요. 참 잘살았는데. 마을에서 첫손가락에 꼽혔으니까. 주인이 살아 있는 동안은요."

"그럼 그 주인은 어떻게 됐습니까?" 코르네이가 물었다.

"보나마나 죽었겠지요. 그런 뒤로 사라져버렸으니까. 벌써 십오 년이나 지났네요."

"그보다 더 될 거예요, 어머니가 제가 막 젖을 뗐을 때라고 하셨거든요."

"그나저나 아버지가 팔을 그렇게 망가뜨렸는데 원망스럽지 않소? 색시 팔을 그렇게……" 코르네이는 말하려다가 갑자기 목이 메기 시작했다.

"남도 아니고 제 아버지인데요, 뭐. 자, 더 드세요, 속 뜨듯해지게. 어때요, 따라드릴까요?"

코르네이는 대답하지 않고 흐느껴 울었다.

"왜 그러세요?"

"아무것도 아니오. 나는 그저, 아!"

그리고 코르네이는 떨리는 손으로 기둥과 발판을 붙잡고 길고 앙상한 다리를 끌며 페치카 위로 기어올라갔다.

"별난 사람이네!" 노파는 아들에게 노인 쪽을 눈짓하며 말했다.

5

이튿날 코르네이는 누구보다 일찍 일어났다. 그는 페치카에서 내려와 바싹 마른 각반을 비벼 부드럽게 했다. 그리고 딱딱한 장화를 간신히 신고 봇짐을 어깨에 졌다.

"아니, 영감님, 아침도 안 잡수고요?" 노파가 말했다.

"고맙습니다. 가봐야겠습니다."

"그럼, 여기 어제 구운 과자라도 가져가요. 자루 속에 넣어줄 테니."

코르네이는 고맙다고 인사하고 작별했다.

"돌아가실 때 또 들러요, 그럼 잘 가요……"

바깥에는 모든 것을 뒤덮을 듯 짙은 가을안개가 자욱이 끼어 있었다. 그러나 코르네이는 길을 훤히 알고 있었다. 오르막길도, 내리막길도, 덤불 하나하나도, 길가에 늘어선 버드나무들도, 길 좌우로 펼쳐진 숲도 잘 알고 있었다. 십칠 년 동안 어떤 것은 베어져 나뭇등걸에서 새순이 자라고 있었고 어린나무였던 것은 고목이 되어 있었다.

가이 마을은 전과 다름없었다. 그저 동네 어귀에 전에 없던 새집이 몇 채 들어섰을 뿐이었다. 그리고 목조였던 집이 벽돌집으로 바뀌어 있었다. 그의 돌집은 조금 헐었을 뿐 예전 그대로였다. 양철 지붕은 오랫동안 칠을 하지 않은데다 한쪽 모퉁이의 벽돌이 헐려 있고 계단은 기울어져 있었다.

자신의 옛집으로 다가갔을 때 삐거덕거리는 대문에서 망아지를 거느린 암말이 얼룩무늬 늙은 거세마와 세 살쯤 된 말과 함께 나왔다. 얼룩무늬 늙은 말은 코르네이가 집을 나가기 일 년 전 시장에서 사왔던 암말과 영락없이 닮아 보였다.

'아마 그때 그것 뱃속에 있던 놈이겠지, 저 처진 엉덩이하며 넓은 가슴패기, 털북숭이 다리, 모두 영락없이 그대로다.' 그는 생각했다.

새 짚신을 신은 검은 눈의 사내아이가 말들에게 물을 먹이러 가고 있었다. '저건 틀림없이 페디카의 아들, 내 손주놈이야. 검은 눈이 똑 닮은 걸 보니.' 코르네이는 생각했다.

사내아이는 낯선 노인을 바라보다가 먼지 속을 뛰어다니는 망아지 뒤를 쫓아 뛰어갔다. 아이 뒤를 따라 옛날에 기르던 볼초크와 영락없이 닮은 검은 개가 달려갔다.

'볼초크?' 그는 생각했다. 맞는다면 개는 벌써 스무 살일 것이었다.

그는 현관 계단으로 다가가, 전에 그가 앉아 난간의 눈을 쓸어 집어삼켰던 계단을 간신히 올라가 현관문을 열었다.

"누군데 남의 집에 함부로 들어와." 안에서 여자가 꽥 소리쳤다. 그는 그 목소리를 알아들었다. 힘줄이 툭툭 불거지고 삐쩍 마른 주름투성이 노파가 된 그녀가 문에서 얼굴을 내밀었다. 코르네이는 자신을 배신했던 젊고 아름다운 마르파를 기다리고 있었다. 증오하는 그녀를 실컷 욕해줄 생각이었는데, 별안간 그의 앞에 나타난 것은 다 늙은 여자였다. "동냥을 하려거든 창문 밑에서 해야지." 그녀는 귀청을 찌르는 날카로운 목소리로 말했다.

"동냥하러 온 게 아니야." 코르네이는 말했다.

"그럼 뭐하러 왔는데? 무슨 볼일로?"

그녀는 멈칫하며 그 자리에 멈춰 섰다. 그는 그녀의 표정을 보고 그녀가 자신을 알아본 거라고 생각했다.

"뭘 얻어보려고 어정거려. 가, 썩 꺼져. 어서."

코르네이는 벽에 등을 기대고 지팡이에 의지한 채 그녀를 찬찬히 바라보았다. 그런데 놀랍게도 그토록 오랜 세월 동안 가슴속에 품어왔던 증오가 사라지면서 별안간 울컥하고 심약한 감상이 차올랐다.

"마르파! 우린 이제 얼마 살지도 못해."

"가, 제발 가라고." 그녀는 재촉하며 표독스럽게 말했다.

"할말이 그것뿐인가?"

"더 뭐가 있겠어." 그녀는 말했다. "제발 가, 가, 가라고. 당신처럼 어정대는 고약한 비렁뱅이는 천지에 널렸어."

그녀는 총총걸음으로 별채로 들어가 문을 꽝 닫아버렸다.

"뭘 그렇게 야단이세요." 남자의 목소리가 들리더니 허리춤에 도끼를 꽂은 거무튀튀한 농부가 들어왔다. 사십 년 전의 코르네이와 영락없이 똑같았다. 그저 체구가 조금 작고 말랐을 뿐, 반짝거리는 검은 눈은 영락없었다.

십칠 년 전 그가 그림책을 사주었던 그 페디카였다. 그 아이가 거지를 동정하지 않는 어머니를 나무라고 있었다. 그와 함께 역시 허리춤에 도끼를 꽂은 벙어리 조카도 나왔다. 이제는 듬성듬성하지만 제법 턱수염이 자랐고, 긴 목에 또렷이 꿰뚫어보는 듯한 눈매, 얼굴에 주름살도 보이는 건장하고 의젓한 어른이 되어 있었다. 두 농부는 막 아침식사를 마치고 숲으로 가려던 참이었다.

"조금만 기다리세요, 할아버지." 표도르페디카의 이름는 이렇게 말하고 벙어리에게 노인을 가리켰다가 방을 가리키고 손으로 빵을 써는 시늉을 해 보였다.

표도르는 한길로 나가고 벙어리는 본채로 들어갔다. 코르네이는 내내 고개를 푹 수그리고 벽에 기댄 채 지팡이를 의지하고 서 있었다. 그는 마음이 완전히 무너져내리는 것을 느끼며 북받치는 오열을 꾹 참고 있었다. 벙어리는 본채에서 방금 구워 향긋한 냄새를 풍기는 커다란 흑빵을 들고나와 성호를 긋고 코르네이에게 건넸다. 빵을 받아든 코르네이도 똑같이 성호를 긋자 벙어리는 본채 쪽을 보고 두 손으로 얼굴을 쓸고는 침 뱉는 시늉을 했다.

숙모에 대한 불만을 표현한 것이었다. 그러더니 갑자기 그는 넋이 나간 듯 입을 벌린 채, 마치 그를 알아본 듯 코르네이를 유심히 바라보았다. 코르네이는 더이상 눈물을 참을 수 없었다. 그는 카프탄 자락으로 눈이며 코며 하얀 턱수염을 훔치면서 벙어리에게서 떨어져 현관 계단으로 나갔다. 그는 아내에 대해, 아들에 대해, 모든 사람에 대해 울컥함과 함께 겸손과 비하의 감정이 뒤섞인 환희를 느꼈다. 기쁘기도 하고 아프기도 한 그 감정은 그의 가슴을 마구 후벼팠다.

마르파는 창밖으로 늙은이가 집모퉁이로 사라지는 것을 보고는 안도의 한숨을 내쉬었다.

마르파는 늙은이가 떠난 것을 확인한 뒤에야 베틀에 앉아 베를 짜기 시작했다. 그녀는 열 번도 더 북을 밀어넣었지만 일이 손에 잡히지 않았다. 그녀는 잠시 손을 멈추고 방금 만난 코르네이를, 자신을 그렇게 두들겨팼지만 그래도 한때는 그녀를 사랑해주었던 그를 회상했다. 그녀는 그가 코르네이인 걸 알고 있었다. 그녀는 방금 자신이 한 짓이 두려워졌다. 자신이 잘한 것 같지 않았다. 그럼 그를 어떻게 대해야 했는데? 그는 자기가 코르네이라고 밝히지도 않았고, 집에 돌아왔다고 말하지도 않았다.

그녀는 다시 북을 잡고 해가 질 때까지 계속 베를 짰다.

6

코르네이는 저녁에야 겨우 안드레옙카 마을에 도착했다. 그는 또다시 지노베예프의 집을 찾아갔고, 그들은 그를 맞아들였다.

"아니, 할아버지, 길 떠나신 게 아니었어요?"

"못 떠났소. 몸이 너무 힘들어서. 가다가 도로 돌아왔소. 재워주시 겠소?"

"물론이죠. 자, 이리 오셔서 몸부터 말리세요."

밤사이 코르네이는 열병에 시달렸다. 새벽녘에야 겨우 잠이 들었다. 눈을 떴을 때 집안사람들은 모두 자기 일터로 흩어지고 본채에는 아가피야만 있었다.

그는 페치카 위에 이 집 노파가 준 마른 카프탄을 깔고 누워 있었다. 아가피야는 페치카에서 빵을 꺼내고 있었다.

"색시," 그가 힘없는 목소리로 불렀다. "이쪽으로 좀 와주겠소."

"잠깐만요, 할아버지." 그녀는 빵을 뒤집어놓으면서 대답했다. "뭐 마실 거라도 드릴까요, 네? 크바스엿기름, 보리, 호밀 등으로 만든 러시아 청량음료는 어때요?"

그는 대답하지 않았다.

그녀는 빵을 다 뒤집자 크바스 한 잔을 들고 그에게 다가왔다. 그는 그녀 쪽을 바라보지도 않고 크바스를 마시지도 않았다. 그는 천장을 향해 반듯이 누워 꼼짝도 않은 채 말하기 시작했다.

"나는," 그는 나직한 목소리로 말했다. "이제 마지막이 온 것 같소. 이제 그만 죽고 싶어. 그러니 부디 나를 용서해주시오."

"무슨 말씀이세요. 할아버지가 제게 왜 용서를……"

그는 잠시 잠자코 있었다.

"혹시, 색시 어머니에게 가게 되거든, 부디 전해주오…… 요전에 그 모르는 늙은이가 그러더라고…… 어제 찾아갔던 그 모르는 늙은 이가 그러더라고……"

그는 훌쩍이기 시작했다.

"저희 집에도 가셨던 거예요?"

"갔었지. 전해주오, 어제 그 모르는 늙은이가…… 그 모르는 늙은 이가 그러더라고……" 또다시 그는 목이 메었다. 그러다 마침내 안간 힘을 다해 말을 마쳤다. "용서를 빌러 찾아갔었다고." 그는 이렇게 말 하고 자기 가슴께를 더듬었다.

"말씀드릴게요, 할아버지, 그럴게요. 그런데 뭘 찾으세요?" 아가피 야가 물었다.

노인은 대답하지 않고 힘든 듯 얼굴을 찡그린 채 앙상한 털북숭이 손으로 품에서 종이를 꺼내 그녀에게 건넸다.

"누가 묻거든 이것을 전해주오. 내 병적증명서요. 아, 감사하게도 이제 모든 죄가 풀렸군." 말을 마친 그의 얼굴에 엄숙한 표정이 어렸 다. 눈썹은 치켜올라가고 두 눈은 천장에 못박힌 채 미동도 하지 않 았다.

"촛불을." 그는 입술을 움직이지 않고 말했다.

아가피야는 그것이 무슨 말인지 깨닫고, 성상 앞에서 반쯤 타다 남 은 백랍초를 가져와 불을 켜 그에게 건넸다. 그는 그것을 엄지손가락 으로 잡았다.

아가피야가 그의 병적증명서를 궤 속에 넣어두러 나갔다가 돌아 왔을 때, 촛불은 그의 손에서 떨어져 있었고, 두 눈은 아무것도 보지 않고 있었으며, 숨도 멎어 있었다. 아가피야는 성호를 긋고 촛불을 끈 후 깨끗한 수건을 꺼내 그의 얼굴에 덮어주었다.

그날 밤 마르파는 잠을 못 이루고 내내 코르네이에 대해 생각했다.

날이 새자마자 그녀는 반카프탄을 걸치고 머릿수건을 쓰고 어제 왔던 노인을 찾으러 나섰다. 이내 그 노인이 안드레옙카 마을에 있다는 것을 알아냈다. 마르파는 울타리에서 지팡이로 쓸 만한 작대기를 뽑아들고는 안드레옙카 마을로 갔다. 그녀는 걸음을 재촉할수록 점점 두려워졌다. '그 사람과 화해하자. 그리고 집으로 데려와 서로 죄를 씻어야 해. 적어도 아들 앞에서 죽게 해줘야지.' 그녀는 생각했다.

마르파는 딸네 집 마당에 가까워졌을 때 본채 부근에 사람들이 몰려든 것을 보았다. 일부는 현관에, 일부는 창문 아래 서 있었다. 사십 년 전 이 근방에서 알아주는 부자로 살았던 코르네이 바실리예프가 집도 절도 없이 떠돌다 딸네 집에 와서 죽은 것을 알고 모여든 것이었다. 집안에도 사람들이 가득했다. 아낙들은 속닥거리며 한숨짓고 있었다.

마르파가 본채로 들어가려 하자 사람들이 길을 터주었다. 그녀는 성상 밑에 누운, 씻기어 수의가 입히고 염포가 씌워진 주검을 보았다. 글을 읽을 줄 아는 필립 코노니치가 그를 굽어보면서 사제를 흉내내듯 목청을 길게 뽑으며 슬라브어 시편을 읽고 있었다.

이제는 용서할 수도, 용서를 빌 수도 없었다. 코르네이의 엄숙하고 평화로운 늙은 얼굴에서는 그가 모든 것을 용서했는지, 아니면 아직도 화를 내고 있는지 알 수 없었다.

레프 톨스토이

4
월

4월 1일

세상에는 무수한 학문이 있고, 모든 학문은 끝이 없어 얼마든지 깊게 파고들어갈 수 있다. 그러므로 학문을 할 때 가장 중요한 것은 어떤 주제가 중요하고 어떤 주제가 그보다 덜 중요하며 어떤 주제가 그다음으로 덜 중요하고 또 가장 덜 중요한 주제가 무엇인지 아는 것이다. 모든 것을 배울 수는 없으므로 가장 필요한 것이 무엇인지를 필수적으로 알아야 한다.

1 오늘날에는 배울 가치가 있는 다양한 지식이 산적해 있다. 그중 가장 유익한 지식의 일부라도 얻으면 좋겠지만 그러기에 우리의 능력은 부족하고 인생은 너무 짧다. 풍요로운 지식의 보고가 우리를 기다리지만, 기껏 얻은 지식도 대부분은 무용지물로 버려지고 만다. 그럴 바에는 처음부터 얻지 않는 편이 나을 수도 있다.   칸트

2 너무 이른 독서와 지나친 다독은 미처 소화할 수 없는 많은 정보를 주어 종종 우리의 기억력이 우리의 감정과 기호의 주인이 되어버리게 한다. 그래서 우리의 감정에 원초적인 순수함을 되찾아주고 남의 사상과 견해의 쓰레깃더미에서 **자기 자신**을 발견하기 위해, **스스로** 느끼고 말하기 위해, 나아가 언제라도 **자기 자신**으로 존재하기 위해서는 많은 정신적 노력이 필요하다.   리히텐베르크

3 페르시아의 현자가 말했다. "젊을 때 나는 모든 학문을 다 익히겠다고 다짐했다. 그래서 모르는 것이 거의 없을 만큼 학문을 갈고닦았다. 그러나 노년이 되어 인생의 끝에 와보니, 나는 아는 것이 아무것도 없었다."

4 하늘과 땅의 모든 것을 알려는 생각은 머릿속에서 지워라. 신의 섭리든 존재의 법칙이든 우리가 알 수 있는 것은 극히 조금뿐이다. 그러나 그것으로 충분하다, 아주 충분하다. 그 이상을 알려고 하는 것은 좋지 않다. 차분한 절제 속에서, 우리의 사상과 언어와 행위에 필요한 범위와 겸허한 이 존재의 참된 요구의 한계를 넘어서까지 더 많은 것을 알려고 애쓰는 것은 미망을 불러올 뿐이며, 많이 알수록 슬픔만 커질 것이다.

러스킨

5 천문학자들의 관측과 계산은 우리에게 놀랍도록 많은 것을 가르쳐주었다. 그러나 그들의 연구에서 가장 중요한 성과는 우리가 알 수 없는 무한한 것의 존재를 알려주었다는 점이다. 그렇지 않았다면 인간의 이성은 그 무한한 심연을 결코 상상하지 못했을 것이다. 그리고 그것을 사유함으로써 우리 이성이 활동하는 궁극적인 목적에도 큰 변화가 있을 수 있다.

칸트

6 '지상에는 온갖 풀이 자란다. 우리는 그것들을 보지만, 달에서는 보이지 않는다. 풀에는 꽃실이 있고 꽃실 위에 아주 작은 생물들이 있지만, 그 외에는 아무것도 없다.' 이 얼마나 오만한 판단인가! '복잡

한 물체는 여러 가지 원소로 구성되어 있고 그 원소들은 더이상 해체되지 않는다.' 이 얼마나 오만한 판단인가! 파스칼

7 무지를 두려워하지 말고 거짓 지식을 두려워하라. 세상의 모든 악은 거짓 지식에서 비롯된다.

✔ 지식은 무한하다. 아주 많이 아는 사람은 아주 조금 아는 사람보다 아주 조금 나을 뿐이다.

4월 2일

진정한 삶은 더 나은 사람이 되기 위해 정신의 힘으로 육체를 극복해 신에게 다가가는 삶이다. 이것은 저절로 이루어지지 않는다. 노력이 필요하며 노력 자체가 기쁨이 된다.

1 습관은 결코 선이 아니다. 좋은 습관이라도 그렇다. 좋은 행동도 습관이 되면 이미 선이 아니다. 노력으로 얻어지는 것만이 선이다. 칸트

2 네가 무거운 짐을 지고 있는 그곳이 너의 행복이 있는 곳이다. 그곳에서 이성적 삶에 필요한 양분을 섭취하라. 위장이 음식물에서 몸에 필요한 것을 섭취하는 것처럼, 뭔가를 던져넣으면 더 활활 타오르는

불길처럼. 아우렐리우스

3 자신의 십자가를 밀쳐내려 할수록 그것은 더 괴로운 짐이 된다.

아미엘

4 언제나 행동에 주의하라. 주의하지 않아도 되는 행동은 없다. 공자

5 드러나지 않는 의무를 순수하고 도덕적으로 고양된 감정으로 끊임 없이 수행하는 것은 어지러운 세상 속에 있든 단두대 위에 있든 의 연하고 굳세게 행동할 수 있는 힘을 준다. 에머슨

6 성장은 서서히 진행되는 과정이지 갑작스러운 폭발이 아니다. 한순 간의 폭발적인 사색으로 학문 전체를 알 수 없듯이 찰나적인 회개로 죄를 용서받을 수 없다. 자기완성의 진정한 수단은 우리를 지혜로운 판단력으로 이끄는 부단하고 끈기 있는 노력뿐이다. 채닝

/ 정신적인 노력과 삶을 아는 기쁨은 육체노동과 휴식의 기쁨처럼 서 로 번갈아 찾아든다. 육체노동이 없으면 휴식의 기쁨도 없고, 정신적 인 노력이 없으면 삶을 아는 기쁨도 없다.

4월 3일

죽음은 두 가지 현상 중 하나다. 나라고 여겨지는 것이 다른 개별적 존재로 옮겨가는 것, 혹은 내가 개별적 존재이기를 멈추고 신과 하나로 합쳐지는 것. 어느 쪽이든 행복하다.

1 삶이 꿈이고 죽음이 꿈에서 깨어나는 것이라면, 내가 나를 모든 것으로부터 분리된 독립적 개체로 보는 것도 꿈에 지나지 않는다.

쇼펜하우어에 의함

2 죽음은 내가 살면서 세계를 상상하고 받아들이는 수단이었던 육체의 소멸이다. 죽음은 내가 그것을 통해 사물을 내다볼 수 있었던 유리가 깨지는 것이다. 유리가 다른 것으로 바뀔지 아니면 유리창 너머로 보고 있던 내가 모든 것과 하나로 합쳐지는 것인지, 우리는 알지 못한다.

3 삶에는 일정한 한계가 있어야 한다. 땅과 나무에서 나는 작물처럼, 사계절처럼, 모든 것은 시작되고 계속되다가 결국 끝나 사라진다. 현자는 이 질서에 기꺼이 순종한다.

키케로

4 이 우주에 하나뿐인 나는 사후에도 존재할 것인가에 대한 답은 오직 하나다. 개체로서의 삶이 사후에도 지속되는 것이 좋다면 그렇게 될 것이고, 그렇지 않다면 중단될 것이다.

신에 대해 내가 아는 한, 신이 이루시는 일은 언제나 우리에게 가장 좋은 일이다. 에머슨에 의함

5 죽음은 참으로 쉽게 우리를 모든 고난과 불행에서 벗어나게 한다. 그래서 불멸을 믿지 않는 사람들은 죽음을 바라고, 불멸을 믿고 새로운 삶을 기대하는 사람들은 더욱 죽음을 바란다. 죽음을 바라는 그들이 만약 죽음을 미루려 한다면, 그것은 죽음의 순간에 겪게 될 고통 때문이다. 고통이 죽음으로부터 사람들을 가로막고 있다.

6 죽음이 무엇인지, 죽음이 선인지 악인지 아는 사람은 없다. 그러나 모두가 마치 죽음이 악이라고 확신하는 듯이 죽음을 두려워한다. 플라톤

7 우르르 천둥소리가 울릴 때는 이미 번개가 친 뒤라 천둥이 우리를 죽일 수 없다는 것을 알면서도 우리는 천둥을 두려워한다. 죽음도 마찬가지다. 육체의 죽음은 영혼이 아니라 육체만 파괴될 뿐이라는 것을 알면서도 우리는 육체의 죽음을 두려워한다. 지혜로운 사람은 죽음을 두려워하지 않는다. 생명은 육체가 아니라 정신에 있다는 것을 알기 때문이다. 하지만 어리석은 사람은 죽음과 함께 모든 것이 끝난다고 생각하기 때문에 천둥이 우리를 죽일 수 없는데도 두려워하고 달아나 숨는 사람처럼 죽음을 두려워하며 달아나려고 한다.

／ 죽음을 두려워하지 않고 또 바라지도 않는 삶을 살아라.

4월 4일

삶은 멈추지 않는 기쁨이어야 하고, 그런 기쁨일 수 있다.

1 이 세상은 눈물의 골짜기도 아니고 시련의 장소도 아니며 삶은 우리
가 이보다 더 좋은 것을 상상할 수 없을 정도로 멋진 것이다. 우리에
게 주어진 뜻에 맞게 살아가기만 한다면 삶이 주는 기쁨은 무한하다.

2 타인에 대한 불편한 감정은 자기 자신은 물론이고 상대방의 삶마저
해친다. 반대로 사랑의 감정은 삶의 수레바퀴에 치는 기름과 같아서
자기 자신은 물론이고 타인의 삶까지 경쾌하고 기분좋은 것으로 만
든다.

3 사람들은 대체로 만족감을 잃으면 슬퍼한다. 그러나 기쁠 때 기뻐하
고 기쁨의 원인이 사라져도 슬퍼하지 않는 사람이야말로 지혜로운
사람이다.   파스칼

4 **시도해보라. 너도 네 운명에 만족하고 사랑과 선행을 통해 내적 평화를 얻은
사람으로 살아갈 수 있을 것이다.**   아우렐리우스

5 삶의 즐거움을 유지하는 비결은 사소한 일에 얽매이지 않으면서도
사소한 만족까지 귀하게 여기는 것이다.   스마일스

6 만족을 일부러 구하지 말고 언제나 모든 것에서 만족을 찾으려는 자세를 가져라. 일이 바쁘더라도 마음이 자유롭다면 소소한 일상과 대화 속에서도 만족을 느끼고 흥미와 재미를 발견할 수 있다. 그러나 삶의 목적을 오직 만족에만 둔다면 아무리 희극적인 장면을 보아도 진심으로 웃을 수 없는 어두운 날이 올 것이다. 　　　　　러스킨

7 진정으로 지혜로운 사람은 언제나 즐겁다.

／ 기쁘게 살기 위해 가장 중요한 것은 삶이 기쁨을 위해 주어진 것이라고 믿는 것이다. 기쁨이 사라졌다면 무엇이 잘못되었는지 살펴라.

4월 5일

죄를 짓지 않고서는 노동의 의무를 피할 수 없다. 폭력을 행사하거나, 폭력에 참여하거나, 폭력에 아부하고 폭력을 추종하지 않고서는 피할 수 없다.

1 비열한 자에게 아부하기보다는 목숨을 버리는 것이 낫다. 부자를 섬겨 얻는 호강보다는 가난이 낫다. 부잣집 대문에 서서 구걸하지 않는 삶이 가장 나은 삶이다. 　　　　　『히토파데샤』인도의 설화집

2 빵을 얻으려고 인간의 존엄을 잃느니 차라리 굶어죽겠다. 소로

3 두 형제가 살았다. 하나는 황제를 섬겼고 다른 하나는 제 손으로 일해 먹고살았다. 잘사는 형이 못사는 아우에게 말했다.

"왜 너는 황제를 섬기지 않느냐? 억척같이 일해야 하는 신세에서 벗어날 수 있을 텐데."

가난한 아우가 대답했다.

"어째서 형님은 그런 비천한 노예 신세에서 벗어나기 위해 노력하지 않습니까? 황금의 띠를 두르고 남의 종이 되기보다는 자신의 노동으로 얻은 빵을 편안히 먹는 것이 낫다고 지혜로운 사람들은 말했습니다. 가슴 위에 두 손을 포개며 자신이 노예라는 것을 드러내느니 그 두 손으로 석회며 진흙을 이기는 게 낫고, 주인에게 허리를 굽실거리느니 빵 한 조각으로 만족하는 것이 낫습니다." 사디

4 왕이 내린 옷이 제아무리 아름다워도 자신의 거친 옷이 낫다. 부자의 음식이 제아무리 맛있어도 자기 집 식탁 위 빵 한 조각이 낫다. 사디

5 남에게 먹을 것을 구걸하느니 새끼줄을 들고 숲으로 가 땔나무를 해서 먹을 것을 마련하는 것이 훨씬 낫다. 남에게 구걸했는데 얻지 못하면 부끄럽고 화가 치밀 것이고, 얻는다 해도 그 사람에게 빚을 지게 되니 더 나쁘다. 마호메트

6 땅을 갈지 않는 사람에게 땅이 말했다. "두 손을 놀려 나를 일구지 않은 벌로, 너는 영원히 거지들과 함께 남의 문전에 서서 부자들이 먹다 남긴 찌꺼기를 얻어먹게 될 것이다." 조로아스터

7 일하는 삶이 무위도식보다 고귀하다는 것을 확신하고 일을 하며 살아가고 또 그렇게 사는 사람을 높이 평가하고 존중하는 사람들에게 산다는 것은 참으로 즐거운 일이다.

✒ 땀흘려 일하기 싫다면 폭력을 휘두르거나 비굴해지면 된다.

4월 6일

사람들은 저마다 자신이 중요하다고 생각하는 다양한 일에 종사하지만, 다른 모든 일을 포함하는 일이자 사명으로 주어진 유일한 일인 영혼을 개선하고 영혼의 신적 근원을 일깨우는 일은 하지 않는다. 이것은 어떠한 장애도 있을 수 없는 유일한 목적이기에 너무나도 명백한 인간의 사명이다.

1 젊을 때는 자신과 남을 위한 선행이 가능하고 인간의 사명은 끊임없는 자기완성이며, 심지어 인류의 모든 죄악과 불행을 절멸하는 일도 가능하다고 확신한다. 그러한 공상은 우스운 것이 아니다. 오히려 그 공상 속에는, 악의 유혹에 젖어 오랫동안 인간 본연의 삶과 거리가

먼 삶을 살아온 자가 노년에 이르러 남에게 아무것도 바라지 마라, 구하지 마라, 그저 있는 그대로 살라고 충고하는 말보다 더 많은 진리가 담겨 있다. 만일 잘못이 있다면, 젊은 사람들은 자기완성과 영혼의 완성을 남에게 강요하고 장차 완성될 일들을 당장 눈앞에서 보려 한다는 것이다.

2 지금보다 나은 사람이 되기 위해 노력하는 삶보다 좋은 삶은 없고, 자신이 나날이 더 나은 사람이 되어간다고 느끼는 기쁨보다 더 큰 기쁨은 없다. 나는 지금까지 끊임없이 그 행복을 느껴왔고, 내 양심은 그것이 진정한 행복이라고 말한다. 　　　　　　　　소크라테스

3 결점을 지적해주는 사람들에게 감사해야 한다. 누구에게나 많은 결점이 있고 남이 지적한다고 없어지는 것은 아니지만, 결점이 무엇인지 아는 것만으로도 우리의 영혼은 자신을 경계하게 되고 양심도 시들지 않기 때문에 결점을 고치고 달라지려 애쓰게 된다. 　　　　파스칼

4 우리의 의식 상태는 외부의 어떤 비판보다 우리에게 더 큰 의미를 지닌다. 우리는 언제나 끊임없이 자신의 의식 속에서 살기 때문이다. 행복과 불행은 다른 사람들의 태도가 아니라 자기 자신에 대한 태도에 달려 있다. 자신과 영혼을 더 훌륭하게 만들어라. 자신과 남을 위해 할 수 있는 가장 좋은 일을 하게 될 것이다. 　　　　루시 맬러리

5 최고의 행복은 한 해를 마칠 때 자신이 그해의 처음보다 나아졌다고 느끼는
것이다. 소로

6 "하늘에 계신 아버지께서 완전하신 것같이 너희도 완전한 사람이 되
어라"라는 말은 자기 안에 있는 신적 근원을 일깨우기 위해 노력하
라는 뜻이다.

✎ 번잡한 세상 속에 살면서 자기완성을 이루는 것은 불가능하다. 고
독 속에 살면서 자기완성을 이루는 것은 더욱더 불가능하다. 자기완
성을 위한 가장 좋은 조건은 고독 속에서 자신의 세계관을 정립하고
세상 속에 살면서 그것을 실천하는 것이다.

4월 7일

악을 선으로 갚는 것은 악으로 갚는 것보다 훨씬 자연스럽고 간단하
고 또 훨씬 합리적이다.

1 해골산이라는 곳에 이르러 사람들은 거기서 예수를 십자가에 못박
았고 죄수 두 사람도 십자가형에 처하여 좌우편에 한 사람씩 세워놓
았다. 예수께서는 "아버지, 저 사람들을 용서하여주십시오! 그들은
자신이 하는 일을 모르고 있습니다" 하고 기원하셨다.

「누가복음」 23:33~34

2 사람은 자신의 행복을 위해 지칠 줄 모르고 노력한다. 그러나 인간의 손에 닿는 최고의 행복은 자신의 지고한 본성에 따라 행동하는 것이다. 영혼의 지고한 신적 본성은 우리에게 최고의 행복을 누리려면 다른 사람에게 끊임없이 선을 행하라 명령한다.   아우렐리우스

3 악을 선으로 갚아라.   『탈무드』

4 적에게 무엇으로 앙갚음할 것인가? 될 수 있는 한 많은 선을 행하라.   에픽테토스

5 **온유함으로 분노를, 선으로 악을, 관용으로 인색을, 정의로 허위를 정복하라.**   『법구경』

6 누군가와 어울릴 때 상대방을 지금의 수준보다 훨씬 뛰어난 사람으로 대하면 그를 보다 나은 사람으로 만들 수 있다.   괴테

7 악에 선으로 답하라. 그가 악에서 얻는 모든 기쁨을 빼앗게 될 것이다.

8 네 마음에 가르쳐라, 그러나 네 마음에게 배우지는 마라.   부처의 금언

／ 한 번이라도 악을 선으로 갚는 기쁨을 경험한 사람은 그 기쁨을 누릴 기회를 절대 놓치지 않을 것이다.

선

자연계의 식물이나 동물에게는 선도 악도 없다. 또 살아만 있고 사유하지 않는 인간의 육체에도 역시 선악은 없다. 선악의 구별은 인간의 영혼 속 인식하고 이해하는 능력에 의해 시작된다. 인간의 영혼에서는 이미 어릴 때부터 악과의 끊임없는 투쟁이 벌어진다. 오직 이곳, 영혼 안에서 벌어지는 악과의 투쟁만 인간의 본성에 부합하고 유익한 것이다. 이 영역 밖에서 일어난 악과의 투쟁은 인간의 본성에 부합하지 않고 어떠한 성과도 가져올 수 없다. 그리스도도 악에 폭력으로 맞서지 말라고 했다. 악에 악으로 맞서지 말라는 계율은 악과의 투쟁 장소를 정확하고 명료하게 지정하고 있다. 그 장소는 바로 인간 자신의 내면이다.

분별력 있는 인간에게 강제는 자신의 육체에 한한 것이다. 육체에 대한 영혼의 지배야말로 영혼의 일이자 양식이기 때문이다. 타인의 육체는 오직 하나의 주인만 갖는다. 그러므로 타인의 육체에 대한 강제는 합리적 명분을 갖지 못한다. 그것은 불필요한 폭력이다. 악에 맞서지 말라는 가르침은 바로 이것, 즉 타인에게 가해지는 강제는 불필요하다는 것을 일깨우는 것이다.

인간이 자신의 의지로 자기 자신을 다스릴 수 없다고 누가 단언할 수 있는가? 인간이 자신이 사는 세계의 삶을 위해 요구되는 모든 것을 이해하거나 행할 수 없다고 누가 감히 단언할 수 있는가? 그러한 단언은 곧 신이 인간에게 내린 삶의 자유, 즉 자신을 구하거나 파멸시킬 자유를 부정하는 것이다. 인간의 합리적 존재를 부정하는 것, 즉 인간을 부정하는 것이다. 인간의 의지가 때로 자기 존재의 한계를 넘어설 수 있다고 해서 누가 감히 그것이 반드시 필요하다고 단언할 수 있는가? 자기 개인이 간섭하지 않으면 세상이 손실을 입는다고 누가 감히 주장할 수 있는가? 그러한 주장은 곧 신의 의지가 불완전하다고 말하는 것이다. 신을 부정하는 것이다. 세상의 악은 인간이 자기 의지를 자기 존재의 경계 밖으로 넘어서게 하는 것, 즉 자신의 의지를 신의 의지의 자리에 둘 때 생겨난다. 악에 맞서지 말라는 계율은 이러한 신성모독을 명시한 것이다.

성공은 모든 것을 정당화한다. 이기면 옳은 것이다. 진리는 승리에 있다. 이러한 육체적, 동물적, 이교도적 해석에 따르면 진리는 공허한 울림일 뿐이다. "진리가 무엇이냐? 사람들은 너를 네 진리와 함께 십자가에 매달려 한다!"고 빌라도는 말했다. 그러나 그리스도는 진리를 보고 있었다. 정반대 편에서 진리를 보고 있었다. 즉 패배를 옳다고 보았다. 네가 싸움에서 힘으로 이긴다면 너는 옳지 않은 것이고 진리는 네 쪽에 있지 않다는 것을 알아야 한다. 진리는 패배한 자에게 있고, 패배한 자에게 신이 있다, 패배한 자는 자기 안에서 신의 나라를, 즉 이성적인 존재를 근본적으로 이해한다. 지상에서의 인간의 처지는 이러하다. 얼핏 보아서는 비참해 보이는 처지에서 생겨나는 유일한 길, 그것은 악에 맞서지 말고, 남과 싸우지 말고, 싸우기에 앞서 자신을 영원히 패배하는 자로 여기고, 신에게 영원히 패배하는 자가 되는 것이다. 이 길은 삶에 대한 깨우침과 참된 종교로 환히 빛나고 드높여진 길이다.

무저항은 모든 투쟁을 끝냄으로써 평화로 가는 확실한 길을 열고 투쟁과는 다른 관계의 힘이 존재하는 또다른 정신적 상호작용을 위한 장을 연다. 복음서에서 악마 때문에 겪는 예수의 시련이나 니고데모 예수에게 가르침을 구하고 그를 변호하려 노력한 정치가와의 대화가 보여주듯 이 세상에 사는 인간의 사명은 인식하고 이해하는 인간의 능력을 일깨우는 것이고, 무엇보다 그러한 능력을 높이는 것은 이성적 인식, 즉 사람의 아들, 인간 속 신의 아들을 해방하고 드높이는 것이다. 악에 맞서지 않는다는 것은 곧 신의 아들을 깨우고 부활시키는 것, 그리스도를 부활시키는 것을 뜻한다. 반대로 악에 맞선다는 것은 그를 압박하고 십자가에 못박는 것을 뜻한다. 인간은 이성적인 존재다. 이성적인 존재의 행복은 이성의 승리와 지배에 있다. 이성의 승리와 지배를 위해서는 무엇보다 먼저 욕심을 다스려야 한다. 개인의 삶에서도, 여러 민족의 사회적 삶에서도, 탐욕과 오만, 재판, 권력, 폭력의 터전 위에서는 이성의 나라를 세울 수 없다. 악에 대한 무저항의 계율에 의해서만 비로소 우리 삶 속에서 지혜의 이치가 실현될 수 있다.

인식하고 이해하는 능력은 신이 모든 사람의 영혼에 심어준 것이다. 복음서도 이것을 가장 소중히 다루라고 가르친다. "자기 형제를 가리켜 바보라고 욕하는 사람은 중앙 법정에 넘겨질 것이다. 또 자기 형제더러 미친놈이라고 하는 사람은 불붙는 지옥에 던져질 것이다." 「마태복음」 5:22 오직 인간의 영혼만이 인식과 이해 속에서 일치와 사랑을 찾아낸다. 그러나 외적 세계에 사는 모든 존재는 다른 세계의 모든 것보다도 자기 자신을 사랑한다. 악에 맞서지 말라는 계율은 악과의 투쟁을 위한 참된 장소를 지정하면서 불화와 적의의 외적 세계와, 융합과 사랑의 정신적 세계 사이의 영원한 모순을 해결하고 그 둘을 하나로 결합한다. 이에 대해 예수는 제자 나다나엘에게 이렇게 말했다. "너희는 하늘이 열려 있는 것과 하느님의 천사들이 하늘과 사람의 아들 사이를 오르내리는 것을 보게 될 것이다."(「요한복음」 1:51)

부카

4월 8일

사람들은 살인이라는 범죄에 '전쟁'이라는 이름을 붙이면 살인도 범죄도 아니게 된다고 생각한다.

1 온갖 방법으로 그리스도를 부정할 수 있다. 첫째, 저열하게 신을 모독하고 위대함을 조롱할 수 있다. 그러나 이 방법은 위험하지 않다. 누군가의 조롱만으로 종교를 사람들에게서 빼앗기에는 종교가 사람들에게 너무 소중하기 때문이다. 또다른 방법이 있다. 그리스도를 주님이라고 부르면서도 그의 계율을 실천하지 않는 것이다. 그것은 그리스도의 말을 빌려 자유로운 사상을 억압하고 그의 이름을 빌려 광기와 망상과 죄악을 옹호하고 미화하는 것이다. 이 두번째 방법은 매우 위험하다.

파커

2 이방인과의 전쟁은 신성하다는 말이 있지만 거짓말이다. 대지가 피를 원한다는 말도 새빨간 거짓말이다. 대지는 하늘에게 흐를 물과 구름에서 맑은 이슬을 내려주기를 원할 뿐 결코 피를 원하지 않는다. 전쟁은 신에게도, 전쟁에 참가하는 사람들에게도 저주받는 행위다.

비니

3 너희가 악해서 너희와 하느님 사이가 갈라진 것이다. 너희가 잘못해서 하느님의 얼굴을 가려 너희 청을 들으실 수 없게 된 것이다. 너희 손바닥은 사람 죽인 피로 부정해졌고 손가락은 살인죄로 피투성이가 되었구나. 너희 입술은 거짓이나 지껄이고 너희 혀는 음모나 꾸민

다. 모두들 하나같이 부당한 송사를 일으키고 없는 일을 꾸며내어 고소하는구나. 터무니없는 것을 믿고 사실무근인 소리를 지껄인다. 그밴 것이 음모인데 잔악 말고 무엇을 낳겠는가? 독사의 알이나 품어 까려는 것들, 거미줄이나 치려는 것들, 그 알을 하나만 먹어도 사람은 죽고, 눌러 터뜨리면 독사가 나온다. 그들이 치는 거미줄로는 옷도 만들지 못하고 천을 짜서 몸을 두르지도 못한다. 그들이 한다는 짓은 잔학뿐이요, 손으로 한다는 짓은 횡포뿐이다. 그들의 발은 나쁜 짓이나 하러 뛰어다니고 죄 없는 사람의 피나 흘리러 달린다. 잔악한 계책을 꾸며 닥치는 대로 빼앗아 먹고 짓부수는 것들, 평화의 길은 아랑곳도 없는데 그 지나간 자리에 어찌 정의가 있겠는가? 그들이 구불구불 뚫어놓은 뒷골목을 가면서 평화를 맛볼 사람이 있겠는가? 그리하여 공평은 우리에게서 멀어만 가고 정의는 우리에게서 떨어져만 간다. 빛을 기다렸는데 도리어 어둠이 오고 환하기를 고대하였는데 앞길은 깜깜하기만 하다. 우리는 담을 더듬는 소경처럼 되었고 갈 길을 몰라 허둥대는 맹인이 되었다. 한낮인데도 황혼 무렵인 듯 발을 헛디디기만 하는 모양이 몸은 피둥피둥한데도 죽은 것이나 다름없구나.   「이사야」 59:2~10

4 이 땅에는 기막힌 일, 놀라 기절할 일뿐이다. 예언자들은 나의 말인양 거짓말을 전하고, 사제들은 제멋대로 가르치는데, 내 백성은 도리어 그것이 좋다고 하니, 그러다가 끝나는 날이 오면 어떻게 하려느냐?   「예레미야」 5:30~31

5 세상은 무법천지가 되어 사람들의 마음속에서 따뜻한 사랑을 찾아

볼 수 없게 될 것이다. 「마태복음」24:12

6 이제는 너희의 때가 되었고 암흑이 판을 치는 때가 왔구나.

「누가복음」22:53

7 전쟁은 휘장 같은 것으로, 많은 사람 많은 민족이 그 휘장 뒤에 숨어 세계가 결코 어떤 방법으로도 감당하지 못할 죄악들에 몸을 내맡기고 있다. 스프링필드

8 하느님께서 민족 사이의 분쟁을 판가름해주시고 강대국 사이의 시비를 가려주시리라. 그리되면 나라마다 칼을 쳐서 보습을 만들고 창을 쳐서 낫을 만들리라. 나라와 나라 사이에 칼을 빼어드는 일이 없어 다시는 군사를 훈련하지 아니하리라. 사람마다 제가 가꾼 포도나무 그늘, 무화과나무 아래 편히 앉아 쉬리라—만군의 야훼께서 친히 하신 말씀이다. 「미가」4:3~4

/ 살인은 누가 그것을 허용하든 또 아무리 변명하든 죄악이다. 따라서 사람을 죽이는 자나 그것을 준비하는 자나 모두 죄인이며, 그들에게 필요한 것은 존경과 동의와 칭찬이 아니라 연민과 교화와 설득이다.

4월 9일

선에 대한 사랑과 불멸에 대한 믿음은 서로 떼어놓을 수 없다.

1 아무도 내세가 존재한다는 것을 안다고 말할 수 없다. 이에 대한 우리의 신념은 논리적 진실이 아니라 도덕적 믿음에 기초한다. 그러므로 나는 신과 나의 불멸이 의심할 나위 없는 진실이라고 말할 수는 없지만 신이 존재하고 나의 '자아'가 불멸한다는 것은 도덕적으로 확신한다고 믿어야 한다. 이는 곧 신과 내세에 대한 믿음이 나에게서 분리될 수 없을 만큼 나의 본성과 긴밀한 관계를 맺고 있다는 것을 뜻한다. 칸트

2 삶이 정신적일수록 더욱 불멸을 믿게 된다. 우리의 본성이 동물적 야수성에서 멀어질수록 우리의 본성에 대한 의심도 점점 사라진다. 미래를 가리는 휘장이 걷히고 어둠이 사라지면 우리는 지상에서 이미 자신의 불멸을 느끼게 된다. 마티노에 의함

3 내가 보고 아는 모든 것이, 내가 본 적 없고 모르는 것을 믿으라고 나에게 가르친다. 우리를 위해 신이 미래에 준비해둔 것은 그것이 무엇이든 분명 지금 우리가 이 세상에서 알고 있는 신의 모든 행위처럼 위대하고 지혜로운 것이다. 우리의 미래는 우리가 이 삶에서 상상할 수 있는 가장 지고한 것과 일치해야 한다. 에머슨

4 죽음은 무서운 것이 아니지만, 우리가 살아가며 영원한 율법에서 얼마나 멀어졌느냐에 따라 무섭게 느껴진다.

5 이 세상에서 우리는 학자가 자신의 학문에 대해 이야기하고 있는 방에 들어간 어린아이와 같다. 아이는 그 이야기의 시작을 듣지 못했고, 이야기가 끝나기도 전에 나가버릴 것이다. 뭔가 들었지만 이해하지 못할 것이다. 신의 위대한 말은 우리가 배우기 시작한 때보다 수십 세기 전에 시작되었고 우리가 재로 돌아가고 나서도 여전히 계속될 것이다. 우리는 신의 말 일부를 겨우 들었을 뿐이며 들은 것의 대부분을 이해하지 못한다. 그렇기는 하지만 우리는 위대하고 엄숙한 뭔가를 아주 막연하게나마 조금은 이해한다.   데이비드 토머스

6 신을 사랑하는 사람은 신의 사랑을 갈구하지 않는다. 자신이 사랑하는 것만으로도 충분하다.   스피노자

/ 자신의 전 존재로 선, 즉 신을 사랑하는 사람은 자신의 불멸을 의심하지 않는다.

4월 10일

사람들 안에서 이루어지고 있는 신적 근원의 해방은 현재의 질서를 개혁해 새로운 질서를 수립하도록 우리를 이끈다.

1 오래 살수록 해야 할 일이 더 많아진다. 우리는 중요한 시대를 살고 있다. 일찍이 지금처럼 우리가 해야 할 일이 많았던 적은 없다. 현대는 좋은 의미에서 혁명의 시대, 물질적인 의미가 아니라 정신적 의미에서 혁명의 시대이고, 사회조직과 인간성의 완성이라는 숭고한 이념이 만들어지고 있다. 우리는 수확을 보지 못하고 이 세상을 떠나겠지만, 믿음을 가지고 씨앗을 뿌리는 것은 크나큰 행복이다. 채닝

2 사회 이곳저곳에서 때로는 원성으로, 때로는 증오와 비탄으로 드러나고 있는 오늘날 그리스도교에 대한 뿌리깊은 불만의 소리에 귀기울여보라. 모든 사람이 신의 나라가 도래하기를 갈망하고 있다. 그리고 그날은 가까워지고 있다.

　　순수한 그리스도교가 같은 이름으로 불리고 있는 사이비가 차지한 자리를 더디지만 서서히 되찾아가고 있다. 채닝

3 자연의 건조함(습기 부족)이 모진 추위(겨울 혹한)와 모진 더위(여름 혹서)라는 상반된 두 원인에서 비롯되듯, 인간의 과단성(망설임 없음)도 순수하게 이단적인 자각과 순수하게 그리스도교적인 자각이라는 상반된 두 원인에서 비롯된다.

　　겨울에서 여름으로 넘어가는 봄에 건조도는 가장 낮고 습도는 가장 높듯이 인간 내면에서도 이교에서 그리스도교로 옮아가는 시기에 과단성은 가장 떨어지고, 무엇을 하고 어떻게 해야 하는가에 대한 망설임은 가장 커진다.

　　봄으로의 이행이나 이교에서 그리스도교로 옮아가는 상태를 이해하지 못하는 사람들만이 그러한 이행을 반기지 않을 것이다. 봄의 습

도도 인간의 우유부단함과 망설임도 모두 자연과 인간의 이행적 상
태에서 비롯된 것, 즉 전자는 태양계의 변화에 의해, 후자는 삶에 대
한 인식의 성숙에 의해 비롯된다는 것을 이해한다면 습도와 망설임
을 탄식하기는커녕 오히려 자연에 여름이 다가오고, 인류에게 신의
나라가 다가온다는 분명한 징후에 기뻐할 것이다.　　　　스트라호프

4　모든 사람이 한 형제라는 종교적 인식이 널리 퍼져 있는 오늘날 진
　정한 학문은 이러한 인식을 실생활에 적용할 수 있도록 그 수단과
　방법을 가르쳐주는 것이어야 하고, 예술은 이러한 인식을 사람들에
　게 불러일으키는 것이어야 한다.

5　목적지가 멀수록 더욱 전진해야 한다. 서두르지 말고, 쉬지도 말고 나아가라.
　　　　　　　　　　　　　　　　　　　　　　　　　　마치니

6　나는 내 앞에서 예속과 정치적 속박에 억눌린 민중을, 누더기를 걸
　치고 굶주림에 지친 민중을, 부자들이 호사스러운 술자리에서 모욕
　적으로 던져주는 음식 찌꺼기를 줍는 민중을 본다. 한편으로는, 야수
　같은 증오와 야만적 기쁨에 취해 무서운 반역의 충동에 몸을 던지는
　민중을 본다. 그리고 나는 그렇게 야수로 변한 사람들에게도 신의 표
　징이 있고 그들도 우리와 공통된 사명을 가지고 있다는 것을 생각한
　다. 그리고 나는 미래로 눈길을 돌린다. 내 앞에서 오롯이 위엄을 빛
　내며 서 있는 그 민중은, 사랑과 평등이라는 보편적 매듭으로 맺어진
　믿음의 형제들이다. 나는 사치로 타락하지 않고 가난 때문에 야수가

되지도 않은 미래의 민중을, 인간의 존엄을 오롯이 의식하는 미래의 민중을 본다. 그래서 내 마음은 현재를 생각하면 괴롭게 죄어들고, 미래를 생각하면 기쁨에 떨린다. 마치니

/ "너희는 걱정하지 마라. 하느님을 믿고 또 나를 믿어라." 「요한복음」 14:1 이 것은 그리스도가 우리에게 계시한 각자의 내부에 있는 신성을 믿으라는 뜻이다. 인간은 자기 안의 신성을 자각하지 않을 수 없으며, 따라서 신성은 실현되지 않을 수 없다.

4월 11일

정신적 세계는 육체적 세계보다 모든 것이 훨씬 더 긴밀하게 연결되어 있다. 모든 기만은 반드시 또다른 기만을 부르고, 모든 잔학은 반드시 또다른 잔학을 부른다.

1 가벼운 계율을 어긴 자는 자신을 통제하지 못해 결국 중대한 계율도 어기게 된다. 만일 그가 "네 이웃을 네 몸같이 사랑하라"는 계율을 어긴다면, 복수하지 말라, 악을 품지 말라, 네 형제를 미워하지 말라는 계율도 어기고 마침내 피를 흘리게 될 것이다. 『탈무드』

2 사람들은 기억력이 좋지 않기 때문에, 자신의 양심이 깨끗하다고 자랑하는 것이다. 조니자드 라페시스키

3 속으로 이 정도쯤이야 하고 악을 가벼이 여기지 마라. 작은 물방울이 모여 항아리를 채운다. 어리석은 자는 조금씩 악을 저지르다 마침내 온몸이 악으로 가득차게 된다.

선에 대해서도 할 수 없을 거라고 지레 포기하지 마라. 물 한 방울 한 방울이 그릇을 가득 채우듯 선을 향해 꾸준히 나아가는 사람 역시 조금씩 선을 실천하다 마침내 온몸이 선으로 가득차게 된다. 『법구경』

4 우리 안에는 다른 죄악에 의해 유지되는 죄악이 있다. 나무줄기를 베면 가지들이 함께 쓰러지듯, 근원적인 죄악을 제거하면 함께 사라지는 죄악도 있다. 파스칼

5 하나의 악을 뿌리 뽑으면 열 가지 악이 사라진다. 에두아르 로드

6 양심은 우리의 길잡이다. 사람들은 길을 잃었을 때 자신의 삶을 양심이 인도하는 길로 향하게 하든가, 양심이 가리키는 것을 외면해버린다. 첫번째를 위한 수단은 자기 안에 빛을 키워 그 빛이 비추는 것에 집중하는 것뿐이다. 그러나 두번째를 위한 수단은 내적인 것과 외적인 것 두 가지가 있다. 외적 수단은 양심이 가리키는 것에서 주의를 딴 데로 돌리기 위해 다른 일에 몰두하는 것이고, 내적 수단은 양심 자체를 흐리게 하는 것이다. 이것을 경계하라. 선의 길에서 한 발짝이라도 벗어나는 날에는 미처 알아차릴 새도 없이 악의 진창에 빠질 것이다.

악이 움트는 것을 주시하라. 악이 움트는 것을 알리는 영혼의 목소리가 있다. 그럴 때면 마음이 불편하고 부끄러워진다. 그 목소리를 믿어라. 잠시 멈추고 찾아보면 분명 기만이 움트는 것을 발견할 것이다.

4월 12일

인간은 내면으로 깊이 들어가면 초인적인 뭔가를 의식하게 된다.

1 우리가 이처럼 존재하기에 신은 이미 존재한다. 그것을 신이라 불러도 좋고 뭐라 불러도 좋으나, 우리 안에 우리가 창조한 것이 아니라 우리에게 주어진 생명이 있다는 것은 의심할 나위가 없다. 그 생명의 원천을 뭐라 부르는가는 중요하지 않다. 마치니

2 인간은 상상 속에서 온갖 환영을 만들어내 그것을 두려워한다. 그러나 그것은 어디까지나 상상이기 때문에 괜찮다. 그러나 지성이 날조한 논증에 굴복하고 두려워해서는 안 된다. 지성은 기만당해서는 안되기 때문이다. 그럼에도 크기에 대한 착각은 공간의 개념을 낳는 지성의 기만이다. 창조된 것은 창조자보다 클 수 없고, 아들은 아버지보다 크지 않다. 그래서 여기에는 수정이 필요하다. 지성은 자신에 대해 잘못된 개념을 심어놓는 공간에서 해방되어야 한다. 그러나 이해방은 우리가 공간 속에서 지성을 보는 대신 지성 속에서 공간을 보는 것을 배울 때 비로소 가능하다. 그렇다면 그것을 어떻게 배워야 할까? 공간을 본래의 성질로 되돌리는 것이다. 공간은 원래 지성이

활동하는 조건에 지나지 않는다.

그러므로 신은 몇십억 세제곱베르스타의 공간을 차지하지 않아도 어디에나 존재한다. 백 배 작다거나 백 배 더 크다거나 하며 가늠할 수 있는 것이 아니다.

의식 속 세계는 공간을 갖지 않지만, 세계에 대해 논할 경우에는 하늘 위 무한한 공간이 필요하다.

의식에는 시간과 수도 필요하지 않다. 의식은 지성 속에 있을 뿐이다. 그러므로 인간은 아무리 거대한 공간과 무한한 시간과 무한대의 수와 비교해도 결코 작지 않으며, 오히려 크다고 해야 할 것이다.

아미엘

3 숲속에 서서 전나무의 뾰족한 잎들 사이로 몸을 숨기려고 애쓰며 땅을 기어가는 딱정벌레를 보노라면, 나는 어쩌면 내가 그 벌레들에게 아주 기쁜 소식을 전해줄 은인일지도 모르는데 왜 그렇게 겁을 먹고 몸을 숨길까 의아해진다. 그럴 때면 나도 모르게 딱정벌레나 다름없는 존재인 인간들 위 저 커다란 은인을 생각하게 된다.

소로

4 신을 찾지 않는 자에게는 신이 존재하지 않는다. 네가 신을 찾을 때 신은 네 안에 있고, 너는 신 안에 있다.

5 신을 찾는 것은 그물로 물을 뜨는 것과 같다. 뜨고 있는 동안은 물이 보이지만 그물을 끌어내면 아무것도 없다.

사유와 행위를 통해 신을 찾고 있는 동안에는 신이 네 안에 있다.

그러나 신을 찾았다고 안심하는 순간 신을 잃어버릴 것이다.

스트라호프

6 이 세계와 우리의 삶 저편에 누군가가 있다는 의심할 나위 없는 진리를, 왜 이 세계가 존재하고 우리가 왜 부글거리는 물거품처럼 솟아올랐다 부서졌다 사라지는지 아는 누군가가 있다는 의심할 나위 없는 진리를 나는 왜 예전에는 알지 못했는지 놀라울 뿐이다.

7 모든 것이 조용히 신에 대해 이야기하고 있는 이 위대한 존재들의 결합 속에서 믿지 않는 자는 오직 영원한 침묵을 볼 뿐이다.   루소

❘ 신을 의식하지 못한다는 이유로 신이 존재하지 않는다고 결론 내릴 권리는 없다.

4월 13일

우리는 삶의 영적이고 신적인 근원을 한편으로는 이성으로 인정하고, 다른 한편으로는 사랑으로 인정한다.

1 지혜로운 사람에게는 세 가지 특징이 있다. 첫째, 남에게 하라고 권하는 일은 스스로도 한다. 둘째, 정의에 어긋나는 행동은 절대 하지

않는다. 셋째, 남의 결점을 너그럽게 넘긴다.

2 **위대한 사상은 마음에서 나온다.** 보브나르그

3 우리의 도덕적 감정과 지성은 서로 굳게 얽혀 있어서 어느 한쪽에 손을 대면 다른 한쪽에도 손을 대지 않을 수 없다. 아무리 대단한 지성이라도 도덕적 감정이 없는 지성은 커다란 불행의 원인이 될 뿐이다.
러스킨

4 무엇이든 연구하라. 그러나 이성에 합치하는 것만 믿어라.

5 이성과 지성은 전혀 다른 성질의 것이다. 지성은 뛰어나지만 이성은 부족한 사람들이 많다. 지성은 삶에 필요한 모든 세속적 조건들을 이해하고 헤아리는 능력이고, 이성은 우리의 영혼에 자신의 세계와 신의 관계를 스스로 계시하는 능력이다. 이성과 지성은 정반대의 것이다. 이성은 지성이 인간 위에 쌓아올리는 온갖 유혹과 기만에서 인간을 해방한다. 바로 이것이 이성의 중요한 활동이다. 이성은 온갖 악의 유혹을 이기고 인간 영혼의 본성인 사랑을 발견해 발현하게 한다.

6 사람들은 선행이 깊은 사유보다 중요하다고 말하면서 이성과 양심을 구별한다. 그러나 분리할 수 없는 영혼의 힘을 구별하는 것은 우

리의 본성을 기형으로 만드는 일이다. 선행에서 사유를 떼어내면 대체 무엇이 남을까? 사유가 없다면 우리가 양심이라고 부르는 것도 결국은 몽상과 과장과 악을 정당화하는 것으로 변질한다. 세상에서 일어난 가장 잔인한 행위들이 양심이라는 이름으로 자행되었다. 사람들은 양심의 명령이라는 핑계로 서로를 미워하고 죽여왔다.　채닝

／ 이성적인 사람은 절대 악인일 리 없다. 선인은 언제나 이성적이다. 이성을 연마해 자기 안의 선을 키우고, 사랑을 실천함으로써 이성을 키워라.

4월 14일

부자—지배자, 빈자—피지배자로 나뉜 사회에서 선한 제도란 존재할 수 없다.

1 황금만능주의로 인해 우리는 기괴한 결론에 이르렀음을 인정하지 않을 수 없다. 우리는 공동사회에서 살고 있다고 말하면서도, 공공연히 완전한 분열과 극단적인 소외를 설파한다. 우리의 삶은 서로 돕는 정경이 아니라 공정한 경쟁 따위의 미명으로 꾸민, 엄밀히 말하면 가혹한 전쟁의 법칙으로 뒤덮인 적대의 정경을 보이고 있다. 우리는 모든 인간관계가 금전 지불로 귀착하는 것이 아님을 완전히 잊고 있다. "노동자가 굶어죽거나 말거나 나와 무슨 상관입니까?" 하고 부유한 공장주는 말한다. "나는 그들을 원칙에 맞게 고용하고 약속했던 임금

을 마지막 한 푼까지 계산해주지 않았소? 그 이상 어떡하라는 겁니까?" 그렇다, 황금만능주의는 참으로 한심한 신앙이다. 카인이 제 욕심 때문에 아우 아벨을 죽이고 야훼가 그에게 "네 아우 아벨은 어디 있느냐?"라고 물었을 때, 그는 "내가 아우를 지키는 사람입니까?" 하고 대답했다. 공장주 또한 이렇게 말할 것이다. "내가 내 형제에게 약속한 돈을 안 주기라도 했다는 겁니까?"

칼라일

2 인간은 땅 위에서 땅에 의존해 살아갈 수밖에 없는 존재인데, 누군가가 살고 있는 땅을 빼앗는 것은 그의 피와 살을 소유해 완전한 노예로 만드는 것과 같다. 사회가 일정한 발전 단계에 이르면, 결국 땅의 탈취로 생기는 노예제도는 주인과 노예의 관계가 덜 직접적이고 덜 노골적일 뿐 사람들의 육체를 소유물로 삼는 노예제도보다 더 잔인하고 더 비도덕적이다.

헨리 조지

3 지금 세상에는 우리 조상들이 상상도 하지 못했던 행복을 위한 수단과 편리한 것들이 넘친다! 그런데 우리는 과연 행복한가? 소수의 사람들은 더 큰 행복을 누리게 되었지만, 대부분의 사람들은 더 불행해졌다. 우리는 부유한 소수의 행복을 위한 수단을 늘리면서 대다수를 불행하게 하거나 불행하다고 느끼게 만들고 있다. 남의 행복을 희생시켜 얻는 행복이 과연 정당한 것일까!

루소

4 물에 빠져 죽어가는 사람을 구하기 전 그 사람에게 구해주면 재산을 주겠다는 약속을 받아냈다고 하자. 이것은 명백히 봉사에 대한 거래

다. 물에 빠진 사람에게는 재산보다 목숨이 귀하기 때문이다. 이런 거래에 대해 무슨 말을 할 수 있겠는가? 그러나 재산이 보잘것없는 다른 수백만의 사람은, 그 약간의 재산마저 뺏기고는 그들의 유일한 자산인 노동력으로 간신히 생존할 만큼의 대가를 받으며 살고 있다.

솔터

5 백만장자 뒤에는 항상 거지가 있다. 헨리 조지

6 한쪽에 무지와 가난과 예속과 타락이 있고, 다른 한쪽에 문화와 부와 권력이 있어 서로 존경하고 사랑하는 것을 방해하는 곳에서 그리스도교적 형제애는 존재할 수 없다. 마치니

7 포악한 주인이 되는 것은 순종적인 노예가 되는 것보다 나쁘다. 가난을 괴로워하지 말고 부귀를 괴로워하라.

/ 네가 분에 넘치는 보수를 받았다면 누군가 일을 하고 그 대가를 받지 못한 것이다. 마이모니데스

행상인

채소장수 제롬 크랭크빌은 손수레를 끌며 "양배추, 당근, 순무 사려!" 하고 외치면서 거리를 돌아다녔다. 파가 있는 날에는 "싱싱한 아스파라거스요!" 하고 외쳤다. 파는 가난한 사람들에게 아스파라거스 대신이었기 때문이다. 10월 20일 오후 한시쯤이었다. 몽마르트르 거리를 내려가는데 구둣방 안주인인 마담 바야르가 가게에서 뛰어나오더니 채소 수레로 다가왔다. 그리고 멸시하는 듯한 표정으로 파 한 단을 집어들며 말했다.

"파가 별로 좋진 않네. 한 단에 얼마죠?"

"15수^{프랑스의 동전. 20분의 1프랑}입니다, 아주머니. 이보다 좋은 파는 구경 못하실걸요."

"이따위 파가 한 단에 15수라고?"

그녀는 얼굴을 찌푸리며 파를 손수레에 던져버렸다.

이때 64번 번호를 단 순경이 다가와 크랭크빌에게 말했다.

"거기, 비키시오!"

크랭크빌은 벌써 오십 년이나 거리에서 아침부터 저녁까지 손수레를 끌고 돌아다녔다. 그는 순경의 명령이 당연하고 법에도 맞는 거라고 생각했다. 그래서 순경의 명령에 따를 생각으로 구둣방 안주인에게 얼른 고르라고 재촉했다.

"다시 처음부터 골라봐야겠는데." 구둣방 안주인은 화를 내며 말했다.

그녀는 한 단씩 살펴보고 개중 나아 보이는 파 한 단을 골라 가슴에 안았다.

"14수에 줘요. 그거면 되지 뭘. 금방 가게에 가서 가져올게요. 돈을 안 들고 나왔거든."

그녀는 파를 가슴에 안고, 방금 어린아이를 안은 여자 손님이 들어간 자기 가게로 돌아갔다.

이때 64번 순경이 다시 크랭크빌에게 말했다.

"얼른 가시오!"

"돈을 기다리는 중입니다." 크랭크빌은 대답했다.

"누가 돈을 기다리는 게 아니라고 말했나. 어서 비키라는 거지." 순경은 엄격히 말했다.

가게로 돌아간 구둣방 안주인은 태어난 지 일 년 반쯤 된 어린아이 발에 맞는 하늘색 구두를 골라주고 있었다. 여자 손님이 몹시 서두르는 통에 새파란 파 다발은 탁자 위에 느긋이 누여 있었다.

오십 년 동안 손수레를 끌고 거리를 돌아다녔던 크랭크빌은 권력에 복종할 줄 알았다. 그러나 이때의 그는 권리와 의무 사이에 낀 예외적인 상태에 빠져 있었다. 그는 법에 대해 무지해서 아무리 개인의 권리 행사를 위해서라 해도 사회적 의무를 지키지 않으면 안 된다는 것을 이해하지 못했다. 그는 14수를 받아야 한다는 자신의 권리에 지나치게 집착한 나머지 손수레를 비켜줘야 한다는 의무를 소홀히 했다. 그는 움직이지 않았다.

64번 순경은 화난 기색은 없이 침착한 목소리로 빨리 가라고 세번째 명령했다.

"빨리 가라는 말이 들리지 않나?"

크랭크빌에게는 그 자리를 떠날 수 없는 너무나 중요한 이유가 있었다. 그는 다시 한번 솔직하게 순진한 어조로 이유를 말했다.

"이보시오, 나리! 돈을 기다리고 있다고 말씀드렸잖습니까."

그러자 순경이 대답했다.

"이봐, 집행 방해죄로 끌려가고 싶은 건가? 그걸 원한다면 말만 하시오."

크랭크빌은 이 말에 다만 천천히 어깨를 움츠리며 우울한 눈빛으로 순경을 쳐다보았다. 그리고 곧 시선을 하늘로 들었다. 그의 눈은 이렇게 말하고 있었다.

'내가 범법자인지 아닌지는 하느님이 아신다……'

그러나 순경은 그 시선의 의미를 이해하지 못했는지, 아니면 명령에 못 따를 이유가 없다고 판단했는지 또다시 날카롭고 엄격한 어조로 알아들었느냐고 다그쳤다.

그때 마침 몽마르트르 거리에 마차가 유난히 많이 몰려들었다. 삯마차, 무개마차, 달구지, 승합마차, 손수레가 마치 꿰어놓은 듯이 줄줄이 들어섰다. 사방에서 고함소리와 욕설이 터져나왔다.

마부들은 멀리 서 있는 가게 점원들과 질펀하게 상스러운 욕을 주고받았다. 승합마차 차장들은 크랭크빌을 혼잡의 주범이라 생각하고 그를 '더러운 파'라고 불러댔다.

그러는 동안 호기심에 끌린 구경꾼들이 잇따라 모여들어 말다툼에 귀를 기울였다. 구경꾼들이 지켜보고 있다는 것을 의식하자 순경은 자기 권력을 보여줄 수밖에 없다고 생각했다.

"좋아." 그는 말하면서 호주머니에서 지저분한 수첩과 몽당연필을 꺼냈다.

크랭크빌은 눈에 보이지 않는 내부의 어떤 힘에 이끌려 고집을 부렸다. 게다가 지금 그는 앞뒤로 꼼짝도 할 수 없는 상태였다. 엎친 데 덮치기로 그의 손수레바퀴가 우유장수의 수레바퀴와 엉켜버렸던 것이다.

그는 체념하듯 머리털을 쥐어뜯으며 소리를 질렀다.

"아니, 돈을 기다린다고 말하잖습니까! 이건 또 무슨 날벼락이야!

이게 다 무슨 꼴이야, 이리도 재수가 사나울까! 오, 이 일을 어쩌지!"

반항보다는 절망을 표현한 말이었는데도 64번 순경은 채소장수가 자신을 모욕했다고 생각했다. 순경들을 향한 모든 모욕은 전통적이고 지당한 표현, 습관에 의해 만들어져 거의 의례적이 되어버린 '망할 놈의 암소야!'*라는 말에 응축되어 있었다. 64번 순경도 이런 표현이 이미 머릿속에 있었기 때문에 그의 말을 그 모욕으로 받아들였다.

"뭐! 지금 '망할 놈의 암소야!'라고 말했나! 좋아, 따라오시오."

행상인은 극도의 의혹과 절망에 빠져 동그래진 눈으로 64번 순경을 쳐다보고 푸른색 허드레옷 위로 팔짱을 낀 채 크게 외쳤다.

"내가 '망할 놈의 암소야!'라고 말했다고? 내가?…… 오!……"

그 모습을 보고 가게 점원들과 골목 개구쟁이들이 비웃어댔다. 그의 체포는 구경거리에 대한 군중의 비열하고 잔인한 열정을 대만족시켰다. 이때 구경꾼들 속에서 운두가 높은 모자를 쓰고 검은색 옷차림을 한 노인이 나섰다. 그는 순경에게 다가가 나직하고 점잖지만 단호한 목소리로 말했다.

"잘못 들은 거요. 이 사람은 당신을 모욕하지 않았습니다."

"남 일에 참견 마십시오." 순경이 대답했다. 하지만 순경은 상대방의 훌륭한 옷차림을 보고 위협적인 어조는 자제했다.

노인은 차분하고 신중하게 다시 주장했다. 그러자 순경은 노인에게 서장 앞에 가서 그렇게 설명하라고 말했다.

크랭크빌도 다시 소리쳤다.

"그러니까 내가 '망할 놈의 암소야!'라고 말했다고? 오오!……"

그가 한창 그 이상한 말을 하고 있을 때 구둣방 안주인인 마담 바

---

* 파리의 도둑들은 순경을 '암소'라고 불렀다. 이 표현은 순경에게 아주 모욕적인 것으로 여겨졌다─원주.

야르가 손에 돈을 쥐고 가게에서 나왔다. 그러나 이미 채소장수는 순경에게 멱살을 잡혀 끌려가고 있었기 때문에 돈을 치르고 말고 할 것도 없다고 생각해 14수를 도로 앞치마 호주머니에 집어넣었다.

크랭크빌은 느닷없이 손수레를 빼앗기고, 자유를 잃고, 발밑에는 파멸의 구렁텅이가 입을 쩍 벌리고 있고, 해마저 뉘엿뉘엿 지고 있다는 것을 깨달았다. 그는 투덜거렸다.

"엎치나 메치나지!"

이름 모를 노인은 경찰서장 앞에서 자신은 거리에서 마차들의 정체로 발이 묶여 우연히 사건의 목격자가 되었다고 설명했다. 그리고 순경은 절대로 모욕당한 것이 아니며 잘못 들었을 뿐이라고 단언했다. 그리고 앙브루아즈-파레 병원의 원장이자 레종 도뇌르 훈장을 받은 다비드 마티외라고 자기 신분을 밝혔다.

그러나 크랭크빌은 풀려나지 못하고 경찰서에서 하룻밤을 보냈고 이튿날 아침 수인마차에 실려 감옥으로 이송되었다.

그는 감옥이 끔찍하거나 괴로운 곳이라고 생각하지 않았다. 도리어 없어서는 안 될 곳이라고 여겼다. 감옥에서 그가 무엇보다 놀란 것은 벽과 마루가 깨끗하다는 것이었다.

그는 말했다.

"이런 곳치고는 정말 깨끗하군. 마룻바닥에 앉아서 밥을 먹어도 되겠어."

혼자 남자 그는 의자를 조금 움직여보려고 했는데 의자는 벽에 단단히 고정돼 있었다. 노인은 깜짝 놀라 큰 소리로 말했다.

"허, 그것참 훌륭하군! 정말 생각지도 못했는데!"

그는 의자에 앉아 감탄하며 주위의 물건들을 하나하나 손으로 만져보았다. 정적과 고독이 그를 괴롭혔다. 지루했다. 그는 불안한 마음으로 양배추며 당근이며 셀러리며 상추가 가득 실린 손수레를 생

각했다. 그리고 우울한 마음으로 자신에게 물었다. '그자들이 내 손수레를 어디로 치워놨을까?'

사흘째 되는 날, 법조계에서 가장 젊은 변호사 중 하나인 르메를이 찾아왔다.

크랭크빌은 그에게 사건을 설명하려 했지만 말주변이 없는 그에게는 쉽지 않은 일이었다. 누가 거들어주기만 했어도 어떻게든 해냈을지도 모르지만, 그의 변호사는 노인의 모든 말에 미심쩍은 듯 고개를 내젓고 서류를 뒤적거리며 중얼거렸다. "음! 음! 그런데 조서에는 그런 말이 전혀 없군……"

이윽고 변호사는 지친 표정으로 금발 콧수염을 꼬며 그에게 말했다.

"전부 인정해버리는 것이 오히려 나을 것 같습니다. 전부 부인하는 건 오히려 당신에게 불리하게 작용할 것 같은데요."

이렇게 된 이상 크랭크빌도 자기가 무엇을 인정해야 하는지만 알았다면 정말 그랬을 것이다.

부리슈 재판장은 크랭크빌의 심문에 딱 육 분을 소요했다. 만일 피고가 제기된 질문에 제대로 대답했더라면 좀더 좋은 결과가 있었을지도 모른다. 그러나 크랭크빌은 언쟁에 익숙하지 못할 뿐만 아니라 그런 자리에 서면 공포와 존경심이 입을 꽉 틀어막아버렸다. 그래서 그가 침묵을 지키는 바람에 재판장이 스스로 답변까지 하지 않을 수 없었다. 그 답변은 피고의 유죄를 뒷받침하는 것이었다. 재판장은 이렇게 결론을 내렸다.

"그러니까 당신은 결국 '망할 놈의 암소야!'라고 했다는 것을 인정한다는 말이군요."

그제야 피고 크랭크빌의 목구멍에서 낡은 쇳덩이가 부딪치는 소리나 유리 깨지는 것 같은 소리가 튀어나왔다.

"순경 나리가 '망할 놈의 암소야!'라고 말해서 저도 '망할 놈의 암소야!'라고 말한 겁니다. 그러니까 그제야 저도 '망할 놈의 암소야!'라고 말했단 말입니다." 그는 느닷없는 비난에 정신이 나가서 그저 그 무서운 말을 따라 했을 뿐이라고, 그 말을 자신이 했다고 할 수도 있겠지만 자신은 결코 그 말을 하지 않았다는 것을 이해시키려 했다.

재판장 부리슈는 그 말을 다른 의미로 이해했다.

"그럼 피고는," 그는 말했다. "순경이 먼저 그 말을 입에 담았다는 겁니까?"

크랭크빌은 설명을 단념해버렸다. 그에게는 너무나 어려운 일이었다.

"피고는 항변하지 않는군요. 당연히 그럴 테지만." 재판장은 말했다.

그리고 그는 증인을 부르라고 명령했다.

바스티앵 마트로라는 이름의 64번 순경은 진실을, 오직 진실만을 말하겠다고 선서했다. 그는 다음과 같이 진술했다.

"10월 20일 오후 한시에 직무 수행중 본인은 몽마르트르 거리에서 행상인으로 보이는 한 인물을 보았습니다. 그런데 그 사람의 손수레가 328번지 소재 가옥 앞에 불법 정차되어 교통체증의 원인이 되었습니다. 그래서 세 차례 이동 명령을 내렸지만 그는 명령을 거부했습니다. 제가 경위서를 꾸미겠다고 경고하자 그는 제게 '망할 놈의 암소야!' 하고 외쳤습니다. 저는 심한 모욕감을 느꼈습니다."

법관들은 그의 간결한 해명을 들으며 분명한 호감을 보였다. 구둣방 안주인 바야르와 앙브루아즈-파레 병원장이자 레종 도뇌르 훈장 수훈자인 다비드 마티외에게도 진술의 기회가 주어졌다. 마담 바야르는 아무것도 보지도 듣지도 못했다. 한편, 닥터 마티외는 행상인에게 이동 명령을 내리던 순경을 둘러싼 군중 속에 있었다. 그의 진술은 기묘한 결과를 낳았다.

"저는 이 사건의 목격자입니다." 그는 말했다. "저는 그때 순경이 오해했다는 것을 알았습니다. 그를 모욕한 사람은 없었습니다. 저는 그에게 다가가 그렇다고 말해주었습니다. 그런데도 순경은 행상인을 체포했고, 저에게 서장 앞에 가서 진술하라고 했습니다. 그래서 이미 서장님에게도 제가 본 대로 얘기했습니다."

"앉아도 좋습니다." 재판장은 말했다. "수위, 마트로 순경을 다시 불러주시오."

"마트로 순경, 당신이 피고를 체포했을 때 닥터 마티외가 당신이 오해하고 있다고 알려주지 않았소?"

"네, 그는 저를 모욕했습니다, 재판장님."

"그가 뭐라고 말했습니까?"

"'망할 놈의 암소야!'라고 했습니다."

웅성거리는 소리와 웃음소리가 법정 안을 메웠다.

"가도 좋소." 재판장은 당황한 투로 말했고, 방청객들에게 지금과 같은 무례한 태도가 되풀이된다면 방청을 금하겠다고 경고했다. 변론하는 측이 이길 것 같은 형세였고 사람들은 이 순간 모두 크랭크빌이 무죄가 될 거라 생각하고 있었다.

법정이 다시 정숙해지자 르메를씨가 일어섰다. 그는 경찰관에 대한 찬사로 변론을 시작했다. "그들은 쥐꼬리만한 봉급에도 피로를 견디고 끊임없는 위험에 몸을 맡기면서 날마다 영웅적인 임무를 수행하고 있는 우리 사회의 겸허한 근로자들입니다. 그들은 모두 군인 출신이며, 지금도 군인입니다. 군인!…… 이 한마디가 이미 모든 것을 설명해줍니다." 그리고 르메를씨는 군인의 미덕에 대한 고매한 의견을 늘어놓기 시작했다. 그의 말에 따르면 그는 이미 '그가 일찍이 복무하는 영광을 가졌던 국민군, 즉 군대를 모욕하는 것을 용서하지 않는' 사람들 중 하나였다.

재판장은 고개를 끄덕였다.

르메를씨는 실제로 민병대 해군 대위였다. 동시에 비엘-오드리에 트구르[*] 경찰의 민간 대표였다.

변호사는 계속했다.

"그렇기 때문에 말할 것도 없이 저는 파리 시민들의 치안 유지 임무를 맡은 이들의 밤낮없는 겸허하고 고귀한 봉사를 잘 알고 있습니다. 따라서 저는 피고 크랭크빌에게서 군인 출신을 모욕할 만한 불경함을 보았다면, 여러분, 저는 절대로 그의 변호를 맡지 않았을 겁니다. 피고는 '망할 놈의 암소야!'라고 말했다는 혐의로 기소되었습니다. 이 말의 의미는 누구에게나 명명백백합니다. 사전을 참조한다면 여러분은 틀림없이 '암소: 게으름뱅이, 기식자. 일은 하지 않고 암소처럼 빈둥거리는 자. 경찰에게 매수된 자. 경찰의 스파이'라는 설명을 보시게 될 것입니다. '망할 놈의 암소야!'라는 것은 어느 특정인들 집단에서 쓰는 은어입니다. 요컨대 문제는 크랭크빌이 어떻게 이 말을 입에 담게 되었는가에 있습니다. 그가 과연 그렇게 말했을까요? 여러분, 저는 감히 이런 의문을 품어봅니다. 저는 결코 마트로 순경에게 어떤 악의가 있었다고는 생각하지 않습니다. 그는 우리가 이미 알고 있듯이 힘든 일을 수행하는 사람입니다. 그리고 때로는 힘든 일에 지쳐 고달플 때가 있을 겁니다. 그런 경우 그는 쉽게 어떤 착각의 희생자가 될 수 있습니다. 여러분, 가뜩이나 그는 닥터 다비드 마티외까지, 레종 도뇌르 훈장 수훈자이자 앙브루아즈-파레 병원장이며 과학계를 대표하는 인물, 사회 저명인사인 닥터 마티외까지도 그에게 '망할 놈의 암소야!'라고 외다고 말하고 있습니다. 따라서 우리는 마트로 순경을 정신착란의 희생자, 만일 이런 표현이 여러분에게 과격하게 여겨지지 않는다면 검거 집착증의 희생자가 되었다고 인정하지 않을 수 없습니다.

크랭크빌이 정말로 '망할 놈의 암소야!'라고 외쳤다 하더라도 그의 입에서 나온 그 말이 범죄의 성격을 띠었는지는 따져봐야 합니다. 크랭크빌은 술과 방종으로 몸을 망친 행상인의 사생아입니다. 다시 말해 알코올중독자로 태어난 존재입니다. 여러분이 육십 년의 빈곤으로 아둔해진 그를 보신다면, 그가 책임을 물어 처벌할 만한 존재가 되지 못한다는 걸 아실 겁니다."

르메를씨는 자리에 앉았고 부리슈 재판장은 이 사이로 내뱉듯이 판결문을 읽었다. 제롬 크랭크빌에게 이 주일의 금고와 50프랑의 벌금형을 내린다는 판결이었다. 법정은 마트로 순경의 증언에 무게를 두었던 것이다.

재판소 건물의 길고 어두운 복도를 끌려갈 때 늙은 행상인 크랭크빌은 누군가에게 위로받고 싶은 강렬한 욕구를 느꼈다. 그는 자신을 호송하는 간수 쪽으로 몸을 돌려 세 번이나 그를 불렀다.

"나리!…… 나리!…… 여보시오?…… 나리!" 노인은 한숨을 쉬었다. "정말이지 이 주일 전에 이런 일이 내게 일어난다는 걸 알았더라면!……"

그리고 그는 자기 생각을 말했다.

"그 양반들은 말이 너무 빨라. 말은 잘하는데 너무 빨리 씨부렁거려서 원. 차근차근 얘기할 수가 있어야지…… 나리, 당신은 어떻게 생각하시오, 그 양반들 말이 빠르지 않소?"

호송병은 대꾸는커녕 돌아보지도 않고 묵묵히 걷기만 했다. 크랭크빌이 다시 물었다.

"왜 아무 대답도 안 하시오?"

호송병은 줄곧 침묵만 지켰다. 슬그머니 화가 난 노인은 그의 부아를 질렀다.

"이거 뭐 개하고 대화하나. 왜 가타부타 아무 말이 없는 거요? 혹시 한 번도 입을 벌려본 적이 없는 건가. 그러니까 뭐야, 입에 잠깐 바람을 넣기도 두려운 건가."

다시 감옥에 들어가 혼자가 된 크랭크빌은 불안과 놀라움 속에서 붙박이 의자에 앉았다. 그는 이곳에 와서도 재판이 잘못되었다는 것을 깨닫지 못했다. 법정은 장엄한 형식으로 그들의 약점을 은폐했다. 그래서 그는 자신이 옳고, 자신이 이해할 수 없는 돼먹지 않은 소리를 늘어놓았던 그 높은 양반들이 옳지 않다는 것을 믿기가 어려웠다. 그런 엄숙한 의식 속에 뭔가 결점이 있을 수 있다고는 상상도 할 수 없었다. 교회에도, 샹젤리제 거리에도 가본 적 없는 그는 이제껏 재판소보다 훌륭한 곳을 본 적이 없었다. 그는 자신이 "망할 놈의 암소야!"라고 말하지 않았다는 것을 잘 알고 있었다. 그런 불경한 말을 입에 담았다는 죄로 이 주일 금고형을 당하고 보니, 왠지 그 모든 일이 그의 뇌리에서는 어떤 장엄하고 위대한 신비처럼 느껴졌다. 마치 경건한 사람들이 의미도 모르면서 무조건 따르는 교의 같은 것, 장엄하면서도 무서운, 수수께끼 같은 계시처럼 느껴졌다.

교리문답을 배우는 아이가 이브의 죄를 자신의 죄로 여기는 것처럼 가엾은 노인도 자신이 어떤 신비로운 작용 때문에 64번 순경을 모욕했다고 자인하고 있었다. 감옥에 수감될 때 사람들은 그가 "망할 놈의 암소야!"라고 외쳤다고 그에게 말했다. 그렇다면 자기도 모르는 사이 어떤 신비로운 작용 때문에 정말로 그렇게 외친 게 틀림없었다. 그는 초자연의 세계로 옮아갔고 이제 재판은 묵시록처럼 여겨졌다.

그는 자신의 죄를 명확하게 상상할 수 없었기에 형벌도 명료하게 상상할 수 없었다. 그에게 그 판결은 장엄하고 위대한 의식이자, 이해할 수도 반박할 수도 없고, 기뻐하거나 슬퍼해서도 안 되는, 눈을 멀게 하는 사건처럼 여겨졌던 것이다.

감옥에서 나온 크랭크빌은 전처럼 손수레를 끌고 "양배추, 당근, 파 사려!" 하고 외치면서 몽마르트르 거리를 돌아다녔다. 그는 금고형을 살고 나온 것을 자랑하지도 부끄러워하지도 않았다. 금고형이 괴로운 기억으로 남아 있지도 않았다. 그 일은 그의 뇌리에 연극 공연이나 여행이나 꿈과 같은 인상으로 새겨져 있었다. 한 노파가 손수레 옆으로 다가와 셀러리를 고르며 물었다.

"크랭크빌 영감, 무슨 일이라도 있었우? 꼬박 삼 주나 얼굴이 안 보이던데. 어디 아프기라도 했우? 안색이 좋지 않은데."

"그동안 호강 좀 하느라고요, 마담 마요슈." 노인이 말했다.

그의 생활은 달라진 것이 없었다. 다른 게 있다면 그날은 축일이라 왠지 마음씨 좋은 사람들과 만날 것 같아 여느 때보다 자주 선술집에 들렀다는 것 정도였다. 그는 약간 들뜬 기분으로 자기 셋방으로 돌아왔다. 매트리스에 발을 쭉 뻗고 누워 구석방의 밤장수가 빌려준 자루를 이불 삼아 덮고 생각했다. '감옥도 그리 나쁘기만 한 곳은 아니야. 사람에게 필요한 것이 다 있으니까. 아무리 그래도 역시 내 집이 낫지.'

그러나 노인의 행복은 오래가지 않았다. 얼마 안 가 그는 단골 아낙들이 이상한 눈길로 자신을 쳐다본다는 것을 알아챘다.

"셀러리가 아주 좋습니다, 마담 쿠앵트로!"

"필요 없어요."

"어째서 필요 없어요? 공기만 마시고 사는 것도 아니면서!"

그러나 마담 쿠앵트로는 대꾸도 하지 않고 거만하게 자신의 큰 빵 가게로 들어가버렸다. 최근까지 채소와 꽃으로 가득한 그의 손수레를 기다려주었던 가게 안주인들이며 하녀들이 이제는 그를 보면 얼굴을 돌려버렸다. 이번 사건이 일어났던 구둣방 앞으로 가서 그는 큰 소리로 외쳤다.

"마담 바야르, 마담 바야르, 당신은 아직 나에게 14수 갚을 게 있습니다."

그러나 계산대에 앉아 있던 마담 바야르는 고개도 돌리지 않았다.

몽마르트르 거리의 모든 사람은 크랭크빌이 감옥에서 나왔다는 것을 알게 되었고 이제는 아무도 그를 반기지 않았다. 그가 감옥에 갇혀 있었다는 소문은 교외까지, 시끄러운 리셰 거리 골목까지 퍼졌다. 점심때쯤 그는 거기서 그의 큰 단골인 마담 로르를 만났다. 그녀는 마르탱이라는 소년의 손수레에 몸을 굽히고 큼직한 양배추 꼭지를 만져보고 있었다.

그것을 보자 크랭크빌의 심장은 죄어들었다. 그는 자기 손수레로 마르탱의 손수레를 들이받고는 서운한 어조로 마담 로르에게 말했다.

"당신까지 나를 외면하시다니 너무하십니다."

마담 로르는 모욕이라도 당한 얼굴이 되어 크랭크빌에게는 한마디도 대꾸하지 않았다.

늙은 행상인도 모욕을 느끼고는 목이 터져라 큰 소리로 외쳐댔다.

"에잇, 빌어먹을 갈보야!"

마담 로르는 들고 있던 양배추를 떨어뜨리며 외쳤다.

"저리 썩 꺼지지 못해, 늙다리 불한당 놈! 감옥에서 나오면 다 행패를 부린다더니 이놈도 그렇군!"

평소라면 크랭크빌도 마담 로르의 행동에 대해 절대로 그렇게 욕하고 덤비지 않았을 것이다. 그러나 이때 노인은 완전히 제정신이 아니었다. 그래서 그는 마담 로르를 갈보, 잡년, 추악한 년이라고 세 번이나 욕했다. 이 한바탕 난리 때문에 크랭크빌은 몽마르트르 교외 전체와 리셰 거리 사람들 모두에게 완전히 눈 밖에 나고 말았다.

노인은 이렇게 혼자 중얼거리며 떠났다.

"저런 갈보를 봤나! 살다 살다 저런 갈보는 처음일세."

문제는 그를 무뢰한으로 대하는 사람이 그녀만이 아니라는 것이었다. 이제 아무도 그를 알은체하지 않았다.

그의 성격은 비뚤어지기 시작했다. 마담 로르와 다툰 뒤로 아무하고나 닥치는 대로 다투게 되었다. 사소한 일을 가지고도 그는 단골 여자들에게 욕지거리를 퍼부어댔다. 물건을 오래 고르기라도 하면 대놓고 수다쟁이니 게으름쟁이니 하고 욕했다. 선술집에서도 항상 패거리들과 말다툼을 했다. 그의 친구인 밤장수까지 그를 이해하지 못하고, 크랭크빌 영감은 정말 망나니가 돼버렸어, 하고 단언했다. 그것은 부정할 수 없는 일이었다. 그는 정말 함께하기 힘들고, 툭하면 시비를 걸고 말버릇이 거친 고약한 사람이 되어 있었다. 교육받지 못한 사람들 속에 사는 그에게 사회과학 교수처럼 사회제도의 결함과 그 개선에 대해 자신의 생각을 피력하는 것은 어려운 일이었다. 더욱이 그런 것들에 대한 그의 생각은 머릿속에 무질서하게 뒤엉켜 있었다.

불행은 그를 비뚤어진 사람으로 만들어버렸다. 그는 지금까지 한 번도 자신에게 해코지한 적 없는 사람들, 심지어 자기보다 약한 사람들에게도 행패를 부렸다. 한번은 선술집의 어린 아들 알퐁소가 감옥에서 재미가 좋았느냐고 묻자 사정없이 아이의 따귀를 갈겼다.

"싹수없는 애송이 녀석!" 그는 소년에게 소리쳤다. "네 애비야말로 감옥에 처넣어야지, 이런 독약을 팔아 배를 살찌우느니."

마침내 그는 완전히 망가져버렸다. 그런 상태에서 사람은 다시 일어날 수 없다. 지나가는 사람들이 모두 그에게 발길질할 뿐이었다.

가난이, 아주 지독한 가난이 찾아들었다. 하루에 5프랑이나 벌어 호주머니가 두둑한 채 몽마르트르 거리에서 돌아온 적도 있었던 늙은 행상인은 이제 단돈 1수도 없었다. 겨울이 닥쳤다. 셋방에서 쫓겨난 노인은 어느 헛간의 달구지 밑에서 지내고 있었다. 꼬박 한 달 동안 장마가 지는 바람에 하수가 넘치고 헛간에도 물이 들었다.

쥐와 거미와 굶주린 고양이가 득실거리고 악취를 풍기는 물에 잠긴 손수레 안에 웅크리고 앉아 노인은 어둠 속에서 길게 생각에 잠기곤 했다. 하루종일 아무것도 먹지 못하고 몸을 덮을 거적때기 하나 없는 신세가 된 노인은 정부가 자신에게 살 집과 먹을 것을 주었던 옛날을 회상했다. 그는 굶주림과 추위에 시달리지 않는 죄수들의 처지가 부러웠다. 그러자 문득 이런 생각이 머릿속을 스쳤다.

'나도 그 방법을 알잖는가. 나라고 그런 방법을 쓰지 말란 법 있나?' 그는 일어나서 거리로 나왔다. 밤 열한시가 넘어 있었다. 어둡고 축축한 밤이었다. 서리가 내려 비가 내릴 때보다 춥고 뼛속까지 차가웠다. 드문드문 오가는 행인들은 건물 벽에 딱 붙어 걷고 있었다.

크랭크빌은 성 외스타슈 교회 옆을 지나 몽마르트르 거리로 꺾어들었다. 거리는 텅 비어 있었다. 질서의 감시자는 교회 입구 쪽 가스등 불빛 아래 서 있었다. 불빛 주위로 가랑비가 내리는 것이 보였다. 경관은 후드가 달린 외투를 뒤집어쓴 채 부동자세로 서 있었다. 어둠보다야 불빛이 낫다고 생각했는지, 아니면 그저 단순히 지쳐서 걷기가 싫었는지 그는 친한 친구 옆에 붙어선 사람처럼 나뭇가지 장식이 달린 가스등 아래서 꼼짝도 않고 서 있었다. 가물거리는 불빛은 인적 없는 밤의 유일한 대화자였다. 미동도 없는 그의 모습은 사람 같지 않았다. 빗물에 호수면처럼 변한 표면에 그의 장화 그림자가 길게 뻗어, 멀리서 보면 물에서 상반신을 쑥 드러낸 거대한 양서동물처럼 보였다. 그러나 가까이에서 보면 후드가 달린 외투를 입은 모습이 수도사 같기도 하고 군인 같기도 했다. 후드가 달린 외투 그림자 때문에 윤곽이 더 크게 보이는 그의 얼굴은 조용하고 시름에 잠겨 있었다. 짧고 숱 많은 콧수염은 희끗희끗했다. 마흔 살이 넘어 보이는 늙은 중사였다.

크랭크빌은 그에게 조용히 다가가 떨리는 가느다란 목소리로 말했다.

"망할 놈의 암소야!"

그는 이 신성한 말의 효력을 기다렸다. 그러나 아무 효력도 없었다. 경관은 헐렁한 망토 속에서 팔짱을 낀 채 묵묵히 미동도 없이 서 있었다. 어둠 속에서 빛나는 부릅뜬 눈은 슬픈 듯, 조금은 경멸하는 듯 노인의 얼굴을 지켜보았다. 크랭크빌은 당황했지만, 마음을 다잡고 다시 중얼거렸다.

"나는 당신에게 '망할 놈의 암소야!'라고 말했소."

한참 침묵이 흘렀고, 가랑비는 여전히 내리고 짙은 어둠이 주위를 지배하고 있었다. 마침내 경관이 입을 뗐다.

"그런 말을 하면 안 됩니다…… 진심으로 충고하는데, 그런 말은 하는 게 아니에요. 당신만한 나이가 되면 조금은 분별이 있어야 하지 않겠습니까…… 자, 어서 갈 길이나 가시오."

"아니, 왜 나를 체포하지 않는 거지?" 크랭크빌은 물었다.

경관은 흠뻑 젖은 후드 밑에서 고개를 저었다.

"무례한 말을 했다고 일일이 다 잡아들이다간 그 일을 언제 다 합니까!…… 또 그런 짓을 해서 뭘 하게요?"

크랭크빌은 그의 너그러운 경멸에 맥이 빠져 어쩔 줄 모르고 큰 물웅덩이 한복판에 우두커니 서 있었다. 그래도 어쨌든 떠나기 전에 자신의 심정을 말해보려 했다.

"내가 '망할 놈의 암소야!'라고 말한 건 당신에게 하는 말이 아니었소. 달리 누구에게 말한 것도 아니고. 실은 어떤 목적이 있어서 그런 거요."

경관은 엄격한 침착성을 유지하며 대답했다.

"목적이 있든 다른 이유가 있든 아무튼 그런 말은 절대 하지 마시오. 왜냐하면 자기 본분을 다하려고 적지 않은 고생을 하며 일하는 사람을 쓸데없는 말로 모욕해선 안 되니까요…… 다시 한번 말하지만, 어서 갈 길이나 가시오."

크랭크빌은 고개를 떨어뜨리고 두 팔을 흔들며 비 내리는 어둠 속으로 사라졌다.

아나톨 프랑스

4월 15일

우리는 우리 행위의 결과를 결코 다 알 수 없다. 무한한 세계에서 우리 행위의 결과는 무한하기 때문이다.

1 우리의 행위는 우리 것이지만 우리 행위의 결과는 신의 일이다.　성 프란체스코

2 너는 날품팔이꾼이다. 하루하루 일을 하고 하루하루 품삯을 받아라.

　　　　　　　　　　　　　　　　　　　　　　　　　　　　『탈무드』

3 신의 존재에 대한 비밀을 캐려는 인간의 노력은 헛되다. 인간이 해야 할 일은 신의 법을 지키는 것뿐이다.　　　　　　　　　『탈무드』

4 너는 너의 의무를 다하고 결과는 너에게 의무를 지운 자에게 맡겨라.

　　　　　　　　　　　　　　　　　　　　　　　　　　　　『탈무드』

5 우리 행위의 결과는 다른 사람들이 평가한다. 너는 지금 이 순간 네 마음을 깨끗하고 바르게 하는 데만 힘써라.　　　　　　　러스킨에 의함

6 현자는 내적인 것에 전념하고 외적인 것은 돌아보지 않는다. 현자는 외적인 것은 경시하고 오직 내적인 것만 선택한다.　　　　　　노자

7 추구하는 목적이 멀리 있을수록, 노력의 결실을 보고 싶은 마음이 작을수록 성공의 확률은 높아진다. 바로 이것이 노력의 조건이다.

러스킨

8 인간의 행위 가운데 자신에게도 남에게도 가장 중요하고 필요한 것은, 우리가 결코 그 결과를 볼 수 없는 것들이다.

9 인간의 행위는 결과가 천천히 나타나는 것일수록 더 훌륭하고 위대하고 명예롭다.

러스킨

10 결과를 염두에 두지 않고 오로지 신의 의지를 수행한다는 일념으로 하는 행위야말로 인간이 할 수 있는 최선의 행위다.

11 세상에는 광갱鑛坑 속 화약처럼 거대한 악과 거짓의 광층鑛層이 숨겨져 있다. 우리가 광갱 속에 새로운 악과 거짓의 화약을 놓는다 해도 그것이 인간 공동의 평화와 균형을 파괴하는 일은 없다. 그러나 악과 거짓이 아니라 선과 진실의 화약을 놓는다면, 그것은 광갱 속 악과 거짓의 광층을 터뜨릴 것이고 숨어 있던 악과 거짓은 명명백백히 드러날 것이다.

오직 광갱 속 화약의 폭발을 피하려는 목적으로 선을 행하지 않고 세상에 군림하는 불의에 가담하는 것은 축적된 악을 폭파해 그 규모를 줄이려는 폭발의 참뜻을 깨닫지 못하기 때문이다.

자신의 가르침으로 세상에 평화가 아니라 칼을, 땅의 분할을 가져온 것을 스스로 인식한 그리스도는 폭로된 악에 당황하지 않았다. 그는 선과 악의 명백한 충돌, 빛과 어둠의 충돌, 즉 선과 빛에 명백한 승리를 안겨줄 충돌을 도리어 기쁘게 받아들였다.　　　스트라호프

12 그리스도의 생애는 자신의 노력의 결과를 결코 볼 수 없는 우리 인간들에게 중요한 본보기가 된다. 중요한 일일수록 그 결과는 멀다. 모세는 민중과 함께 약속한 땅에 들어갈 수 있었지만, 그리스도는 설사 오늘날까지 살았다고 할지라도 자신의 가르침의 열매를 결코 볼 수 없었을 것이다. 그런데 우리는 신의 일을 하면서 인간의 대가를 바라고 있다.

✝ 만약 네가 행한 일의 결과를 모두 볼 수 있다면, 네가 행한 일은 하찮은 것이었음을 알라.

4월 16일

자기 자신과 타인에게 인간의 존엄성이 있다는 것을 인정하는 것은 인간 사이의 예속이나 비호, 시혜와 절대 양립할 수 없다.

1 인간은 자기 자신에 대한 존중을 요구할 수 있으며 바로 그렇게 이웃을 존중해야 한다.

그 누구도 목적이나 수단이 될 수 없다. 여기에 인간의 존엄성이 있다. 어떠한 대가를 받는다 하더라도 인간은 자기 자신을 함부로 할 수 없다(이는 인간의 존엄성에 반한다). 마찬가지로 인간은 모든 사람을 평등하게 존중해야 하는 의무를 면할 수 없다. 즉 모든 인간에게 존재하는 존엄성을 실제로 인정해야 할 의무가 있으므로 모든 인간을 존중해야 한다.　　　　　　　　　　　　　　　　　　칸트

2 권력의 대표자들은 노동자들의 행복에 대해 논하면서 그들을 관대하게 비호한다는 어조로 말한다. 그러한 어조는 노동의 진정한 가치를 인식하는 사람들을 노골적으로 경멸하는 것보다 훨씬 더 모욕적이다. 노동자들에 대한 동정을 드러내는 모든 말에서, 자신들의 따뜻한 비호가 없다면 그들은 당연히 가난할 수밖에 없다는 인식이 느껴진다. 지주나 자본가의 비호가 필요하다고 생각하는 사람은 아무도 없다. 누구나 스스로를 돌볼 수 있는데도 권력자들은 가난한 노동자들을 비호해줘야 한다고 말한다.　　　　　　　　　　　　헨리 조지

3 어느 시대에나 민중을 비호한다는 것은 폭력을 위한 구실, 즉 군주제나 귀족제, 그 밖의 온갖 특권의 정당화를 위한 구실이었다. 그러나 군주정 아래건 공화정 아래건 노동자 대중에 대한 비호가 곧 그들에 대한 박해를 의미하지 않았던 예가 세계사에 단 한 번이라도 있었던가? 권력을 장악한 사람들이 노동자 대중에게 베푼 비호는 아무리 최선의 경우라도 인간이 가축에게 베푸는 비호와 다름없다. 인간은 가축의 힘과 고기를 이용하기 위해 가축을 지켜줄 뿐이다.　　헨리 조지

4 아주 사소한 일들이 성격을 형성한다.

　사소한 일을 하찮게 여기지 마라. 진정으로 도덕적인 인간은 사소한 일에서 의미심장함을 본다.

5 모든 사람에게 머리를 조아리는 풍습을 가진 사람들이 있다. 모든 사람 안에 신이 산다고 믿기 때문이다. 기묘한 풍습이지만 그 근본에는 깊은 진리가 자리잡고 있다.

6 인간은 소심해서 늘 자신에 대한 관용을 빈다. 그리고 '나는 존재한다, 나는 생각한다'고도 가까스로 말한다.　　　　　　　　　에머슨

✐ 타인에 대한 봉사는 상대방에게 복종하는 것도, 비호하는 것도, 은혜를 베푸는 것도 아니며, 인간이 아니라 영원한 법칙에 대한 의무를 실천하는 것이다.

4월 17일

그리스도교는 인간 내부에 깃든 신성에 대한 가르침이다.

1 그리스도의 가르침은 간단하다, 아주 간단하다. 그것은 인간에 대한 사랑, 신에 대한 사랑의 가르침이다. 하늘에 계신 아버지처럼 완전한

존재가 되어라, 신 안에서 살아라, 즉 가장 좋은 일을 가장 좋은 방법으로 가장 좋은 목적을 위해 이루라는 가르침이다.

그것은 너무나 간단해서 어린아이도 이해할 수 있다. 그 어떤 위대한 지성도 그렇게 아름다운 것을 생각해내지 못할 것이다. 파커

2 모세에서 예수에 이르는 동안, 개개인과 여러 민족 사이에는 지적, 종교적으로 위대한 발전이 이루어졌다. 예수에서 현대에 이르는 동안, 그 발전은 개개인과 여러 민족 사이에서 더욱 뚜렷해졌다. 낡은 사고는 버려지고 새로운 진리가 인류의 의식 속으로 파고들었다. 개개인은 이제 인류 전체보다 위대할 수 없다. 설사 어느 위대한 인간이 다른 인간들이 그를 이해하지 못할 만큼 앞서 있다 하더라도, 세월이 흐르는 동안 그들은 그를 뒤따르다 결국은 앞지를 것이고, 그들은 이전에 위대한 인간이 서 있던 곳에 아직 남아 있던 사람들이 이해하지 못할 정도로 멀리 앞서갈 것이다. 바로 그때 다시 새로운 위인이 필요해지고, 위인이 나타나 다시 새로운 미래의 진리를 연다. 파커

3 삶의 의미를 명확히 이해하지 못하고 신앙도 없는 인간은 매 순간 자신에게 생명을 주는 모든 이름을 거부하고, 자신이 저주하는 것의 이름으로 살게 될 것이다.

4 인간은 삶의 목적을 온전히 이해할 수 없다. 목적의 방향만 알 수 있을 뿐이다.

5 모든 종교적 가르침의 본질은 사랑이다. 사랑에 관한 그리스도의 가르침의 특징은, 그것을 어기면 사랑의 가능성 자체가 무너진다는 조건을 명료하고 정확하게 규정한다는 것이다.

그 조건이란 악에 악으로 맞서지 말라는 것이다.

6 그리스도교의 사랑은 자신과 모든 사람 속에, 인간은 물론이고 생명이 있는 만물 속에 동일한 신적 근원이 있다는 일치된 의식에서 시작된다.

✎ 평화롭고 강인한 사람이 되고 싶다면 자기 안의 신앙을 튼튼히 하라.

4월 18일

지식은 양이 아니라 질이 중요하다. 아주 많은 것을 알아도 가장 필요한 것을 모르는 경우가 있다.

1 모르는 것은 부끄러운 일도 해로운 일도 아니다. 누구도 모든 것을 알 수는 없다. 알지 못하는 것을 아는 체하는 것이야말로 부끄럽고 해로운 일이다.

2 인간은 세상 모든 일을 알지도 못하고 모든 것을 이해할 수도 없다. 따라서 세상의 많은 일에 대한 사람들의 판단은 정확하지 않다. 인간

의 무지에는 두 가지가 있다. 하나는 순수하고 자연적인 무지로 인간은 이런 무지의 상태에서 태어난다. 다른 하나는 진정으로 지혜로운 사람의 무지다. 그들은 온갖 학문을 배우고 사람들이 알았고 알고 있는 모든 것을 알게 되어도 신의 세계를 진정으로 이해하기에는 보잘 것없다는 것을 깨닫는다. 또 소위 많이 배운 사람들도 실제로는 지식이 없는 보통 사람들과 마찬가지로 별로 아는 것이 없다는 것을 확신하게 된다. 그러나 세상에는 이런저런 학문을 찔끔찔끔 겉핥기식으로 접하고 교만해진 천박한 사람들이 있다. 그들은 인간 본래의 무지에서는 벗어났지만 온갖 지식의 불완전함과 보잘것없음을 깨달은 진정한 학자들의 참된 지혜에는 도달하지 못한다. 자신이 똑똑하다고 생각하는 사람들은 세계를 어지럽힌다. 그들은 모든 것에 대해 교만해 경솔한 판단을 내리고 끊임없이 실수를 저지른다. 또한 사람들을 현혹시켜 간혹 존경을 받기도 하지만, 순박한 민중은 결국 그들의 허황됨을 간파하고 경멸한다. 그들 역시 민중을 무지몽매하다며 경멸한다. 파스칼

3 일부 사람들에게만 식품을 만드는 것이 허용되고 다른 이들에게는 금지되거나 만들 수 없는 상태가 된다면 식품의 질은 나빠질 것이다. 일부 계급이 독점한 학문과 예술 분야에서도 똑같은 일이 일어난다. 차이가 있다면, 육체적인 양식은 잘못 만들어도 인간의 본성에서 크게 벗어나는 일이 없지만 정신적인 양식은 잘못 만들면 인간의 본성에서 아주 크게 벗어날 수 있다는 것이다.

4 지혜는 아주 광대한 대상이고, 우리는 그 탐구에 우리에게 주어진 자

유로운 시간 전부를 바쳐야 한다. 아무리 많은 문제를 해결해도 여전히 연구하고 해결해야 할 산적한 문제 앞에서 우리는 신음하게 된다. 이 문제들은 너무나도 범위가 넓고 많아서 지성의 활동에 필요한 완전한 자유를 위해 불필요한 것은 모두 머릿속에서 떨쳐내야 한다. 말뿐인 것들에 삶을 허비해야 할까? 세상의 학자들은 종종 삶보다 말뿐인 것들에 대해 탐구한다. 도가 지나친 사변이 얼마나 해로운지, 그것이 진리에 얼마나 위험한 것인지 명심하라. 　　　　　세네카

5 고등교육기관의 질서정연한 요설은 이런저런 용어에 애매하고 가변적인 의미를 부여해 해결하기 곤란한 모든 문제를 회피하려는 공동의 합의에 불과하다. 왜냐하면 편리하고 솔직한 '나는 모른다'라는 말이 거기서는 환영받지 못하기 때문이다. 　　　　　칸트

6 진리를 원고지에 제대로 옮겨 사람들 머릿속으로 전하려면 수많은 장애물을 극복해야 한다. 거짓말쟁이들은 진리의 가장 힘없는 적이다. 진리의 가장 위험한 적은 첫째, 술에 취한 사람처럼 신명나게 온갖 것을 연구하고 온갖 것을 지껄이는 저술가다. 둘째, 인간의 행위 하나하나에 삶 전체가 반영되었다고 보는 자칭 인간학 전문가들이다. 마지막으로, 모든 것을 맹신하고 열다섯 살 전에 배운 것을 조금도 재검토하지 않고 자신이 연구한 얼마 안 되는 이론을 내세울 때도 스스로가 검토한 적 없는 기초 위에 그것을 세우려 하는 선량하고 경건한 사람들이다. 이런 사람들이야말로 진리의 가장 위험한 적이다. 　　　　　리히텐베르크

7 학문에 대한 약간의 무시도 참지 못하는 그 학문의 열렬한 옹호자들은 대개 그 분야에서 다른 길로 빗나가 남몰래 그 결점을 인식하고 있는 사람들이다.
리히텐베르크

8 문화란 문명이라기보다 무지를 덮어서 가려주는 합판 같은 것이다.
루시 맬러리

9 아무것도 창조하지 않는 학자는 비를 내리지 않는 구름과 같다.
동양의 금언

10 심오한 고찰로 얻어진 사상에만 어울리는 언어를 빌려다가 자신의 섣부른 사상을 표현하려는 저술가들이야말로 나쁘다. 만일 그들이 자신의 사상을 걸맞은 적당한 언어로 표현한다면, 나름대로 꾸준히 학문의 발전에 기여할 수 있고 세상의 주목도 받게 될 것이다.
리히텐베르크

✒ 학문활동에서 가장 해로운 것은 모호한 언어와 개념을 사용하는 것이다. 사이비 학자들은 모호한 개념을 설명하기 위해 애매하고 실제로 있지도 않은 날조된 언어를 사용한다.

4월 19일

고뇌의 유익함을 모르는 사람은 아직 이성적 삶, 즉 참된 삶을 시작하지 않은 사람이다.

1 인류의 위대한 사업은 모두 고뇌를 통해 이루어진다. 예수도 그것을 각오해야 한다는 것을 알았고 모든 것을 예견했다. 그가 타파하려 했던 권력자들의 증오도, 그들의 비밀스러운 음모와 폭력도, 또 그가 병을 고쳐주었던 사람들과 낡은 사회의 황야에서 천국의 양식이라 할 하느님 말씀을 전해주었던 사람들의 배신도 예견했다. 나아가 십자가와 죽음, 죽음보다 훨씬 쓰라린 제자들의 배신도 예견했다. 이런 생각이 머릿속을 떠나지 않았지만 그는 한순간도 망설이지 않았다. 그의 육체적인 본성은 '이 잔'을 밀쳐내려 하지만 더욱 강한 의지가 주저 없이 그것을 받아들이게 했다. 그렇게 그는 자신의 과업을 이을 모든 사람에게, 그처럼 민중을 구원하고 미망과 악의 무거운 짐에서 민중을 해방하기 위해 일하게 될 모든 사람에게 언제나 기억될 본보기를 보여준 것이다. 만일 그리스도가 이끄는 목적에 도달하고자 한다면 그들도 그와 똑같은 길을 가야 한다. 오직 그런 희생을 통해서만 사람들은 서로를 섬기게 된다. 너희는 세상 사람들이 참되게 형제가 되기를 바라고 자연의 보편적 법칙으로 그들을 불러내 모든 억압과 모든 불법, 모든 위선에 맞서 싸우려 한다. 너희는 지상에 정의와 의무, 진리, 사랑의 나라를 세우려 한다. 그렇다면 너희 반대편에서 권력을 이룬 자들이 어찌 너희에게 맞서 일어나지 않겠는가? 과연 그들이 다른 사원, 아주 다른 사원을 세우려는 너희를, 인간의 손이 아니라 신이 초석을 놓은 영원한 사원을 세우려는 너희와 싸우지 않고 자신들의 사원을 파괴하도록 내버려두겠는가? 그런 경솔한 기

대는 버려라. 너희는 그 잔의 마지막 한 방울까지 마시게 될 것이다. 너희는 도둑처럼 붙잡혀 너희에게 죄를 씌우려는 거짓 증인 앞에 서게 될 것이다. 너희가 거짓 증언을 반박하면 '신을 모독하고 있다!'는 외침소리가 들려올 것이고, 재판관은 '사형이 마땅하다'고 말할 것이다. 그런 일이 일어나거든 기뻐하라. 그것이 너희가 진정으로 아버지가 보내신 자라는 결정적 징표다.   라므네

2   어둠이 하늘의 별을 보여주듯 고뇌만이 삶의 의미를 열어준다.   소로

3   고뇌 없이 정신적 성장은 불가능하고 삶의 발전도 불가능하다. 그렇기에 고뇌는 죽음을 수반하기도 한다. 고뇌는 필수적이고 유익한 삶의 조건이다. 그래서 사람들은 신이 고난을 맞은 자를 사랑한다고 말하는 것이다.

4   질병, 수족을 잃는 것, 극도의 환멸, 파산, 벗과의 이별 같은 것은 처음에는 돌이킬 수 없는 불행으로 여겨진다. 그러나 세월은 그러한 상실 속에서 강력한 치유력을 발휘한다.   에머슨

5   복음은 삶의 진리를 열어주는, 인간을 원시적이고 무의식적인 삶에서 이성적이고 의식적인 삶으로 들어가게 하는 열린 문과 같다. 고뇌는 고뇌이고 죽음은 죽음일 뿐이지만 이성적인 인식에 눈뜬 사람은 복음을 공통적이고 세계적이며, 신성하고 영원한 삶의 행복으로 받

아들인다. 부카

6 운명이 어떤 것인지보다 인간이 운명을 어떻게 받아들이는지가 더 중요하다. 훔볼트

7 작은 고뇌는 우리를 자신 밖으로 끌어내지만 큰 고뇌는 우리를 자기 안으로 돌아가게 한다. 금이 간 종은 둔탁한 소리를 내지만 그것을 쪼개면 다시 맑은 소리를 낸다. 장 파울

8 종교의 힘과 은혜는 인간에게 존재의 의미와 궁극의 사명을 밝혀준 다는 것이다. 종교에서 흘러나오는 도덕의 모든 근원을 포기한다면 (과학 만능과 지적 자유의 시대에 사는 우리 모두가 그렇듯이) 우리 가 왜 이 세상에 태어났는지, 이 세상에서 무엇을 해야 하는지 알 수 없을 것이다.

운명의 비밀은 강력한 의문들로 사방에서 우리를 둘러싸고 있다. 그러므로 괴롭고 비참한 인생의 무의미함을 느끼지 않으려면 그것 에 마음을 쓰지 말아야 한다. 세계의 내적 질서를 인식하고 그것에서 하늘의 섭리를 이해할 수 있다면 육체의 고통과 비도덕한 악, 영혼의 아픔, 악인의 번영과 선인의 불행 같은 것을 모두 참아낼 수 있을 것이 다. 믿는 자는 자신의 상처조차 기뻐하고 자신에 대한 불의나 폭력 도 말없이 참아낸다. 죄악도, 심지어 범죄조차도 그의 희망을 빼앗지 못한다. 그러나 모든 신앙의 불이 꺼져버린 사람에게 악과 고뇌는 그 의미를 잃고 삶을 그저 역겨운 유희로만 보게 할 것이다. 아나톨 프랑스

✎ 정신적 삶을 사는 사람은 고뇌가 그를 완성이라는 목적지로 다가가게 한다는 것을 느낀다. 그런 사람에게 고뇌는 쓴맛을 잃고 행복이 된다.

4월 20일

동물적 삶을 사는 사람에게 정욕과 육욕의 만족이 곧 행복인 것과 마찬가지로 자신의 영성을 의식하는 사람에게는 자기부정이 곧 행복이다.

1 타인에게 선을 행하는 사람은 선인이다. 만약 그가 선을 행하는 것 때문에 고통을 받는다면 더 훌륭하다. 만약 그가 선을 베푼 사람들 때문에 고통을 받는다면 그는 최고의 선에 도달한 것이다. 선을 강화하는 것은 선을 계속할수록 고뇌가 커지는 것이다. 만약 선행으로 인해 목숨을 잃는다면 그것은 최고의 완성이다.　　　　　라브뤼예르

2 아버지나 어머니를 나보다 더 사랑하는 사람은 내 사람이 될 자격이 없고 아들이나 딸을 나보다 더 사랑하는 사람도 내 사람이 될 자격이 없다. 또 자기 십자가를 지고 나를 따라오지 않는 사람도 내 사람이 될 자격이 없다. 자기 목숨을 얻으려는 사람은 잃을 것이며 나를 위하여 자기 목숨을 잃는 사람은 얻을 것이다.　　「마태복음」10:37~39

3 사욕을 버리고 남을 위해 일하는 것, 영원한 선을 위해 일하는 것만

큼 큰 행복은 없다. 개인적 욕망을 위하듯 사회 전체의 이익을 위한다면 우리는 평화와 행복을 얻게 될 것이다. 지금은 눈에 보이지 않는 하늘의 지혜가 우리 앞에 무한히 펼쳐질 것이다.   루시 맬러리

4 그리고 제자들에게 이렇게 말씀하셨다. "나를 따르려는 사람은 누구든지 자신을 버리고 제 십자가를 지고 따라야 한다. 제 목숨을 살리려고 하는 사람은 잃을 것이며 나를 위하여 제 목숨을 잃는 사람은 얻을 것이다. 사람이 온 세상을 얻는다 해도 제 목숨을 잃으면 무슨 소용이 있겠느냐? 사람의 목숨을 무엇과 바꾸겠느냐?"

    「마태복음」16:24~26

5 촛불이 초를 없애듯이 선행은 개아個我의 삶을 없앤다.

불을 만나면 초가 사라지듯 선에 몰입하면 개아의식은 사라진다.

집을 지으면 숲이 사라지듯 죽으면 육체가 사라진다. 제집을 짓는 것은 육체라는 숲이 사라지길 바라는 것이다.

6 우리 마음속 태양에도 언제나 흑점이 있다. 이는 우리의 자아가 드리우는 그림자다.   칼라일

7 자기애는 영혼의 감옥이다. 감옥이 신체의 자유를 빼앗듯이 자기애는 우리의 행복을 빼앗는다.   루시 맬러리

8 남을 위해 사는 것이 곧 자신을 위해 사는 것이다. 이상한 말 같겠지만 한번 경험해보면 이내 확신하게 될 것이다.

/ 인간이 정신적 삶을 산다면 세속적인 행복을 거부하는 것은 특별한 자랑거리가 되지 않는다. 그 외에 달리 처신할 수 없기 때문이다. 정신적 삶은 처지를 악화시키는 것이 아니라 오히려 향상시킨다.

4월 21일

그리스도교 사회에 사는 사람들의 삶에서 필요한 변화는 폭력을 사랑으로 바꾸는 것이며, 이는 사랑에 바탕을 둔 삶의 가능성과 그 용이함, 그 행복을 인정하는 것이다.

1 재산이나 가족, 아름다움, 건강, 명예를 상실하고 스스로를 가엾게 여기는 사람들을 연민하는 것은 쉽지만, 도덕이나 순수한 지혜나 좋은 습관을 잃은 진정으로 가엾은 사람들을 연민하기란 쉽지 않다. 그러나 그것은 사람들에 대한 우리의 의무를 실천하는 데 꼭 필요한 일이다.

2 서로 사랑하라. 이것이 너희에게 주는 나의 계명이다. 세상이 너희를 미워하거든 너희보다도 나를 먼저 미워했다는 것을 알아두어라. 너희가 만일 세상에 속한 사람이라면 세상은 너희를 한집안 식구로 여겨 사랑할 것이다. 그러나 너희는 세상에 속하지 않았을뿐더러 오히

려 내가 세상에서 가려낸 사람들이기 때문에 세상이 너희를 미워하는 것이다.

「요한복음」 15:17~19

3 사람들은 흔히 사랑 없이 남을 대해도 괜찮은 경우가 있다고 생각하지만, 그런 경우란 없다. 물체를 대할 때는 사랑 없이도 괜찮다. 사랑이 없어도 나무를 쪼개고 벽돌을 만들고 철을 벼릴 수 있지만, 사람을 대할 때는 사랑이 꼭 있어야 하고, 이것은 마치 꿀벌을 대할 때 함부로 해선 안 되는 것과 같다. 함부로 대하면 꿀벌은 당장 해치려 달려든다. 그것이 꿀벌의 본성이다. 사람의 경우도 마찬가지다.

다른 방식으로 대체할 수도 없다. 서로에 대한 사랑이 삶의 근본원칙이기 때문이다. 인간은 억지로 일할 수는 있지만, 억지로 타인을 사랑할 수는 없다. 그렇다고 사랑 없이 사람을 대해도 된다는 결론을 내려서는 안 된다. 타인에게 뭔가를 요구할 때는 더더욱 그렇다. 타인에게 사랑을 느끼지 못할 때는 가만히 앉아 자신을 되돌아보거나 뭐든 하고 싶은 일을 해도 되지만, 사람을 대하는 것은 하지 않는 것이 좋다. 음식은 배고플 때 먹어야 해롭지 않고 유익하듯이 사람을 대하는 것도 오직 사랑이 있을 때라야 해롭지 않고 유익하다. 사랑없이 사람을 대하기 시작하면 결국 사람에 대한 잔인함과 냉혹함에 한계가 없어지고, 스스로 느끼는 고뇌의 한계도 사라질 것이다.

4 그리스도의 가장 중요한 계율인 원수를 사랑하라는 것이 실제로 지켜지는 것을 보기 전까지 나는 그리스도교도라고 자칭하는 자들을 계속 의심할 것이다.

5 인간이 스스로에게 바라지 않는 온갖 종류의 형벌과 살인과 같은 폭력을 타인에게 자행할 수 있는 조건이 허용되는 한, 사랑에 관한 모든 가르침은 빈말에 불과하다.

6 최대의 행복을 완성하려면 최소의 악도 행하지 마라. 파스칼

7 일찍이 세상에서 일어났던 가장 치명적인 잘못은 정치학을 도덕학에서 갈라놓은 것이다. 셸리

/ 세상과 영합하는 세속적인 삶을 멈춰라. 그렇게 산다면 사랑의 나라에서 멀어진다. 사랑의 나라를 불러올 수 있는 삶을 살아라. 그러기 위해서는 삶의 터전을 폭력이 아니라 사랑으로 다져야 한다.

편지에서

인간은 자신이 태어나기 전부터 존재했고 죽은 뒤에도 존재하는 세계가 있고, 그 세계가 영원하며, 자신도 그 영원한 세계에 살길 원한다는 것을 알고 있습니다. 삶의 부름을 받은 인간은 자신을 에워싸고, 자극하고, 비웃고, 파멸시키는 삶 속에서 제 나름의 역할을 하길 원합니다. 그는 삶이 시작된 것을 알고 있고, 그것이 끝나기를 원하지 않습니다. 그는 크고 작은 목소리로 삶의 확실성을 구하지만, 그 확실성은 그에게 행복을 주기 위해 그로부터 계속 빠져나갑니다. 왜냐하면 인간에게 확실한 지식이란 언젠가 그가 움직임을 멈추고 죽는다는 것일 텐데, 이 확실한 지식을 모를 때 비로소 인간의 에너지가 가장 강력하게 움직이기 때문입니다. 그래서 인간은 삶의 확실성을 갖지 못한 채 완전성을 향한 막연한 갈망에 사로잡히고, 아무리 회의에 빠져 길을 잃더라도, 오만과 호기심과 증오심과 세간의 여론으로 아무리 부정적 감정에 깊이 빠지더라도, 결국은 희망으로 되돌아오는데, 이는 인간이 희망 없이는 살 수 없는 존재이기 때문입니다.

따라서 완전성을 향한 인간의 갈망은 때로 흐릿해질 수는 있지만 완전히 사라지는 일은 결코 없습니다. 때때로 달을 가리는 구름처럼 철학적 의혹이 그의 앞을 가리지만, 새하얀 달은 운행을 멈추지 않고 다시금 홀연히 구름 뒤에서 나와 원래의 빛나는 모습을 보여줍니다. 완전성에 대한 그칠 줄 모르는 갈망은 인간이 이성을 떠나 지극한 신뢰와 환희 속에서 온갖 종교적 가르침에 빠져드는 이유를 설명해줍니다. 종교는 인간에게 무한한 것을 약속하고 인간 본성에 알맞은 무한한 것에 대한 가르침을 제시하고, 완전성을 위해 꼭 필요한 일정한 틀에 인간을 가둡니다.

그러나 오래전부터 인류 역사의 각 단계마다 새로운 사람들이 어둠 속에서 나타나, 특히 지난 백 년 동안 점점 더 많이 나타나 이성과 학문과 관찰이라는 이름 아래 지금까지 절대적인 진리로 여겨지던 것을 부정하고 그것들을 상대적인 것이라고 선언하면서 자신들을 지탱해준 가르침을 파괴하려 했습니다.

그러나 세계를 창조한 힘이 무엇이든, 나는 세계가 스스로를 창조했다고는 도저히 생각할 수가 없는데, 어쨌든 그 힘은 우리를 언제든 필요할 때 도구로 꺼내 쓰려고 할 뿐 왜 우리를 창조했고 우리를 어디로 데려가려 하는지 알 권리를 우리에게 주지 않았습니다. 그리고 우리가 아무리 미루어 짐작하고 원해도, 그 힘은 의도와 비밀을 절대 밝히지 않으려는 것 같습니다. 그래서 인류도 (내 생각을 모두 말하면) 그 비밀을 캐내는 것을 단념한 것처럼 보입니다. 인류는 종교에 물어보았지만, 종교는 여러 갈래로 분열된 채 아무것도 가르쳐주지 않았습니다. 그다음 철학에 매달려보았지만 철학 역시 여러 학파로 나뉘고 대립하며 종교보다 더 아무것도 가르쳐주지 않았습니다. 그래서 인류는 마침내 오로지 단순한 본능과 상식에 의지해 우리가 왜 살고 무엇을 위해 살아야 하는지 모르는 채, 이 세상에서 주어진 모든 방법을 동원해 가능한 한 행복해지기 위해 노력하고 있는 것입니다.

세상에는 삶의 모든 고난에 대한 약으로 노동을 권장하는 사람들이 있습니다. 이 약은 널리 알려져 있는데다 효과도 그리 나쁘지 않지만 늘 결점이 있었고 지금도 있습니다. 인간이 육체를 움직이고 두뇌를 사용해 일한다 하더라도 먹을 것을 구하거나 재산을 모으거나 영예를 얻는 일만이 인간의 관심사는 아닐 것입니다. 이러한 목적밖에 없는 인간은 목적을 이룬 순간에도 뭔가 부족하다는 기분을 느낍니다. 요컨대 문제는 인간이 제아무리 무엇을 만들어내고 무엇을 말하고 또 남에게서 무슨 말을 듣든, 인간은 음식으로 살찌울 육체와 교육하고 발전시켜야 할 두뇌만으로 구성된 존재가 아니라 영혼이란 것이 있고, 이 영혼의 요구를 들어야 한다는 것입니다. 영혼은 부단히 활동하고 끊임없이 발전하며 빛과 진리를 향해 나아가려 합니다. 영혼은 빛을 얻고 진리를 깨닫기 전까지는 쉬지 않고 인간을 괴롭힐 것입니다.

영혼이 지금처럼 우리에게 깊고 강력한 힘을 떨친 시대는 없었습니다. 영혼은 전 세계가 숨쉬고 있는 공기 속에 충만해 있습니다. 사회의 개조를 바라는 개별 영혼들이 서서히 서로를 찾아 부르며 접근하고 단결해 집단, 즉 구심점을 만들었고 오늘날 세계만방의 영혼들도 종달새가 거울을 향해 날아들듯 모여들고 있습니다. 이 영혼들은 의식적으로 또는 불가피한 이유로 최근까지도 적대적이었던 세계 각 민족의 화합과 올바른 진보를 위해 공통의 영혼을 만들었습니다. 나는 무엇보다도 이 새로운 영혼을, 자칫 그것을 부정하는 것처럼 보이던 현실 속에서 발견하고 있습니다.

모든 민족의 무장, 그들의 통치자들이 조성하는 위협, 오늘날 다시 자행되는 특정 민족들에 대한 박해, 동족 간의 적대 등은 모두 나쁜 현상이지만, 반드시 나쁘기만 한 것은 아닙니다. 그것은 마땅히 사라져야 할 것의 마지막 발악이기 때문입니다. 그런 병적 현상은 죽음의 힘에서 벗어나려고 몸부림치는 살아 있는 존재의 맹렬한 노력일 뿐입니다.

지난날의 미망을 이용해온 사람들, 그리고 가능한 한 오랫동안 이용하고 싶어하는 사람들이 모든 변화를 방해하기 위해 뭉치고 있습니다. 그 결과 등장한 것이 바로 무장과 위협과 박해입니다. 주의깊게 관찰해보면, 그것들은 모두 피상적인 것에 불과하다는 것을 알 수 있습니다. 모두 거창하지만 공허하기 짝이 없습니다.

그 속에는 이제 영혼이 존재하지 않습니다. 영혼은 다른 곳으로 옮겨가버렸습니다. 매일같이 총체적이고 파멸적인 전쟁 훈련을 하는 무장한 수백만의 사람도 자신들이 싸워야 할 상대를 미워하고 있지 않으며, 그들의 지휘관들 역시 어느 한 사람도 감히 선전포고를 하려 들지 않습니다. 아래쪽에서 들려오는 전염적이기까지 한 비난의 목소리에 대해, 벌써 위쪽에서는 그 정당성을 인정하는 위대하고 참된 공감의 응답이 들려오기 시작했습니다.

서로에 대해 이해하는 세상이 반드시 찾아올 것이고, 우리가 생각하는 것보다 훨씬 빠르게 올 것이며, 어쩌면 내가 세상을 떠나 지평선에서 떠오르는 태양의 빛을 볼 수 없게 된 뒤에 올지도 모릅니다. 그러나 나는 우리 세상이 '서로 사랑하라'는 말을, 이 말을 한 자가 신인지 인간인지 상관없이 실현해야 할 때가 왔다고 생각합니다.

세계 각지에서 이미 나타난 정신운동, 지극히 이기적이고 나약한 사람들이 장악하려 하는 정신운동은 두말할 것 없이 인간화될 것입니다. 무슨 일에서나 중용을 행하지 않는 사람들은 서로를 사랑하려는 격정의 광기에 사로잡힐 것입니다. 물론 처음부터 저절로 성취되지는 않을 것입니다. 어쩌면 피비린내나는 오해도 있을 수 있습니다. 사랑을 가르치라는 소명을 받은 사람들이 종종 우리에게 서로 미워하라고 가르치며 우리를 길들여왔기 때문입니다. 그러나 형제애라는 위대한 규율은 반드시 성취될 것이며, 나는 우리 모두가 그 성취를 간절히 원하는 때가 곧 찾아오리라 확신합니다.

알렉상드르 뒤마

4월 22일

자기 자신을 인식하는 것은 곧 신을 인식하는 것이다.

1 예수께서 큰 소리로 이렇게 말씀하셨다. "나를 믿는 사람은 나뿐 아니라 나를 보내신 분까지 믿는 것이고 나를 보는 사람은 나를 보내신 분도 보는 것이다. 나는 빛으로서 이 세상에 왔다. 그러므로 누구든지 나를 믿는 사람은 어둠 속에서 살지 않을 것이다. 어떤 사람이 내 말을 듣고 지키지 않는다 하더라도 나는 그를 단죄하지 않을 것이다. 나는 이 세상을 단죄하러 온 것이 아니라 구원하러 왔기 때문이다. 그러나 나를 배척하고 내 말을 받아들이지 않는 사람을 단죄하는 것이 따로 있다. 내가 한 바로 그 말이 세상 끝 날에 그를 단죄할 것이다. 나는 내 마음대로 말하지 않고 나를 보내신 아버지께서 무엇을 어떻게 말하라고 친히 명령하시는 대로 말하였다. 나는 그 명령이 영원한 생명을 준다는 것을 안다. 그래서 나는 아버지께서 나에게 일러주신 대로 말할 뿐이다." 「요한복음」 12:44~50

2 최고의 지식은 자기 자신을 아는 것이다. 자기 자신을 인식하는 자는 신을 인식한다.

3 인간이 근본적으로 어떤 것은 좋아하고 어떤 것은 좋아하지 않는 것은 공간적 시간적 조건에서 비롯되는 특성이 아니다. 바꿔 말해 공간적 시간적 조건이 인간에게 작용하거나 작용하지 않는 것은 인간이 태어나면서부터 이미 어떤 것은 좋아하고 어떤 것은 싫어하는 특성

을 지녔기 때문이다. 오직 그런 이유로 똑같은 공간적 시간적 조건에서 태어나 자란 사람들의 내적 **자아**들도 서로 첨예하게 대립하는 것이다.

4 영혼의 순결 없이 어떻게 신에게 예배를 드릴 수 있는가? 어떻게 예배드리러 가겠다고 말할 수 있는가? 악을 일삼는 자가 어떻게 신에게 예배를 드릴 수 있는가?

거룩한 것은 숲속에도 하늘에도 땅에도 있지 않고, 성스럽다는 강에도 있지 않다. 너의 육체를 깨끗이 하면 그것을 볼 것이다. 너의 육체를 신전으로 삼고 나쁜 생각을 버리고 마음의 눈으로 신을 바라보라. 인간은 신을 인식할 때 자기 자신을 인식하게 된다. 스스로 경험하지 않고 글을 읽는 것만으로는 두려움을 극복할 수 없다. 마치 그림으로 그린 불이 어둠을 쫓을 수 없는 것과 같다. 무엇을 믿고 어떤 기도를 드리든 네 안에 진실이 없다면 행복의 길에 이르지 못할 것이다. 진리를 인식하는 자는 새롭게 태어난다.

진정한 행복의 원천은 마음속에 있다. 이것을 다른 데서 찾는 자는 제 품에 안고 있는 어린양을 찾아 헤매는 목동처럼 어리석다.

너희는 무엇 때문에 돌을 모아 거대한 신전을 지으려 하느냐? 신은 언제나 너희 안에 살고 있는데 왜 그렇게 자신을 괴롭히느냐?

집에 모셔둔 생명 없는 우상보다 마당의 개가 더 낫다. 반쪽짜리 신들보다 세상에서 유일한 위대한 신이 낫다.

샛별처럼 모두의 마음속에 사는 사라지지 않는 빛이야말로 우리의 피난처다. 『바마나 푸라나』

5 자기 자신을 모르는 사람에게 자신을 떠나 신에게로 옮겨가라고 외치는 것은 우스꽝스러운 일이다! 그러나 자기 자신을 아는 사람에게 그런 말은 마땅하다.　　　　　　　　　　　　　　　　　　파스칼

╱ 인간은 자신의 **자아**를 종속적이고 불안정하고 고통스러운 세계에서 자유롭고 변하지 않는 기쁨의 세계로, 즉 영적이고 신적인 자기 본원을 의식하는 세계로 이끌 수 있다.

4월 23일

참다운 선은 언제나 단순하다.

　단순함이란 참으로 매력적이고 유익한데, 단순한 사람들이 이토록 적다는 것이 놀랍다.

1 바다 저편에서 행복을 찾지 마라. 필요한 것은 어렵지 않게, 어려운 것은 필요하지 않게 만든 신에게 감사하라.　　　　　　　　　　스코로보다

2 참으로 좋은 것은 언제나 값싸고, 해로운 것은 언제나 비싸다.　　소로

3 이른바 진보라는 것이 가져오는 이익은 언제나 우리에게서 무언가를 빼앗아간다. 이를테면 새로운 발명은 사회를 풍요롭게 하는 반

면 개개인의 타고난 특질을 해친다. 문명인은 탈것을 가진 대신 자신의 다리를 잘 쓰지 못한다. 제네바에서 만든 훌륭한 시계를 가진 대신 태양을 보고 시간을 알지 못한다. 달력이 있고 거기에 필요한 모든 것이 적혀 있다고 믿기 때문에 하늘의 별 하나도 구별할 줄 모르고 춘분 추분 같은 절기도 알지 못한다.

이성적인 사람은 불필요한 것은 버리고 결국 자신에게 꼭 필요한 것으로 돌아간다. 에머슨

4 우리가 쓰는 돈의 대부분은 남을 흉내내는 데 쓰인다. 에머슨

5 공동의 일에 봉사하라. 사랑의 일을 행하라. 절제하고 노력하라. 나쁜 말을 하지 말고 나쁜 일을 하지 말고 소심함과 거짓된 부끄러움을 극복하며 필요하고 좋고 사랑이 넘치는 언행에 힘써라. 모두 사소하고 눈에 띄지 않는 일이지만, 이런 작은 씨앗에서 온 세상을 가지로 가득 덮는 사랑의 나무가 자라난다.

6 굳이 위대한 일을 찾지 마라. 현재의 처지에서 요구되는 일을 최선의 방법으로, 그리스도교도답게 완전히 행한다면 삶은 충만해질 것이다. 따라서 굳이 위대한 일을 찾을 필요는 없다.

7 모든 위대한 일은 눈에 띄지 않고, 겸손함과 단순함 속에서 이루어진다. 밭을 가는 것도, 집을 짓는 것도, 가축을 치는 것도, 심지어 사유

하는 것도 천둥과 번갯불 밑에서는 되지 않는다. 위대하고 진실한 일은 언제나 단순하고 겸손하다.

/ 단순하게 보이고 싶어하는 사람들이 실은 가장 단순하지 않다. 의식적인 단순함은 가장 불쾌한 기교다.

4월 24일

신이 자신의 동맹자라는 것을 아는 사람만이 투쟁에서 참된 용자가 된다.

1 너희는 세상에서 고난을 당하겠지만 용기를 내어라. 내가 세상을 이겼다.

「요한복음」16:33

2 죽을 때까지 진리를 위해 싸워라. 그러면 신도 너를 위해 싸울 것이다.

「집회서」

3 대부분의 사람들을 움직이게 하는 동기와 이유를 거부하고 자기 자신을 믿으려고 결심한 자는 행복하다. 사회와 관습과 법규를 자신의 신념으로 대체하고 또 그 내적 신경이 타인들에게도 '강철 같은 필연성'이 있는 힘을 갖도록 하려면 고결한 영혼과 강인한 의지, 명확한

견해가 필요하다. 에머슨

4 무슨 일이 있어도 용기를 잃지 마라. 인간의 본성이 감당하지 못할 만큼 나쁜 일은 일어날 수 없다.

5 모든 것이 불확실하고 모호하고 덧없지만 오직 선행만은 확실하고 어떠한 폭력으로도 파괴되지 않는다. 키케로

6 자아를 부정하는 사람은 누구보다 강하다. 자아는 우리 안에서 신을 가리기 때문이다. 자아를 부정하는 순간부터 우리 안에서 행동하는 것은 이미 우리가 아니라 신이다.

7 한번은 로마의 여제가 보석을 잃어버렸다. 온 나라에 다음과 같은 방이 붙었다. "삼십 일 안에 보석을 찾아 돌려주는 사람에게는 후한 상을 내릴 것이다. 삼십 일이 지나 돌려준다면 사형을 내릴 것이다." 유대인 랍비 사무엘이 잃어버린 보석을 찾았으나 삼십 일이 지나서야 돌려주었다. "너는 외국에 가 있었느냐?" 여제가 물었다. "아닙니다, 저는 집에 있었습니다." 그는 대답했다. "그럼 너는 온 나라에 무슨 방이 붙었는지 몰랐던 것이냐?" "아닙니다, 알고 있었습니다." 사무엘은 대답했다. "그러면 어째서 삼십 일 전에 가져오지 않았느냐? 사형을 내린다고 했을 텐데." 사무엘이 대답했다. "잃어버리신 이 물건을 돌려드리는 것은 처형이 아니라 신이 두렵기 때문이라는 것을 보여

드리려 했습니다."

／ 네가 섬기는 신의 일이 완성되기를 기다리지 마라. 그러나 너의 노력
은 하나도 헛되지 않게 그 일을 촉진하는 데 쓰이고 있다.

4월 25일

인간은 자기 자신을 육체적 존재로도 정신적 존재로도 인식할 수 있
다. 자신을 육체적 존재로 인식하는 사람은 자유로울 수 없지만, 정
신적 존재로 인식하는 사람에게는 자유롭지 못하다는 것도 문제가
되지 않는다.

1 정말 잘 들어두어라. 내 말을 듣고 나를 보내신 분을 믿는 사람은 영
원한 생명을 얻을 것이다. 그 사람은 심판을 받지 않을 뿐만 아니라
이미 죽음의 세계에서 벗어나 생명의 세계로 들어섰다. 정말 잘 들어
두어라. 때가 오면 죽은 이들이 하느님의 아들의 음성을 들을 것이며
그 음성을 들은 이들은 살아날 텐데 바로 지금이 그때다. 아버지께서
생명의 근원이신 것처럼 아들도 생명의 근원이 되게 하셨다.

「요한복음」5:24~26

2 '신에 대한 사랑'이란 자기 존재에 최고의 창조력을 불어넣으려는 간
절한 열망이 아니고 무엇이겠는가. 신의 창조력은 모든 것에 있으나

세상에서 그것이 최대로 발현되는 곳은 인간의 내면이다. 그 힘이 작용하려면 우선 인간이 그것을 인식해야 한다.

자신이 최선의 것을 창조할 수 있다는 것을 모를 때 인간은 결국 최악의 것을 창조한다. 〈세계의 선진 사상〉^{미국의 잡지}

3 나는 끊임없이 나 자신을 성찰해야 한다는 것을 안다. 하늘은 모든 것을 알고 있고 하늘의 법칙이 불변이라는 것도 안다. 하늘은 모든 것을 보고 모든 것 안으로 들어가며 모든 것 안에 존재한다는 것도 안다. 하늘은 햇빛이 어두운 방을 비추듯 만인의 마음속을 뚫고 들어간다. 우리는 잘 조율된 두 악기가 화음을 만들어내듯 하늘의 빛을 세상에 비추도록 노력해야 한다. 『시경』

4 인간의 본성은 곧다. 살면서 이 본래의 곧음을 잃으면 그는 행복할 수 없다.

중국의 격언

5 영혼의 본질에 대해 생각할 때, 마치 낯선 나라에 살듯 육체 속에 갇힌 영혼이 무엇인지 깨닫는 것은, 영혼이 육체를 떠나 스스로를 신과 맺어진 일부라고 깨닫는 것보다 훨씬 더 어렵다. 키케로에 의함

6 신의 의지로 이루어진 모든 일 속에서 네가 너의 의지를 버리고 오직 신이 바라시는 일만을 행한다고 진실로 말할 수 있을 때, 비로소 너는 완전히 자유로운 존재가 될 것이다. 에픽테토스

/ 인간은 자신의 삶을 육체적 삶에서 정신적 삶으로 얼마나 이행했느냐에 따라 느끼는 자유도 달라진다.

4월 26일

신을 의식하는 것은 간단해서 누구나 할 수 있다. 그러나 신을 배워서 아는 것은 누구에게도 불가능하다.

1 이성적이고 겸손한 인간은 아무리 뛰어난 지성을 가졌다고 해도 지성에 한계가 있다는 것을 알기 때문에 그 선 밖으로 나가지 않는다. 그리고 그 한계 안에서 자신의 영혼과 창조자에 대한 개념을 찾는다. 그러나 자신이 그것을 명료하게 밝히는 것도, 순수한 영혼으로서 직관하는 것도 불가능하다는 것을 알게 되면 그 개념 앞에서 걸음을 멈추고 자신이 참으로 높은 존재와 마주하고 있다는 의식에 만족하며 그 속을 들여다보려 하지 않는다. 철학은 이 한계 안에서만 유익하고 필요할 따름이다. 그것을 넘어서는 것은 인간에게 고유하지 않은 공허한 추상에 불과하다. 이성적인 인간은 그것을 피하고, 일반 민중들에게 그것은 애초부터 낯설다.

인류는 모두 신을 알고, 신을 공경한다. 비록 여러 민족이 저마다 신에게 다른 옷을 입히고 있지만, 그 옷 속에는 같은 신이 존재한다. 일반인에 비해 교의를 더 잘 알아야 하는 선택된 소수는 단순한 상식에 만족하지 않고 보다 추상적인 신을 찾는다. 나는 이들을 비난하지 않는다. 그러나 만일 그 소수가 온 인류의 대표자라도 된 듯 신은 인간에게는 보이지 않는 존재라고 주장한다면, 그것은 옳지 않다. 사람들이 때로 교묘한 말에 속아 신은 없다고 일시적으로나마 믿기도 한다는 것을 나는 인정한다. 그러나 그것은 결코 오래가지 않는다. 어떠한 경우에도 인간은 언제나 신을 필요로 한다. 만약 자연의 법칙에 반해서 신이 더욱 확실하게 우리 앞에 모습을 드러낸다 해도, 무신론자들은 여전히 신을 부정하기 위해 온갖 새로운 이유를 꾸며댈 거라고 나는 확신한다. 이성은 언제나 감정이 요구하는 것에 굴복하기 때문이다. 루소

2 이 세계에서 가장 의심스럽지 않은 인식은 지금 이 순간의 나 자신에 대한 인식이다.

3 신을 믿는 것은 두 발로 걷는 능력과 마찬가지로 인간 고유의 본능이다. 어떤 사람에게는 그 믿음이 변형되어 있을 수 있고, 또 완전히 사라져버렸을 수도 있다. 그러나 일반적으로 그 믿음은 분명히 존재하고, 이성적인 삶에서 반드시 필요하다. 리히텐베르크에 의함

4 신은 있다, 신은 없다, 육체에는 영혼이 있다, 육체에는 영혼이 없다, 세계는 창조된 것이다, 세계는 창조된 것이 아니다 같은 것은 모두 똑같이 불가해한 명제들이다. 파스칼

5 종교는 신에게서 나오지만 신학은 인간에게서 나온다. 데셰르니

자기 안의 신을 의식하면서 신과 함께 신 안에서 살라. 말로 신을 정의하려 하지 마라.

4월 27일

악한 감정이 일어나면 남을 비난하고 싶어진다. 그보다 더 빈번한 것은, 남에 대해 비난함으로써 악한 감정을 갖게 되는 경우다. 남을 심하게 비난할수록 선함을 잃는다.

1 "남을 판단하지 마라. 그러면 너희도 판단받지 않을 것이다. 남을 판단하는 대로 너희도 하느님의 심판을 받을 것이고 남을 저울질하는 대로 너희도 저울질을 당할 것이다. 어찌하여 너는 형제의 눈 속에 있는 티는 보면서 제 눈 속에 들어 있는 들보는 깨닫지 못하느냐? 제 눈 속에 있는 들보도 보지 못하면서 어떻게 형제에게 '네 눈의 티를 빼내어주겠다' 하겠느냐? 이 위선자야! 먼저 네 눈에서 들보를 빼내어라. 그래야 눈이 잘 보여 형제의 눈에서 티를 빼낼 수 있지 않겠느냐?" 「마태복음」 7:1~5

2 가장 보편적이고 일반적으로 퍼져 있는 편견은 인간은 저마다 정해진 본성이 있기 때문에 착한 사람, 나쁜 사람, 지혜로운 사람, 어리석은 사람, 열정적인 사람, 냉정한 사람 등으로 구별된다고 생각하는 것이다. 그러나 인간은 그렇지 않다.

　우리는 어떤 사람에 대해 나쁠 때보다 착할 때가 많다든가, 어리석을 때보다 지혜로울 때가 많다든가, 냉정할 때보다 열정적일 때가 많다거나 혹은 그 반대로 말할 수 있지만, 어떤 사람에 대해 언제나 착하고 지혜롭다거나, 언제나 나쁘고 어리석다고 말하는 것은 잘못이다. 그러나 우리는 언제나 그런 식으로 사람들을 구별한다. 옳지 않은 일이다.

3 너는 이웃의 결점을 욕하지만 그의 선한 행위 하나가 너의 평생보다도 신을 기쁘게 했다는 것을 모른다. 이웃이 불행히도 죄에 빠졌을 때도, 너는 그가 과거에 흘린 눈물을 알지 못하고, 그뒤의 참회도 알지 못하며, 그의 슬픔과 상심을 목격한 신이 이미 그를 용서한 것도 모르고 끊임없이 그를 비난한다. 『성현의 사상』

4 두 사람이 서로를 미워한다면 양쪽 모두에게 잘못이 있다. 어떤 수를 곱하더라도 영은 영이다. 만일 미움이 생겼다면 양쪽에 그 감정이 있는 것이다.

5 사람들 사이에 다툼이 생겼다면 정도는 다르겠지만 다투는 양쪽 모두에게 잘못이 있다. 한쪽의 행동이 아무런 흠도 없이 완벽하다면, 거울처럼 매끄러운 표면에 성냥을 그어 불을 붙일 수 없는 것과 마찬가지로 다툼이 일어날 리 없다.

6 인간은 항상 자신에게 최선이라고 생각되는 행동을 한다는 것을 기억하라. 그것이 실제로 최선이라면 그는 옳은 것이다. 만약 그렇지 않다면 그에게는 그만큼 나쁜 결과가 따를 것이다. 과오에는 반드시 고뇌가 따르기 때문이다.

그것을 기억한다면 너는 누구에게도 화내지 않고, 시비를 따지지도 않고, 비난하지도 않고, 공격하지도 않을 것이며, 누구에게도 적의를 품지 않을 것이다. 에픽테토스

/ 가까운 사람과 함께 살 때는 둘 중 한 사람이 상대방을 비난하기 시작하는 즉시 서로 말리기로 약속해두는 것이 좋다.

4월 28일

의심의 여지 없는 행복의 조건은 노동이다. 첫째는 자기가 좋아하는 자유로운 노동이고, 둘째는 식욕을 돋우고 숙면을 돕는 육체노동이다.

1 아르카디아 같은 낙원에서 목자로 살거나 사람들이 동경하는 궁정에서 사는 삶은 분명 매혹적이지만 어느 것이나 어리석고 부자연스럽다. 쾌락만 있는 곳에는 결코 진정한 쾌락이 있을 수 없기 때문이다. 일하는 틈틈이 갖는 짧은 휴식만이 진정 유쾌하고 유익하다. 칸트

2 육체노동은 지적 활동의 가능성을 줄이기는커녕 오히려 그 질을 높

이고 고무한다.

3 육체노동은 모든 사람에게 의무이자 행복이다. 지적 활동과 상상력의 활동은 특수한 활동으로, 그것이 천직으로 주어진 사람에게만 의무이고 행복이다. 그것이 천직인지 아닌지는 학자든 예술가든 그가 그 소명에 전념하기 위해 자신의 평화와 안녕을 얼마나 희생하는가로 구별되고 증명된다.

4 영원한 무위는 지옥의 고통 속에 가둬야 했으나 사람들은 오히려 그것을 천국의 기쁨 속에 놓았다.   몽테스키외

5 손쉬운 노동을 할 때도 인간의 영혼은 일을 시작하자마자 안정된다. 의혹과 비애, 상심, 분노, 절망 같은 악마는 가엾은 인간을 호시탐탐 노린다. 그러나 인간이 결연히 일을 붙들면 악마들은 감히 다가가지 못하고 멀리서 투덜거리기만 한다. 그때 그는 진정한 인간이기 때문이다.   칼라일

6 노동의 욕구는 할 수 없게 되면 고통스러워지는 인간 본연의 욕구이지만, 결코 덕행은 아니다. 노동을 덕행으로 끌어올리는 것은 인간이 섭취하는 영양분을 덕행으로 여기는 것처럼 기괴한 일이다.

기분이 좋아지고 싶다면 지칠 때까지 일하라. 그러나 과로는 금물이
다. 좋은 기분은 언제나 무위 때문에 깨지지만, 때로는 과로 때문에
깨지기도 한다.

달걀만한 씨앗

어느 날 골짜기에서 아이들이 한가운데 줄무늬가 있고 씨앗처럼 생긴 달걀만한 물건을 발견했다. 마침 지나가던 사람이 그것을 보고 5코페이카에 사서 성안으로 들어가 귀한 물건이라며 황제에게 팔았다.

황제는 지혜로운 사람들을 불러모아 그것이 무슨 물건인지, 달걀인지 씨앗인지 알아보라고 일렀다. 지혜로운 사람들은 아무리 생각해도 그것이 무엇인지 알 수 없었다. 그것은 창문 위에 놓여 있었는데 암탉이 날아들어와 쪼더니 구멍을 내버렸다. 그러자 사람들은 그것이 씨앗이라는 것을 알게 되었다. 지혜로운 사람들은 황제에게 아뢰었다. "그것은 호밀 씨앗입니다."

황제는 깜짝 놀랐다. 그리고 다시 지혜로운 사람들에게 그 씨앗이 언제 어디서 생겼는지 알아보라고 명했다. 지혜로운 사람들은 요모조모 생각하고 온갖 책을 뒤져보았지만 아무것도 알아낼 수 없었다. 그들은 황제 앞에 나와 아뢰었다. "무엇인지 알아내지 못했습니다. 저희가 가진 책에는 그것에 관해서 쓰여 있지 않았습니다. 그러니 늙은 농부들에게 언제 어디서 그런 씨앗을 뿌렸다는 이야기를 들은 적이 있는지 물어보는 게 좋을 것 같습니다."

황제는 사람을 보내 나이든 농부를 데려오게 했다. 곧 어느 늙은 농부가 황제에게로 불려왔다. 이도 다 빠지고 얼굴도 푸르죽죽한 늙은 농부가 두 개의 지팡이를 짚고 간신히 걸어들어왔다.

황제가 씨앗을 보여주자 시력을 거의 잃은 노인은 겨우겨우 눈으로 보고 손으로 더듬어 살펴보았다.

황제가 그에게 물었다. "영감, 이런 씨앗이 어디서 생겼는지 아느냐? 그대의 밭에 이런 곡식을 심은 적이 있느냐? 아니면 농사짓던 시절에 어디서 이런 씨앗을 산 적이 있느냐?"

노인은 귀가 먹어 간신히 알아듣고 겨우 이해했고 겨우 대답했다. "저는 밭에 이런 곡식을 심은 적도 없고 거둔 적도 없고 산 적도 없습니다. 제가 곡식을 샀던 시절에 이런 씨앗은 모두 낟알이 더 잘았습니다. 지금도 그렇지만 말입니다, 아무래도 제 아버지에게 한번 물어봐야겠습니다. 어쩌면 아버지는 어디서 이런 씨앗이 생겼는지 들었을지도 모릅니다."

황제는 노인의 아버지를 데려오게 했다. 노인의 아버지도 황제 앞으로 불려왔다. 늙어 쪼그라든 이 노인은 지팡이를 하나 짚고 걸어들어왔다. 황제는 그에게 씨앗을 보여주었다. 늙은이는 아직 시력이 있어서 잘 알아보았다. 황제가 그에게 물었다. "영감, 이런 씨앗이 어디서 생겼는지 아느냐? 그대의 밭에 이런 곡식을 심은 적 있느냐? 아니면 농사짓던 시절에 어디서 이런 씨앗을 산 적이 있느냐?"

노인은 귀가 다소 멀기는 했지만 아들보다는 잘 알아들었다. 그가 말했다. "저는 밭에 이런 곡식을 심은 적도 없고 거둔 적도 없고 산 적도 없습니다. 왜냐하면 제 젊은 시절에는 아직 돈이라는 것이 없었기 때문입니다. 모두가 자기 곡식을 먹고 살았습니다. 모자라면 서로 나눠 먹었고요. 저는 어디서 이런 씨앗이 생겼는지 모릅니다. 제가 일을 하던 시절에 씨앗은 요새 것보다 더 굵고 소출도 더 많긴 했습니다만 이런 건 본 적이 없습니다. 이건 제 아버지에게 들은 이야기입니다만, 그 시절에는 제가 농사짓던 시절에 비해 소출도 더 많고 낟알도 더 좋았다고 했습니다. 제 아버지에게 물어보시는 게 좋을 것 같습니다."

황제는 다시 이 노인의 아버지를 데려오라고 사람을 보냈다. 첫번째 노인의 할아버지인 이 노인도 황제 앞으로 불려왔다. 노인은 지팡이도 짚지 않고 가벼운 걸음걸이로 걸어들어왔다. 눈도 밝고 귀도 밝고 목소리도 또렷했다. 황제는 이 노인에게도 그 씨앗을 보여주었다. 노인은 씨앗을 만지작거리며 이리저리 살펴보았다. "소인은 오랫동안 이런 옛날 곡식을 보지 못했습니다." 노인이 말했다. 노인은 씨앗을 이로 자근자근 깨물었다.

"이게 바로 그것입니다." 그가 말했다.

"그럼 영감, 어디 말해보라, 이런 씨앗이 어디서 생겼는지 아느냐? 그대의 밭에 이런 곡식을 심은 적 있느냐? 아니면 농사짓던 시절에 어디서 이런 씨앗을 산 적이 있느냐?"

노인은 말했다. "이런 곡식은 저희 때는 어디에나 있었습니다. 저희는 이런 곡식을 한평생 먹고 살았고 다른 사람들도 먹여살렸습니다."

황제는 다시 물었다. "그럼 영감, 어디 말해보라, 어디서 이런 씨앗을 샀느냐? 그대 밭에 뿌린 일이 있느냐?"

노인은 히죽 웃었다.

"저희 때는 곡식을 사고파는 죄받을 짓은 아무도 하지 않았습니다. 돈이라는 것도 없었습니다. 곡식은 누구에게나 충분히 있었으니까요. 저는 이런 곡식을 직접 심고 거두고 타작도 했습니다."

황제는 거듭 물었다. "그럼 말해보라, 영감. 그대는 어디에 이런 곡식을 심었고, 또 그 밭은 어디에 있었느냐?"

노인은 말했다. "제 밭은 하느님의 것이었습니다. 쟁기질한 곳이 밭이고, 땅은 모두의 것이었습니다. 제 땅이란 것이 없었습니다. 제 것이라고 말할 수 있었던 것은 제 노동뿐이었습니다."

"두 가지만 더 묻겠다." 황제가 말했다. "첫째, 왜 옛날에는 이런 씨앗이 자랐는데 지금은 생기지 않는 것이냐. 그리고 둘째, 그대의 손자는 두 자루의 지팡이를 짚고 그대의 아들도 한 자루의 지팡이를 짚고 왔는데 어찌 그대만 가뿐히 혼자 걷고, 눈도 밝고, 이도 실하고, 목소리도 또렷하고 이토록 단정한 것이냐. 어째서 그런지 대답해보라."

그러자 노인이 대답했다. "그것은 다름이 아니오라 사람들이 스스로 일하며 살기를 그만두고 남의 것을 넘보게 되었기 때문입니다. 옛날 사람들은 신의 뜻에 따라 살면서 자기가 가진 것에 만족하고 남의 것을 탐내지 않았으니까요."

레프 톨스토이

4월 29일

인간은 병에 걸려도 건강할 때와 마찬가지로 자신의 사명을 다할 수 있다.

1 사후에도 불멸하는 삶을 의심하지 않는다면, 병에 걸리는 것은 단지 하나의 삶에서 다른 삶으로의 이행, 그것도 바람직한 쪽으로 옮겨가는 과정이라고 생각할 수 있다. 그럴 수 있다면 좋은 열매를 위해 노동의 고통을 참고 이겨내는 것과 마찬가지로 질병의 고통도 참고 이겨낼 수 있다. 병고를 느낄 때 우리는 우리 몸에 일어나고 있는 일의 의미를 깨닫고 새로운 상황을 맞을 준비를 해야 한다.

2 신을 섬기고 사람들에게 유익한 존재가 되려면 반드시 건강해야 한다고 생각하기 쉽다. 그렇지 않다! 오히려 그 반대인 경우가 많다. 그리스도가 신과 사람들에게 가장 크게 봉사한 것은 십자가에서 죽어갈 때 자신을 죽이려 한 사람들을 용서한 것이었다. 병고에 시달리는 모든 이도 그렇게 할 수 있다. 신과 사람들에게 봉사할 때 건강한 상태와 병에 걸린 상태 중 어느 쪽이 더 나은지는 단언할 수 없다.

3 인간이 사유를 하게 된 이래, 죽음에 대한 사유만큼 인간의 도덕적 삶에 도움이 되는 것은 없다고 인식하게 되었다. 그러나 잘못된 방향으로 나아간 의술은 고통을 덜어주는 대신 죽지 않는 것만을 목적으로 삼고 죽음을 피하는 것에, 죽음에 대한 생각을 물리치는 것에 전념하게 만든다. 그러한 의술이 사람들에게서 도덕적 삶에 대한 중요

한 각성의 기회를 빼앗고 있다.

4 자신에게 봉사하기 위해서는 가능한 한 건강과 힘이 필요하다. 그러나 신에
게 봉사하기 위해서는 건강이 필요 없고 오히려 건강하지 않아야 할 수도
있다.

5 우리는 병자에게 필요하고 중요한 일을 종종 잊는다. 중요한 일이란
죽음이 다가오고 있다는 것을 그에게 감추지 않는 것이다. 그것은 병
자에게 쇠약과 죽음에 아랑곳하지 않는 그의 신적 본성, 계속 성장하
는 정신적 본성을 일깨우는 것이다.

✏ 병은 대부분의 경우 육체의 힘을 빼앗아감으로써 정신의 힘을 자유
롭게 한다. 자신의 의식을 정신적 영역으로 옮긴 사람에게 병은 행복
이 될 수 있다.

4월 30일

인간은 무엇 때문에 사는지 모르면서 살아갈 수 없다. 그러므로 무엇
보다도 먼저 스스로에게 밝혀야 하는 것은 삶의 의미다. 그 의미를
아는 사람들은 과거에도 있었고 지금도 있다. 그런데 교양인이라고
자처하는 사람들이 스스로 높은 경지라고 착각하는 결론에 도달한
것을 자랑하면서 삶은 아무런 의미가 없다고 말하고 있다.

1 사람들 사이에는 대립되는 두 가지 인생관이 있다.

어떤 사람들은 이렇게 말한다. 나는 내 주변의 모든 생물과 마찬가지로 부모에게서 태어났고 내 존재의 조건을 조사 연구할 수 있으므로 나를 포함한 모든 생물 또는 무생물이 존재하는 조건들을 연구하고 그 결과에 따라 삶에 대한 나의 태도를 결정할 수 있다. 발생에 대한 문제도 마찬가지로, 나는 그것을 연구하고 관찰과 경험을 통해 지식을 넓혀가고 있다. 그러나 이 세상이 어디서 생겨났는지, 무엇 때문에 존재하는지, 나는 무엇 때문에 그 속에 살고 있는지에 대해서는 답할 수 없는 것으로 남겨둔다. 왜냐하면 그 문제는 이 세상에 존재하는 것을 둘러싼 조건에 대해 답하듯이 명료하고 실증적으로 답하는 것이 불가능하기 때문이다. 따라서 이러한 문제들에 대한 답, 즉 나의 기원인 신이 존재하고 신이 자신의 목적을 위해 내 삶의 법칙을 결정했다고 나는 인정할 수 없다. 그것은 다양한 삶의 현상들의 원인과 조건에 관한 문제에 대해 답하는 것처럼 명료하고 실증적이지 않기 때문이다.

이렇게 말하는 사람은 신앙이 없는 사람이다. 그는 관찰과 관찰한 것에 대한 검토를 통해 얻어지는 것 외의 지식을 인정하지 않는 것이다. 물론 그것은 옳지는 않지만, 나름 합리적인 근거를 가지고 있다.

신을 인정하는 그리스도교도는 이렇게 말한다. 나는 나 자신을 이성적인 존재로 의식할 때 살아 있다는 것을 느낀다. 나 자신을 이성적인 존재로 의식하기 때문에 나는 나와 존재하는 모든 것의 삶도 마찬가지로 이성적이어야 한다고 인정하지 않을 수 없다. 이성적인 삶은 목적이 있어야 한다. 삶의 목적은 나 자신 밖에 있어야 한다. 즉 목적을 이루기 위해서는 나와 존재하는 모든 것이 포함되는 어떤 존재 안에 있어야 한다. 이 존재는 분명히 존재하므로 나는 삶에서 그 존재의 법(의지)을 수행해야만 한다. 나에게 법의 수행을 요구하는 그 존재란 무엇인가, 이 이성적인 삶은 언제 내 안에서 일어났는가, 그것은 어떻게 시공간 속에 있는 다른 존재들 안에서도 일어나고 있는가, 즉 신이란 무엇인가. 인격적이든 비인격적이든 신은 어떻게 세상을 만들었는가, 과연 신이 세상을 창조했는가, 언제 내 안에 영혼이 생겼는가, 영혼은 내가 몇 살 때 생겼는가, 그것은 어떻게 다른 사람들 안에도 생기는가, 그것은 어디서 와서 어디로 가는가, 몸 어느 곳에 살고 있는가 등등. 이 모든 질문은 답할 수 없는 것으로 남겨두어야 한다. 왜냐하면 모든 것은 무한한 시공간 속에 숨겨져 있으므로 관찰과 검토를 하더라도 나는 결코 궁극적인 답에 다다르지 못하리라는 것을 이미 알기 때문이다. 바로 그렇기 때문에 세계는 어떻게 탄생했는지, 영혼은 어떻게 탄생했는지, 영혼은 머릿속 어디에 있는지에 대해 과학이 내놓는 답을 나는 인정할 수 없다.

첫번째 경우에서 신앙이 없는 인간은 자기 자신을 단지 동물적 존재로서 받아들이기 때문에 그저 외적 감각이 미치는 범위의 것만 인정하고 정신적 근원은 인정하지 않는다. 또 그는 이성의 요구를 파괴하는 존재의 무의미와 타협하고 있다.

두번째 경우에서 그리스도교도는 자기 자신을 오롯이 이성적인 존재로 받아들이기 때문에 이성의 요구에 부응하는 것만 인정하고 외적 경험이 제공하는 현실을 인정하지 않는다. 그래서 그는 그러한 자료들을 환상적이고 잘못된 것으로 여긴다.

두 입장 모두 옳다. 그러나 그들 사이의 본질적인 차이는 다음과 같다. 첫번째 세계관에 따르면 세계의 모든 것은 지극히 과학적이고 논리적이고 이성적이지만 인간과 세계의 모든 생명은 아무런 의미가 없는 것이다. 요컨대 이런 세계관에서는 온갖 반론에도 불구하고 흥미롭고 재미있는 생각들이 수없이 쏟아지지만 정작 삶의 지침이 될 만한 것은 아무것도 없다. 한편, 두번째 세계관에 따르면 인간과 전 세계의 생명은 일정한 이성적 의미를 지니고 있으며, 그 의미는 아주 직접적이고 단순해서 누구나 삶에 적용할 수 있다. 동시에 과학적 탐구의 가능성도 배제되지 않기 때문에 그러한 탐구가 자연스럽게 적재적소에서 활용된다.

2 생명이란 존재의 의식에 의해 주어지는 것이며, 언제나 어디에나 있다. 그런데 우리는 우리에게서 생명을 가리고 있는 것을 생명이라고 잘못 부르고 있다.

3 **삶의 참된 목적은 무한한 생명을 이해하는 것이다.**

4 인간은 자신이 무엇 때문에 사는지 모른다. 그러나 어떻게 살아야 하는지는 안다.

   큰 공장의 노동자는 자신이 하는 일의 최종 목적을 모른다. 그러나 좋은 노동자라면 어떻게 그 일을 해야 하는지 안다.

5 사람들의 인생관은 두 가지로 나뉜다. 어떤 사람들은 인생을 감각적이고 개인적인 측면에서 바라보며 세상은 자신을 위해 만들어졌고 신은 인간이 필요에 따라 생각해낸 것이라고 여긴다. 그래서 그들은 무의미한 고뇌와 무의미한 죽음 때문에 안절부절못한다. 또 어떤 사람들은 삶에 대해 그와 정반대되는 정신적인 견해를 가지고 있다. 이

견해에 따르면 인간은 세상을 위해, 신을 위해 살기 때문에 만일 인간이 고통 속에서 죽어간다면 그 또한 세상의 삶에 필요한 것이며 신의 뜻임이 분명하고, 그러므로 우리의 탄생에도, 우리의 고통스러운 삶에도, 우리의 고통스러운 죽음에도 의미가 있다. 즉, 모든 것이 무의미하고 목적이 없는 첫번째 견해와 달리 그들은 인생을 이성적이고 목적을 지닌 것이라 여긴다.

두 가지 인생관에 따라 사람들은 각각의 길을 걸어 진리라는 하나의 목적에 다다른다. 첫번째 감각적인 견해를 가진 사람들은 패배를 바라지 않으며 인생을 극복하기 위해 애를 쓰다 곳곳에서 실패와 비애와 피로, 권태, 질병을 만난다. 그렇게 인생은 고뇌로 가득해지고 결국 그들은 사물의 힘에, 즉 신의 법과 의지에 굴복한다. 과중한 노동을 해도 기쁨은 거의 없는 사슬에 묶인 노예처럼 무의식적으로 마지못해 굴복하는 것이다. 한편 두번째 견해, 즉 신적인 견해를 가진 사람들은 의식적으로 진리를 향해 나아간다. 그들은 하늘에 계신 아버지, 진리이신 아버지의 이성적인 자녀로서 사슬에 묶인 무의식적인 노예에게는 숙명적인 굴레인 온갖 고뇌를 피해 간다. 그러나 인생의 기쁨, 인위적이지 않고 진실하고 자연스러운, 그렇기 때문에 가장 값진 인생의 기쁨과 행복은 어떤 견해를 갖든 모두에게 똑같이 주어진다. 첫번째 견해의 사람들이 기쁨과 행복을 누린다면, 두번째 견해의 사람들도 기쁨과 행복을 누릴 것이며 그들에게서 그것을 빼앗을 수 없다.　　　　　　　　　　　　　　　　　　　　　부카

／ 모든 존재는 저마다 세계에서 자신이 처한 위치를 스스로에게 알려주는 기관을 가지고 있다. 인간의 경우 이 기관은 이성이다.

이성이 세계에서의 네 위치와 사명을 알려주지 않는다면, 세계의

구조나 네 이성 탓이 아니라 네가 이성의 방향을 잘못 잡았기 때문
이다.

5
월

5월 1일

삶을 정신적 완성의 과정으로 여기는 사람은 외적 사건을 두려워하지 않는다.

1 아부 하니파^{이슬람 율법학파 중 하나인 하나피학파의 창시자}는 바그다드에서 옥사했다. 칼리프 알만조르는 그가 카트의 가르침을 거부하자 투옥시켰다. 이 이름난 스승 아부 하니파가 한번은 호되게 언어맞은 적이 있는데, 그는 자신을 때린 사람에게 이렇게 말했다. "나는 모욕을 모욕으로 앙갚음할 수도 있지만 그러지 않겠다. 칼리프에게 너를 고발할 수도 있지만 그러지 않겠다. 네가 준 모욕을 신에게 기도로써 고할 수도 있지만 그러지 않겠다. 나는 심판의 날에 신에게 너에 대한 앙갚음을 빌 수도 있지만, 만약 그날이 당장 와서 내 기도가 이루어진다면, 너를 데리고 천국에 들어가겠다."   페르시아의 격언(데르벨로의 책에서)

2 인간의 용기가 용맹함과 강한 힘에만 있다고 생각하지 마라. 최고의 용기는 분노를 이기고 자신을 모욕한 자를 사랑하는 것이다.

페르시아의 격언(데르벨로의 책에서)

3 자신의 행위를 꾸짖어라. 그러나 절망은 하지 마라.   에픽테토스

4 내가 어두운 데서 말하는 것을 너희는 밝은 데서 말하고, 귀에 대고 속삭이는 말을 지붕 위에서 외쳐라. 그리고 육신은 죽여도 영혼은 죽이지 못하는 사람들을 두려워하지 말고 영혼과 육신을 아울러 지옥에 던져 멸망시킬 수 있는 분을 두려워하여라. 「마태복음」10:27~28

5 해야 할 일을 알면서도 하지 않는 것이 비겁함이다. 공자

6 어떤 불행도 그것에 대한 두려움보다 크지 않다. 초케

7 누군가 나를 모욕한다면 그것은 그의 문제다. 그의 성향이, 그의 기질이 그런 것이다. 나에게는 나의 기질이 있다. 기질은 각 인간에게 고유한 것이며, 따라서 나는 나의 기질에 충실하게 행동할 것이다. 아우렐리우스

8 "애태우지 말고, 지나간 일을 슬퍼하지 말고, 끝난 일을 슬퍼하지 말라"고 현자들도 말했다. 네가 해야 할 일을 하라. 별처럼 쉬지 않고 움직이고, 서두르지 마라. 하지 압둘 헤지

/ 두려움의 원인은 언제나 네 안에 있다.

5월 2일

사람들이 진리에 동의하지 않는 것은 그 진리가 그들에게 제시되는 형식에 모욕을 느끼기 때문인 경우가 많다.

1 오가는 시비는 둑을 무너뜨리는 물줄기 같은 것이다. 한번 무너지기 시작하면 막을 수 없다. 『탈무드』

2 시비를 걸기는 쉽다. 그러나 활활 타오르는 불길을 잡는 것처럼 가라앉히기는 어렵다.

3 **논쟁을 할 때 분노를 느끼기 시작하면 우리는 이미 진리가 아니라 자신을 위해 논쟁하게 된다.** 칼라일

4 다른 사람을 설득할 때는 그 사람의 생각에 맞춰야 한다. 즉 그가 훌륭하고 올바른 판단을 할 수 있다고 생각해야 한다. 그런 생각 없이 나의 논증만으로 그를 자기편으로 끌어당길 수 있다고 기대해선 안 된다. 마찬가지로 그 사람의 마음을 움직이는 것도 그의 감정을 통해서만 가능하다. 즉 그가 선한 마음을 가지고 있다고 생각해야 한다. 그러지 않고는 내가 그의 악을 들추고 선을 칭찬해도 그는 악에 대한 혐오도 선행을 해야 할 필요도 느끼지 못할 것이다. 칸트

5 논쟁할 때는 말은 부드럽고 논리는 탄탄해야 한다. 상대방을 화나게
   하지 말고 설득하는 것이 중요하다.   월킨스

6 이성에 따르는 사람들의 평정심만큼 이성의 승리를 돕는 것도 없다.
   진리는 종종 반대자의 공격보다 옹호자의 열광에 더 괴로워한다.

                                                          페인

7 **말을 하는 사람은 어리석을지라도 듣는 사람은 현명해야 한다!**
   친절한 말은 증오를 밀어낸다. 모욕적인 말은 화를 부른다.

8 칭찬받을 만한 사람에게는 칭찬을 아끼지 마라. 자신이 원하는 지지
   와 인정을 얻지 못하면 그는 지금의 길에서 벗어날지도 모르고, 너는
   상대방의 노고에 당연한 대가를 주는 기쁨을 잃게 될 것이다.   러스킨

/ 진리를 알고 있다면, 혹은 진리를 알고 있다고 생각한다면 그것을 가
  급적 간단하게, 가능한 한 부드럽게 사랑을 담아 전하라.

5월 3일

사람들이 자신의 사명과 행복이 어디에 있다고 생각하든, 학문은 언
제나 그 사명과 행복을 계속 가르치려 든다.

1 지혜로운 사람은 자신이 알기 위해 배우고 어리석은 사람은 남에게 알려지기 위해 배운다. 동양의 금언

2 학문이니 예술이니 하는 것은 쓸모없는 지식과 감정의 소산이며, 그러한 쓸모없는 지식과 감정에 아부하는 것을 목적으로 한다. 현대의 학문과 예술은 일반 대중에게는 종잡을 수 없고 뭔가 말해주는 것이 없다. 왜냐하면 그것은 대중의 행복에는 관심이 없기 때문이다.

3 인간은 자신의 힘과 사정이 허락하는 한 오직 자신과 이웃의 행복을 위해 산다. 이 궁극적 목적에 더 빨리 도달하기 위해 그는 선인先人의 경험을 이용한다. 그래서 배우는 것이다.

목적도 없이 그저 남들이 한 말을 그대로 **따라** 하기 위해서 배운다면 학문의 찌꺼기를 핥는 셈이다. 도서목록을 책이라 부를 수 없듯 그런 사람은 진정한 학자라 부를 수 없다. 진정한 인간은 선인이 우리를 위해 한 일을 알 뿐만 아니라 후세를 위해 그 일을 실행한다. 우리는 과거에 이미 발견된 것을 재발견하지 않기 위해 **학자들의 역사**를 연구하는 데 시간을 들여야 할까? 똑같은 사상이 되풀이되더라도 새롭게 표현된다면 아무런 문제가 없다. 만일 그것이 스스로 생각한 것이라면, 과거에 누군가가 발견한 것을 다시 발견하는 일도 가치 있다. 리히텐베르크

4 도덕적 완성에 이르려면 영혼의 정화에 힘써야 한다. 영혼의 정화는 마음이 진실을 찾고 의지가 신성을 향할 때 얻어진다. 이 모든 것은

참된 지식에 달려 있다. 공자

5 어떻게 예언자를 알아볼 수 있느냐고 묻거든, 예언자는 나의 마음에 대한 지식을 주는 사람이라고 대답하라. 『다사티르』 조로아스터교 경전

6 자기 자신을 위해 학문을 닦을 때 학문은 유익하다. 그러나 남에게 배운 사람처럼 보이기 위해서 닦는 학문은 무익하고 유해하다.

중국의 격언

7 종종 미신이 학문보다 본질적인 진리에 더 가까울 때가 있다. 소로

✔ 개개인의 삶의 목표는 선의 완성이라야 한다. 따라서 선의 완성으로 이끌어주는 지식만이 진정으로 필요한 지식이다.

5월 4일

말로 표현된 사상은 모두 강력하며 그 영향은 끝이 없다.

1 사람은 모두 자신만의 시간과 공간에서는 고독한 존재일 수 있다. 그러나 사람의 사상이나 감정은 인류에게 반향을 불러일으킨다. 과거

에도 그랬고 앞으로도 그럴 것이다. 인류 대부분이 지도자나 계몽가로 인정하는 사람들에게 그 반향은 특히 크고 강력하다. 그러나 영향력의 크기는 작을지라도 타인에게 영향을 미치지 않는 사람은 없다. 모든 영혼의 진정한 발현, 모든 개인적 신념의 표명은 누군가에게 혹은 뭔가에 도움이 된다. 널리 알려지지 않는다 해도, 심지어 입을 틀어막거나 목에 올가미를 씌운다 해도 누군가에게 전해진 말은 파괴될 수 없는 영향력을 지닌다. 그러므로 말은 모든 운동과 마찬가지로 형태는 여러 가지로 바뀌지만 결코 소멸하지 않는다. 아미엘

2 마음에서 우러난 선한 말은 본보기가 되는 행위와 마찬가지로 유익하다. 세네카

3 우리가 지니고 표현하는 모든 생각은 발전과 성장 과정을 거쳐 우리에게 되돌아와 선과 악을 행하는 능력으로 바뀐다. 루시 맬러리

4 간결하게 표현된 강력한 사상은 삶의 개선에 크게 이바지한다. 키케로

5 유년과 순박함은 거룩한 것이다. 아이의 영혼에 좋은 말의 씨앗을 뿌리는 부모는 거룩한 일을 하는 것이며, 종교적 의식처럼 경건하게 그 일을 행해야 한다. 왜냐하면 신의 나라를 위해 일하는 것이기 때문이다. 땅에 떨어지든 인간의 영혼에 떨어지든, 씨앗을 뿌리는 일은 다 신비롭다. 인간은 농부와 같다. 깊이 생각해보면, 인간의 사명은 생

명을 가꾸고 곳곳에 씨앗을 뿌리는 것이라 할 수 있다. 그것이 인류의 사명이고, 그 사명은 신성하다. 그리고 말은 그것의 중요한 연장이다.

말이 파종인 동시에 계시임을 우리는 너무나도 자주 잊는다. 적절한 순간에 나오는 말이 가져오는 결과는 헤아릴 수 없다. 오, 말의 의미란 그토록 깊은 것인데도 우리는 육체에 사로잡혀 얼마나 아둔해져버렸는가! 우리는 돌을 보고, 길 양편의 나무들을 보고, 우리가 사는 곳을 본다. 우리는 물질인 모든 것을 본다. 그러면서 공간을 가득 채우고 줄곧 우리 주위에서 날갯짓하는, 눈에 보이지 않는 사상들의 행렬은 알아채지 못한다.　아미엘

6　사상은 인간에게서 나와 그 성질에 따라 저주도 하고 축복도 하는 정신적 활력이다.　루시 맬러리

7　말로 표현된 진리는 삶에서 가장 강력한 힘이다. 우리는 그 힘의 결과가 금방 나타나지 않기 때문에 잘 깨닫지 못할 뿐이다.

❧ 사람들의 선한 사상을 이용하라. 그들에게 똑같이 선한 사상으로 보답하지 못하겠다면 자신의 것이든 남의 것이든 적어도 모호한 사상은, 그렇기에 거짓된 사상은 퍼뜨리지 마라.

교육의 기초는 종교적 가르침, 즉 삶의 의미와 사명을 설명하는 것이다.

1 사람들은 재판정에서 하는 거짓말은 범죄라고 생각하고, 사회에서 하는 거짓말은 한심한 행위라고 생각하지만, 아이들 앞에서는 아무리 허황한 말이나 거짓말을 지껄여도 잘못이 아니며 오히려 필요한 일이라고 생각한다. 그러나 아이들 앞에서 말할 때 어른들이 얼마나 주의를 기울여야 하는지는 누구나 안다.

2 천 년 전 사람들이 질문했던 삶의 의미와 사명에 대해 설명하는 종교적 가르침으로는 현대인들을 만족시키지 못한다. 그런데 아이들에게는 천 년 전의 대답을 가르치고 있다. 이는 무서운 오류다.
 "아직 명료하게 밝혀지지 않은 것은 아이들에게도 완전히 불가해한 것으로 가르쳐야 한다!"고 리히텐베르크는 말했다.
 이 말은 우리가 흔히 하는, 온갖 허무맹랑한 미신을 마치 근거가 있는 것처럼 아이들에게 주입해서는 안 된다는 뜻이다. 아이들은 그런 모호하고 부족한 논거를 받아들이는 일에 길들어 불가해한 것도 이해한다고 생각해버리기 때문이다.

3 어린 시절 너무 많이, 너무 일찍 애매한 지식을 채운다면 노년이 될 때까지 아무것도 제대로 알지 못한다. 그래서 이론을 따지기 좋아하는 사람은 자신이 젊었을 때 빠진 미망을 변호하기 위해 궤변론자가

되어버린다. 칸트

4 아이들에게는 그들이 자라서 아무것도 덧붙이지 않아도 될 정도로 지금 완전히 이해할 수 있는 것만 가르쳐야 한다.

5 언제나 정직하고, 특히 아이들에게 정직하라. 아이와 약속한 것은 반드시 지켜라. 그렇지 않으면 아이를 거짓말에 길들게 할 것이다. 『탈무드』

6 아이를 교육할 때 지나치게 닦달하는 것의 해로움은 생각해볼 문제다. 이렇게 말해도 좋다면, 우리는 아직 인간을 충분히 모르기 때문에 교육에는 우연이 작용할 수밖에 없다. 만일 현대의 교육자들이 자신의 목적을 성공적으로 달성한다면, 즉 그들이 완전히 자기가 뜻한 대로 아이들을 교육한다면 진정으로 위대한 인물은 한 명도 나오지 않을 것이다. 그들은 인생에서 가장 필요한 것을 거의 아무것도 가르치지 않기 때문이다.

우주 자연을 스승으로 삼아야 할 인간이 어느 교수의 거만한 초상 아래의 밀랍 한 조각 같은 존재가 되는 일만큼은 결코 없어야 할 것이다. 리히텐베르크

✒ 배우는 사람에게 네가 전혀 믿지도 않고 의심하는 것을 신성하고 반박할 수 없는 진리라고 가르치는 것은 크나큰 죄악이다.

교육

인간은 저마다 타고난 특별한 재능이 있어서 일정한 어떤 일을 해낼 수 있다. 따라서 아이의 재능을 발견하고 그것에 맞춘 교육은 꼭 필요하다. 교육의 방향은 모든 아이에게 공통된 유익한 지식을 가르치고 각자에게 발견되는 특별한 재능을 계발하는 식이어야 한다. 교육은 아이의 능력을 찾아 키워주는 것이지 갖지도 않은 능력을 새로이 창조하는 것이 아니다. 그것은 절대 불가능하다.

그러나 모든 아이에게 반드시 필요한 것이 하나 있다. 인간으로서의 사명을 수행하기 위해 태어난 그들에게 세상과 삶에 대한 올바른 개념을 심어주는 것이다.

삶은 의무이자 과제이자 사명이다. 어떤 성스러운 이름을 내걸고, 개인의 행복이건 공공의 행복이건 행복에 대한 가르침을 아이들에게 주입해서는 안 된다. 개인적 행복에 대한 신앙은 아이를 이기주의자로 만든다. 공공의 행복에 대한 신앙도 마찬가지로 얼마 안 가 그들을 이기주의로 이끈다. 아이들은 실현될 수 없는 것을 꿈꾸고 청년이 되면 그 불가능한 것을 실현하기 위해 안간힘을 쓸 것이다. 그리고 자신의 꿈이 실현될 수 없음을 깨닫는 순간 모든 생각을 오로지 자기 자신에게 집중하고 개인적 행복을 얻기 위해 애쓰다 결국 자기애의 늪에 빠지고 말 것이다.

삶은 오직 사명과 의무로서만 의미를 지니며, 나그네의 여로를 비추는 행복의 태양이 그에게도 미소지어줄 수 있다는 것을, 그때가 오면 순수하게 기뻐하고 신에게 감사해야 한다는 것을 가르쳐야 한다. 그러나 행복이 어디 있는지 찾아다니는 것은 인간을 파멸로 이끌고 나아가 언젠가 행복을 누릴 수 있는 가능성마저 내던지는 일임을 가르쳐야 한다. 인류 형제의 완성을 위해 스스로를 도덕적이고 지적으로 완성하는 것이 인간의 진정한 의무이며, 진리를 추구하며 침착하고 꾸준하게 삶에서 진리를 구현하고 말과 행동으로써 진리를 위해 봉사해야 한다는 것, 진리를 알려주는 두 가지 지침이 있다는 것을, 즉 자신의 마음과 양심, 선인의 가르침이라는 전 인류의 지혜가 있다는 것을 가르쳐야 한다.

주세페 마치니

교육에 대한 편지에서

모든 교육의 기초에는 오늘날 학교에서 외면하고 있는 종교적 인생관이 있어야 합니다. 일방적으로 가르치는 것이 아니라 그것이 교육 활동의 근본적 원리가 되어야 합니다. 현대인의 삶의 기초가 될 수 있고 되어야 할 종교적 인생관을 간단히 표현하면, 우리 삶의 의미는 우리가 자신을 그 일부라고 느끼는 무한한 존재의 의지를 실천하는 데 있고, 그 의지는 살아 있는 모든 것, 특히 우리 인간들의 합일에, 즉 인간의 형제애와 서로에 대한 봉사에 있다는 것입니다. 다른 측면에서 표현하자면, 모든 살아 있는 것과의 합일, 무엇보다도 인간의 형제애와 서로에 대한 봉사가 인생에서 가장 중요하다는 뜻입니다. 우리는 자신을 무한한 전체의 일부로서 인식할 때 비로소 진정으로 살아 있는 것이고 무한한 존재의 법은 합일이기 때문입니다. 종교적 이해는 사랑이 바탕이 되는 모든 것의 합일에서, 인간의 형제애를 통해 삶에서 발현되는 것입니다. 이것이야말로 삶의 실제적이고도 중요한 법칙이며, 교육의 기초에 놓여야 합니다. 그렇기 때문에 합일로 이끄는 모든 것이 아이들의 내면에서 계발되는 것이 좋고, 그렇게 되어야 하며, 반대로 이끄는 모든 것은 억제되어야 합니다.

아이들은 언제나, 어릴수록, 의사들이 암시의 1단계라고 일컫는 상태에 있습니다. 그러한 상태이기 때문에 뭔가를 배우며 성장할 수 있습니다. (그래서 어른들의 완전한 영향 아래 있는 아이들에게 암시를 할 때는 무엇을 어떻게 할지 심사숙고해야 합니다). 사람은 항상 암시를 통해 배우고 성장하며, 암시에는 의식적 암시와 무의식적 암시가 있습니다. 우리가 아이들에게 가르치는 기도나 우화, 춤과 음악 같은 것은 모두 의식적 암시입니다. 우리의 바람과는 상관없이 아이가 모방하는 것, 특히 어른의 생활과 행동을 모방하는 것은 모두 무의식적 암시입니다. 의식적 암시는 학습이자 교육입니다. 무의식적 암시는 본보기이자 좁은 의미에서의 훈육이며, 내 식으로 말하자면 계몽입니다. 우리 사회에서는 첫번째 암시에 모든 노력이 쏠리고 있고 두번째 암시는 우리의 생활이 열악해서 본의 아니게 등한시되고 있습니다. 교육자들은 대체로 자신의 생활이나 일반적인 어른들의 생활을 아이들에게 숨기고 아이들을 특수한 환경(군대, 전문학교, 기숙학교 등)에 가두거나 무의식적으로 해야 할 것을 의식의 영역으로 가져가 도덕적 생활의 규칙을 아이들에게 강요하는데, 그 경우에는 이런 말을 덧붙여야 할 것입니다. *fais ce que je dis, mais ne fais pas ce que je fais*(내가 말하는 것을 행하고, 내가 행하는 것은 행하지 마라).

그래서 우리 사회에서는 교육이 조화를 잃어 탈선해버렸고, 진정한 훈육이나 계몽은 낙후되었을 뿐만 아니라 존재하지 않게 된 것입니다. 진정한 훈육이 어딘가에 존재한다면 그곳은 아마도 가난한 노동자의 가정뿐일 것입니다. 그런데 아이들에게 끼치는 무의식적인 영향과 의식적인 영향 중에서 개인이나 사회에 중요한 것은 말할 것도 없이 첫번째, 즉 무의식적인 도덕적 계몽입니다.

은행가, 지주, 관리, 화가, 작가 같은 사람의 가족이 유복한 생활을 하고 있고, 가장이 술독에 빠지지도 않고 방탕하지도 않고 누구와 싸우지도 않고 남을 모욕하지도 않으며 아이들을 도덕적으로 교육하려 한다고 칩시다. 그러나 그것은 아이에게 새로운 언어를 가르치는데 그 언어로 말하지도 않고 그 언어로 쓰인 책을 주지도 않으면서 가르치는 것과 마찬가지로 불가능한 일입니다. 아이들은 도덕적 규칙과 인간존중에 대한 이야기에 귀를 기울이긴 하겠지만, 어떤 사람들은 구두를 닦고, 옷을 세탁하고, 물과 오물을 나르고, 음식을 만드는데 어떤 사람들은 옷을 더럽히고, 방을 어지럽히고, 남이 만든 음식을 먹기만 하는 것을 무의식적으로 마치 규칙 같은 것으로 당연하게 받아들일 것입니다. 만일 삶의 종교적 바탕인 형제애를 진지하게 이해한다면, 남에게서 착취한 돈으로 살고 그 돈의 위력으로 남을 부리는 사람들의 생활이 부도덕하다는 것을 알 것이며, 부모가 어떤 말로 교육하더라도 아이들이 그 부도덕한 영향을 피할 수 없다는 것을 알 것입니다. 이러한 무의식적인 부도덕한 암시는 아이를 평생 왜곡된 인생관 속에서 살게 할 것이고, 고뇌와 과오를 수없이 되풀이하는 큰 노력을 들여야만 간신히 거기서 빠져나올 수 있을 것입니다.

그러므로 훈육에서는 무의식적 암시가 가장 중요합니다. 무의식적 암시가 선하고 도덕적인 것이 되려면 훈육하는 사람의 삶이 선해야 합니다. 그렇다면 어떤 것이 선한 삶이냐고 묻고 싶겠지요. 선한 삶도 그 단계는 무한히 많습니다만 가장 중요한 공통점은 사랑을 바탕으로 완성을 향해 노력한다는 것입니다. 만일 훈육하는 사람들이 선한 삶을 살고 아이들이 그런 삶에 물든다면 그 훈육은 선한 훈육이될 것입니다.

아이들을 잘 교육하려면 교육하는 사람들이 부단히 자기 자신을 교육하고 지향하는 바를 점차적으로 실현해나가도록 서로 도와야 합니다. 그러기 위한 수단으로는 주요한 내적 수단, 즉 각자가 자신의 영혼을 위해 들이는 노력 외에도 많은 수단이 있습니다. 그런 수단을 찾아 연구하고 판단하고 적용해야 합니다⋯⋯

이것은 모두 문제의 한 측면인 훈육에 대한 것이고, 이번에는 교육에 대해 살펴보겠습니다. 나는 학문과 교육이란 가장 똑똑한 사람들이 생각한 것을 대중에게 전달하는 것이라고 생각합니다. 똑똑한 사람들이 하는 생각에는 방향이 다른 세 가지 종류가 있습니다. 1)삶의 의미를 철학적, 종교적으로 생각하는 것, 즉 철학과 종교가 있고, 2)다양한 방식의 관찰을 통해 결론을 끌어내는 이른바 경험적 사고에서 나온 자연과학, 즉 역학과 물리학과 화학과 생리학이 있고, 3)자신이 생각한 논제들에서 여러 결론을 끌어내면서 수학적으로 사고하는 수학 및 수리과학이 있습니다. 이 세 가지 학문은 진정한 학문입니다. 위의 지식은 모방할 수 있는 것이 아니며, 알거나 모르거나 중 하나이지 반쪽짜리 어설픈 지식은 허용하지 않습니다. 위의 학문들은 만국공통이며 사람들을 분열시키지 않고 결합시키는 성질을 가지고 있습니다. 또한 모든 사람이 접근할 수 있고, 형제애에 대한 요구도 만족시킵니다. 그러나 각 민족이나 국가의 이른바 법학이니 역사학이니 하는 것은 내가 생각하기에 진정한 학문이 아니며, 학문으로 친다 해도 유해한 학문으로서 배제되어야 마땅합니다. (부디 내가 억지로 이 세 가지를 끼워 맞췄다고 생각하지는 말아주십시오. 넷이든 열이든 있다면 좋겠지만 역시 세 가지밖에 없습니다.)

학문을 전달하는 방법 중 가장 일반적인 첫번째 수단은 말입니다. 그런데 말은 여러 언어로 갈라져 있기 때문에 여기서 인류의 형제애라는 이념에 부합하는 학문으로서 어학이 탄생했습니다(만약 시간이 충분하고 학생들이 원하면 에스페란토어 수업이 필요할지도 모르겠습니다). 두번째는 회화나 조각 같은 조형예술로, 이는 시각을 통해 자신이 아는 것을 남에게 전달하는 수단입니다. 마지막 세번째는 청각을 통해 자신의 생각과 감정을 남에게 전달하는 음악과 노래라는 수단입니다.

이 여섯 가지 과목 외에 일곱번째로 포함해야 할 것이 기술 수업인데, 이 또한 형제애의 이념에 부합하는 것으로, 모든 이에게 필요한 철공, 소목, 대목, 재봉 같은 기술을 배우는 것입니다…… 따라서 과목은 일곱 가지인 셈입니다.

자기 자신을 위한 내적 도모의 시간 외에 하나의 과목당 시간을 얼마나 할애할지는 학생 각자의 성향에 따라 결정해야 합니다.

나는 교사가 나름대로 수업 시간을 정하지만 수업을 듣고 안 듣고는 학생의 자유여야 한다고 생각합니다. 교육제도를 아주 기괴하게 만들어버린 우리에게는 이 주장이 이상하게 들리겠지만, 나는 교육의 완전한 자유야말로, 학생들이 공부하고 싶을 때만 공부하는 것이야말로 효과적인 교육의 필수조건이라 생각합니다. 먹고 싶을 때 먹는 경우에만 음식이 몸에 흡수되는 것과 마찬가지입니다. 다만 차이가 있다면 물질적인 것에서는 자유에서 벗어나는 폐해가 구토나 위장장애 같은 것으로 이내 나타나는 데 반해, 정신적인 것에서는 폐해가 그렇게 빨리 나타나지도 않고 일 년이 지나 나타나기도 한다는 것입니다. 학문에 완전한 자유가 주어질 때 우리는 비로소 우수한 학생들을 그들이 도달할 수 있는 데까지 이끌 수 있습니다. 학문에 뜻을 두지 않은 학생들 때문에 우수하고 필요한 학생들이 제자리걸음하는 일은 없어야 합니다. 자유가 주어지면, 제때에 자유롭게 배웠다면 좋아했을 과목을 싫어하게 되는 흔한 일도 피할 수 있습니다. 자유가 주어져야만 학생의 학문적 적성을 파악할 수 있고, 완전한 자유만이 교육의 효과를 방해하지 않습니다. 그렇게 하지 않는다면, 학생들에게 폭력은 안 된다고 말하면서 그들에게 가장 잔인한 지적 폭력을 휘두르는 꼴이 될 것입니다.

　물론 이를 실천하기는 어렵겠지만, 자유의 결여가 교육에 치명적임을 알게 된 이상 어쩔 수 없는 일이라 생각합니다. 하지만 어리석은 짓을 하지 않겠다고 굳게 마음먹는다면 그리 어려운 일도 아닐 것입니다.

레프 톨스토이

5월 6일

동물에 대한 연민은 인간에게 아주 자연스러운 감정이지만, 우리는 습관과 관습과 암시 탓에 동물의 고통과 죽음에 점점 무감각해지고 있다.

1 동물에 대한 연민은 인간의 성품과 밀접한 관련이 있어서 동물에게 잔인한 자는 선량한 인간이 아니라고 단언할 수 있다. 동물에 대한 연민과 인간에 대한 선한 태도는 같은 뿌리에서 나오는 것이다. 감수성이 있는 사람이라면, 자신이 남에게 가한 모욕을 나중에 떠올리고 스스로에 대해 불만을 느끼듯이, 자신이 기분이 나쁘거나 화가 나거나 술에 취해 아무 죄도 없는 개나 말이나 원숭이를 모질게 때린 것을 불만스럽게 느낄 것이다. 이 불만을 우리는 양심의 소리라 말한다.

쇼펜하우어

2 신을 두려워한다면 동물을 학대하지 마라. 동물이 인간을 위해 기꺼이 일해주는 동안에는 그들을 부리되 지치면 쉬게 하고, 말 못하는 동물들에게 먹을 것과 마실 것을 충분히 주어라.

마호메트

3 육식은 동물을 해치지 않고는 할 수 없고, 동물을 죽이는 행위는 행복으로 가는 길을 가로막는다. 육식을 삼가라.

『마누법전』

4 인간이 다른 동물들보다 우위에 있는 것은 그들을 괴롭힐 수 있기 때문이 아

니라 가여워하는 마음이 있기 때문이다. 『법구경』

5 네 아이들에게 벌레를 죽이면 안 된다고 가르쳐라. 살인의 시작이 될 수도 있다. 피타고라스

✸ 동물에 대한 연민이 인간에게 기쁨을 주는 것은 사냥과 육식을 포기함으로써 잃는 만족을 몇 배로 돌려주기 때문이다.

5월 7일

이 세상에서든 저세상에서든 행복을 자신 밖에서 찾는 것은 옳지 않다.

1 나는 나를 이끌어줄 빛을 찾아 온 땅을 헤매다녔다. 밤낮을 쉬지 않고 그 빛을 찾다가 마침내 나에게 진리를 계시하는 설교자의 목소리를 들었다. 그 설교자는 내 안에 있었고 내가 온 세상을 헤매며 찾았던 빛도 내 안에 있었다. 수피파의 금언

2 우리는 우리 자신의 구원자이기도 하고 파괴자이기도 하다. 외적인 것은 인간에게 악을 저지를 수 없다. 인간이 자신의 존재의 법칙에 따라 산다면, 물질이 파괴되고 세계가 멸망하더라도 악은 그를 해치

지 못할 것이다. 루시 맬러리

3 그리스도는 외적인 것에만 전념하는 바리새인들과는 반대로 인간의 내적 변화를 지향했다. 그리스도는 그들이 자신들의 전통에 따라 신의 계율을 버린 것을 꾸짖었다. 사람들을 가르치는 것을 천직으로 삼은 자들의 영혼이 타락하고, 제도가 처음의 힘을 잃고 약해질 때 두 가지 일이 일어난다. 외적으로만 신을 섬기는 관습들이 늘어나고 또 복잡해진다. 그리고 관습들은 상상의 현실을 띠게 되어 사람들을 설득하고 외적으로만 신을 섬기는 것이 실제 선행인 양 여겨지면서 진정한 법칙의 실천에서 멀어진다. 그처럼 어리석은 가르침이 가득한 사회에서는 **거짓 양심**이라는 것이 형성된다. 많은 사람이 아주 열성적으로 공허한 신앙을 따르면서 아주 태연하게 가장 신성한 의무를 경시하고 그들의 모든 삶을 휘어잡는 타락 속에서 굳어버린다. 그들은 식사를 하기 전에 손을 씻고 놋그릇을 닦으면서도 영혼은 깨끗이 하지 않는다. 마음을 내팽개치면 그리스도가 열거했던 수많은 무서운 죄가 튀어나온다. 그리스도는 "마음에서 모든 악의 뿌리를 뽑기 위해 네 마음속으로 들어가라. 외적인 것은 중요하지 않다. 선도 악도 내면에 있다"고 가르쳤다. 다른 것을 가르치는 자, 그리스도처럼 가르치지 않는 자는 그리스도의 제자가 아니다. 사람들을 속이기 위해 그리스도의 이름을 악용하는 것이다. 그는 그리스도가 말했던 거짓 예언자다. "거짓 예언자들을 조심하여라. 그들은 양의 탈을 쓰고 너희에게 나타나지만 속에는 사나운 이리가 들어 있다."「마태복음」 5:17 그리스도는 이렇게 말했다. "주님, 주님! 하고 부른다고 다 하늘나라에 들어가는 것이 아니다. 하늘에 계신 내 아버지의 뜻을 실천하는 사람이라야 들어간다."「마태복음」 7:21 라므네

4 운명에 우연은 없다. 운명은 만나는 것이 아니라 만드는 것이다.　　　빌멩

5 죄를 짓는 것도 너 자신이고 악을 꾀하는 것도 너 자신이다. 악을 멀리하는 것도 너 자신이고 마음을 정화하는 것도 너 자신이다. 마음이 더러워지거나 깨끗해지는 것은 너 자신에게 달려 있을 뿐 남이 너를 구원할 수는 없다.　　　『법구경』

6 네 육체는 선과 악이 살고 있는 도시다. 너는 술탄이고 이성은 네 대신大臣이다.　　　세이프 알물루크

7 인간의 행복과 불행은 부나 황금이 아니라 각자의 마음에 달려 있다.

부정을 행하지 않는 것이 아니라 그것을 조금도 욕망하지 않는 자가 선량한 사람이다.

지혜로운 사람에게는 가는 곳이 곧 제집이고, 고귀한 영혼에게는 온 세상이 조국이다.　　　압데라의 데모크리토스

/ 노력이 아닌 다른 것에서 행복과 구원을 구하려는 것은 인간을 무엇보다도 나약하게 하는 원인이다.

5월 8일

선한 겸손함처럼 사람의 마음을 끄는 것은 없다. 눈에 보이지 않는
그 미덕을 스스로 찾아야 한다.

1 아합왕은 자신을 뒤따라와 욕하는 사람에게 이렇게 말했다. "나를 욕
할 말이 더 있다면 도시에 들어서기 전에 말하라, 그렇지 않으면 사
람들이 네 말을 듣고 너에게 덤벼들 것이다."

이집트의 격언

2 제자들 사이에서 누구를 제일 높게 볼 것이냐는 문제로 옥신각신하
는 것을 보시고 예수께서 이렇게 말씀하셨다. "이 세상의 왕들은 강
제로 백성을 다스린다. 그리고 백성들에게 권력을 휘두르는 사람들
은 백성의 은인으로 행세한다. 그러나 너희는 그래서는 안 된다. 오
히려 너희 중에서 제일 높은 사람은 제일 낮은 사람처럼 처신해야
하고 지배하는 사람은 섬기는 사람처럼 처신해야 한다. 식탁에 앉은
사람과 심부름하는 사람 중에 어느 편이 더 높은 사람이냐? 높은 사
람은 식탁에 앉은 사람이 아니냐? 그러나 나는 심부름하는 사람으로
여기에 와 있다."

「누가복음」22:24~27

3 어느 겨울날 아시시의 프란체스코는 아우 레오와 함께 페루자에서
포르치운쿨라 소성당을 향해 걷고 있었다. 그들은 매서운 날씨에 부
들부들 떨고 있었다. 프란체스코는 앞장서서 걷던 아우 레오를 불러
말했다. "오, 레오야, 부디 우리 형제가 온 지상에서 거룩한 삶의 본보
기가 되면 좋겠구나. 그러나 완전한 기쁨이 그것에 있는 것은 아니라

고 적어라."

조금 더 걷다가 프란체스코는 다시 아우 레오를 불렀다. "레오야, 이것도 적어라, 우리 형제가 병자를 치유하고 악마를 내쫓고 장님을 눈뜨게 하고 나흘 동안 죽어 있던 사람을 되살리더라도 완전한 기쁨은 거기에 없을 것이다."

또 조금 더 걷다가 프란체스코는 다시 레오를 불러 말했다. "또 적어라, 아우 레오야, 우리 형제가 온갖 언어와 학문과 책을 다 깨우쳤다 하더라도, 앞날을 꿰뚫어보고 양심과 영혼의 모든 비밀을 안다 하더라도 완전한 기쁨은 거기에 없을 것이다."

또 조금 더 걷다가 프란체스코는 다시 아우 레오를 불러 말했다. "신의 양처럼 순한 아우 레오야, 이것도 적어라. 우리가 천사의 언어를 익혔다 하더라도, 별의 운행을 알아낸다 하더라도, 대지의 온갖 보물을 발견한다 하더라도, 새와 물고기, 모든 동물, 인간이며 나무며 돌이며 물의 삶에 숨겨진 모든 비밀을 알아낸다 하더라도 완전한 기쁨은 거기에 없을 것이다."

또 조금 더 걷다가 프란체스코는 다시 아우 레오를 불러 말했다. "이것도 적어라, 우리가 모든 이교도를 그리스도의 신앙으로 돌아오게 할 수 있는 설교자가 된다 하더라도 완전한 기쁨은 거기에 없을 것이다."

그때 아우 레오가 프란체스코에게 말했다. "그렇다면 프란체스코 형님, 도대체 완전한 기쁨은 어디에 있습니까?"

프란체스코가 대답했다. "바로 여기에 있다, 우리가 진흙투성이가 되어 추위에 감각을 잃고 굶주리고 지친 몸으로 포르치운쿨라에 다다라 들어가게 해달라고 애걸했는데 문지기가 '뭐라고, 이 부랑자들아, 온 세상을 펀둥펀둥 떠돌며 사람들을 꾀어 가난한 사람들에게서 동냥이나 뜯어내는 주제에 뭐가 어째, 당장 썩 꺼지지 못해!' 하며 문을 열어주지 않더라도, 우리가 화내지 않고 사랑과 겸손으로 문지기가 옳다, 그가 그렇게 행동한 것이 신의 뜻이라고 생각하며 몸이 젖은 채 추위와 굶주림에 벌벌 떨면서 문지기에게 아무 불평도 하지 않고 눈비 속에서 아침까지 밤을 새운다면, 레오야, 그때 그곳에 완전한 기쁨이 있을 것이다."

4 강과 바다는 골짜기보다 낮기 때문에 그 물이 흘러내리는 골짜기를 지배하는 것이다.

다른 사람들보다 높길 원한다면 그들보다 낮아야 한다. 사람들을 이끌고 싶다면 그들 뒤에 있어야 한다.

그런 성인은 사람들보다 높이 있지만 사람들은 그것을 느끼지 못한다. 그런 성인은 사람들보다 앞에 있지만 사람들에게는 보이지 않아서 누구도 그것 때문에 괴로워하지 않는다. 성인은 다투는 일이 없고 세상 누구와도 시비를 벌이지 않는다. 그래서 세상은 늘 그를 칭송한다.

노자

5 어느 지혜로운 사람에게 사람들이 그를 악인이라 한다고 말했다. 그러자 그가 대답했다. "그들이 나를 아직 속속들이 몰라 다행입니다. 안다면 더 심한 말을 했을 겁니다."

✎ 자신을 비판하지 마라. 특히 남과 비교하지 마라. 오직 완전함과 너 자신을 비교하라.

5월 9일

삶은 끊임없이 변화한다. 육체적 삶은 점점 스러지고 정신적 삶은 점점 강해지고 커진다.

1 자기 자신과 싸우고, 자기 자신을 강제하는 것은 원죄의 결과 같은 것이다. 그러나 자기 자신에 대한 강제는 사랑에 의한 정당한 강제다. 어머니는 자식을 맹수의 입에서 떼어놓는다. 아이는 고통을 느끼지만 그 고통의 원인은 자신을 구한 어머니가 아니라 자신을 물어가려 한 맹수라는 것을 알아야 한다. 인간은 악에 맞서는 선의 투쟁을 이렇게 여겨야 한다. 선은 어머니처럼 우리의 영혼을 악에서 떼어놓는다. 그 싸움은 고통스럽지만 꼭 필요한 싸움이며 우리에게 행복을 준다. 그 싸움이 없다면 우리는 아주 불행한 결과를 맞을 것이다. 그 싸움이 없다면 결코 선할 수 없을 것이다. 파스칼

2 우리 안에 있는 빛이 밝아질수록 우리는 자신에 대해 전에 생각했던 것보다 더 추악하다고 느낀다. 마음에서 밀려나오는 부끄러운 감정을 느낄 때마다 전에는 왜 그런 게 보이지 않았는지 놀란다. 자기 안에 그렇게 추악한 감정이 있다고 생각해보지 않았기 때문에 두려운 눈으로 그것을 바라본다. 그러나 놀랄 것도 절망할 것도 없다. 우리는 전보다 나빠진 것이 아니라 오히려 나아진 것이다. 페늘롱

3 살아 있는 한 배워라. 늙음이 지혜를 가져다주기를 기다리지 마라.

솔론

4 시간이 지나면 신이 우리가 저지른 큰 잘못을 바로잡아줄 거라는 어리석은 기대는 버려야 한다. 음식을 아무렇게나 만들어놓고 맛있게 바꿔주기를 기대할 수는 없는 것이다. 만약 너희가 오랫동안 어리석은 나날을 보내며 삶을 잘못된 방향으로 이끌었다 해도 신의 손길이 그것을 바로잡아줄 거라 기대해서는 안 된다. 러스킨

5 덕행은 언제나 전진하고 언제나 새롭게 출발한다. 칸트

6 비둘기의 온유함은 선이 아니다. 비둘기가 이리보다 더 선하다고 할 수 없다. 선은 선을 향한 노력이 시작될 때 비로소 시작된다.

7 우리가 모두 한 백성인 것이 신에게 바람직했다면 신은 우리를 한 백성으로 만들었을 것이다. 그러나 신은 우리를 시험하고 있다.

너희가 어디에 있든 온 힘을 다해 선을 추구하라. 그러면 신이 너희 모두를 하나로 맺어줄 날이 올 것이다. 『쿠란』

/ 자기완성으로 가는 걸음을 멈춰서는 안 된다. 너의 영혼보다 외부 세계에 더 관심을 갖는 순간이 네가 걸음을 멈춘 순간이다. 그때 세계는 너를 지나쳐가고 너는 그 자리에 서 있을 것이다.

5월 10일

실제로 존재하는 것은 정신적인 것뿐이다. 육체적인 것은 한낱 환영일 뿐이다.

1 아무도 두 주인을 섬길 수는 없다. 한편을 미워하고 다른 편을 사랑하거나 한편을 존중하고 다른 편을 업신여기게 된다. 너희는 하느님과 재물을 아울러 섬길 수 없다. 「마태복음」 6:24

  여기서 두 주인은 영혼과 육신이다.

2 자신의 영혼과 세속적인 행복을 동시에 돌볼 수는 없다. 세속적인 행복을 바란다면 영혼을 거부하라. 영혼을 지키고 싶다면 세속적인 행복을 부정하라. 그렇지 않으면 그 사이에서 갈팡질팡하다가 결국 이것도 저것도 얻지 못할 것이다. 에픽테토스

3 **손으로 만질 수 있는 것만 존재한다는 생각은 참으로 무지한 생각이다.** 플라톤

4 인간의 삶은 두 종류로 나뉜다. 진실한(내적) 삶과 환영 같고 거짓된 (외적) 삶이 그것이다. 내적인 삶이란 보이는 대로 보지 않고 모든 것의 이면에서 하나의 부두와 바닷가, 즉 신을 보는 삶을 말한다. 또한 내적인 삶은 삶이 자신의 만족을 위해 주어진 것이 아니라 신의 이름으로 주어진 재능을 신의 일에 쓰고 그 재능이 흙속에 묻히지 않도록 노력하는 삶을 말한다. 나는 그렇게 알고 있다. 고골

5 의무의 감정은 우리에게 물질적 세계의 현실성을 느끼게 하고 그 생활에 참여하게 한다. 또한 우리를 세계에서 떼어놓고 그 비현실성을 드러내 보여주기도 한다.　　　　　　　　　　　　　아미엘

6 눈에 보이지 않고 만질 수 없는 정신적인 것, 우리가 스스로 인식하는 것만이 실존하는 것이다. 눈에 보이고 손에 만져지는 것은 우리의 감각이 만들어낸 허상일 뿐이다.

7 육체의 가르침과 영혼의 가르침이 있다. 육체의 가르침은 사람들을 노예 상태로 이끈다. 오직 육체를 위해 일하는 자는 자신을 묶을 쇠사슬을 벼리는 사람이다. 정신적 삶을 잊고 감각적인 삶만 좇는 자에게 슬픔 있으리라! 한 인간이든 국민 전체든 육체적 욕망 속에서 허우적대며 타락하는 것은 벌레들에게 잔치를 열어주는 것이나 마찬가지다. 영혼의 가르침만이 자유와 생명과 구원을 준다. 오직 영혼의 가르침만이 죽은 것을 되살린다. 다시 태어나려는 자, 썩어서 뼈뿐인 낡은 무덤에서 나오려는 자는 영혼의 목소리에 귀기울여라. 그 목소리가 어디서 들려오는지는 아무도 모른다. 그것은 알려져 있는 목소리가 아니기 때문이다. 그 목소리는 설교단에서도, 들으나마나 한 공허한 가르침을 듣기 위해 모이는 사회적인 모임에서도 들을 수 없는 것이다. 그 목소리는 광야에서 불어오는 입김이며, 여기서 혹은 저기서 들린다고 말할 수 없는 것이다. 그 목소리가 어디까지 이르는지도 알수 없다. 그 목소리는 오늘은 여기, 내일은 저기, 주의깊은 귀와 준비된 마음이 있는 곳이라면 어디든 간다. 그 목소리를 듣고 나를 이끌어달라고 말하는 자를 어디까지 데려가는지도 알 수 없다.　　　라므네

8 본질적으로 학문의 대상은 하나뿐이다. 그것은 인간 정신의 양상과 그 변용이다. 그 밖의 모든 대상, 모든 학문도 결국 그것에 귀착한다.

아미엘

9 나는 나의 사상을 많은 사람들에게 전할 수 있다. 나의 사상 안에 사랑과 지혜라는 신적인 힘이 있다면 나의 사상은 바다를 건너 모든 땅으로 퍼질 것이다. 나의 사상은 내 자아의 정신적 부분이다. 따라서 나의 육체는 어느 순간에 어느 한 곳에만 머물 수 있지만, 나의 사상은 동시에 수천 곳에 머물 수 있다.

루시 맬러리

10 자연은 원래 정의롭지 않다. 만일 우리가 자연의 소산이라면, 우리는 왜 자연의 불의에 불만을 느끼는 걸까? 왜 결과가 원인에 반발하는 걸까? 유치하고 공허한 허영심에서 나오는 반발일까? 아니다, 그것은 자신을 자연에서 독립된 존재로 여기고 무슨 일에서든 정의를 요구하는 존재인 우리의 심연에서 터져나오는 외침이다. 하늘과 땅은 사라질지도 모르지만 선은 존재해야 하며, 불의는 사라져야 한다. 그것이 전 인류의 의식이다. 정신은 자연에 지배되지 않는다.

아미엘에 의함

／ 우리는 감각으로 인식되는 물질적인 것을 가장 명료하고 쉽고 확실한 현실로 느낀다. 그러나 실제로는 그것이 가장 모호하고 어렵고 모순적인 비현실이다.

5월 11일

완전성의 경지는 우리에게서 아득히 멀기 때문에 우리의 삶이 서로
아무리 다르더라도 각자에게서 완전성까지의 거리는 모두 똑같다.

1 완전성의 경지에 대한 관념이 없는 사람은 눈앞의 현실에 만족하고
현실과 다투지 않는다. 그에게는 현실이 곧 정의이고 행복이고 아름
다움이다. 그런 사람에게는 전진도 없고 진정한 삶도 없다.

아미엘에 의함

2 개인이나 국민들에게 완전성을 향한 추진력은 현재 가지고 있는 것
에 대한 지식이 아니라 가질 수 있는 것에 대한 관념이다. 마티노

3 "인간은 나약하므로 그 힘에 맞는 과제를 주어야 한다"고 사람들은
말한다. 그러나 그것은 손이 서툴러 두 점을 잇는 최단거리의 직선을
그을 수 없으니까 부담을 덜기 위해 곡선이나 꺾인 선을 본보기로
삼자는 것과 같다. 손이 서툴수록 더 완전한 본보기가 필요하다.

4 "하늘에 계신 아버지께서 완전하신 것같이 너희도 완전한 사람이 되어라."
신의 완전성, 즉 모든 사람이 최고선을 완성하는 것이 인류가 지향하는 궁
극의 목표다.

5 완전성에 대한 그리스도의 가르침은 인류를 이끌 수 있는 공통의 가르침이다.

그리스도의 가르침에 담긴 완전성의 표상을 외적인 규범으로 바꿔서는 안 되며, 그 표상을 원래 모습 그대로 똑바로 응시하고, 무엇보다 그것을 믿어야 한다.

해안 가까이에서 항해하는 사람에게는 언덕과 곶과 해안을 따라가라고 말할 수 있다. 그러나 해안에서 멀리 떨어져 항해하는 사람에게 지침이 되는 것은 오직 다다를 수 없는 곳에 있는 별과 방향을 가르쳐주는 나침반뿐이다. 우리에게는 그 두 가지가 다 주어져 있다.

✒ 아무리 타락한 사람이라도 자신이 도달할 수 있는 완전성의 경지는 볼 수 있다.

5월 12일

삶은 죽음을 향한 끊임없는 접근이다. 죽음이 악으로 생각되지 않을 때 삶은 비로소 행복한 것이 될 수 있다.

1 인생은 기껏해야 칠십 년, 근력이 좋아야 팔십 년, 그나마 거의가 고생과 슬픔에 젖은 것, 날아가듯 덧없이 사라지고 맙니다. 「시편」90:10

2 건강과 지력이 좋을 때 우리는 남의 일이나 하찮은 일상에 대한 생

각에 빠져, 마치 일상의 의례와 관습이 우리에게 이성이 거의 사라져서 생각할 힘이 없을 때에나 신을 생각하라고 요구한 것처럼 신에 대해서는 생각하지 않는다.　　　　　　　　　　　　　라브뤼예르

3　쇠사슬에 묶인 사람들을 머릿속에 그려보라. 그들은 모두 사형선고를 받았고 매일 몇 사람이 다른 사람들 눈앞에서 죽어나간다. 남은 사람들은 처형당하는 사람들과 자기 차례를 기다리는 사람들을 보며 자신의 운명을 읽는다.

　　그런 처지에 놓였을 때 인간은 어떻게 살아야 할까? 서로 때리고 괴롭히고 죽이는 일에 골몰해도 되는 걸까? 극악무도한 강도들도 그런 처지에서는 서로 악을 행하지 않을 것이다. 사실 인간은 모두 그런 처지에 있는데, 대체 지금 무슨 짓을 하고 있는가?　　　파스칼에 의함

4　우리는 높은 지위에 있던 사람이 갑자기 쓰러져 죽는 것을 본다. 또 매일 눈에 띄게 쇠약해지다가 마침내 죽는 사람을 본다. 그러나 사람들은 별다른 관심을 기울이지 않는다. 꽃이 시들거나 잎이 떨어지는 것을 볼 때처럼 그런 일들을 본다. 다만 누가 그의 지위를 차지했는지 부러워하고 캐물을 뿐이다.　　　　　　　　　　라브뤼예르

5　'비가 오는 계절에는 여기서 살자, 여름에는 저 자리가 좋겠다.' 어리석은 인간은 이렇게 생각하며 자신의 죽음에 대해서는 생각하지 않는다. 그러나 죽음은 별안간 찾아와, 안달하고 욕심부리며 정신없이 살아가는 인간을 데려가버린다.

죽음이 우리를 덮칠 때는 자식도 아버지도 친척도 친구도, 누구도 도와줄 수 없다. 선하고 지혜로운 사람은 이 사실을 똑똑히 깨닫고 평안으로 가는 길을 닦는다. 부처의 금언

6 사람은 태어날 때 '세상은 모두 내 것'이라는 듯 주먹을 꼭 쥐지만, 세상을 떠날 때는 '봐라, 빈손으로 가지 않느냐'는 듯 손바닥을 편다. 『탈무드』

7 어떤 부자가 밭에서 많은 소출을 얻게 되어 '이 곡식을 쌓아둘 곳이 없으니 어떻게 할까?' 하며 혼자 궁리하다가 '옳지! 좋은 수가 있다. 내 창고를 헐고 더 큰 것을 지어 거기에다 내 모든 곡식과 재산을 넣어두어야지. 그리고 내 영혼에게 말하리라. 영혼아, 많은 재산을 쌓아두었으니 너는 이제 몇 년 동안 걱정할 것 없다. 그러니 실컷 쉬고 먹고 마시며 즐겨라' 하고 말했다. 그러나 하느님께서는 '이 어리석은 자야, 바로 오늘밤 네 영혼이 너에게서 떠나가리라. 그러니 네가 쌓아둔 것은 누구의 차지가 되겠느냐?' 하셨다. 「누가복음」 12:16~20

8 '이 자식은 내 것이다, 이 재산은 내 것이다.' 어리석은 자는 이렇게 생각한다. 그 자신이 이미 그의 것이 아닌데 어찌 자식과 재산이 그의 것이겠는가. 부처의 금언

9 우리는 눈가리개를 하고 아무 생각 없이 낭떠러지를 향해 돌진하는

것 같다. 파스칼

10 지금 당장 세상과 작별하는 사람처럼, 남은 시간을 뜻밖의 선물로 생각하며
살아라. 아우렐리우스

11 우리의 삶은 무한한 시간 속 찰나에 불과하다. 그러므로 그 짧은 시
간에 할 수 있는 일을 다 하라. 아마드 칸

/ 우리는 이 세상에 머무는 것이 아니라 지나가고 있다.

병원에서의 죽음

이 글을 쓰고 있는 지금도 죽어가던 폐병환자의 모습이 선명하게 떠오른다. 내 비스듬히 맞은편에 미하일로프라는 사람이 누워 있었다. 나는 그에 대해 잘 몰랐다. 애동대동한 것이 아직 스물다섯이 넘지 않은 듯했고, 큰 키에 호리호리하고 용모가 무척 단정했다. 그는 특별감옥에 수감되어 있었는데, 이상하리만치 말이 없고 항상 조용해서 어딘가 음울해 보였다. 분명 감옥에서 '말라 쪼그라든' 것 같았다.

나중에 죄수들은 그렇게 말했지만 대부분은 그에 대해 좋은 기억을 가지고 있었다. 사실 나는 무척 아름답던 그의 두 눈을 기억한다. 맑게 갠 추운 어느 날 오후 세시쯤 그는 죽었다. 살짝 성에가 낀 병실의 녹색 유리창으로 햇빛이 쏟아져 들어왔다. 그 빛은 불행한 남자에게도 비쳤다. 그는 의식을 잃은 채 오랜 시간 매우 고통스러워하며 죽어갔다. 아침부터 이미 그의 두 눈은 가까이 다가온 사람조차 분간하지 못했다. 사람들은 그가 무척 고통스러워하는 것을 보고는 어떻게든 그 고통을 줄여주려고 애썼다. 그는 거친 숨을 몰아쉬며 목구멍을 그르렁거렸다. 숨을 쉴 때마다 가슴은 부족한 공기를 빨아들이려는 듯 높게 부풀었다. 그는 이불을 걷어차고 옷을 벗어버리더니 결국 루바시카,블라우스와 비슷한 러시아 남성용 상의를 찢기 시작했다. 앙상하게 뼈만 남은 팔다리와 등에 붙은 뱃가죽, 높이 들린 가슴, 뚜렷한 골격도처럼 드러난 갈비뼈의 길고 깡마른 그 몸을 보는 것이 섬뜩했다. 그의 몸에 남은 거라곤 성모패가 달린 나무십자가와 삐쩍 마른 발을 마음대로 넣었다 뺐다 할 수 있을 것 같은 족쇄뿐이었다. 그가 죽기 삼십분 전 우리는 모두 조용해졌고 소리 죽여 말했다. 걸어다니는 사람도 발소리를 죽이며 조심스레 발을 뗐다. 모두 말은 별로 하지 않고, 점점 세게 그르렁거리며 죽어가는 사람을 응시했다. 마침내 그는 허우적거리는 기운 없는 손으로 가슴 위 성모패를 더듬더니 마치 그것의 무게조차 감당하기 어려운 듯 잡아 뜯으려 했다. 누군가가 성모패를 벗겨주었다. 그리고 약 십 분 뒤 그는 죽었다. 그의 죽음을 알리기 위해 간수실 문을 두드렸다. 간수가 들어와서 죽은 자를 멀거니 바라보다가 의무관을 부르러 갔다. 이내 젊고 산뜻한 의무관이 나타났다. 그는 고요한 감방 안으로 발소리를 크게 울리며 빠른 걸음으로 들어와 죽은 자에게 다가갔다. 그리고 당당한 태도로 맥을 짚고 여기저기 만져보더니 손을 내젓고 나가버렸다. 곧 몇 사람이 위병에게 죽음을 알리러 갔다. 특별감옥 독방에 있는 죄수였기 때문에 사망보고 역시 특별한 절차가 필요했다.

위병을 기다리는 동안 한 죄수가 나직한 목소리로 죽은 자의 눈을 감겨주자고 제안했다. 다른 죄수가 그의 말을 가만히 듣다가 죽은 자에게 조용히 다가가 눈을 감겨주었다. 그는 베개에 떨어져 있는 십자가를 집어 말없이 미하일로프의 목에 걸어주고는 성호를 그었다. 그 사이 죽은 자의 얼굴은 굳어갔다. 햇살은 여전히 그의 얼굴을 비추고, 그의 입은 반쯤 벌어져 있었다. 희고 건강한 두 줄의 치아가 잇몸에 바싹 붙은 얇은 입술 안쪽에서 빛났다. 단검을 차고 철모를 쓴 위병 부사관이 들어오고 간수 두 명이 뒤따라 들어왔다. 그는 사방에서 자신에게 쏟아지는 조용하지만 따가운 시선을 이해할 수 없다는 듯한 표정을 지으며 서서히 걸음을 늦추며 죽은 자에게 다가갔고, 다시한 걸음 다가가다 멈칫하더니 멈춰 섰다. 알몸에 족쇄만 채워진 시체가 충격적인 모양이었다. 그는 굳이 그럴 것까지는 없는데도 갑자기 턱끈을 풀어 철모를 벗더니 크게 성호를 그었다. 백발에 군인다운 준엄한 얼굴이었다. 그때 거기에는 역시 백발인 체쿠노프 노인이 서 있었다. 그는 말없이 부사관의 얼굴을 바라보았는데 묘할 만치 부사관의 일거수일투족을 주시했다. 그러나 그와 눈이 마주치자 체쿠노프는 갑자기 엷은 아랫입술을 떨기 시작했다. 그는 입술을 이상하게 일그러뜨리고 이빨을 드러낸 채 부사관에게 죽은 자를 턱으로 가리키며 갑자기 튀어나온 말처럼 빠르게 말했다.

"역시 어머니가 있었겠지!" 그러고는 다른 쪽으로 가버렸다.

시체는 볏짚 매트에 누인 채 들어올려졌다. 볏짚이 바스락거리고 족쇄가 마룻바닥에 떨어지며 부딪히는 둔탁한 소리가 정적 속에서 울렸다. 사람들이 족쇄를 주워 올렸고, 시체는 옮겨졌다. 그러자 갑자기 모두가 큰 소리로 이야기하기 시작했다. 이미 복도에서는 부사관이 대장장이를 부르러 누군가를 보내는 소리가 들렸다. 죽은 자의 족쇄를 풀어주어야 했던 것이다……

표도르 도스토옙스키 『죽음의 집의 기록』에서

5월 13일

인간은 삶과 죽음의 의미에 관한 문제를 스스로 풀어야 한다.

1 지혜로운 사람은 모든 것을 자신에게서 찾지만, 어리석은 사람은 남
에게서 찾는다.   중국의 격언

2 영혼은 배우지 않는다. 원래 알고 있는 것을 떠올릴 따름이다.

다우드, 알 가피르『무란』 제40장

3 지혜로운 사람은 만물에서 도움이 되는 것을 발견한다. 그는 모든 것
에서 선을 끌어내는 재능을 가졌기 때문이다.   러스킨

4 정치적 승리, 소득 증가, 건강 회복, 멀리 떠났던 친구의 귀가 같은 유
쾌한 일은 마음을 들뜨게 해 좋은 날이 왔다고 생각하게 한다. 그러나
믿지 마라. 너희 자신 말고 너희에게 평화를 가져다주는 것은 없다.

에머슨

5 삶의 사명에 대한 답을 외부 세계에서 찾는 것은 소용없는 일이다. 모
든 문제에 대한 답은 너희 안에 있다. 그러나 싹의 상태로 있다. 선한
삶으로 그 싹을 틔워야 한다. 그것이 지혜에 이르는 유일한 길이다.

루시 맬러리

6 친구를 찾는 사람은 불행하다. 충실한 친구는 오직 자신뿐인데, 밖에서 친구를 찾는 사람은 자기 자신에게 충실한 친구일 수 없기 때문이다.　소로

7 외워서 아는 진리는 의수나 의족이나 의치, 밀랍으로 만든 코, 또는 잘해야 남의 피부로 만들어 붙인 코처럼 네게 붙어 있을 뿐이다. 자신의 사색으로 얻는 진리야말로 진짜 팔다리와 같으며, 오직 그것이 진짜 너의 것이다.　쇼펜하우어

❕ 삶과 죽음의 문제에 대한 옛 현자들의 답을 받아들인다 하더라도 그 답의 선택과 인정은 자신의 몫이다.

5월 14일

영혼의 신성을 의식하면 어떤 불행도 두렵지 않다.

1 우리는 영혼에 신성이 있다는 것을 안다. 지금 내 안에 살고 있는 영혼의 놀라운 모든 특성이 언젠가 그대로 다른 육체에 깃드는지 나는 말할 수 없고, 또 그것들이 나의 육체에 깃들기 전 실제로 내가 이 육체로 경험한 그대로의 자연적 역사를 거쳤는지도 말할 수 없다. 그러나 한 가지 확신하는 것은, 그 특성들이 언제 어느 때부터 존재하기 시작한 것이 아니고 또 내 육체의 병과 함께 병드는 것도 아니며 무덤에 묻히는 것도 아니라는 것, 세계보다 먼저 존재하고 있었다는 것

이다. 그것이 나에게 신앙과 용기와 희망을 준다.

영혼은 모든 것을 알고 있다. 어떤 것도 영혼을 놀라게 할 수 없다. 어떤 것도 영혼보다 위대할 수 없다. 두려워하고 싶다면 두려워하라. 영혼은 자기가 태어난 왕국에 살며 공간과 시간을 초월한다. 　　　　　에머슨

2　신은 모든 사람 안에 살고 있지만 모든 사람이 신 안에 살고 있는 것은 아니다. 여기에 인간 고뇌의 원인이 있다.

불 없이 등불을 켤 수 없듯 인간은 신 없이 살 수 없다. 　　라마크리슈나

3　너는 너의 온순함 때문에 사람들이 너를 얕볼까봐 근심한다. 그러나 공정한 사람이라면 너를 얕볼 리 없고, 공정하지 않은 사람이라면 어차피 무관한 타인의 말에 신경쓰지 마라. 솜씨가 뛰어난 목공은 목공을 모르는 사람이 자신을 인정하지 않는다고 한탄하지 않는다.

나쁜 사람들이 너를 해칠까봐 두려워하지 마라. 과연 너의 영혼을 해칠 수 있는 자가 있을까? 무엇을 두려워한단 말인가?

나는 나를 해칠 수 있다고 생각하는 자들을 비웃는다. 그들은 내가 누구인지, 내가 선과 악을 어디에 두는지 모른다. 그들은 진정으로 내 것이고 내 삶의 근원을 이루는 것에는 손가락 하나 댈 수 없다는 것을 모른다. 　　　　　에픽테토스

4　세상의 모든 것이 내 것이다. 창조도 파괴도 내 의지에 따라 일어난다. 세상은 껍데기일 뿐이고 나는 그 알맹이다. 그런 내가 무엇 때문에 쓰레기가 쓰레기로 돌아가는 것을 두려워하겠는가? 나는 쓰레기가 아니다. 그러니 신에게 복

종하며 평화롭게 살아라. 페르시아의 격언

5 이성은 어떻게, 왜 하고 묻지만 사랑은 그저 사랑이라고 말할 뿐이다. 사랑은 물음에 답하지 않고도 묻는 자를 충분히 만족시킨다.

/ 누구도, 무엇도 두려워하지 마라. 네 안에 있는 가장 귀중한 것은 누구에게도, 무엇에도 무너지지 않는다.

5월 15일

정직이 곧 선행은 아니지만, 적어도 악은 아니라는 징표다.

1 비웃음은 결코 진리를 훼손하지 못한다. 그러나 비웃는 자들 속에서 진리는 성장을 멈춘다. 루시 맬러리

2 거짓말을 하는 가장 흔하고 일반적인 이유는 남이 아니라 자신을 속이려는 욕망 때문이며, 이런 거짓말이 가장 나쁘다.

3 미망에 이르는 길은 무수히 많지만 진리에 이르는 길은 하나뿐이다. 루소

4 진리가 자신의 죄를 드러낼까봐 진리를 두려워하는 것만큼 인간에게 불행한 일은 없다.

5 우리는 오직 하나의 자명한 진리를 따라야 한다. 공자

6 거짓은 반드시 또다른 거짓을 부른다. 레싱

7 진실을 말하는 건 언뜻 쉬운 일 같지만, 진실에 이르기 위해서는 크나큰 정신적 노력이 필요하다.

　정직의 정도는 그 사람의 도덕적 완성도를 나타낸다.

8 정직은 어디서나 통용되는 유일한 화폐다. 중국의 속담

9 정직하라. 거기에 설득과 덕행의 비결이, 도덕적 영향력의 원천이, 예술과 인생의 최고 규범이 있다. 아미엘

/ 우리는 흔히 어떤 일에 대해서는 진실을 외면해도 괜찮다고 생각하는 잘못을 범한다. 아무리 사소한 거짓말이라도 그것이 내적으로 또는 외적으로 미치는 영향은 진실을 말할 때의 어색함이나 불쾌함보다 훨씬 해롭다.

5월 16일

인류는 지금까지 종교 없이 산 적이 없었고, 살아갈 수도 없다.

1 오늘날 학자들은 종교는 불필요하며 앞으로 과학으로 대체되거나 이미 대체되었다고 단정한다. 하지만 예나 지금이나 어느 사회나 어느 누구도, 이성적인 인간은 종교 없이 살지 않았고 살아갈 수도 없다(나는 **이성적인 인간**이라고 못박는다. 비이성적인 인간은 동물처럼 종교 없이도 살아갈 수 있기 때문이다).

이성적인 인간이 종교 없이 살 수 없는 것은 종교가 이성적인 인간에게 그와 그가 사는 무한한 세계의 관계를 이해하게 해주고, 나아가 그 이해를 통해 행위의 지침을 주기 때문이다.

꿀을 모으는 꿀벌은 그것이 좋은지 나쁜지 의심하지 않는다. 그러나 인간은 곡식이나 과일을 수확할 때 그 수확이 앞으로 그것의 성장을 망치지 않을지, 이웃이 먹을 것을 자신이 빼앗는 건 아닌지 생각한다. 또 그는 자신이 먹여살리는 자식들에게 앞으로 여러 가지 일이 일어날 거라는 것을 안다. 삶에서 가장 중요한 행위의 문제들은 이성적인 인간이라 해도 철저히 해결할 수가 없는데, 그가 예상해봐야 할 결과가 너무나 많기 때문이다. 이성적인 인간은 개인적인 감정의 충동도, 자기 행위가 가까운 미래에 낳을 결과를 살피는 것도 삶의 가장 중요한 문제를 해결하는 데 지침이 되지 못한다는 것을 명확히 알지는 못하더라도 느낄 수는 있다. 왜냐하면 자기 행위의 결과가 너무나도 다양한데다 자주 서로 모순되기 때문에, 또한 그러한 결과들은 자신이나 다른 사람에게 십중팔구 유익하거나 해로울 수 있기 때문이다.

그래서 이성적인 사람은 동물의 행동을 이끄는 규칙으로 만족할 수 없다. 물론 인간은 자기 자신을 오늘날 지상에 살고 있는 동물 중 하나로 여길 수 있다. 또한 인간은 자기 자신을 가족의 일원으로, 수세기를 살아온 사회와 민족의 일원으로 여길 수 있다. 또한 인간은 자기 자신을 무한한 시간을 사는 무한한 세계의 일부로 여길 수 있고 또 그렇게 여겨야 한다(왜냐하면 인간의 이성이 계속해서 그런 사유로 이끌기 때문이다). 그래서 이성적인 인간은 눈앞에 보이는 삶의 현상들과의 관계 외에도 무한한 시공간의 세계를 하나의 전체로 이해하면서 그것과 자신의 관계를 설정해야 했고 언제나 그렇게 설정해왔다. 그리고 인간이 자신을 그 일부로 느끼면서 그것으로부터 행위의 지침을 얻는 자신과 하나의 전체 사이의 관계 정립을 우리는 종교라 불렀고, 오늘날까지도 그렇게 부르고 있다.

그러므로 종교는 이성적인 인간과 인류의 삶에 없어서는 안 될 필수조건이고 앞으로도 그럴 것이다.

2 인간의 종교적 감정이 강할수록 앞으로 존재해야 할 것은 더욱 명백해지고 행위의 지침도 더욱 명확해진다.

종교적 감정이 없거나 부족한 자는 과거와 전통을 따른다. 군중은 그런 사람들을 종교적인 사람들이라고 부른다. 그러나 참으로 종교적인 사람은 과거의 악습을 버리고 오직 앞으로 존재해야 할 것을 따르기 때문에 군중의 눈에 오히려 종교가 없는 사람으로 비친다.

3 결투나 전쟁, 자살 같은 터무니없는 것을 위해 목숨을 버리는 사람들을 자주 보지만, 진리를 위해 목숨을 거는 사람들은 좀처럼 보기 힘들다. 군중의 찬동에서 생겨난 세뇌의 영향 아래서는 신념이 없어도

쉽게 목숨을 내놓을 수 있지만, 군중과 불화를 겪더라도 진리를 위해 언제라도 목숨을 내놓을 굳은 신념을 갖기란 매우 어렵기 때문이다.

4 정신병원에 있는 자신을 상상하려면 사람들이 춤추고 있는 홀에서 귀를 틀어막아보는 것만으로 충분하다. 종교적 감정을 상실한 인간에게 인류의 종교적 행위는 이와 똑같은 인상을 줄 것이다. 그러나 자신을 인류의 법칙 밖에 놓고 누구보다 올바르다고 생각하는 것은 더 위험하다. 아미엘

5 종교가 사람들에 대한 지배력을 잃었다고 흔히들 말한다. 그러나 그것은 사실이 아니고 사실일 리도 없다. 종교적 감정을 상실한 특정한 계급에게만 그렇게 보일 뿐이다.

／ 불행한 삶을 살고 있다면 원인은 오직 하나로, 신앙이 없기 때문이다. 사회 전체도 마찬가지다.

5월 17일

아시시의 성 프란체스코가 말하길, 완전한 기쁨이란 부당한 비난을 견디고 거기서 오는 육체적 고통을 참으며 비난과 고통의 원인에게 적의를 품지 않는 것이다. 완전한 기쁨은 다른 사람들의 악으로도, 자신이 겪는 육체적 고통으로도 파괴되지 않는 진정한 신앙과 사랑의 의식 속에 있다.

1 너희는 일부러 남들이 보는 앞에서 선행을 하는 일이 없도록 하여라. 그렇지 않으면 하늘에 계신 아버지에게서 아무런 상도 받지 못한다. 자선을 베풀 때에는 위선자들이 칭찬을 받으려고 회당과 거리에서 하듯이 스스로 나팔을 불지 마라. 나는 분명히 말한다. 그들은 이미 받을 상을 다 받았다. 「마태복음」 6:1~2

2 선행 때문에 비난을 받아도 슬퍼하지 않고 오히려 기뻐하는 것은 숭고한 일이다. 아우렐리우스에 의함

3 사람들이 알아주고 이해해주지 않더라도 슬퍼하지 않는 것이 참된 덕이다. 중국의 격언

4 욕하고 모욕을 주거든 기뻐하라. 칭찬하고 추켜세우거든 두려워하고 슬퍼하라.

5 비방을 받고 반박할 수도 없는 모함을 받는 것은 선을 배우는 가장 좋은 공부다.

6 사람을 만날 때는 인정과 칭찬이 아니라 (자신을 시험하고 자신의 오만을 없애기 위해) 모욕과 매도, 억울한 모함을 바라라.

✒ 사람들의 비난과 공격을 유발하는 어리석은 행동은, 비난과 공격을 유발한다는 점에서는 옳지 않지만 신과 이웃에 대한 자신의 사랑을 시험하는 하나의 방법이 될 수 있다는 점에서는 나쁘지 않다.

5월 18일

자기 영혼의 신성을 의식하는 것이 강한 힘을 준다고 말할 수는 없다. 이 의식에는 강약의 관념이 없으며, 그렇기에 힘의 관념이 없는 영역으로 인간을 끌어올린다.

1 영혼을 정화하고 의혹에서 해방된 사람에게는 하늘이 땅보다 가깝다.

오감으로 얻을 수 있는 모든 지식을 가졌다 해도 사물의 참다운 본질을 모른다면 지식은 무익하다.

온갖 사물에 대한 진정한 지식은 그 속에 참다운 본질이 있다는 것을 깨닫는 것이다. 『티루쿠랄』인도의 경전

2 영혼에게 참다운 존재를 인식하는 것 외에 또다른 사명은 없다.

한번 이 인식의 길에 들어선 사람들은 다시 돌아가지 않는다.

『티루쿠랄』

3 인간은 강한 존재다. 영혼의 힘을 인식하고 그 힘을 자기 안에서 찾

아야 한다는 것을 아는 사람은, 즉 자신의 육체와 영혼을 통제하는 진정한 지배자가 되는 사람은 한눈팔지 않고 나아가 기적을 이룬다. 이런 사람은 당연히 자기 두 발로 버티고 서 있으므로 땅바닥에 쓰러진 자보다 강하다.

에머슨

4 어떻게 신을 아느냐고 물어오면 신이 내 마음속에 있기 때문이라고 대답하라. 그렇지 않다면 인간에게는 진정 기댈 곳이 없었을 것이다. 몸의 눈이 아닌 마음의 눈으로 그 존재자를 보라. 자기 자신을 모르는 자가 어찌 신을 알 수 있겠는가? 참된 자각은 신을 아는 것이다.

페르시아의 격언

5 신과 하나가 된다면 누가 감히 네게 악행을 저지를 수 있겠는가? 누가 너보다 강할 수 있겠는가? 우리는 신과 하나가 될 수 있다.

6 우리는 알고 있다. 혹은 알고 싶어하면 알 수 있다. 인간의 마음과 양심은 신적이라는 것, 악을 부정하고 선을 긍정하면 인간은 신성의 체현이 된다는 것, 그리고 사랑할 때의 기쁨, 노여울 때의 괴로움, 불의를 볼 때의 분노, 자기를 희생할 때의 영광은 인간과 가장 높은 존재인 신이 하나라는 것을 보여주는 영원하고 반박할 수 없는 증거라는 것을.

러스킨

7 자기 영혼에 있는 신성을 인정하고 영혼의 힘으로 살아가는 인간은

자신의 행복에 필요한 모든 것을 가진 것이다.

5월 19일

모든 신앙의 근본은 똑같다.

1 신성의 발현은 의심할 나위 없이 오직 인간이 자기 안에서 느끼는 선의 법칙뿐이다. 인간은 선의 법칙을 인정함으로써 다른 사람들과 맺어지는 것이 아니라, 싫든 좋든 이미 다른 사람들과 맺어져 있다.

2 인간은 상업, 계약, 전쟁, 학문, 예술 등에 종사하지만 그것은 피상적인 일에 지나지 않으며 사실 인간에게 중요하고 인간이 유일하게 실제로 하고 있는 일은, 삶의 근원이 되는 도덕의 법칙을 깨닫는 것이다. 이것이 모든 인간에게 가장 중요하고 유일한 일이다.

3 사람들이 현자에게 물었다. "행복을 위해 죽을 때까지 실천해야 할 말씀이 있습니까?"

현자가 말했다. "서恕라는 말이 있다. 내가 바라지 않는 짓은 남에게도 하지 말라는 뜻이다." 중국의 격언

4 내가 오늘 너희에게 내리는 이 법은 너희로서 엄두도 내지 못할 일이거나 미치지 못할 일은 아니다. 그것은 하늘에 있는 것이 아니다. '누가 하늘에 올라가서 그 법을 내려다주지 않으려나? 그러면 우리가 듣고 그대로 할 텐데' 하고 말하지 마라. 바다 건너 저쪽에 있는 것도 아니다. '누가 이 바다를 건너가서 그 법을 가져다주지 않으려나? 그러면 우리가 듣고 그대로 할 텐데' 하고 말하지도 마라. 그것은 너희와 아주 가까운 곳에 있다. 너희 입에 있고 너희 마음에 있어서 하려고만 하면 언제든지 할 수 있는 것이다.　　　「신명기」30:11~14

　2천 년 전 유대왕국의 교서에 이렇게 쓰여 있었다.

5 **나처럼 행동하라고 누구에게나 말할 수 있도록 행동하라.**　　　칸트에 의함

6 우리 의무의 원천은 신에게 있다. 우리의 의무는 신의 법칙에 의해 결정된다. 이 법칙을 더욱 확대하고 삶에 적용하는 것이 인류의 과제다.
　　　마치니

7 자연에서 관찰되는 지혜가, 인간이 해야 할 일을 하도록 이끌고 나쁜 일은 하지 못하도록 제지하는 자연의 지혜가 법칙인 것은 그것이 책에 쓰여 있기 때문이 아니라 인간의 이성과 마찬가지로 영원한 신의 법칙이기 때문이다. 그러므로 우리에게 행위를 명령하거나 금하는 참으로 영원불변한 법칙은 최고의 존재자인 신의 이성이다.　　　키케로

/ 사람들과 갈등할 때마다 상호성의 법칙, 즉 내가 바라는 것을 남에게
  도 행해야 한다는 것을 상기한다면 그것도 곧 습관이 될 수 있다.

폭력의 법칙과 사랑의 법칙

그리스도교도는 폭력을 써서는 안 된다. 예수는 "누가 오른뺨을 치거든 왼뺨마저 돌려 대라"고 말했다. 이 말은 누가 나를 때리면 똑같이 때리지 말고 오히려 뺨을 내밀라는 뜻이다. 이것이 그리스도교도에게는 신의 계율이다. 누가 하든, 어떤 이유로 하든 폭력은 악이다. 살인이나 간음은 누가 행하든 어떤 이유든 한 사람이 하든 수백만이 하든 상관없이 악행이고, 악은 어디까지나 악이다. 신 앞에서는 모든 사람이 평등하며, 신의 계율은 온갖 예외와 주석이 달리고 때와 장소에 따라 바뀌는 인간의 계율과 다르기 때문이다. 신의 계율은 모든 사람에게 오직 하나인데, 그것은 우리 안에 사는 영혼은 모든 사람에게 동일한 하나이기 때문이다. 극단적인 경우에도 그리스도교도는 살인자가 되느니 살해당하는 편이 낫다. 폭력을 쓰느니 폭력을 당하는 편이 낫다. 그리스도교도라면 누군가 나를 모욕할 때 나도 누군가를 모욕한 적이 있으므로 신이 나를 깨우치고 죄를 씻게 하려고 시련을 내리는 것이니 좋은 일이라고 생각해야 한다. 만일 사람들이 내가 실천하는 정의를 모욕한다면 그것은 더더욱 좋은 일인데, 생명과 빛과 자유를 위해 싸웠던 선인들의 대열에 나도 들어서게 되기 때문이다. 나의 영혼은 악으로 구원받을 수 없고, 악의 길을 거쳐서는 선에 도달할 수 없다. 이는 집에서 멀어지면서 집으로 돌아갈 수는 없는 것과 마찬가지다. 악마는 악마를 내쫓지 않는다. 악은 악으로 정복되지 않는다. 악은 거듭 쌓이며 더욱 공고해질 뿐이다. 악은 오직 악에 반대되는 정신, 정의와 선에 의해서만 극복된다. 그러므로 악은 선과 인내와 고난을 통해서만 근절할 수 있고 근절해야 한다.

그러나 사람들은 그리스도의 가르침, 즉 깨달음과 겸양과 자기희생과 관용과 형제애의 법칙으로 살지 않고 '약육강식'이라는 짐승의 본능으로 살고 있다. 질병이나 술 또는 정신적 결함으로 판단력을 잃은 사람이나 아직 판단력이 없는 아이에게는 악이 아니라 불행을 막아줄 목적으로 강제력을 쓸 수도 있다. 이것은 필요악으로서 참고 허용할 수 있으나 그렇다고 그것을 확대해서는 안 된다. 짐승의 본능을 인간의 법칙으로 삼아 사회에 적용하고 신의 계율인 양 찬양하는 것은 이성적인 사람들에게는, 특히 그리스도교도들에게는 반자연적이고 반그리스도적인 행위이며, 그리스도 정신에 대한 비방이고, 용서할 수 없는 죄악이다.

그리스도와 반그리스도는 오래전부터 상반된 두 힘으로서 존재했다. 그리스도를 따라 산다는 것은 곧 사람답게 사는 것이며, 사람들을 사랑하고 선을 실천하고 악을 선으로 갚는 것이다. 반그리스도를 따라 산다는 것은 곧 동물처럼 사는 것이며, 자신만을 사랑하고 선과 악을 모두 악으로 갚는 것이다. 매 순간 그리스도를 좇아 살수록 사람들의 사랑과 행복은 커질 것이다. 반그리스도의 가르침을 따를수록 삶은 불행해질 것이다. 악에 맞서지 말라는 계율은 서로 다른 두 길을 보여준다. 하나는 진리의 길, 그리스도의 길, 진지한 생각과 감정의 길, 즉 생명의 길이다. 다른 하나는 기만의 길, 악마의 길, 온갖 위선의 길, 즉 죽음의 길이다. 악에 맞서지 말라는 계율의 십자가를 짊어지는 것이 아무리 두렵더라도, 악의 희생물이 되는 것이 아무리 두렵더라도 우리는 어디에 선의 길과 구원의 길이 있는지 안다. 우리는 벽에 부딪친 것이 아니며 우리 앞에 길과 빛이 있다는 것을 알고 있다. 그 길로 나아가기 위해 노력하면서 깨달음의 빛을 비춰야 한다.

악에 폭력으로 맞서지 말라는 것은 자신과 다른 사람들의 생명과 노고를 지키지 말라는 의미가 아니다. 이 모든 것은 이성에 반하지 않는 다른 방법으로 지켜져야 한다. 덤벼드는 악인의 마음속에 선한 감정을 일깨울 수 있는 방법으로 자신과 다른 사람들의 생명과 노고를 지켜야 한다는 뜻이다. 그러기 위해 우리 자신이 선하고 이성적이어야 한다. 예컨대 누군가를 죽이려는 것을 보았을 때 내가 할 수 있는 최선의 일은, 죽임을 당하는 사람의 자리에 나 자신을 놓는 것이다. 그의 방패막이가 되어주는 것이다. 또 할 수만 있다면 그를 구출해 숨겨주는 것이다. 그것은 물속이나 불속에서 죽어가는 사람을 구출하는 것과 똑같다. 자신이 죽느냐 상대방을 구하느냐. 그러나 나 자신이 길 잃은 죄인으로서 그것을 실천할 힘이 없다 해도, 그 사실이 내 안의 짐승을 일깨워 폭력을 저지르고 정당화하면서 세상에 혼란을 가져와도 되는 권리를 주는 것은 아니다.

부카

5월 20일

동물적 존재로서의 인간은 자유를 운운할 수 없다. 그의 모든 삶은 원인의 연속에 묶여 있기 때문이다. 그러나 인간이 자신을 정신적 존재로 인식한다면, 부자유란 있을 수 없다. 부자유의 관념은 이성과 자각과 사랑이 발현되는 곳에는 적용되지 않는다.

1 네가 이성을 육욕에 봉사하게 하지 않는다면, 그 안에 생명의 특질을 지닌 이성은 너를 자유롭게 해줄 것이다. 이성의 빛을 받고, 그 빛을 흐리게 하는 육욕에서 벗어난 인간의 영혼은 견고한 성채와 같다. 그보다 더 확실하게 악을 차단하는 피난처는 없다. 그것을 모르는 자는 소경이고, 그것을 알면서도 이성의 성채로 들어가지 않는 자는 불행하다. 　　　　　　　　　　　　　　　　　　　　　아우렐리우스

2 너희는 진리를 알게 될 것이며 진리가 너희를 자유롭게 할 것이다.

　　　　　　　　　　　　　　　　　　　　　「요한복음」 8:32

3 물질적 자연에는 악이 존재하지 않지만 선에 대한 의식과 선악을 선택할 자유를 가진 개개인에게는 악이 존재한다. 　　　아우렐리우스

4 모든 일이 자신이 바라는 대로 되는 인간은 자유로운 인간이다. 그러나 이 말이 그가 하려는 모든 일이 반드시 그에게 일어난다는 뜻일까? 절대로 그렇지 않다. 교육을 받은 사람은 자신이 바라는 것을 글

로 쓰고 말로 표현할 수 있다. 하지만 자신이 멋대로 만들어낸 문자로는 영영 자기 이름조차 쓰지 못할 것이다. 중요한 것은 필요한 문자를 필요한 순서에 따라 쓰는 것이다. 무슨 일이나 그렇다. 만약 머리에 떠오른 대로 멋대로 하려고 한다면 그는 아무것도 배우지 못할 것이다. 따라서 자유로운 인간이 되기 위해서는 머릿속에 떠오르는 대로 무턱대고 바라서는 안 된다. 자유로운 인간은 자신에게 일어날 수 있는 모든 것을 받아들이고 모든 것에 순응하는 것을 배워야 한다. 인간에게 일어나는 모든 일은 오로지 세계를 다스리는 존재의 의지로만 일어나기 때문이다. 에픽테토스

5 우리는 일어나고 있는 모든 일에 원인이 있다는 것보다, 우리의 의지가 자유롭다는 것을 훨씬 더 명확히 의식한다. 거꾸로 이렇게 말할 수도 있지 않을까. 인과율에 대한 우리의 개념이 옳다면 우리의 의지는 자유로울 리 없을 것이고, 따라서 우리의 개념은 크게 잘못된 것이 틀림없다. 리히텐베르크

6 덕이 높다는 것은 마음이 자유롭다는 것이다. 언제나 화를 내고 끊임없이 뭔가를 두려워하고 정욕에 사로잡힌 사람들은 마음이 자유로울 수 없다. 공자

/ 자유를 부정하는 사람은 색깔을 부정하는 장님과 같다. 그들은 인간의 자유로운 영역을 모른다.

5월 21일

선을 믿으려면 선을 실천하라.

1 지나가는 날들을 선행으로 채워라.

2 아침에 눈을 뜨면, 오늘 단 한 사람에게라도 기쁨을 주길 바라며 하루를 시작하라.
니체

3 선행은 의무다. 선행을 자주 하고 선한 의도가 실현되는 것을 보는 사람은 결국 자신이 선행을 베푼 대상을 진정으로 사랑하게 된다. "네 이웃을 네 몸같이 사랑하라"는 말은 먼저 누군가를 사랑하고 그 사랑의 결과로서 선을 베풀라는 것이 아니다. 먼저 이웃에게 선을 베풀어야 하고, 그 선행은 선을 지향하는 네 행위의 결과인 인류에 대한 사랑을 네 안에서 타오르게 할 것이다.
칸트

4 선한 의지는 그것으로 무엇을 행하는지, 즉 의도한 목적을 달성하는 데 적합한지에 좌우되는 것이 아니라 그 자체로 이미 선이다. 어떤 것과도 비교되지 않고 그 자체로 인식되는 선한 의지는 언제 어느 때 누구 또는 많은 사람을 위해 이루어질 수 있는 어떤 것보다 더 높은 가치를 지닌다. 선한 의지는 있지만 큰 불행에 빠지거나 혹은 너무나도 빈약한 능력 탓에 아무것도 수행할 수 없더라도, 또는 아무리 노력해도 전혀 이루어지지 않고 그저 선한 의지에만 머무른다 하

더라도(물론 의지만 있는 것이 아니라 힘닿는 데까지 노력한 상태를 말한다), 그런 의지는 값진 다이아몬드처럼, 그 자체에 최고의 가치를 품은 무엇처럼 스스로 반짝일 것이다. 칸트에 의함

5 어느 누구도 선을 행하기 전에는 선에 대한 개념을 가질 수 없다. 또 어느 누구도 희생을 하며 자주 선을 행하기 전에는 진실로 선을 사랑할 수 없다. 또 어느 누구도 쉬지 않고 선을 행하기 전에는 선 안에서 평화를 누릴 수 없다. 마티노

6 이웃에게 악을 행했을 때는 아무리 사소한 것이라도 큰 잘못으로 생각하라. 선을 행했을 때는 아무리 큰 것이라도 작게 생각하라. 남이 너에게 베푼 작은 선행은 큰 것으로 생각하라.

 신의 축복은 가난한 자에게 베푸는 자에게 내린다. 가난한 자를 친절하게 맞이하고 친절하게 보내는 자는 갑절의 축복을 누린다.

『탈무드』

7 선을 행하고 그럴 수 있음을 감사하라.

8 한평생 남을 위해 할 수 있는 모든 일을 하면서 하루하루 봉사하는 것이 의무라고 마음에 깊이 새기고. 말없이 그것을 실천하라. 러스킨

✒ 사냥꾼이 사냥감을 찾듯 선행의 기회를 찾진 못하더라도 최소한 선행의 기회를 놓치지는 마라.

5월 22일

자연에서 일어나는 모든 일과 큰 변화들은 돌발적 폭발이 아니라 알아채지 못할 정도로 서서히 일어난다. 정신적 삶도 이와 마찬가지다.

1 올바른 생각, 살아 있는 사상은 성장하고 변화하는 힘이 있다는 점에서 생명력을 지닌다. 그 생각은 구름이 아니라 나무처럼 서서히 변하는 것이다.
러스킨

2 **진정으로 위대한 일은 모두 서서히 눈에 띄지 않게 이루어진다.**

3 개인과 사회가 모든 시대에 걸쳐 완전성에 도달하는 일은 없다. 각 시대마다 독자적인 완전성이 있기 때문이다.
루시 맬러리

4 삶은 영혼의 탄생이어야 한다. 동물적인 것은 인간적인 것이 되고 육체는 정신으로 거듭나야 한다. 육체적 활동은 양초가 빛과 열로 바뀌듯 사상으로, 의식으로, 이성으로, 정의로, 관용으로 바뀌어야 한다. 이 최고의 연금술은 지상에서의 우리 존재를 정당화한다. 여기에 우

리의 사명과 우리의 가치가 있다. 아미엘

5 달걀을 깰 때 병아리의 생명이 위태로울 수 있는 위험을 감수해야
하듯 사람도 다른 누군가의 정신에 미칠지 모르는 위험을 감수하지
않고는 그를 자유롭게 할 수 없다. 정신은 일정한 단계까지 성장하면
스스로 자신의 껍질을 깬다. 루시 맬러리

6 생명은 끊임없는 기적이다. 생명의 성장을 보면서 우리는 자연의 심
오한 비밀을 알게 된다. 루시 맬러리

/ 성공을 자신하는 것만큼 도덕적 완성에 해로운 것도 없다.

그러나 다행히도 참다운 도덕적 성장은 눈에 띄지 않게 이루어지
기 때문에 오랜 세월이 지난 뒤가 아니면 자신이 성장했다는 것을
깨닫기 어렵다.

지금 자신이 완성되었다고 생각한다면, 길을 잃었거나 제자리에
멈춰 있거나 뒷걸음치고 있다는 증거다.

5월 23일

적게 가진 것에 익숙해질수록 뭔가를 잃는 것에 대한 두려움이 줄어
든다.

1 절제는 힘의 억제를 뜻하는 것이 아니며, 선이 멈추는 것도, 사랑과 신앙의 발현이 멈추는 것도 아니다. 그것은 인간이 악으로 여기는 것을 행하지 못하도록 막아주는 정신력의 발현이다. 러스킨

2 연기가 벌을 벌집에서 쫓아내듯 식탐은 정신적 선물과 지성의 완성을 쫓아낸다. 성 바실리우스

3 원하는 것을 갖는 것은 큰 행복이다. 그보다 더 큰 행복은 가진 것 외에는 아무것도 원하지 않는 것이다. 메네데모스

4 불나방은 불에 타는 것도 모르고 불속으로 날아든다. 물고기는 위험을 모르고 낚싯바늘의 미끼를 문다. 인간은 육체의 쾌락이 불행의 그물로 싸여 있다는 것을 잘 알면서도 놓지 않는다. 바닥없는 무분별의 늪이란 이를 두고 한 말이다. 인도의 격언

5 우리의 욕망은 언제나 이것저것 달라고 어머니에게 조르고 안달하면서 무엇을 얻어도 만족하지 않는 어린아이와 같다. 욕망에 질수록 욕망은 더 달라붙는다. 『성현의 사상』

6 어떤 사람이 지혜로운가? 모든 것에서 뭔가를 배우는 사람이다.
어떤 사람이 강한가? 자기 자신을 제어하는 사람이다.

어떤 사람이 부유한가? 자기 운명에 만족하는 사람이다.　『탈무드』

7 인간이 거부한 것은 그에게 괴로움의 원인이 될 수 없다. '나' 또는 '내 것'이라는 말만 내뱉는 오만을 이긴 자는 이미 높은 경지에 오른 것이다.　『티루쿠랄』

8 서두를수록 성공은 멀어진다.

9 조금만 먹었다고 후회하는 사람은 없다.

10 자연은 조금밖에 요구하지 않지만 인간의 상상은 늘 많은 것을 요구한다.

11 쾌락에서 슬픔과 두려움이 생긴다. 쾌락에서 벗어나면 슬픔도 두려움도 없다.　『법구경』

12 지상의 왕좌보다 찬란하고 하늘에 오르는 것보다 아름다우며 세계의 지배보다 영광스러운 것은 해탈의 첫 단계인 법열이다.　『법구경』

／ 욕망을 키우는 것은 사람들이 흔히 생각하듯 자기완성을 향하는 길

이 아니다. 욕망을 억제할수록 인간은 자신의 가치를 더욱 의식하게 되고 더욱 자유롭고 더욱 용감해진다. 그리고 무엇보다 신과 인간에게 더욱 봉사할 수 있게 된다.

5월 24일

신은 사랑이 아니다. 사랑은 신이 인간에게 나타나는 모습 중 하나일 뿐이다.

1 우리가 하느님을 사랑하고 또 하느님의 계명을 지키면 우리가 하느님의 자녀를 사랑하고 있다는 것을 알 수 있습니다. 하느님의 계명을 지키는 것이 곧 하느님을 사랑하는 일입니다. 그리고 하느님의 계명은 무거운 짐이 아닙니다.　　　　　　　　　　「요한1서」 5:2~3

2 율법학자 한 사람이 와서 그들이 토론하는 것을 듣고 있다가 예수께서 대답을 잘하시는 것을 보고 "모든 계명 중에 어느 것이 첫째가는 계명입니까?" 하고 물었다.

　　예수께서는 이렇게 대답하셨다. "첫째가는 계명은 이것이다. '이스라엘아, 들어라. 우리 하느님은 유일한 주님이시다. 네 마음을 다하고 목숨을 다하고 생각을 다하고 힘을 다하여 주님이신 너의 하느님을 사랑하여라.' 또 둘째가는 계명은 '네 이웃을 네 몸같이 사랑하라' 한 것이다. 이 두 계명보다 더 큰 계명은 없다."　　　「마가복음」 12:28~31

3 쾌락주의는 인간을 절망으로 이끈다. 의무에 관한 철학은 덜 절망적이다. 그러나 구원은 의무와 행복의 조화에, 개인의 의지와 신의 의지의 합일에, 그리고 그 최고의 의지가 사랑에 지배된다는 믿음에 있다.

아미엘

4 인간애 속에는 정의가 포함되어 있다.

보브나르그

5 현자는 말한다. "나의 가르침은 간단해서 쉽게 이해할 수 있다. 너 자신처럼 이웃을 사랑하라는 것, 그것이 전부다."

중국의 격언

6 삶의 목적은 모든 현상에 사랑이 배어들도록 하는 것이며 악한 삶을 선한 삶으로 바꿔가는 것이다. 삶의 목적은 진실한 삶을 창조하는 것, 즉 사랑의 삶을 만드는 것이다.

7 선량함은 자족적이고 현실적인 어떤 것이다. 인간에게는 그가 가진 선량함만큼의 삶이 있다. 이 법칙 중의 법칙을 깨닫는 것은 우리가 종교적이라고 말하는 최고의 행복감을 일깨운다.

에머슨

8 행복하기 위해 필요한 것은 오직 사랑이다. 나를 희생하는 사랑을 하고, 모든 이와 모든 것을 사랑하고, 사방에 사랑의 거미줄을 쳐서 걸려드는 모두를 잡는 것이다.

9 누구나 한 번은 경험해서 알겠지만, 아주 어린 시절에 느끼는 행복한 감정이 있다. 그런 감정을 느낄 때는 모든 사람을 사랑하고 싶어진다. 이웃도 부모형제도 악인도 원수도 개도 말도 풀도 사랑하고 싶어진다. 모두가 즐겁고 행복하길 바라고, 그들을 행복하게 해주고 싶고, 모두가 언제나 즐겁고 기쁠 수 있다면 자기 자신을, 자기 삶을 내주어도 좋다고 생각한다. 그 감정이, 그 감정만이 생명이 담긴 사랑이다.

10 **네게 행동할 힘이 있다면 그 행동에 사랑을 담아라. 네가 힘없고 나약하다면 그 나약함에도 사랑을 담아라.**

11 **인간애의 미덕은 멀리 있지 않다. 내가 바라는 바로 그곳에 있다.**

✔ 영혼을 더럽히는 모든 것을 씻어내고 사랑만 남겨라. 사랑은 사랑할 대상을 찾으면서 너 하나로 만족하지 않고 살아 있는 모든 것과, 살아 있는 모든 것을 살게 하는 존재인 신을 찾아낼 것이다.

5월 25일

인간의 도덕성은 말에 대한 태도에서 보인다.

1 누구든지 자신이 신앙생활을 한다고 생각하면서도 자기 혀를 억제하지 못한다면 그것은 자기 자신을 속이는 셈이니 그의 신앙생활은 결국 헛것이 됩니다. 「야고보서」 1:26

2 남의 허물이 눈에 띄는 것은 자기 자신을 살피지 않기 때문이다. 우리는 이웃의 잘못을 비난하면서 그와 똑같은 잘못에 빠진다. 제 영혼을 구하려 하지 않고 올바르게 살려고 노력하지 않는 자는 쉽게 유혹에 빠지고 나쁜 본보기에 현혹된다. 『성현의 사상』

3 이웃의 결점을 누구에게도 말하지 마라.

4 남에게 상처를 주거나 모욕하지 마라. 남의 결점은 적에게도 친구에게도 말하지 마라. 결점이 보이더라도 들추지 마라. 남에 대한 험담은 듣지 않도록 노력하라. 『성현의 사상』

5 머리 좋은 사람에게 가장 뿌리치기 힘든 유혹은 남에 대한 교묘한 비난과 조소다.

6 교묘한 비난은 썩은 고기에 뿌린 소스와 같다. 소스가 없으면 역겹지만 소스 때문에 모르고 삼킨다.

7 다른 사람들에 대해서는 나쁘게 말하고 너에 대해서는 좋게 말하는 사람의 말에는 귀기울이지 마라.

/ 무슨 말을 할지 미리 생각하지 않아도 될 때는 마음이 차분하고 선하고 사랑에 차 있을 때뿐이다. 마음이 차분하지 않고 화가 나고 안달이 날수록 말을 조심하라.

5월 26일

우리는 생명의 소멸도, 죽어가는 과정도 죽음이라 부른다. 전자는 우리의 힘 밖에 있는 일이지만, 후자는 삶에서 가장 중요한 마지막 일이다.

1 죽음은 조화의 측면에서 도덕적 행위일 수 있다. 동물은 숨이 끊어질 뿐이지만 인간은 자신의 영혼을 창조주에게 맡겨야 한다. 　　　　　아미엘

2 그리스도가 했던 위대한 말은 죽기 전 그가, 스스로 무엇을 하고 있는지 모르는 사람들을 용서해달라고 바친 기도「누가복음」23:34다.

3 죽어가는 사람의 말과 태도는 사람들에게 큰 영향을 미친다. 그러므로 잘 사는 것 못지않게 잘 죽는 것이 중요하다. 죽음을 받아들이지

않는 추한 죽음은 잘 살아온 삶에 흠집을 내고, 담담하고 의연하게 받아들이는 죽음은 못 살아온 삶의 죄를 씻는다.

4 한 장면에서 다른 장면으로 넘어가며 무대장식이 바뀌면, 우리가 그때까지 현실이라고 생각했던 것이 한낱 장식일 뿐이었다는 것이 명백해진다. **마찬가지로 죽음의 순간에도 무엇이 현실이고 무엇이 장식이었는지 명백해져야 한다.**

5 죽어가는 자는 살아 있는 것들을 이해하기 어렵다. 그것은 그가 이해력을 잃었기 때문이 아니라 살아 있는 사람들은 이해하지 못하고 이해할 수도 없는 뭔가 다른 것, 모든 것을 삼켜버리는 그것을 이해하게 되었기 때문이다.

6 인간이 죽는 순간이 되면, 불안과 기만과 슬픔과 악으로 가득한 책을 읽을 때 그를 비춰주던 촛불이 어느 때보다 밝게 타올라 어둠에 잠겨 있던 모든 것을 비추었다가 마침내 지지직하는 소리와 함께 어두워지면서 영원히 꺼진다.

7 죽어가는 생명은 이미 어느 정도 영원한 세계에 속한다. 그 순간 그가 말을 한다면 무덤 뒤에서 말을 거는 셈이다. 그 말은 우리에 대한 명령처럼 들린다. 예언자의 말처럼 느껴진다. 생명이 떠나고 무덤이 열리는 것을 느끼는 자에게 중요한 말을 해야 할 순간이 온 것이 분

명하기 때문이다. 그때 그의 본성의 본질이 드러날 수밖에 없다. 그의 안에 있는 신적인 존재가 더이상 숨어 있을 수 없는 것이다.

아미엘

죽음을 준비하라. 흔히 생각하듯 종교의식을 수행하거나 세속의 일들을 정리하라는 것이 아니다. 가장 좋은 모습으로 죽을 수 있도록, 즉 죽어가는 사람이 이미 다른 세계에 있는 것처럼 여겨져 그의 말과 태도가 세상에 남은 자들에게 특별한 영향을 미칠 수 있는 죽음의 엄숙한 순간을 이용할 수 있도록 준비하라.

소크라테스의 재판과 그의 변명

소크라테스는 1)국교國敎를 인정하지 않고, 2)젊은이들에게 국교에 대한 불신을 심어 타락시킨다는 혐의로 기소되었다.

훗날 그리스도를 비롯해 인류의 스승과 예언자 대부분에게 일어났던 일이 소크라테스에게도 일어났던 것이다. 소크라테스는 자신에게 계시된 이성적이고 올바른 삶의 길을 사람들에게 가리켰다. 그 길을 가리키며 그는 당시 사회를 지배했던 거짓된 가르침을 부정하지 않을 수 없었다. 그러나 대다수의 아테네 사람들은 그가 가리키는 길을 진실의 길로 받아들이면서도 용기가 없어 그 길에 발을 들여놓지 못했고, 그들이 신성한 것으로 생각해왔던 모든 것이 비난받는 것을 좌시할 수도 없었다. 그래서 기존 질서를 폭로하고 파괴하는 소크라테스에게서 벗어나기 위해 그를 재판에 회부했고, 사형으로 종결시키려 했다. 소크라테스는 그것을 알고 있었기 때문에 아무런 변론도 하지 않았고 다만 아테네 사람들에게 왜 자신이 그처럼 행동했는지, 앞으로 살아남게 되더라도 자신은 똑같은 행동을 계속할 것이며 왜 그럴 것인지 피력했을 뿐이다.

재판관들은 소크라테스를 유죄로 인정하고 사형을 선고했다. 태연히 듣고 있던 소크라테스는 재판관들을 바라보며 말했다.

"세상 사람들은 이제," 그는 말했다. "아테네의 시민인 당신들이 아무 이유도 없이 현자 소크라테스를 죽였다고 말할 것이오. 사실 나는 현자가 아니지만, 그들은 당신들을 비난하기 위해서라도 나를 현자였다고 말할 겁니다. 당신들이 아무 이유 없이 나를 사형시켰다고 말할 겁니다. 그냥 둬도 머지않아 죽을 늙은이인데. 또한 나는 당신들,

나에게 사형을 선고한 여러분에게 말하고 싶소. 당신들은 사형을 선고받은 내가 죽음을 면할 방법을 모를 거라고 생각하겠지만, 그건 틀렸소. 나는 알고 있지만 나와는 어울리지 않는 그 방법을 쓰고 싶지 않을 뿐이오. 내가 만일 울부짖고 신음하고 온갖 추태를 부렸다면 당신들은 오히려 유쾌해했을 것이오. 하지만 나를 비롯한 어느 누구도 부당한 방법으로 죽음을 면하려 해서는 안 되오. 어떤 위험에 처하더라도 자존심만 버린다면 죽음에서 벗어날 길은 있소. 죽음을 면하기는 어렵지 않지만 악을 피하는 건 정말 어려운 일이오. 악은 죽음보다 날쌔게, 더 빨리 우리를 붙잡기 때문이오. 보다시피 이렇게 늙은데다 기력도 없는 나는 죽음의 포로가 되었소. 그러나 당신들, 나를 고발한 혈기왕성하고 민첩한 당신들은 죽음보다 더 날쌘 악에 사로잡혔소. 당신들에게서 죽음을 선고받은 나는 죽음에 붙잡혔고, 나에게 죽음을 선고한 당신들은 악과 오욕, 바로 진리가 당신들에게 선고한 악과 오욕에 붙잡힌 것이오. 따라서 나는 나의 형벌을 눈앞에 두고 있지만 당신들은 당신들의 형벌을 눈앞에 두고 있는 것이오. 이 모든 것은 마땅히 그래야 하는 것이고, 보다 나은 방향으로 나아가고 있소.

한 가지 더, 나를 고발한 당신들에게 말해두려 하오. 아시다시피 죽음을 앞둔 사람은 앞날을 한층 더 명확히 내다보는 법이오. 그래서 나는 동료 시민들인 당신들에게 단언컨대, 내가 죽은 뒤 당신들은 나에게 선고한 형벌보다 훨씬 무거운 벌을 받을 것이오. 당신들이 기대했던 것과는 정반대인 일이 일어나게 될 거라는 뜻이오. 나를 죽이고 나면 당신들은 당신들을 비난하던 자들의 공격을 받게 될 것이오. 당신들은 모르겠지만 그동안 나는 그들을 제지해왔소. 이 비난자들은 젊기 때문에 당신들에게 몹시 불쾌할 것이고 그들의 공격을 감당하기는 더욱 쉽지 않을 것이오. 따라서 내가 죽는다고 해서 당신들의 악한 삶에 대한 비난을 면하지는 못할 것이오. 바로 이것이 내가 당신들에게, 나에게 유죄를 선고한 여러분에게 말해두고 싶었던 것이오. 사람을 죽여놓고 비난을 면할 수는 없소. 비난을 면할 가장 간단하고 확실한 방법은 오직 하나, 더 선하게 사는 것뿐이오.

이번에는 법정에서 나를 비난하지 않고 변호해준 당신들에게 한마디하겠소. 마지막으로 당신들과 이야기를 나누며 나는 방금 내게 일어난 놀라운 어떤 것과, 내가 이 예사롭지 않은 사건에서 끌어낸 결론을 말하고자 하오. 나는 지금까지 살면서 가장 중요한 상황에서나 가장 무의미한 상황에서나 언제나 나에게 경고해주고 불행을 가져올지도 모를 일을 하지 못하도록 제지해주었던 내 영혼의 신비한 목소리를 들어왔소. 그런데 당신들이 보다시피 내게 극단적으로 불행한 사건이 일어났는데도 지금 그 목소리는 내가 집에서 나온 아침에도, 여기 법정에 들어올 때도, 이렇게 말하고 있는 이 순간에도 어떠한 경고도 제지도 하지 않고 있소.

그게 무슨 뜻이겠소? 내가 생각하기에 오늘 내게 일어난 일은 악이 아니라 오히려 커다란 행복이라는 의미요. 실제로 죽음은 의식의 완전한 소멸이자 상실, 아니면 전승처럼 한 장소에서 다른 곳으로 영혼이 이동하는 변화에 지나지 않소. 만일 죽음이 의식의 완전한 소멸이고 꿈도 꾸지 않는 깊은 잠 같은 거라면 죽음은 의심할 나위 없는 행복이오. 꿈도 꾸지 않고 단잠을 잔 하룻밤을 떠올려보면, 그리고 그 하룻밤을 꿈에나 생시에나 언제나 경험하는 온갖 공포와 불안과 충족되지 않은 욕망으로 가득한 다른 밤낮과 비교해본다면, 분명 꿈도 꾸지 않고 잔 밤만큼 행복한 하룻밤은 거의 없었다고 생각할 것이오. 따라서 죽음이 그런 잠이라면 적어도 그것은 행복일 것이오. 또한 죽음이 이 세상에서 저세상으로 옮겨가는 거라면, 우리보다 먼저 떠난 현자들이 저세상에 있다는 것이 사실이라면, 그런 사람들과 함께 저세상에서 사는 것보다 더 큰 행복이 어디 있겠소?

내가 가는 곳이 그런 곳이라면 나는 백 번이라도 죽을 수 있소.

그러므로 재판관 당신들이나 시민들도 죽음을 두려워할 필요가 없으며, 다만 선한 사람에게는 삶 속에도 죽음 속에도 악은 결코 존재하지 않는다는 것을 잊지 말아야 할 것이오.

그렇기 때문에 나를 심판한 사람들의 의도가 나에게 악을 행하는 것이었다 해도 나는 나를 재판한 사람들에게도 기소한 사람들에게도 화를 내지 않는 것이오.

자, 이제 작별할 시간입니다. 나에게는 죽음의 길이 열려 있고 당신들에게는 삶의 길이 열려 있소. 그러나 우리 중 누가 더 나은지는 신만이 아실 것이오."

재판이 끝난 뒤 곧 소크라테스의 사형이 집행되었다. 그는 독배를 들이켰고 제자들에게 둘러싸여 조용히 숨을 거두었다. 그의 마지막에 관한 자세한 내용은 제자 플라톤이 적은 대화록 『파이돈』에 기록되어 있다.

플라톤 『소크라테스의 변명』에서

5월 27일

인간의 지적 활동은 종종 진리를 발견하는 것이 아니라 은폐하는 데 이용된다. 그런 지적 활동이야말로 유혹의 주된 원인이다.

1 재판제도는 현재의 사회체제를 유지하려고만 한다. 그래서 사회적 수준이 일반보다 높은 사람들도 일반보다 낮은 수준의 사람들과 마찬가지로 처벌하는 것이다.

2 도덕적이고 실천적인 규범은 같은 바탕에서 나온 다른 규범과 모순을 일으키기도 한다.

가령 먹는 것을 절제하라고 한다. 그렇다면 먹지 말고 사람들에게 봉사할 수 없는 상태가 되란 말인가? 동물을 죽이지 말라고 한다. 그렇다면 동물에게 잡아먹히란 말인가? 술을 마시지 말라고 한다. 그렇다면 성찬도 받지 말고 와인으로 병을 다스리지도 말란 말인가? 순결을 지키라고 한다. 그렇다면 인류의 절멸을 바라는 것인가? 악에 폭력으로 맞서지 말라고 한다. 그렇다면 자신이나 다른 사람들이 죽도록 놔두란 말인가?

도덕적 규범을 따르고 싶지 않은 사람들만이 이런 모순을 찾는 데 혈안이 된다.

그러나 이것은 치료에 와인이 필요한 한 사람을 위해 폭음에 반대하지 않고, 인류가 절멸할까 두려워 방탕한 삶을 용인하고, 있을지도 모를 폭력적인 누군가 때문에 사람을 죽이고 처형하고 투옥하는 것이나 다름없다.

3 인간은 모든 일을 다 할 수 없다. 그러나 모든 일을 다 할 수 없는 것이 나쁜 짓을 하는 이유가 되지는 않는다. 소로

4 인간이 이성적 존재로서 세상에 존재한 이래, 인간들은 선악을 구별하고 그 구별을 이용해 선현들이 그랬듯 악과 싸우며 최고의 바른 길을 찾아 느리긴 하지만 꿋꿋이 걸어왔다. 그러나 언제나 온갖 기만이 그 길을 가로막으며 인간들에게 그렇게 할 필요 없다, 그냥 되는 대로 살라고 유혹한다.

5 나는 농부들을 사랑한다. 그들은 잘못된 판단을 내릴 만큼 많이 배우지 않았기 때문이다. 몽테스키외

6 이따금 종교적, 정치적, 학문적으로 괴상하고 불합리한 입장을 옹호하는 사람을 볼 때면 놀라움을 금치 못한다. 그런데 잘 살펴보면 그는 결국 자신의 입장을 옹호하고 있을 뿐임을 알게 된다.

✦ 누군가 자신의 행위를 복잡한 이론으로 설명할 때는 그 행위가 잘못된 행위라고 확신해도 좋다. 양심의 결정은 언제나 솔직하고 간단명료하다.

이교도에게 부는 명예와 권력을 의미한다. 그리스도교도에게 부는 약점이나 허위의 증명에 불과하다. 부유한 그리스도교도는 발 없는 말과 같다.

1 사람들은 지나치게 물질적 이해에 사로잡혀 인간관계에서 나타나는 타인의 정신적 양상들을 자산 축적의 시각에서만 본다. 상대방의 내면적 가치가 아니라 부에 따라서만 상대방을 존경한다. 그러나 진정으로 지혜로운 사람은 이성적 존재로서 **자아**를 존경하기 때문에 자신의 재물과 돈을 부끄러워한다. 에머슨

2 이번에는 부자들에게도 한마디하겠습니다. 당신들에게 닥쳐올 비참한 일들을 생각하고 울며 통곡하십시오. 당신들의 재물은 썩었고 그 많은 옷가지들은 좀먹어버렸습니다. 당신들의 금과 은은 녹이 슬었고 그 녹은 장차 당신들을 고발할 증거가 되며 불과 같이 당신들의 살을 삼켜버릴 것입니다. 당신들은 이와 같은 말세에도 재물을 쌓았습니다. 잘 들으시오, 당신들은 당신들의 밭에서 곡식을 거두어들인 일꾼들에게 품삯을 주지 않고 가로챘습니다. 그 품삯이 소리를 지르고 있습니다. 또 추수한 일꾼들의 아우성이 만군의 주님의 귀에 들렸습니다. 「야고보서」 5:1~4

3 나는 곳곳에서 공공의 복지라는 미명과 구실 아래 자기 이익만 좇는 부자들의 음모를 본다. 무어

4 빈곤은 우리에게 지혜와 인내를 가르친다. 나사로는 가난하게 살았지만 마침내 왕관을 얻지 않았던가. 야곱이 원했던 것은 빵뿐이었고 요셉도 극도로 빈곤했던 노예이자 죄수였다. 그러나 그 때문에 우리는 한결 더 그에게 경이를 느낀다. 우리는 밀을 나누어주던 그보다는 감옥에 있던 그를 찬미하고, 왕관을 쓴 그보다는 사슬에 묶였던 그를 찬미하고, 왕좌에 앉아 있던 그보다는 함정에 빠져 팔려갔던 그를 찬미한다. 그 모든 고난과 위대한 행위들로 빛나는 왕관을 생각하면 우리는 부귀와 명예가 아니라, 환락과 권세가 아니라, 가난과 쇠사슬과 속박과 선행을 위한 인내에 경이를 느낀다.　　　　크리소스토모스

5 부는 오만과 잔인, 자기만족의 무지와 타락을 가르친다.　　　　쿼지외

6 부자의 냉담함이 차라리 그들의 동정심보다 낫다.　　　　루소에 의함

✔ 부자를 존경할 것이 아니라 그들에게서 멀리 떨어져 오히려 그들을 가엾이 여겨야 한다. 부자는 자신의 부를 자랑할 것이 아니라 부끄러워해야 한다.

5월 29일

삶이란 경계에 갇힌 자신의 신적 본질을 인식하는 것이다.

1 유일하고 직접적으로 확실한 것은 우리의 의식이다.

데카르트

2 버클리와 피히테^{주관적 관념론자들}도 옳고 에머슨^{초월적 직관주의자}도 옳다. 즉 세계는 뭔가와 유사한 것에 불과하다. 옛날이야기나 전설도 박물학과 마찬가지로 옳다. 아니, 그 이상이다. 왜냐하면 그것들은 더 알기 쉽기 때문이다. 진실로 존재하는 것은 정신뿐이다. 그 밖의 것은 무엇인가? 그림자이고 가정이고 환상이고 유사한 것이고 꿈이다. 우리가 의식하는 것만이 정신이다. 세계는 정신의 단련과 강화를 목적으로 하는 일종의 무대다. 의식만이 참으로 존재하는 것이며 그 핵심은 사랑이다.

아미엘에 의함

3 발밑에는 굳게 얼어붙은 땅, 주위에는 거대한 나무들, 머리 위에는 음울한 하늘. 나는 나의 육체를 느끼며 상념에 잠겨 있다. 그러나 나는 굳게 얼어붙은 땅도, 나무들도, 하늘도, 나의 육체도 상념도 모두 우연한 것임을, 이것은 모두 내 오감이 만든 것이자 내 표상이며 내가 구상한 세계에 불과하다는 것을, 내가 세계의 다른 부분이 아니라 바로 그 부분을 구상했고 세계와 나는 그것으로 구별되어 모든 것이 그러하다는 것을 온 존재로 느끼고 안다. 나는 내가 죽는다는 것을, 그리고 죽으면 이 모든 것이 사라지는 것이 아니라 극장의 무대가 바뀌는 것처럼, 덤불과 돌로 궁전과 탑 등을 만들어내는 것처럼 모습만 바뀔 뿐이라는 것을 안다. 내가 완전히 소멸하지 않고 세계와 다른 방식으로 구별되는 다른 존재로 이행할 뿐이라면, 죽음은 내 안에서 그러한 변화를 일으키는 것일 뿐이다. 지금 나는 이 나를, 감각을 지닌 나의 육체를 나라고 여기고 있지만, 그때가 되면 다른 무언가가

내 안을 차지할 것이다. 그때 세계는 그 안에 살고 있는 것들에게는 변함없이 똑같은 것으로 남아 있으면서 나에게만 다른 것이 될 것이다. 세계가 다른 것이 아닌 이런 것인 까닭은, 내가 다른 방식으로 세계와 구별되는 존재가 아닌 바로 이 존재를 나라고 여기고 있다는 것이다. 그렇게 세계와 구별되는 존재들은 수없이 많을 것이다.

4 자신의 마음속에서 신을 찾아라. 다른 곳에서는 결코 신을 찾지 못할 것이다. 알만조르 다르 하페드

5 진정한 삶은 스스로를 영원하고 무한한 영혼으로, 시공간의 제약을 받지만 그것을 초월한 영혼으로 의식하며 사는 것이다.

✒ 인간을 의식하는 것은 신을 의식하는 것이다.

5월 30일

땅은 인격과 마찬가지로 사고파는 대상이 될 수 없다. 땅을 사고파는 것은 인간을 사고파는 것과 같다.

1 노예제도의 본질은 대가 없이 남의 노동을 갈취할 권리를 특정한 인간에게 주는 것이다. 땅의 소유도 노예 소유와 같은 권리를 주는 것

이다. 노예 소유자는 노예의 노동으로 얻어지는 것 중에 그가 살아가는 데 필요한 만큼은 남겨줘야 한다. 그런데 이른바 자유국가들의 수많은 노동자들은 그것보다 더 받고 있을까.　헨리 조지

2　땅은 자연이 인간에게 준 엄숙한 선물이다. **땅 위에 태어난 인간은 모두 땅을 가질 평등한 권리를 갖는다.** 이것은 아기에게 어머니의 젖을 물 권리가 있는 것처럼 지극히 당연한 권리다.　마르몽텔

3　나는 땅을 위해 태어났고, 내게는 갈고 씨를 뿌려 필요한 것을 얻을 수 있는 땅이 주어졌다. 나는 내 몫을 요구할 권리가 있다.　에머슨

4　현대인들은 잠자리를 얻는 데도 돈을 내야 한다. 공기와 물과 햇빛은 길 위에서만 누릴 수 있다. 법이 보장하는 권리는 지칠 때까지 그 길 위를 걷는 것뿐이다. 머무는 것이 허용되지 않기 때문이다.　앨런

5　남녀를 불문하고 육체를 사고팔아서는 안 된다. 또한 영혼은 사고팔 수 있는 것이 아니다. 땅과 물과 공기도 마찬가지다. 인간의 영혼과 육체를 지탱하는 데 없어서는 안 될 조건이기 때문이다.　러스킨

6　**땅을 사고팔거나 경계를 확정하거나 관리하는 것은 커다란 죄악이다.**

✚ 사람들은 자신이 선이라고 생각하는 것을 행하는 대신 가능한 한 많은 것을 제 것으로 만들려고 애쓴다.

5월 31일

사치에 물들지 않은 사람이 남의 눈에 잘 보이려고 어쩌다 사치를 부리게 되면 이 정도 사치는 당연하고 놀랍지도 않고 별것도 아니라는 듯이 행동한다. 마찬가지로 어리석은 사람은 삶의 기쁨을 무시하고 그것을 마치 고상한 인생관이라는 듯 삶에 싫증이 난 척, 그보다 훨씬 좋은 뭔가를 꿈꾸는 척한다.

1 행복해진다는 것, 영원한 생명을 얻는다는 것, 신 안에 있다는 것, 구원은 모두 같은 것이며, 사명의 완성이자 존재의 목적이다. 불행이 성장하듯 행복도 성장한다. 흔들림 없이 평화롭고 영원히 성장하는 것, 자기 안으로 깊숙이 들어가는 것, 하늘의 기쁨을 더 크고 심오하게 느끼는 것이 바로 행복이다. 행복에는 한계가 없다. 신에게는 바닥도 없고 언덕도 없기 때문이다. 행복이란 사랑을 통해 신을 얻는 것이다.　　　　　　　　　　　　　　　　　　　　아미엘

2 우리가 인생에 불만을 느끼는 주된 원인은, 우리에게 무엇으로도 파괴될 수 없는 행복을 누릴 권리가 있고 그런 행복을 누리기 위해 태어났다고 생각하는 전혀 근거 없는 착각 때문이다.

어떤 것과도 비교할 수 없는 행복과 기쁨이 주어졌는데도 우리는

여전히 기쁨이 적다고 말한다. 영혼과 육체라는 두 세계에서 교류하는 커다란 기쁨이 있는데도 우리는 왜 삶이 이렇게 짧냐고, 왜 끝이 있느냐고, 삶은 계속되어야 한다고 말한다.

사랑을 통해 영혼과 육체라는 두 세계에서 교류할 수 있다는 위대한 행복을 깨닫고 소중히 여기기만 한다면 우리는 더 바랄 것이 없을 것이다.

3 감사하는 기쁨이야말로 신에 대한 최고의 예배다.　　　　레싱

4 정신의 기쁨은 정신력의 상징이다.　　　　에머슨

5 행복해지기 위해서는 행복의 가능성을 믿어야 한다.

6 삶의 법칙, 즉 신의 법칙을 파괴하는 사람은 그가 원하는 최대의 행복이 주어져도 불행해하지만, 삶의 법칙을 지키는 것을 행복으로 여기는 사람은 세상 사람들이 행복이라 여기는 모든 것을 빼앗아도 행복한다.

7 인간은 배탈이 나도 음식 투정을 한다. 삶에 불만을 가진 자도 마찬가지다.

／ 우리에게 삶의 불만을 말할 권리는 없다. 삶에 불만이 있다면 자기
자신에게 불만이 있는 것이다.

6
월

6월 1일

해로운 일을 하느니 아무 일도 하지 않는 것이 낫다.

1 흔히 사람들은 할일이 많다, 시간이 없다 하며 건전한 오락을 거만하게 거절한다. 그러나 선하고 즐거운 오락은 대개 다른 일보다 훨씬 필요하고 중요하다. 바쁘다는 사람들이 해야 한다는 일들은 대개 하지 않는 편이 나은 일들이다.

2 그리 나쁘지 않은 일이나(물론 나쁜 일은 언제 어디서나 하면 안 되지만) 어찌해도 괜찮은 일을 할 때, 심지어 선한 일을 하거나 건전한 오락을 즐길 때도 기억해야 할 것은 오락이나 일보다 더 중요한 영혼(양심)의 요구가 있고, 만약 양심이 그 일을 하라고 요구한다면 즉각 손을 놓아야 한다는 것이다. 하지만 일이나 오락은 사로잡히기 쉽기 때문에 도덕적이고 선한 사람도 양심의 요구에 '시간이 없다, 소를 샀으니 부려보아야 한다, 죽은 아버지를 묻어야 한다' 같은 핑계를 댄다.

　　죽은 자는 죽은 자에게 묻게 하라는 말의 의미를 기억하라.

3 잔인한 사람들은 잔인함을 정당화하기 위해 늘 바쁘게 뭔가 하려고 안간힘을 쓴다.

4 달구지에 채워진 말이 걸을 수밖에 없듯이 인간도 일을 하지 않을 수 없다. 인간에게 일은 호흡과 똑같다. 중요한 것은 어떤 일을 하느냐다.

5 흔히 유희나 오락은 중요하지 않다고, 심지어 나쁘다고 생각한다(이슬람교, 정교회 구교, 청교도주의). 그러나 오락은 노동의 대가이며, 노동과 마찬가지로 중요하다. 쉬지 않고 노동만 할 수는 없다. 오락으로 필요한 휴식을 취하는 것은 자연스러운 일이다.

다만 오락은 다음과 같을 때 좋지 않다. 첫째, 다른 사람들의 노동을 필요로 하는 경우. 둘째, 기량이 필요한 경기에서처럼 오락이 치열한 경쟁으로 바뀔 경우. 셋째, 오직 소수만을 위한 오락인 경우, 그 밖의 오락은 좋고, 특히 젊은 사람에게 유익하다.

6 재산을 불리려고 안달하는 것만큼 영혼에게 공허하고 무익하고 해로운 일도 없다. 또 이것처럼 끝없고 사람들이 매달리는 일도 없다.

❘ 일과 오락은 적절하게 배합하면 삶을 즐겁게 만든다. 그러나 모든 일과 오락이 꼭 그런 것은 아니다.

6월 2일

남자에게나 여자에게나 사명은 신을 섬기는 것이다. 그러나 그 방법은 서로 다르게 특정되어 있다. 그러므로 남녀는 자신에게 특정된 방법으로 신을 섬겨야 한다. 여자에게 주어진 중요하고 특별한 일은, 인류의 생존과 그 완성을 위해 꼭 필요한 출산과 초기 육아다. 여자는 그 일에 모든 힘과 주의를 기울여야 한다. 여자는 남자가 하는 모든 일을 할 수 있지만 남자는 여자가 하는 일 중 출산과 초기 육아를 할 수 없다. 그러므로 여자는 여자만이 할 수 있는 일에 마음을 기울여야 한다.

1 가정에서 행복을 느낄 수 없는 여성은 어디를 가도 행복하기 어렵다.

2 인류에 대한 봉사에는 두 가지가 있다. 첫째는 현재의 인류 속에서 행복을 키우는 일이고, 또하나는 인류 자체를 지속시키는 일이다. 첫번째 봉사는 남자의 사명이고 두번째 봉사는 여자의 사명이다.

3 남자와 여자는 두 개의 음ᵃ이며, 이 두 개의 음이 없으면 인간 영혼의 현ᵇ은 바르고 완전한 화음을 만들지 못한다. 　　　　　마치니

4 세상에는 부엌일이며 바느질이며 빨래며 육아가 여자의 일이고 남자가 하면 수치로 여기는 이상하고 아주 뿌리깊은 편견이 존재한다. 오히려 그 반대다. 피곤하고 허약한 임산부가 무리하게 부엌일을 하고 빨래를 하고 아픈 아이를 돌보는데 남자가 쓸데없는 일로 시간을 보내거나 아무것도 하지 않고 빈둥거리는 것이 더 큰 수치다.

5   우주 만물은 아름답다. 그러나 가장 아름다운 것은 덕이 있는 여자다.

마호메트

6   남녀의 덕은 똑같이 절제와 정직함과 선량함이다. 여자에게는 이러한 덕이 더 특별한 매력이 된다.

7   출산은 여자에게 자기희생을 배우는 학교다. 자기희생의 능력을 기르면 다른 환경에서도 쉽게 그 능력을 발휘할 수 있다.

8   남자를 흉내내는 여자는 여자를 흉내내는 남자처럼 어리석다.

9   남자와 여자의 참된 결합은 정신적 교류에 있다. 정신적 교류가 없는 성적 관계는 서로에게 괴로움의 원천이 된다.

✓   출산에서 해방되었다면 여자도 남자가 하는 모든 일을 하라. 그러나 어떤 것과도 바꿀 수 없는 여자의 일은 출산과 초기 육아다.

귀여운 여인

퇴직한 팔등문관 플레먄니코프의 딸 올렌카는 뜰 앞 본채의 현관 계단에 앉아 생각에 잠겨 있었다. 무더운 날씨에 파리까지 귀찮게 달라붙어 곧 저녁이라는 것만으로도 기분이 나아졌다. 동쪽에서 검은 비구름이 몰려오고 습기를 머금은 바람이 불어오고 있었다.

별채에 세 들어 사는 쿠킨이 뜰 한가운데서 하늘을 올려다보고 있었는데, 그는 야외극장 '티볼리'의 경영인이자 극장주였다.

"젠장!" 쿠킨이 절망적으로 말했다. "매일같이 비로군! 허구한 날 비, 또 비야, 장난이라도 치는 것 같군! 내 목을 조르겠다 이건가! 이러다가는 파산이야! 매일같이 늘어나는 손해를 어쩌라고!"

그는 올렌카에게 두 손을 쳐들어 보이며 불평을 계속했다.

"올가 세묘노브나^{올렌카의 이름과 부칭}, 이게 우리 인생이란 겁니다. 울어도 시원찮을 판이에요! 잠도 제대로 못 자며 일하고 조금이라도 나아지려고 무진 애를 쓰는데 이게 뭐란 말입니까? 관객들은 교양도 없고 야만인처럼 무지하죠. 나는 일류 배우들을 모아 최고의 오페레타와 환상극을 올리고 있지만, 관객들에게 그런 게 필요하겠습니까? 그런 공연을 한들 그들이 이해나 하겠습니까? 그들에게 필요한 건 광대예요! 저속한 거요! 게다가 날씨를 좀 봐요. 거의 매일 저녁 비잖아요. 5월 10일부터 내리더니 6월 내내 이렇게 끔찍한 날씨라고요! 관객이 오지 않아도 나는 임대료를 내야 하지 않겠어요? 배우들 출연료는 어쩌고요?"

이튿날도 저녁이 되자 비구름이 몰려왔고 쿠킨은 히스테릭하게 웃어대며 말했다.

"이것 봐라? 그래 또 퍼부어라! 차라리 극장이 잠겨 내가 빠져죽는 게 낫겠다! 어차피 이승에서나 저승에서나 잘살긴 글렀으니까! 배우들이 나를 고소한대도 상관없어! 재판이 뭐 대수라고! 시베리아로 유형이라도 가면 속이 시원하겠다! 교수대에 올라가든가! 하하하!"

그다음날도 마찬가지였다……

올렌카는 아무 말 없이 심각한 표정으로 쿠킨의 이야기를 듣고 있다가 이따금 눈물을 글썽거렸다. 결국 올렌카는 쿠킨의 불행에 마음이 움직여 이 남자를 사랑하게 되었다. 쿠킨은 작은 키에 몸이 말랐고 누런 안색에 관자놀이의 머리칼을 단정히 기르고 있었다. 목소리는 가느다란 테너이고 얼굴에 언제나 절망의 빛이 감돌았지만, 그래도 이 남자는 아가씨의 마음에 순결하고 깊은 감정을 불러일으켰다. 올렌카는 누군가를 사랑하지 않고는 살 수 없는 여자였다. 어릴 때는 아버지를 사랑했는데, 지금 그 아버지는 병이 들어 어두운 방 안락의자에 앉아 고통스럽게 숨을 몰아쉬고 있었다. 브란스크에 살면서 이년에 한 번 이 집에 찾아오는 숙모를 사랑한 적도 있었다. 예비 김나지움에 다닐 때는 프랑스어 교사를 사랑했다. 올렌카는 조용하고 기품 있고 정이 많은 성격에 부드러운 눈동자를 가졌고 몸은 아주 건강했다. 그 통통한 장밋빛 뺨이나 까만 점이 있는 부드러운 목덜미, 재미있는 이야기에 귀기울일 때 떠오르는 순진한 미소를 보면 남자들은 웃음을 지었고, 여자들은 얘기를 나누다가도 갑자기 그녀의 손을 잡으며 절로 탄성을 질렀다.

"정말 귀여운 여자야!"

올렌카가 태어나면서부터 살고 있고 아버지의 유언장에 그녀의 명의로 되어 있는 이 집은 도심에서 조금 떨어진 치간스카야 슬로봇카'집시 마을'이라는 뜻에 있었는데, 야외극장 '티볼리'에서도 멀지 않았다. 저녁부터 밤까지 극장에서 들려오는 음악소리와 폭죽 터지는 소리가 올렌카에게는 쿠킨이 자신의 운명과 싸우며 최대의 적—무관심한 관객에게 돌격하는 소리처럼 들렸다. 그녀는 달콤한 수심에 잠겨 밤새 잠도 자지 않고 있다가 새벽녘 쿠킨이 돌아오면 그의 침실 창을 똑똑 두드리고 커튼 사이로 얼굴과 한쪽 어깨만 내밀며 상냥한 미소를 지었다……

쿠킨이 청혼해 두 사람은 결혼했다.

쿠킨은 행복했지만 결혼식 날에도 밤까지 계속 비가 내렸기 때문에 절망스러운 낯빛은 사라지지 않았다.

결혼한 두 사람은 즐겁게 살았다. 올렌카는 입장권을 팔거나 장부를 기입하거나 급여를 지불하거나 하며 극장 일을 거들었다. 그녀의 장밋빛 뺨과 사랑스럽고 순진하고 환한 미소를 때로는 매표구에서, 때로는 무대 뒤나 매점 같은 곳에서 볼 수 있었다. 어느덧 올렌카는 친구들이나 친지들에게 세상에서 가장 훌륭하고 중요한 것은 연극이며, 연극만이 참된 즐거움을 주고 교양이나 인도주의가 몸에 밴 인간이 될 수 있게 한다고 말하게 되었다.

"하지만 관객들이 과연 그걸 이해할까요?" 올렌카는 말했다. "관객들이 원하는 건 광대라니까요! 어제 〈개작 파우스트〉프랑스 작곡가 에르베의 오페라부파 〈Le petit Faust〉를 말함를 공연했는데 관객석이 거의 텅 비었더라고요. 만약 저속한 극을 올렸다면 틀림없이 초만원이었을 거예요. 내일 바네치카쿠킨의 애칭와 나는 〈지옥의 오르페우스〉를 올리기로 했어요. 꼭 보러 오세요."

그녀는 쿠킨이 연극이나 배우에 대해 하는 말을 다른 사람들에게 그대로 되풀이했다. 그녀는 남편이 그렇듯 관객이 예술에 무지하고 교양이 없다며 경멸했다. 연습에 끼어들어 배우의 연기를 지적하고, 악사들을 감독하기도 하고, 지방신문에 연극에 관해 악평이라도 실리면 신문사에 직접 가서 눈물을 흘리며 해명하기도 했다.

배우들은 올렌카를 좋아해 그녀를 '바네치카와 나'라거나 '귀여운 여인'이라고 불렀다. 올렌카도 배우들에게 연민을 가지고 약간의 돈을 빌려주기도 했는데, 때로는 속더라도 몰래 눈물만 흘릴 뿐 남편에게 일러바치지는 않았다.

겨울에도 즐거운 생활은 계속되었다. 두 사람은 겨울 동안 시립극장을 단기 임대해, 소러시아에서 온 극단이나 마술사, 지역 아마추어 극단에게 빌려주었다. 올렌카는 살이 붙었고 만족스러운 듯 얼굴도 환해졌지만, 쿠킨은 갈수록 마르고 혈색이 나빠졌고 사업이 잘되는데도 큰 손해를 보았다고 불평을 터뜨렸다. 그가 밤마다 기침을 하자 올렌카는 산딸기나 보리수꽃을 달여 먹이기도 하고 오드콜로뉴를 발라주거나 자신의 부드러운 숄을 덮어주기도 했다.

"당신은 정말 훌륭한 사람이야!" 그녀는 남편의 머리를 어루만지며 진심으로 말했다. "당신은 정말 좋은 사람이야!"

사순절에 쿠킨은 극단 충원을 위해 모스크바로 갔고, 그녀는 남편이 떠나자 밤잠을 못 이루며 창가에 앉아 별을 바라보곤 했다. 그러면서 닭장에 수탉이 없어 겁을 먹고 잠도 못 자는 암탉과 자신을 견주어 생각했다. 모스크바 체류가 생각보다 길어지자 쿠킨은 부활절까지는 돌아간다는 것과 '티볼리' 극장 일에 대한 몇 가지 지시 사항을 적은 편지를 보내왔다. 그런데 부활절 일주일 전인 월요일 밤늦게 갑자기 대문을 두드리는 불길한 소리가 들렸는데, 누군가 쪽문을 두드리자 나무통을 치는 것처럼 텅! 텅! 텅! 소리가 울렸다. 잠이 덜 깬 식모가 맨발로 물이 흥건하게 괸 뜰을 지나 대문으로 달려갔다.

"문 좀 열어주십시오!" 누군가 문밖에서 굵고 거친 목소리로 말했다. "전보예요!"

올렌카는 전에도 몇 번 남편의 전보를 받은 적이 있었지만 이번에는 왠지 정신이 아찔했다. 떨리는 손으로 전보를 펼쳐보니 다음과 같이 적혀 있었다.

"이반 페트로비치 오늘 급사. 겁히 지시를 바람. 화요일 장래."

전보에는 '장래'니 '겁히'니 알 수 없는 단어가 있었다. 발신인은 오페레타 연출가였다.

"여보!" 올렌카는 흐느껴 울기 시작했다. "가엾은 바네치카, 내 사랑! 왜 나는 당신과 만났을까? 왜 당신을 사랑하게 됐을까? 당신이 가버리면 나는 누구에게 의지하라는 거야? 올렌카는 너무 가엾고 불행해……"

쿠킨은 화요일에 모스크바의 바간코보 공동묘지에 묻혔다. 올렌카는 수요일에 집으로 돌아와 자기 방에 들어가자마자 침대에 몸을 던지고는 이웃집과 길에서도 들릴 만큼 큰 소리로 통곡하기 시작했다.

"불쌍한 여자!" 이웃에 사는 여자들이 성호를 그으며 말했다. "우리 귀여운 올가 세묘노브나가 슬픔에 젖어 있군요!"

그로부터 석 달이 지난 어느 날, 올렌카는 아직 상복을 입은 채 교회에서 아침 미사를 보고 집으로 돌아가고 있었는데, 그녀와 마찬가지로 아침 미사를 보고 돌아가던 이웃 바실리 안드레이치 푸스토발로프와 우연히 나란히 걷게 되었다. 이 남자는 바바카예프 목재상의 지배인이었다. 밀짚모자를 쓰고 흰 조끼에 금 시곗줄을 드리운 모습은 상인이라기보다는 시골 지주에 가까워 보였다.

"세상일은 다 예정되어 있는 겁니다, 올가 세묘노브나!" 그는 차분하고 동정 어린 목소리로 말했다. "소중한 가족이 세상을 떠났더라도 그것 역시 주님의 뜻이니 차분히 받아들이고 순종하는 마음으로 살아야 합니다."

그는 올렌카를 쪽문까지 바래다주고 작별인사를 하고 돌아갔다. 그날 이후 올렌카는 그의 차분한 목소리가 하루종일 귓가에 맴돌았고 눈을 감으면 그의 검은 수염이 떠올랐다. 그녀의 마음에 또 한 남자가 자리잡게 된 것이다. 올렌카도 그에게 깊은 인상을 준 것이 분명했다. 왜냐하면 며칠 뒤 별로 친하지 않은 나이든 여자가 그녀 집에 커피를 마시러 와서는 테이블에 앉자마자 푸스토발로프에 대해 떠벌렸기 때문이다. 그녀는 푸스토발로프가 착실하고 믿음직하다는 둥, 어떤 여자라도 그에게 기꺼이 시집갈 거라는 둥 떠들어댔다. 사흘 뒤에는 푸스토발로프가 직접 찾아왔다. 그는 잠시 십 분 정도 앉아 말도 별로 하지 않았지만, 올렌카는 그에게 완전히 반해버리고 말았다. 얼마나 반했던지 밤새 잠도 이루지 못하고 열병에 걸린 듯 몸을 뒤척이다 아침이 되자 사람을 보내 그 나이든 여자를 데려오게 했다. 얼마 후 혼담이 오갔고 결국 그와 결혼하게 되었다.

결혼한 푸스토발로프와 올렌카는 사이좋게 지냈다. 남편이 대개 점심때까지 목재 창고에 있다가 일을 보러 외출을 하면 올렌카가 그를 대신해 저녁때까지 사무실에 앉아 계산서를 떼거나 물건을 발송했다.

"목잿값이 해마다 20퍼센트씩이나 오르고 있어요." 올렌카는 목재를 사러 오는 사람이나 친지들에게 이렇게 말했다. "여태까지는 이 지방 목재만 가지고도 장사를 했는데 지금은 바세치카가 해마다 모길룝스카야 도灋까지 목재를 사러 가야 해요. 그 운임이 얼마나 비싼지 몰라요!" 그녀는 무섭다는 듯 두 손으로 얼굴을 감싸며 거듭 말했다. "운임이 아주 엄청나다니까요!"

그녀는 자신이 오래전부터 목재상을 경영해온 것 같은 기분이 들었고, 인생에서 가장 중요하고 또 필요한 것은 목재라고 생각했다. 그래서 대들보, 통나무, 판자, 박판薄板, 하자瑕紙, 지붕널, 포가砲架, 평판 같은 단어를 들으면 어쩐지 다정스럽고 감동적이었다.

남편이 생각하는 것은 곧 올렌카가 생각하는 것이었다. 남편이 방이 덥다거나 장사가 잘 안 된다고 하면 그녀도 그렇게 생각했다. 남편은 오락을 질색해서 축제일에도 외출을 하지 않는데 그녀도 그렇게 되었다.

"매일 집 아니면 사무실이잖아." 친구들은 이렇게 말하곤 했다. "그러지 말고 가끔 연극이나 서커스 구경이라도 하면 어때?"

"바세치카와 저는 극장에 갈 틈이 없어요." 올렌카가 대답했다. "일이 바쁜데 그럴 여유가 어디 있어요. 연극을 봐봤자 뭐 좋을 게 있나요?"

토요일마다 푸스토발로프와 그녀는 저녁 기도에 나갔고 주일에는 아침 미사에 나갔다. 교회에서 돌아올 때는 얼굴에 감동의 빛을 띠고 언제나 사이좋게 어깨를 나란히 하고 걸었다. 두 사람에게서는 좋은 향기가 났고 올렌카의 비단옷은 사락사락 듣기 좋은 소리를 냈다. 집에 돌아오면 버터빵에 여러 가지 잼을 발라 차를 곁들여 먹고 파이도 먹었다. 매일 점심때가 되면 보르시^{러시아식 수프의 일종}와 양고기나 오리고기 굽는 냄새가 뜰 너머 대문 앞까지 풍기고, 사순절에는 생선냄새에 그 집 앞을 지나는 사람들이 모두 군침을 삼킬 정도였다. 사무실에서는 언제나 사모바르가 끓었고 손님들은 차와 도넛을 대접받았다. 부부는 일주일에 한 번씩 함께 목욕탕에 가서 둘 다 얼굴이 불그스름해져 돌아오곤 했다.

"우린 사이좋게 잘 지내고 있어요." 올렌카는 친지들에게 말했다. "정말 좋아요! 누구나 바세치카와 저처럼 산다면 세상은 평화로울 거예요."

푸스토발로프가 모길룝스카야 도로 목재를 사러 가면 올렌카는 적적해서 잠도 잘 못 자고 눈물만 흘렸다. 저녁이면 가끔 별채의 세입자인 젊은 군軍수의관 스미르닌이 놀러왔다. 그는 세상 돌아가는 이야기도 해주고 트럼프 상대도 해주며 그녀를 즐겁게 해주었다. 특히 그의 가족 이야기가 올렌카의 호기심을 끌었다. 스미르닌은 이미 결혼해 아들이 있었는데 아내가 바람을 피워 이혼했다. 그는 아내를 미워하면서도 매달 40루블을 아들의 양육비로 보내준다고 했다. 그 이야기를 들으며 올렌카는 가엾은 마음에 몇 번이나 한숨을 쉬고 고개를 가로저었다.

"조심히 가세요." 올렌카는 촛불을 들고 수의관을 계단까지 배웅하며 말했다. "정말 고마웠어요. 지루하진 않았나요? 성모님의 은총이 있길……"

그녀의 말투는 남편을 닮아 침착하고 위엄 있었다. 그녀는 수의관이 아래층 문을 열고 나가려는 순간 다시 그를 불러 이렇게 충고했다.

"블라디미르 플라토니치, 부인과 화해하세요. 아드님을 위해서라도 부인을 용서하셔야 해요!…… 아드님도 다 이해할 거예요."

푸스토발로프가 돌아오자 그녀는 그에게 수의관과 그의 가족에 대해 소곤소곤 들려주었고 두 사람은 한숨을 쉬고 고개를 저으면서, 그 어린 아이가 아버지가 얼마나 보고 싶겠느냐고 남 일이 아닌 것처럼 동정했다. 그러고는 성상 앞에 무릎을 꿇고 우리에게도 자식을 내려달라고 기도했다.

이렇게 푸스토발로프 내외는 서로 사랑하며 금슬 좋게 육 년을 보냈다. 그러던 어느 해 겨울, 바실리 안드레이치는 목재 창고에서 뜨거운 차를 한 잔 마시고 목재가 발송되는 것을 살피러 모자도 쓰지 않고 나갔다가 그만 감기가 들어 자리에 눕고 말았다. 이름난 의사들을 모두 불러 진찰을 받아보았지만 좀처럼 낫지 않고 넉 달이나 병상에 누워 있다 결국 죽었다. 그렇게 올렌카는 다시 과부가 되고 말았다.

"당신이 가버리면 누굴 믿고 살란 말이야?" 남편의 장례를 끝내고 그녀는 통곡했다. "당신 없이 앞으로 어떻게 살라는 거예요, 나는 너무 슬프고 불행해요! 친절한 여러분, 저를 불쌍히 여겨주세요. 의지할 데 없는 저를……"

그녀는 모자나 장갑 없이 늘 검은 상복에 상장을 달고 다녔고, 교회와 남편의 묘지에 갈 때가 아니면 거의 집밖에도 나가지 않고 마치 수녀처럼 살았다. 육 개월이 지나자 겨우 상장을 떼고 창의 덧문을 열어놓게 되었다. 낮에는 가끔 식모를 데리고 식료품을 사러 시장에 가는 모습이 보였으나 그녀가 어떻게 지내는지 집에서 무엇을 하고 사는지에 대해서는 그저 추측만 무성했다. 그녀가 뜰에 앉아 수의관과 차를 마시는 걸 보았다느니, 수의관이 그녀에게 신문을 읽어주는 것을 보았다느니 하는 소문이 추측의 근거가 되었고, 올렌카가 우체국에서 만나 친구에게 한 이야기는 금세 퍼졌다.

"이 고장에서는 가축 관리가 제대로 되지 않아 질병이 많은 거예요. 우유를 마시고 배탈이 난다거나, 말이나 암소에게서 병이 옮는다는 걸 잘 모르고 있잖아요. 본래 가축의 건강도 인간의 건강과 마찬가지로 주의해야 하는 법이에요."

그녀는 수의관이 해준 이야기를 되풀이했고, 어떤 일에서나 수의관과 의견이 같았다. 애정 없이는 일 년도 살지 못하는 그녀가 이번에는 자기 집 별채에서 새로운 행복을 발견한 것이 틀림없어 보였다. 다른 여자라면 세상의 비난을 받았겠지만 올렌카의 경우에는 누구 하나 그것을 나쁘게 생각하는 사람이 없었다. 그녀의 인생에서는 그러는 것이 당연하다고 여겨지는 것이었다. 그녀와 수의관은 자신들의 관계에 생긴 변화를 숨기려 했지만 생각대로 되지 않았다. 왜냐하면 올렌카는 비밀을 가질 수 없는 여자였기 때문이다. 군대 동료들이 수의관을 찾아오면 올렌카는 차와 저녁을 대접하면서 가축의 전염병이니 결핵이니 이 도시의 도살장 이야기를 늘어놓았다. 입이 딱 벌어진 수의관은 손님들이 돌아가자 그녀의 손을 붙잡고 화를 내며 불평했다.

"알지도 못하는 소리는 하지 말랬잖아요! 우리끼리 이야기할 때는 제발 말참견하지 말고 가만있어요. 정말 지겹군!"

그러자 올렌카는 깜짝 놀라 불안한 눈으로 되물었다.

"볼로데치카, 그럼 나는 무슨 얘기를 해요?"

그러고는 눈물을 흘리면서 그를 껴안고 화내지 말라고 애원했다. 그래도 두 사람은 행복했다.

그러나 그 행복은 오래가지 못했다. 그의 군대가 시베리아만큼 아주 먼 곳으로 이동하게 되어 그도 함께 영영 떠나버린 것이다. 올렌카는 다시 홀로 남겨졌다.

이제 올렌카는 완전히 혼자였다. 아버지는 오래전에 세상을 떠났고 그가 앉았던 안락의자는 다리 하나가 부러지고 먼지를 뒤집어쓴 채 다락방에 처박혀 있었다. 그녀는 많이 야위고 볼품없어졌고 길에서 만나는 사람들도 예전처럼 그녀를 보고 반기거나 미소짓지 않았다. 분명 젊고 아름다웠던 시절은 과거가 되어버렸고 이제 행복은 꿈도 꿀 수 없는 새로운 인생이 시작되고 있었다. 저녁이 되면 올렌카는 뜰 앞 현관 계단에 앉아 '티볼리' 야외극장에서 울려퍼지는 음악소리와 폭죽소리를 들었지만 이제 그 소리도 아무런 감흥을 주지 못했다. 그녀는 아무 생각도 없고 아무 희망도 없이 멍하니 뜰만 바라보았다. 먹고 마시는 것조차 귀찮았다.

그러나 무엇보다도 큰 불행은 이제 어떤 일에도 자기 의견이란 것이 없다는 것이었다. 눈으로는 주위의 사물들을 바라보고 주변에서 일어나는 일들을 이해할 수 있었지만 그런 것에 대해 자기 생각을 정리하지 못할뿐더러 무슨 말을 해야 할지 몰랐다. 가령 병이 하나 놓여 있다든가, 비가 내린다든가, 농부가 달구지를 타고 간다든가 하는 것을 분명히 보고는 있으면서도 왜 그 병이 놓여 있고, 비가 내리고, 농부가 어디를 가는지 생각하고 말하지 못했다. 쿠킨이나 푸스토발로프가 살아 있을 때, 혹은 수의관과 함께 있을 때 올렌카는 모든 것을 설명할 수 있었고, 어떤 것에 대해서도 자기 의견을 말할 수 있었다. 그러나 지금은 머릿속도 마음속도 자기 집 뜰처럼 텅 비어 있었다.

도시는 점점 사방으로 확장되었다. 치간스카야 슬로봇카는 마을 이름이 되었고 '티볼리' 야외극장과 목재 창고가 있던 곳에는 건물이 즐비하게 늘어서고 골목길도 많이 생겼다. 시간이 얼마나 쏜살같은지! 올렌카의 집은 까매지고 지붕은 녹슬고 창고는 기울었으며 뜰에는 잡초와 가시투성이 엉겅퀴가 무성하게 자랐다. 올렌카도 늙고 추해졌다. 여름이면 그녀는 뜰로 내려가는 계단에 나와 앉아 있었고 겨울이면 창가에 앉아 눈 내리는 것을 바라보았다. 문득 봄기운이 느껴지거나 바람에 실려 교회 종소리가 들리면 불현듯 옛날 생각이 되살아나 가슴이 미어지고 하염없이 눈물이 흘렀다. 하지만 잠시 그럴 뿐 조금 후면 자신이 무엇 때문에 살고 있는지조차 모르는 공허감에 휩싸였다. 검은 고양이 브리스카가 다가와 야옹거리고 재롱을 부렸지만 올렌카의 마음을 움직이지는 못했다. 그녀에게 고양이의 재롱이 무슨 소용이 있을까? 그녀에게 필요한 것은 그녀의 전 존재를, 영혼과 이성의 모든 것을 사로잡아 그녀에게 생각과 인생의 방향을 찾아주고 식어가는 피를 데워줄 사랑이었다. 그녀는 옷자락에 매달리는 검은 브리스카를 쫓으며 짜증을 냈다.

"저리 가, 저리…… 귀찮다!"

이렇게 날이 가고 해가 지나도 올렌카에게는 여전히 아무런 기쁨도 없었고 아무런 의견도 없었다. 살림은 식모인 마브라에게 맡겨두었다.

무더운 7월 어느 날, 교외로 나갔던 가축들이 자욱하게 먼지를 일으키며 돌아가던 저녁 무렵이었다. 갑자기 누군가가 쪽문을 두드렸다. 올렌카는 문을 열어주러 나갔다가 찾아온 사람을 보고 기절할 뻔했다. 문밖에 머리가 희끗해진 수의관 스미르닌이 평복을 입고 서 있었기 때문이다. 순간 그녀는 잊어버렸던 과거를 한꺼번에 되찾았다. 그녀는 너무 흥분해 한마디도 하지 못하고 그의 가슴에 얼굴을 묻고 엉엉 울었다. 두 사람이 어떻게 집안으로 들어오고, 어떻게 차를 마시러 식탁에 마주앉게 되었는지 모를 지경이었다.

"당신이군요!" 기쁨에 떨면서 올렌카가 속삭였다. "블라디미르 플라토니치! 대체 이게 어떻게 된 일이에요?"

"여기에 정착하려고 해요." 수의관이 말했다. "퇴역했어요. 자유의 몸이 되어 안정된 생활을 하면서 내 운을 시험해보고 싶어서. 그리고 아들놈도 이제 많이 커서 곧 김나지움에 들어가게 됐고요. 실은 나는 아내와 다시 결합했습니다."

"그럼, 부인은 어디에 있어요?" 올렌카가 물었다.

"아들과 함께 여관에 있습니다. 나는 집을 구하러 다니는 중이고요."

"어머, 그렇다면 우리집으로 오세요! 여기가 마음에 안 들어요? 그렇게 해요. 집세 같은 건 한 푼도 필요 없으니까." 올렌카는 흥분하며 다시 훌쩍였다. "이 방을 쓰도록 해요. 나는 별채면 충분하니까. 아아. 그런다면 정말 기쁠 거예요!"

이튿날, 지붕에 페인트를 칠하고 벽에도 회를 칠했다. 올렌카는 두 손을 허리에 얹고 뜰을 거닐며 지시를 내렸다. 그녀의 얼굴에 예전의 미소가 되살아나고 온몸에 생기가 넘쳤다. 마치 긴 잠에서 깨어난 사람 같았다. 수의관은 아내와 아들을 데리고 왔는데, 그의 아내는 짧게 자른 머리에 비쩍 마르고, 얼굴은 못생기고 변덕스러워 보였다. 아들 사샤는 나이에 비해(벌써 열 살이었다) 작고 뚱뚱하지만 시원시원한 푸른 눈을 가졌고 뺨에 보조개가 패어 있었다. 소년은 뜰에 들어서자마자 고양이를 빠르게 쫓아가더니 명랑하게 웃으며 말했다.

"아주머니, 이거 아주머니네 고양이예요?" 소년이 올렌카에게 물었다. "새끼 낳으면 한 마리만 주세요. 우리 엄마는 쥐를 정말 싫어하거든요."

올렌카는 사샤에게 차를 따라주고 이야기를 나누는 동안 마치 소년이 자기 자식인 것처럼 가슴이 뭉클해지는 것을 느꼈다. 그녀는 저녁에 소년이 식당에 앉아 숙제하는 것을 감동과 사랑의 눈길로 바라보며 이렇게 중얼거렸다.

'참 귀엽고 상냥한 아이야…… 어쩜 저렇게 뽀얗고 영리하고 잘생겼을까!'

"섬이란," 소년이 읽었다. "사방이 물로 둘러싸인 육지를 말한다."

"섬이란 사방이 물로……" 그녀는 되풀이했고 그것은 침묵과 공허로 많은 세월을 보낸 뒤 처음으로 확신을 갖고 하는 말이었다.

이제 다시 올렌카는 자기 의견을 갖게 되었고, 저녁을 먹으면서 사샤의 부모에게 요즘 아이들은 김나지움 공부를 어려워한다지만 그래도 고전교육이 실업교육보다 낫다, 김나지움을 졸업하면 희망에 따라 기술자며 의사며 뭐든 될 수 있다는 이야기를 늘어놓았다.

사샤는 김나지움에 들어갔다. 사샤의 어머니는 하리코프에 있는 언니네 집에 가서 돌아오지 않고 있었다. 사샤의 아버지는 가축 검사를 하러 매일같이 나갔는데 이삼일씩 돌아오지 않을 때도 있었다. 올렌카는 사샤가 부모에게 성가신 존재가 되었고 완전히 버림받은 것이나 다름없다고 생각했다. 그녀는 사샤가 굶어죽는 건 아닌지 걱정되기 시작했다. 그래서 소년을 별채로 데려와 작은 방 하나를 비워 거기서 지내게 했다.

사샤가 그녀가 지내는 별채에 들어와 산 지도 벌써 반년이 지났다.

올렌카는 매일 아침 소년의 방으로 갔다. 소년은 한쪽 뺨에 손바닥을 받치고 소리도 없이 곤히 자고 있었다. 올렌카는 소년을 깨우려니 가여웠다.

"사셴카^{사샤의 애칭}," 올렌카는 애처로운 듯 아이를 불렀다. "우리 아가, 이제 일어나야지! 학교 갈 시간이야!"

소년은 일어나 옷을 갈아입고 기도를 올린 뒤 식탁 앞에 앉았다. 그리고 차를 석 잔이나 마시고 도넛 두 개와 버터 바른 프랑스빵을 반쪽 먹었다. 아직 잠이 덜 깨 기분이 좋지 않은 것 같았다.

"그런데 사셴카, 아직 우화를 다 외우지 못한 거지?" 올렌카는 이렇게 말하며 먼길을 떠나는 사람을 바라보듯 소년을 살펴보았다. "정말 걱정이구나. 열심히 공부해야 해, 우리 아가…… 선생님 말씀 잘 듣고."

"아 정말, 제발 좀 내버려두세요." 사샤가 대꾸했다.

소년은 작은 몸에 챙이 달린 커다란 모자를 쓰고 가방을 메고 집을 나서서 학교로 걸어갔다. 올렌카는 조용히 뒤를 따라갔다.

"사셴카-아!" 올렌카가 소년을 불러세웠다.

소년이 돌아보자 올렌카는 대추와 캐러멜을 소년의 손에 쥐여주었다. 학교가 보이는 골목길로 접어들자 소년은 크고 뚱뚱한 여자가 따라오는 것이 부끄러워 뒤돌아 말했다.

"아주머니, 이제 돌아가세요, 저 혼자서도 갈 수 있다고요."

그녀는 발을 멈추고 소년이 교문 안으로 사라질 때까지 눈도 깜박이지 않고 지켜보았다. 아아, 그녀는 얼마나 이 소년을 사랑하는지! 지금까지 그 누구에게도 이토록 깊은 사랑을 느낀 적이 없었다. 날이 갈수록 모성애가 점점 더 불타오르는 지금처럼 그녀의 영혼이 헌신적으로 욕심 없이, 이처럼 기쁘게 순종적이었던 적은 없었다. 피 한 방울 섞이지 않았지만 이 소년을 위해서라면, 소년의 볼에 팬 보조개와 챙이 달린 모자를 위해서라면 올렌카는 감동의 눈물을 흘리며 기꺼이 생명까지 바칠 수도 있었다. 어떻게 된 일일까? 그 이유를 누가 설명할 수 있을까?

사샤를 학교까지 바래다주고 올렌카는 흡족하고 평온한 마음으로 가슴 가득 사랑을 느끼며 집으로 돌아왔다. 사샤와 함께 지낸 반년 동안 한결 젊어진 얼굴은 미소로 빛나고 있었다. 길에서 만나는 사람들은 그런 올렌카를 보고 친근감을 느끼며 말을 건넸다.

"안녕하세요, 귀여운 올가 세묘노브나! 요즘 어떻게 지내요?"

"요즘은 김나지움 공부도 어려워졌어요." 그녀는 시장에서 이런 이야기를 늘어놓았다. "농담이 아니에요, 어제 1학년 숙제가 우화 외우기에 라틴어 번역, 게다가 수학 문제까지 있더라고요…… 정말이지 어린 학생에게 너무 과한 숙제 아닌가요?"

그리고 교사나 수업, 교과서에 대해 사샤가 이야기한 것을 그대로 말했다.

두시가 넘어서 두 사람은 함께 점심을 먹었고, 밤에는 함께 숙제하느라 진땀을 빼기도 했다. 올렌카는 소년을 재운 뒤 성호를 그으며 한참이나 기도했다. 그러고는 침실로 들어가 먼 미래를 상상했다. 사샤가 대학을 졸업하고, 의사나 기술자가 되고, 큰 저택을 갖게 되고, 말들과 자가용 마차를 갖게 되고, 결혼해서 아이를 낳고…… 그녀는 잠들기 전까지 언제나 그런 생각만 했다. 감은 두 눈에서 나온 눈물이 뺨을 타고 흘러내렸다. 검은 고양이가 그녀 옆구리에서 갸르릉거렸다.

"갸르르……갸르르……갸르르……"

갑자기 쪽문을 쾅쾅 두드리는 소리가 들렸다. 올렌카는 눈을 뜨고 겁에 질려 숨을 죽였다. 심장이 마구 뛰었다. 삼십 초쯤 지나 다시 문 두드리는 소리가 들렸다.

'하리코프에서 전보가 왔구나!' 그녀는 이렇게 생각하며 온몸을 떨기 시작했다. '사샤의 어머니가 아이를 하리코프로 보내라고 전보를 친 거야…… 아아, 어쩌면 좋지!'

그녀는 절망에 빠졌다. 머리와 팔다리가 싸늘해졌다. 자기처럼 불행한 사람은 세상에 없을 거란 생각이 들었다. 그러나 잠시 후 두 사람의 목소리가 들렸다. 수의관이 클럽에서 돌아온 것이었다.

'아아, 다행이다!' 그녀는 생각했다.

그녀는 한숨을 몰아쉬었다. 심장의 고동이 점점 가라앉으면서 기분이 다시 가벼워졌다. 그녀는 다시 누워 사샤를 생각했다. 사샤는 옆방에서 깊이 잠들어 있었고 이따금 잠꼬대를 했다.

"혼내줄 테야, 꺼져! 귀찮게 좀 하지 마!"

안톤 체호프

체호프 「귀여운 여인」에 대한 후기

구약 「민수기」에는 모아브의 왕 발락이 변경에 접근한 이스라엘 민족을 저주하려고 발람을 부르는 의미심장한 이야기가 나온다. 발락은 발람에게 그 대가로 큰 선물을 주겠다고 약속하고, 발람은 그 꾐에 빠져 발락에게 가던 중 천사에게 제지를 당한다. 그러나 천사는 발람의 나귀에게는 보이지만 발람에게는 보이지 않는다. 발람은 천사의 제지에도 결국 발락을 찾아가 함께 산 위로 올라간다. 제단에는 저주를 위한 제물로 죽인 수송아지와 숫양이 있었다. 발락은 이스라엘 민족에 대한 저주를 기대하지만, 발람은 저주 대신 축복을 내린다.

23장 11절. 발락이 발람에게 말했다. "웬일이오? 원수들을 저주해달라고 청해왔는데 도리어 복을 빌어주다니!"

12절. 발람이 발락에게 "야훼께서 내 입에 담아주신 말씀 말고 무슨 말을 하란 말이오?" 하고 대답하자

13절. 발락은 그에게 다른 곳으로 가자고 했다. "저자들이 다 보이지 않고 조금만 보이는 곳으로 갑시다. 거기서 그들을 저주해주시오."

그렇게 발락은 발람을 다른 곳으로 데려가는데, 그곳에도 제단이 준비되어 있었다.

그러나 발람은 또다시 저주 대신 축복을 내린다.

그리고 세번째 장소에서도 역시 그렇게 한다.

24장 10절. 발락은 울화가 치밀어올라 주먹을 치며 발람에게 말했다. "나는 원수들을 저주해달라고 너를 불러왔는데, 너는 이렇게 세번씩이나 그들에게 복을 빌어주었다.

11절. 당장 너 살던 데로 물러가거라. 내가 너를 잘 대우해주겠다고 했지만, 너는 야훼 때문에 부귀를 누리지 못하게 되었다."

이처럼 발람은 발락의 원수를 저주하는 대신 축복을 내렸기 때문에 선물도 받지 못하고 돌아갔다.

발람에게 일어난 일은 진정한 시인이나 예술가에게 흔히 일어나는 일이다. 즉 발락의 약속 같은 명성이나 어쩌다 홀린 거짓된 시각에 빠져 시인은 자신을 제지하려는 천사를, 나귀에게는 잘 보이는 천사를 보지 못하지만 막상 저주하려는 순간 오히려 축복을 하게 되는 것이다.

진정한 시인이자 예술가인 체호프가 이 멋진 단편 「귀여운 여인」을 썼을 때 바로 그런 일이 일어났다.

작가는 쿠킨과 함께 극장 운영을 걱정하기도 하고, 한때는 목재상의 이해에 골몰하기도 하고, 수의관에게 영향을 받아 가축의 결핵과 싸우는 것을 가장 중요한 일로 여기기도 하고, 나중에는 커다란 학

생모를 쓴 김나지움 학생의 문법 문제 같은 것에 마음을 빼앗기기도 하는 '귀여운 여인'을, 작가의 판단으로는(감정이 아니라) 참으로 가없은 이 존재를 조롱하고 싶었을 것이다. 쿠킨이라는 성도 우스꽝스럽고, 그의 병과 그의 죽음을 알리는 전보도 우스꽝스럽고, 목재상을 경칭으로 부르는 것도 우스꽝스럽고, 수의관도 학생도 다 우스꽝스럽지만, 사랑하는 남자에게 온 마음을 바치는 능력을 지닌 '귀여운 여인'의 내면은 우스꽝스럽기는커녕 거룩하고 놀랍다.

나는 작가가 「귀여운 여인」을 집필할 때 그의 마음속이 아니라 머릿속에 새로운 여성, 즉 사회를 위한 일에서 남자보다 뛰어나지는 않더라도 남자 못지않게 독립적으로 일하고, 깨어 있고 교육을 받은 여성, 여성해방을 주장하는 여성과 남녀평등에 관한 막연한 관념이 있었으리라 생각한다. 그리고 여성들이 그녀와 같아서는 안 된다고 쓰려 했을 거라 생각한다. 사회적 여론이라는 발락은 남자에게 헌신하는 연약하고 순종적이고 아직 의식이 깨지 않은 여성을 저주하라고 체호프를 유혹했다. 그래서 체호프는 수송아지와 숫양이 바쳐진 제단이 있는 산으로 올라갔지만, 막상 이 시인이 입을 열었을 때 저주 대신 축복의 말이 흘러나온 것이다. 이 작품 전체가 참으로 놀랍고 유쾌한 유머로 가득하지만, 나는 이 훌륭한 단편의 몇 대목은 눈물 없이 읽을 수 없었다. 그녀가 온전히 자신을 부정하며 쿠킨과 쿠킨이 사랑하는 모든 것을 사랑하고, 마찬가지로 목재상을 사랑하고 수의관을 사랑했다는 이야기에, 특히 그녀가 혼자되어 사랑할 사람을 잃고 고뇌하는 이야기에, 그리고 마지막으로 여성 특유의 모성애로(나는 이 감정을 경험하지 못했지만) 커다란 학생모를 쓴 김나지움 학생, 미래를 짊어진 소년에게 한없는 사랑으로 헌신하는 이야기에 감동했다.

작가는 그녀에게 우스꽝스러운 쿠킨과 보잘것없는 목재상, 불쾌한 수의관을 사랑하게 했지만, 사랑하는 대상이 쿠킨이든 스피노자든 파스칼이든 실러든, 또 「귀여운 여인」의 경우처럼 그 대상이 계속 바뀌든 평생에 걸쳐 단 한 사람이든, 사랑이라는 것은 언제나 거룩하다.

오래전 나는 우연히 잡지 〈노보예 브레먀〉새 시대라는 뜻 문예란에 아타 씨가 쓴 여성에 관한 훌륭한 글을 읽었다. 그는 이 글에서 여성에 대한 무척 총명하고 심오한 사상을 전개했다. "여자들은 우리 남자들이 하는 모든 일을 할 수 있다는 것을 증명하려고 노력한다. 나는 그 사실을 부정하지 않을뿐더러, 여자도 남자가 하는 일은 무엇이든 할 수 있고, 어쩌면 더 잘할 거라는 데 동의한다. 하지만 슬프게도 남자는 여자가 하는 일을 흉내조차 내지 못한다."

그렇다, 정말 그렇다. 남성은 출산과 수유, 초기 육아뿐만 아니라 인간을 신에게 가장 가까이 다가가게 하는 가장 고결하고 가장 뛰어난 그것, 사랑하는 사람에게 자신의 전부를 오롯이 바치는 일을 전혀 하지 못한다. 그러나 훌륭한 여성들은 그 일을 너무도 훌륭하고 자연스럽게 해내왔고 하고 있고 앞으로도 할 것이다. 만일 여성들에게 그런 특성이 없고 여성들도 그것을 드러내지 않았다면 세계와 남성들은 어떻게 되었을까? 여성 의사, 여성 전신원, 여성 법률가, 여성 학자, 여성 작가는 없어도 곤란하지 않지만 세상의 모든 어머니, 언제나 도움을 주는 여성들, 벗이 되어주는 여성들, 위로를 베푸는 여성들, 남성의 장점을 있는 그대로 인정하고 사랑하며 눈에 띄지 않게 격려하고 가장 훌륭한 것을 끄집어내주고 지지해주는 여성들이 없다면 삶은 정말 불행할 것이다. 그리스도에게는 마리아와 막달레나가 없었을 것이고, 아시시의 프란체스코에게는 클라라가 없었을 것이고, 유형지에 있는 데카브리스트들에게는 아내들이 없었을 것이고, 두호보르교도들에게는 남편을 말리지 않고 지지하며 진리를 위한 순교를 도운 아내가 없었을 것이고, 수천수만의 이름 없는 여성들, 즉 이름 없는 모든 것처럼 가장 훌륭한 여성들, 누구보다도 사랑의 위안이 필요한 주정뱅이들, 나약한 사람들, 타락한 사람들을 격려해주는 여성들이 없었을 것이다. 쿠킨을 향하건 그리스도를 향하건 사랑은 무엇과도 바꿀 수 없는 여성의 위대하고 소중한 힘이다.

모든 저속한 것이 그렇듯, 수많은 여성들과 심지어 남성들까지도 사로잡고 있는 이른바 여성해방이라는 것은 정말 터무니없는 착각이다.

'여성들은 자기완성을 바란다.' 이보다 더 이치에 맞고 지당한 것이 있을까?

그러나 여성의 일은 그 사명에서 볼 때 남성의 일과 다르다. 그래서 여성의 자기완성이라는 이상도 남성의 자기완성이라는 이상과 같을 수 없다. 여성의 이상이 어떤 것인지 모른다 해도, 적어도 남성의 자기완성의 이상과 같지 않다는 것은 분명하다. 그런데 오늘날 유행병처럼 번지는 여성운동의 우스꽝스러운 움직임은 그 이상이 온전히 남성의 이상을 향하고 있기 때문에 많은 여성을 혼란에 빠뜨린다.

어쩌면 체호프도 「귀여운 여인」을 쓸 때 그런 잘못된 생각의 영향을 받았을지 모른다.

체호프도 처음에는 발락처럼 저주할 생각이었지만, 시의 신이 그것을 제지하며 축복하라고 명령했고, 그 결과 그는 자기도 모르게 축복을 하면서 그 사랑스러운 여성에게 신비로운 빛의 옷을 입혔고, 그래서 그녀는 자기 자신도 행복해지고 운명의 동반자까지도 행복하게 하는 여성의 전형으로 영원히 남게 된 것이다.

이 단편은 그런 의도하지 않은 무의식 속에서 완성되며 명작이 되었다.

나는 사단의 열병식을 하기도 하는 승마연습장에서 자전거를 배운 적이 있었다. 한 부인도 한끝에서 자전거 연습을 하고 있었다. 나는 그 부인을 방해하지 말자고 생각하며 그녀 쪽을 바라보았다. 그런데 바라보는 사이 나도 모르게 점점 그녀 쪽으로 다가가게 되었고, 위험을 느끼고 서둘러 피하려는 그녀의 자전거를 들이받아 그녀를 바닥으로 넘어뜨리고 말았다. 그러니까 그녀를 지나치게 신경쓰다가 오히려 내 의지에 완전히 반한 짓을 저지른 것이었다.

　체호프에게도 똑같은 일이 다만 거꾸로 일어났다. 그는 「귀여운 여인」을 넘어뜨릴 생각으로 그녀에게 모든 시적詩的인 주의를 기울이다가 오히려 그녀를 찬양하게 되었던 것이다.

레프 톨스토이

6월 3일

알든 모르든 모든 존재는 서로 떼어놓을 수 없이 굳게 연결되어 있다.

1 사람의 아들이여, 그대는 형제들을 기만하지 않았는가? 아니다, 기만하지 않았다. 그대는 형제들에게 "고생하며 무거운 짐을 지고 허덕이는 사람은 다 나에게로 오너라. 내가 편히 쉬게 하리라"「마태복음」11:28고 말했다. 그러나 그들은 오지 않았고 그대의 가르침을 마음과 행위로 받아들이지 않았고, 그대의 명령에 따르지 않았고 한 아버지의 아들들로서 서로 사랑하지 않았다. 만약 그들이 정말 그대에게 갔다면 그들은 서로 사랑하며 하나가 되었을 것이다. 그들이 하나가 되었다면, 정의를 확립하고 신의 나라를 세우는 것을 방해하는 힘이 어찌 있을 수 있었겠는가? 이제 그들은 무력하다. 뿔뿔이 흩어져 나약해졌고 길을 잃게 하는 압제자들 앞에 제각기 홀로 서 있기 때문이다. 그들은 무력하다. 그들에게는 모든 것을 이겨내게 할 신앙도 없고, 신앙보다 강한 사랑도 없기 때문이다. 그들은 무력하다. 자기애에 갇혀 굳어버렸고, 그들 속에 자신을 희생하며 지치지 않고 희망을 잃지 않고 일생 싸울 힘을 주는 것이 사라졌기 때문이다. 그들은 무력하다. 그들은 사람들을 두려워하며, 그대가 그들에게 해주었던 말, 제 목숨을 지키는 자는 잃을 것이고, 그대의 율법이 지배하는 나라를 세우기 위해 목숨을 잃는 자는 오히려 생명을 얻을 거라는 말을 이해하지 못했기 때문에 무력하다. 라므네

2 오직 자신의 자아만을 진정한 존재로 생각하고 타자들은 자신의 목적에 도움 또는 방해가 되는 상대적 존재에 지나지 않는 환영이라고

생각하는 사람은, 자신과 모든 타자가 끝없는 심연으로 분리되어 있다고 느낀다. 자기 자아의 존재만 인정하는 그는 그동안 존재해왔던 하나가, 즉 그 자신과 모든 세계가 자신의 죽음과 함께 파멸하는 것을 보지 않을 수 없다.

한편, 다른 모든 살아 있는 것에서 자기 존재를 보고 생명을 통해 살아 있는 모든 것과 하나가 되는 사람은, 죽어도 자기 존재의 아주 작은 일부를 잃을 뿐이다. 그는 다른 모든 것 속에, 그가 언제나 그 속에서 자기 존재를 보고 사랑했던 모든 존재 속에 계속 존재한다. 그런 사람에게는 자신을 타자와 분리하는 기만이 사라진다.

특히 선한 사람들과 특히 악한 사람들이 죽음의 순간을 맞는 인식의 차이는 반드시 그런 것은 아닐지라도 대체로 그러하다.   쇼펜하우어

3 나는 나 한 사람만의 개별적인 구원을 결코 원하지 않고 받아들이지도 않을 것이다. 혼자만 편히 사는 것도 원하지 않는다. 나는 언제 어디서나 세계 모든 존재의 구원을 지향하며 살고 노력할 것이다. 모든 사람이 해방되기 전까지 죄와 슬픔이 넘치고 계속 싸울 수밖에 없는 이 세상을 버리지 않을 것이다.   당나라 시인

4 함께 같은 일에 노력해야 하는 사명이 부여된 이성적 존재들은 인간의 몸에서 팔다리가 수행하는 역할을 보편적인 세계의 삶에서 수행한다. 그들은 이성적으로 협동하기 위해 창조되었다. 자신이 위대한 정신적 형제단의 일원이라는 의식은 우리를 고무하고 힘을 준다.

아우렐리우스

5 인류는 모든 것이 함께 떠올랐다가 가라앉는다는 것을 또렷이 의식하기 시작했다. 사람들은 끊이지 않는 내면의 목소리에 점점 더 귀를 기울이기 시작했다. 루시 맬러리

/ 개별 존재자의 행복이 따로 있다거나 그의 악은 세계 전체의 악이 아니므로 자신에게 영향을 미치지 않는다고 생각해서는 안 된다.

6월 4일

그리스도교의 타락으로 우리의 삶은 이교도의 삶보다 더 나빠지고 말았다.

1 인간은 모두 노예다. 문제는 무엇의 노예이냐는 것이다. 정욕의 노예라면 말할 것도 없이 인간의 노예이고, 정신적 근원의 노예라면 신의 노예다.

　가장 고귀한 주인을 갖는 건 누구에게나 자랑스러운 일이다.

2 악도 결국은 선이 될 수 있다는 묘한 암시적 가르침이 이기주의를 부추기면서 오늘날 인간의 잔학함은 날로 심해지고 있다. 이 가르침으로 사람들은 불쾌한 모든 악을 피하기 위해 진지한 노력을 기울이게 되었지만, 타인에게 미치는 악의 영향은 만족스러운 듯 태연히 바라보게 되었다. 러스킨

3 "가난한 사람들은 언제나 너희 곁에 있을 것이다." 「마태복음」 26:11 복음서의 어떤 말도 이 말처럼 사악한 의도로 왜곡되는 것은 없다. 우리 사회의 모든 발전에도 불구하고 자신의 잘못도 아닌데 건전하고 정상적인 삶의 터전에서 살 수 없는 가난한 사람들이 여전히 존재한다면, 그것은 **우리**의 잘못인 동시에 **우리**의 치욕이다. 누구든지 자신의 주위를 둘러보면, 노동자들에게 당연히 주어져야 할 편의를 빼앗고 노동의 결과를 낚아채는 불의가 우리 모두가 부유해지는 것을 방해하고 있음을 깨닫게 될 것이다.

헨리 조지

4 세상의 범죄와 악은 대체로 이성에 대한 불신 때문에 일어난다. '나를 믿어라, 그렇지 않으면 저주받으리라.' 바로 여기에 악의 주된 원인이 있다. 자신의 이성으로 선택하지 않고 남의 선택을 무턱대고 받아들이다가는 결국 사고하는 습성을 잃고 자신을 저주에 빠뜨리고 이웃을 죄악으로 끌어들이게 된다. 자신과 남을 구하는 길은 스스로 사고하는 법을 배우고 자신의 생각을 올바른 방향으로 돌리는 것이다.

에머슨

5 세계의 모든 국민이 좇아 행동하는 사회체제는 가장 난폭한 기만에, 가장 심각한 무지에, 또는 그 둘을 결합한 것에 기초를 두고 있다. 그러므로 그 체제가 서 있는 기초가 아무리 모습을 바꾼다 해도 체제라는 것은 사람들에게 선을 가져다주지 못하며, 결과적으로 언제나 악을 불러올 뿐이다.

오언

6 사물, 관습, 법칙 같은 것이 존중될수록 정말로 그것이 존중될 가치가 있는지 주의깊게 살펴야 한다.

/ 삶의 악을 바로잡는 것은 한 사람 한 사람이 자신의 종교적 허위를 버리고 진리를 자유롭게 세우는 것으로만 시작될 수 있다.

6월 5일

우리가 보고 있는 외부 세계는 우리에게만 그렇게 보일 뿐이다. 이 세계가 우리 눈에 보이는 그대로라고 말하는 것은 우리와 다른 외적 시야를 가진 존재는 있을 수 없다고 말하는 것과 같다.

1 모든 물질적인 것이 표상에 불과하다는 생각은 사람들에게 기이하게 여겨지기도 한다. 사람들은 '여기 책상이 있고, 언제나 여기 있고 내가 방을 나와도 있고, 나에게 보이는 것 그대로 모든 사람에게도 있다'고 한다. 두 손가락을 꼬아 구슬 하나를 잡으면 구슬은 두 개처럼 느껴지지 않는가? 마찬가지로 내가 그렇게 구슬을 잡을 때는 언제나 두 개 같을 것이고 다른 사람도 그렇게 잡는다면 두 개라고 느끼겠지만 사실 구슬은 한 개다. 그처럼 책상도 두 손가락을 꼬아 만든 나의 감각에서는 책상이지만 실은 책상 반쪽일 수도 있고, 백 분의 일일 수도 있고, 또는 책상이 아닌 다른 무언가일 수도 있다.

2 나는 눈앞에 보이는 선※을 내가 가진 표상 속 어떤 형태에 끼워맞춘다. 이를테면 지평선 위 하얀 물체를 보고 내가 아는 교회의 형태를 연상하는 식이다. 우리가 이 세계에서 보는 모든 것이 우리가 전생에서 가져온 표상 속에 이미 존재하던 뭔가의 모습을 취하는 건 아닐까?

3 나의 외부에 있는 것이 각각 그것 자체로 존재하는 것일까. 이 문제는 이성적인 의미를 잃었다고 생각한다. 우리는 본성상 우리가 지각하는 다양한 물체가 우리 외부에 있다고밖에는 달리 말할 수 없다. 달리 어쩔 도리가 없다. 우리가 존재한다고 생각하는 것이 실제로 존재하는가 하는 문제는, 이를테면 파란 물감이 실제로 **파란색인가** 하는 것과 마찬가지로 어리석은 질문이다. 우리는 이 문제에서 벗어날 수 없다. 물체가 내 외부에 있다고 내가 말하는 것은 그것이 그렇게밖에는 보이지 않기 때문이다. 하지만 **내 외부에 있는 것**이 어떤 구조인지 우리는 알 수 없다. 그것에 대해서는 왈가왈부할 수 없다.

리히텐베르크

4 생명의 법칙은 눈에 보이지 않는 것이 눈에 보이는 것을 만든다는 것이다. 원인은 보이지 않지만 결과는 눈에 보인다. 원인은 무한하지만 결과는 유한하다. 눈에 보이지 않는 것을 믿는다는 것은 모든 힘의 원인을 믿는다는 것이다. 눈에 보이는 것만을 인정하는 사람은 자신이 쓸모없고 무익한, 죽음이 예정된 덧없는 존재라는 의미다.

루시 맬러리

5 두 가지 방법을 통해 우리는 사물이 실재한다고 생각한다. 하나는 사물을 일정한 장소와 시간의 관계 속에서 관찰하는 것이고, 또하나는 사물이 신 속에 포함되어 있고 신적 본성의 필연성에서 비롯된다고 생각하는 것이다. 모든 정신적인 것은 후자에 속한다.   스피노자에 의함

/ 외적 세계는 그 자체로 존재하며, 우리가 인식하고 있는 것과 다르다. 그러므로 이 세계의 물질적인 것은 모두 중요하지 않다. 그러면 중요한 것은 무엇인가? 모든 존재에게 언제 어디서나 똑같고 유일한, 생명의 정신적 근원이다.

6월 6일

인간이 저지른 악은 영혼을 위축시키고 진정한 행복을 앗아간다. 또한 그 악은 현세에서 악을 저지른 자에게 돌아온다.

1 세상의 악은 당장 열매를 맺지는 않지만 땅에서 나는 것처럼 서서히 무르익는다. 그리고 그 열매는 참으로 무서운 것이다.   『마누법전』

2 원수에게도 악을 행하지 않는 것이 가장 큰 덕이다.

  남을 멸하려는 자는 반드시 스스로 멸한다.

  악을 행하지 마라. 가난은 악을 정당화할 수 없다. 악을 행하면 더욱 가난해질 것이다.

  타인의 죄악으로 인한 악은 피할 수 있지만 자신의 죄로 인한 악은

피할 수 없다. 죄는 그림자처럼 죄를 저지른 사람을 따라가 결국 파멸시킨다.

슬픔에 쫓기기를 바라지 않는다면 남에게 악을 행하지 마라.

자신을 사랑한다면 사소한 악도 행하지 마라. 『티루쿠랄』

3 위로 던진 돌은 반드시 땅으로 되돌아온다. 마찬가지로 네가 어떤 모습으로 어떤 세계에 들어가더라도 네가 행한 선행과 악행은 그대로 돌아올 것이다. 스리랑카 불교의 금언

4 악인은 그가 행한 악이 곪기 전까지는 행복하지만, 악이 곪으면 악인도 악을 인식한다. 바람을 향해 뿌린 먼지처럼 악은 악을 행한 자에게 되돌아온다.

하늘에도 바다에도 깊은 산속에도, 인간이 자신이 저지른 악행에서 벗어날 수 있는 곳은 어디에도 없다. 『법구경』

5 복수를 생각하는 자의 상처는 낫지 않는다. 그렇지 않았다면 이미 나았을 것이다. 베이컨

／ 악행은 야수를 성나게 하는 것처럼 위험하다.

악행은 세상에서 가장 난폭한 형태로 그것을 저지른 자에게 되돌아온다.

6월 7일

겸양은 자만한 자는 알지 못하는 기쁨을 준다.

1 사람들 사이의 평화는 좋은 삶을 위한 필수조건이다. 평화를 방해하는 주된 장애물은 우리의 오만이다. 오직 겸양하라. 모욕을 참고 비방과 오해를 견뎌낼 준비가 됐을 때에만 나와 타인의 관계, 사람들 간의 관계에 평화를 끌어들일 수 있다.

2 고생하며 무거운 짐을 지고 허덕이는 사람은 다 나에게로 오너라. 내가 편히 쉬게 하리라. 나는 마음이 온유하고 겸손하니 내 멍에를 메고 나에게 배워라. 그러면 너희의 영혼이 안식을 얻을 것이다. 내 멍에는 편하고 내 짐은 가볍다. 「마태복음」11:28~30

3 세상이 비난하고 질책해도 화내지 마라. 그 비난에 근거가 있지 않은지 살펴보라. 흄

4 지난날 지혜로운 자들의 가르침을 무시하고 그들이 산 것처럼 살지 않아 괴롭더라도, 그리고 네가 그들과 같은 영예를 얻을 자격이 없다는 생각이 들더라도 슬퍼하지 마라. 네가 지혜로운 사람이라 불리지 않고 있다면 오히려 좋은 일이다. 지금 당장 너의 양심이 요구하는 대로 살아갈 마음이 든다면 그것으로 만족하라. 아우렐리우스

5 인간이 행복의 길로 들어서기 전에 가장 먼저 배워야 할 것은 겸양이다. 오만과 권력과 허영심은 유순함과 온화함에 자리를 내주어야 한다. 오만한 사람은 이미 모든 것을 가지고 있다고 여기므로 아무것도 얻지 못한다. 〈세계의 선진 사상〉

6 오만은 오만뿐 아니라 인간의 다른 모든 죄악도 옹호한다. 오만은 비난을 싫어하고 치료를 거부하며 그것을 숨기고 정당화하려 하기 때문이다. 인간을 겸허하게 만드는 죄의식은 오만을 부추기는 선한 일보다 더 유익하다. 백스터

7 자신에게 엄격하고 타인에게 관대한 사람에게는 적이 없다. 중국의 격언

✓ 겸허하게 받아들일 수 있다면 굴욕을 두려워하지 마라. 굴욕은 겸허함과 맺어진 정신적 행복으로 몇 배 큰 보상을 가져다줄 것이다.

6월 8일

진실이 없으면 선은 있을 수 없다. 선량함이 없으면 진리를 전할 수 없다.

1 선과 진리는 서로의 원인이다.

2 진리를 아는 자는 진리를 좋아하는 자보다 못하다. 진리를 좋아하는 자는 그것을 즐기는 자보다 못하다. 공자

3 너희는 나에게 '주님, 주님!' 하면서 어찌하여 내 말을 실행하지 않느냐?

나에게 와서 내 말을 듣고 실행하는 사람이 어떤 사람인지 가르쳐 주겠다.

그 사람은 땅을 깊이 파고 반석 위에 기초를 놓고 집을 짓는 사람과 같다. 홍수가 나서 큰물이 집으로 들이치더라도 그 집은 튼튼하게 지었기 때문에 조금도 흔들리지 않는다.

그러나 내 말을 듣고도 실행하지 않는 사람은 기초 없이 맨땅에 집을 지은 사람과 같다. 큰물이 들이치면 그 집은 곧 무너져 여지없이 파괴되고 말 것이다. 「누가복음」 6:46~49

4 증오에 선량함으로 답하라. 일은 어려워지기 전에 살펴라. 큰일은 작은 일일 때 대처하라. 천하의 가장 어려운 일도 반드시 쉬운 일에서 시작되고, 천하의 가장 큰 일도 반드시 작은 일에서 시작된다. 노자

5 덕에 이르는 두 가지 길이 있다. 정의로울 것, 생명이 있는 것에 악을 행하지 않을 것. 『마누법전』

6 진리는 결코 악에 맹렬히 달려들지 않는다. 진리의 빛과 그 안의 위

력으로 무엇보다도 강하게 악을 제압한다.   소로

7 모든 악은 나약함에서 생긴다.   루소

/ 위선보다 나쁜 것은 없다. 위선은 적나라한 악보다 더 끔찍하다.

6월 9일

오늘날 그리스도교 사회의 제도는 진정한 의미의 그리스도교의 가르침을 어기고 있다.

1 인간의 지적 노력의 대부분은 노동자들의 노동을 덜어주는 것이 아니라 오직 유한계급의 무위를 거들고 장식하는 데 쓰이고 있다.

2 현대인들은 정신적, 육체적 본성에 반하는 삶을 산다. 그러면서도 사람들에게 그런 삶이 가장 진정한 삶이라고 설득하는 데 모든 지적 노력을 쏟아붓는다. 오늘날 문화라고 불리는 모든 것, 즉 삶을 개선시킨다는 명목을 내세우는 학문과 예술 등도 인간의 정신적 요구를 기만하려는 시도일 뿐이다.

3 누군가 우리의 세계를 들여다본다면 이 심각한 무질서에 얼마나 눈물을 흘리고 비웃고 또 혐오감을 느낄까! 우리는 실제로 우스꽝스럽고 어리석고 가련하고 혐오스러운 행동을 한다. 어떤 자는 야수를 잡기 위해 개를 기르면서 스스로 야수 같은 행위를 일삼는다. 어떤 자는 돌을 나르기 위해 소와 나귀를 먹이면서 굶어죽어가는 사람들은 못 본 척한다. 어떤 자는 인간 석상을 만들기 위해 돈을 펑펑 쓰면서 수많은 불행으로 돌처럼 굳어버린 인간은 돌아보지 않는다. 어떤 자는 값진 보석을 모아 공들여 벽을 장식하면서 헐벗은 거지는 아랑곳하지 않는다. 어떤 자는 이미 옷이 많은데도 새 옷을 사고, 어떤 자는 몸을 가릴 변변한 옷 하나 없다.

어떤 자는 매춘부나 식객에게 돈을 쏟아붓고, 어떤 자는 광대와 춤꾼에게, 어떤 자는 호화로운 집을 짓고 땅과 집을 사들이는 데 돈을 낭비한다. 어떤 자는 이자를 계산하고, 어떤 자는 이자의 이자를 계산하고, 어떤 자는 사람들을 파멸시키기 위해 밤잠도 자지 않고 살인 계획을 빽빽이 작성한다. 어떤 자는 날이 새기가 무섭게 부정한 이득을 좇아 달리고, 어떤 자는 방탕한 짓을 하는 데 돈을 쓰려고 달리고, 어떤 자는 국가의 돈으로 사욕을 채우기 위해 달린다. 한마디로 무익한 일에는 열심이면서 꼭 필요한 일은 돌아보려고도 하지 않는다.

크리소스토모스

4 어린아이가 어른을, 어리석은 자가 지혜로운 자를 다스리는 것이 자연의 법칙에 어긋나듯, 굶주린 군중이 삶에 필요한 최소한의 것도 갖지 못한 때에 소수의 사람에게 돈이 남아도는 것도 자연의 법칙에 어긋난다.

루소

5 식인 풍습이 있을 때는 강자가 약자를 먹었다. 약자의 살을 먹었다. 그러나 온갖 법률이 만들어지고 온갖 학문이 발달했지만 무자비한 강자는 오늘날에도 여전히 약하고 무지한 사람들을 착취하며 살아가고 있다. 약자의 살을 먹고 피를 마시는 것은 아니지만, 약자에 대한 약탈과 그들의 빈곤으로 얻은 대가로 살고 있다는 점에서 다를 것이 없다. 노동으로 몸이 망가지고 평생 자신과 가족을 부양하기 위해 고생하며 살아가는 가난한 사람들은 사실 자신의 동포에게 잡아먹히고 있는 것이다. 문명 세계의 몰락, 그 불안과 눈물, 부서진 희망과 가련한 현실, 기아와 범죄, 모멸과 오욕을 본다면 식인도 결코 이보다 더 잔인한 생존 양식은 아니었다는 결론에 이르게 된다.

루시 맬러리

/ 과거에서 미래에 이르기까지 인간에게는 일생을 걸 만한 일이 오직 하나 있다. 사람들과 사랑으로 소통하고 사람들이 만든 장벽을 무너뜨리는 일이다.

정말 이래도 되는가?

검은 연기를 연신 내뿜는 거대한 굴뚝, 짤그락거리는 쇠사슬과 용광로, 철도의 지선, 감독과 직공들이 사는 여기저기 흩어진 집들을 담으로 둘러싼 제철 공장이 들판 한가운데 우뚝 서 있다. 공장과 광산 갱도에서는 노동자들이 개미처럼 일하고 있다. 어떤 사람들은 지하 100아르신의 어둡고 숨막히고 축축한, 줄곧 죽음의 위험을 마주한 갱도에서 아침부터 밤까지, 또는 밤부터 아침까지 광석을 캔다. 또다른 쪽에서는 어둠 속에서 허리를 구부리고 광석이나 진흙을 원형 갱 쪽으로 나르고 빈 광차를 다시 끌고 와 가득 싣는다. 이렇게 일주일 내내 하루 열두 시간에서 열네 시간을 일한다.

갱도에서는 이렇게 일한다. 용광로에서도 누구는 열기에 숨이 턱턱 막히는 가마 옆에서, 또 누구는 이글이글 녹은 광석과 광석이 타고 남은 찌꺼기가 흘러내리는 옆에서 일한다. 또다른 곳에서는 기계공이며 화부며 철물공이며 벽돌공이며 목수들이 일한다. 이들도 일주일 내내 하루 열두 시간에서 열네 시간을 일한다.

이들은 일요일에 임금을 받아 몸을 씻고, 때로는 씻지도 않은 채 사방에서 공장을 둘러싸고 노동자들을 유혹하는 요릿집이나 선술집에서 술을 마신다. 그리고 월요일이면 아침 일찍부터 다시 나가 똑같은 일을 시작한다.

공장 옆에서는 농부들이 지쳐빠지고 비쩍 마른 말들을 부리며 남의 밭을 갈고 있다. 이들은 밤사이 방목하러 나가지 않았다면, 즉 말을 먹일 수 있는 유일한 곳인 늪지 옆에서 말을 먹이며 밤샘을 하지 않았다면 새벽에 일어나 말을 채우고 빵 한 조각을 싸서 남의 밭을 갈러 나간다.

또다른 농부들은 공장에서 멀지 않은 자갈길의 거적을 둘러친 작업장에 쭈그려앉아 자갈을 깬다. 발은 상처투성이고 손에는 물집이 가득하고 온몸에 먼지를 뒤집어쓰고 얼굴과 머리와 수염뿐만 아니라 폐까지 돌가루가 뒤덮여 있다.

아직 깨지 않은 돌무더기에서 깨지 않은 커다란 돌을 집어, 짚신을 신고 넝마조각을 감은 두 발바닥으로 고정하고는 무거운 쇠망치로 몇 번이고 두드려 깬다. 그러고는 깨진 돌조각을 집어 이번에는 다시 작은 자갈로 부서질 때까지 때린다. 그리고 다시 큰 돌을 집어들고 처음부터 반복한다…… 이렇게 이들은 여름날 새벽부터 밤까지 열대여섯 시간을 일하고, 단 두 시간만 휴식을 취하고 아침과 점심 두 번 빵과 물로 기운을 차린다.

갱도며 공장에서 일하는 사람들도, 밭을 가는 농부들도, 돌을 깨는 사람들도 젊어서부터 늘그막까지 모두 그렇게 산다. 그들의 아내도 어머니도 마찬가지로 힘에 부치는 노동을 하고, 부인병에 시달리며 산다. 제대로 먹지도 입지도 못하는 그들의 아버지나 자식도 아침부터 저녁까지 몸을 망치는 중노동을 하며 어려서부터 늙어서까지 똑같이 살아간다.

그런데 그 공장 옆을, 돌 깨는 사람들 옆을, 밭 가는 농부들 옆을, 떠돌아다니며 그리스도의 이름으로 연명하는 봇짐 진 여자들과 누더기를 걸친 남자들 옆을 사륜마차가 방울소리를 요란하게 울리며 달려간다. 마차에는 키가 2아르신하고도 5베르쇼크러시아의 길이 단위. 1베르쇼크는 약 4.4센티미터도 넘는 네 필의 밤색 말이 채워져 있고, 말들 중 가장 값싼 것도 사두마차를 신기하게 바라보는 농부 한 사람의 전 재산으로도 살 수 없을 만큼 비싸다. 사두마차에는 화려한 색깔의 양산, 리본과 깃털로 장식된 모자를 쓴 아가씨 둘이 앉아 있다. 모자 하나가 농부가 밭가는 데 부리는 말보다 비싸다. 앞자리에는 장교가 햇빛에 몰과 단추가 번쩍이는 말끔하게 세탁된 하복을 입고 앉아 있다. 마부석에는 푸른 비단 소매가 달린 셔츠와 우단 겉옷을 입은 육중한 마부가 앉아 있는데, 그는 하마터면 순례자들을 깔아 죽일 뻔했고, 광석으로 더러워진 셔츠를 입고 빈 달구지 위에서 흔들거리며 지나가는 농부를 도랑에 처넣을 뻔했다.

"이게 안 보이냐?" 마부가 잽싸게 피하지 않은 농부에게 채찍을 휘둘러 보이며 말하자, 농부는 한 손으로 고삐를 잡아당기고 다른 손으로는 황급히 모자를 벗는다.

사륜마차 뒤에서는 남자 둘과 여자 하나가 니켈로 도금된 부품이 햇빛에 반짝이는 자전거들을 타고 소리도 없이 다가와 성호를 긋는 순례자들을 놀라게 하고는 웃고 떠들며 지나쳐 간다.

자갈길에서 벗어난 한쪽 길에서는 영국산 수말을 탄 남자와 측대보로 걷는 말을 탄 부인이 나란히 간다. 말과 안장은 고사하고 부인의 연보라색 베일이 달린 검은 모자의 값이 돌 깨는 인부의 두 달 치 임금과 맞먹고, 남자가 든 최신 유행의 영국식 채찍의 값은 광산에서 일할 수 있는 것만으로도 만족하고 사는, 말과 말 탄 사람들의 말쑥한 모습과 그 뒤에서 혀를 빼고 쫓아가는 살찐 목에 비싼 목줄을 찬 커다란 외국산 개를 감탄한 듯이 바라보면서 길을 비키는 왜소한 인부가 지하노동을 하고 받는 일주일 치 임금과 맞먹는다.

이 일행 뒤에서는 보글보글 지진 곱슬머리에 하얀 앞치마를 걸친 채 생글거리는 아름다운 아가씨가 달구지를 타고 오는데, 구레나룻을 단정하게 빗어붙인 붉은 얼굴의 뚱뚱한 사내가 이 사이로 궐련을 문 채 아가씨에게 뭔가 속삭인다. 달구지에는 사모바르와 냅킨에 싼 음식, 아이스크림통 같은 것이 보인다.

이들은 사륜마차를 타고, 말을 타고, 자전거를 타고 가는 사람들의 하인들이다. 이날이 그들에게 특별한 날도 아니다. 그들은 여름 내내 그렇게 지낸다. 거의 매일같이 산책을 하거나, 때로는 지금처럼 음료와 디저트를 싸들고 먹고 마시기 위해 새로운 장소를 찾아다닌다.

이들은 시골 별장에 사는 세 가족이다. 2천 데샤티나러시아의 도량 단위. 1 데샤티나는 약 1헥타르의 땅을 소유한 지주의 가족, 3천 루블의 봉급을 받는 관리의 가족이며, 나머지 한 가족은 공장주의 아들들로 그들 중에서 가장 부유하다.

이들은 자기들 주위에 보이는 빈곤이나 노역의 모습을 봐도 조금도 놀라거나 감동하지 않는다. 당연한 일로 생각한다. 그들의 관심은 다른 것이다.

"아니에요, 그건 안 돼요." 말을 탄 부인이 개를 돌아보며 말했다. "나는 보고 있을 수만은 없어요." 그녀는 사륜마차를 세우게 했다. 사람들은 모두 프랑스어로 이야기하고 웃으면서 개를 사륜마차에 태운 뒤, 돌 깨는 사람들과 길 가는 사람들에게 뿌연 돌가루 먼지구름을 일으키며 지나갔다.

사륜마차도, 말을 탄 사람들도, 자전거를 탄 사람들도 모두 다른 세계에서 온 존재들처럼 번쩍이며 지나갔다. 공장의 노동자들, 돌 깨는 인부들, 밭을 가는 농부들은 여전히 고되고 단조로운, 타인을 위한 노동을 계속하다가 삶과 함께 끝날 것이다.

'저렇게 사는 사람들도 있구나.' 그들은 사륜마차와 말과 자전거를 타고 지나가는 사람들을 바라보며 생각한다. 그리고 자신들의 고통스러운 생활에 한층 더 절망한다.

정말 이래도 되는가?

레프 톨스토이

6월 10일

우리의 영혼에는 죽음의 지배를 받지 않는 뭔가가 있다. 우리는 이것을 의식할 수도 있고 의식하지 못할 수도 있다.

1 남을 아는 사람은 지혜롭고, 자기 자신을 아는 사람은 더욱 지혜롭다.
   남을 이기는 사람은 강하고, 자기 자신을 이기는 사람은 더욱 강하다.
   죽음 앞에서 자신이 소멸하지 않음을 아는 사람은 영원한 존재다.

노자

2 인간은 신의 특성들을 가지고 태어난다. 그 특성들은 눈에 보이지 않을 수는 있지만 결코 사라지지 않는다.

3 한 사람이 내 눈앞에서 천천히 지나가고 또 한 사람은 빨리 지나간다고 해서 첫번째 사람이 더 오랜 생명을 지녔고 두번째 사람이 더 짧은 생명을 지녔다고 말할 수 없다. 내 창문 앞을 누군가가 지나간다면 그가 빠르게 지나가든 느리게 지나가든, 그는 내가 그를 보기 전에도 존재하고 있었고, 내 눈에서 사라진 뒤에도 존재하리라는 것을 나는 확실히 안다.

4 나는 현존하는 모든 종교를 믿지 않는다. 그러므로 전승과 교육의 영향을 맹목적으로 따른다고 의심받을 이유가 없다. 나는 평생 동안 가

능한 한 깊이 우리 삶의 법칙에 대해 생각해왔다. 인류의 역사와 내 의식 속에서 그 법칙을 찾으려 했고, 마침내 다음과 같은 확신에 도달했다. 즉 죽음은 존재하지 않는다. 삶은 영원한 것일 수밖에 없다. 무한한 완성이야말로 삶의 법칙이다. 내 안의 모든 능력과 사상, 모든 지향은 실제로 발전되어야 한다. 우리 안에는 우리가 세상을 살면서 얻을 수 있는 가능성을 훨씬 넘어서는 사상과 지향이 있다. 우리가 그 지향의 원천을 자신의 감각을 통해 찾지 못한다는 것은 그 지향들이 대지 밖 어떤 영역에서 우리 안으로 들어오고 대지 밖에서만 실현될 수 있다는 반증이다. 지상에서 소멸하는 것은 물질의 외형뿐이며 어떤 것도 소멸하지 않는다. **우리가 죽는 것이 우리의 육체가 죽기 때문이라고 생각하는 것은 일꾼이 죽는 것은 그의 연장이 다 닳았기 때문이라고 생각하는 것과 같다.**

마치니

5 삶의 근원이 정신임을 아는 사람은 모든 위험의 바깥에 있다. 생의 끝에 자기 감각의 문을 닫을 때도 그는 아무런 두려움을 느끼지 않는다.

노자

6 신은 무한한 시간과 무한한 공간에 있는 영원하고 우주적인 생명이다. 신은 존재하는 모든 것이며 신 외에 다른 신은 없다. 모든 것은 신 안에 있으며 어떤 것도 신 밖에서는 존재하지 않는다. 그러므로 모든 존재는 신의 생명의 발현이고, 모든 생명은 비존재가 아니라 신에게서 나오며, 죽는 것은 존재이기를 멈추는 것이 아니라 다시 신에게로 돌아가는 것이다.

앙팡탱

7 진정한 생명은 시간과 공간 밖에 있다. 그러므로 죽음은 세상에서 생명의 현상만 바꿀 수 있을 뿐 생명 자체를 파괴할 수 없다.

8 불멸에 대한 믿음은 누구로부터 얻을 수 있는 것도 아니고 억지로 믿을 수도 없는 것이다. 불멸에 대한 믿음이 존재하려면 불멸이 존재해야 하고 불멸이 존재하려면 삶이 불멸이라는 것을 이해해야 한다.

9 이 세상에 존재하지 않는 세계에 대한 새로운 관계를 의식 속에 설정한 사람만이 미래의 삶을 믿을 수 있다.

✒ 스스로를 불멸의 존재로 의식하고 죽음을 두려워하지 않는 영혼의 일부로 살아라. 그 영혼의 일부는 사랑이다.

6월 11일

우리 삶의 외면적 변화는 우리의 생각 속에서 일어나는 변화에 비하면 모두 하잘것없다.

1 인간의 감정과 행위에 변화가 일어나려면 무엇보다 먼저 생각의 변화가 일어나야 한다. 그리고 생각의 변화가 일어나려면 자신의 영적 본성과 그 본성의 요구에 대한 깊은 성찰이 필요하다.

2 우리 삶은 결혼이나 취업 등과 같은 우리가 의식하고 우리 의지로 수행되는 행위들이 아니라 산책할 때나 한밤중이나 식사중에 떠오르는 생각들에 의해 결정되는데, 특히 모든 과거를 통틀어 너는 지금까지 그렇게 행동했지만 달리 행동하는 편이 나았을 것이라고 말해주는 생각에 의해 삶의 각 시기의 일들이 결정된다. 이후의 모든 행위는 노예처럼 이 생각에 봉사하고 그 의지를 수행하는 것이다.　소로

3 인간을 잠시 멈춰 세우는 생각은 그가 그것을 말하든 말하지 않든 언젠가 반드시 그의 삶을 해치거나 돕는다.　루시 맬러리

4 죄악을 피하고 이겨내려면 모든 죄악의 뿌리가 나쁜 생각에 있다는 것부터 알아야 한다. 우리는 모두 우리 생각의 결과다.　부처의 금언

5 인간의 운명은 자기 자신을 어떻게 이해하고 있는가에 따라 결정된다.　소로

6 난잡한 생각이 네 머릿속에서 하는 짓은 네가 함께 살자고 초대한 난잡한 인간이 네 집에서 하는 짓과 똑같다.　루시 맬러리

7 우리는 물질적 영역에서 일어난 변화를 똑똑히 인식한다. 전에는 이동하거나 짐을 나를 때 마차나 달구지를 썼지만 지금은 증기기관차

를 쓴다. 전에는 나무나 기름을 태웠지만 지금은 가스나 전기를 쓴다. 그러나 우리는 우리의 정신적 영역에서 일어난 변화를 잘 인식하지 못한다. 그 변화야말로 가장 중요하다.

/ 우리는 돈이 든 지갑을 잃어버리는 것은 아까워하면서 머릿속에 떠오르거나 책이나 타인을 통해 알게 되어 기억해두면 삶에 적용하고 선행에 도움이 되었을 좋은 생각은, 어떤 보물보다 값진 좋은 생각을 잊고 잃어버리는 것은 아까워하지 않는다.

6월 12일

고통은 정신적 성장과 육체적 성장의 필수조건이다.

1 정말 잘 들어두어라. 너희는 울며 슬퍼하겠지만 세상은 기뻐할 것이다. 너희는 근심에 잠길지라도 그 근심은 기쁨으로 바뀔 것이다. 여자가 해산할 즈음에는 걱정이 태산 같다. 진통을 겪어야 할 때가 왔기 때문이다. 그러나 아이를 낳으면 사람 하나가 이 세상에 태어났다는 기쁨에 그 진통을 잊어버리게 된다. 「요한복음」16:20~21

2 우리는 고통을 하소연하지만, 고통은 어떤 것이라도 반드시 도움이 된다. 우리는 아이가 자랄 때나 종기가 터질 때처럼 육체적 고통이 이로울 때가 있다는 것을 안다. 그러나 우리는 종종 정신적 고통과

육체적 고통이 주는 이로움을 보지 못하고 고통을 하소연한다. 모든 고통이 우리를 더 나은 존재가 되게 하고 신에게 더 가까이 갈 수 있도록 도와준다는 것을 깨닫지 못한다.

3 고통을 가볍게 할 수 있는 두 가지 방법이 있다. 하나는 자신의 고통보다 더 큰 타인의 고통을 생생하게 그려보는 것이다. 또하나는, 고통을 참는 데는 격분하며 괴로워하는 나쁜 법과 고통에 자신을 맡기고 인내하는 좋은 법이 있다는 것을 아는 것이다.

4 우리는 다음과 같이 성장한다. 모든 인간 안에는 저마다 고결한 성격이 이미 존재한다. 지금 어떤 성격이든 그 사람 안에서는 이미 더 고결한 성격이 완성되어가고 있다. 청년은 유년 시절의 몽상을 버리고, 장년은 청년 시절의 무지와 혈기를 버리고, 노인은 장년 시절의 이기심을 버리면서 점점 더 우주적인 영혼으로 완성되어간다. 그는 보다 높고 보다 견고한 삶의 단계로 올라간다. 외적인 관계와 조건은 점차 사라지고 점점 가까이 신의 품으로 들어가고, 신도 그의 안으로 들어와 마침내 이기심의 마지막 옷이 벗겨져 신과 일체가 되면, 자신의 의지를 신의 의지와 결합해 신의 위대한 일에 동참한다.　　에머슨

5 **지혜로운 일을 할수록 점점 더 많은 생명력이 인간에게 부여된다.**　　러스킨

6 마음이 괴로울 때는 신 외에는 누구에게도 토로하지 말고 침묵을 지

키며 참는 것이 중요하다. 네 고통은 타인에게 전염되어 그들을 괴롭히기도 하지만, 네 속에서 완전히 타버려서 너를 고양시키고 더욱 완성에 다가가게 해주기도 한다.

7 덕과 정신력은 불행과 고통, 질병 속에서 단련되고 완성된다. 그러므로 자신에게 닥칠지 모르는 시련을 두려워하지 말고 의연하게 넘겨야 한다. 시련은 언제나 우리를 신에게 더 가까이 다가가게 한다.

『성현의 사상』

8 불행은 인생의 시금석이다.   플레처

/ 고통 속에서 정신적 성장의 의미를 찾는다면 쓰라림은 사라질 것이다.

6월 13일

인간을 동물과 구별해주는 특성은 이성이다.

1 "사색할 때도, 생활할 때도, 대화할 때도, 정진할 때도 나는 가장 중요한 것, 즉 이성의 요구를 결코 잊지 않는다"고 부처는 말했다.

2 이성적인 것과 도덕적인 것은 언제나 일치한다.

3 진리를 안다고 자만하는 사람은 평생 지혜로운 사람 옆에 있어도 진리를 깨닫지 못한다. 그것은 우리 입에 음식을 넣어주는 숟가락이 맛을 모르는 것과 같다.

동양의 금언

4 '인간'이라는 이름의 가치를 인정하는 것은 인간이 이성을 사용한다는 것을 존중하는 것이다. 우리는 남에 대해 불합리하다고 비난해서도, 어리석다거나 바보 같다고 말해서도 안 된다. 오히려 그의 정신적 바탕에서 이성적인 뭔가를 찾도록 도와야 한다. 더불어 그를 속이는 그릇된 관념들을 파악해 미망의 원인을 알게 하고 그가 자신의 이성을 신뢰하도록 도와야 한다. 인간의 이성을 인정하지 않는다면, 어떻게 다른 인간을 설득할 수 있겠는가? 남의 잘못을 비난할 때도 마찬가지다. 비난이 경멸로 이어져서는 안 된다. 인간의 도덕적 존엄성을 부정해서도, 도덕적 본성이 되살아날 수 없다고 단정해서도 안 된다. 이는 선한 의지를 갖춘 도덕적 존재로서의 인간을 이해하는 데 반하기 때문이다.

칸트

5 나는 그 사람 안에 남아 있는 선을 사용하지 않고는 그를 더 나아지게 만들 수 없고, 그 사람 안에 남아 있는 지혜를 사용하지 않고는 그를 더 지혜롭게 만들 수 없다.

칸트

6 이성이 삶의 지침일 수 없다고 말하는 사람들은 이성을 거부함으로써 자신의 삶을 망치고도 개선하려 하지 않는 사람들이다.

/ 누구에게나 공통되는 이성이 있다. 사람 사이의 소통은 이성에 바탕을 둔다. 그러므로 누구에게나 공통되는 이성의 요구에 따르는 것은 모두의 의무다.

6월 14일

남을 비난하지 않으려면 아주 약간의 노력이 필요할 뿐이다. 남을 비난하지 않는 자의 삶은 아주 가뿐하다. 그러나 그 약간의 노력을 하는 사람을 찾아보기가 힘들다.

1 성자전에 이런 이야기가 있다. 한 노인이 꿈을 꾸었는데, 생전에 보잘것없던 수도사가 천국의 맨 윗자리에 앉아 있었다. 노인이 결점도 많고 쓸모도 없던 수도사가 어떻게 그런 큰 행복을 누릴 수 있느냐고 묻자, 그는 한평생 아무도 비난하지 않았다, 라는 대답이 돌아왔다.

2 그러므로 남을 판단하는 사람이라 하더라도 자기는 죄가 없다고 말할 수는 없습니다. 남을 판단하면서 자기도 똑같은 짓을 하고 있으니 결국 남을 판단하는 것은 바로 자기 자신을 단죄하는 것입니다.

「로마서」 2:1

3 남의 행위를 비난하지 마라. 남을 비난하면서 자신의 마음을 어지럽히는 큰 오류에 빠진다. 네 안으로 침잠하라. 그 노력은 헛되지 않을 것이다. 『성현의 사상』

4 자기 자신을 엄격하고 가차없이 비판할수록 남을 더 공정하고 너그럽게 판단하게 될 것이다. 공자

5 남의 불명예 속에서 자신의 명예를 찾지 마라.
선량한 사람이라면 남의 치욕을 숨겨주고, 자신에게 해를 끼친 자의 치욕까지 숨겨주어야 한다.
뉘우치는 자의 죄를 들추지 마라. 『탈무드』

6 다른 사람의 잘못을 보기는 쉽지만 자신의 잘못을 보기는 어렵고, 다른 사람의 잘못은 들춰내지만 자신의 잘못은 도둑이 열쇠 숨기듯 감춰버린다.
남의 잘못을 비난하길 좋아하고 그저 남의 잘못만 보는 사람은 갈수록 그 욕망 때문에 자기개선에서 멀어진다. 『법구경』

7 네가 지은 죄가 있다면 남의 죄를 말하지 마라. 바브교 경전

/ 남을 비난하는 습관을 버려라. 그러면 너의 영혼에서 사랑의 힘이 강

해지고 생명력과 행복이 커지는 것을 느낄 것이다.

6월 15일

신을 사랑하는 것은 우리가 마음에 그릴 수 있는 최고의 선을 사랑하는 것이다.

1 사람들은 흔히 신에 대한 사랑을 모른다고 말한다. 그러나 이렇게 말해야 한다. 나는 신에 대한 사랑 외에 다른 사랑은 모른다.

2 신에 대한 참된 사랑은 완전하고 고결한 것에 대한 명확한 이해를 바탕으로 한 도덕적 감정이다. 그러므로 신에 대한 사랑은 덕과 정의, 선에 대한 사랑과 일치한다.

채닝

3 율법은 잘 알면서도 신에 대한 사랑과는 거리가 먼 사람은 바깥쪽 열쇠 없이 안쪽 열쇠만 맡은 금고지기와 같다.

『탈무드』

4 신의 계율은 신에 대한 두려움이 아니라 사랑 때문에 지켜야 하는 것이다.

『탈무드』

5 인간이 마음속으로 자기 자신을 어떻게 느끼느냐에 따라 신의 모습
도 달라진다. 선하고 사랑에 차 있고 정의로운가, 아니면 복수심에
불타고 분노와 악의에 차 있는가에 따라 신의 모습이 결정된다.

루시 맬러리

6 어떤 사람을 그의 안에 있는 신, 즉 선을 사랑하지 않으면서 사랑한다면 그 사
랑은 환멸과 고뇌를 가져온다.

7 신을 사랑한다고 말하면서 이웃을 사랑하지 않는 자는 사람들을 속
이는 것이다. 이웃을 사랑한다고 말하면서 신을 사랑하지 않는 자는
자기 자신을 속이는 것이다.

✓ 오직 완전한 것만이 완전한 사랑을 받을 가치가 있다.
완전한 사랑을 경험하려면 불완전한 대상을 완전한 것으로 여기
거나, 참으로 완전한 존재인 신을 사랑하거나, 둘 중 하나여야 한다.

6월 16일

사회질서의 개선은 오직 사람들의 도덕적 완성으로만 가능하다.

1 만일 국가가 자체의 목적을 달성한다면, 어떤 영역에서든 합리적이

고 완전한 정의가 지배하는 상태가 될 것이다. 그러나 두 가지 상태는, 즉 유사 정의와 완전한 정의는 내적 본질과 근원에서 완전히 상반된다. 완전한 정의는 아무도 불의를 **만들기**를 바라지 않는 상태다. 유사 정의는 아무도 불의를 **참기**를 원하지 않고 선택된 수단이 완전히 목적에 부응하는 상태다. 이렇게 외적으로 완전히 상반되는 방법으로도 같은 목적이 달성될 수는 있다. 재갈이 물린 육식동물은 초식동물과 마찬가지로 해를 끼치지 않는다. 국가는 이 한계를 넘어 더 나아갈 수 없다. 따라서 국가는 우리 앞에 모든 사람이 서로 축복하고 사랑하며 살아가는 세상을 만들어 보여주지는 못한다.　쇼펜하우어

2　내가 지금 이 글을 쓰고 있는 방의 창밖으로 코뚜레가 꿰이고 밧줄에 묶여 말뚝에 매인 커다란 황소가 보인다. 소는 풀을 뜯다가 몸에 묶인 밧줄을 말뚝에 감아버렸고 소담스러운 풀을 눈앞에 두고도 배를 주리고 어깨에 달라붙는 파리를 쫓기 위해 목을 흔들지도 못하는 상태로 죄수처럼 가만히 있다. 소는 빠져나가기 위해 몇 번이나 몸부림쳤지만 매번 슬프게 울다가 지금은 잠잠해져서 조용히 괴로워하고 있다.

　힘은 세지만 어떻게 해야 풀려나는지 모르고 눈앞에 수북한 풀을 두고 배를 주리면서 가장 힘없는 피조물에게 무력하게 당하고 있는 이 황소가 내 눈에는 마치 노동자의 상징처럼 비친다.

　모든 나라에서 노동자들이 땀흘리며 거대한 부를 일구어내고 있지만 정작 그들은 가난에 허덕이고 있다. 나날이 진보하는 문명이 사상의 지평을 열어 새로운 욕망에 눈뜨게 하는 이때, 그들은 동물적 욕구 충족에 급급한 가축과 같은 생활을 하고 있다. 그들도 불공평한 현실을 뼈저리게 인식하고 자신들이 그런 비참한 삶을 살기 위해

태어난 것이 아니라고 마음속 깊이 느끼면서 이따금 저항하고 투쟁한다. 그러나 현실의 결과가 어떤 이유에서 발생했는지 깨닫지 못하는 한, 자신들이 왜 그런 속박에서 벗어나지 못하는지 깨닫지 못하는 한, 그들의 노력과 저항은 마치 매여 있는 황소의 몸부림과 슬픈 울부짖음처럼, 아니 그보다 더 헛될 뿐이다. 나는 방에서 나가 말뚝에 감긴 밧줄이 풀리도록 황소를 이끌 수 있다. 그러나 인간인 노동자를 자유로 이끌어줄 자는 아무도 없다. 그들 자신이 자신에게 부여된 이성을 사용하지 않는 한, 아무도 그들을 도와 자유롭게 해주지 않을 것이다.

어떠한 지배구조 속에서도 진정한 권력은 실제로 언제나 대중의 손에 있다. 그리고 실제로 어느 곳에서나 대중을 노예로 만드는 것은 왕도 귀족도, 지주나 자본가도 아니다. 대중을 노예로 만드는 것은 그들 자신의 무지다. 헨리 조지

3 악한 조직에 대해서는 폭력으로 맞서서도, 선한 조직을 만들어 맞서서도 안 된다.

왜 노동을 조직하지 않는가!

물론 조직할 수 있다. 하지만 노동을 조직하면 노동의 능률과 생산성을 높일 수 있을 뿐이며 인류의 복지는 달성할 수 없다.

인류의 복지는 오직 자주적이고 도덕적이고 종교적인 길을 통해서만 달성될 수 있다.

악한 사회제도 자체보다 오히려 인간이 그 제도를 만들고 그것을 참아내고 그것을 이용해 탐욕을 채우려 하는 것이 더 화나고 개탄스러운 일이다.

우리는 세상을 어지럽히는 그런 일에 맞서 싸워야 한다. 스트라호프

4 우리는 규율과 문화와 문명의 시대에 살고 있고, 도덕의 시대는 아직
   요원하다. 현재와 같은 상태에서는 국민이 불행할수록 국가는 성장
   한다고 말할 수도 있을 것이다. 또한 문화라는 것이 없던 원시시대가
   지금보다 더 행복하지 않았을까 하는 생각도 하게 된다.

   사람들을 더 도덕적이고 지혜롭도록 하지 않는데 어떻게 행복하
   게 할 수 있겠는가!   칸트

/ 일반적인 사회악을 극복하는 유일한 방법은 자신의 삶을 도덕적으로 완성하
  는 것뿐이다.

최초의 슬픔

그리샤가 발코니에 나가 크고 푸른 눈을 가늘게 뜨자, 문이 활짝 열린 마구간 안쪽에 애마 롭키의 반질거리는 동긋한 엉덩이와 칸막이 위에 걸쳐놓은 고삐들, 소매 없는 낡은 재킷을 걸친 마부 이그나트가 불이 꺼지는 법이 없는 곰방대를 입에 물고 있는 모습이 보였다. 늘 그랬듯이 그리샤는 유혹에 오래 저항하지 않았다. 소년은 두 손을 반바지 호주머니에 찔러넣고 발코니 계단을 퉁퉁거리며 내려가 풀이 무성한 마당을 가로질러 곧장 마구간으로 갔다.

"어때?" 그는 눈에 익숙한 정다운 마차 헛간을 둘러보며 이그나트에게 물었다. "왼쪽 말은 아직도 발을 절고 있어?"

"아직도 절고 있죠, 절름절름!" 이그나트는 기꺼이 말 상대해줄 작정으로 대답했다.

"굴레는 고쳤어?"

"네, 지금 고치고 있습니다."

"그런데 오늘 내 코롤카코롤료크의 애칭는 아무한테도 내주지 마!"

"어디 그게 제 마음대로 되는 일인가요? '역에 나가야 한다', '마을에 볼일이 있다, 코롤카를 채워라' 하고 분부가 내릴 텐데…… 채울 수밖에요."

"그게 뭐야, 참! 언제나 내 말을, 언제나 내……" 소년은 볼멘소리로 말했다. "귀리는 줬어?"

"분부도 없는데 제가 어디서 가져옵니까?" 이그나트는 대답했다. 언제나 수염으로 뒤덮인 음울한 그의 얼굴은 능청스러운 표정을 띠었다. "아버님 분부가 없으셨습니다."

"귀리도 안 주고!" 그리샤는 절망적으로 외쳤다. 분한 나머지 소년의 눈에는 눈물이 핑 돌았다.

이그나트는 쾌활하고 상냥하게 웃었다.

"어이구, 토라지신 겁니까! 성미도 급하시지." 그는 달래듯이 말했다. "자, 안심하세요. 도련님의 코롤카를 힘들게 하진 않을 거니까요. 다른 놈들 것을 빼앗아서라도 말이에요. 제가 몰면 코롤료크는 늘 실컷 먹습니다."

그는 그리샤의 눈을 상냥하게 들여다보며 옹이가 박힌 거친 손으로 소년의 머리를 쓰다듬었다. 그리샤는 그제야 마음이 놓이는 듯 늘 그랬듯이 주위를 한 바퀴 둘러보기 시작했다. 차례차례 모든 마차에 올라타고 마부석에도 앉아보며 그때마다 자기 감상을 말했다.

"이 마차는 꽤 괜찮은데!" 그는 전문가 투로 말했다.

"그 마차는 나무랄 데가 없죠!" 이그나트가 맞장구쳤다.

"튼튼해?"

"타르 묻습니다, 도련님!" 마부가 주의를 주었다. "유모가 잔소리할 걸요."

이그나트는 이 집에 고용된 지 일 년이 채 안 됐지만, 이 어린 주인과 금세 친해져서 둘 사이에는 기이하지만 진정한 우정이 싹텄다.

"저는 루홉스키 댁에서 일했었는데," 이그나트가 말했다. "그 집에도 말이 있었죠……"

"우리집에 오기 전에 거기서 살았어?"

"아닙니다. 바로 전에는 어떤 상인 집에 있었습니다…… 물론 먹고 살려고요…… 먹고살 걱정이 없다면 그런 집에선 단 하루도 살지 않았을 겁니다!…… 재판에 넘기다니!…… 제가 왜 재판을 받아야 하죠? 남의 걸 훔치지도 않았는데?"

"뭐, 그 상인이 아저씨를 재판에 넘기려 했다고?"

"넘겼단 말입니다! 정말 재판소에 고발을 했다고요, 말과 마차를 훔쳤다면서. 새경은 꼬박 일 년이나 안 줬고, 쉬는 날도 없었습니다. 그러면서 먹고살라고! 그렇게 저와 아내는 일만 하며 살았죠. 그자는 우리가 신분증을 가지지 않은 걸 이용한 겁니다, 그러니 어떡하겠습니까? 저와 마트료나는 함께 야밤에 마차에 말을 채워서는…… 집으로 돌아왔죠. 걸어서는 갈 수 없었으니까요. 아이도 있는데다 집까지는 60베르스타나 됐거든요. 상인이 뒤늦게 알아챘을 때는 우리가 이미 사라진 뒤였죠. 말은 돌려줄 생각이었습니다. 말을 가지고 있어봤자 뭐합니까? 그런데 그자가 거저 부려먹던 일꾼이 도망쳤다고 노발대발하며 재판소로 달려간 겁니다. 말을 훔쳤다느니 뭐라니 하면서요."

"그래서 유죄가 됐어?"

"그렇다고 하더군요."

"그래, 어떻게?"

"어떻긴요!" 이그나트는 모호하게 대답했는데, 짙은 눈썹은 걱정스러운 듯 찌푸려졌고 얼굴에는 한참 동안 침울하고 괴로운 표정이 떠올라 있었다.

"그럼 죄가 없다고 말했어야지." 그리샤는 진지하게 충고했다.

"그 사람들이 제대로 물어보기나 하는 줄 아세요? 우리에게 재판이 뭔데요? 진실이 있기나 한가요? 그 재판으로 얼렁뚱땅 저는 도둑이 되고 말았어요. 그런 거였습니다!"

"어떻게 그럴 수 있지?" 소년은 열심히 물었다.

"다 그런 거죠 뭐!" 이그나트는 미간을 찌푸리고 쓴웃음을 지으며 대답했다. 대화는 이따금 다른 방향으로 흐르기도 했다.

"정말 마트료나가 아저씨 부인이야?" 그리샤가 물었다.

"그럼 누구 부인이겠습니까!" 이그나트는 상냥하게 대답했다.

"그럼 왜 마트료나는 아저씨와 있지 않고 늘 움막에서 빵만 굽고 있어?"

이그나트는 빙그레 웃었다.

"왜 같이 있어야 하는데요? 옛날이야기라도 들려달라고 하게요?"

"옛날이야기?" 소년은 격한 어조로 반박했다. "우리 엄마는 아빠에게 옛날이야기를 들려주지 않지만, 그래도 함께 살아…… 그런데 폴카가 아저씨 딸이야?"

"제 딸이죠."

"다른 애들도 있어?"

"아닙니다, 하나뿐이에요."

"왜 더 없어?"

이그나트는 웃고 고개를 내저었다.

"참, 도련님도!" 그는 말했다.

"왜 웃는 거야?" 그리샤는 약간 기분이 상하면서도 자기가 생각하는 것을 계속 말했다. "우리 엄마와 아빠는 아이가 셋이야…… 이그나트!" 그는 친구의 눈을 들여다보며 상냥하게 부탁했다. "우리가 시내에 간 뒤에도 내 코롤카를 잘 지켜줘."

"잘 지키겠습니다!" 이그나트는 약속했다. "다만, 제가 도련님보다 먼저 떠나지 않으면 말입니다."

"어디 가?" 소년은 깜짝 놀라 물었다.

"그건 저…… 거기로요!" 이그나트는 언제나처럼 수수께끼 같은 말투로 대답했다.

두 사람의 정다운 대화는 유모가 종종 끊었다.

"그리셴카^{그리샤의 애칭}! 여기 계세요?" 그녀가 헛간을 들여다보며 물었다. "이게 무슨 일인가요, 정말." 그녀는 불퉁스럽게 계속했다. "도련님 같은 분이 이런 마구간에 붙어 계시다니 원. 이러시면 정말 어머님에게 이를 거예요! 이런 어른 남자랑 친구처럼 지내시는 게 말이 되나요. 어서 가요, 가! 그리고 너, 건달 같으니.” 그녀는 이그나트에게로 얼굴을 돌리고 말했다. “네가 자꾸 이상한 말을 해서 도련님을 나쁜 길로 꾀어내고 있어.”

“내가 뭘 어쨌다고요, 안나 게라시모브나? 난 아무 짓도 안 했어요.” 이그나트는 당황하면서 해명했다. “내가 무슨 못할 짓이라도 가르쳤다면……”

“네까짓 게 가르치긴 뭘 가르쳐!” 유모는 얕잡듯이 말했다. “가요, 도련님, 가요!”

그리샤가 부모님의 얼굴을 볼 수 있는 건 대개 식사 때뿐이었다. 아버지는 항상 바빴고, 어머니는 늘 침실에서 지내는 아픈 사람이었다. 그녀는 머리 아니면 어딘가 다른 데가 아팠기 때문에 떠들썩한 아이들의 세계는 물론이고 한낮의 밝은 빛도 견디지 못했다. 그리샤가 문득 어머니 생각이 나서 침실로 달려가도 그녀는 아이를 어루만지며 몇 번 키스해준 뒤 나가서 놀라며 혼자 있으려고 했다.

이따금 그리샤는 그 말을 듣지 않았다.

“엄마,” 그리샤가 말했다. “그냥 가만히 앉아 있을게요, 가만히.”

그리샤는 안락의자에 앉아 두 팔을 팔걸이에 걸친 채 양손을 맞잡았다.

“몸은 괜찮니?” 어머니가 걱정스러운 듯이 물었다.

“네.” 그리샤는 다른 생각에 잠겨 건성으로 대답하더니 이내 자신의 관심사로 넘어갔다.

그리샤는 조용하고 평화로운 분위기를 깨지 않으려고 속삭이는 목소리로 말했다.

“엄마.” 그리샤가 말했다. “더울 때는 왜 땀이 나요?”

“너 덥니?” 어머니가 물었다.

"더워요…… 엄마는 내가 셔츠를 두 장 입었다고 생각해요?"

"한 장 입었어?"

"물론 한 장이죠! 봐요!" 그리샤는 크게 소리치고는, 어깨에서 가슴을 비껴 트인 옥양목 셔츠 깃을 열어젖히고 맨가슴을 드러냈다.

어머니는 신경질적으로 얼굴을 찌푸렸다.

"어쩌자고 그렇게 크게 소리치는 거니?" 그녀는 나무랐다.

"아, 깜박 잊었어요!" 소년은 겸연쩍은 듯이 입을 다물었다. "엄마!" 잠시 후 또다시 속삭였다. "꼬리는 왜 있어요?"

"무슨 꼬리?"

"말이나 개한테 있잖아요?"

"왜냐고? 있으니까 있지. 원래 그런 거야."

"아니에요! 파리를 쫓으려고 있는 거예요. 그게 없으면 어떻게 파리를 쫓아요?"

소년의 수다는 신경질적인 여자를 괴롭게 했지만 이제 곧 방안이 어두워지면 그리샤가 어둠이 싫어서라도 나가겠지 하고 꾹 참고 있었다. 그런데 그리샤는 안락의자 등에서 미끄러져 눕더니 두 발을 등받이로 들어올려 꼬았다.

"엄마!" 그리샤가 또 말했다. "벼룩이 어디에 생기는지 알아요?"

어머니는 징그럽다는 듯이 얼굴을 찌푸리며 눈을 감았다.

"세상에! 무슨 말을 하려는 거니!"

"고삐예요. 그러니까 벼룩이 슬면 고삐를 버리고 새 걸……"

"그러고 보니 너 허구한 날 마구간에 가 있는 거로구나! 가을에는 여자 가정교사를 들여야겠어. 창피하구나!"

"왜 창피해요?" 소년은 물었다.

"자, 이제 그만하고 나가보려무나! 유모나 누나들한테 가봐. 넌 늘 혼자 있거나 하인들하고만 있구나."

그리샤는 크게 한숨을 내쉬고 마지못해 안락의자에서 일어나서는 또 한숨을 내쉬었다. 그리샤는 병이 들어 우울한 얼굴을 하고 있지만 언제나 부드럽고 자신이 사랑하는 어머니가 있는 아직 서늘한 그 방을 떠나고 싶지 않았다.

"키스해주렴!" 어머니는 조용히 말했다.

그리샤는 입을 맞추고 어머니 뺨에 얼굴을 비볐다. 어머니는 셔츠 밑으로 아들의 삐쩍 마른 작은 어깨를 만지며 안타까움을 느꼈다.

"너 말랐구나! 얼굴도 창백하고! 그리샤, 왜 이런 거지?"

"맨날 장난치니까요!" 소년은 언제나처럼 대답했지만, 안타까워하는 어머니의 다정한 마음이 느껴지자 슬픈 기분이 들었다.

"몸이 약해졌구나! 즐겁지 않은 거니! 그래서 네가 자주 찡찡댔구나, 그리샤!"

그리샤는 아직 의미는 알 수 없지만 어머니의 연민 어린 말에 가슴이 북받쳐 갑자기 그녀의 어깨에 매달려 울기 시작했다.

"왜 그러니? 뭐가 슬퍼서 그래?" 어머니는 깜짝 놀라 물으며 열이 나는지 아들의 이마를 만졌다.

하지만 그리샤는 곧 울음을 그치고 일어섰다. 그리고 문까지 채 가기도 전에 이유도 없이 흘린 눈물은 말끔히 잊고 새롭게 떠오른 재미난 생각에 몰두했다. 가슴속에서는 아직 뭔가가 떨며 흐느끼고 있었지만, 호주머니 속에 넣어두고 잊고 있었던 노끈을 즐겁게 만지작거리며 이걸로 뭐하고 놀까 생각했다.

그사이 최초의 깊은 슬픔이 그리샤의 머리 위에 걸렸다.

어느 아침, 아버지가 신문에서 눈을 떼지 않은 채 탁자 너머로 어머니에게 말했다.

"저기…… 당신 알고 있어? 이그나트를 데리러 왔어!"

"왔어요, 벌써?" 어머니는 놀라며 되물었고 뭔가를 생각하며 아직
다 마시지 않은 찻잔을 탁자에 내려놓았다.

"정말로 방법이 없는 걸까요? 그 사람에게는 아이도 있는데." 그녀
는 조용히 말했다.

"무슨 방법이 있겠어?" 아버지가 어깨를 으쓱하며 말했다. "그런 불
한당과는 엮이면 안 되는 거였어…… 그런데 그 친구는 어떻게 되려
나. 그 상인하고…… 나는 그자에 대해 조금 아는데, 구두쇠에 사기
꾼이야."

"거봐요, 그러니까 더." 어머니가 말했다.

"그러니까 더 뭐? 말을 훔쳤고 자물쇠도 부서져 있었으니 불법침
입 절도지…… 사건은 명백해."

"하지만 그 사람들로서는 어쩔 수 없는 일이었잖아요?" 어머니가
물었다. "그 상인은 그들에게 신분증이 없다는 걸 핑계로 새경도 주
지 않고 거저 부려먹었어요…… 이그나트는 노예 처지에서 도망쳤
을 뿐이라고요……"

"그래도 말을 훔쳐서는 안 되지! 자 이제 그만하지, 지금 와서 왈가
왈부해서 뭐해!" 아버지는 퉁명스럽게 대답하며 또다시 신문에 집중
했다.

그리샤는 열심히 들었지만 무슨 이야기인지 통 알 수 없었다.

"엄마, 이그나트를 어디로 데려가는데요?" 그리샤는 눈을 크게 뜨
고 물었다.

어머니는 멍하니 그리샤를 바라보다가 문득 아이와 마부의 우정
을 떠올리고 미간을 찌푸리더니 시선을 피해버렸다.

"누가 이그나트를 데리러 왔어요, 엄마?" 그리샤는 끈질기게 물어
댔다.

"왜 말해주지 않는 거야?" 아버지가 못마땅한 어조로 말했다. "슬

품을 줄까봐 늘 그렇게 조마조마해야 해? 응석받이로 키우면 의지가 약해져서 안 된다고."

"세상에, 그럼 당신이 말해요, 말리지 않을 테니까!" 어머니는 눈물을 글썽이며 외쳤고, 두 손으로 관자놀이를 누르며 탁자에서 일어나 나가버렸다.

"항상 이 모양이지! 항상!" 아버지는 그녀 뒤에 대고 소리쳤다.

"너의 이그나트는 불법침입 절도죄로 감옥에 끌려가게 됐어. 알겠니?" 그는 무뚝뚝하게 말했다. 그리샤는 새하얗게 질렸다. "이그나트는 절도죄고 그 마누라 마트료나는 공범이야. 이그나트는 삼 년, 마누라는 일 년 반 징역형이야."

"폴카는요?" 그리샤가 물었다.

"폴카…… 폴카가 어떻게 되느냐고? 물론 그애는 감옥에 끌려가지 않겠지…… 나도 어떻게 될지 잘 모르겠구나……"

그리샤는 찬찬히 아버지를 쳐다보았다. 두 눈은 일그러지고 증오로 번득였다. 얼굴은 더욱 창백해졌지만, 아버지가 무서워서 온 힘을 다해 참고 있었다.

"대체 왜 그렇게 되는 건데요?" 그리샤는 쏘아붙이듯이 물었다.

"도둑질을 했다잖아. 아무튼 도둑질한 것이나 마찬가지야."

"아니에요, 마찬가지가 아니라고요!…… 아버지도 그 상인이 사기꾼이라고 하셨잖아요."

"그래, 그랬지."

"그런데 왜 그래요? 대체 왜 그렇게 되는 건데요? 어떻게 그럴 수 있어요?"

아버지는 성을 버럭 냈다.

"제발, 제발 그만해라! 오냐오냐하니까 못쓰겠구나."

그리샤는 간신히 참고 일어나 방을 나왔다. 그러나 문밖으로 나오자 분노와 슬픔이 목을 조르는 것 같았다. 복도를 내달려 발코니로 뛰어나갔다. 우선은 이그나트를 보고 싶었는데 마구간 문은 굳게 닫혀 있었고, 그것은 이그나트가 그곳에 없다는 의미였다. 그리샤는 하녀 방으로 뛰어들어갔다. 유모가 탁자 앞에 앉아 차를 마시고 있었고 맞은편에는 그리샤가 모르는 남자가 군복 차림으로 앉아 있었다. 군인은 점잖게 팔꿈치를 놀려 단지 속 잼을 떠먹으며 차를 마시고 있었다. 그리샤는 그것이 유모의 단지라는 것을 곧 알아채고 유모가 군인을 대접하고 있다는 것을 깨달았지만, 이그나트가 떠난다는 뜻밖의 소식에 정신이 팔려 있었기 때문에 유모의 손님에게는 신경쓰지 않았다.

"유모, 누가 이그나트를 데리러 왔어?" 그리샤가 떨리는 목소리로 물었다.

유모는 바로 대답해주지 않았다.

"그래요, 곧 도련님의 친구는 끌려갈 거예요. 도련님은 이제 유모한테서 도망다니지 못해요."

"누가 왔는데, 유모?"

"이젠 도망치지 못할 거예요…… 누가 왔느냐고요?…… 자, 이분이 오셨어요."

그리샤는 얼른 이해되지 않았다. 이그나트와 마트료나를 감옥에 끌고 갈 사람은 커다랗고 무섭고 험상궂은 몰골이리라 상상했었다. 그런데 그 사람은 햇볕에 그을리고 마음씨 착해 보이는 이 손님이었다. 남자는 당황한 것도 아니고 멍청해 보이는 것도 아닌 미소를 지었다. 방안에 남자와 유모 말고는 아무도 없었다. 마침내 그리샤는 깨달았다.

"아저씨야?" 그리샤는 놀라서 반신반의하는 표정으로 군인에게 물었다.

"그렇습니다!" 남자는 얼굴 가득 미소를 지은 채 어린 도련님 앞에서 일어서야 하는지 앉아 있어도 되는지 망설이며 대답했다.

"아저씨? 너…… 너는 악당이야! 나는 너를…… 널 때려줄 거야!" 그리샤는 큰 소리로 외치며 와락 달려들었다.

그러나 갑자기 그리샤의 얼굴이 일그러지며 입꼬리가 떨렸다. 그리고 의지할 데 없는 어린아이가 설움에 복받치듯 큰 소리로 엉엉 울기 시작했다. 상사는 난처한 듯 웃고 두 팔을 벌리며 딴전을 피웠다……

그리샤는 자기 방으로 뛰어가 침대 옆구석으로 기어들어가 양팔로 가슴을 껴안고 벽에 꼭 기대앉았다. 무력한 분노가 여전히 속에서 들끓으며 분출구를 찾고 있었다. 그리샤는 마룻바닥에 뒹굴고 있는 누나의 인형을 보고 그것을 발로 마구 짓밟은 뒤 방 반대쪽으로 휙 던져버렸다. 벽에는 그리샤가 그린 그림이 걸려 있었는데 그것도 떼어내 마룻바닥에 내동댕이쳤다. 그런 격렬한 행동 덕분에 어느 정도 긴장이 누그러졌다. 그리샤는 앉아서 침대 난간에 이마를 대고 말없이 생각하기 시작했다…… 소년은 힘에 대해 생각했다……

이그나트를 재판한 재판관들과 그를 연행하려는 상사, 상사에게 잼을 대접한 유모, 그리고 아버지까지, 모질고 나쁜 사람들에게 복수하고 벌을 주려면 힘이 필요했다…… 그리샤는 이그나트의 재판에 무관심한 아버지에게 화가 났다. 아버지는 마땅히 이그나트 편을 들어 상사를 내쫓아야 하는데도 앉아서 태연히 신문만 읽었다. 심지어 이그나트에 대해 '도둑이나 마찬가지'라고 말했다.

그리샤는 자기 친구에게 이렇게 잔인한 모든 사람에게 복수하고 싶었다. 그는 아버지와 유모와 상사에게 복수할 방법을 생각하면서 침대 난간의 벗겨지다 만 페인트를 손톱으로 긁었다. 그러다 갑자기 귀를 쫑긋했다. 아버지의 큰 목소리와 뭐라고 대답하는 겁먹은 이그나트의 목소리가 들려왔던 것이다. 순간 그리샤는 자리를 박차고 일어나 하녀 방으로 뛰어나갔다. 이그나트와 마트료나가 방 한가운데서서 고개를 푹 숙인 채 떨고 있었다. 마트료나 곁에는 폴카가 어머니의 옷주름에 코를 처박듯이 매달려 있었다. 어머니는 딸을 내려다보고 있었고, 폴카의 얼굴에는 두려움과 슬픔보다는 아무것도 모르는 듯한 멍한 표정이 떠올라 있었다. 그들 뒤쪽 문가에서 하인들이 호기심 어린 눈길로 기웃거리고 있었다.

"그래, 알았네." 그리샤의 아버지가 말했다. "이미 늦어서 어쩔 수가 없어. 폴카는 걱정하지 말게. 아이에게 나쁜 일은 없을 거야. 죽고 사는 건 오로지 신의 뜻에 달렸지만. 아이는 돌봐주겠다고 약속하지. 이그나트, 그럼 몸조심해! 어쩌겠나?!"

아버지는 작별인사가 끝났다는 신호처럼 손을 내저었지만, 아무도 그 자리에서 움직이지 않았다. 이그나트는 정신이 나간 사람처럼 묵묵히 자기 발밑만 내려다보고 있었다.

"그래, 우리가 약속할게." 어머니가 떨리는 목소리로 덧붙이고 폴카에게 손을 내밀었다가 이내 손을 내리고 얼굴을 돌렸다.

"이제 와서 없던 일로 되돌릴 수는 없어!" 아버지는 절망해서 아무 말도 하지 못하는 부부의 모습에 부담을 느낀 듯 반복했다. "자, 이제 어쩌겠나…… 형기가 그리 길지는 않으니 견뎌내야지. 하는 수 없잖나?"

마트료나는 살며시 폴카를 떼어놓고 한 걸음 앞으로 나서더니 말없이 이마를 마룻바닥에 대고 마님 발부리에 조아렸다.

"마트료나!" 이렇게 소리치는 어머니의 두 눈에 눈물이 고였다. "이러지 마, 마트료나! 나를 믿어, 네 딸은 내가 보살펴줄게…… 엎드리지 말라잖아!"

어머니는 허리를 구부려 떨리는 손을 마트료나의 어깨에 얹더니 그녀와 나란히 마루 위에 쭈그려앉았다.

"견뎌야 해…… 누구든 참고 견뎌야 하는 거야!" 그녀는 속사포로 속삭였다. "누구든……"

"자, 그만, 그만!" 아버지가 성급함을 숨기지 않고 말했다. "나도 정말 유감이네. 나는 자네에게 만족했었네, 이그나트, 형기를 마치면 다시 와. 써줄 테니. 그리고 딸아이는 걱정하지 말게. 자, 그럼 잘들 가게!"

그는 아내의 손을 잡고 나가려고 했지만 그녀는 손을 뿌리치고 다시 한번 마트료나를 꼭 껴안았다.

"견뎌야 해!" 그녀는 다시 한번 속삭였다.

마트료나는 일어섰다. 그녀는 어리둥절한 눈으로 방을 둘러보다가 그리샤에게 눈을 멈췄다. 순간 여자와 소년의 눈이 마주쳤다. 그리샤는 부끄러운 듯 눈을 내리뜨고 앞으로 나아갔다.

"안녕!" 그리샤는 조용하고 상냥하게 말했다. 그러나 마트료나는 여전히 어리둥절한 듯 말없이 계속 그리샤를 바라보았다. 그리샤는 이그나트에게 다가가 손을 내밀었고, 이그나트는 그 손을 잡고 갑자기 소년의 얼굴 위로 허리를 구부렸다.

"폴카를…… 불쌍하게 여겨주시겠죠?" 이그나트가 물었다.

"그럼!" 진지하고 엄숙하게 그리샤는 대답했고 늠름하고 반짝이는 눈으로 친구의 슬픈 눈을 들여다보았다. 이그나트는 한쪽 손으로 소년의 머리를 쓰다듬고 정중하게 성상을 향해 성호를 긋고 문 쪽으로 갔다.

"마트료나!" 하인 중 누군가가 불렀다. "마트료나! 이그나트는 나갔어. 널 기다리고 있으니까, 가봐! 마차는 현관 계단 옆에 있어."

젊은 여자는 훌쩍 일어났고 어리둥절한 표정은 놀란 표정으로 바뀌었다. 폴카는 여전히 그녀의 옷 속에 얼굴을 파묻은 채 온몸을 바들바들 떨고 있었다. 마트료나는 천천히 몸을 돌려 나갔다.

소년은 북받치는 눈물을 참으며 처음에는 걷다가 이내 자기 방으로 달려갔고 침대에 걸터앉아 침울한 눈으로 앞쪽을 응시하고 있었다. 복도에서 아버지의 발소리가 들려왔다. 그는 아이방으로 들어와 그리샤 앞에 발을 멈추었다.

"왜 여기 앉아 있니? 유모한테 가거라." 그는 말했다.

소년은 입을 꽉 다문 채 꼼짝도 하지 않았다.

"그리샤!" 아버지가 엄한 목소리로 외쳤다. "내 말이 안 들리는 거냐?"

소년은 고개를 들고 진지하지만 적의에 찬 눈길을 아버지의 얼굴에서 멈췄다.

"들어봐," 아버지는 자기도 모르게 누그러져서 말했다. "너 지금 나한테 화가 난 거니? 나보고 어떡하라는 거지? 내가 나쁜 것 같아? 그보다 네게 주의시켜야 할 일이 있어. 그 상사에게 뭐라고 소리친 거냐? 어디 말해봐라!" 그는 아들의 집요한 시선에 초조감과 압박감을 느끼며 버럭 소리쳤다.

"맘대로 하세요……" 그리샤는 조용하고 차분하게 말했다.

"뭘 맘대로 하라는 거냐?"

"화내시라고요. 저는 이제 아무래도 상관없어요."

아버지는 약간 당황했다.

"그래 좋다!" 그는 말했다. "나도 너하고 더이상 말하고 싶지 않구나."

그는 홱 돌아서서 문 쪽으로 갔다.

"그럼 아버지는," 그의 등뒤에 대고 그리샤가 외쳤다. "아버지는 유모가 한 것처럼 그 사람에게 잼을 주는 게 맞는다는 거예요?"

아버지는 발을 멈췄다.

"모두가 각자 제 할일을 하는 거야." 그는 말했다. "자기 의무를 수행하는 거지. 상사는 이그나트를 데려오라는 명령을 받았기 때문에 온 거야. 그는 좋은 사람이다, 그런데도 너는 그를 모욕하는 말을 했어. 그리고 나에게도, 유모에게도 모욕을 줬고…… 왜 그랬지?"

그리샤는 천천히 눈길을 내렸고, 그 얼굴에는 의혹과 고통의 빛이 역력했다.

"그리샤, 그러는 건 좋지 않아!" 아버지는 나무라듯이 말을 맺고 방에서 나갔다.

그리샤는 꼼짝도 않고 그대로 앉아 있었다.

'그리샤, 그러는 건 좋지 않아!' 아버지의 나무라는 듯한 은근한 목소리가 생각났다. '좋지 않다고……? 모욕을 줬다고……?' 소년은 괴로워하며 요모조모 생각해보았다. '내가 모욕을 줬다는 건가…… 하지만 모두가 나빠…… 이그나트를…… 대체 왜?'

그리샤는 고개를 떨구며 아이답게 얼굴을 찌푸렸다.

'모두가 각자 제 할일을 하는 거라고…… 그렇다면 왜 이런 나쁜 일이 일어나는 건데……?'

그리샤는 고개를 들었고, 가만히 멈춘 그 눈동자에는 괴로울 만큼 어려운 의문이 고여 있었다.

리디야 아빌로바

6월 17일

전쟁과 전쟁 준비가 빚어내는 불행은 전쟁을 변호하기 위해 제시되는 온갖 이유에 걸맞지도 않고 대부분 논의할 가치도 없을 만큼 하찮으며, 전쟁 속에서 죽어가는 사람들은 전혀 이해할 수 없는 것들뿐이다.

1 오늘날 전쟁의 광기는 왕조의 이익이니 민족주의니 유럽의 세력균형이니 명예 같은 말로 정당화된다. 그러나 명예를 내세우며 전쟁을 정당화하는 것은 기괴하다. 왜냐하면 명예를 내세우며 온갖 수치스러운 범죄행위를 저질러 스스로를 더럽히지 않은 민족이 없기 때문이다. 모든 민족은 명예라는 이름으로 세상의 모든 타락을 겪었다. 어떤 민족에게 명예라는 것이 존재한다 해도 그것을 전쟁을 통해서 유지한다는 것은, 즉 스스로 불명예스럽다고 생각하는 방화니 약탈이니 살인 같은 범죄행위를 통해 그것을 유지한다는 것은 너무도 기괴한 일이 아닐 수 없다.

아나톨 프랑스

2 사람들은 묻는다. 문명국들 사이에 아직도 전쟁이 필요한가? 나는 이렇게 답하겠다. 전쟁은 '이미' 필요하지 않을 뿐만 아니라 전쟁이 필요한 적은 지금까지 단 한 번도 없었다고. 어떠한 경우에도 전쟁은 언제나 인류의 올바른 역사적 발전을 저해하고 정의를 파괴하고 진보를 방해했다.

전쟁의 결과가 이따금 문명의 발전에 유익하게 작용했다 하더라도 그보다는 해로움이 훨씬 컸다. 우리가 그러한 해로운 결과를 알아채지 못한 것은 당장은 그중 극히 일부만 명백해지기 때문이다. 해로운 결과의 대부분은, 가장 중요한 대부분은 우리 눈에 잘 띄지 않는다. 그러므로 우리는 '아직'이란 말을 허용할 수 없다. 이 말을 허용하면 전쟁을 옹호하는 사람들에게 이러한 논쟁은 한낱 일시적인 대립이고 개인적인 평가의 문제에 불과하다고 단정할 권리를 주게 된다. 또한 우리의 의견 차이는, 그들은 전쟁을 아직도 유익하다고 생각하고 우리는 전쟁을 무익한 것으로 생각하는 데 지나지 않게 된다. 그들은 기꺼이 우리의 의견에 찬성하고 우리의 문제 제기에 동의하면서 전쟁은 실제로 무익하고 심지어 해로운 것이 될 수 있지만, 다만 그것은 오늘이 아니라 내일 그럴 거라고 말할 것이다. 아직까지는 어쩔 수 없이 전쟁이 필요하다고, 즉 아주 소수의 사람들이 개인적 허영심을 채우기 위해 행하는 무서운 유혈사태가 국민에게 필요한 일이라고 생각할 것이다.

왜냐하면 전쟁의 유일한 목적은 과거에도 대중에게 막대한 손해를 끼치거나 말거나 소수의 권력과 명예와 부를 유지하는 것이었고, 현재도 그렇기 때문이다. 그리고 뭔가를 쉽게 믿는 대중의 특성과, 소수에 의해 만들어지고 유지되는 각종 편견이 전쟁을 계속 가능하게 만들고 있다. 모크

3 전쟁이 얼마나 사소한 불화에서 발생하는지 고찰해보면 참으로 놀라지 않을 수 없다. 이를테면 1815년에 영국과 프랑스가 러시아에 선전포고했던 것도 그 이유를 알려면 각종 외교문서를 한참 뒤져야 찾을 수 있을 정도로 지극히 사소하고 하찮은 것이었다. 그 해괴한 불화의 결과로 50만의 무고한 사람들이 죽고 50억에서 60억에 이르는 재화가 손실되었다.

사실 몇 가지 원인이 있었지만, 원인이라기에는 너무나 사소했다.

나폴레옹 3세는 영국과의 동맹으로 얻은 승리를 이용해 원래 범죄적으로 획득한 권력을 굳히려 했다. 러시아는 콘스탄티노플을 점령하려고 했다. 영국은 상업에서 절대적 우위를 유지하고 동방에 대한 러시아의 지배력을 약화시키려 했다. 요컨대 이것이 그 원인의 전부다. 이것들은 이런저런 가면을 쓰고 있지만 결국 그 이면에는 정복과 폭력의 정신이 있을 뿐이다.

리세

4 때때로 주권자는 다른 주권자가 공격해오지 않을까 하는 공포에서 먼저 공격한다. 때때로 전쟁은 적이 지나치게 강하거나 너무 약할 경우에 일어난다. 그리고 때때로 우리의 이웃이 우리가 가진 것을 요구하거나 우리에게 없는 것을 가졌을 경우에도 전쟁이 일어난다. 전쟁은 그들이 자신들에게 필요한 것을 우리에게서 약탈하거나, 우리가 필요로 하는 것을 그들이 내놓을 때까지 계속된다.

스위프트

5 인간의 행위 중에서 전쟁만큼 세뇌의 힘이나 이성이 아닌 전승에 지배되는 힘이 뚜렷이 나타나는 것도 없다. 수백만의 사람들이 전쟁은 어리석고 추악하고 해롭고 위험하며 파괴적이고 고통스럽고 사악하고 백해무익한 일이라고 인정하면서도 자랑스러운 듯이 모두 기꺼이 전쟁에 참가한다. 그들은 전쟁이 일어나서는 안 되는 이유를 알고 있고 그렇다고 말하면서도 여전히 전쟁을 그만두지 않는다.

/ 전쟁과 군비가 왜 필요한지 정부가 내놓는 해명의 이면에는 언제나 전혀 다른 이유가 숨어 있다.

6월 18일

의무에 대한 의식은 우리 영혼의 신성을 깨닫게 한다. 반대로 우리 영혼의 신성에 대한 의식은 우리에게 의무를 깨닫게 한다.

1 우리의 영혼 속에는 만일 우리가 합당한 주의를 기울인다면 언제나 최대의 경이로움을 느끼며 바라보게 될 무엇인가가 존재하며(그 경이로움이 합당할 때 그것은 우리의 영혼을 드높여준다), 그것은 바로 우리 안에 있는 근원적 도덕성이다.

칸트

2 인간의 가치는 때로는 이성으로, 때로는 양심으로 불리는 우리의 정신적 근원에 있다. 이 근원은 시간과 공간을 초월하는, 의심할 나위 없는 진리와 영원한 진실을 품고 있다. 그것은 불완전한 것에서 완전한 것을 본다. 그것은 보편적이고 공평하며 언제나 인간 본성에 있는 편파적이고 이기적인 것과 모순을 일으킨다. 그것은 우리 이웃도 우리와 마찬가지로 귀중한 존재라는 것, 그들의 권리도 우리의 권리와 마찬가지로 신성하다고 힘주어 말한다. 그것은 진리가 아무리 우리의 오만함에 거슬릴지라도 받아들이라고 명령한다. 정의롭게 사는 것이 우리에게 아무 이익이 되지 않을지라도 언제나 정의롭게 살라고 명령한다. 또한 이 근원은 이러한 특성을 발견하는 모든 사람을 아름답고 거룩하고 행복한 삶으로 이끈다. 이 근원은 인간 안에 있는 신의 빛이다.

채닝

3 사람들은 정신적 삶에서 하늘의 기쁨과 행복을 얻는다. 그런 사람들

은 오직 선한 삶에 대한 열망으로 가득하기 때문에 깨끗하다. 머리와 마음이 깨끗할 때, 그들에게 신의 세계가 열린다. 『비슈누 푸라나』 힌두교 경전

4 인간의 마음이 덕성을 향해 열릴 때, 새롭고 신비롭고 기쁘고 초자연적인 아름다움이 눈앞에 나타난다. 그때 그는 자기보다 높은 것을 인식한다. 자신의 존재가 무한하며, 현재의 자신은 보잘것없다 하더라도 자신은 선을 위해, 완성을 위해 태어났다는 것을 인식한다. 그가 존중하는 것은 아직 느낄 수 없다 하더라도 이미 그의 것이다. **그는 그래야만 한다**―그는 이제 이 위대한 말의 의미를 아는 것이다. 에머슨

✎ 양심의 소리는 곧 신의 소리다.

6월 19일

양심은 자신의 정신적 근원에 대한 의식이다. 그런 의식일 때 양심은 비로소 삶을 바르게 이끄는 지도자가 된다.

1 의식적인 생활을 할 때 인간은 자기 안에서 서로 다른 두 존재를 만난다. 하나는 맹목적이고 감각적인 존재이며, 하나는 앞을 볼 줄 아는 정신적 존재다. 맹목적이고 동물적인 존재는 먹고 마시고 쉬고 자고 번식하고 태엽 감긴 기계처럼 움직인다. 한편, 동물적 존재와 연결되었지만 앞을 볼 줄 아는 정신적 존재는 스스로 아무것도 하지

않고 동물적 존재의 활동을 평가하기만 한다. 정신적 존재는 동물적 존재의 활동을 인정할 때는 그와 합치하고, 부정할 때는 그와 분리된다.

앞을 볼 줄 아는 정신적 존재의 발현을 우리는 보통 양심이라고 부르는데, 그것은 나침반 바늘에 비유될 수 있다. 나침반의 한쪽 바늘은 언제나 선을 가리키고 다른 쪽은 악을 가리킨다. 그리고 정신적 존재는 우리가 그것이 가리키는 방향에서 이탈하기 전까지는, 즉 선에서 악으로 이탈하기 전까지는 나타나지 않는다. 그러나 양심이 가리키는 방향에서 벗어나는 행위를 하는 순간, 우리의 동물적 존재의 이탈을 지적하는 정신적 존재의 의식이 나타난다.

2 신은 너희에게 전통 혹은 인류에 대한 의식과 개인적 의식, 즉 양심이라는 두 날개를 주셨다. 이 두 날개로 너희는 신에게 다가가고 신의 곁으로 올라가 진리를 깨닫는다. 그런데 왜 너희는 날개 하나를 잘라내려 하는가? 왜 세계에서 숨거나 세계에게 먹히려 하는가? 왜 양심의 목소리와 인류의 목소리를 지워버리려 하는가? 두 날개는 모두 신성하다. 신은 그것을 통해 너희에게 말한다. 그 두 날개가 합치될 때마다, 또 너희 의식이나 양심의 목소리가 인류에 대한 의식에 의해 뒷받침될 때마다 너희에게는 언제나 신이 있다. 그때는 진리를 발견했다고, 적어도 신의 섭리 일부를 알았다고 확신하라. 왜냐하면 한 목소리가 또 한 목소리의 진실을 보증하기 때문이다. 마치니

3 사람들은 도덕적 가르침 혹은 종교의 전통과 양심이 인간을 이끄는 두 개의 다른 지침인 것처럼 이야기한다. 그러나 실제로 인간을 이끄

는 지침은 오직 하나이며, 그것은 양심이다. 도덕적 가르침 혹은 종교의 전통을 인정하느냐 인정하지 않느냐는 양심에 속한 문제이기 때문이다.

4 양심이여! 신성하고 영원한 하늘의 목소리여! 너는 무지하고 유한하지만 지혜와 자유가 주어진 존재의 유일한 바른 지도자다! 착오 없는 선의 심판자, 오직 너만이 인간을 신과 닮은 존재로 만든다! 인간 본성의 탁월함과 행위의 도덕성은 모두 너에게서 나온다. 네가 없다면 무질서한 분별력과 길잡이 없는 이성으로 온갖 미혹에 빠지는 슬픈 특성 말고는, 나를 동물보다 높여주는 것은 아무것도 없을 것이다.

루소

5 너는 젊기에 온갖 탐닉과 욕망에 사로잡히는 시절을 겪는다. 그런 시절에는 무엇보다 양심의 목소리에 귀를 기울이고 모든 것보다 높은 그 목소리를 존중해야 한다. 육욕이나 욕망 때문에, 법이라 불리는 세속의 암시와 관습 때문에 양심의 목소리를 저버려서는 안 된다. 언제나 스스로에게 물어라. 이것은 나의 양심과 일치하는가? 양심이 요구할 때는 당당하게 자신을 희생하라. 너의 생각이 사람들과 달라도 두려워하지 마라.

파커

6 인간은 자기 뒤에서 들려오는 목소리를 듣지만 고개를 돌려도 그 목소리의 주인을 볼 수 없다. 그 목소리는 온갖 언어로 말하며 모든 사람을 지배하지만 이제까지 그 목소리의 주인을 본 사람은 없다. 인간

이 그 목소리를 받아들이고 사색 속에서 자신과 그 목소리가 구별되지 않을 정도가 되면, 그는 자신이 곧 그 목소리이고 그것과 하나가 되었음을 느낄 수 있다. 그 목소리에 주의깊게 귀를 기울일수록 인간은 더 큰 지혜를 얻을 것이고, 그 목소리는 행복한 삶을 열어줄 위대하고 장엄한 외침이 될 것이다. 그러나 그가 세속의 일에 빠져 모든 행위의 목적이 되어야 할 진리를 소홀히 한다면 그 목소리는 윙윙거리는 모깃소리처럼 약해지고 말 것이다. 에머슨

7 양심의 목소리를 억누르는 것도, 그 소리를 귀기울여 듣고 그 빛을 받아들이는 것도 우리에게 달려 있다. 양심의 명령을 듣지 않거나, 계속되는 경고에도 아랑곳하지 않는다면 목소리는 서서히 줄어들다 마침내 완전히 사라질 것이다. 그러므로 항상 양심의 목소리에 귀를 기울여라. 사소한 죄에 부주의하다보면 곧 커다란 죄에 빠질 수 있다. 우리에게 온갖 위험한 습관을 심어놓는 것은 바로 사소한 죄들이다. 악은 깊이 뿌리내리기 전에 도려내야 한다. 선과 악은 마음에 받아들이는 정도에 따라 어느 쪽으로든 자라난다. 『성현의 사상』

✎ 양심이 동의하지 않는 모든 것을 경계하라.

6월 20일

사람들이 인육을 먹는 것을 죄로 생각하지 않던 시대가 있었다. 지금도 그런 야만적인 사람들이 존재한다. 그러나 사람들은 점차 그 행

위를 그만두었다. 마찬가지로 동물의 고기를 먹는 것도 서서히 줄어들고 있다. 따라서 식인에 대해 오늘날 느끼는 혐오감을 육식에 대해서도 똑같이 느낄 날이 곧 올 것이다. 라마르틴에 의함

1 영아 유기, 검투 시합, 포로 학대 등 전에는 아무도 죄악이나 정의에 반하는 것으로 여기지 않았던 온갖 야만행위가 오늘날 추악하고 수치스러운 행위로 여겨지듯, 동물을 죽여서 그 사체를 식용으로 쓰는 것도 허용될 수 없는 부도덕한 행위로 여겨질 날이 올 것이다. 치머만

2 너희는 장난삼아 새끼고양이나 어린 새를 괴롭히는 아이들을 보면 살아 있는 생명의 소중함을 가르치려 할 것이다. 그러면서도 너희는 사냥을 하고, 새를 쏘고, 경마장에 가고, 살아 있는 동물을 죽여 식탁에서 먹는다. 아이에게는 안 된다고 가르치면서 너희가 바로 그런 짓을 하고 있다.

　이 자명한 모순이 드러나 사람들이 육식을 그만두는 날은 정녕 오지 않을 것인가?

3 점점 더 많은 사람이 육식을 그만두고 있다. 지금은 고기가 들어가지 않은 음식을 내놓는 채식 식당이 한 곳에서 열두 곳, 그 이상도 있는 바람직한 도시가 곳곳에 있다. 루시 맬러리

4 "우리와 같은 뭍에서 살고, 우리와 같은 것을 먹고, 같은 공기를 마시

고, 같은 물을 마시는 동물에 대해 우리는 권리를 주장할 수 없다. 동물이 사살되며 무섭게 울부짖는 소리는 우리 마음을 어지럽히고 그 행위를 부끄럽게 한다."

플루타르코스의 말이다. 그는 무슨 이유인지 수생동물은 제외했지만, 뭍에 사는 동물에 대해서는 지금이 그 시절보다 훨씬 더 야만적이다.

5 네 형제를 향해 손을 치켜들지 마라. 지상의 살아 있는 동물을 피 흘리게 하지 마라. 인간도, 가축도, 야수나 들새도 피 흘리게 하지 마라. 네 안의 예언하는 목소리가 이렇게 말하고 있다. 피에는 생명이 존재하고 너는 생명을 되돌리지 못하기 때문이다.   라마르틴

/ 재미나 취미로 동물을 죽이는 행위가 죄악이라는 것이 명백해진 오늘날 사냥과 육식은 이미 아무렇지 않은 행위가 아니며, 의식적으로 자행되는 모든 악행과 마찬가지로 더 나쁜 악행을 불러들인다.

6월 21일

이성적이지 않은 삶에서 느끼는 고뇌는 이성적인 삶이 필요하다는 것을 일깨운다.

1 나 또한 그 도둑처럼 추악한 삶을 살아왔고 지금도 그렇게 살고 있

다는 것을 알고 있었고, 내 주변 사람들도 거의 똑같았다. 나 역시 그 도둑처럼 불행에 괴로워했고 내 주변 사람들도 똑같았지만, 죽음 말고는 그 처지에서 빠져나갈 길이 보이지 않았다. 나 역시 십자가에 못박힌 도둑처럼 어떤 힘에 의해 고뇌와 악의 삶에 못박혀 있었고, 삶의 무의미한 고뇌와 악행 뒤에 죽음의 무서운 암흑이 그 도둑을 기다리고 있었듯 나에게도 똑같은 것이 기다리고 있었다.

모든 점에서 내 처지는 도둑과 똑같았다. 다른 점이 있다면, 그는 이미 죽어가지만 나는 살아 있다는 것이었다. 도둑은 자신의 죽음이 저세상, 무덤 저편에 있다고 믿었지만 나는 믿을 수 없었다. 왜냐하면 무덤 저편의 삶 외에 나에게는 아직 이 세상의 삶이 있었기 때문이다. 그런데 나는 이 삶을 이해하지 못했다. 이 삶이 무서웠다. 그런데 갑자기 그리스도의 말을 듣고 나는 이해하게 되었다. 삶도 죽음도 악으로 여기지 않게 되었다. 절망하는 대신, 죽음으로도 파괴될 수 없는 삶의 기쁨과 행복을 느꼈다.

2 대부분의 사람들은 아무 가치도 없는 것에 자신의 생명력과 재산을 허비하는 방탕한 아들딸들이다. 그들은 탕아처럼 돼지나 먹는 쥐엄나무 열매로 배를 채우면서도 '아버지의 집'에서 점점 멀어져간다. 그러나 정신적 빈곤은 결국 그들을 '아버지의 집'으로 돌아가게 한다. 돌아간 그들은 다시 아기처럼 진정한 삶의 길을 첫걸음부터 익혀야 한다.   루시 맬러리

3 고뇌가 너를 붙잡을 때마다 어떻게 벗어나느냐가 아니라 고뇌가 도덕적 완성을 위해 무엇을 요구하는지, 어떤 노력을 요구하는지 생

각하라.

／ 인류의 고난도 개개인의 고난도 결코 무익하지 않다. 멀리 돌아가는 길이긴 하나 고난은 언제나 인류와 개개인에게 부여된 하나의 같은 목적, 즉 자신 안의 신을 드러내는 일로 이끈다.

6월 22일

모든 사람에게 진정한 종교는 오직 하나다.

1 신을 모르는 것은 나쁘지만, 더 나쁜 것은 신이 아닌 것을 신으로 인정하는 것이다.

락탄티우스

2 **종교의 차이** — 이 얼마나 기이한 표현인가! 물론 종교를 견고히 하기 위해, 시대에서 시대로 전해지는 역사적 사건에 대해 여러 가지 신앙이 있을 수 있다. 여러 가지 종교서(『아베스타』『베다』『쿠란』 등)도 있을 수 있다. 그러나 모든 시대에 걸쳐 진정한 **종교**는 언제나 하나뿐이다. 여러 가지 신앙은 진정한 종교를 위한 보조 수단에 지나지 않고, 우연히 출현하며, 시간과 장소에 따라 모습을 달리할 뿐이다.

칸트

3 우리는 오직 우리가 알고 있고 확실히 존재하는 것, 그러나 이성으로 이해할 수 없고 언어로 표현할 수 없는 것만을 믿을 수 있다.

4 대다수 사람들은 종교를 믿는다고 고백하는 사람들에 대해 말할 때 지나친 존경을 표한다. 사람들은 실제로 종교에 대해 잘 모르고 탐구하지도 않기 때문이다. 그러나 그들이 사용하는 종교라는 말은 교회의 규범에 대한 신앙일 뿐이다. 그렇게 여러 번 세계를 뒤흔들고 피로 물들인 이른바 종교전쟁이라는 것도 교회 신앙을 건 싸움에 지나지 않았다. 그리고 종교적 억압을 받았다고 저항했던 사람들도 실제로는 신앙을 방해받아서가 아니라 교회가 가르치는 자신들의 신앙을 공적公的으로 내세우는 일이 허용되지 않는 데 저항한 것이었다. 진정한 신앙은 어떤 외적인 힘으로도 방해할 수 없다.   칸트

5 너는 그르고 나는 옳다는 단언은 타인에 대한 가장 잔인한 말이다. 그것이 삶에서 가장 중요한 일에 관계될 때는 특히 그렇다. 종교에 대해 논쟁하는 사람들이 바로 그런 말을 서로에게 하고 있다.

6 네가 이슬람교도라면 그리스도교도와 함께 살아라. 네가 그리스도교도라면 유대교도와 함께 살아라. 네가 가톨릭교도라면 정교도와 함께 살아라. 네 종교가 무엇이든 다른 신앙을 가진 사람들과 사귀어라. 만일 그들의 말이 너를 어지럽히지 않고 네가 자유로이 그들과 어울릴 수 있다면 너는 평화를 얻은 것이다.

하피즈중세 페르시아 서정시인도 이렇게 말했다. 모든 종교의 대상은 하나

다. 모든 사람은 사랑을 구하고, 온 세계가 사랑의 집인데 무슨 사원, 무슨 교회가 필요하겠는가! 수피파의 금언

7 참으로 믿는 자는 교의나 경전을 맹신하는 자가 아니라, 자신의 신앙을 순수한 양심과 명확한 사상 속에, 즉 신의 의지를 가장 확실하게 표현하는 것에 두는 자다. 비글로

/ 의심이 생기는 것을 두려워하지 마라. 너희에게 제시된 신앙의 조항을 이성적으로 담대하게 연구하라.

6월 23일

자기 삶의 본질이 육체가 아니라 정신에 있다고 믿는 자만이 자유로울 수 있다.

1 자기 처지에 만족하는 노예는 이중으로 노예다. 육체뿐만 아니라 영혼까지도 노예이기 때문이다. 버크

2 악행을 하는 것은 곧 자신에게 악을 행하는 것이다. 타인은 나에게 악을 행하게 할 수 없다. 우리는 악을 행하고 죄를 짓기 위해서가 아니라 선행으로 사람들을 돕고 거기서 행복을 찾기 위해 태어났다.

불행하다면 그것은 자신의 잘못이다. 신은 불행이 아니라 행복을 위해 인간을 창조했기 때문이다.

신은 이 세상에서 우리에게 준 것들 가운데 일부를 우리가 마음대로 할 수 있도록 맡겼다. 그 일부는 말하자면 우리 소유다. 나머지는 우리 힘 밖에 있고 우리에게 속하지 않는 것이다. 다른 사람들이 얽매고 강제하고 빼앗을 수 있는 모든 것은 우리에게 속하지 않는 것이다. 그러나 누구도 또 무엇으로도 방해할 수 없고 해칠 수 없는 것은 모두 우리의 소유다. 자애로운 신은 진정한 행복을 우리의 재산으로 주었다. 신은 우리의 적이 아니며, 자상한 아버지로서 우리를 대한다. 신은 우리에게 행복을 줄 수 없는 것은 주지 않았다.

그러므로 지혜로운 사람은 오직 신의 의지를 실천하는 일에 전념하며, 이렇게 생각한다. 주여, 만일 당신이 제가 더 살길 바라신다면 저는 당신이 명령하신 대로 살 것이며, 저에게 속하는 모든 것에 주신 자유를 쓰겠습니다.

그러나 만일 제가 당신에게 더이상 필요하지 않다면 당신 뜻대로 하십시오.

저는 지금까지 오직 당신을 섬기기 위해 이 지상에서 살아왔습니다. 만일 저에게 죽음을 보내신다면 주인의 명령과 금지를 분별하는 당신의 종으로서 당신 뜻대로 이 세상을 떠나겠습니다. 그러나 지상에 머무르는 동안은 당신이 바라는 대로 살겠습니다.　　　에픽테토스

3 평화는 큰 행복이지만 만일 평화가 노예제도에 의해 얻어진다면 불행이 된다. 평화는 인간의 권리를 인정하는 데서 오는 자유이고, 노예제도는 인간의 권리를 부정하고 존엄성을 부정한다. 그러므로 평화를 얻기 위해서는 희생이 필요하며, 노예제도에서 벗어나기 위해

서는 더욱 희생이 필요하다. 키케로에 의함

4 나의 생각을 바꿔 오류를 바로잡게 해주는 자의 뜻에 따르는 것은
오류를 고집하는 것보다 훨씬 자유의 정신에 부합하는 일이다.
아우렐리우스

5 나는 자유롭게 받아들여진 불변의 원칙들을 내적 동기로 삼아 활동
하는 영혼만을 자유로운 영혼이라 부른다. 관습에 구애되지 않고, 몸
에 밴 낡은 도덕에 만족하지 않고, 틀에 갇히지 않고, 이미 지나간 것
은 잊고 양심의 소리에 귀기울이며 보다 높고 새로운 사명을 지향할
수 있다는 것을 기뻐하는 영혼만을 자유로운 영혼이라 부른다. 채닝

6 우리의 예속을 목적으로 하지 않는 의무만이 진정한 의무다. 우리의
자유에 도움이 되는 지식만이 진정한 지식이다.
다른 모든 의무는 또다른 멍에일 뿐이고, 다른 모든 지식은 쓸모없
는 허구일 뿐이다. 『비슈누 푸라나』

✒ 중간은 없다. 신의 노예가 되거나, 인간의 노예가 되거나다.

자발적 예속

의사들은 회복될 수 없는 상처에는 손대지 말라고 충고합니다. 모든 이해력을 잃고 자신들의 병도 알아채지 못하는, 이 사실만으로도 이미 치명적임을 증명하는 사람들에게 내가 무언가 충고하려는 것 자체가 어리석은 일일지도 모릅니다.

무엇보다 확실한 것은, 우리가 자연의 법칙과 가르침에 따랐다면, 부모를 섬기고 이성에 따르며 살고 누구의 노예도 되지 않았으리라는 것입니다. 부모에 대한 순종의 가치는 모두가 경험으로 알고 있습니다. 이성도 마찬가지인데, 이성은 영혼의 자연적 성질이며 그것을 자기 안에 잘 간직한다면 반드시 선행으로 꽃피울 수 있다고 생각합니다.

그러나 절대로 의심할 수 없는 명백한 사실은, 자연은 우리 모두를 동지로, 아니 그보다는 형제로 생각하도록 하기 위해 마치 한 거푸집에 부어 만든 것처럼 우리를 똑같은 존재로 만들었다는 것입니다. 설령 자연이 인간에게 재능을 분배할 때 누구에게는 정신적 우월함을 주고 누구에게는 육체적 우월함을 주었다 하더라도, 그것은 우리 사이에 적의의 씨앗을 뿌리거나 더 힘세고 총명한 사람이 숲속 강도처럼 약자를 덮치기를 바랐기 때문이 아닙니다. 자연은 어떤 사람들에게 남들보다 더 많은 재능을 주어 형제애를 가지고 도움을 필요로 하는 약자들을 도울 수 있게 한 것입니다.

선한 어머니인 자연이 우리가 서로 타인에게서 자기 자신을 발견할 수 있도록 같은 외모를 준 것이라면, 또 자연이 우리가 서로 생각을 나누고 의지를 소통해 관습을 만들고 서로 이해하고 더 가까워지도록 언어라는 위대한 재능을 준 것이라면, 또 자연이 소통을 통해 우리 사회를 단단한 하나의 매듭으로 묶고 온갖 수단을 동원해 일치단결하도록 애쓴 것이라면, 결국 이 결합에 대한 갈구는 세계 자연 만물에 의해 뒷받침되므로 우리가 하나의 공동체가 될 수밖에 없는 존재라는 것을, 자연이 어떤 사람들은 노예가 되도록 하고 또 어떤 사람들은 주인이 되도록 운명을 정한 것이 아니라는 확증일 것입니다.

사실 예속만큼 고통스러운 것도 없고 굴종만큼 견디기 어려운 것도 없기 때문에 자유가 자연적인 것인지를 검토하는 것 자체가 어리석은 일일 것입니다. 자유는 자연적인 것이고, 따라서 우리는 태어날 때부터 자유뿐만 아니라 자유를 지키는 요구까지 부여받았다는 것을 인식해야 합니다. 만약 우리가 이것에 의심을 품거나, 진정한 행복과 자연 지향을 인식하는 힘을 잃었다면, 거친 동물에게서 이것을 배울 수도 있습니다. 인간이 알아들을 수 있다면 동물들은 이렇게 외칠 겁니다—"자유는 건재하다!" 사실 대부분의 동물들은 자유를 빼앗기자마자 곧 죽습니다. 몸집이 크든 작든 잡히지 않으려고 온 힘을 다해 부리나 발톱이나 뿔로 저항하는 모습을 보면 동물도 얼마나 자유를 소중히 여기는지 알 수 있습니다. 그러다가 잡혔을 때 동물들이 얼마나 깊이 그 불행을 느끼는지도 여실히 드러납니다. 그들은 잡힌 상태에 만족해서가 아니라 자유를 빼앗긴 것을 한껏 슬퍼하기 위해 계속 살아갈 뿐입니다. 우리는 말이 태어나면 얼마 안 가 일을 시키기 위해 길들이려 합니다. 우리가 아무리 말을 귀여워해도, 길들여 일을 시키려 하면 재갈을 물어뜯고 자기가 원해서가 아니라 인간이 시켜서 어쩔 수 없이 일을 한다는 것을 온몸으로 드러냅니다. 이렇듯 감정이 있는 모든 존재는 굴종의 악을 느끼고 자유를 향해 돌진합니다. 인간보다 저급한 동물도 자신의 의지를 거스르지 않고는 복종에 길들지 못합니다. 그러니 원래 자유롭게 살기 위해 태어난 존재인 인간이 자유를 되찾겠다는 욕망과 자유에 대한 기억마저 잃어버릴 정도로 자기 본성에 반하는 삶을 산다는 것이 얼마나 기괴한 일입니까!

폭군에는 세 가지 유형이 있습니다(나는 사악한 군주에 대해 말하고 있습니다). 하나는 민중의 선택으로 권력을 잡은 자, 또하나는 무력으로 권력을 잡은 자, 나머지 하나는 세습으로 권력을 잡은 자입니다. 전쟁의 권리로 주권을 잡은 사람은 승리의 대가로 주권을 획득했다는 것을 결코 감추지 않습니다. 그리고 세습으로 군주가 된 사람은 첫번째 유형보다 나을 것이 없습니다. 폭정의 전통 속에서 어머니의 젖과 폭군의 기질을 빨아 마시며 자란 그들은 예속된 민중을 물려받은 노예처럼 부립니다. 그들은 타고난 성정대로—욕심이 많으면 많은 대로 방종하면 방종한 대로—국가를 세습된 유산처럼 다룹니다. 민중의 선택으로 주권을 잡은 폭군은 전자들보다는 얼마쯤 유능한 인물일 수 있습니다. 만약 그가 자신이 다른 사람들 위에 있다고 생각하지 않는다면, 권력에 우쭐하지 않고 아첨꾼들에게 둘러싸여 있지 않는다면, 자신의 권력을 자식에게 물려주기 위해 권력을 악용하지 않는다면 말입니다. 그런데 기묘하게도 민중의 선택으로 권력을 잡은 폭군들은 온갖 종류의 죄악과 잔인함에서 다른 모든 폭군을 능가합니다. 그들은 노예제도의 강화 외에는, 그렇지 않아도 희소한 자유를 민중에게서 빼앗는 것 외에는 자신의 권력을 다질 수단과 방법을 알지 못합니다. 그러므로 사실을 말하자면 앞에서 든 세 유형의 폭군들은 서로 약간의 차이는 있지만 본질은 모두 똑같습니다. 권력을 획득하는 과정은 다르지만 권력을 행사하는 수단과 방법은 모두 똑같습니다. 또한 정복자들은 마치 전리품처럼 민중을 다루며, 그들의 자손들은 마치 자신의 자연적 노예처럼 민중을 대합니다.

그러나 오늘날 예속에도 자유에도 길들지 않고 그 어느 쪽도 모르는 완전히 새로운 사람들이 태어난다면, 그리고 그들에게 신민이 되느냐 자유인이 되느냐 중 하나를 선택하라고 한다면 과연 어느 쪽을 선택할까요? 보나마나 한 인간을 섬기는 것보다 이성, 즉 자유 쪽을 선택할 것입니다. 그러나 이것은 사람들이 어떤 필요나 강제 없이 스스로 자신들의 폭군을 만들어냈던 이스라엘 민족과 같지 않을 경우에 한한 이야기입니다. 나는 이스라엘 민족의 역사를 분노 없이 읽지 못하며, 좀 비인간적인 말이지만 나는 그들이 스스로 초래한 불행이 통쾌할 지경입니다. 다른 모든 인간에 대해서도 마찬가지지만, 인간을 예속시키기 위해 필요한 것은 강제하든가 기만하든가 둘 중 하나입니다.

놀랍게도 민중은 예속되자마자 당장 자유를 망각해버리고 자유를 되찾기 위해 깨어나는 일은 좀처럼 없습니다. 기꺼이 정복자를 섬기는 그들의 얼굴을 보면, 그들이 잃은 것이 자유가 아니라 노예제도가 아닌가 싶을 정도입니다. 물론 처음에는 폭력으로 정복되고 강제된 것이 맞습니다. 그러나 한 번도 자유를 본 적 없고 자유가 무엇인지조차 모르는 다음 세대들은 이미 아무 유감 없이 고분고분 주인을 섬기며 조상들이 강제에 의해 마지못해 했던 일을 자발적으로 합니다. 그 결과 멍에 밑에서 태어나고 노예 신분으로 자란 사람들은 태어났을 때의 자신의 상태를 당연한 것으로 받아들이고 미래를 바라지도 않고 현실에 만족하면서 지금 눈앞에 있는 권리와 행복 외에는 아무것도 구하지 않습니다. 그러나 아무리 방종하고 부주의한 상속자라도 언젠가 한 번쯤은 자신의 상속권리서를 들춰보며 자신이 그 모든 권리를 행사하고 있는지, 자신과 자신의 조상이 부당하게 권리를 빼앗긴 건 아닌지 알아볼 것입니다. 그러나 우리 위에 군림하며 커다란 위력을 휘두르는 습관이라는 것도 우리를 노예로 길들이는 힘보다, 조금씩 독을 삼키며 스스로를 독에 길들인 미트리다테스처럼 예속이라는 독을 아무렇지 않게 삼키도록 길들이는 힘보다 더 큰 위력이 있지는 않습니다.

어떤 나라, 어떤 풍토에서든 예속은 괴롭고 자유는 좋은 것이므로, 목에 멍에를 지고 태어난 사람들을 가엾이 여겨야 합니다. 또한 그들을 용서해야 합니다. 그들은 자유의 그림자도 본 적 없고 노예제도의 해악도 전혀 알지 못하기 때문입니다. 한 번도 가져본 적 없는 것을 아쉬워하는 사람은 없습니다. 아쉬움은 가지고 있던 기쁨을 잃은 뒤에 끓어오르는 법입니다.

자유로운 것, 자유롭길 바라는 것은 인간에게 자연스러운 일이지만, 동시에 어떤 것에도 익숙해지는 것이 인간의 본성입니다.

그래서 우리는 이렇게 말할 것입니다. 인간이 익숙해질 수 있는 만물은 인간에게 자연스러운 것이다. 따라서 자발적인 예속의 첫번째 원인은 습관입니다. 아무리 훌륭한 말이라도 처음에는 재갈을 물어뜯지만 나중에는 재갈을 가지고 놀고, 처음에는 안장 밑에서 몸부림치지만 나중에는 마치 자랑스러운 듯이 마구를 달고 재간까지 부리게 하는 것이 바로 습관입니다. 사람들은 자신들이 언제나 복종하는 신민이었고, 자신들의 조상도 그렇게 살았다고 말합니다. 그래서 자유가 없는 지금의 상태에 만족해야 한다고 생각하고, 권력자들의 권력은 이미 오래전부터 존재해온 정당한 것이라고 믿습니다. 그러나 그렇게 길든 사람들 중에도 멍에의 무게를 느끼고 그것을 뿌리치고 싶어하면서 결코 예속에 길들지 않는 고귀한 사람들이 있습니다. 이들은 육지에서도 바다에서도 자기 집 아궁이에서 피어오르는 연기를 보기 바랐던 오디세우스처럼 자신들의 자연적 권리와 자유로웠던 조상들을 기억합니다. 명확한 이해력과 통찰력을 지닌 이들은 어리석은 민중과 달리 누군가의 발밑에 있는 것에 불만을 느끼는, 학문과 교육으로 함양된 머리를 가지고 있습니다. 그런 사람들은 자유가 세상을 완전히 저버린다 해도, 사람들이 자유를 영원히 잃어버린다 해도 여전히 마음속으로는 자유를 의식하고 그것을 계속 사랑할 것입니다. 왜냐하면 그들에게 예속은 아무리 겉이 그럴싸하게 꾸며지더라도 언제나 혐오스러운 것이기 때문입니다.

터키의 술탄은 이것을 간파했습니다. 그는 책과 가르침이 민중을 깨우쳐 자각시키고 폭정을 증오하게 만든다고 단언했습니다. 그래서 그의 영토에는 그에게 필요한 가르침밖에 없었다고 합니다. 그 결과, 자유의 열망을 놓지 않는 사람들이 아무리 많고 또 그들이 아무리 자유를 얻기 위해 열중했어도 결국 아무런 영향력도 가질 수 없었습니다. 말은 물론 생각의 자유도 없는 상황이어서 서로를 접할 수가 없었기 때문입니다.

그러므로 사람들이 자발적으로 예속에 몸을 맡기는 가장 큰 원인은 그들이 그런 처지로 태어나 자랐다는 데 있습니다. 여기에 또하나, 폭군의 지배 아래서는 사람들이 쉽게 비겁하고 나약해진다는 원인이 있습니다. 폭군은 결코 자신의 권력이 안전하다고 생각하지 않습니다. 그렇기 때문에 자신의 권력 밑에 뛰어난 인간을 두지 않기 위해 늘 노력합니다.

폭군들이 자기 신민들을 바보로 만들기 위해 사용했던 간계를 명백히 볼 수 있는 예로, 키루스가 리디아인들의 수도 리디아를 점령하고 부유한 왕 크로이소스를 포로로 끌고 간 뒤 했던 일을 들 수 있습니다. 그는 리디아인들이 반란을 일으켰다는 보고를 받자 당장 그들을 다시 제압했습니다. 그러나 아름다운 도시 리디아를 파괴하고 싶지 않았고, 또 그곳을 계속 복속시키기 위해 상비군을 두는 것도 바라지 않았기 때문에 다른 방법을 떠올렸습니다. 그는 그 도시에 술집과 유곽과 극장 등이 있는 향락가를 만들어 시민들에게 이용하라고 포고를 내렸습니다. 그것이 대단한 효과를 거두었기 때문에 전쟁의 필요는 사라졌습니다. 가엾은 그 민족이 온갖 새로운 오락거리를 궁리하며 유희에 빠져버렸기 때문입니다. 그래서 로마인은 리디아인에서 따온 'ludi'라는 말을 소일消日이라는 의미로 사용했던 것입니다.

폭군들은 민중을 타락시키고 싶은 속내를 공공연하게는 인정하지 않습니다. 그러나 실제로는 키루스가 공공연히 적용했던 것을 그들 모두가 하고 있습니다. 왜냐하면 도시의 일반 민중에게는 자신을 사랑하는 사람은 의심하고, 자신을 속이는 사람은 쉽게 믿는 성질이 있기 때문입니다. 민중은 달콤한 말로 하는 아주 작은 유혹에도 쉽게 걸려들어 노예가 되고 맙니다(살짝 건드리기만 해도 금세 빠져들어 노예로 전락한다는 것이 참으로 놀라울 뿐입니다). 그렇게 쉽게 미끼에 걸려드는 새가, 그렇게 쉽게 낚싯바늘에 걸려드는 물고기가 어디 있을까요. 연극과 놀이, 공연, 광대, 검투, 진기한 동물, 그림, 그 밖의 온갖 어리석은 것들이 이미 아주 오래전부터 예속의 함정이자 자유의 대가, 폭정의 무기였습니다. 고대의 폭군들이 민중을 폭정 아래 잠재우기 위해 이용했던 유혹의 수단들이었습니다. 그런 오락으로 정신이 무뎌지고 눈앞에서 벌어지는 공허한 구경거리에 정신이 팔린 민중은 책에 있는 아름다운 삽화의 내용을 알기 위해 글자를 배우는 어린아이처럼 쉽사리 노예로 전락해버렸던 것입니다.

아시리아의 왕들과 그뒤 메디아의 왕들은 민중이 자신들을 비범하고 위대한 존재라고 믿도록, 또 그런 망상에서 깨어나지 않도록 가능한 한 민중 앞에 모습을 드러내지 않았습니다. 인간은 으레 자신이 볼 수 없는 것을 과장되게 상상하기 때문입니다. 그 비밀스러운 술책 때문에 아시리아 왕정 아래 민중은 노예로 길들었고 군주를 모를수록 더 기꺼이 노예가 되었습니다. 그들은 자신들의 군주가 있는지 없는지조차 몰랐고, 한 번도 본 적 없는 군주를 믿고 또 두려워했습니다. 이집트 초대 왕들은 머리 위에 때로는 나뭇가지를, 때로는 불을 얹고 가면을 쓰고 나타나 신민들에게 외경심을 불어넣으려 했습니다. 짐작건대 당시 노예적 근성이 강하지 않고 그렇게까지 어리석지 않았던 소수의 사람들은 그런 모습을 우스꽝스럽게 여겼을 것입니다. 고대의 폭군들이 자신들의 폭정을 확립하기 위해 온갖 기만에 쉽게 걸려드는 민중에게 썼던 간계라는 것이 그렇게 딱하고 하찮았습니다. 그럼에도 민중이 걸려들지 않은 그물이 없었습니다. 또 폭군들이 민중을 비웃었을 때만큼 민중이 쉽게 속아넘어가고 복종당한 적도 없었습니다. 폭군들이 권력을 거머쥐기 위해, 복종과 예속뿐만 아니라 마치 신처럼 자신을 숭배하도록 민중을 길들이지 않았던 시대가 과연 있었을까요?

폭군들이 민중을 어떻게 복종하게 만들어왔는가에 대한 지금까지의 이야기는, 단순하고 우매한 민중에 관한 것이었습니다.

이제 폭정의 비밀이자 그 주요한 도구의 문제로 넘어가겠습니다. 폭군들이 경호니 요새니 하는 것으로 자신을 지킨다고 생각한다면 대단히 큰 착각입니다. 그런 것을 이용하긴 하지만 실제로는 의지한다기보다 외관상 또는 공포를 주기 위해 그것을 이용할 뿐입니다. 시위侍衛들은 폭군에게 위험한 인물들은 차단하고 아무런 위해를 가할 수 없는 하잘것없는 인물들만 가까이 들였습니다.

암살당한 로마 황제들 수만 보더라도, 우리는 폭군들의 시위가 그들을 위험에서 지키기보다는 오히려 살해한 경우가 더 많다는 것을 알 수 있습니다. 무기나 무장한 사람들—보병이나 기병—이 지키는 것이 아니라, 믿기 어려운 일이긴 하지만 몇몇 소수가 폭군을 지지하고 그를 위해 민중 전체를 노예로 삼는 것입니다. 폭군의 측근은 대여섯 명 정도이며, 그중 어떤 자는 스스로 군주에게 다가가 환심을 사고 또 어떤 자는 군주의 부름을 받아 잔인한 폭정의 가담자, 향락의 동료, 향락의 시중꾼, 약탈의 공범이 됩니다. 그 여섯 명이 군주가 지닌 원래의 사악함에 자신들의 사악함까지 더해 군주를 더 사악한 존재로 만드는 것입니다. 그 여섯 명 밑에 군주와 마찬가지로 다시 600명이 있고, 이 600명은 또다시 6천 명을 거느리면서 그 부하들의 지위를 올려주고 지방행정권과 재정권을 줍니다. 그것은 부하들을 자신들의 사욕과 잔학행위에 봉사하게 하고 그들을 통해서만 지속될 수 있고 그들을 통해서만 법의 제재를 면할 수 있는 악행을 저지르기 위해서입니다. 그런데 이들 6천 명 뒤에 훨씬 많은 종자가 따릅니다. 이 사슬을 끊으려 한다면, 이 6천 명 외에도 수십 수백만 명이 폭군과 한 사슬로 단단히 맺어져 있다는 사실을 발견하게 될 것입니다. 그렇기 때문에 폭정을 지탱하는 것에 불과한 직무들이 확대되는 것입니다. 그러한 직무에 종사하는 사람들은 거기서 자신의 이익을 챙기고 그 이익을 통해 폭군과 연결됩니다. 더욱이 폭정이 자신들에게 유리하다고 생각하는 사람들도 많아서 자유를 열망하는 사람들 수와 맞먹을 정도입니다. 우리가 몸 어딘가가 좋지 않을 때 의사들이 나쁜 체액이 모두 그곳에 몰렸다고 말하듯이, 군주도 폭군이 되는 즉시 온갖 사악한 것이 모여드는 곳이 되는 것입니다. 즉 국가의 온갖 찌꺼기, 쓸모없고 자기 잇속만 챙기는 약삭빠른 무뢰한과 도둑 무리가 약탈물을 조금이라도 받아먹기 위해 우두머리인 폭군 아래 똘마니 폭군이 되려고 몰려드는 것입니다. 우두머리 약탈자와 해적 무리는 모두 그렇습니다. 어떤 자는 정탐을 하고, 어떤 자는 여행자가 가는 길을 가로막고, 어떤 자는 망을 보고, 어떤 자는 숨어서 노립니다. 그렇게 해서 약탈을 하고 사람까지 죽입니다. 주인과 하인들이라는 차이는 있지만 그들은 약탈한 것을 나눠 가지는 공범들입니다.

그렇게 폭군은 한 부하를 다른 부하를 써서 복종시키고, 악당까지는 아니더라도 경계해야 마땅한 자들에 의해 보호를 받습니다. 그러나 "장작을 팰 때는 같은 나무로 만든 쐐기를 쓴다"는 말처럼 폭군의 시위들도 폭군과 같은 인간입니다. 물론 그들도 종종 군주 때문에 괴로움을 당합니다. 그러나 신에게 버림받고 타락한 그들 무리는 악을 참을 수밖에 없는 사람들에게 악을 행할 수만 있다면 자신들에게 가해지는 악행쯤이야 얼마든지 참을 수 있는 것입니다.

에티엔 드 라보에티

독수리

한동안 우리 감옥에 카라구시^{타타르 지역에 사는 독수리}가 살았던 적도 있다. 스텝에 사는 몸집이 작은 독수리였다. 누군가 다친 독수리를 발견하고 들고 온 것이다. 죄수들이 독수리를 빙 둘러쌌다. 독수리는 날지 못했다. 오른쪽 날개가 축 늘어지고 다리 한쪽이 부러져 있었다. 독수리가 신기한 듯 자신을 내려다보는 사람들을 경계하는 눈으로 노려보고 주위를 두리번거리면서 어차피 내놓을 목숨이면 값지게 내놓겠다고 벼르는 듯 갈고리처럼 구부러진 부리를 쩍쩍 벌리던 모습이 지금도 기억난다. 모두가 실컷 구경하다가 흩어지자 독수리는 성한 쪽 날개를 파닥거리고 한쪽 발을 절름거리며 가장 먼 구석으로 가더니 말뚝에 몸을 기대고 웅크렸다. 독수리는 감옥에서 석 달 가까이 살았는데 한 번도 그 구석에서 나오지 않았다. 처음에는 종종 죄수들이 독수리를 들여다보러 와서는 덤비라며 개를 부추기기도 했다. 샤리크가 짖으며 덤벼보려 하면서도 두려운 듯 가까이 가지 못하자 죄수들은 무척 재미있어했다. "바보 같긴!" 그들은 말했다. "바짝 얼었군!" 그러나 그후 샤리크는 짓궂게 독수리를 건드리기 시작했다. 독수리가 다쳤다는 것을 알고 두려움이 사라졌는지 사람들이 부추기면 다친 날개를 요령껏 물곤 했다. 독수리는 안간힘을 쓰며 막아내면서 더욱 구석으로 들어가 몸을 웅크린 채, 호기심에 찬 구경꾼들을 마치 왕처럼 오만한 눈빛으로 노려보았다. 하지만 이런 장난도 점차 시들해지면서 아무도 신경쓰지 않고 잊어버리게 되었지만, 녀석 옆에 매일 고기 몇 점과 물이 담긴 질그릇이 놓이는 걸 보면 누군가 그를 돌봐주는 것이 분명했다. 처음에 독수리는 그것을 먹지 않았다. 그러다 결국 먹기 시작했는데 사람 손에서 받아먹거나 사람이 보는 앞에서는 절대 먹지 않았다. 나는 몇 번 먼발치에서 독수리를 관찰한 적이 있었다. 주위에 아무도 없고 혼자라고 생각되면 독수리는 이따금 구석의 말뚝에서 열두 발짝쯤 절룩이며 걸어나와 마치 운동을 하듯이 되돌아갔다가 다시 걸어나오곤 했다. 그러다가 나를 보면 독수리는 즉시 한쪽 발로 절룩거리며 부랴부랴 자기 자리로 돌아가서 뒤돌아 부리를 쩍 벌린 채 털까지 곤두세우고는 당장이라도 달려들 자세를 취했다. 나는 아무리 해도 그 독수리의 마음을 누그러뜨릴 수 없었다. 부리로 찍으며 날뛰고 내가 주는 소고기를 거들떠보지도 않고, 나를 볼 때마다 찌를 듯한 매서운 눈으로 내 눈을 뚫어지게 쳐다보기만 했다. 독수리는 아무도 믿지 않고 누구와도 친해지지 않은 채 혼자서 쓸쓸히 원망 속에서 죽음을 기다리고 있었다. 얼마 뒤 죄수들은 다시 독수리에게 관심을 갖게 되었다. 두 달 넘게 아무도 관심을 갖지 않고 잊어버린 듯했는데 갑자기 모두들 독수리에게 연민이 피어올랐던 것이다. 급기야 독수리를 밖으로 내보내줘야 한다는 이야기까지 나왔다.

"죽더라도 감옥 밖에서 죽게 해주자고." 어느 무리에서 말했다.

"맞아, 새는 자유로운 야생동물인데 감옥에 길이 들 수 없어." 다른 무리가 맞장구쳤다.

"그렇고말고, 새는 우리와 달라." 누군가가 덧붙였다.

"무슨 쓸데없는 소리야. 새는 새고 우리는 인간이야."

"여보게들, 독수리는 숲의 왕이야……" 말 많은 스쿠라토프가 말하기 시작하자 아무도 귀를 기울이지 않았다. 그리하여 점심식사 후 노역 시작종이 울렸을 때, 죄수들은 죽어라 발버둥치는 독수리를 잡아 부리를 움켜쥐고 밖으로 데리고 나갔다. 둔덕까지 갔다. 열두 명쯤 되는 노역조 사람들이 독수리가 어디로 날아갈지 호기심에 찬 눈으로 지켜보고 있었다. 이상한 일이었다. 모두가 마치 자신이 자유의 몸이 된 듯 만족스러워하는 것 같았다.

"어이, 이런 망할 자식이 있나. 도와주려는 사람을 물어뜯으려고 하네!" 독수리를 잡고 있던 사람이 사납게 날뛰는 새를 애정 어린 눈으로 보며 말했다.

"놔줘, 미킷카!"

"갇혀 사는 건 그놈에게 어울리지 않아. 자유롭게 해주자고. 훨훨 날아가게."

죄수들은 독수리를 둔덕 위에서 스텝 쪽으로 놔주었다. 쌀쌀하고 스산한 늦가을의 어느 날이었다. 황량한 스텝을 불어 지나는 바람에 누렇게 마르고 뒤엉킨 풀들이 바스락거렸다. 독수리는 곧바로 다친 날개를 저으며 한시바삐 우리에게서 벗어나고 싶은 듯 앞으로 날아갔다. 죄수들은 독수리의 머리가 풀숲 사이로 어른거릴 때까지 호기심에 찬 눈으로 지켜보았다.

"저걸 봐!" 한 사람이 침울하게 말했다.

"돌아보지도 않는군!" 다른 사람이 덧붙였다. "저봐, 한 번도 돌아보지 않는군, 달아나기 바빠!"

"그럼 돌아와서 고맙다고 인사라도 할 줄 알았나?" 다른 사람이 말했다.

"당연하지, 녀석은 자유야! 자유를 느낀 거야."

"그래, 자유지."

"이제 안 보이네……"

"뭣들 하고 서 있나? 빨리 가!" 간수들이 소리쳤다. 모두 말없이 노역장으로 어슬렁어슬렁 걸어갔다.

표도르 도스토옙스키 『죽음의 집의 기록』에서

6월 24일

죽음은 그것을 생각하는 인간에게 당면한 일들 가운데 언제나 완전한 일을 선택하도록 가르친다. 그 일이 가장 필요한 일이다.

1 인간에게는 목숨을 지키려는 아주 강한 욕구가 있다. 맞는 말이다. 그러나 이 욕구는 대개 인간에 의해 키워지는 것이다. 본성상 인간은 목숨을 지킬 수 있는 수단이 있어야만 비로소 그 욕구를 채우려 한다. 수단을 잃었다고 느끼면 즉시 차분해지면서 헛되이 괴로워하는 것을 멈춘다. 체념이라는 수단은 자연이 우리에게 준 것이다. 미개인은 동물과 마찬가지로 죽음을 피하지 않고 불평 없이 죽음을 받아들인다. 그러한 수단을 상실했을 때 우리의 이성은 다른 수단을 주지만, 이 수단을 이용하는 인간은 많지 않다.　　　　　　　　　루소

2 죽음이 얼마나 빨리 찾아오는지 아느냐! 그런데도 너는 허위와 욕망에서 벗어나지 못하고, 세속적이고 외적인 것들이 인간을 해칠 수 있다는 생각에서 벗어나지 못하고, 모든 인간을 온유하게 대하지 않는구나.　　　　　　　　　아우렐리우스

3 **이성적인 사람은 죽음보다 삶을 더 많이 생각한다.**　　　　스피노자

4 정신에는 죽음이 없다. 따라서 정신적인 삶을 사는 사람은 죽음으로부터 자유롭다.

5 두려움 없이 죽음을 생각하는 것이 익숙해지길 바란다면 온 힘을 다해 생명에 집착하는 사람들을 관찰하고 그 입장이 되어보라. 그들은 죽음이 너무 일찍 찾아왔다고 생각하지만, 많은 사람을 먼저 보내고 장수하던 사람도 결국은 죽지 않는가. 생은 얼마나 짧은가, 그 속에 얼마나 많은 슬픔과 화가 있는가, 생이라는 그릇은 얼마나 깨지기 쉬운 것인가!

그런 순간의 생에 대해 무슨 말을 하겠는가! 네 뒤에도 영원이 있고 네 앞에도 영원이 있다는 것을 생각하라. 두 심연 사이에서 사흘을 살든 300년을 살든 무슨 차이가 있겠는가. 　　　　　아우렐리우스

6 지나치게 쌓아두는 것은 자유를 방해한다. 쌓아두는 것은 미루는 것에서 비롯된다. 준비할 줄 아는 것은 끝낼 줄 아는 것을 뜻한다. 끝나지 않은 것은 결국 아무것도 이루어지지 않은 것이다. 우리가 미뤄두고 있는 일은 나중에 다시 나타나 앞길을 가로막는다. 하루하루 그날의 일을 처리하고 치우면서 다음날을 소중히 대한다면 언제나 준비된 삶을 살 수 있다. 준비가 되었다는 것은 그 본질상 언제라도 죽을 수 있다는 것을 뜻한다. 　　　　　아미엘

7 사람들은 "나는 이제 아무것도 할 필요가 없다. 곧 죽을 테니까" 하고 말한다. 곧 죽기 때문에 할 필요가 없는 일은 언제 해도 할 필요가 없는 일이다. 그러나 언제나 필요하고 죽음에 가까워질수록 더욱 필요한 일은 영혼을 기르고 키우는 일이다.

8 이렇게 할까 저렇게 할까 판단이 망설여질 때는 네가 저녁에 죽을 것이고 네가 무엇을 어떻게 할지 아는 사람이 아무도 없다면 어떻게 할지 스스로에게 물어보라.

/ 죽음은 사람들에게 각자 자신의 일을 끝맺는 법을 가르친다. 그러나 모든 일 가운데 언제나 완전히 마무리되어 있는 일은 대가를 바라지 않는 사랑의 일이다.

6월 25일

타인에 대한 아첨과 허위에서 벗어날수록 신을 섬기는 일은 더욱 쉬워지고, 그것에 얽매일수록 신을 섬기는 일은 어려워진다.

1 남이 아니라 스스로 훌륭하다고 생각할 수 있는 삶을 살아라.

루시 맬러리

2 우리는 남의 결점은 불쾌하게 느끼면서 그와 똑같은 자신의 결점은 아랑곳하지 않는다. 자신의 결점은 느끼지 못하는 것이다. 또 우리는 남의 결점을 아주 싫다고 생각하지만 그것이 곧 자신의 모습이라는 것은 알지 못한다.

남에게서 자기 자신의 모습을 볼 수 있다면 어떤 방법보다 빠르게 자신의 결점을 고칠 수 있다. 거리를 두고 자신의 결점을 있는 그대

로 보면 당연히 그 결점이 싫기 때문이다. 라브뤼예르

3 선한 사람들에게 평화는 다른 사람들의 입이 아니라 그 자신의 양심 속에 있다.

4 아이들은 숨바꼭질놀이를 할 때 자기 눈을 가리면서 자신이 남들을 보지 못하니까 남들도 자신을 보지 못할 거라 믿는다.

우리의 삶과 행위가 다른 사람들에게 어떤 인상을 주는지 돌이켜 보는 것은 아주 유익하다.

5 덕이 있는 인간이 되기 위한 가장 빠르고 확실한 방법은 자신을 갈 고 닦는 것이다. 덕행을 관찰해보면, 그것이 모두 노력과 정진으로 이룬 결과임을 알게 될 것이다. 플라톤『대화편』

6 말을 안 해도 비난받고, 말이 많아도 비난받고, 말이 적어도 비난받 는다. 세상에 비난받지 않는 사람은 없다. 『법구경』

7 인간의 가장 큰 장점은 수치심이다. 수치를 아는 사람은 죄를 잘 짓 지 않는다. 『탈무드』

8 절대 변명하지 마라.

9 진리를 존중하지 않는 혈육보다 진리를 사랑하는 남이 낫다.

데모필로스

10 자식이나 친구, 변하기 쉽고 소멸하는 것에서 행복을 찾는 자를 행복한 사람이라 부르는가? 그런 사람의 행복은 한순간에 무너져버릴 수 있다. 너 자신과 신 외에 다른 의지할 곳을 찾지 마라.

데모필로스

11 허영심은 진정한 슬픔과 가장 어울리지 않는 감정이지만, 인간의 본성에 깊이 파고들기 때문에 가장 비통한 슬픔도 그것을 쉽게 몰아내지 못한다.

슬플 때 파고드는 허영심은 자신을 슬픈 사람으로, 불행한 사람으로, 그러나 꿋꿋한 사람으로 보이고 싶어하는 욕구로 나타난다. 스스로는 인정하지 않는 이 저열한 욕구는 가장 비통한 슬픔을 느낄 때도 결코 사라지지 않는다. 그것은 타인의 슬픔이 사람들의 마음에 불러일으키는 연민을 방해한다.

❡ 아무리 선량한 행동에도 어느 정도는 허영심과 사람들의 칭찬을 바라는 마음이 섞여 있다. 그런 마음은 자신의 행동이 칭찬이 아니라 비난을 받더라도 결코 달라지지 않는다고 자신할 수 있을 때에만 해롭지 않다.

6월 26일

사랑은 인간에게 삶의 목적을 보여주고, 이성은 그것을 실천하는 방법을 보여준다.

1 태양은 세상 구석구석에 빛을 비춰주지만 그 빛이 마르는 일은 없다. 마찬가지로 너의 이성도 모든 방향으로 빛을 비춰야 한다. 이성은 고갈되지 않고 모든 곳을 비추며, 장애물에 부딪히더라도 안달하거나 노여워하지 않고, 빛을 갈망하며 빛을 향하고 있는 모든 것에 빛을 비춰준다. 이성은 빛을 향하는 모든 것을 감싸주지만 스스로 얼굴을 돌리는 자는 그늘에 남겨둔다.

아우렐리우스

2 인간은 자신을 둘러싼 세계에서 가장 연약한 갈대일 뿐이다. 그러나 그는 생각하는 갈대다.

인간을 죽이기는 쉽다. 그러나 인간은 땅에 사는 어떤 피조물보다 고귀한 존재다. 왜냐하면 그는 죽을 때도 자신이 죽는다는 것을 이성으로 의식하기 때문이다. 인간은 자연 앞에 자신의 육체가 얼마나 작은지 안다. 그러나 자연은 아무것도 모른다.

인간의 특권은 사고력에 있다. 오직 이성만이 우리를 다른 세계 위로 높여준다. 이성을 소중히 다루고 지켜야 한다. 이성은 우리의 삶을 골고루 비추며 어디에 선이 있고 어디에 악이 있는지 가르쳐준다.

파스칼

3 사람은 이성이 있다는 점에서 동물과 구별된다. 어떤 사람들은 이성을 발달

시키지만, 대다수는 마치 자신과 가축을 구별하는 모든 것을 거부하듯 이성을 무시한다. 동양의 금언

4 내가 그리스도교를 찬미하는 것은 내 이성적 본질을 넓히고 강화하고 드높여주기 때문이다. 만일 그리스도교도는 이성적 존재일 수 없다고 한다면 나는 망설이지 않고 그리스도교를 버릴 것이다. 나는 그리스도교를 위해 재산이니 명예니 생명을 모두 희생해야 한다고 생각하지만, 어떤 종교이건 나를 동물보다 높여주고 나를 인간으로 만들어주는 이성을 희생해서는 안 된다고 생각한다. 나는 신에게서 받은 고귀한 능력을 거부하는 것만큼 중한 신성모독을 알지 못한다. 그것은 우리의 육체적 본성을 우리 안에 있는 신적 근원에 대립시키는 것이다. 이성이야말로 사색하는 우리 본성의 최고 표현이다. 이성은 신과 우주의 합일에 호응하게 하고, 우리 영혼을 지고한 조화의 반영이자 거울로 만든다. 채닝

/ 인간에게 이성이 없다면 선악을 구별할 수 없고, 진정한 행복을 찾아 누릴 수 없을 것이다.

6월 27일
선한 삶은 그것을 위해 부단히 노력하는 사람에게만 주어진다.

1 선한 삶을 살기 위해서는 선행을 가리지 말아야 한다. 보잘것없는 작은 선행도 세상을 떠들썩하게 하는 큰 선행 못지않은 큰 힘이 든다.

2 지금까지 하늘나라는 폭행을 당해왔다. 그리고 폭행을 쓰는 사람들이 하늘나라를 빼앗으려고 한다. 「마태복음」11:12

3 무엇이 선인지 알면서 그것이 요구하는 것을 행하지 않는 것은, 나그네가 길을 계속 가야만 잠자리와 먹을 것을 구할 수 있다는 것을 알면서도 발을 멈추고 그것들이 자신에게 찾아오기를 기다리는 것과 다를 바 없다.

4 **그릇에 가득찬 물을 흘리지 않으려면 조심스럽게 반듯이 들어야 한다.**
   날이 잘 들게 하려면 항상 갈아야 한다.
   진정한 행복을 찾고 있다면 네 영혼도 그래야 한다. 노자

5 너에게 아주 중요하고 좋은 것이 있다 해도 그것을 한두 번 부른다고 금세 찾아오지 않으며, 노력 없이는 쉽게 찾아오지 않는다. 에머슨

6 구하라, 받을 것이다. 찾아라, 얻을 것이다. 문을 두드려라, 열릴 것이다. 누구든지 구하면 받고, 찾으면 얻고, 문을 두드리면 열릴 것이다.
   「마태복음」7:7~8

7 피타고라스는 선에 가장 일치하는 생활을 하라고 말했다. 선행은 어려운 일이지만 익숙해질수록 즐거운 것이 된다.

8 신은 동물에게 필요한 모든 것을 주었지만 인간에게는 다 주지 않고 필요한 것을 스스로 구하게 했다. 최고의 지혜는 인간과 함께 태어나는 것이 아니어서 그것을 얻기 위해서는 노력이 필요하고, 그 노력이 클수록 보상도 커진다. 인간은 많은 노력 없이는 최고의 지혜에 다가갈 수 없다.

바브교 경전

/ 행복하길 원한다면 신의 계율을 지켜라. 계율을 지키는 것은 노력만으로도 가능하다. 노력은 즐거운 생활로 보상받을 뿐만 아니라, 그 자체로도 큰 행복을 준다.

6월 28일

가족관계는 가정적이고 종교적일 때, 즉 온 가족이 하나인 신을 믿고 그 계율을 따를 때 비로소 확고해지고 행복한 것이 된다.

그렇지 않은 가정은 기쁨이 아닌 괴로움의 샘이다.

1 가족 이기주의는 개인의 이기주의보다 한층 더 잔인하다. 자기 한 사람을 위해 다른 사람의 행복을 희생시키는 것을 부끄러워하는 사람도 가족을 위해서라면 다른 사람들의 불행과 곤경을 이용하는 것을

당연시한다.

2 악행을 변명할 때 가장 흔히 이용되는 정의롭지 못한 변명은 가족의 행복을 위해서라는 것이다.

인색함, 뇌물, 노동자 탄압, 부정한 거래 같은 것들이 모두 가족에 대한 사랑이라는 이름으로 합리화되고 있다.

3 가족도 조국도 우리의 영혼을 구속할 수 없으며 구속해서도 안 된다. 사람은 태어날 때부터 다른 사람들에게 둘러싸이고 그들이 주는 사랑은 타인에 대한 사랑을 불러일으킨다. 그러나 가족애와 조국애가 배타적인 것이 되어 인류의 보편적 요구를 저버리게 된다면, 가족과 조국은 우리의 영혼을 키우는 것이 아니라 무덤으로 만든다.   채닝

4 가족에 대한 사랑은 자기애의 감정이다. 그렇기 때문에 정의롭지 못하고 악행의 원인은 될 수 있지만, 그 변명은 될 수 없다.

5 그래서 어떤 사람이 예수께 "선생님의 어머님과 형제분들이 선생님을 만나시려고 밖에 서 계십니다" 하고 알려드렸다. 그러자 예수께서는 사람들에게 "하느님의 말씀을 듣고 그대로 실행하는 사람들이 내 어머니이고 내 형제들이다" 하고 말씀하셨다.   「누가복음」 8:20~21

6 아버지나 어머니를 나보다 더 사랑하는 사람은 내 사람이 될 자격이 없고 아들이나 딸을 나보다 더 사랑하는 사람도 내 사람이 될 자격이 없다.

「마태복음」10:37

7 "누구든지 나에게 올 때 자기 부모나 처자나 형제자매나 심지어 자기 자신마저 미워하지 않으면 내 제자가 될 수 없다."(「누가복음」14:26) 여기서 '미워한다'는 것은 가족을 부정하거나 미워하라는 의미가 아니라, 「누가복음」8장 21절에서 말하듯, 그리스도의 제자로서 또 그 추종자로서 그리스도에게 다가가고 그를 사랑하는 것은 가족적인 결합이 아니라 신과의 결합, 그리고 서로의 결합을 통해 가능하다는 뜻이다.

보통 이 말은 방탕한 가족, 혹은 더 도덕적인 가족의 상태만 생각하는 사람들, 즉 종교적 인간의 상태를 생각하지 않는 사람들에게는 매혹적으로 들리지만, 종교적 인간에게는 가족이 있다는 것이 최고의 상태가 아니며, 오히려 보다 높은 상태에 도달하는 데 방해가 된다.

8 어떤 사람들은 행복을 권력에서 찾고, 어떤 사람들은 박식과 학문에서, 또 어떤 사람들은 쾌락에서 찾는다. 이 세 가지 욕망에서 세 개의 학파가 탄생했고, 철학자들은 모두 이 셋 중 하나를 따른다. 그러나 진정한 철학에 근접한 사람들은 모두가 얻으려고 노력하는 보편적 행복은 이 세 가지 중 어느 한 쪽이 되어서는 안 된다고 생각한다. 다시 말해 일부 사람들만이 소유할 수 있는 것들, 사람들과 나눠 갖게 되면 어느 하나를 얻어 기쁨을 느끼더라도 아직 갖지 못한 것 때문에

다시 슬픔에 빠지게 하는 것들에는 진정한 행복이 있을 수 없다는 것이다. 진정한 철학에 다가간 이들은 진정한 행복이란 모든 사람이 아무 손해도 입지 않고 시샘도 하지 않고 단번에 얻을 수 있는 것임을, 자신의 의지를 거슬러 빼앗길 수도 없는 것임을 깨달았다. 파스칼

/ 가족에 대한 사랑에는 자기애와 마찬가지로 도덕적인 의미의 선과 악이 없다. 어느 쪽이나 모두 자연스러운 현상이다. 가족에 대한 사랑도 자기애와 마찬가지로 적당한 한계를 넘으면 죄악이 될 수는 있지만, 결코 선은 될 수 없다.

6월 29일

우울이란 인간이 자신의 삶이나 세계의 삶에서 의미를 찾지 못하는 정신 상태다.

1 우울해하거나 짜증을 내면서 그런 상태를 즐기거나 심지어 자랑하는 사람들이 있다. 이는 자신을 산기슭까지 태우고 내려가준 말의 고삐를 놓고도 여전히 말을 채찍으로 때리는 것이나 다름없다.

2 우울함 같은 불쾌한 기분은 주변 사람들을 괴롭힐 뿐만 아니라 전염시키기도 한다. 분별력이 있는 사람은 남에게 불쾌감을 느끼게 할 수 있는 일을 혼자 있을 때 하듯 우울과 짜증에 몸을 맡기는 것도 혼자

있을 때 한다.

3 사람들은 흔히 외적 원인이 인간의 정신 상태에 영향을 준다고 생각한다. 피로나 굶주림이나 질병 등의 육체 상태는 삶의 정신적 근원을 의식하는 인간의 정신 상태에 영향을 주어 활동을 약화시키기는 하지만 방향을 바꿔놓지는 않는다. 그러나 오로지 외적 삶만을 사는 사람들(어린아이나 종교가 없는 사람들)은 외적 원인에 따라 삶의 태도를 바꾸고, 우울과 초조 속에서 전에는 칭찬하고 사랑했던 사람을 비난하고 미워한다.

4 만사에 어두운 면만 보이고 모든 것이 나쁘게 여겨지고 욕이나 악행의 충동을 느낄 때는 절대 자기 자신을 믿지 마라. 술 취한 사람을 바라보듯 자기 자신을 바라보며 아무것도 하지 말고 그런 상태가 지나가기를 기다려라. 그런 상태일 때는 술이 깰 때 잠이 필요한 것처럼 뭔가를 하지 않을수록 빨리 회복된다.

5 악인이라고 불리는 사람들 대부분은 자신의 나쁜 기분을 정상적인 것으로 받아들이고 그 기분에 몸을 맡긴 결과 악인이 되어버린 것이다.

6 세계가 추악하고 사람들이 불쾌하고 악하고 그들의 언행이 전부 어리석고 역겹게 느껴진다면, 오히려 그 상태에서 자신을 돌아보라. 자

기 안에서 전에 보지 못했던 것을 볼 것이며 자신의 추악함을 인정함으로써 스스로를 이롭게 할 수 있다.

7 끝이 없는 불행은 드문 법이다. 절망은 희망보다 더 기만적이다.

보브나르그

8 결코 의기소침하지 마라.

9 인간은 행복해야 할 의무가 있다. 불행하다면 그 자신의 탓이다.

10 나는 행복과 만족이 인간의 첫번째 조건이 되어야 한다고 생각한다. 불만을 나쁜 짓처럼 부끄러워해야 하며, 내 주변과 내 마음속에 불쾌한 것이 있다면 다른 사람들에게 말하거나 불평하기 전에 서둘러 그것을 바로잡도록 노력해야 한다.

11 주여, 순수와 복종과 사랑으로 당신의 뜻을 실천하며 끊임없이 기쁨을 누릴 수 있게 해주소서.

12 육체적 고통이나 의기소침한 기분은 지상에서 살아가는 자의 운명이다. 그런 기분이 지나가기를, 아니면 그런 삶 자체가 지나가기를

기다리는 수밖에 없다.

／ 주위의 모든 것과 자신의 상황에 불만을 느낄 때는 껍데기 속으로 움츠러드는 달팽이처럼 세계가 준 자신의 사명을 생각하면서 침잠하라. 그리고 너를 그런 상태로 이끈 것들이 지나가기를 기다려라. 그러면 다시 자기 삶의 일을 할 힘이 움틀 것이다.

6월 30일

외적인 문제들을 해결하려 하기보다 어떻게 사는 것이 더 나은 삶인가라는 인간에게 고유한 하나의 내적 질문을 스스로에게 던진다면, 어떤 문제에서도 최선의 해결책을 찾을 수 있을 것이다.

1 우리는 공통의 행복이 어디에 있는지 알지 못하고 또 알 수도 없다. 그러나 공통의 행복에 도달하려면 각자에게 계시된 선의 법칙을 모두 각자 실행해야 한다는 것은 잘 알고 있다.

2 진정한 삶은 이동과 충돌, 투쟁, 살인 같은 큰 외면적 변화가 일어나는 곳이 아니라 눈에 띄지 않는 작은 변화가 이루어지는 인간의 의식 속에 있다.

3 마르타, 마르타, 너는 많은 일에 다 마음을 쓰며 걱정하지만 실상 필요한 것은 한 가지뿐이다. 마리아는 참 좋은 몫을 택했다, 그것을 빼앗아서는 안 된다. 「누가복음」10:41~42

4 지상의 사람들이 두려움에 떨고 있다. 곳곳에서 지진에 대비하는 듯한 노역이 느껴진다. 인간이 지금처럼 거대한 책임을 짊어져본 적이 있던가. 더욱 큰 문제가 시시각각 우리에게 일어나고 있다. 뭔가 위대한 일이 일어나고 있다는 것을 느낀다. 그러나 그리스도가 출현하기 전까지 세계는 위대한 일을 그토록 기다려왔으면서도 막상 그가 출현하자 그를 받아들이지 않았다. 지금의 세상도 그리스도의 **새로운 출현**을 앞둔 **산고**를 겪고 있지만 무엇이 다가오는지 전혀 깨닫지 못하고 있다. 루시 맬러리

5 사회주의에는 두 가지가 있다. 두 가지 모두 인류의 안녕과 행복을 추구한다.

하나는 보편적 행복을 획득하려 하고, 다른 하나는 모든 사람에게 저마다 행복해질 수 있는 가능성을 주려 한다.

하나는 국가의 권력을 인정하고, 다른 하나는 어떠한 권력도 인정하지 않는다.

하나는 국가의 전제를 요구하고, 다른 하나는 온갖 전제의 폐절을 원한다.

하나는 피지배계급의 지배계급화를 추구하고, 다른 하나는 모든 계급의 폐지를 원한다.

하나는 인간사회의 모든 전쟁행위를 긍정하고, 다른 하나는 인간

사회의 평화사업만을 믿는다.

　사회주의에는 이 두 가지만 있다. 하나는 유아적인 사회주의, 다른 하나는 성숙한 사회주의다. 하나는 과거의 사회주의, 다른 하나는 미래의 사회주의다. 따라서 하나는 마땅히 다른 하나에게 자리를 내주어야 한다. 사회주의자는 이 둘 중 하나를 선택해야 하며, 아니면 자신을 사회주의자라 말해서는 안 된다.　　　　　　　　　르시뉴

6　'백 명 중 한 명이 아흔아홉 명을 지배하는 것은 정의롭지 못하며 그것은 전제주의다. 열 명이 아흔 명을 지배하는 것 역시 정의롭지 못하며 그것은 과두정치다. 쉰한 명이 마흔아홉 명을 지배하는 것은 (사실 이것은 한낱 상상에 지나지 않는데, 실제로는 쉰한 명 중 열 명이나 열한 명이 지배한다) 완전한 정의이며 자유다!'

　이처럼 명백하게 불합리한 결론보다 더 우스꽝스러운 것도 없다. 그런데 바로 이 같은 결론이 국가기구를 개선하려는 모든 활동의 기초가 되고 있다.

7　여러 집단의 흥분된 외침 속에서 진리의 목소리를 가려듣기란 쉽지 않다.　　　　　　　　　　　　　　　　　　　　　실러

8　진리와 정의를 추구하는 사람은 고독을 버틸 마음의 준비가 되어 있어야 한다.　　　　　　　　　　　　　　　　　베르시에

9 정치적 연금술을 통해서는 납처럼 무거운 본성에서 가치 있는 행위를 추출해낼 수 없다. 스펜서

10 사람들이 세계를 구하는 대신 자기 자신을 구하려 하고, 인류를 해방시키는 대신 자기 자신을 해방시키기를 바란다면 오히려 세계를 구하고 인류를 해방시키는 많은 일을 할 수 있을 것이다! 게르첸

✦ 우리 의지와 상관없이 저절로 작용하는 외적인 것으로 우리 삶을 변화시키고 개선할 수 있다고 믿는다면 변화와 개선은 멀어진다.

딸기

바람 한 점 없는 6월의 무더운 날이 계속되었다. 숲속 나뭇잎들은 물기를 머금은 채 초록으로 우거지고, 자작나무와 보리수의 노란 잎만 군데군데 떨어져 있다. 들장미 덤불은 향긋한 내음을 풍기고 숲속 풀밭에는 달콤한 토끼풀이 빼곡하고, 반쯤 알맹이가 찬 무성한 호밀은 검게 물결친다. 저지대에서는 뜸부기들이 서로를 부르고, 귀리밭과 호밀밭에서는 메추라기가 목쉰 소리로 울거나 지저귀고, 숲속 휘파람새는 이따금 노래를 한 가락 뽑다가 뚝 그치곤 한다. 타는 듯이 뜨겁다. 길에는 손가락 두께만큼 마른 먼지가 쌓여 있다가 미풍만 살짝 스쳐도 이쪽저쪽으로 일렁거리며 구름처럼 피어오른다.

농부들은 다 지은 움막으로 거름을 옮기고, 가축들은 풀 한 포기 없이 말라붙은 밭에서 배를 곯으며 다시 새 풀이 돋기를 기다린다. 암소와 수송아지들은 꼬리를 꼬부랑하게 올려세우고 휙휙 내두르며 외양간에 들어가지 않으려고 목동에게서 달아난다. 사내아이들은 길가와 개천가에서 말들을 지킨다. 아낙들은 숲에서 풀 망태기를 끌고 나오고, 아가씨들과 계집아이들은 앞다투듯 벌채된 숲속을 기어 돌아다니며 딸기를 따서 별장 사람들에게 팔러 간다.

오밀조밀한 무늬로 호화롭게 꾸며진 별장에 사는 사람들은 가볍고 깨끗하고 값비싼 옷을 차려입고 양산을 든 채 모래 깔린 오솔길을 거닐거나 나무 그늘이나 페인트칠 된 작은 정자의 탁자 앞에 앉아 더위에 쩔쩔매면서 시원한 음료를 마신다.

작은 탑과 베란다, 발코니, 회랑까지 딸린 모든 것이 새롭고 산뜻하고 청결한 니콜라이 세묘니치의 호화 별장 옆에 작은 방울이 달린

삼두마차가 서 있는데, 도시에서 '왕복' 15베르스타 떨어진 곳을 운행하는 이 마차에는 마부가 말하듯 페테르부르크의 한 귀족이 타고 있다.

이 귀족은 여러 위원회와 단체들에 참여하며 겉으로는 정부를 옹호하는 척하지만 사실은 지극히 자유주의적 성향을 띤 집단과 어울리는 유명한 자유주의자다. 그는 무척 바쁜 사람이라 시골 도시에서는 언제나 하루만 묵었다. 이번에도 시골 도시에서 하루 묵고 사상적 동지이자 죽마고우인 세묘니치를 만나러 별장촌에 온 것이다.

두 사람은 헌법 원리의 적용에 대해서 약간의 의견 차이가 있을 뿐이었다. 페테르부르크 출신에 얼마쯤 사회주의에 경도된 유럽 성향의 이 손님은 현재 그가 일하는 몇 곳에서 꽤 높은 보수를 받고 있었다. 한편 니콜라이 세묘니치는 슬라브주의 성향을 지닌 순수 러시아인 정교도로, 수천 데샤티나의 땅을 소유하고 있었다.

그들은 정원에서 다섯 가지 요리가 나오는 정찬을 들었지만 더워서 거의 먹지 못했기 때문에 40루블의 월급을 받는 요리사와 그의 조수들이 손님을 위해 특별히 기울인 노력은 거의 허사로 돌아갔다. 그들은 하얀 연어살이 들어간 차가운 수프와 여러 가지 설탕가루와 비스킷으로 장식한 색색의 보기 좋은 아이스크림만 먹었다. 그 밖에도 자유주의자 의사, 니콜라이 세묘니치가 휘어잡고는 있지만 열성 사회민주당원이자 혁명론자인 대학생 가정교사, 니콜라이 세묘니치의 아내 마리야와 세 아이도 함께했는데 아이들 중 막내는 케이크가 나올 때 먹으러 왔다.

식사는 약간 긴장된 분위기에서 이어졌는데, 무척 신경질적인 여성인 마리야가 고가(점잖은 집안에서 그렇듯 막내아이 니콜라이를 그렇게 불렀다)의 배탈을 걱정하고 있던데다, 손님과 니콜라이 세묘니치가 정치에 대해 이야기를 시작하자마자 누구 앞에서든 서슴지 않고 자신의 신념을 밝히는 대학생이 당장 끼어들어 손님은 입을 다물어버리고 니콜라이 세묘니치는 이 혁명론자를 달래야 하는 상황이 되었기 때문이다.

식사는 일곱시에 끝났다. 식사 후 두 친구는 베란다에 앉아 가벼운 화이트와인을 섞은 시원한 나르잔캅카스의 지명 탄산수로 몸을 식히며 이야기를 나누었다.

두 사람은 간접선거를 해야 하느냐 직접선거를 해야 하느냐 하는 문제에서 의견이 달랐는데 열띤 논쟁을 시작하려던 그때 차를 마시러 오라는 전갈이 왔다. 두 사람은 파리를 막기 위해 창문에 방충망을 쳐놓은 식당으로 갔다. 마리야와 그들이 함께 차를 마시는 동안은 일상적인 이야기가 오갔지만, 그녀는 고가의 배탈이 걱정되어 대화에 흥미를 느끼지 못했다. 화제는 그림으로 옮겨갔고, 마리야는 데카당스의 그림에는 부정할 수 없는, 알 수 없는 뭔가가 있다고 주장했다. 그러나 이때도 그녀는 데카당스의 그림에 대해서는 전혀 생각하지 않으면서 전에 여러 번 말한 것을 그저 되풀이했다. 손님은 그런 문제에 전혀 흥미가 없었지만 귀동냥으로 들어 대충 아는 것을 아주 그럴듯하게 말했고, 그러자 누구도 그가 데카당스나 비데카당스에 대해 아무런 이해가 없다고 여기지 않았다. 니콜라이 세묘니치는 아내의 얼굴을 보고 뭔가 불만이나 불쾌한 문제가 있다는 것을 읽었고, 벌써 백 번도 더 들은 것 같은 그 이야기를 또 듣는 것이 아주 지루하게 느껴졌다.

값비싼 청동램프와 정원의 각등이 켜지고, 아픈 고가가 의사에게 진료를 받은 뒤, 아이들은 모두 잠자리에 들었다.

손님은 니콜라이 세묘니치와 의사와 함께 베란다로 나갔다. 하인이 갓이 달린 촛대와 나르잔 탄산수를 내왔고 이윽고 자정쯤 되자 지금처럼 위중한 시기의 러시아에서 어떤 정책이 채택되어야 하는

가에 대한 활발한 토론이 시작되었다. 두 친구는 줄담배를 피우며 이야기했다.

문밖에서는 먹이도 먹지 못한 말들이 방울을 짤랑거리고, 역시 요기도 못하고 마차 안에 앉아 있던 늙은 마부가 하품하다 코를 골다 하며 기다리고 있었다. 마부는 벌써 이십 년이나 한 주인 밑에서 일해왔는데, 자기 급료에서 술값으로 3루블에서 5루블을 뺀 나머지 전부를 고향에 있는 형제에게 부쳤다. 여기저기 별장들에서 수탉들이 울고, 특히 옆 별장의 수탉이 큰 소리로 날카롭게 홰를 치며 울자 마부는 혹시 사람들이 자기가 있다는 것을 잊어버린 게 아닌지 걱정되어 마차에서 나가 별장으로 들어갔다. 그는 자기 손님이 그곳에서 뭔가를 마시며 간간이 큰 소리로 이야기하는 모습을 보았다. 그래서 직접 그의 옆으로 가지 않고 하인을 찾으러 나갔다. 하인은 제복을 입은 채 현관방에 앉아 말뚝잠을 자고 있었다. 마부는 그를 깨웠다. 자신의 벌이(15루블의 급료에, 모두 합쳐 일 년에 100루블쯤 되는 팁을 받아 썩 괜찮았다)로 다섯 딸과 두 아들이 있는 대가족을 부양하는 농노 출신 하인이 훌쩍 일어나 몸을 추스르고 옷매무새를 가다듬은 뒤 마부가 걱정하며 돌아가고 싶어한다는 것을 알리기 위해 주인에게 갔다.

하인이 들어갔을 때는 논쟁이 한창이었다. 의사도 그들에게 다가가 논쟁에 끼어들었다.

"인정할 수 없습니다," 손님이 말했다. "러시아 국민에게 다른 발전 경로가 있다는 건 인정할 수 없습니다. 무엇보다 필요한 건 자유입니다. 정치적 자유, 이것이야말로 모두가 알고 있는 그 최대의 자유죠. 타인의 권리를 최대한 지켜준다는 조건에서요."

손님은 자신이 혼란에 빠졌고 스스로 이상한 말을 하고 있다고 느꼈지만, 논쟁이 뜨거워질수록 어떻게 말해야 할지 잘 생각나지 않았다.

"그건 그렇죠." 니콜라이 세묘니치는 손님의 말은 귀담아듣지 않고 마음에 드는 자기 생각만 말하려 했다. "그건 그렇지만 그건 다른 방법으로도, 다수결에 따른 투표가 아니라 전반적인 합의에 의해 달성될 수 있습니다. 미르^{제정러시아의 농민 자치 공동체}의 결정 과정을 보면 알 수 있죠."

"아, 미르 말이군요."

"슬라브인에게 슬라브인 특유의 시각이 있다는 건 누구도 부정할 수 없을 겁니다. 이를테면 폴란드의 *거부권* 같은 것 말입니다. 나는 그것이 좋다고 생각하진 않지만요." 의사가 말했다.

"내 생각을 끝까지 말하게 해주겠습니까." 니콜라이 세묘니치가 말했다. "러시아 국민의 특성이 있습니다. 그것은……"

그러나 그때 제복 차림에 잔뜩 졸린 눈으로 들어온 이반이 그의 말을 방해했다.

"마부가 걱정을 하고 있어서요……"

"가서 곧 가겠다고 전해주시오(페테르부르크 손님은 어느 하인에게나 존댓말을 썼고 그것을 자랑스럽게 생각했다). 그리고 삯을 더 쳐주겠다고요."

"알겠습니다."

이반이 나갔고, 니콜라이 세묘니치는 자기 생각을 끝까지 말할 수 있었다. 그러나 손님도 의사도 자신들이 이미 스무 번쯤(적어도 그들에게는 그렇게 느껴졌다) 들은 그 이야기를 반박했는데, 특히 손님은 역사의 예를 들어 반론했다. 그는 역사에 해박했다.

의사는 손님 편이 되어 그의 박식함에 감탄하면서 그와 알게 된 것을 기뻐했다.

대화는 늘어질 대로 늘어져 어느새 길 건너편 숲 너머가 환해지고 휘파람새도 잠에서 깼지만, 이들은 연신 담배를 피우고 이야기하다, 이야기하고 담배를 피우다 했다.

아마 하녀가 들어오지 않았다면 언제까지고 계속됐을 것이다.

고아 출신인 그녀는 생계를 위해 하녀살이를 시작했다. 처음에는 어느 상인의 집에 들어갔는데 점원의 유혹으로 아이를 낳게 되었다. 아이는 이내 죽었고, 그녀는 다시 어느 관리의 집에 들어갔는데 거기서는 김나지움 학생인 아들이 그녀를 가만 놓아두지 않았다. 그후 니콜라이 세묘니치의 집에 들어와서야 겨우 행복해졌는데, 이 집에는 음탕한 마음을 품고 치근대는 남자도 없고, 급료도 꼬박꼬박 받을 수 있었다. 그녀는 마님이 의사와 니콜라이 세묘니치를 찾고 있다고 알리러 온 것이었다.

'음,' 니콜라이 세묘니치는 생각했다. '고가에게 무슨 일이 생긴 건가?'

"무슨 일이지?" 그는 하녀에게 물었다.

"니콜라이 니콜라예비치의 상태가 좋지 않습니다." 하녀가 말했다. 니콜라이 니콜라예비치는 과식으로 설사병이 난 고가의 본명이다.

"아, 이런," 손님이 말했다. "벌써 날이 밝았군요. 시간 가는 줄 모르고 앉아 있었습니다." 그는 꽤 오랫동안 많은 이야기를 나눈 자신과 상대들을 칭찬하는 듯이 빙그레 웃으며 말하고는 곧 작별인사를 했다.

이반은 손님이 찾기 힘든 엉뚱한 곳에 팽개쳐둔 모자와 우산을 찾으러 한참 동안 피곤한 다리로 뛰어다녀야 했다. 이반은 초조한 마음으로 팁을 기대하고 있었지만, 언제나 관대하고 하인에게 1루블쯤 주는 것을 결코 아까워하지 않는 손님은 이야기에 열중한 나머지 까맣게 잊고 있다가 나중에야 하인에게 아무것도 주지 않은 것이 생각났다. '하는 수 없지.'

마부는 마부석에 올라가 고삐를 잡고 비스듬히 앉아 고삐를 툭 쳤다. 방울이 울렸다. 페테르부르크 출신의 유명인은 부드러운 스프링에 흔들리며 자기 친구의 편협한 사고에 대해 생각했다.

니콜라이 세묘니치도 곧장 아내에게 가지 않고 똑같은 생각에 빠져 있었다. '그 페테르부르크식 편협함을 말해 뭐하겠나. 어떻게 해도 거기서 빠져나올 수가 없는 거야.' 그는 생각했다.

그는 지금 가봤자 좋은 일도 없으리라는 것을 알았기 때문에 아내에게 가는 것을 미루었다. 사건의 발단은 딸기였다. 어제 마을 사내아이들이 딸기를 팔러 왔었는데, 니콜라이 세묘니치는 달라는 대로 돈을 주고 다 익지도 않은 딸기를 두 접시나 사버렸다. 그의 아이들이 뛰어와 달라고 조르더니 그 자리에서 두 접시를 게 눈 감추듯 먹어치웠다. 마리는 침실에 있다가 나와서 이미 배탈이 난 고가에게 딸기를 준 것을 알고 무섭게 화를 냈다. 그녀는 남편을 탓하고 남편은 그녀를 탓하기 시작했다. 그리고 거의 싸움에 가까운 말다툼이 벌어졌다. 저녁이 되자 고가의 상태가 나빠졌다. 니콜라이 세묘니치는 곧 가라앉을 거라 생각했지만 의사를 불러야 할 정도로 상태가 심상치 않았다.

아내에게 가자, 지금은 아무 느낌이 없지만 전에는 그가 아주 좋아했던 알록달록한 비단가운을 입은 그녀가 아이방에 의사와 함께 서서 허리를 구부린 채 촛농이 뚝뚝 떨어지는 촛불을 변기 안에 비추고 있었다.

의사는 코안경 너머로 변기를 들여다보며 악취를 풍기는 뭔가를 조심스럽게 막대기로 뒤적이면서 살펴보고 있었다.

"맞습니다." 그가 의미심장하게 말했다.

"모두 그놈의 딸기 때문이에요."

"아니, 딸기가 어째서." 니콜라이 세묘니치가 소심하게 말했다.

"왜 딸기 때문이냐고요? 당신이 저애한테 먹였잖아요, 그래서 나는 간밤에 한숨도 못 잤고요, 저애는 죽을지도 모른다고요……"

"뭐 꼭 그렇진 않을 겁니다." 의사가 웃으며 말했다. "아이에게 비스무트를 조금 먹이고 조심하면 괜찮아질 겁니다. 지금 먹이시죠."

"곤히 잠들었는데요." 마리야가 말했다.

"그럼 깨우지 않는 게 좋겠군요. 내일 다시 오겠습니다."

"부탁드릴게요."

의사는 돌아갔고, 니콜라이 세묘니치는 혼자 남아 아내를 달래느라 한참 동안 진땀을 뺐다. 그가 잠들었을 때는 이미 날이 환히 밝은 뒤였다.

바로 그 시간 이웃마을에서는 농부들과 아이들이 밤 보초를 마치고 돌아오고 있었다. 어떤 사람들은 말을 타고, 어떤 사람들은 말 여러 마리의 고삐를 잡고 걷고, 그 뒤에서 한두 살 된 망아지들이 따라오고 있었다.

열두 살 소년 타라스카 레주노프는 반코트에 챙 없는 모자를 쓰고 얼룩 암말에 맨발로 올라탄 채 어미와 같은 얼룩 망아지의 고삐를 끌고 다른 사람들을 앞질러 마을을 향해 언덕길을 달려올라가고 있었다. 검정개가 말 앞에서 힐끗힐끗 뒤를 돌아보면서 신이 난 듯 달려갔다. 살이 오른 얼룩 망아지는 그 뒤에서 하얀 얼룩무늬 발로 좌우를 차며 뛰어갔다. 타라스카는 집에 도착하자 말에서 내려 대문 옆에 매어놓고 현관으로 들어갔다.

"어이, 얘들아, 아직까지 자냐." 그는 현관에 깐 거친 돛천 위에서 자는 동생들에게 소리쳤다.

함께 자던 어머니는 벌써 일어나 소젖을 짜러 나가고 없었다.

올구시카는 새집처럼 헝클어진 긴 금발을 손가락으로 간종그리면서 벌떡 일어났다. 나란히 자고 있던 페디카는 털로 안을 댄 외투 속에 목을 웅크리고 누운 채 외투 밖으로 삐져나온 아이다운 한쪽 발로 다른 쪽 까칠까칠한 뒤꿈치를 긁고 있었다.

어제저녁, 딸기를 따러 가기로 한 동생들을 타라스카가 밤일에서 돌아오는 대로 깨워주기로 약속했던 것이다.

타라스카는 약속대로 했다. 밤 보초를 서는 동안 덤불 밑에 앉아 졸음에 시달렸지만, 아침이 되어 움직이자 기분이 상쾌하고 잠 생각도 사라져서 동생들과 함께 딸기를 따러 가기로 마음먹었다. 어머니가 우유를 한 컵 가득 따라주었고, 타라시카는 빵을 적당히 잘라 탁자머리 앞 높은 의자에 걸터앉아 먹기 시작했다.

그는 루바시카와 바지 차림으로 먼지 위에 맨발의 또렷한 발자국을 남기며 빠르게 걸어갔다. 앞서간 아이들이 남긴 크고 작은 똑같은 발자국들이 발가락 모양까지 선명하게 찍혀 있었다. 벌써 멀리 앞쪽의 거뭇한 덤불 나뭇잎들 사이로 여자애들의 모습이 울긋불긋한 점으로 보였다(이들은 어제저녁부터 항아리와 대접을 준비해두었다가 아침도 먹지 않고 점심에 먹을 빵도 챙기지 않은 채 방 한쪽 구석에 있는 성상을 향해 두어 번 성호를 긋고는 그대로 밖으로 뛰어나갔다). 타라스카는 커다란 숲 뒤에서 동생들을 따라잡았고 그들은 막 길을 돌아 그곳으로 들어선 참이었다.

풀 위에, 덤불 위에, 낮은 나뭇가지에도 이슬이 맺혀 있어 여자애들의 작은 맨발은 곧 젖었는데 처음에는 발이 시렸지만 부드러운 풀과 울퉁불퉁한 마른땅을 딛는 사이 온기가 채워졌다. 딸기가 있는 곳은 벌목된 숲이었다. 여자애들은 작년에 벌목된 숲부터 들어갔다. 어린나무의 새순이 이제 막 돋아나고 축축한 어린 딸기나무 사이로 키 작은 풀이 자라고 있었다. 풀 속에 아직 분홍빛이 도는 하얀 딸기들과 잘 익은 빨간 딸기들이 숨어 있었다.

여자애들은 몸을 구부리고 햇볕에 그을린 작은 손으로 하나씩 딸기를 따서 좋지 않은 것은 제 입에 집어넣고, 괜찮은 것만 대접에 담았다.

"올구시카! 이쪽으로 와봐. 여기 좋은 게 있어."

"정말? 웅! 여기 있어!" 그들은 서로 멀리 흩어지지 않기 위해 덤불 속에 들어가 보이지 않을 때는 서로를 불렀다.

타라스카는 여동생들에게서 떨어져 재작년에 벌목된 골짜기 건너편 숲으로 갔다. 어린나무들이 자라는 숲에 호두나무와 단풍나무가 유난히 사람 키보다 높게 자라 있었다. 풀은 더 축축하고 무성했고, 이곳 산딸기는 풀 밑에서 한층 더 굵고 과즙이 꽉 차 보였다.

"그루시카!"

"왜!"

"늑대가 오면 어쩔 건데?"

"늑대가 뭘? 겁주는 거니. 그래봐야 나는 무섭지 않아." 그루시카는 이렇게 말했지만 늑대를 생각하다보니 자기도 모르게 가장 좋은 딸기를 대접이 아니라 자기 입속에 집어넣고 있었다.

"타라스카가 골짜기 건너편으로 가버렸어. 타라스카-아!"

"나 여기!" 타라스카가 골짜기 건너편에서 대답했다. "이쪽으로 건너와."

"그래, 가자, 저쪽에 많아."

여자애들은 관목을 붙잡으며 골짜기 아래로 내려가 건너편 저지 쪽으로 들어가 부드러운 풀과 딸기가 숱하게 널린 숲속 양지바른 풀밭으로 곧장 달려들었다. 둘 다 말을 멈추고 쉴새없이 손과 입을 움직였다.

풀과 덤불 사이에서 갑자기 뭔가 후다닥 튀어나와 정적을 깨면서 그들에게는 무서운 굉음처럼 들리는 소리를 울렸다.

그루시카는 깜짝 놀라 털썩 주저앉는 바람에 애써 딴 딸기를 절반이나 쏟아버렸다.

"엄마야!" 그녀는 외마디소리를 지르며 울음을 터뜨렸다.

"토끼야, 토끼. 타라스카! 토끼가 저기 간다." 올구시카가 회갈색 등에 긴 귀가 덤불 사이에서 힐끗 보이는 것을 가리키며 외쳤다. "왜 그래?" 토끼가 시야에서 사라지자 올구시카가 그루시카에게 얼굴을 돌리고 물었다.

"난 늑대인 줄 알았어." 그루시카는 이렇게 말하고 놀라움과 두려움의 눈물을 거두고 이내 깔깔거리기 시작했다.

"이런 바보."

"정말 놀랐단 말이야!" 그루시카는 방울소리처럼 카랑카랑한 소리로 웃으며 말했다.

그들은 딸기를 따며 앞으로 나아갔다. 어느 틈에 해가 떠올라 밝고 환한 반점과 그림자로 푸른 나뭇잎을 수놓고 이제는 여자애들의 허리통까지 적신 이슬방울 속에서 빛나고 있었다.

여자애들은 앞으로 가면 딸기가 더 많이 있겠지 하고 자꾸 앞으로 나아가다 벌써 숲 가장자리까지 와 있었고, 그때 나중에 와서 역시 여기저기서 딸기를 따던 아가씨들이며 아낙들이 서로를 불러대는 높은 목소리가 들렸다.

아침 먹을 시간쯤에는 대접이며 항아리가 벌써 반이나 차 있었다. 여자애들은 자신들처럼 딸기를 따러 나온 아쿨리나 아주머니를 만났다. 아쿨리나 아주머니 뒤에는 모자도 쓰지 않고 루바시카 바람에 배가 볼록 나온 작은 사내애가 통통한 안짱다리로 어기적어기적 걸어왔다.

"나한테서 떨어지질 않아." 아쿨리나는 사내애를 안아올리며 말했다. "실은 맡길 사람도 없어서 말이야."

"우리는 방금 커다란 토끼 한 마리를 쫓아냈어요. 얼마나 무서운 소리를 내던지, 무서웠어요……"

"그랬구나!" 아쿨리나는 응수하고 다시 사내애를 내려놓았다.

이런 말을 주고받은 뒤 아이들은 아쿨리나와 헤어져 다시 딸기를 따기 시작했다.

"아, 이제 좀 앉자." 올구시카가 우거진 호두나무 아래 시원한 그늘에 털썩 앉으며 말했다.

"힘들다. 아휴, 빵을 싸올걸. 지금 먹으면 딱인데."

"그러게." 그루시카가 말했다.

"아쿨리나 아주머니가 뭐라고 외친 것 같은데. 들었어? 네, 아쿨리나 아주머니!"

"올구시카ㅡ아!" 아쿨리나가 불렀다.

"왜 그러세요!"

"우리 아이 거기 있니?" 아쿨리나가 비탈길 뒤에서 외쳤다.

"아니요!"

그때 덤불이 바스락거리더니 비탈길 뒤쪽에서 치맛자락을 무릎 위까지 걷어올린 아쿨리나 아주머니가 바구니를 손에 들고 나타났다.

"우리 아이 봤어?"

"못 봤어요."

"아, 이를 어쩌지? 미시카ㅡ아ㅡ아!"

"미시카ㅡ아ㅡ아!"

아무 대답도 없었다.

"아, 이 일을 어쩌지, 길을 잃었나봐. 이 넓은 숲속에서 길을 잃은 거야."

올구시카는 벌떡 일어나 그루시카와 함께 찾으러 가고 아쿨리나

아주머니는 그들과 다른 방향으로 뛰어갔다. 세 사람 모두 큰 소리로 미시카를 불렀지만 대답은 없었다.

"아이, 힘들어." 뒤처지던 그루시카가 말했지만 올구시카는 쉬지 않고 부르고 주위를 두리번거리며 이쪽저쪽으로 찾으러 다녔다.

아쿨리나의 필사적인 목소리가 넓은 숲 멀리까지 들렸다. 올구시카는 이제 찾는 것을 포기하고 집에 돌아가고 싶었다. 그때 어린 보리수나무 그루터기 가까이 축축한 덤불 속에서 아마도 새끼를 데리고 있는 새가 성난 듯이 필사적으로 울어대는 소리가 들렸다. 새는 뭔가 위협을 느끼고 성이 나 있는 게 분명했다. 올구시카는 칙칙한 흰 꽃이 달린 키가 큰 풀이 빽빽이 자란 덤불 속을 들여다보았다. 바로 그 밑에 숲의 풀과는 다른 푸른색 작은 무더기 같은 것이 보였다. 발을 멈추고 유심히 살펴보았는데, 미시카였다. 새는 미시카를 보고 두려워 잔뜩 성이 난 것이었다.

미시카는 통통한 배를 깔고 얼굴에 손을 괸 채 오동통하고 구부정한 작은 두 다리를 뻗고 곤히 잠들어 있었다.

올구시카는 아주머니를 불렀고 아이를 깨워 딸기를 먹여주었다.

그 일이 있고 난 뒤 올구시카는 만나는 사람마다, 또 집에서는 부모님과 이웃사람들에게 자기가 아쿨리나 아주머니의 아들을 얼마나 찾아다녔고 어떻게 발견했는지 이야기했다.

해는 숲 위로 완전히 떠올라 대지와 그 위의 모든 것을 뜨겁게 달궜다.

"올구시카! 목욕 가자." 여자애들이 올가^{올구시카의 애칭}를 찾아와 꾀었다. 모두 줄지어 노래를 부르면서 강으로 갔다. 뛰놀고 외치고 물장구치느라 여자애들은 서녘에서 낮은 먹구름이 몰려온 것도, 해가 얼굴을 감추었다 드러냈다 하는 것도, 꽃과 자작나무 잎이 향기를 풍기는 것도, 또 먼 데서 천둥이 울린 것도 알지 못했다. 여자애들이 미처 옷을 입기도 전에 비가 쏟아져 살갗을 적셨다.

몸에 착 달라붙은 거뭇해진 루바시카를 걸친 두 아이는 집으로 쏜살같이 돌아와 간단히 요기를 하고 감자밭에서 일하는 아버지에게 점심을 날랐다.

그들이 돌아와서 점심을 거의 다 먹을 때쯤 루바시카는 이미 다 말라 있었다. 두 아이는 산딸기를 컵에 잘 골라 담아서 니콜라이 세묘니치의 별장으로 갔다. 그 집에서는 언제나 값을 잘 쳐주었다. 그런데 이번에는 퇴짜를 맞았다.

파라솔 밑에 있는 큰 안락의자에 앉아 더위에 괴로워하던 마리는 딸기를 팔러 온 여자애들을 보자 그들을 향해 부채를 흔들었다.

"안 사, 안 사."

그러나 김나지움에서 힘든 공부를 끝내고 와 쉬면서 이웃집 아이들과 크리켓을 하고 있던 열두 살 난 장남 발랴는 딸기를 보자 곧장 올구시카에게 달려와 물었다.

"얼마야?"

"30코페이카예요."

"비싼데." 그는 말했다. 어른들이 늘 그렇게 말했기에 그냥 해본 말이었다. "잠깐만 기다려, 저쪽 모퉁이에서." 그는 이렇게 말하고 유모에게 뛰어갔다.

그동안 올구시카와 그루시카는 작은 집과 숲과 정원이 비치는 유리공을 넋을 놓고 바라보았다. 그러나 유리공도, 그 밖의 다른 많은 것도 그들에게 그렇게 큰 놀라움을 주지는 못했다. 그들은 자신들이 알 수 없는 나리들의 신비로운 세계에서는 기적 같은 것이 있어도 놀랄 일이 아니라고 생각했기 때문이다.

발랴는 유모에게 뛰어가 30코페이카를 달라고 졸랐다. 유모는 20코페이카면 충분하다며 돈궤에서 돈을 꺼내주었다. 그러자 발랴는 피곤한 밤을 보내고 지금 겨우 일어나 담배를 피우며 신문을 읽고 있던 아버지 몰래 나가서 여자애들에게 20코페이카 은화 한 닢을 주고 딸기를 접시에 옮겨 그대로 먹어치웠다.

집으로 돌아온 올구시카는 20코페이카 은화 한 닢을 싸서 묶은 머릿수건의 매듭을 이로 풀어서 그 은화를 어머니에게 건넸다. 어머니는 돈을 잘 챙겨넣고 냇가에 가기 위해 빨랫감을 챙겼다.

아침나절부터 아버지와 함께 감자밭에서 일했던 타라스카는 짙게 우거진 떡갈나무 그늘에서 낮잠을 자고 있었다. 아버지도 그 옆에 마구를 내리고 매어놓은 말을 바라보며 앉아 있었다. 바로 옆이 남의 땅이라 말이 풀을 뜯다 언제 귀리밭이나 남의 목장에 들어갈지 몰랐기 때문이다.

니콜라이 세묘니치의 집에서는 그날도 모든 것이 여느 때처럼 막힘없이 잘 돌아가고 있었다. 세 가지 요리로 준비한 아침식사가 차려져 있었고 아까부터 파리들이 먼저 그것을 맛보고 있었지만, 아직 식탁에 앉은 사람은 없었다. 모두 식욕이 없었기 때문이다.

니콜라이 세묘니치는 오늘자 신문기사를 읽으며 자기 생각이 옳다는 것이 증명되었다고 생각하며 만족감을 느꼈다. 마리는 고가의 병이 나아 마음이 놓였다. 의사는 자신이 처방해준 약이 효과가 있어서 흐뭇했다. 발랴도 발랴대로 딸기 한 접시를 먹어치우고 만족감을 느꼈다.

레프 톨스토이

7
월

7월 1일

인간의 영혼은 신적이다.

1 모든 진리의 근원은 신이다. 진리가 인간에게서 나온 것처럼 보이는 것은 인간이 진리를 비추는 거울 같은 본성을 가졌기 때문이다. 파스칼

2 빗물이 홈통을 따라 흐를 때는 마치 홈통에서 흘러나오는 것처럼 보이지만 사실은 하늘에서 떨어진 것이다. 성자들이 우리에게 알려주는 거룩한 가르침도 성자의 것처럼 보이지만 사실은 신의 것이다.

라마크리슈나

3 자신의 정신력은 신의 힘과 상관없다고 생각하는 사람들이 있다. 이는 노자의 가르침에 의하면, 풀무가 단순히 공기를 통과시키기 위한 도구가 아니라 그 자체로 공기를 만드는 독자적 원천이라고, 진공에서도 바람을 일으킬 수 있다고 믿는 것과 같다.

4 인간은 자신이 하고 있거나 할 수 있는 훌륭하고 위대하고 선한 모든 일에서 자신보다 높은 무언가 혹은 누군가의 도구에 불과하다는 것을 나는 강렬하게 느낀다. 이런 감정이 신앙이다. 신앙이 있는 인

간은 **자신으로부터가** 아니라 **자신을 거쳐** 나타나는 기적을 볼 때 신성한 전율을 느낀다. 그는 신이 사업을 수행하기 위해 잠시 자신을 이용할 때, 신의 지고한 사업을 왜곡하지 않도록 공손히 몸을 삼가고 그 기적에 자신의 의지를 내맡긴다. 그때 그의 자아는 사라지고 그는 무로 돌아간다. 그는 성령이 이야기할 때, 즉 신이 활동할 때 자신의 '자아'는 반드시 소멸되어야 한다는 것을 안다. 이와 같이 예언자는 젊은 어머니가 태동을 느끼듯 신의 목소리를 듣는다. '자아'를 느낄 때 우리는 자기애에 사로잡힌 유한한 존재이지만, 세계의 생명과 하나가 되어 신의 목소리에 응할 때 우리의 '자아'는 소멸한다. 아미엘

5 한순간이라도 자신의 작은 '자아'에서 벗어나 악을 생각하지 않고 빛을 반영하는 맑은 거울이 된다면, 우리가 비추지 못할 것이 뭐가 있겠는가! 그때 만물은 눈부시게 빛나며 우리 주위에 펼쳐질 것이다.

소로

6 참된 지혜는 우리에게 위대한 사람의 사상적 바탕이 그의 겸허한 형제들 속에도 있다는 것을, 학자가 심오한 발견을 통해 밝혀낸 그의 자질도 평범한 사람이 일상생활에서 보여주는 자질과 완전히 같다는 것을 가르쳐준다.

위대한 사람들은 우리의 보편적 본성의 본보기이자 발현일 뿐이며, 아직 소수이지만 그들은 모든 이의 영혼에 고유한 것을 보여준다. 그들에게서 나오는 빛은 모든 존재 안에 잠재한 힘을 보여주는 것이다. 그들은 신비나 기적이 아니라 인간 영혼이 자연스럽게 발전한 결과다. 〈세계의 선진 사상〉

7 지상에서 인간이 해야 할 진정한 일은 자기 존재를 영원한 존재와 조화시키며 살아가는 것이다. 그때 비로소 사랑과 이성의 전능한 힘이 맑은 운하를 흐르듯 그를 통해 흐를 것이다. 〈세계의 선진 사상〉

8 삶이 우리에게 주어진 것은 갓난아이가 유모에게 맡겨진 것과 같다. 재능에 관한 우화(「마태복음」 25:14~30)가 그것을 말하고 있다.

／ 신의 힘이 너를 거쳐 갈 수 있도록 너 자신을 악으로부터 깨끗이 지켜라. 신의 힘이 거쳐 간다는 데 커다란 행복이 있다.

7월 2일

예술작품, 특히 사이비 작품을 평가할 때만큼 언어가 남용되는 경우도 없다.

1 작품을 보고 아무리 생각해도 명료해지지 않는 무언가가 남을 때, 우리는 비로소 예술에 대한 만족을 경험한다. 쇼펜하우어

2 예술이란 인간의 마음속에서 비밀스러운 것이 명백해지고, 어렴풋한 것이 명료해지고, 복잡한 것이 단순해지고, 우연이 필연이 될 때 인간에게 일어나는 작용을 말한다. 진정한 예술가는 언제나 모든 것을

단순하게 만든다.　　　　　　　　　　　　　　　　아미엘에 의함

3　표상으로서의 세계가 영상에 지나지 않는다면 예술은 그 영상을 해명하고 더 순수하게 보여주고, 더욱 잘 파악할 수 있게 하는 카메라 오브스쿠라^{暗箱子}다. 예술은 『햄릿』처럼 연극 속 연극이자, 무대 속 무대다.　　　　　　　　　　　　　　　　　　　쇼펜하우어

4　보통의 감각을 가진 사람은 생각을 사물에 맞추지만, 예술가는 사물을 자신의 생각에 맞춘다. 보통 사람은 자연을 불변하는 고정적인 것으로 생각하지만, 예술가는 자연을 유동적이고 변화하는 것으로 생각하고 거기에 자기 존재를 새긴다. 순종할 줄 모르는 이 세계도 예술가에게는 순종적이고 겸손하다. 그는 흙과 돌에 인간성이라는 옷을 입히고 그것을 이성의 표현으로 변화시킨다.　　　　　　에머슨

5　경쟁심으로는 아름다운 것을 만들 수 없고, 오만함으로는 고귀한 것을 만들 수 없다.　　　　　　　　　　　　　　　　　　　러스킨

6　민중의 한 사람으로 살고 있는 사람이 어떠한 권리도 주장하지 않고 자신의 학문적, 예술적 재능을 민중에게 제공할 때 비로소 학문과 예술은 민중에게 필요한 것이 될 수 있다. 그 봉사를 받아들이느냐 받아들이지 않느냐도 민중의 마음에 달려 있다.

7 진정한 학문과 예술에는 확실한 두 가지 지표가 있다. 첫번째 지표는 내면적인 것으로, 학문과 예술 분야 종사자는 자신의 이익을 따지지 않고 자신을 희생하며 사명을 수행해야 한다는 것이고, 두번째 지표는 외면적인 것으로, 그의 학문과 예술이 모든 사람이 이해할 수 있는 것이라야 한다는 것이다.

8 학문과 예술은 폐와 심장처럼 서로 밀접하게 연결되어 있어서 한쪽이 망가지면 다른 한쪽도 제대로 기능할 수 없다.

진정한 학문은 특정한 시대, 특정한 사회의 사람들에게 가장 중요하게 여겨지는 지식의 진리를 연구해 사람들의 의식에 반영하는 것이다. 예술은 그 진리를 지식의 영역에서 감정의 영역으로 옮긴다.

／ 예술에 종사하는 것은 실제 그 종사자들이 생각하는 만큼 아주 고상한 일은 아닐지도 모르지만, 사람들을 결합하고 선한 감정을 불러일으킨다면 결코 무익하지 않고 좋은 일이다. 그러나 이 세계의 부유한 계급이 장려하는 예술, 사람들을 분열시키고 선하지 않은 감정을 불러일으키는 예술에 종사하는 것은 무익하고 해롭다.

7월 3일

동물적인 삶을 살수록 인간은 자유에서 멀어진다.

1 인간에게 가장 큰 행복은 자유다. 자유가 행복이라면 자유로운 인간은 불행할 리 없다. 따라서 불행하고 괴롭고 신음하는 인간은 자유롭지 않은 것이다. 분명 누군가 또는 무언가에게 속박당하고 있는 것이다.

자유가 행복이라면 자유로운 인간은 자발적 노예일 리 없다. 따라서 타인에게 아첨하고 굽실거리는 인간은 자유롭지 않은 것이다. 그는 먹을 것, 유리한 직무, 그 밖에 무언가 자기가 갖지 못한 것을 지배하려는 노예다.

자유로운 인간은 방해받지 않고 지배할 수 있는 것만 지배한다. 그러나 인간이 완전히 자유롭게 지배할 수 있는 것은 자기 자신뿐이다. 따라서 타인을 지배하려 하는 인간은 자유로울 수 없다. 그는 인간 위에 군림하려는 자기 욕망의 노예다.　　　　　　에픽테토스

2 내적 자유 없는 외적 자유는 무가치하다. 외적 폭력에 억압당하지 않더라도 무지나 죄악, 이기심, 공포 같은 이유로 자신을 다스리지 못한다면 외적 자유가 무슨 소용이겠는가. 나는 자기 자신이나 자기가 속한 종파에 갇혀 있지 않은 사람만을, 오만과 분노와 나태를 극복하고 인류의 행복을 위해 헌신할 준비가 된 사람만을 자유로운 인간이라 부른다.　　　　　　채닝

3 신앙 없이는 아무것도 이루어지지 않는다. 의혹은 개인을 죽이고 민중을 죽인다. 왜 민중의 해방은 이다지도 어렵고 고통스럽고 지지부진할까? 그것은 민중에게 자신들의 권리에 대한, 권리가 지닌 불굴의 힘에 대한 믿음이 없기 때문이다. 왜 도처에서 억압받는 계급은

요원한 구원을 헛되이 기다리며 신음할까? 그것은 그들에게 자기 자신에 대한 믿음도 없고, 언제나 그들을 구원하려는 신에 대한 믿음도 없기 때문이다. 신은 그들의 참여 없이는 그들을 구원할 수 없는데, 자유로운 사람들에게 벌이란 불의와 박해에 굴복해 타인이 바라는 인간이 되는 것이고, 그들의 우월감이란 자신들이 바라는 대로의 인간이 되는 데 있기 때문이다. 그래도 신은 민중을 저버리지 않는다. 그들이 깨달을 수 있도록 사자를 보내 계시를 전하고 힘을 준다. 그러면 세계는 당장 요동하며 민중은 복음을 듣기 위해 달려가 술렁거리고 밀가루 반죽 부풀듯 끓어오른다. 더 나은 미래의 모습이 그들의 상상 속에 희미하게 떠오른다. 그들은 기쁨에 전율하고 충만한 생명감에 휩싸인다.

바로 그때 압제자, 위선자, 지식인이 나타난다. 그들은 자신들의 권력이 흔들리는 데 놀라고 당황해 하늘의 아버지가 보낸 사자를 목졸라 죽이거나, 그의 가르침과 과업을 비방하기 시작한다. 그리고 신의 사자들이 행한 선의 과업을 비방할 구실을 찾는다. 그들은 말한다. "우리도 그들이 악마를 몰아냈다는 것은 부정하지 않는다. 하지만 우두머리 악마의 힘으로 악마를 몰아낸 것이다." 고개 들어 보아라, 그 위선자들이 너희 주위를 어둠에 물들이려고 안간힘을 쓰고 있지만 그 어둠 저편의 동녘에서 너희를 비추고 따뜻하게 해줄 태양이 이미 솟아오르고 있다.

라므네

4 진정 자유로운 존재가 되기 위해서는 신에게서 받은 것을 언제라도 신에게 돌려줄 각오를 해야 한다. 네 의지를 신의 의지와 일치시켜라. 신의 의지를 거스르는 인간은 자유롭지 못하다. 신이 바라는 것, 진리와 사랑만 바란다면 언제나 자유로울 것이다. 진리와 사랑을 드

러낼 수 없는 상태란 없다. 따라서 자유를 빼앗기는 상태도 없다. 진리와 사랑을 바라지 않는다면 한평생 노예 중 노예로 살 것이다. 비록 현세의 온갖 영화를 다 누린다 해도, 황제라 해도, 영원히 노예로 살다 갈 것이다.　　　　　　　　　　　　　　에픽테토스에 의함

5　자유가 없는 삶은 동물의 삶과 같다.　　　　　　　　　　　마치니

6　한 사람 또는 몇 사람의 노예가 아니라 만인의 노예가 되어라. 그러면 만인의 벗이 될 것이다.　　　　　　　　　　　　　키케로에 의함

7　인간의 존엄과 자유는 고유한 것이며 지켜야 한다. 그럴 수 없다면 존엄과 함께 죽을지어다.　　　　　　　　　　　　　　　키케로

❘　자유롭지 않다면 그 원인을 자신에게서 찾아라.

7월 4일

형벌은 인류가 부수고 벗어나야 할 관념이다.

1　예수께서 또다른 비유를 그들에게 말씀하셨다.

"하늘나라는 어떤 사람이 밭에 좋은 씨를 뿌린 것에 비길 수 있다. 사람들이 잠을 자고 있는 동안에 원수가 와서 밀밭에 가라지를 뿌리고 갔다. 밀이 자라서 이삭이 팼을 때 가라지도 드러났다. 종들이 주인에게 와서 '주인님, 밭에 뿌리신 것은 좋은 씨가 아니었습니까? 그런데 가라지는 어디서 생겼습니까?' 하고 묻자 주인의 대답이 '원수가 그랬구나!' 하였다. '그러면 저희가 가서 그것을 뽑아버릴까요?' 하고 종들이 다시 묻자 주인은 '가만두어라. 가라지를 뽑다가 밀까지 뽑으면 어떻게 하겠느냐? 추수 때까지 둘 다 함께 자라도록 내버려두어라. 추수 때에 내가 추수꾼에게 일러서 가라지를 먼저 뽑아서 단으로 묶어 불에 태워버리게 하고 밀은 내 곳간에 거두어들이게 하겠다' 하고 대답하였다." 「마태복음」 13:24~30

2 넘어진 어린아이가 마룻바닥을 때리는 걸 보면 어리석어 보이지만, 다쳐서 통증이 심할 때 자기도 모르게 벌떡 일어나게 되는 것과 마찬가지로 이해가 되기도 한다. 남에게 폭행을 당한 사람이 고통을 참다못해 자신을 폭행한 사람을 자신도 똑같이 폭행하려 드는 것도 이해가 된다. 하지만 과거에도 했었다는 이유만으로 가차없이 악행을 반복하고 그 행위를 계속 합리화하는 것은 인간이 이성적 자질과 사고력을 가진 존재인 한 결코 이해받을 수 없는 일이다.

3 사람들은 복수의 정당성을 지나치게 믿어버렸다. 그 결과 복수를 마치 정의인 것처럼 여기거나, 천벌이라고 부르며 신의 탓으로 돌려버렸다.

4 악행을 저지른 자에 대해 개인이나 집단은 이른바 벌이라고 하는 다른 악행으로 맞설 뿐 다른 바람직한 수단을 알지 못한다.

5 모든 벌은 신중함이나 정의감이 아니라 악을 행한 자에게 똑같은 악을 행하려는 잘못된 욕망에 근거하고 있다.

6 교육, 사회조직, 종교적 가르침의 문제 등에 적용되는 벌은 아이들이나 사회나 사후의 벌을 믿는 사람들을 개선하는 데 도움이 되지 않았고 지금도 도움이 되지 않는다. 벌은 오히려 아이들에게 냉혹성을 가르치고, 사회를 타락시키고, 지옥을 단정지음으로써 덕행의 근본 원리를 말살하며 지금까지도 수많은 불행을 낳고 있다.

7 이미 오래전부터 사람들은 형벌의 불합리함을 이해하고 위협과 예방, 교정 등 여러 가지 이론을 고안해왔다. 그러나 그 이론들은 모두 복수를 근저로 하고 또 그 근저를 숨기는 데 급급해 차례차례 무너지고 있다. 사람들은 참으로 많은 것을 생각해내지만 정작 필요한 단 한 가지는 하지 않는다. 그것은 죄를 지은 자가 회개하건 하지 않건 내버려두는 것이다. 온갖 이론을 고안하고 적용하려는 사람들부터 선한 삶을 살아야 한다.

8 오늘날 우리가 식인 풍습이나 인신공양 등을 이상하게 여기는 것과 마찬가지로 미래 세대들은 우리의 형벌과 형법이 지닌 기괴함에 놀

랄 것이다. "그들은 어떻게 그렇게 자신들이 하는 행동의 무의미함과 잔혹함과 해악을 깨닫지 못했을까?" 하고 말할 것이다.

9 사형은 지금의 사회제도가 완전히 비그리스도교적이라는 가장 명백한 증거다.

10 형벌은 타오르는 불을 더욱 지피는 것과 같다. 모든 범죄에는 인간이 가할 수 있는 형벌보다 훨씬 더 가혹하고 훨씬 더 정당한 벌이 이미 내재한다.

11 감옥을 가득 채우고 교수대 위에서 죽는 사람들 대부분은 그들을 벌할 권리를 전유한 법률 때문에 불행해진 존재들이다. 비글로

/ 누군가에게 벌을 주고 싶은 욕구는 자신을 높이는 이성적 활동에 반하는, 스스로 억제해야 할 가장 저급한 동물적 감정이다.

7월 5일

악은 오로지 인간의 의지로 행해진다. 인간의 의지와 상관없이 일어나는 일은 모두 선이다.

1 솔로몬과 욥은 세속적 삶의 허망함을 누구보다 잘 알고 그것에 대해 자주 이야기했다. 한 사람은 가장 행복한 인간이었고, 한 사람은 가장 불행한 인간이었다. 한 사람은 쾌락의 덧없음을 잘 알았고, 한 사람은 현실의 불행을 누구보다 잘 알았다. 파스칼

2 신이 인간에게 주는 모든 것은 인간에게 유익하다. 그것이 주어지는 때 역시 유익하다. 아우렐리우스

3 인간의 삶은 행복을 향한 추구이고, 행복은 이미 인간에게 주어져 있다. 죽음이 아닌 삶, 악이 아닌 선이 그것이다.

4 너는 도대체 언제 육체가 아니라 너 자신의 주인이 될 것인가? 도대체 언제 만인에 대한 사랑의 행복을 이해할 것인가? 도대체 언제 희생으로 너를 섬기는 타인을 필요로 하지 않고 올바르게 인생을 이해해 슬픔과 번뇌에서 자신을 해방할 것인가? 도대체 언제 진정한 행복이 언제나 네 안에 있고 타인과는 무관하다는 것을 깨달을 것인가? 아우렐리우스

5 인간에게 영혼 외에 다른 소유물은 없다. 단호하게 최상의 삶의 방식을 선택하라. 그 습관은 삶을 쾌적하게 만들 것이다. 부는 믿을 수 없는 닻과 같고, 영예는 그보다 더 믿을 수 없으며, 육체도 권력도 명예도 모두 허무하고 무력하다. 그렇다면 삶에서 진정으로 믿을 수 있는

닻은 무엇일까? 오직 선뿐이다. 견고하고 흔들리지 않는 것은 선뿐이라는 것이 바로 신의 법칙이며 그 밖의 다른 모든 것은 무에 지나지 않는다. 사모스섬의 피타고라스

6 불행을 두려워한다면 너는 이미 불행하다. 그래서 불행할 수밖에 없는 사람은 영원히 불행을 두려워한다. 중국의 속담

7 삶에서 고갈되지 않는 정신적 재산을 추구하는 것은 인간의 참된 본성에 합당한 일이다. 이와 반대로 외적이고 물질적인 행복에 의지하는 것은 우리를 인간의 노예, 우연의 노예로 전락시킨다. 에머슨

8 어떤 사람들은 이렇게 말한다. "자기 안으로 들어가라, 평화를 발견할 것이다." 그러나 이 말은 완전한 진리가 아니다.

또 어떤 사람들은 이렇게 말한다. "너 자신에게서 벗어나 자신을 잊고 쾌락에서 행복을 발견하라." 그러나 이 말도 진리는 아니다. 질병에서 벗어나는 것조차 불가능하기 때문이다.

결국 정신적 평화와 행복은 우리 안에도 밖에도 없다. 그것은 우리 안에도 밖에도 존재하는 신에게 있다. 파스칼

9 정신력이 강한 사람에게는 외적 장애물도 해를 끼치지 못한다. 장애물과 마주친 동물이 사납게 몸부림치듯, 사람에게 그 해란 추해지고 약해지는 것이다. 정신력으로 마주한다면 장애물은 영혼을 더 아름

답고 강하게 해주는 거름이 될 것이다. 아우렐리우스

10 신에게서 오는 모든 것은 그렇기에 선이고, 악도 우리의 근시안에 보이지 않는 선이다. 파스칼

/ 악행의 원인이 오직 자기 자신이라는 것을 깨달은 사람에게 불행은, 그가 누리는 내적 평화와 자유의 행복에 비하면 극히 하찮은 것이다.

7월 6일

전쟁이 얼마나 무서운지 아무리 묘사하고 보여주어도 사람들은 전쟁을 그만두지 않는다. 그들은 전쟁의 무서움을 보면서도, 그런 무서운 일이 일어나고 또 그것이 허용되고 있다면 아마 뭔가 숨겨진 원인이 있을 거라고 막연히 생각하기 때문이다. 바로 그것이 전쟁의 원인 중 하나다. 그런 생각 때문에 원래 선량한 사람들도 자신들이 무슨 행동을 하는지 잊은 채 자연현상 속에서 좋은 측면을 찾듯 전쟁의 좋은 측면을 찾아 변호하려 한다.

1 금세기 말 불가피하게 종말이 닥칠 것이고, 이에 대비해야 한다는 생각은 우리를 공포로 얼어붙게 한다. 최근 이십 년(아니, 벌써 오십 년이 넘었다) 동안 모든 지식은 파괴적인 무기 개발에 투입되었고, 머지않아 포탄 몇 발로 군대 전체를 살상하는 날이 올 것이다. 오늘날

총을 드는 사람은 예전처럼 돈으로 고용된 수천 명의 가난한 자들이 아니다. 여러 국민, 민족 전체가 서로를 죽이기 위한 준비를 하고 있다. 또한 살육을 준비하기 위해 다른 민족이 그들을 미워한다고 믿게 하며 증오를 부추기고 있다. 국민들은 그것을 곧이곧대로 믿는다. 그래서 살상하라는 명령을 받으면 의미도 모르는 우스꽝스러운 국경 구분이니 무역상 이해관계니 식민지의 이득이니 하는 것들을 위해 야수처럼 잔인하게 달려들어 서로를 죽인다.

그들은 자신들이 어디로 가는지 알면서도, 아내를 남겨두고 자식을 굶주리게 하고 있다는 것을 알면서도 순한 양처럼 도살되기 위해 전쟁터로 나간다. 허울뿐인 거짓말에 도취되고 기만당해 살인을 자신의 의무처럼 생각하며, 유혈의 참사를 축복해달라고 신에게 빌기까지 한다. 그들에게는 힘이 있으니 서로 단합만 한다면 외교관들의 교활한 간계 대신 사람들 사이에 형제정신과 인간다운 상식을 확립할 수 있을 텐데도 그들은 자신들이 뿌린 작물을 짓밟고 자신들이 지은 마을을 불태우고, 목청껏 노래를 부르고 환성을 올리고 축제 음악을 연주하며 기꺼이 전쟁터로 나간다.　　　　에두아르 로드

2　러일전쟁 당시 한 목격자는 '바랴크'함 갑판에서 목격한 광경을 이렇게 말했다. "무서운 광경이었다. 곳곳에 선혈과 살조각, 머리 없는 몸뚱이, 잘려나간 팔, 이골이 난 사람들까지도 구토가 치밀 만큼 진동하는 피비린내. 그중에서도 사령탑이 가장 심했다. 유탄이 그 위에서 터져 대포를 조준하던 젊은 장교를 쓰러뜨렸다. 이 불행한 장교에게 남은 것은 조준기를 꽉 쥔 한 손뿐이었다. 지휘관과 함께 있던 부하 네 명 중 두 명은 갈가리 살점이 찢겨나갔고 나머지 두 명은 중상을 입었다(두 다리가 잘려나간 것인데, 나중에 다시 한번 절단해야 했

다). 지휘관은 관자놀이에 유탄 파편이 박혔다.

이것이 전부가 아니다. 괴저와 열병이 창궐해 중립국도 자국 선박에 부상자를 수용할 수 없었다.

괴저와 그 고름에 의한 병원내 감염은 굶주림, 화재, 파괴, 질병, 티푸스, 천연두와 함께 전쟁이 남긴 전리품의 일부였다. 이것이 전쟁이다."

그런데도 조제프 드 메스트르^{프랑스 정치가}는 다음과 같이 전쟁을 찬미했다.

"유약함으로 인간의 영혼은 강인함과 믿음을 잃었고, 과도한 문명으로 생긴 부패한 죄악에 빠진 영혼은 오직 유혈에 의해서만 소생할 수 있다."

그러나 대포의 밥이 되는 불행한 사람들에게는 이에 반대할 권리가 있다.

불행히도 그들은 자신의 신념을 주장할 용기가 없다. 여기서 모든 악이 생긴다. 알지도 못하는 문제를 위해 자신을 죽이는 일에 길이 든 그들은 계속 당하면서도 자신 덕분에 모든 일이 잘되어가고 있다고 착각한다.

그 결과, 지금 물속에 송장들이 흩어져 바닷게에게 뜯어먹히고 있다.

산탄이 그들 주변의 모든 것을 박살냈을 때, 과연 그들은 그 모든 일이 자신들의 행복을 위한 것이고 과도한 문명에 중독돼 강인함을 잃은 동시대인들의 영혼을 소생시키기 위한 것이라고 기쁘게 생각했을까?

불행하게도 그들은 아마 조제프 드 메스트르의 글을 읽지 않았을 것이다. 나는 부상자들에게 침대에서 붕대를 가는 동안이라도 그의 글을 읽어보라고 말하고 싶다. 그러나 그들은 아마 전쟁도 사형집행인과 마찬가지로 없어서는 안 될 필요불가결한 것이고 신의 정의의 발현이라고 확신할 것이다.

그리고 그 위대한 사상은 외과의사의 톱이 그들의 뼈를 자를 때 그들에게 위안이 되어줄 것이다. 아르두앙

3 전쟁은 전대미문의 광포함을 띠고 있다. 이 방면의 노련한 전문가이자 천재적 살인자인 몰트케 장군[1차세계대전 당시 독일군 참모총장]은 평화의 대표자들에게 다음과 같은 기괴한 말을 했다.

"전쟁은 신성하다. 신의 제도이며, 세상의 신성한 법칙 중 하나다. 전쟁은 명예, 공평, 덕행, 용기, 인간의 모든 위대하고 고귀한 감정을 지지한다. 요컨대 역겨운 유물주의에서 인간을 구원한다."

그래서 40만의 인간이 한덩어리가 되어 밤낮으로 행진하면서 아무 생각 없이, 연구하지도 않고 배우지도 않고 읽지도 않고 누구에게도 도움이 되지 않는 상태로 더러운 곳에서 썩고, 진창 속에서 내내 가축처럼 바보로 살며, 도시를 약탈하고, 마을을 불태우고, 국민을 파멸에 이르게 하고, 자신들과 똑같은 인간들 덩어리를 만나 그들을 덮쳐 피바다를 만들고 갈가리 찢긴 살조각으로 들판을 덮으며, 시체들로 땅을 채우고, 불구가 되어 아무런 쓸모도 없이 마침내 어느 낯선 들판에서 숨을 거둔다. 그때 그들의 부모와 처자는 굶어죽어간다. 그런 것이 역겨운 유물주의에서 인간을 구원한다는 이야기다. 모파상

4 전쟁의 해악을 논하던 시대는 지났다. 그것에 대해서는 이미 실컷 말했다. 이제 각자가 시작해야 할 단 하나의 일이 남았다. 해서는 안 된다고 생각하는 일을 하지 않는 것이다.

✓ 전쟁이 존재한다는 것 자체가 그 불가피성을 증명한다는 것은 거짓
이다. 인류의 양심은 전쟁이 거짓이며 존재해서는 안 된다고 말하고
있다.

7월 7일

신을 부정하는 것은 영적이고 이성적 존재인 자신을 부정하는 것
이다.

1 나는 신과 영혼을 정의定義에 의해서가 아니라 전혀 다른 방법을 통
해 알고 있다. 정의는 신에 대한 나의 인식을 파괴한다. 나는 신이 존
재한다는 것과 내 영혼이 존재한다는 것을 확실히 알고 있다. 그러나
이 인식이 나에게 확실한 것은 내가 아니라 신의 의지가 나를 인도
하기 때문이다. 나는 어디에서 왔는가, 라는 질문은 의심의 여지 없
이 나를 신에 대한 인식으로 인도한다. 나는 무엇인가, 라는 질문은
영혼에 대한 인식으로 나를 인도한다.

　나는 어디에서 왔는가?

　나는 어머니에게서 태어났다. 어머니는 외할머니에게서, 외할머니
는 외증조할머니에게서 태어났다. 이렇게 거슬러올라가 맨 처음 인
간은 누구에게서 태어난 것인가? 그렇게 나는 결국 신에 도달한다.

　나는 누구인가?

　발은 내가 아니고, 손도 내가 아니고, 머리도 내가 아니고, 감각도
내가 아니고, 생각도 내가 아니다. 그럼 나는 무엇인가?

　나는 나이며, 나의 영혼이다.

어느 측면에서 신에게 도달해도 마찬가지다. 내 생각과 이성의 근원은 신이다. 내 사랑의 근원도 신이다. 물질의 근원 역시 신이다.

영혼에 대한 인식도 마찬가지다. 진리의 깨달음을 지향하다보면, 나는 비물질적 근원이 나의 영혼이라는 것을 알게 된다. 선에 대한 나의 사랑을 생각해보더라도, 역시 그 근원은 내 영혼 속에 있다는 것을 알게 된다.

2　신앙이 없는 사람도 원하든 원하지 않든 결과적으로 신을 인정한다. 그는 자신이 따를 수도 있고 외면할 수도 있는 생명의 법칙이 존재한다는 것을 인정하지 않을 수 없다. 이처럼 인간이 다다를 수 없는 가장 높은 존재를 인정하고 자기 마음속에 새겨진 생명의 법칙을 인정하는 것이 바로 신이고, 혹은 적어도 신의 발현이다.

3　신은 좋은 생각, 올바른 말, 진실한 행위 속에 나타나며, 그 숨결로 세계에 안녕과 영원을 준다.　　　　　『젠다베스타』조로아스터교 경전

4　신은 존재한다. 우리는 그것을 증명해야 할 이유도 없고 필요도 없다. 신의 존재를 증명하려는 모든 시도는 신성모독이며, 신을 부정하는 것은 모두 광기다. 신은 우리의 양심과 의식 속에, 우리를 둘러싼 우주 속에 있다. 우리의 의식과 양심은 슬프거나 기쁜 모든 엄숙한 순간에 신에게 호소한다. 별이 반짝이는 밤하늘 아래서, 소중한 사람들의 무덤 옆에서, 순교자의 처형장에서 신을 부정할 수 있는 인간은 그지없이 불쌍한 인간이거나 진정 죄 많은 인간뿐이다.　　　마치니

5 이 세계의 삶은 누군가의 의지대로 움직이고, 그 누군가는 전 세계의
삶과 우리의 삶을 통해 그 자신의 일을 수행하고 있다. 그는 우리가
신이라 부르는 존재다.

/ 사람들이 신을 믿지 않는 것은 신의 이름을 사칭하는 가짜를 믿기 때문이다.

파스칼

사소한 허영, 야망, 공명심 등 어떤 형태로 나타나든 인간의 명예욕 만큼 오랫동안 인간을 지배하고, 때로는 죽을 때까지 인간에게 속된 삶의 허무함을 숨기면서 삶의 의미와 진정한 행복에 대한 깨달음을 방해하는 것도 없다.

모든 육욕은 이미 그 안에 벌을 포함하고 있고, 육욕을 만족시킨 뒤 찾아오는 고뇌는 허무를 폭로한다. 그러나 육욕은 해가 갈수록 감 퇴하지만, 명예욕은 해가 갈수록 커진다. 특히 명예욕은 언제나 사람 들에 대한 봉사라는 관념과 결부되어, 사람들의 칭찬을 구할 때는 자 신은 자신을 위해서가 아니라 자신을 칭찬해주는 그 사람들의 행복 을 위해 살고 있다는 자기기만에 빠지기 쉽다. 그래서 가장 교활하고 위험한 이 욕망은 다른 어떤 욕망보다도 뿌리 뽑기 어렵다. 이 욕망 에서 해방되려면 그야말로 강인한 정신력이 필요하다.

강인한 정신력은 빠르게 큰 명예를 얻을 수 있게 하는 동시에 명예 의 허망함을 느끼게도 한다.

파스칼은 그런 사람이었다. 우리 러시아인 중에 고골(나는 고골을 통해 파스칼을 이해했다)도 그랬다. 두 사람은 성격이 판이했고, 지 적 경향과 지식의 범위도 전혀 달랐지만 똑같은 경로를 밟았다. 두 사람 다 열망했던 명예를 무척 빨리 얻었다. 두 사람 다 그것을 얻게 되자 이내 세상에서 가장 높고 가장 귀한 행복으로 여겼던 것의 허 무함을 깨달았다. 그들은 자신들이 그때까지 빠져 있던 미혹의 무서 운 힘에 경악했다. 그들은 자신들이 방금 빠져나온 미혹의 공포를 사 람들에게 알리는 일에 온 힘을 기울였고, 명예욕에 대한 환멸이 컸던

만큼 무엇으로도 파괴되지 않는 삶의 목적, 삶의 사명이 절실했다.

바로 여기에 고골처럼 파스칼 또한 신앙에 대해 열렬한 자세를 갖게 된 원인이 있다. 또한 여기에 그들이 자신들의 과거에 행한 모든 것을 경멸하게 된 원인이 있다. 실제로 그 모든 것은 명예를 위해 한 일이었다. 그들은 명예를 얻었지만 남은 것은 기만뿐이었다. 따라서 명예를 얻기 위해 했던 모든 것은 불필요하고 하찮은 것이었다. 중요한 것은 아직 거기에 없는 유일한 그것, 세속적인 명예욕에 가려져 있던 그것뿐이었다. 중요하고 필요한 그것은 오직 이 무상한 삶에 의미를 주고 삶의 모든 활동에 확고한 방향을 제시하는 신앙이었다. 그들은 신앙이 필요하다는 것과 신앙 없이 살 수 없다는 인식에 커다란 충격을 받았고, 죽음과 삶의 의미를 설명해주는 신앙 없이 그동안 어떻게 살 수 있었는지, 세상 사람들이 신앙 없이 어떻게 살아갈 수 있는지 놀라지 않을 수 없었다.

파스칼은 그런 사람이었다. 바로 여기에 결코 평가될 수 없는, 아직 충분히 평가되지 않은 그의 위대한 공적이 있다.

파스칼은 1623년 클레르몽에서 태어났다. 그의 아버지는 저명한 수학자였다. 소년은 다른 아이들처럼 어릴 때부터 아버지를 흉내내며 수학을 배웠는데 곧 범상치 않은 재능이 드러났다. 아버지는 아들이 너무 일찍 공부에 빠질까봐 수학책을 주지 않았지만, 소년은 아버지가 다른 수학자들과 하는 대화를 들으며 스스로 새로운 기하학 이론을 생각해냈다. 아버지는 아이답지 않은 범상함에 놀라 크게 기뻐하며 감격의 눈물을 흘렸고 그때부터 직접 아들에게 수학을 가르치기 시작했다. 소년은 아버지가 가르치는 것을 모두 빠르게 소화했을 뿐만 아니라 수학적 발견을 하기에 이르렀다. 그의 성공은 가까운 사람들은 물론 학자들의 주의를 끌기에도 충분했다. 그렇게 파스칼은 어려서부터 주목할 만한 수학자로서 명성을 얻었다. 젊은 나이에 얻은 뛰어난 학자로서의 명예는 연구에 더욱 골몰하도록 자극했고 뛰어난 재능은 그에게 더 큰 명예를 안겨주었다. 파스칼은 모든 시간과 노력을 연구에 바쳤다. 그러나 그는 어릴 때부터 허약했고 과도한 연구로 점점 건강을 해쳐 청년기에 이미 큰 병을 얻게 되었다. 이후 그는 아버지의 만류에 하루 두 시간만 연구하고 나머지 시간은 철학서를 읽으며 보냈다.

파스칼은 에픽테토스와 데카르트, 몽테뉴의 에세이를 통독했다. 몽테뉴의 책은 특히 인상적이었는데, 회의주의와 종교에 대한 냉담함이 파스칼의 마음을 어지럽혔다. 파스칼은 언제나 경건했고, 어려서부터 교육받은 가톨릭의 가르침을 아이처럼 굳게 믿고 있었다. 몽테뉴를 읽고 느낀 의혹은 그에게 신앙의 여러 문제, 특히 신앙이 인간의 이성적 삶에 얼마나 필요한가를 깊이 고찰하게 했다. 그리고 종교적 의무의 수행에 스스로 한층 엄격해졌고, 철학서 외에 종교서도 읽기 시작했다. 종교서 중에는 네덜란드 신학자 얀선의 『내적 인간 개조』도 있었다.

이 책에는 다음과 같은 내용이 있었다. 인간에게는 육체적 욕망 외에도 호기심의 만족이라는 정신적 욕망이 있는데, 호기심의 바탕에는 다른 모든 욕망과 마찬가지로 이기주의와 자기애가 도사리고 있으며 겉보기에 고상한 이 욕망은 다른 무엇보다도 인간을 신에게서 멀어지게 한다는 것이다. 이 책은 파스칼에게 큰 울림을 주었다. 위대한 영혼 고유의 정직함을 가진 그는 그 말이 진정으로 자신에게 적용된다고 느꼈다. 학문 연구와 그에 따르는 명예를 포기하는 것은 큰 손실이었지만, 아니 그것이 큰 손실이었기 때문에 오히려 그는 자신을 유혹하는 학문 연구를 포기하고 더욱 강하게 자신을 사로잡은 신앙의 문제들에 자신과 타인을 위해 전력을 기울이기로 했다.

파스칼의 여자관계와 사랑의 유혹이 그에게 어떤 영향을 미쳤는지에 대해서는 전혀 알려지지 않았다. 그의 전기 작가들은 그가 짧은 에세이 『사랑의 정열에 대한 고찰』에서 인간이 가질 수 있는 최대의 행복은 사랑이고 사랑은 순수하고 정신적인 것이며 모든 숭고하고 소중한 것의 원천이라 쓴 것을 근거로, 파스칼이 젊은 시절 자신보다 신분이 높은 여자를 사랑했지만 실연으로 끝났다고 결론짓는다. 어쨌든 그런 사랑이 있었다 하더라도 파스칼의 생애에는 아무런 흔적도 남기지 않았다. 젊은 시절 그의 주요 관심사는 학문 연구와 주어진 명예에 대한 욕구, 학문 연구의 공허함과 무의미함, 명예욕의 유혹이 지닌 해로움에 대한 인식, 그리고 자신의 온 힘을 오직 신을 위한 봉사에 바치려는 욕구 사이의 투쟁이었다.

이미 학문 연구를 포기하려 결심했을 때, 진공에 대한 토리첼리[이탈리아 물리학자, 수학자]의 논문을 읽게 되었다. 파스칼은 토리첼리의 문제 해법이 정확하지 않으며 더 정확한 정의가 가능하다고 느끼고 직접 확인해보고 싶은 욕구를 누를 수 없었다. 그래서 토리첼리의 실험을 검토하던 중 기압에 관한 그 유명한 이론을 발견하게 된다. 파스칼은 다시 학계의 주목을 받는다. 학자들이 그에게 편지를 보내거나 찾아와서 극찬했다. 이때부터 인간적 명예욕의 유혹과 싸우는 일이 더욱 힘들어졌다.

급기야 파스칼은 그 싸움을 위해 안쪽에 못이 잔뜩 박힌 허리띠를 차고 다녔다. 자신을 칭찬하는 편지를 읽거나 찬사의 말을 듣고 마음속에 공명심과 자만심이 고개를 들 때마다 그는 팔꿈치로 허리띠를 찬 옆구리를 눌렀다. 그러면 못이 그의 몸을 찔렀고 그때마다 그는 명예욕의 유혹에서 벗어나게 해준 사상과 감정의 흐름을 상기하곤 했다.

1651년 그다지 중요하지 않은 것 같지만 파스칼에게 큰 충격과 영향을 준 사건이 일어났다. 마차를 타고 가다 넬리 다리에서 추락해 죽을 뻔했던 것이다. 또 그 무렵 그의 아버지가 세상을 떠났다. 죽음에 얽힌 두 가지 일이 그를 전보다 더욱 삶과 죽음의 문제에 파고들게 했다.

종교적 감정이 더욱 그의 삶을 붙들었고, 결국 1655년 파스칼은 완전히 속세를 떠나버렸다. 그는 포르루아얄의 얀선파엄격한 윤리적 삶을 추구했다 공동체에 들어가 수도사와 다름없는 생활을 하며 대작을 구상하고 준비했다. 그는 이 책에서 우선 인간이 이성적으로 살아가기 위해서는 종교가 필요하다는 것, 그리고 그가 믿는 종교는 진실하다는 것을 쓰고 싶었다. 그러나 그 순간에도 인간적 명예욕의 유혹은 파스칼을 놓아주지 않았다.

파스칼이 들어간 포르루아얄의 얀선파 공동체는 세력 있는 예수회의 반감을 사고 있었다. 예수회의 간계로 포르루아얄에 있던 남녀학교는 폐쇄되고 급기야 포르루아얄 수도원마저 폐쇄될 위기에 처하게 되었다.

얀선파 사람들과 함께 지내며 같은 신앙을 믿었던 파스칼은 동료들의 상황에 무관심할 수 없어 예수회와의 논쟁에 끼어들어 얀선파를 변호하는 『시골 사람의 편지』를 썼다. 파스칼은 이 책에서 얀선파의 교의를 인정하고 변호하기보다는 그들의 적인 예수회를 비난하고 그 비도덕성을 폭로했다. 이 책은 큰 호응을 얻었지만 그 명예는 더이상 파스칼을 유혹하지 않았다.

그의 삶 전체는 이미 신에 대한 끊임없는 봉사였다.

그는 스스로 생활 규칙을 정해 게으름을 부리고 싶거나 몸이 아플 때도 엄격히 지켰다. 그는 가난을 선행의 근본이라 생각했다. 그는 이렇게 썼다. "가난과 빈곤은 죄가 아니며 거기에 우리의 행복이 있다. 그리스도는 가난하고 무일푼이었으며 머리 누일 곳도 없었다." 파스칼은 가능한 한 모든 것을 가난한 사람들에게 나눠주고 자신은 꼭 필요한 최소한의 것으로 생활했다. 병에 걸려 몸을 움직일 수 없을 때 외에는 하인의 도움도 받지 않았다. 그의 집도 그가 먹는 음식이나 걸치는 옷처럼 매우 검소했다. 그는 손수 방을 치우고 자기가 먹을 음식을 직접 날랐다. 갈수록 병이 악화돼 끊임없이 고통에 시달렸지만 주변 사람들이 놀랄 정도로 참아냈을 뿐만 아니라 오히려 기쁨과 감사의 마음을 가졌다. "가여워하지 마십시오." 그는 자신을 동정하는 사람들에게 말했다. "병은 그리스도교도의 자연적 상태입니다. 그리스도교도가 언제나 머물러야 하는 상태니까요. 병은 온갖 세속의 행복과 육체적 쾌락을 포기하도록 가르치고, 한평생 우리를 지배한 욕망을 자제하도록, 명예심과 물욕을 버리도록, 언제라도 죽음을 맞을 수 있도록 도와줍니다."

그를 사랑하는 친지들이 몰려와 사치를 제공하려 하자 그는 오히려 괴로워했다. 그는 누이동생에게 가난한 불치병 환자들이 있는 병원으로 자신을 옮겨 삶의 마지막 며칠을 그들과 함께 지내게 해달라고 부탁했지만, 누이동생은 그의 소망을 들어주지 않았고 결국 자신의 집에서 숨을 거뒀다.

그는 마지막 몇 시간 동안 의식이 없었다. 그러다 숨을 거두기 직전 침대에서 일어나 밝고 기쁜 표정으로 말했다. "주님, 저를 버리지 마옵소서." 이것이 그의 마지막 말이었다.

파스칼은 1662년 8월 19일에 세상을 떠났다.

행복하기 위해 인간에게는 두 가지 일이 필요하다. 하나는 삶의 의미에 대한 설명이 있다는 것을 믿는 것이고, 다른 하나는 삶에 대한 최선의 설명을 찾는 것이다.

파스칼은 첫번째 일을 누구보다 잘해냈다. 그러나 운명은, 신은, 그에게 두번째 일을 허락하지 않았다.

목이 말라 죽어가는 사람이 눈앞에 놓인 물을 보고 어떤 물인지 살피지도 않고 달려들듯 파스칼도 어려서부터 교육받은 가톨릭교를 제대로 살피지 않고 그 안에 진리와 인간의 구원이 있다고 생각했다. 물만 있으면 그만이듯, 신앙만 있으면 그만이라고 생각했던 것이다.

물론 세상에 무슨 일이 일어날지 누구도 예단할 수 없지만, 자기 자신에게 정직했던 천재 파스칼이 가톨릭교도였다는 것은 상상하기 어렵다. 그는 신앙의 필요성을 증명하는 데 쏟았던 힘으로 가톨릭교를 검토하지 못했고 독단적인 가톨릭교는 그의 마음속에 온전히 남아 있었다. 그는 그것을 건드리지 않고 그것에 기댔다. 그는 그 안에 있었던, 그리고 앞으로도 있을 진실한 것에 의지했다. 그는 가톨릭교에서 자기완성이라는 긴장된 정진, 유혹과의 싸움, 부에 대한 혐오, 그리고 죽기 전 자신의 영혼을 맡긴 자애로운 신에 대한 견실한 신앙을 취했다.

그는 행복을 위한 두 가지 일을 다 마치지 못하고, 심지어 하나는 착수도 하지 못하고 죽었다. 그러나 두번째 일이 완성되지 않았다고 첫번째 일의 가치가 줄어드는 것은 결코 아니다. 병들어 죽어가던 파스칼이 자신의 생각을 적어둔 짧은 글들을 모아 편집한 『팡세』는 참으로 놀라운 책이다.

이 책의 운명 또한 놀랍다.

예언서가 세상에 등장한다. 예언의 힘에 충격받은 군중은 어리둥절해서 무엇을 어떻게 해야 하는지 이해하고 밝히고 싶어한다. 그때, 파스칼의 말을 빌리면, 스스로 모든 것을 다 알고 있다고 생각하는 사람이, 그래서 오히려 세상을 어지럽히는 사람들이 나타난다. 그들이 말한다. "아무것도 이해하고 밝힐 필요 없다. 아주 간단하다. 파스칼(고골도 마찬가지다)은 알다시피 삼위일체와 성체성사를 믿는 사람이었다. 그는 병이 들어 비정상이었고 허약함과 병 때문에 모든 것을 반대로 이해한 게 분명하다. 그 확실한 증거는, 그가 자신의 훌륭한 업적, 우리의 마음에 들었던(우리가 이해할 수 있는 것이기 때문에) 그 일을 버리고, 아니 거부하고 인간의 운명이니 내세니 하며 무익한 신비주의에 집착하게 되었다는 것이다. 그러므로 우리는 그가 중요하다고 생각한 것이 아니라 우리가 이해할 수 있는 것, 우리 마음에 드는 것을 취해야 한다."

그러자 군중은 기뻐한다. 왜냐하면 파스칼을 이해하지 못하는 군중은 그가 이끌려는 경지까지 오르기 위해서는 큰 노력을 해야 하지만 위의 말처럼 생각하면 모든 것이 간단해졌기 때문이다. 즉 이런 것이다. 파스칼은 펌프의 원리를 발견했다. 펌프는 우리에게 아주 유익하기에 좋은 것이지만, 그가 신에 대해, 영혼 불멸에 대해 하는 말은 모두 쓸데없는 것이다. 왜냐하면 그는 삼위일체와 성서를 믿었기 때문이다. 우리는 그의 경지까지 올라가기 위해 노력할 필요가 없다. 그는 정상인의 범주를 벗어났지만 우리는 정상인의 높은 경지에서 비호하듯 너그럽게 그의 공적을 인정해주면 된다.

파스칼은 종교가 없는 사람은 동물이나 광인과 같다고 지적하면서 어떤 학문도 종교를 대신할 수 없다고 주장했다. 그러나 파스칼은 신과 삼위일체와 성서를 믿는 사람이었으므로 그들에게는 모든 것이 쉽게 해결되었다. 그들은 파스칼이 삶의 무지와 학문의 공허에 대해 말한 것은 옳지 않다고 생각했다. 그들은 파스칼이 그토록 변박할 수 없도록 밝힌 학문과 삶의 허망함, 어리석음을 오히려 진정한 삶으로 여기고, 파스칼의 판단은 병에 걸린 비정상적인 상태의 결과라 본 것이다. 그러면서도 파스칼의 생각과 말의 힘을 인정하지 않을 수는 없어서 그의 책을 고전의 목록에 넣었지만, 그 내용은 그들에게 필요하지 않았다. 그들은 인간이 도달할 수 있는 경지, 파스칼이 서 있는 높은 종교적 의식 수준보다 자신들이 훨씬 높은 곳에 서 있다고 생각했기 때문에 놀라운 그 저서의 의미는 절망적이게도 그들에게는 가려져버렸다.

그렇다, 교묘하게 조작된 *qui croyent savoir*(자기는 안다고 생각하는) 주장, 또 파스칼에 따르면 *bouleversent le monde*(세상을 어지럽히는) 사람들의 주장만큼 인류의 참된 진보에 해롭고 위험한 것도 없다.

그러나 빛은 어둠 속에서도 빛난다. 파스칼의 가톨릭 신앙에는 동의하지 않지만 위대한 지혜를 가진 그가 믿었던 신앙을 이해하는(그는 아무것도 믿지 않는 것보다는 가톨릭교를 믿는 것을 선호했다) 사람들이 있고, 신앙의 필요성, 우주와 그 근원과 인간의 확고부동한 관계인 신앙 없이는 살아갈 수 없다는 것을 반박할 수 없는 논리로 입증한 그의 놀라운 책의 가치를 이해하는 사람들도 있다.

그 가치를 이해한 사람들은 각자의 도덕적, 지적 수준에 따라 파스칼이 제기한 신앙 문제에 대한 합당한 답을 발견할 것이다.

여기에 그의 위대한 공적이 있다.

레프 톨스토이

삶의 모든 모순을 해결하고 인간에게 최대의 행복을 주는 감정을 우리는 알고 있다. 그 감정은 사랑이다.

1 불쾌한 기분은 어떻게 극복할 수 있을까? 우선은 **겸손**을 통해서다. 자신의 약점을 안다면 다른 사람들의 지적에 분노할 이유가 있겠는가? 지적하는 사람이 불친절하다 해도 잘못은 아니다. 다음은 **평가**를 통해서다. 사람은 달라지지 않는다. 따라서 자기 자신을 지나치게 높이 평가했다면 그 평가를 바꿔야 한다. 가까운 사람들이 아무리 지적해도 사람은 달라지지 않는다. 마지막이 가장 중요한 것인데, **용서**를 통해서다. 우리에게 악을 행하고 모욕을 주는 사람들을 미워하지 않을 유일한 방법은 그들에게 선을 행하고 선으로써 분노를 극복하는 것이다. 자신의 감정을 극복한다고 그들을 바꿀 수는 없지만 자기 자신을 다스릴 수는 있다.

아미엘

2 선함이 없는 눈길에 무슨 가치가 있겠는가? 선함이야말로 진정한 부다. 재산은 선한 자나 악한 자나 누구나 가질 수 있다. 참된 길에 서고, 깊이 생각하고, 선량하라. 모든 종교의 교리를 다 연구한다 해도 오직 선만이 행복을 줄 것이다. 마음이 선한 사람은 어둠과 슬픔의 세계에 발을 들이지 않는다. 어떤 악도 수많은 사람에게 봉사하는 선한 사람은 건드리지 못한다.

『티루쿠랄』

3 사랑은 죽음을 멸해 공허한 환영으로 바꾼다. 사랑은 삶을 무의미한

것에서 유의미한 것으로, 불행을 행복으로 바꾼다.

4 말없는 친절한 배려라는 향유를 바르지 않고는 상처에서 독침을 빼
낼 수 없다. 왜 다른 사람의 악의와 배은망덕, 질투, 교활함에 안절
부절못하는가? 싸움과 불평과 처벌에는 끝이 없다. 가장 간단한 방
법은 마음에서 모두 지워버리는 것이다. 모욕과 비방과 분노는 마음
을 어지럽힌다. 악에서 벗어날 수 있는 방법을 가져야 한다. 불은 물
질적 세계의 모든 것을 정화하지만 사랑은 정신적 세계의 모든 것을
정화한다. 아미엘

5 만약 네가 의식적으로 사람들을 불친절하게 대한다면, 무의식적으로는 많은
사람을 잔인하게 대하고 있을 것이다. 러스킨

6 사랑은 인간을 자신에서, 자아에서 밖으로 이끈다. 그래서 자아가 고
통스러울 때면 사랑이 그 고통에서 벗어나게 해준다.

7 사랑이 적을수록 인간은 더 고통스럽고 사랑이 많을수록 덜 고통스
럽다. 삶은 참으로 합리적이다. 삶의 모든 활동이 오직 사랑으로 충
만할 때, 사랑은 고통을 차단한다. 고통은 인간이 자신의 삶과 세계
의 삶을 연결하는 사슬을 끊으려 할 때 느끼는 아픔일 뿐이다.

／ 마음이 괴로울 때, 사람이 두렵고 자기 자신이 두려워 어떻게 행동하고 어떻게 판단해야 할지 갈피를 잡을 수 없을 때는 인생길에서 만나는 모든 사람을 사랑하겠다고 다짐하고 실천하라. 그렇게 산다면 괴로움이 지나가고 마음이 가벼워지며 매듭이 풀리는 것을 느끼게 될 것이다. 마침내 아무것도 바라지 않고, 아무것도 두렵지 않을 것이다.

7월 9일

많이 아는 것을 높이 평가하는 것은 잘못이다. 지식의 양이 아니라 질이 중요하다.

1 소크라테스는 어리석음과 지혜를 양립할 수 없는 것으로 생각했지만, 무지를 어리석음이라 말하지는 않았다. 그러나 자기 자신을 모르고, 자신이 모르는 것을 안다고 생각하는 것은 어리석다고 말했다.

크세노폰

2 우리는 철학과 학문과 이성의 시대에 살고 있다. 삶이라는 미로에서 우리가 나아갈 길을 가르쳐주기 위해 모든 학문이 집결되었다. 커다란 도서관은 모든 사람에게 열려 있고, 도처의 초등학교와 중고등학교, 대학교에서는 지난 수천 년의 지혜를 배울 수 있다. 모든 것이 우리의 지능을 발전시키고 이성을 강화하는 데 협력하는 것 같다. 하지만 어떤가. 이 모든 시설 덕분에 우리는 한결 나아지고 더 현명해졌

는가? 우리가 나아갈 길과 사명을 더 잘 알게 되었는가? 우리의 의무
가 무엇인지, 특히 삶의 행복이 어디에 있는지 더 잘 알게 되었는가?
그 모든 공허한 지식에서 우리는 적의와 증오와 모호함과 의혹 외에
무엇을 얻었는가? 온갖 종교의 가르침과 종파들은 자신들의 가르침
만 진리라고 주장하고, 작가들은 오직 자신만이 인간의 행복이 어디
에 있는지 안다고 주장한다. 어떤 사람은 육체가 존재하지 않는다고
하고, 어떤 사람은 영혼이 없다고 하고, 어떤 사람은 영혼과 육체는
아무 연관이 없다고 하고, 어떤 사람은 인간도 결국 동물이라고 하
고, 또 어떤 사람은 신은 한갓 거울에 지나지 않는다고 말한다.   루소

3 아는 것이 아무것도 없다고 하는 사람, 또는 매우 드물지만 자신이
아무것도 모른다는 것을 분명히 아는 사람은, 조금밖에 알지 못하면
서 자신이 모든 것을 안다고 생각하는 사람보다 훌륭하다! 아무것도
모른다고 하는 사람은 훨씬 더 훌륭하다!   소로

4 자주적으로 생각할 수 있다면 불필요한 독서를 최대한 피할 수 있지
않을까!
　과연 독서와 배움은 같은 것일까? 누군가는 출판이 학문의 광범위
한 보급에 도움이 되었지만 오히려 학문의 질과 내용은 저하되었다
고 단언했다. 근거 없는 말이 아니다. 지나친 독서는 해롭다. 내가 연
구한 학자들 중 가장 위대한 사상가들은 누구보다 독서를 적게 한
사람들이었다.
　만약 무엇을 생각할지가 아니라 어떻게 생각할지를 배운다면, 사
람들 사이에 생기는 많은 오해를 피할 수 있을 것이다.   리히텐베르크

5 무지가 아니라 거짓된 지식을 두려워하라. 세상의 모든 악은 거짓된 지식에서 시작된다.

6 자신의 어리석음을 숨길 수 있는 사람이 자신의 현명함을 보여주려는 사람보다 낫다.

7 도덕적 완성에 도달하려면 먼저 정신이 깨끗해야 한다. 정신은 마음으로 진리를 구하고 의지가 신성을 향할 때 비로소 깨끗해진다. 그리고 이 모든 것은 참된 지식에 달려 있다. 공자

8 육체가 신선한 공기에 강해지고 오염된 공기에 약해지기도 하듯이 지능도 독서에 의해 강해지기도 하고 약해지기도 한다. 러스킨

/ 논쟁을 불러일으키는 지식은 의심스러운 지식이다.

7월 10일

우리의 세계에서 진정한 신앙은 대부분 여론으로 대체되고 있다. 사람들은 신이 아니라 그들이 배운 것을 믿는다.

1 신의 존재를 부정하는 가장 일반적이고도 흔한 방법은 여론을 무조건 옳다고 인정하고 신에 대한 자신의 의식에 아무런 의미도 부여하지 않는 것이다.

러스킨

2 신은 모든 이에게 진리와 평온 중 하나를 선택할 권리를 준다. 둘 중 하나를 선택하라. 둘 다 가질 수는 없다. 인간은 시계추처럼 이 둘 사이에서 흔들린다. 평온함에 무게를 두는 사람은 자신이 처음 만난 신앙과 철학, 정치이념, 그리고 무엇보다 자신의 아버지가 믿었던 것을 선택한다. 그 결과 그는 평온과 편리와 사회적 존경을 얻지만, 진리로 가는 문을 닫게 된다.

에머슨

3 악과 불행은 자신의 의무를 몰라서가 아니라 의무가 아닌 것을 의무로 받아들이기 때문에 생긴다.

4 교회에도, 국가나 사회에도 청년들의 사고를 주조하는 전형적인 틀이 있다. 그래서 새로운 세대의 특성을 발휘해야 할 때가 와도 그들의 사고는 이미 그 틀 속에서 굳어 새로운 것을 받아들일 수 없다.

루시 맬러리

5 신앙은 다수결로 정해지는 것이 아니다. 다수결로 신앙의 진정성이 가려진다고 생각한다면 신앙이 뭔지 모르는 것이다.

6 '신은 존재하지 않는다'는 생각에 기반을 둔 사회는 예외 없이 예기치 않은 결과에 봉착한다. 그런 사회에서 세계의 질서는 무한한 우연과 허위의 연속으로 여겨지기 때문에 아무도 우연이나 허위에 놀라지 않는다. 그래서 우리 삶에서 아무리 끔찍한 일이 일어나도 아무도 놀라거나 경악하지 않는다. 지극히 당연한 결과다. 칼라일

7 우리 사회가 빠진 불행한 상태의 원인은 상류층이 신앙 없이 살면서 신앙의 부재를 다른 것으로 대체하려 한다는 것이다. 어떤 자들은 여전히 외적인 종교적 형식을 믿는 척 위선으로, 어떤 자들은 대담한 무신론 선언으로, 어떤 자들은 세련된 회의주의로, 또 어떤 자들은 이기주의를 합법화해 그것으로 종교적 가르침을 대체하려 한다.

이 모든 병의 원인은 그리스도의 가르침을 참된 의미, 즉 온전한 의미로 받아들이지 않는 것이다. 이 병에서 낫는 법은 오직 그리스도의 가르침을 온전하게 인정하는 것뿐이다. 이는 지금도 가능한 일이고 반드시 필요한 일이다.

✓ 오늘날 사람들이 고통받고 있는 악의 근본적인 원인은 대부분 신앙이 없다는 것이다.

7월 11일

진정한 자선은 강자가 약자에게 자신의 노동과 노력을 주는 것이다.

1 남에게 베푸는 것이 노동의 결실일 경우에만 자선이다.

　메마른 손은 인색하고 땀에 젖은 손은 인심이 좋다는 말이 있다. 「열두 사도의 가르침」에도 네 손으로 번 것을 베풀어 속죄하라는 말이 있다.

2 인간에게 힘이 주어진 것은 약자를 괴롭히기 위해서가 아니라 그들을 지지하고 돕기 위해서다.　　　　　　　　　　　　　　러스킨

3 모든 선한 일은 자비다. 목마른 자에게 물을 주는 것도 자비다. 길에 굴러다니는 돌을 치우는 것도 자비다. 덕을 갖추라고 이웃에게 권하는 것도 자비다. 나그네에게 길을 알려주는 것도 자비다. 이웃을 보고 미소짓는 것도 자비다.　　　　　　　　　　　마호메트

4 달라는 사람에게는 주고 빼앗는 사람에게는 되받으려고 하지 마라. 너희는 남에게서 바라는 대로 남에게 해주어라.　　「누가복음」 6:30~31

5 네가 내어준 것은 네 것이지만, 네가 움켜쥐고 있는 것은 이미 잃은 것이다.　　　　　　　　　　　　　　　　동양의 금언

6 자신의 전 재산을 나누어준 사람이 칭찬을 받았다. 그러자 그는 "나는 칭찬받을 것이 없다"고 말했다. "아직 아무것도 하지 않았다. 나는

내가 건너야 할 강에 가서 헤엄치기 편하도록 입은 옷을 벗은 것뿐이다. 문제는 이제부터 강을 어떻게 건너느냐다."

/ 만약 부자가 진정으로 자비심을 갖게 된다면 당장 부자이기를 그만둘 것이다.

7월 12일

사랑의 기초는 모두의 마음속에 살아 있는 신적 근원의 동일성을 인정하는 것이다.

1 사람들을 하나되게 하는 것은 모두 선이고 아름다움이고, 사람들을 분열시키는 것은 모두 악이고 추한 것이다. 누구나 이 진리를 안다. 이 진리는 우리 모두의 마음에 새겨져 있다.

2 산사태 때문도 아니고 박테리아 때문도 아니고 당연히 사랑해야 하는데도 나를 괴롭히고 미워하는 형제 때문에 괴로워하며 죽어가는 것은 얼마나 큰 고통인가! 이것은 자살하는 사람이 경험하는 감정과 흡사하다.

3 나쁜 일을 저지른 사람만 벌을 받아야 하는 것은 아니다. 우리 안에

있는 악이 퍼지기 때문이다. 그렇다고 서로 격리된 채 생활할 수는 없다. 우리의 행위는 우리의 자식과도 같다. 그것은 우리의 의지와 상관없이 살아서 움직인다.

조지 엘리엇

4 나는 인간이 모든 일에서 자신의 이익을 위해 (이 말을 적당한 방식으로 해석하자면) 움직인다고 확신하며, 육체적 삶을 유지하는 데 감각이 꼭 필요하듯 각자의 이익을 위해 움직이는 것은 세계의 삶을 위해서도 꼭 필요하다고 믿는다. 그런데 우리를 창조한 '근원'은 사람들의 이익을 다른 사람들의 이익과 아주 절묘하게 연결해두었기 때문에 우리는 이웃에게 선을 행하지 않고는 자신에게도 진정한 선을 행할 수 없다.

리히텐베르크

5 누구도 혼자서는 진리에 도달할 수 없다. 아담에서 오늘의 우리에 이르기까지 수백만 년의 세월 동안 모두가 동참해 하나하나 돌을 쌓아올려야 비로소 위대한 신에게 어울리는 사원이 완성된다.

6 인간의 삶은 스스로 움직이는 원이다. 아주 작은 원에서 사방팔방으로 무한히 확장되고 끊임없이 점점 더 큰 새로운 원으로 퍼져나간다. 그 원은 끝이 없다.

에머슨

7 거짓이 아닌 모든 덕행, 사욕 없이 오로지 타인의 빈곤을 배려하는 도움은, 말로 설명하기 아주 어려운 신비로운 행위다. 왜냐하면 그런

행위는 살아 있는 모든 존재가 하나라는 신비로운 의식에서 생겼기 때문이다. 타인을 괴롭히는 빈곤을 덜어주기 위해 손톱만한 사심도 없이 자선을 베푸는 것은, 눈앞에 보이는 가엾은 빈자가 자기 자신과 다름없다는 것을 알고 낯선 그에게서 자신을 볼 수 있을 때 비로소 가능한 일이다. 쇼펜하우어

/ 우리는 살아 있는 모든 존재와 외적으로는 떨어져 있지만 내적으로는 이어져 있다.

우리는 정신적 세계의 파동을 느낀다. 어떤 것은 아직 우리에게 도달하지 않았지만, 우리가 육안으로 보지 못하는 별에서 빛의 파동이 오듯 줄곧 우리를 향해 오고 있다.

7월 13일

현재의 사회제도를 자신의 행위를 정당화하는 구실로 삼아서는 안 된다. 제도는 영구적이지 않고 끊임없이 변화하며 점차 악한 것에서 선한 것으로 이행한다. 그 이행은 우리가 현재의 제도에 동의하지 않을 때 성취된다.

1 영리한 소수가 수세기 동안 시대의 삶을 독점해 어떻게 그렇게 편하게 살 수 있었는지 아무도 알지 못하던 때, 그리고 다수가 밤낮으로 일한 노동의 대가를 고스란히 남에게 빼앗기고 있다는 것을 전혀 알지 못하던 때에는, 양쪽 다 그것을 자연의 질서라고 생각했으므로 사

람이 사람을 잡아먹는 그런 세계가 유지될 수 있었다. 사람들은 흔히 편견과 습관을 진리로 받아들인다. 그런 진리는 사람들을 괴롭히지 않는다. 그러나 그 진리가 허무맹랑한 것임을 깨닫자마자 모든 것은 당장 끝나버린다. 그때 소수는 다수에게 불합리한 일을 시키기 위해 폭력을 쓴다.　　　　　　　　　　　　　　　　　게르첸

2　지금의 모든 자선시설, 모든 형법, 범죄 예방과 근절을 위해 하는 모든 제한과 금지는, 아무리 좋게 말해도 당나귀 한쪽 옆구리에 모든 짐을 싣고는 기우뚱하는 그 가엾은 짐승을 돕는다며 반대쪽에 같은 무게의 돌을 담는 바보의 생각과 다를 것이 없다.　　　　　헨리 조지

3　우리의 문명 한복판에 우글거리는 비참한 가난, 거기서 발생하는 죄악과 범죄, 타락, 약탈은 야만스러운 미개인도 알 수 있을 만큼 간단한 정의의 법칙을 인정하지 않는 현재의 토지법이 낳은 결과다. 원래 우리 모두가 태어날 때부터 가졌던 권리가 특정인들의 사유재산이 되고, 자연법에 따라 사회 전체의 욕구를 충족시킬 공동의 재산이어야 하는 것이 몇몇에게만 주어진 결과, 그 소수가 자신의 형제들인 다수 위에 군림하게 되었다. 그래서 많은 사람이 굶주리는 동안 소수의 사람들은 피둥피둥 살이 찌고 호화롭게 살면서 모두가 풍요롭게 살 수 있는 물자를 낭비하고 있다.　　　　　　　　　헨리 조지

4　현명한 소비는 현명한 생산보다 훨씬 어렵다. 스무 명이 힘들여 생산한 것도 단 한 명의 소비로 쉽게 사라질 수 있다. 그러므로 각 개인이

나 전체 민중에게 문제가 되는 것은 얼마나 생산하느냐가 아니라 생산된 것이 어디에 소비되느냐다.

사람들은 흔히 단 한 명의 노력으로는 현대의 산업 혹은 생산 수단, 상업이라는 광범한 제도를 변화시키거나 제어할 수 없다고 주장한다.

그러나 세상에 일말의 인상도 주지 못하고 한 귀로 들어와서 한 귀로 나가는 수많은 현명한 이야기를 깊이 생각하다보면, 나는 내가 이성적이라고 생각하는 일을 묵묵히 행하고 어떤 것에 대해서도 절대 발언하지 않으며 남은 생을 보내는 게 낫겠다는 저항할 수 없는 욕구를 느낀다. 　　　　　　　　　　　　　　　　　　　　러스킨

5　우리는 사회적 계층을 한 계단씩 오르며 사회의 최상류층 사람들에게 잘 보이려 하기보다, 그들을 두렵게 만들며 민중적 삶의 이상을 지향해야 한다. 　　　　　　　　　　　　　　　　　러스킨

6　우리는 연구를 거듭한 끝에 최근 분업이라고 하는 위대한 문명의 발명품을 완전하게 만들었다. 하지만 우리는 그것에 잘못된 이름을 붙이고 있다. 올바르게 표현하자면 일이 나뉜 것이 아니라 사람들이 작은 부분으로, 작은 덩어리로, 작은 조각으로 나뉜 것이다. 그래서 각자에게 남은 판단력도 줄어들어 핀 하나 못 하나도 온전히 만들지 못하고 고작해야 핀 끝이나 못대가리만 만들 수 있게 되어버렸다. 사실 하루에 많은 핀을 생산하는 것은 좋고 바람직한 일이다. 그러나 우리가 어떤 모래로 핀을 연마하는지 안다면, 결국 인간의 영혼이라는 모래로 연마하고 있다는 것을 안다면, 그런 것은 우리에게 아무

이득 없는 헛일이라 여기게 될 것이다.

사람들을 속박하고 괴롭히고 가축처럼 수레에 매고 여름철 파리처럼 죽인다 해도, 역시 그 사람들도 어떤 의미에서는, 또는 가장 좋은 의미에서는 자유로운 존재일 수 있다. 그러나 그들 안에 있는 불멸의 영혼을 짓누르고 이성의 싹을 잘라 썩어가는 나무토막으로 만들고, 그들의 살과 가죽을 기계를 움직이는 벨트로 사용하는 것이야말로 진정한 노예제도다. 그렇게 오직 인간을 모욕하고 기계로 만들기 때문에 노동자들은 정작 자유의 본질도 모르는 채 자유를 위해 광포하고 파괴적인 헛된 투쟁을 하게 된다. 부와 지배층에 대한 증오는 배고픔 때문도 아니고 상처받은 자존심 때문도 아니다(이 두 가지 원인은 언제나 영향을 주었지만 사회의 기반이 지금처럼 흔들린 적은 없었다). 사람들이 제대로 먹지 못하는 것이 문제가 아니라, 그들이 빵을 얻는 일에 만족하지 못하고 부를 즐거움을 위한 유일한 수단으로 여기는 것이 문제다.

상류층 사람들의 멸시가 아니라 자신들에게 주어진 일이 자신들을 모욕하고 타락시켜 인간 이하의 존재로 만들어버린다고 느끼는 자괴감을 견딜 수 없는 것이 문제다. 지금처럼 상류층이 하류층에게 사랑과 동정을 보인 적이 없었지만, 지금처럼 상류층이 하류층의 증오의 대상이 된 적도 일찍이 없었다.

러스킨

7 나라가 이성적 원칙에 따라 다스려지고 있는데 결핍과 빈곤이 있다면 부끄러워해야 한다. 나라가 이성적 원칙에 따라 다스려지고 있지 않다면 부와 명예를 부끄러워해야 한다.

중국의 격언

✐ 우리에게 알려진 신의 법칙을 실현하려면 노력이 필요하다. 사람들은 더디지만 노력하면서 조금씩 그 실현에 다가가고 있다.

7월 14일

신의 나라는 인류에게 계시된 신의 법칙을 최대한으로 실현하는 나라다.

1 모든 사람이 무엇보다 먼저 신의 나라와 그 진리를 찾는다면 빈곤은 어떻게 될까? 각자가 자발적으로 신의 법칙에 따르면서 그 법칙이 부여한 의무를 수행하기 위해 노력한다면?

　빈곤은 부정과 탐욕, 인류의 신성한 의무에 대한 범죄적 멸시가 낳은 딸이며, 우리의 양심이 무서울 정도로 혼탁해져 빈곤을 생활 질서의 불가피한 조건으로 여기게 되었을 만큼 전면적이고 끊임없는 의무의 파기가 낳은 딸이다. 그러니 오, 주여, 당신의 나라가 도래하게 하소서. 당신의 법칙이 세계를 새롭게 하는 법칙이 되게 하소서. 빈곤이 인류의 4분의 3의 운명이 되지 않게 하소서. 이 세계가 서로를 해치는 적이 아니라 서로 도우려고 애쓰는 형제들의 집이 되게 하소서. 악을 끊어내고 사탄의 사원을 무너뜨린 폐허에 당신의 사원을 세울 수 있도록 신의 자식들이 나날이 불어나고 단결하게 하소서.

라므네

2 교회적 신앙이 보편적이고 이성적인 종교에 대한 신앙으로 이행해

야 한다는 것이 공공연하게 인정될 때, 비로소 신의 나라가 도래했다고 단언할 수 있을 것이다. 신의 나라의 완전한 실현이 아직 우리에게 요원하다 해도, 교회적 신앙 대신 보편적이고 이성적인 종교가 확립되는 곳에는 머지않아 자라나 번식할 배아처럼 세상을 비추고 다스릴 모든 것이 들어 있다.

세계의 삶에서는 수천 년이 하루와 같다. 우리는 인내심을 가지고 신의 나라가 실현될 수 있도록 노력하면서 기다려야 한다.　　　칸트

3 지상에 도래할 신의 나라는 인류의 궁극적인 목적이자 희망이다("아버지의 나라가 오게 하소서"). 그리스도는 우리를 신의 나라에 다가갈 수 있게 했지만, 사람들은 그리스도를 이해하지 못하고 신의 나라가 아닌 사제들의 나라를 세웠다.　　　칸트

4 시적이고 아름다운 분위기로 사람들을 현혹하는 예식과 말로 이루어진 예배, 그리고 이 세계의 불가피한 조건으로 여겨지는 폭압적인 사회제도가 삶에 대한 깊은 깨달음의 힘으로 추방될 날이 가까워지고 있다. 우리가 삶의 모든 일에서 신의 법칙을 의식적으로 실천하게 될 천국의 시대, 지상에서 이루어질 신의 나라가 다가오고 있다.

중요한 한 가지가 필요하다. 즉 진정한 의미의 종교를 깨달아야 한다. 사람들을 현혹하고 속이는 종교가 아니라 삶을 위한 진정한 학문과 이성적인 종교를 깨달아야 한다. 신을 섬긴다는 것은 사제와 그의 축성 없이는 불가능한 신비하고 초자연적인 것이 아니라 신과 이웃에 대한 사랑, 이웃에 대한 봉사, 이웃과 모든 사람의 행복을 위한 활동이라는 것, 즉 선을 행하는 것임을 이해해야 한다.　　　부카

✒ 신의 나라는 네 안에 있다. 신의 나라를 네 안에서 찾는다면 모든 것은 네가 원하는 대로 이루어질 것이다.

1
세계의 구조

이 세계는 본질적으로 예수 시대에 존재했던 세계와 다르지 않다. 왜냐하면 18세기가 흘렀지만 그리스도교 세계의 사회적 기반을 바꾸지 못하고 그 발현 양상을 온건하게 유지해왔을 뿐이기 때문이다. 겉모습은 달라졌지만 이 세계는 권력과 자기애로 지탱되고 있다.

힘이 있기 때문에 지배하고, 자신의 이익을 위해 지배하기 때문에 억압하고 괴롭힌다. 세계란 그런 것이다. 세계와 예수 사이에는 영원한 투쟁이 있다. 예수가 바라는 것과 세계가 바라는 것이 정반대이기 때문이다. 예수는 사람들이 자유롭고, 한 아버지 앞에서 평등하듯 사람들이 평등하고, 형제애가 사람들을 한 가족으로 묶기를 바란다. 그러나 세계는 거의 모든 사람이 소수의 사람들에게 복종하고, 모든 사람이 형제가 아니라 강자와 약자로 나뉘길 바란다. 강자는 약자에게서 온갖 권리를 빼앗고, 약자를 예속하고 마음대로 다스리기를 바란다.

예수는 권력이 봉사이기를 바란다. 그러나 세계는 권력이 지배이기를 바란다. 그래서 예수는 세계를 비난하고 세계는 예수를 증오했고, 그 증오가 예수의 제자들에게까지 번져 그들도 세계의 박해를 받았다. 만일 세계가 그들을 용인했다면, 만약 세계와 그들이 어떤 식으로든 결탁했다면, 그들은 예수의 제자가 아니라 그의 가르침을 배반한 자, 예수에게 입을 맞추면서 팔아넘긴 유다의 공범들이다.

그러므로 예수가 바란 것을 바라는 너희는, 예수가 한 일을 계속하기 위해 선택된 너희는 세계에서 너희를 기다리고 있는 것에 대해 마음의 준비를 해야 한다. 그러나 세계는 끝까지 강력할 리 없으며 언젠가는 패배할 것이다. 왜냐하면 세계에 대해 승리를 거둘 진리가 이미 모든 사람 앞에서 빛나며 그들의 양심을 움직이기 시작했기 때문이다. 세계는 지난날 예수를 죽였듯이 그 진리를 죽이려고 헛되이 몸부림칠 뿐이다. 그날이 가까워오고 낮은 속삭임이 해방의 날을 예고하고 있다. 사방에서 쇠사슬이 끊어지는 소리가 들린다. 강자는 당황하고 자신들이 약자가 되어간다고 느낀다. 약자들이 고개를 쳐든다. 마지막 결전이 치러져야 한다. 모두 결연히 이 싸움에 임하라. 인류가 예수의 약속대로 해방되느냐, 아니면 원래부터 살인자였던 자의 후손의 영원한 노예로 머물 것이냐가 결정될 것이다.

펠리시테 라므네

2
초기 그리스도교도들의 전쟁에 대한 태도

"세계는 어리석게도 서로 피 흘리며 사납게 싸우고 있다. 살인은 한 개인이 저지르면 범죄지만 군중이 저지르면 명예로운 일로 불린다." 3세기의 저명한 키프리아누스^{가톨릭 성인, 카르타고의 주교}는 군대에 대해 이렇게 썼다.

5세기까지 초기 그리스도교 공동체들은 전쟁에 대해 한목소리를 냈는데, 그들의 지도자들은 그리스도교도에게는 모든 살인행위가 금지되어 있고, 따라서 전쟁에서의 살인도 금지라고 분명하게 공언했다.

2세기에 그리스도교로 개종한 철학자 타티아노스는 전쟁에서의 살인도 다른 모든 살인과 마찬가지로 그리스도교도에게는 용납될 수 없는 것이고, 군인이 받는 영관은 그리스도교에게는 수치스러운 것이라고 했다. 같은 세기 아테네의 철학자 아테나고라스는 그리스도교도는 살인을 하지 않는 것은 물론이고 살인하는 자리에 있는 것도 피한다고 말했다.

3세기 알렉산드리아의 철학자 클레멘스는 '호전적인' 이교도 민족들과 '평화를 사랑하는 그리스도교도'를 대비시켰다. 그러나 그리스도교도의 전쟁에 대한 혐오감을 가장 분명하게 밝힌 사람은 저 유명한 신학자 오리게네스였다. "나라마다 칼을 쳐서 보습을 만들고 창을 쳐서 낫을 만드리라"라는 「이사야」의 구절을 그리스도교도에게 적용하면서 그는 분명하게 말했다. "우리는 어떤 민족에게도 무기를 들지 않을 것이며 싸우는 기술을 배우지 않을 것이다. 우리는 예수그리스도를 통해 평화의 아들로 태어났기 때문이다." 또 그는 로마의 법학자 켈수스가 그리스도교도들은 병역을 기피하기 때문에 로마제국이 그리스도교 국가가 되는 날에는 제국이 반드시 멸망할 거라고 비난했던 것에 대해 "그리스도교도는 다른 누구보다 로마제국을 위해 싸우고 있다, 선행과 기도, 선한 영향으로 싸우고 있다"고 말했다. 무기를 사용한 싸움에 관해서는 "그리스도교도는 로마의 군인들과 함께 싸우지 않으며, 황제가 아무리 강요하더라도 절대 전쟁터에 나가지 않을 것이다"라고 말했다.

오리게네스와 동시대인인 종교 저술가 테르툴리아누스도 그리스도교도가 병사가 되어서는 안 된다고 분명히 말했다. 그는 병역에 대해서 이렇게 말했다. "그리스도의 표지와 악마의 표지를, 빛의 요새와 어둠의 요새를 함께 지키는 것은 온당치 않다. 한 마음으로 두 주인을 섬길 수 없다. 주님이 칼을 빼앗으셨는데 칼 없이 어떻게 싸운단 말인가? 주님이 칼을 든 자는 모두 칼로 멸망할 거라 하셨는데도 어떻게 칼로 사람을 죽이는 훈련을 할 수 있겠는가? 평화의 아들이 어떻게 살육에 참가할 수 있겠는가?"

4세기 신학자 락탄티우스도 똑같은 말을 했다. "사람을 죽이는 것은 어떤 경우에도 죄악이라는 신의 법칙에 그 어떤 예외도 있을 수 없다. 그리스도교도는 무기를 들어서는 안 된다. 그들의 무기는 오직 진리뿐이기 때문이다." 3세기경 이집트 교회의 교의와 이른바 『우리 주 예수그리스도의 유훈』에는 군대에 들어간 그리스도교도는 교회에서 파문될 수 있다고 적혀 있다.

「사도행전」에는 1, 2세기 무렵 로마군대에 복무하는 것을 거부해 박해를 받은 그리스도교 수난자들의 사례가 많이 등장한다.

예를 들면, 병역을 거부하다 관청에 끌려온 막시밀리안은 이름이 무엇이냐는 지방총독의 첫 질문에 "내 이름은 그리스도교도입니다. 그러므로 나는 싸움터에 갈 수 없습니다"라고 대답한다. 그는 결국 강제로 입대했지만, 끝까지 군무를 거부했다. 그는 병역에 임하든가 사형당하든가 둘 중 하나를 선택할 수밖에 없었다. 그래서 "살인을 하느니 차라리 죽는 게 낫다"고 했고 결국 처형되었다.

마르켈리우스는 트로이 군단의 백인대장^{百人隊長}이었다. 그리스도의 가르침을 믿고 전쟁은 비그리스도교적인 것이라고 확신한 그는 당장 전 군단이 보는 앞에서 갑옷과 투구를 벗어 바닥에 팽개치고는, 더이상 복무할 수 없다고 선언했다. 그는 감옥에 갇혔지만 옥중에서도 여전히 "그리스도교도는 무기를 들어선 안 된다"고 말했다. 그 역시 처형되고 말았다.

마르켈리우스에 뒤이어 같은 군단에서 복무하고 있던 카시아누스도 군무를 거부했다. 그도 처형당했다.

배교자 율리아누스황제 때 군인의 환경에서 태어나 자란 마르티누스^{프랑스 투르 주교}도 군복무를 계속하기를 거부했다. 황제가 친히 행한 심문에서 그는 이렇게 말했다. "저는 그리스도교도입니다. 그러므로 적을 죽일 수 없습니다."

제1차 그리스도교도 공의회(325년)에서는 한 번 군복무를 포기한 사람이 재입대하는 것을 엄금하고 징벌을 결정했다. 정교회가 인정한 그 결정은 다음과 같다.

"신의 은총으로 믿음의 세계에 들어가 처음으로 군복을 벗어던진 자로서, 수캐가 자신이 토한 것을 다시 먹듯 다시 군대에 복귀하는 자들은 삼 년 동안 교회 문 앞에서 성경 말씀을 듣고 십 년 동안 교회에 찾아가 용서를 빌어야 한다."

군대에 남은 그리스도교도도 전장에서 적을 죽이지 않는 것이 의무가 되었다. 이미 4세기에 성 바실리우스대제는 이 의무를 저버린 병사에게 삼 년 동안 성찬식에 참가하지 말 것을 권고했다.

이와 같이 그리스도교가 박해를 받았던 초기 3세기뿐만 아니라 그리스도교가 이교에 대해 승리를 거두고 지배적인 국교로 인정된 뒤에도 그리스도교도들 사이에서는 전쟁은 그리스도교와 양립할 수 없다는 신념이 지켜지고 있었다. 페루치는 이에 대해 다음과 같이 단호히 말했다(그 때문에 그는 처형당했다).

"그리스도교도는 아무리 정의로운 전쟁일지라도, 또 그리스도교에 귀의한 황제의 명령일지라도 절대 피를 보아서는 안 된다."

4세기에 칼리아리의 주교 루치페르는 그리스도교도에게 가장 귀중한 것은 자신의 신앙이므로 "남을 죽임으로써가 아니라 자신이 죽음으로써" 신앙을 지켜야 한다고 가르쳤다. 431년에 죽은 놀란의 주교 파울리누스도 무기를 들고 카이사르를 섬긴 자는 영원히 고통받을 거라 경고했다.

초기 4세기까지 그리스도교도는 그리스도교와 병역의 관계에 대해 그러한 견해를 가졌다.

타우베 남작 『그리스도교와 국제 평화』, 뤼나르 『초기 순교자 행전』에서

(구세프 엮음, 톨스토이 편집)

3
병역을 거부했던 농부 올호비크의 편지

1895년 10월 15일 나는 병역 통지를 받았다. 내가 제비를 뽑을 차례가 되었을 때, 나는 제비를 뽑지 않겠다고 말했다. 관리들은 나를 찬찬히 쳐다보고 자기들끼리 말을 주고받더니 그 이유를 물었다.

나는 충성을 맹세하지도, 무기를 들지도 않을 것이기 때문이라고 대답했다.

그들은 그것은 나중 일이니 일단 제비는 뽑아야 한다고 말했다.

나는 다시 거부했다. 그러자 촌장에게 제비를 대신 뽑으라는 명령이 떨어졌다. 촌장이 제비를 뽑았다. 674번이었다.

징병 사령관이 나를 사무실로 불러 물었다. "충성을 맹세하지 않겠다고 했다는데, 누가 너에게 그러라고 가르쳤나?"

나는 대답했다. "복음서를 읽으면서 스스로 배웠습니다."

징병 사령관은 말했다. "복음서를 읽고 스스로 이해했을 리 없어. 복음서는 이해하기 힘든 것이거든. 성서를 이해하려면 많이 배워야 해."

그러자 나는 이렇게 대답했다. "그리스도는 어려운 학문을 가르쳤던 것이 아닙니다. 배움이 없는 사람들도 그의 가르침을 이해할 수 있습니다."

그러자 그는 병사에게 나를 부대로 보내라고 말했다. 병사와 나는 취사장으로 갔고, 모두들 식사를 하고 있었다.

식사가 끝난 뒤 그들은 나에게 왜 맹세를 하지 않았느냐고 물었다.

나는 말했다. "복음서에 절대로 맹세하지 말라고 적혀 있기 때문이지."

그들은 깜짝 놀랐고, 곧 이렇게 물었다. "정말 복음서에 그런 말이 있단 말이야? 그럼 어디 한번 찾아봐."

내가 그 부분을 찾아내 읽자, 모두 귀를 기울였다.

"그런 말이 있다고 해도 맹세를 안 할 수는 없어. 안 하면 고통을 받게 될 테니까."

나는 말했다. "이 세상의 생명을 버리는 자는 영원한 생명을 얻을 것이다."

20일에 그들은 나를 젊은 병사들 대열에 집어넣었고, 우리는 군대 복무규정을 들었다. 나는 그들에게 그것을 이행하지 않을 거라고 말했다. 그들은 그 이유를 물었다.

나는 대답했다. "그리스도교도로서 나는 무기를 들고 적으로부터 나를 지키지 않을 것입니다. 그리스도께서 원수를 사랑하라고 가르치셨잖습니까."

그들은 말했다. "아니, 너만 그리스도교도냐? 우리도 어엿한 그리스도교도야."

나는 말했다. "나는 나 자신만 알 뿐 다른 사람들 일은 모릅니다. 그리스도께서 지금 내가 행동하고 있는 것처럼 행동하라고 하셨다는 것만 알 뿐입니다."

그들은 또다시 말했다. "만일 네가 끝까지 병역을 거부한다면 우리는 너를 영창에 처넣을 것이다."

나는 말했다. "좋을 대로 하십시오, 하지만 나는 복무하지 않겠습니다."

오늘 군사위원회가 열렸다. 장군이 장교들에게 말했다. "그 애송이가 병역을 거부하다니 대단한 신념을 가졌군! 수백만 명이 복무하고 있는 판에 혼자 거부를 하다니. 채찍으로 실컷 맞다보면 그 신념을 버리게 될 거다."

올호비크는 체포되어 야쿠츠카야 도[都]로 유형 보내졌다.

7월 15일

육체적 삶은 고뇌와 죽음에 종속되어 어떤 노력으로도 고뇌에서 벗어날 수 없다. 그러나 정신적 삶은 고뇌에도 죽음에도 종속되지 않는다. 그러므로 고뇌와 죽음에서 자신을 구할 방법은 오직 자신의 의식을 정신적 '자아'로 옮겨놓는 것뿐이다.

1 대체로 세계를 인식하는 방법은 두 가지다.

하나는 지극히 거칠고 선택의 여지가 없는 방법, 즉 오감으로 인식하는 것이다. 그러나 이런 인식뿐이라면 우리 내부에 떠오르는 세계는 우리가 아는 세계가 아니라 무의미한 혼돈일 것이다.

다른 하나는 자신에 대한 사랑으로 자신을 알고 그와 똑같은 사랑으로 다른 존재들, 즉 인간과 동물과 식물과 돌과 천체를 알고, 또 그 사랑을 통해 모든 존재의 상호관계를 알고, 그 상호관계들을 통해 우리가 아는 전체 세계를 구성하는 방법이다.

이 방법은 첫번째 방법에 의해 파괴된 존재들 사이의 결합을 복원한다. 이 같은 인식 방법은 사랑, 즉 자기와 다른 모든 존재, 그리고 신과의 합일에 바탕을 두고 있다.

2 ……그러나 제 뜻대로 하지 마시고 아버지의 뜻대로 하십시오.

「누가복음」 22:42

……그러나 제 뜻대로 마시고 아버지의 뜻대로 하소서.

「마가복음」 14:36

……그러나 제 뜻대로 마시고 아버지의 뜻대로 하소서.

「마태복음」 26:39

3 오직 신을 인식하는 것만이 필요하다. 모든 감정, 모든 정신력, 모든 지력, 모든 외적 인식 방법은 결국 신을 비추는 들창이고 신을 숭배하는 수단에 불과하다. 소멸할 수 있는 모든 것에서 벗어나 오로지 영원하고 근본적인 것과 결합하고, 그 밖의 모든 것은 잠시 빌린 것으로 생각하고 누려야 한다. 숭배하고 이해하고 받아들이고 느끼고 베풀고 행동하는 것이 너의 율법이고, 너의 의무이고, 너의 행복이고, 너의 하늘이다. 비록 그것이 죽음일지라도 올 것은 오게 하라. 신과 내적 조화를 이루고 신 앞에서 신과 접촉하며 살아라. 네가 결코 맞서 싸울 수 없는 영원한 힘이 네 삶을 이끄는 대로 따라가라. 만일 죽음이 아직 너를 데려가지 않는다면 잘된 일이다. 죽음이 너를 데려간다면 그건 더더욱 잘된 일이다. 너의 인생 절반이 죽음에 가로막히더라도 어쨌든 잘된 일이다. 죽음이 너의 성공의 길을 가로막는 것은 너에게 위업과 희생, 정신적 위대함의 길을 열어주기 위한 것이다. 모든 생명은 나름대로 위대하다. **인간은 신을 벗어날 수 없으므로 오히려 의식적으로 신을 자신의 거처로 선택하는 것이 현명하다.**

아미엘

4 모든 정신적 고뇌는 한순간 뒤의 죽음을 위해 존재하는 것이다! 그러니 왜, 무엇에 흥미를 가져야 하는가?

시간은 무의미한 것이지만, 네가 오늘 생명으로 충만하고 신을 발견할 수 있다면, 그 하루는 수백 년과 같을 것이다.

아미엘

5 삶의 중심은 사고에도, 감정에도, 의지에도, 또 사고하고 느끼고 바라는 의식에도 있지 않다. 왜냐하면 도덕적 진리는 이러한 수단을 통해 얻어질 수 있지만 얻는 동시에 우리에게서 달아나기 때문이다. 우

리의 의식보다 더 깊은 곳에 우리의 존재가 있다. 즉, 우리의 본질은 우리의 진정한 근원이다. 우리를 통해 본능적이고 무의식적으로 만들어진 진리들은 어느 순간 이 영역으로 들어온다. 이러한 진리만이 실제 우리의 삶, 즉 우리의 진정한 '자아'를 형성한다. 진리와 우리 사이에 어떤 공간을 설정하고 있는 동안 우리는 진리 밖에 있게 된다. 사상과 감정, 욕망, 생명의 의식은 아직 생명 그 자체는 아니다. 본질적으로 우리는 삶에서, 그것도 영원한 삶에서만 평화와 안정을 찾을 수 있다. 영원한 삶은 곧 신적인 삶이며 곧 신이다. 신적인 존재가 되는 것이야말로 삶의 궁극적 목적이다. 그때 비로소 우리는 진리를 잃어버리지 않게 된다. 우리는 우리의 내부에서 진리를 형성하고 그 진리가 우리를 형성하기 때문이다. 그때는 우리가 진리이고 신의 뜻이며 신의 일이다. 그때 자유는 우리의 본성이 되고 창조물은 창조자와 동일한 것이 되며 창조자와 사랑으로써 맺어지며 필연적인 존재가 된다. 창조물이 길러지는 시간은 끝나고 궁극의 행복이 시작된다. 시간의 태양은 지고 영원한 행복의 빛이 나타난다. 아미엘

6 신에 대한 사랑의 본질은 창조주의 숭고한 빛과 하나가 되기 위해 그 빛을 지향하고 그 빛에 이끌리는 정신에 있다. 『탈무드』

7 우주적 '자아' 인식에 도달하고 싶다면 자기 자신부터 알아야 한다. 자기 자신을 알려면 자신의 '소아小我'를 '대아大我'에 바쳐야 한다. 정신 안에 살고 싶다면 삶을 희생시켜라. 자신의 생각을 외적 사물에서, 외부에서 제시되는 모든 것에서 멀어지게 하라. 네 영혼에 어두운 그림자를 던지는 형상들을 멀리하라.

네 그림자는 한순간 나타나고 또 사라진다. 네 안의 영원한 것, 깨닫는 힘을 가진 것은 영원한 삶에 속한다. 이 영원한 것이 네 존재이며, 이것은 과거에도 존재했고 지금도 존재하고 앞으로도 존재할 것이며, 영원히 존재할 것이다.

브라만의 지혜

／ 우리가 동물적 '자아'의 행복 또는 불행이라고 부르는 것은 우리 의지 밖에 있는 것이고 지고한 이의 의지에 달린 것이다. 그러나 영적 '자아'의 선과 악은 우리가 이 지고한 이의 의지를 따르는가 따르지 않는가에 달려 있다.

7월 16일

쓸데없는 말처럼 게으름을 조장하는 것도 없다. 만일 그것이 없다면 사람들은 게으름이 만든 지루함을 견디지 못할 것이다.

1 말이 많은 사람은 대개 자신의 말을 실천하지 않는다. 지혜로운 자는 행동보다 말이 앞서는 것을 언제나 경계한다.

중국의 격언

2 지혜로운 자는 언행 불일치를 경계하기 때문에 함부로 빈말을 하지 않는다.

중국의 격언

3 먼저 생각한 뒤에 말하라! '그만하라'는 말을 듣기 전에 멈춰라. 사람이 동물보다 나은 것은 말하는 능력 때문이지만, 이 능력을 악용하면 동물보다 못한 존재가 된다. 『굴리스탄』

4 미친 사람과 똑같아지지 않으려면 그의 말에 똑같은 기분으로 대답하지 마라.

5 침묵하는 사람은 신에게 쉽게 다가간다. 산만하고 불필요한 말은 지루함과 화를 낳는다. 『성현의 사상』

6 내뱉은 말을 후회하는 것이 천 번일 때, 말하지 않은 걸 후회하는 일은 한 번이 될까 말까다.

7 아무것도 말할 것이 없는 사람일수록 말이 많다.

8 누군가 어떤 일을 하려는 것을 말리고 싶다면 그에게 그 일에 대해 이야기하게 하라. 말을 많이 할수록 그 일을 실제로 할 가능성은 줄어든다. 칼라일

✐ 말이 많을수록 실천은 적어진다.

7월 17일

고대 사회의 기초는 폭력이었지만, 우리 시대에 적합한 사회의 기초는 이성적 화합과 비폭력이어야 한다.

1 '눈은 눈으로, 이는 이로' 하신 말씀을 너희는 들었다. 그러나 나는 이렇게 말한다. 앙갚음하지 마라. 누가 오른뺨을 치거든 왼뺨마저 돌려대고 또 재판에 걸어 속옷을 가지려고 하거든 겉옷까지도 내주어라.

「마태복음」5:38~40

2 사람을 잘 쓰는 자는 언제나 겸손하다. 이것을 다툼이 없는 덕이라 하고, 하늘과의 화합이라 한다.

노자

3 이성을 무시하고 폭력을 통해서만 사람들을 지배할 수 있다고 생각하는 것은 얌전히 원을 따라 걷게 하려고 말의 눈을 가리는 것과 같다.

4 이른바 교양인이라는 사람들은, 즉 이성적 존재로서 폭력에 대해 당연히 가져야 할 태도의 모범을 보여야 할 학자들, 자유주의자들, 혁명가들은 인간의 자유와 존엄성에 대해 논의하고 규탄하고 설교한다. 그러나 멍에를 채우기 위한 호각소리가 들리기 전까지만 그렇다. 호각이 울리면 곧바로 모든 논의는, 자유주의와 자유에 대한 설교는 끝나버린다. 그들도 색색의 제복을 입고 총칼을 든다. 그리고 이제

달리고 뛰고 멈추고 돌고 모자를 쓰고 경례하고 '만세'를 외치고 심지어 명령 한마디에 자기 아버지까지 죽일 각오를 해야 한다. 자유주의자와 학자와 혁명가와 자유를 설교하던 사람들이 뛰어다니며 자신에게 명령을 내린 자에게 경례하고, '만세'를 외치고, 명령대로 누구든 총살할 준비를 한다.

이렇듯 삶과 의식의 일치를 가장 중요한 의무로 삼아야 할 교양인들조차 정작 자신들이 설교하고 가르치고 있는 것을 믿지 않는다.

5 폭력이 인간을 움직일 수 있는 유일한 것이라면 이성은 대체 무얼 위해 있는 것일까?

／ 폭력이 자행될 때는 이성적인 판단에 호소하라. 세속적으로도 잃는 것이 적을 것이고, 정신적으로도 충분히 만족할 것이다.

7월 18일

영원한 생명을 믿는다는 것은, 생명의 근원은 정신적인 것이므로 시간을 초월한다는 것을 믿는 것이다.

1 법을 어긴 사람은 이제 죽음과 함께 자신의 삶이 완전히 끝날 거라 생각한다. 그런 사람은 대개 더 악으로 기운다.　　　　『법구경』

2 우리의 마음속에는 불멸하는 진리의 싹이 숨쉬고 있다. 그 싹은 이 세계에서의 우리의 존재가 불완전하다는 것을 알고 존재의 목적을 달성하기 위해 불완전함이 계속되기를 바라는 우리의 이성 속에 있다. 그 싹은 이 세계에서는 결코 채워질 수 없는 행복에 대한 우리의 뜨거운 갈망 속에 있다. 그리고 우리가 노력할수록 우리 속에 충만한 완전과, 가장 완전한 것과의 합일에 대한 희구를 일깨우는 선에 대한 사랑 속에 있다.

채닝

3 사람들은 저세상에 대해 모르기 때문에 이 세상에 오래 있기를 바란다. 그래서 영원히 이 세상에서 살기를 바란다. 하지만 꽃밭에 가본 새는 새장에 갇히길 원하지 않는다. 만일 갇히더라도 다시 꽃밭으로 돌아가기 위해 새장을 빠져나가려고 할 것이다. 인간도 마찬가지다. 육체에서 풀려나면 다시 육체로 돌아가고 싶어하지 않는다. 태어났는데 다시 어머니 뱃속으로 돌아가기를 바라는 아기가 있을까? 감옥에서 풀려났는데 다시 감옥으로 돌아가기를 바라는 사람이 있을까? 새장에서 빠져나왔는데 다시 새장에 갇히길 바라는 새가 있을까? 이와 같이 인간도 육체적 삶에 집착하지 않는다면 다가올 육체로부터의 해방을 두려워하지 않을 것이다.

바브교 경전

4 인간은 자신이 새롭게 태어난 것이 아니라 과거와 현재와 미래에 존재했고 존재하며 존재할 것임을 인식할 때 비로소 자신이 죽지 않는다는 것을 안다.

　인간은 자신의 삶이 물결이 아니라 이 삶에서 물결로 보이는 영원한 운동이라는 것을 깨달을 때 비로소 자신의 불멸을 믿게 된다.

5 죽음에 대해 고민할 필요는 없지만 염두에 두어야 한다. 삶은 죽음을 염두에 둘 때 비로소 엄숙하고 의미심장하며 풍부하고 즐거울 수 있다. 우리 삶은 언제 멈출지 알 수 없다. 죽음을 염두에 두면 불멸의 삶을 위해, 즉 신을 위해 필요한 일만 하면 되기 때문에 삶은 그만큼 훌륭해진다. 그렇게 살아간다면 오직 동물적 삶을 추구하는 사람들을 위협하는 죽음도 두렵지 않게 된다. 죽음에 대한 두려움의 크기는 선한 삶에 반비례한다. 성스러운 삶이 있는 곳에 두려움은 없다.

❘ 생명은 탄생과 함께 시작되는 것도 아니고, 죽음과 함께 끝나는 것도 아니라고 믿는 사람은 이것을 이해하지도 믿지도 못하는 사람보다 훨씬 쉽게 선한 삶을 살 수 있다.

7월 19일

참으로 유익한 것, 참으로 선한 것, 그래서 참으로 위대한 것은 언제나 단순하다.

1 진리의 말은 간결하다. 세네카

2 선은 인간의 본성이다. 그러므로 모든 선은 단순하고 눈에 띄지 않는다.

3 삶에서 진정으로 위대한 것은 대체로 눈에 띄지 않는다. 우리 눈앞에서 조용하고 남모르게 위대한 행위와 너그러운 희생이 행해지고 가장 숭고한 계획이 태어나고 있다. 그러나 우리는 그것을 잘 깨닫지 못한다. 나는 위대한 일들이 우리가 이름을 들은 적도 없고 알지도 못하는 많은 사람 속에서 아주 빈번히 일어난다고 믿는다. 나는 그런 보통 사람들에게서 고뇌를 견디는 의연함과 꾸밈없는 진실, 확고한 신앙, 자신에게 필요한 것을 남에게 주는 참된 관용을 더 자주 볼 수 있다고, 특히 부자들에게서보다 삶과 죽음의 의미에 대한 진정한 이해를 훨씬 더 많이 발견할 수 있다고 확신한다.　　채닝에 의함

4 누구보다 많이 배운 사람들이 바로 그 지식 때문에 자신뿐만 아니라 모든 사람에게 필요한 단 하나의 진리를 받아들이지 못하는 반면, 단순하고 배움도 교양도 없는 사람들은 진정으로 이성적인 삶의 가르침을 참으로 쉽고 명료하게, 의식적으로 받아들인다.

5 의식주에 필요한 것은 아주 조금뿐이다. 그 밖의 것은 남의 취향에 맞추기 위해, 또는 남보다 돋보이기 위해 필요한 것일 뿐이다.　　동양의 금언

6 삶, 언어, 습관의 단순함은 사람들에게 활력을 주지만 사치스러운 생활, 가식적인 언어, 게으른 습관은 그들을 쇠퇴와 파멸로 이끈다.　　러스킨

7 가장 명확한 관념도 복잡한 논의 때문에 애매해지곤 한다.   키케로

❚ 귀감을 찾고 싶다면 소박하고 겸손한 사람들에게서 찾아라. 오직 그
들에게 진실함이, 자신을 과시하지도 않고 의식하지도 않는 위대함
이 있다.

7월 20일

살아 있는 존재에 대한 연민은 우리에게 육체적 고통과 비슷한 감정
을 불러일으킨다. 그러나 육체적 고통에 무감각해질 수 있듯 연민의
고통에도 무감각해질 수 있다.

1 살아 있는 모든 존재에 대한 연민은 한 인간의 도덕성에 대한 가장
신뢰할 만한 보증이다. 인정이 많은 사람은 타인을 모욕하지 않고,
성나게 하지 않으며, 누구도 괴롭히지 않고, 모두를 용서한다. 그래
서 그의 모든 행위에는 정의와 인간애라는 각인이 새겨진다. 그러므
로 '덕이 있지만 연민을 모르는 사람'이라거나 '부정하고 사악하지만
인정이 많은 사람' 같은 말은 명백한 모순이다.   쇼펜하우어

2 인간들이여, 금지된 양식으로 자신을 더럽히지 마라!
그대들에게는 곡식이 있다. 싱싱하고 탐스러운
붉은 열매들이 주렁주렁 달린 나뭇가지가 늘어져 있다.

넝쿨마다 무르익은 포도송이가 매달려 있다.

부드럽고 향기로운 뿌리와 풀이 들판에 무성하다.

딱딱한 것은 불이 부드럽고 맛있게 익혀준다.

맑고 촉촉한 젖과 달콤한 꿀이 가득한 향긋한 벌집은

향기로운 백리향 내음을 풍긴다.

그대들은 이 모든 것을 먹을 수 있다. 대지는 사치스러울 만큼 너그럽게

모든 행복을 그대들에게 바친다. 모질게 죽이거나 피를 흘리지 않아도

대지는 온갖 산해진미를 그대들에게 베푼다.

오직 사나운 짐승들만이

주린 배를 산 짐승의 고기로 채운다. 모든 짐승이 그런 것은 아니다.

소와 말과 양은 풀을 뜯으며 평화롭게 살아간다,

사나운 호랑이, 무자비하고 포악한 사자, 굶주린 늑대, 곰,

오직 잔인한 육식동물들만이

피를 즐긴다……

이 얼마나 흉악한 습성인가.

이 얼마나 참혹하고 추한가. 살아 있는 것이 살아 있는 것을 잡아먹는다!

우리와 닮은 살아 있는 것들의 고기와 피로

탐욕스러운 몸뚱이를 살찌워도 괜찮은가? 다른 창조물을 죽이며,

남을 죽이며 꾸역꾸역 살아도 괜찮은가?

참으로 부끄럽다,

우리를 키워주는 고마운 어머니 대지는 우리를

부족함 없는 온갖 선물로 감싸주는데, 야수 아닌 사람인 우리가

잔인한 야수들처럼 상처투성이 주검의 살점을

날카로운 이빨로 탐욕스럽게 뜯고 즐겁게 찢어발겨도 되는가?

인간들이여, 다른 살아 있는 것을 희생시키지 않으면

그대들의 처절한 굶주림을, 채워지지 않는 위장을 달랠 수 없는가?

전설에 의하면 일찍이 황금시대가 있었고, 그렇게 불린 까닭이 있다.

행복하고 선량한 사람들이 소박하게 살며

대지가 주는 열매만으로도 만족스럽게 배를 채우고

입을 피로 더럽히지 않았다. 그때 새들은 마음놓고 하늘을 날았고,

겁 많은 토끼도 두려움 없이 들판을 뛰놀았고,

물고기도 미끼에 속아 바늘에 걸리는 일이 없었고,

능갈친 올가미와 덫도 없었다.

어느 누구도 공포와 배신을, 악의를 몰랐다.

평화가 온 곳을 지배하고 있었다.

그 평화는 지금 어디에 있는가? 그리고 해를 끼치지 않는 양들아,

심술을 모르는 온순한 양들아, 인간의 행복을 위해 태어난 양들아,

너희는 어떻게 죽었느냐? 축복받은 젖가슴으로

우리에게 달콤한 젖을 주고 부드러운 털로 우리를 따뜻하게 감싸준

너희의 무참한 죽음보다 너희의 행복한 삶이 우리에게 더 이롭지 않았던가?

인간을 돕는 사명을 받은 황소야, 말없고 순종적인 농부의 벗이여,

너는 무슨 죄를 지었느냐?

무거운 멍에에 짓물러버린 온순한 너의 얌전한 목에

어떻게 고마움도 모르고 무자비한 손으로 날카로운 도끼를 내려

칠 수 있단 말인가?

　우리를 키워주는 어머니 대지를

　수확을 안겨준 일꾼의 뜨거운 피로 물들이는구나……

　인간들이여, 그대들의 추악한 습성은 무섭고, 죄로 치닫는 그대들의 길은 위험하다,

　인간들이여! 죽기 전에 내는 가련한 울음소리를 들으면서도 죄 없는 송아지를 베고

　갓난아이처럼 가냘프게 울부짖는 어린양을 죽이는 자여,

　재미삼아 하늘의 새를 쏘고

　제 손으로 키운 것을 잡아먹는 자여,

　사람을 죽이는 것도 어렵지 않겠구나!

　그대들의 잔혹한 습관에 견줄 것은 오직 식인뿐이다!

　오, 삼가라, 각성하라, 그대들에게 호소한다, 형제들이여!

　밭을 가는 황소를 억지로 죽여 쟁기에서 떼어놓지 마라.

　그대들에게 성실히 봉사한 황소를 제 명대로 죽게 놔두어라.

　자신을 지킬 줄 모르는 짐승을 모조리 죽이지 마라. 그들이 부드러운 털로

　그대들을 감싸 따뜻이 데우게 하고

　그대들에게 제 젖을 아낌없이 주도록 하고

　그대들의 목장에서 평화롭게 살다 편히 죽게 놔두어라.

　올가미와 덫을 거두어라! 하늘의 새들을 해치지 마라.

　걱정 없이 날아다니며 우리를 위해 행복과 자유의 노래를 부르게 하라.

　교활한 그물을 거두고, 죽음의 먹이를 꿴 낚싯바늘을 버려라!

　순진한 물고기를 간사한 속임수로 낚지 말고

　산 짐승의 피로 그대들의 입을 더럽히지 마라.

언젠가 죽을 존재여, 똑같이 죽을 존재를 연민하라!
허락된 음식만을 먹어라,
사랑이 넘치고 깨끗한 인간의 영혼에 어울리는 음식으로 살아라.

오비디우스(안나 바리코바 옮김)

3 삶에서 신앙을 실천하는 첫번째 조건은 살아 있는 모든 것에 대한 사랑과 연민이다.

『불본행집경』

4 동물에 대한 연민은 선량한 성품과 밀접하게 결부되어서 동물에게 잔인한 자는 선량한 인간이 아니라고 단정할 수 있다.

쇼펜하우어

5 살생은 모두 혐오스럽다. 그중 먹기 위해 죽이는 것이 가장 혐오스럽다. 살생 방법을 더 생각해낼수록, 살생한 동물을 탐욕스럽게 먹고 최고의 맛을 내기 위해 온갖 노력을 기울일수록 더 혐오스럽다.

골드시테인

✔ 다른 생명이 고통스러워하는 것을 보고 아픔을 느낀다면, 눈을 돌려 도망치려는 일차원적인 동물적 감정에 빠지지 말고 달려가서 그 생명을 구할 방법을 찾아라.

7월 21일

사랑은 신적 본성의 발현이며, 그 본성에는 시간이란 것이 없다. 사랑은 현재, 지금, 매 순간 나타난다.

1 사랑한다는 것은 일반적으로 선행을 뜻한다. 우리는 모두 사랑을 그렇게 이해하며, 달리 이해할 수도 없다.

사랑은 그저 말이 아니라 타인에게 행복을 가져다주는 행위다.

미래에 더 큰 사랑을 베풀기 위해 지금의 작은 사랑의 요구에 응하지 않아도 된다고 생각하는 사람이 있다면, 그는 자신과 타인을 속이는 것이며, 결국 자신 외에는 아무도 사랑하지 않는 사람이다.

사랑에 미래는 없다. 사랑은 오직 현재다. 지금 사랑하지 않는 사람은 사랑이 없는 사람이다.

2 사랑하는 사람에게 정직하고 다정하고 끊임없이 관심을 기울이는 것을 주저하지 마라. 그 또는 내가 병에 걸리거나 죽음의 위협을 받을 때까지 기다리지 마라. 인생은 짧다. 그 짧은 길에서 나의 길동무를 기쁘게 해줄 수 있는 시간은 많지 않다. 서둘러 선한 존재가 되어라.

아미엘

3 네가 도와주고 있는 불행한 사람에게 너를 드러내지 마라. 그가 은인이 누군지 모르는 채 은혜를 누리게 하라.

『성현의 사상』

4 가난한 자를 도울 때는 왜 가난한지 묻지 말고 도와라. 그 이유가 동정심을 사라지게 할 수도 있다.

『성현의 사상』

5 세상의 비난을 받더라도 선한 사람으로 사는 것이 칭찬받으면서 악한 사람으로 사는 것보다 낫다.

로디

6 복음서는 신에 대한 믿음과 공경이라는 소박한 신앙, 신의 율법을 실천하는 내용으로 이루어져 있다. 신의 율법은 오직 이웃을 사랑하라는 것이다. 자기 자신처럼 이웃을 사랑하는 것은 신의 율법에 순종하고 수행함으로써 행복해지는 것이고, 이웃을 멸시하고 미워하는 것은 분노와 아집에 빠져 불행해지는 것이다.

스피노자

7 사랑에는 두 가지가 있다.

하나는 모든 사람에게 있는 유일한 영적 근원에 대한 사랑을 모르는 채 단순히 사랑하는 것이다.

다른 하나는 모든 사람에게 있는 유일한 영적 근원만 사랑하는 것이다.

두 가지 사랑에는 차이가 있다. 전자는 사람들이 나에게 유쾌한 존재일 때만 사랑하는 것이다.

후자, 즉 모든 사람에게 있는 유일한 영적 근원을 사랑하는 것은 사람들이 내 마음에 들지 않을 때도 사랑하는 것이다.

전자의 경우, 내가 사랑하는 대상은 아내, 친구, 남편 등으로 때에 따라 바뀐다. 사랑하는 대상이 바뀌고 상대에 대한 나의 감정도 달라지기 때문이다.

후자의 경우, 내가 도덕적으로 성장할수록 더욱 명확하게 모든 사람에게서 신적이고 영적인 근원을 인식하면서 점점 더 사랑하게 된다.

스트라호프

／ 자비를 베풀 수 있는데도 베풀지 않는다면 네게 도움을 기대했던 사람을 돕고 마땅히 해야 할 일을 했다는 기쁨을 누릴 기회를 영원히 놓친 것이고, 그 기억을 떠올릴수록 괴로울 것이다.

믿음이 없는 사람

더 자주 더 오래 생각할수록 늘 새롭고 끊임없이 내 마음을 놀라움과 경외감
으로 채워주는 두 가지가 있다. 그것은 내 머리 위로 별이 빛나는 밤하늘과
내 안의 도덕률이다.   칸트

1852년 초 브뤼셀에 살고 있을 때 낯선 청년이 나를 찾아왔다. 솔직
해 보이는 미소에 마찬가지로 솔직하고 생기 있는 눈빛을 가진 무척
인상이 좋은 청년이었다. 그는 약간 멋을 부린 옷차림을 했는데, 조
각된 단추가 달린 벨벳 조끼를 입고, 노란 장갑을 끼고, 단춧구멍에
꽃을 꽂고 손에 지팡이를 들고, 새하얀 셔츠를 잘 드러나게 입고 있
었다. 누구냐고 묻자 그는 성직자라고 대답했다.

"아니, 그보다는 전에 성직자였다고 말하는 편이 낫겠군요." 그는
말했다. "저는 진실을 위해 거짓을 버렸습니다. 지금은 저도 당신과
마찬가지로 추방당한 사람입니다."

나는 그에게 앉으라고 권했다.

"저는 아나톨 르레라고 합니다." 그는 말했다.

우리는 대화를 나누기 시작했다. 그는 자신이 살아온 이야기를 들
려주었다. 그는 어찌어찌하는 사이에 교육을 받고 스물다섯 살에 성
직자가 되었고, 그것이 자신을 눈뜨게 했다고 말했다. 자신과 자연
사이를 가로막아 빠져나갈 수 없게 하던 어둠의 벽, 즉 성직제도라는
벽을 본 그날부터, 오랫동안 신비주의적인 교육이 심어놓았던 미망
에서 눈을 뜨게 되었던 것이다. 그는 첫 미사가 임종의 순간처럼 괴
로웠고, 제단을 내려오며 자신이 유령이 된 것 같은 기분을 느꼈다.

그는 자신을 기다리는 것을 두렵게 바라보았다. 스물다섯 살이었다. 온몸의 피가 들끓었다. 그의 안에 있는 자연은 그에게 만족을 원하고 있었다. 하지만 그 자연의 요구가 그에게는 번민이 요동치는 것 같았다.

간단히 말해 그는 성직자로서 사명을 느끼지 못했고 그것을 너무 늦게 깨달은 자신 때문에 괴로웠다.

성직자로서의 의무에 대한 내면의 투쟁은 갈수록 맹렬해지며 몇 년이나 계속되었다. 그러나 일단 스스로 짊어진 의무는 엄격하고 충실하고 정직하게 수행했다.

그러나 많은 고난을 겪은 뒤 결국 그는 패자가 되어, 아니 참된 의미로는 승자로서 투쟁을 끝냈다. 인간이 성직자를 이긴 것이다. 르레는 젊음과 생명력과 신성으로, 극복할 수 없는 거룩한 자연에 굴복했다. 이것은 그가 나에게 직접 말할 때 썼던 표현이다. 그는 양심에 대한 위선자가 되느니 로마에 대한 배교자가 되기를 선택했다. 그렇게 성직에서 물러났다. 교회를 떠난 사람에게 열려 있는 문은 오직 하나, 민주주의였다. 르레의 모든 성향이 그를 그쪽으로 이끌었다. 성직자가 되기 전 그는 민중의 아들이었다. 그는 브르타뉴의 가난한 집안에서 태어났다. 그러므로 그가 민중에게 돌아간 것은 물방울이 큰 바다로 돌아가는 것처럼 자연스러운 일이었다. 그에게도 기쁜 일이었다.

그는 당당하고 막힘없고 솔직하게 그 모든 이야기를 들려주었다. 민중으로 돌아온 그는 원숙해졌다. 원래부터 정치사상가의 기질이 있었다. 그는 몇몇 신문에 기고했고, 신념으로 미루어보아 그는 열렬하고 극단적인 혁명가였다.

과거 이야기를 끝내자 그는 자신의 사상에 대해 피력하기 시작했다. 나는 주의깊게 들었다.

자신의 사상을 피력하며 그는 흥분했다.

"그렇습니다, 선생님," 그는 외쳤다. "우리 그것을 교훈으로 삼읍시다. 민주주의는 몇 가지 수단을 받아들여야 합니다. 인간을 개조하고 민중은 어릴 때부터 일신시켜야 합니다. 우리는 오직 교육을 통해서만 혁명의 논리를 제시할 수 있습니다."

"나도 동감합니다." 나는 말했다.

그는 더욱 열기를 띠었다.

"저에게 교육이란," 그는 말했다. "오직 인간의 지혜를 모든 초자연적인 것으로부터 해방시키는 것입니다."

"초자연적인 것이라니 어떤 의미로 하는 말입니까?"

"인간이 종교적 환상 때문에 파멸하는 것을 말합니다. 종교적 미망은 인류의 미래를 질식시키고 있습니다. 민중이 세상의 허황한 망상을 빨아들이고 있는 동안은 인간의 이성에 기대를 걸 수 없습니다. 그렇습니다! 이 낡은 인간의 이성은 껍데기 아래서 파멸하고 거룩한 망상 속에서 허우적거리고 있습니다. 이성의 거룻배는 사방에서 물이 새어들고 있습니다. 우리는 오직 하나의 확고한 현실에만 매달릴 겁니다. 2 더하기 2는 4. 이것 외에 구원은 없습니다. 오직 사실 위에 철학을 세워야 하고 이성으로 입증될 수 없는 것은 어떤 것도 허용하지 말아야 합니다. 오직 볼 수 있고 만질 수 있는 것만이 현실입니다. 신앙은 모두 자기 손바닥 들여다보듯 명백해야 합니다. 그렇습니다, 투쟁이 있을 뿐입니다, 삶에 대한 투쟁이 아니라 온갖 기괴함을 가진 죽음에 대한 투쟁입니다. 민중은 오직 자기 자신만을 믿어야 합니다. 요람 속에는 우리가 볼 수 있는 갓난아이 말고는 아무것도 없다는 것을, 관 속에는 소멸 외에 아무것도 없다는 것을 민중은 이해해야 합니다. 모든 환영을 물리쳐야 합니다! 대지와 생명 외에는 아무것도 존재하지 않습니다. 우리가 사는 대지와 머리 위 하늘 외의 하늘은 없습니다. 우리의 대지는 그 안에서 운행되고 있습니다. 건전한 이성으로 명확하게 판단해야 합니다. 모든 환상을 제거해야 합니다! 열매를 원하지 않는 사람은 나무를 베어버립니다. 종교에서도 그러한 존재와 온갖 구실을 제거해야만 합니다."

"그럼 당신의 종교는 뭡니까?" 나는 물었다.

"신학교 학생이었다고 말씀드렸는데요."

"그래서요?"

"그러니까 저는 무신론자입니다."

"나는 그 결론에 동의할 수 없는데요." 나는 말했다. "예수회 학교라고 반드시 볼테르를 만들어낸다고는 말할 수 없죠. 그건 그렇고, 어쨌든 얘기를 더 들어보죠. 계속해봐요."

"이제 다 말씀드린 것 같습니다만," 그는 대답했다. "가설을 피하고, 환상의 감옥에서 탈출하는 것, 인류가 환상의 감옥에서 탈출하도록 도와야 합니다."

"나는 미신으로 만들어진 가설이나 인간의 이성을 가로막는 환상을 당신만큼 좋아하지 않는 사람입니다." 나는 말했다. "그러니까 당신과 나는 견해가 같지만, 그러면서도 우리의 의견이 일치하는지는 의심스럽군요. 아무튼 더 정확히 의견을 들려주겠습니까."

"좋습니다," 그는 말했다. "그것은 이렇습니다, 유신론자들이 이상이라고 일컫는 것을 완전히 폐기한다는 것입니다. 이상이란 초자연적인 것이고, 초자연적인 것은 세계에서, 즉 인간에게서 내몰아야 합니다. 세계에서 초자연적인 것은 신입니다. 신을 폐기해야 합니다. 인간에게서 초자연적인 것은 영혼입니다. 그러므로 영혼을 폐기해야 합니다. 영원도, 불멸도 존재하지 않습니다. 그러니까 이러한 진리를 교육의 기본으로 삼아야 합니다. 제가 말하고 싶은 것은 이것뿐입니다."

"아닙니다, 당신의 이야기는 이제 막 시작되었습니다." 나는 말했다. "당신의 의견대로라면 세계란 도대체 무엇입니까?"

"하나의 물질입니다."

"그렇다면 인간은요?"

"역시 물질입니다."

"그러면 당신은 세계라는 물질과 인간이라는 물질에 구별을 둡니까?"

"그건 어리석은 짓이죠. 물질은 언제나 동등합니다. 여기에 만물 평등의 대원칙이 있는 겁니다."

"그럼, 유기체는요?" 나는 물었다.

"유기체는 외형에 불과합니다. 그리고 어쩔 수 없이 세상에 나타나서 그 자체로 맹목적 존재인 유기체가 이른바 계단 형태의 환상을 만들어내는 것입니다. 그 첫 계단은 선생님이 지성이라고 부르는 것이고, 그다음은 양심, 그다음은 영혼, 그다음은 신입니다. 모든 종교가 이 계단을 만들었습니다. 우리는 그것을 폐기해야 합니다. 신이라는 계단도, 영혼이라는 계단도, 양심이라는 계단도, 지성이라는 계단도, 나아가 유기체의 계단까지 모든 계단을 부숴버려야 합니다. 만약 유기체가 신비로운 것이 된다거나, 어떤 형태의 물질이 다른 형태의 물질보다 우월하다는 결론이 도출된다면 유기체도 타도해야 합니다! 유기체의 귀족제도는 배척되어야 합니다. 언젠가 소멸하는 물질의 외형은 그 자체로 무에 불과합니다. 만물은 원자로 이루어지고 원자는 분리될 수 없으며 의식이 없습니다. 다른 것보다 차원이 높은 원자가 있다면 그것은 신일지도 모릅니다. 물질을 말하는 자는 곧 평등을 말하는 것입니다. 물질과 물질은 언제나 동등합니다."

나는 그의 얼굴을 찬찬히 바라보았다.

"그러면 날아다니는 모기도, 자라나는 우엉도, 구르는 돌도 인간과 같다는 건가요?"

그는 잠시 생각에 잠겼지만, 이윽고 그의 의지보다는 한결 힘이 강한 듯한 정직함으로 대답했다.

"선생님의 삼단논법은 잔인합니다만, 그건 옳습니다."

"정직한 사상가는 흔하지 않습니다." 나는 말했다. "당신은 시종일관 성실하고 양심적으로 사유하고 있군요. 나는 그것을 이용하고 싶지 않습니다. 그러니까 좀전 같은 잔인하고 극단적인 논법은 삼가겠습니다. 인간에 대해서만 얘기해봅시다. 영혼은 없다, 신은 없다, 초자연적인 것은 없다, 이념은 없다, 물질은 다 똑같다는 당신의 논리를 인간에게 적용해봅시다. 나는 이 문제의 수많은 측면 중 하나에 대해서만 말하겠습니다."

"말씀해보시죠." 그는 말했다.

"당신은," 나는 말했다. "이 세상에서 우리 인간의 삶의 목적이 뭐라고 생각합니까?"

"행복입니다."

"나는 의무이자 책임이라고 생각합니다." 나는 말했다. "하지만 지금 우리의 문제는 내 생각이 아니라 당신의 생각입니다. 감상적인 논쟁은 하고 싶지 않군요. 물질의 평등이라는 저울이 있다고 한다면, 한 인간의 행복은 무게와 가치에서 다른 인간의 행복에 비해 얼마만큼 능가할 수 있을까요?"

"전혀 능가하지 않습니다."

"대화를 이어가기 전에, 당신은 논리상 모든 행위에 반드시 그것을 결정하는 동기가 필요하다는 데 동의합니까?"

"물론입니다."

"그럼 계속하겠습니다. 한 인간의 행복을 위해 다른 인간의 행복을 희생시켜야 하는 경우를 생각해봅시다. 두 행복을 저울질해 한쪽을 희생시켜야 한다면, 하나가 다른 하나를 위해 희생해야 한다는 필연성 또는 합법성은 어떤 무게를 지닐까요?"

"제로입니다."

"그렇다면," 나는 말했다. "당신의 의견에 의하면, 물질적 사실만을 관찰할 때, 유일한 지성적 존재인 인간은 타인을 위해 자신 또는 자신의 행복을 희생할 아무런 이유가 없다는 건가요?"

이 점에 대해 그는 어떤 의혹도 없는 것 같았다. 그는 차분하게 대답했다.

"아무런 이유가 없죠."

"그렇다면," 나는 반박했다. "인류의 행복을 위해 자신의 행복을 희생시킬 이유가 없다는 말입니까?"

그 말에 르레는 몸을 떨었다.

"인류에 관한 거라면 문제가 다릅니다."

"어째서죠?" 나는 말했다. "제로의 총합은 역시 언제나 제로일 텐데요."

그는 잠시 생각하더니 마지못해 내 의견에 동의했다.

"진리는 언제나 진리입니다." 그는 말했다. "무척 신랄하시지만, 선생님의 논법은 옳습니다."

나는 말을 이었다.

"당신의 주장을 비난하는 것이 아닙니다. 나는 다만 거기서 당연히 도출될 수 있는 것을 끌어내고 있을 뿐입니다. 당신도 한 발짝 한 발짝 그 결론을 만들어가고 있어요. 당신은 논리적으로 옳게 생각하고 있습니다. 나는 그것으로 충분합니다. 말하자면 이렇습니다. 인간은 물질이고 무에서 왔다가 무로 돌아간다. 인간에게는 생명이 있을 뿐이고, 오직 그 생명만이 그에게 속한다. 인간의 모든 이성, 모든 상식, 모든 철학은 가능한 한 이 생명을 이용하고 오래 지속되게 하는 데

귀착된다. 따라서 유일한 도덕은 위생이고 생명의 목적은 생명을 누리는 것이다. 생명의 목적은 사는 것이다. 여기서 많은 결론을 만들 수 있겠지만, 지금은 그렇게 하고 싶지 않군요. 다만 당신에게 한 가지만 묻고 그만하겠습니다. 당신은 진심으로 그렇게 생각하고 있습니까?"

"네, 진심으로 그렇게 생각합니다."

"그렇다면 건강한 한 젊은이가 자신의 생명을 자기와 똑같은 한 사람 혹은 많은 사람을 위해, 즉 자기 이웃, 자신과 똑같은 원자, 똑같은 물질을 위해 내던진다고 하면 당신은 그런 사람을 뭐라고 부르겠습니까?"

"얼간이라고 부르겠습니다."

우리는 차갑게 작별했다.

아나톨 르레는 브뤼셀을 떠나 영국에 갔다가 오스트레일리아로 건너갔다. 항해는 다섯 달 동안 계속되었다.

배가 항구에 다가갔을 때 회오리바람이 일었다. 배는 해안에서 밀리며 내동댕이쳐졌다. 승객과 선원 전원이 보트에 타거나 헤엄쳐서 목숨을 구했다. 아나톨 르레도 살아남은 사람들 중 하나였다. 공포에 질린 사람들이 요동치는 파도에 대답이라도 하듯 소리치고 모두가 오로지 자기만 생각하는 무서운 난파의 혼란 속에서 그는 떠올랐다 가라앉았다 하며 파도에 실려가는 부서진 보트를 보았다. 보트에는 세 여자가 타고 있었다. 바다는 아직 미친듯이 무섭게 소용돌이쳤다. 누구보다 용감하다는 선원들 중에도 이 조난자들을 구하러 바다에 뛰어드는 사람은 없었다.

그때 아나톨 르레가 바다에 뛰어들어 보트까지 헤엄쳐가서 가까스로 한 여자를 구했다. 그러나 보트에는 아직 두 여자가 남아 있었다. 그는 다시 뛰어들어 또 한 여자를 구했다. 사람들이 "이제 그만! 그만둬요!" 하고 그에게 외쳤다. 하지만 지치고 다친 그는 다시 한번 바다에 뛰어들었고, 다시 나타나지 않았다.

빅토르 위고 원작에 따라 레프 톨스토이 씀

7월 22일

삶과 일치하지 않는 신앙은 신앙이 아니다.

1 그러므로 지금 내가 한 말을 듣고 그대로 실행하는 사람은 반석 위에 집을 짓는 슬기로운 사람과 같다. 비가 내려 큰물이 밀려오고 또 바람이 불어 들이쳐도 그 집은 반석 위에 세워졌기 때문에 무너지지 않는다. 그러나 지금 내가 한 말을 듣고도 실행하지 않는 사람은 모래 위에 집을 짓는 어리석은 사람과 같다. 비가 내려 큰물이 밀려오고 또 바람이 불어 들이치면 그 집은 여지없이 무너지고 말 것이다.

「마태복음」7:24~27

2 태어나는 모든 존재는 죽음을 피할 수 없듯이, 죽어야 할 존재에게 태어남은 불가피한 것이다. 그러니 피할 수 없는 것을 불평하지 마라. 존재의 현재가 명료하다 해도 과거의 상태를 모르고 미래 또한 알 수 없는데 무엇을 걱정하고 불안해하는가? 어떤 사람들은 영혼을 기적 같은 것으로 바라보고, 또 어떤 사람들은 외경심을 품고 영혼에 대해 말하고 듣지만, 영혼이 어떤 것인지 아는 사람은 없다.

하늘의 문은 너를 위해 꼭 필요한 만큼 열린다. 근심과 불안에서 벗어나 너의 영혼을 영적인 것으로 향하게 하라. 행위를 다스리는 것은 사건이 아니라 너 자신이어야 한다. 행위의 대가를 바라는 사람들 사이에 끼지 마라. 항상 신중하고, 네 의무를 다하며, 어떤 일이 유쾌하게 끝나건 불쾌하게 끝나건 결과에 대해서는 생각하지 마라.

『바가바타 푸라나』힌두교 경전

3 나의 형제 여러분, 어떤 사람이 믿음이 있다고 말하면서 그것을 행동으로 나타내지 못한다면 무슨 소용이 있겠습니까? 그런 믿음이 그 사람을 구원할 수 있겠습니까? 어떤 형제나 자매가 헐벗고 그날 먹을 양식조차 떨어졌는데 여러분 가운데 누가 그들의 몸에 필요한 것은 아무것도 주지 않으면서 '평안히 가서 몸을 따뜻하게 녹이고 배부르게 먹어라' 하고 말만 한다면 무슨 소용이 있겠습니까? 믿음도 이와 같습니다. 믿음에 행동이 따르지 않으면 그런 믿음은 죽은 것입니다. 이렇게 말하는 사람도 있을 것입니다. '당신에게는 믿음이 있지만 나에게는 행동이 있소. 나는 내 행동으로 내 믿음을 보여줄 테니 당신은 행동이 따르지 않는 믿음이라는 것을 보여주시오.'

그러므로 여러분은 사람이 믿음만으로 하느님과의 올바른 관계를 가지게 되는 것이 아니라 행동이 뒤따라야 한다는 것을 알아두십시오. 영혼이 없는 몸이 죽은 몸인 것과 마찬가지로 행동이 없는 믿음도 죽은 믿음입니다. 「야고보서」 2:14~18, 24, 26

4 법칙을 알면서도 실천하지 않는 것은 밭을 갈아놓고 씨를 뿌리지 않는 것과 같다. 동양의 금언

／ 신의 법칙이라고 여기는 것을 부지런히 실행하지 않는다면 신도, 신의 법칙도 믿지 않는 것이다.

7월 23일

노력은 도덕적 완성의 필수조건이다.

1 선행이란 자신이 의무로 여기는 것을 실천하는 것이다. 그러나 그 실천이 습관이 되어서는 안 된다. 의무를 실천하는 것이 습관이 되어버렸다면 새로운 마음으로 그 의무를 대해야 한다.   칸트에 의함

2 순찰병이 철통같이 요새를 감시하고 성벽 안팎을 지키듯 사람도 방심하지 말고 매 순간 자신을 지키고 자신을 놓치지 말아야 한다. 인간관계에서는 더욱 그렇다. 삶에서 결정적인 순간에 자신을 놓치는 자는 결국 지옥의 길로 들어서게 된다.   『법구경』

3 불행에 빠졌을 때 운명을 탓하는 것으로 만족하는 사람에게는 희망이 없다.

'나를 화나게 하지만 않는다면 더 잘해주고 친절할 텐데. 바쁘지만 않다면 좀더 신을 섬기며 살 텐데. 건강하다면 더 참을성이 있었을 텐데. 명성만 얻는다면 세상을 깜짝 놀라게 해줄 텐데.'

현재 자신이 처한 상태를 선하고 신성한 것으로 만들 수 없다면 어떠한 상태에 처하더라도 그렇게 할 수 없다.

우리가 어려운 처지에 빠지는 것은 선량함과 군건함으로 그것을 넘어서라는 뜻이다. 우리가 암울한 입장에 처하는 것은 내적이고 영적인 노력으로 그것에 신의 빛을 밝히라는 뜻이다. 슬픔은 믿음을 잃지 말고 인내하며 견뎌내라고, 위험은 용기를 발휘하라고, 유혹은 신

앙으로 이겨내라고 주어지는 것이다. 마티노

4 육체가 무위와 사치에 빠져도 고결한 정신적 삶을 살아갈 수 있다고 생각한
다면 터무니없는 착각이다. 육체는 언제나 정신의 첫번째 제자다. 소로

5 인간은 노력하지 않고는 아무것도 돌려받을 수 없다. 오직 노력을 통
해서만 참된 빛 속에 머물 수 있다. 『쿠란』

/ 우리는 자신의 환경에 대해 불평하고 괴로워하고 바꾸고 싶어한다.
그러나 환경이란 어떤 상태에서 어떻게 행동해야 하는지 알리는 교
시일 뿐이다. 건강하다면 타인에 대한 봉사에 힘써라. 병에 걸렸다면
다른 사람들에게 걸림돌이 되지 않도록 애써라. 부유하다면 부에서
벗어나도록 애써라. 가난하다면 사람들에게 무엇도 바라지 않도록
애써라. 모욕을 당한다면 모욕한 자를 사랑하려고 애써라. 남을 모욕
했다면 다시는 그러지 않도록 애써라.

7월 24일

사람이 자신이 지켜야 할 법칙을 의식하는 것은 그 사람 안에 사는 신이 모습
을 나타낸 것이다.

1 가장 순수한 의미에서 의무라는 관념은, 행복에 대한 지향에서 나오거나 또는 행복과 관련되고 행복을 고려하는 관념보다(언제나 적지 않은 기교와 섬세한 사색을 요구하는 관념보다) 훨씬 더 간단명료하고 알기 쉽다. 뿐만 아니라 그 관념이 이기심과 관계없이 완전히 독립된 상식적인 사고를 통해 나온 것이라면 훨씬 강력하고 단단하며 성공을 약속한다.

의무이기 때문에 해야 한다는 의식은 진정한 사명의 위대함과 숭고함을 느끼게 하는 신의 뜻을 인간에게 심어놓는다. 이것을 더욱 자주 생각한다면, 그리고 의무를 수행했기 때문에 돌아오는 선행의 대가는 기대하지 않고 선행 자체의 순수한 의미를 생각하는 데 익숙해진다면, 또 선행을 끊임없이 연습하는 것이(의무의 수행을 강조하는 이 방법은 언제나 경시되지만) 개인적이고 사회적인 교육의 기초가 된다면 우리의 도덕적 상태는 급속하게 개선될 것이다. 역사상 오늘날까지 그 어떤 도덕 교육도 좋은 결과를 가져다주지 못한 것은 순수한 의무의 관념에서 나온 동기는 너무 약하고 동떨어져 있는 데 반해 법칙의 수행에 따른 대가로서 이 세상, 나아가 저세상에서 이득을 기대할 수 있다는 동기가 영혼에 훨씬 강하게 작용한다는 그릇된 가정 탓이다. 그러나 인간이 자기 안의 신적 근원을 의식하는 것은 선의 법칙을 실천하는 데 그 어떤 외면적 대가보다 훨씬 강하게 그를 고무한다. 칸트에 의함

2 도덕은 공통적이고 전 세계적인 목적을 향한 의지의 방향이다. 개인적인 목적을 위해 행동하는 자는 도덕적이지 못하다. 아우렐리우스나 칸트처럼 그 자신의 목적과 동기가 이성을 가진 모든 존재의 목적과 동기가 될 수 있는 사람이야말로 도덕적인 사람이다. 나는 위대

한 깨달음과 교훈이 모든 인간의 의식 속에 있다고 확신한다. 언젠가 죽어야 하는 모든 인간 안에 영원한 것이 존재한다. 에머슨

3 왕에서 거지에 이르기까지 인간은 누구나 자기완성을 위해 노력해야 한다. 자기완성만이 인간에게 행복을 가져다주기 때문이다. 공자

4 결국 인간은 자신이 목적한 것만을 얻을 수 있다. 그러므로 가장 높은 것을 목적으로 삼아야 한다. 소로

✐ 선의 법칙을 준수하는 것과 물질적이고 세속적인 행복은 아무 관계가 없다. 법칙의 준수로 생기는 물질적 행복은 인간의 영혼에 무익하다. 도덕적 선과 물질적 선의 대립으로 고뇌할 때 인간의 영혼은 고양된다.

7월 25일

우리의 고뇌와 죄 사이에는 눈에 보이지 않아도 엄연히 어떤 관계가 존재한다.

1 "나는 선을 베풀었지만, 악으로 돌려받았다."

그러나 네가 선을 베풀었던 자를 사랑한다면, 너는 이미 사랑의 기

쁨으로 돌려받은 것이다.

그렇다면 너는 사랑으로써 언제나 자신에게 선행을 하고 있는 것이다.

2 선행에 대한 보상은 자신의 선행을 의식하는 것이다. 키케로

3 그리스도는 민중에게 내세의 구원을 설파하면서 구원을 위해서 어떤 조건이 필요한지 밝혔다. 내세의 구원은 사랑과 자기희생, 자비, 관용의 결과일 것이다.

아직도 해방이 찾아오지 않고 기아와 슬픔, 박해의 시간이 계속되고 있다면, 오로지 자기 자신만을 나무라라.

너희는 그리스도의 계명을 수행했는가? 해야 할 일을 했는가? 너희는 너희의 권리를 되찾기 위해, 낡은 사슬을 끊어버리기 위해, 불법의 힘이 몰아넣은 어둡고 비참한 은신처에서 빠져나와 더 좋은 집을 짓기 위해 수없이 시도했다. 그러나 그 시도가 무엇을 낳았는가? 너희가 그토록 고생해서 지은 것은 왜 언제나 그렇게 빨리 무너지고 마는가? 너희가 모래 위에 집을 지은 것이 아니라면 대체 무엇 때문에 그런 것인가? 강물이 집을 덮치고 그 충격을 견디지 못해 집이 무너졌으니 그 파괴는 참으로 컸다. 라므네

4 개인적인 고뇌의 원인을 개인적인 잘못에서 찾고 그것을 고치려고 부단히 노력하는 사람은 고뇌를 순순히 받아들이고 기쁘게 견뎌낸다. 그러나 어떤 잘못 때문인지 알 수 없는 고뇌가 덮치면, 인간은 억

울하다 생각하고 왜, 무엇 때문인가? 자문하고 무엇을 해야 하는지 모르는 채 고뇌에 저항하고, 그로 인해 고뇌는 무서운 고통이 된다.

자신이 겪는 고뇌와 삶의 연관성이 보이지 않을 때, 인간은 둘 중 하나의 태도를 취한다. 하나는 그 고뇌를 전혀 의미 없는 고통으로 생각하며 참고 견디는 것이고, 또하나는 그 고뇌는 자신의 죄를 깨닫게 하는 것이고 자신과 남들을 그 죄에서 구하는 수단을 보여주기 위한 거라고 인정하는 것이다.

첫번째 태도의 경우 고뇌는 결코 설명되지 않고 절망과 분노만 증폭시킬 뿐 다른 활동을 이끌어내지 못한다. 두번째 태도의 경우 고뇌는 진정한 삶의 운동을 이루는 활동, 즉 죄의식과 미망에서의 해방과 이성의 법칙에 대한 복종을 이끌어낸다.

5 인간의 타락, 즉 죄에 빠지는 것에 대한 전설과 그 고뇌와 죽음으로부터 구원받는 것에 대한 전설에서 우리는 고뇌와 죄의 연관성을 생생하게 확인할 수 있다.

6 고뇌를 경험하고 나서야 비로소 인간 영혼들 사이의 공통성을 알게 된다. 괴로움을 견뎌본 사람은 고통받는 사람들을 이해하게 되고, 그들에게 무슨 말을 해야 할지 알게 된다. 또한 지혜로워진다. 지금까지 알지 못했던 타인들의 입장과 사연이 나에게 명료해지고, 누구에게 무엇이 필요한지도 뚜렷이 보인다. 우리를 지혜롭게 해주는 신은 참으로 위대하다. 신은 무엇으로 우리를 지혜롭게 해주는가? 우리가 달아나 숨으려고 하는 불행을 통해 지혜롭게 해준다. 고뇌와 불행을 통해서만 우리는 책에서 배울 수 없는 지혜를 얻을 수 있다. 고골

7 정신적 삶을 사는 사람에게 고뇌는 자기완성을 향한 격려이고 깨달음이며, 신에게 다가가는 걸음이다. 그런 사람들에게 고뇌는 언제나 삶의 활동으로 바뀔 수 있다.

/ 너를 괴롭히는 악의 원인은 네 안에서 찾아야 한다. 때때로 악은 네 행위의 직접적 결과이고, 복잡한 경로를 거쳐 너에게 되돌아오지만 언제나 원인은 네 안에 있다. 거기서 벗어나는 길은 네 행위를 고치는 것이다.

7월 26일

모든 신앙 가운데 진실한 것은 오직 영적인 것뿐이다.

1 그리스도는 사마리아인들에게 자신들의 신앙과 전통을 버리고 유대인의 그것을 받아들이라고 말하지 않았다. 또 유대인들에게 사마리아인과 같은 신앙을 가지라고 요구하지도 않았다. 그는 사마리아인과 유대인에게 똑같이 길을 잃었다고 말했다. 신은 영혼이고, 신을 믿는다는 것은 장소나 외형과는 관계없는 오직 내적인 것이다. 중요한 것은 신전도 아니고 신전에서 드리는 예배도 아니다. 그리심산^{모세가 이스라엘 백성에게 율법을 낭독하고 하느님의 축복을 선포한 가나안의 성산}도 예루살렘도 아니다. 진정한 예배자가 영혼과 진실한 마음으로 하느님 아버지에게 예배를 드릴 날이 찾아올 것이다. 아니, 이미 찾아왔다. 왜냐하면 아버지는 바로 그런 예배자를 찾고 있기 때문이다.

하느님 아버지는 이미 예루살렘 시절에도 그런 예배자를 찾았고,

지금도 찾고 있다. 그러면 하느님은 언제 그들을 찾게 될까? 갈증이 해소되지 않는 우물물을 긷는 데 지친 모든 사람이 그리스도를 찾으며 "주여, 그 물을 저에게 좀 주십시오. 그러면 다시는 목마르지도 않고 물을 길으러 여기까지 나오지 않아도 되겠습니다"「요한복음」 4:15 하고 말할 때다.

라므네

2 그리스도는 **영원한 것은 미래가 아니라** 다만 **눈에 띄지 않는 것**이고, 영원은 사람들이 시간의 강에 휩쓸려 흘러들어가는 큰 바다가 아니며 영원이 지금 그들을 에워싸고 있다는 것, 그들의 삶은 그들이 삶의 현존을 느끼는 정도에 따라 실재한다는 것을 계시하기 위해 세상에 왔다. 그리스도는 사람들에게 신이란 그들로부터 무한히 떨어진 하늘에 있는 우연한 추상이 아니라는 것, 신은 사람들을 품에 안은 아버지이며 사람들은 그의 품안에 살고 움직이며 존재한다는 것, 그리고 신이 좋아하는 봉사는 교회의 화려한 의식이 아니라 자비와 정의와 겸양과 사랑이라는 것을 가르치기 위해 세상에 왔다.

패러

3 하느님은 영적인 분이시다. 그러므로 예배하는 사람들은 영적으로 참되게 하느님께 예배드려야 한다.

「요한복음」 4:24

4 몸을 조아렸다 폈다만 하게 하는 종교는 격투기 선수의 연습보다 못하다.

내적 수행 없이 말로만 신을 숭앙하지 마라.

현재의 삶을 거부하라고 말하는 신앙은 거짓 신앙이다. 영원한 삶은 지금의 삶에서부터 시작되는 것이 마땅하지 않은가?

완전에 도달한 사람은 영혼과 우주의 자연 사이에, 나와 타인 사이에 구별을 두지 않는다.

사람의 아들 가운데 자신의 마음속에서 신을 의식하는 자만을 성자라고 할 수 있다. 너 자신을 알라—그러면 신이 될 것이다.

삶의 근원이 지금 네 마음속에 있다는 것을 모르고 왜 다른 데서 찾고 있는가? 그것은 마치 대낮에 촛불을 켜는 것과 똑같다.

『바마나 푸라나』

5 영혼을 구원하기 위해 반드시 육체로서의 그리스도를 인정해야 하는 것은 아니다. 그러나 영혼을 구원하기 위해서는 반드시 신의 아들을, 즉 만물 속에서, 특히 인간의 영혼 속에서, 무엇보다 예수그리스도 속에 나타나고 있는 영원한 신의 지혜를 인정해야 한다. 그 지혜가 없으면 어떤 사람도 행복에 다다를 수 없다. 왜냐하면 그것만이 우리에게 무엇이 진실이고 거짓인지, 무엇이 선이고 악인지 알게 해주기 때문이다.

스피노자

/ 네 신앙에서 모든 육체적인 것, 즉 보고 만질 수 있는 것을 버리는 일을 두려워하지 마라. 네 신앙의 영적 핵심을 정화할수록 신앙은 더욱 단단해질 것이다.

7월 27일

지식은 목적이 아니라 수단이다.

1 사람들은 이해할 수 없는 것이나 접근할 수 없는 것을 알려고 하기 때문에 아는 것이 적다. 신과 영원과 정신 같은 접근할 수 없는 것이나, 가령 물이 어는 원리라든가 수의 이론이라든가 어떤 질병이 어떤 세균과 관련이 있는가 같은 생각할 필요가 없는 것을 알려고 하기 때문이다.

진정한 지식은 어떻게 살아야 하는가를 아는 것뿐이다.

2 가시에 찔리면 다른 가시로 박힌 가시를 뽑고, 박힌 가시가 빠지면 둘을 다 버린다. 마찬가지로 지식은 신적인 **자아**의 눈을 가리는 무지를 제거하기 위해서만 필요하다. 지식 그 자체는 수단일 뿐 별다른 가치가 없다.

브라만의 지혜

3 "아, 나는 참으로 불행하다! 훌륭하고 유익한 책을 탐독하고 싶은데 이렇게 귀찮은 인간의 부탁이나 들어줘야 하다니."

나는 네게 이렇게 말하고 싶다. "남이 도움을 청하고 있는데 책이나 읽는 것이 너의 의무인가? 이것 한 가지는 명심하라. 신은 지금 네가 무엇을 하고, 무엇을 하지 않기를 바라실까. 조금 전까지는 네가 고독 속에서 자기 자신과 대화를 나누고 책을 읽고 글을 쓰고 선행을 준비하기를 바라셨다. 그런데 오늘은 네가 행동으로 도와주어야 할 사람들을 너에게 보내셨다."

신은 이렇게 말할 것이다. "고독에서 나와 그동안 배운 것을 실천을 통해 보여주어라. 네가 읽고 사색한 것이 얼마나 이로운 것이었는지 너 자신과 사람들에게 보일 때가 왔다."

너의 이름을 더럽히지 마라. 사람들이 너를 방해한다고 불평하지 마라. 그들이 없다면 너는 누구에게 봉사할 것인가? 봉사하는 삶을 가르치는 책을 읽기만 한다면 무슨 소용이 있겠는가? 에픽테토스

4 학문은 종교를 굳건하게 하기 위해 사용되어야 하며 부를 얻기 위해 사용되어서는 안 된다. 『굴리스탄』

5 지식을 얻고도 활용하지 않는 것은 밭을 갈아놓고 씨를 뿌리지 않는 것과 같다. 『굴리스탄』

6 삶에서 지식이 가장 중요하다고 생각하는 사람은 불속에 날아들어 파멸하며 불빛을 어둡게 하는 나방과 같다.

7 학자라는 말은 무언가를 많이 배웠다는 뜻일 뿐, 완전히 배웠다는 뜻은 아니다. 리히텐베르크

／ 삶의 목적은 신의 법칙을 지키는 것이며 지식을 얻는 것이 아니다.

7월 28일

자기완성에는 언제나 반성이 선행되어야 한다. 반성이 필요 없다고 생각하는 것은 큰 잘못이다.

1 악의 원인을 외부에서 찾는 것은 위험하다. 그런 경우 뉘우침은 불가능하다.

로버트슨

2 원수에게도 모든 것을 믿고 맡길 수 있을 만큼 순수한 마음으로 살아라.

세네카

3 **잘못을 인정하지 않는 것은 잘못을 더 키우는 일이다.**

4 불행에 빠진 사람이 가장 먼저 해야 할 일은 무엇일까? 남을 비난하거나 자신의 처지를 불평해야 할까? 온 세상을 원망하고 비난해야 할까? 물론 아니다. 도덕을 가르치는 사람들은 모두 자신 외의 누구도 비난하지 말라고 가르친다. 불행한 사람은 무엇보다 먼저 자신의 불행이 자신의 어리석음 때문이라는 것을 인정해야 한다. 그가 자연과 그 법칙에 충실하다면 자연은 그 불변의 법칙에 따라 그에게 선과 행복을 줄 것이다. 그러나 자연의 법칙에 따르지 않는다면, 자연은 어느 순간 더이상 참아주지 않고 이렇게 말할 것이다. "이 길을 버리고 다른 길로 가면 너는 행복해질 수 있다. 너도 알고 있듯 이 길은 오직 불행으로 너를 이끌 뿐이다. 이 길을 버려라." 도덕을 가르치는

사람들은 그에게 뉘우치고 스스로에게 이렇게 말하라고 충고한다. "그래, 내가 어리석었다. 내가 불행한 것은 신의 법칙을 어기고 거짓된 법칙, 악마의 법칙에 따랐기 때문이다." 칼라일

5 나는 마음이 무겁다. 짧지 않은 일생에서 나는 누구도 행복하게 해주지 못했다. 친구도, 가족도, 심지어 나 자신도 행복하게 해주지 못했다. 그리고 많은 죄를 지었다…… 세 번의 큰 전쟁을 일으키는 죄를 지었다. 나로 인해 80만이 넘는 사람이 싸움터에서 죽었다. 지금 그들의 어머니가, 형제자매가, 남겨진 아내들이 슬피 울고 있다…… 이 모든 것이 신과 나 사이에 장벽으로 서 있다. 비스마르크

❚ 뛰어난 사람일수록 자신이 현재 어떤 단계에 있든 상관없이 무한한 자기완성을 향해 빠르게 나아간다. 그 빠르기는 자신에게 얼마나 만족하는지에 달려 있다.

1
뉘우침

악인에 맞서지 않는다는 것은 악과 싸우지 않는다는 뜻이 아니다. 사람이 아니라 악과 싸우는 것이고, 그 사람 안에 있는 악과 부정에 맞서 싸우는 것이며, 악에 사로잡힌 사람을 동정하고 사랑하면서 그 악과 싸우는 것이다.

말과 행동은 사람의 생각에 좌우된다. 그러므로 악과의 싸움은 악을 행하는 사람의 생각을 바꾸거나 마음에 변화를 일으키기 위한 것이다. 그렇게 되면 악에 맞서 사도들처럼 싸울 수 있게 된다. 진정한 영웅적 행동과 자기희생의 욕구를 느끼는 사람은 홀로 악인들의 소굴로 찾아가 그들과 형제로 지내며 자신의 고뇌와 모욕을 대가로, 목숨을 건 헌신으로 악에 빠진 형제들 안에 있는 신의 아들을 깨운다. 그 방법은 자신을 신에게 바치고 자신의 삶을 악인의 삶과 결합시키고, 일상의 모든 좋은 일에서 얻는 행복을 형제처럼 나누는 것이다. 또한 자신의 개인적, 육체적 삶을 신에게 바치고 악인의 옆에 있으면서 그들을 설득함으로써 악을 저지하는 것이다. 그것은 오늘날 위대한 영혼이 찾을 수 있는 아름다운 출구다. 오늘날 진리에 목말라하는 수많은 사람들에게 진리를 전할 손쉬운 수단은 얼마든지 있다. 오늘날 평화로운 형제들 사이에서는 특별한 사도의 소명이 더이상 큰 자리를 차지하지 못한다. 오늘날 여러 사람과 민족들의 형제애는 아직 칭송까지 받는 것은 아니어도 사람들 사이에서 널리 인식되고 있다. 모든 사람이 신으로부터 가르침을 받게 될 날, 사실 악인들은 병든 사람이거나 불쌍한 사람이거나, 또는 단지 사람들로부터 버림받은 나머지 악한 일을 저지를 뿐이라는 것을 알 수 있게 될 날이 멀지 않았다. 그러나 싸움에 능한 군대만이 적들을 패배시킬 것이다. 악과의 싸움은 언제나 인류의 가장 뛰어난 대표자들의 몫이어야 한다. 오늘날의 체제에서처럼 경찰관이나 교도관, 공무원과 같이 탐욕과 허영, 오만, 위선, 부정으로 뭉친 무리의 몫이어서는 안 된다. 오늘날의 체제에서 악과 싸우는 투사들은 현재 자신들이 받는 막대한 봉급과 부당한 수입, 관직과 훈장, 굴종과 아첨 같은 사악함으로 가득한 특권을 빼앗긴다면, 그처럼 열렬한 투사와 웅변가의 모습을 버리고 금세 뿔뿔이 흩어져 달아날 것이다.

사람 안에 있는 악을 묶어두려면 생각의 변화를 일으켜야 한다. 바람직하지는 않지만 일단 속여서라도 생각의 변화를 일으킬 수 있다. 하지만 폭력은 어떠한 경우에도 절대 변화를 일으킬 수 없다.

악인에게 맞서지 않아도 되는 확실한 방법이 있다. 무저항과 선을 통해 악인 스스로 뉘우치도록 하는 것이다. 뉘우침으로 정화된 영혼이 우리에게 얼마나 큰 보답이 되는지는 상상할 수 없을 정도일 것이다. 우리가 악인에게 폭력과 형벌을 가한다면 그들 속에 있을지도 모르는 의인을 잃게 될 것이다. 복음서에서는 "회개할 것 없는 의인 아흔아홉보다 죄인 한 사람이 회개하는 것을 하늘에서는 더 기뻐할 것이다"「누가복음」15:7라고 하지 않았는가. 만약 지금까지 무의미하게 죽임을 당했고, 또 앞으로 죽임을 당할, 형벌을 받으며 속죄하고 괴로워하고 있을 죄인들 전부는 아니더라도 백 명의 한 사람이라도, 천 명의 한 사람이라도 포기하지 않고 무저항과 선의 영향으로 크게 뉘우치고 스스로 속죄할 방법을 찾는다면, 그 뉘우친 영혼이 우리에게 얼마나 큰 보답이 될지는 상상할 수 없을 정도일 것이다. 어쩌면 신의 나라는 영광과 권능을 떨치며 이미 우리에게 찾아와 있는지도 모른다. 한줄기 빛도 없는 불행의 어둠 속에서 이미 오래전에 빠져나왔을지도 모른다. 악에 악으로 저항하면 삶의 올바름과 균형을 잃고 정신건강을 해치는 것은 물론이고, 얻고자 하면 얻을 수 있는 헤아릴 수 없이 많은 것을 잃게 될 것이다.

부카

2
돌

두 여자가 어느 은수자隱修者에게 가르침을 받기 위해 찾아왔다. 한 여자는 스스로 큰 죄를 지은 죄인이라 생각했는데, 젊었을 때 남편을 배신하고는 줄곧 괴로워하며 살고 있었다. 또 한 여자는 언제나 율법을 지키고 딱히 이렇다 할 죄를 짓지 않았다고 생각하고 만족하며 살고 있었다.

은수자는 두 여자에게 어떻게 살아왔는지 물었다. 한 여자는 눈물을 흘리며 죄를 고백했다. 그녀는 자신이 지은 죄가 참으로 크다고 생각해 차마 용서를 바라지도 않았다. 또 한 여자는 이렇다 할 죄를 지은 기억이 없다고 말했다. 은수자가 첫번째 여자에게 말했다.

"그대, 신의 종이여, 울타리 밖으로 나가 당신이 들 수 있는 가장 큰 돌 하나를 찾아오십시오…… 그리고 당신은," 그는 이렇다 할 죄를 지은 적이 없다는 여자에게 말했다. "당신이 들 수 있는 만큼 많은 돌을 가져오되 작은 돌로만 가져오십시오."

여자들은 나가서 은수자가 시킨 대로 했다. 한 여자는 큰 돌을 하나 가져오고 또 한 여자는 작은 돌들을 자루에 채워 들고 왔다.

은수자는 그 돌들을 본 뒤 말했다.

"이번에는 가져온 돌을 다시 제자리에 가져다놓고 바로 돌아오십시오."

여자들은 은수자가 시킨 대로 하기 위해 밖으로 나갔다. 첫번째 여자는 돌이 있었던 곳을 쉽게 찾아내 제자리에 놓았다. 그러나 두번째 여자는 어디서 어떤 돌을 집었는지 도무지 생각나지 않아 은수자의 말대로 하지 못하고 돌이 든 자루를 그대로 들고 돌아왔다.

"보십시오," 은수자는 말했다. "죄도 그와 같습니다. 당신이 크고 무거운 돌을 쉽게 제자리에 가져다놓을 수 있었던 것은 어디서 주웠는지 기억하고 있었기 때문입니다. 하지만 당신은 어디서 그 많은 작은 돌들을 주웠는지 기억하지 못하기 때문에 돌려놓을 수 없었습니다. 죄도 마찬가지입니다. 당신은 자신의 죄를 기억하고 있었기 때문에 남들의 비난과 양심의 가책을 겸허하게 견뎠고, 그럼으로써 죄의 대가에서도 벗어날 수 있었습니다. 하지만 당신은," 은수자는 작은 돌들을 도로 들고 온 여자에게 얼굴을 돌리고 말했다. "작은 죄를 많이 짓고도 그것을 기억하지도 뉘우치지도 않고 그런 삶에 익숙해져 오히려 남의 잘못을 비난하면서 점점 깊은 죄에 빠졌습니다."

우리는 모두 죄인이다. 죄를 뉘우치지 않는다면 모두 파멸하고 말 것이다.

유용한 것일수록 악용하면 큰 해를 입는다. 대부분의 불행은 삶의 가장 귀중한 도구인 이성을 악용하기 때문에 일어난다.

1 신이 우리에게 정신과 이성을 준 것은 신의 의지를 이해하고 수행하도록 하기 위해서다. 그러나 우리는 그것들을 자신의 의지를 수행하는 데 쓰고 있다.

2 이성이 악의 하수인, 정욕의 수단, 거짓의 옹호자가 된다면 왜곡에서 그치지 않고 병적으로 발전해 진실과 거짓, 선과 악, 정의와 불의조차 분별할 수 없게 된다.

　　　　　　　　　　　　　　　　　　　　　　　　　채닝

3 만약 인간이 세계는 왜 존재하고 나는 무엇 때문에 이 세계에서 살고 있는가 하는 문제를 이성으로 풀어보려 한다면 구토감과 현기증을 느낄 것이다. 인간의 지혜로는 그 답을 알 수 없다. 이것은 무슨 뜻일까? 인간에게 이성이 주어진 것은 그런 문제에 답하기 위해서가 아니라는 것이고, 그런 문제 제기 자체가 이성의 오류라는 뜻이다. 이성은 다만 '어떻게 살 것인가'의 문제만 해결할 뿐이다. 답은 명백하다. 나뿐만 아니라 모두가 함께 행복하게 사는 것이다. 그 가능성은 나를 포함한 생명을 가진 모든 존재에게 주어져 있다. 그 문제가 해결되면 **왜와 무엇 때문에**라는 질문은 사라진다.

4 이성을 불필요한 일에 사용하는 사람들은 어둠 속에서는 사물을 보

지만 햇빛 아래서는 아무것도 볼 수 없는 부엉이와 같다. 그런 사람들의 지능은 무가치한 학문에 사용될 때에는 매우 예리하지만 진리의 빛 앞에서는 장님이 된다. 피타코스

5 깨어 있는 사람에게는 밤이 길다. 지친 사람에게는 1베르스타도 멀다. 어리석은 사람에게는 삶이 길다.

/ 이성의 사명은 진리를 발견하는 것이며, 진리의 은폐나 왜곡에 이용한다면 큰 파멸을 맞을 것이다.

7월 30일

자신의 허물을 알면 남의 허물에 너그럽다.

1 아이들아! 누군가 너희에게 모욕하는 말을 한다면 개의치 말고 하찮은 일로 넘겨라. 그러나 너희가 남에게 모욕적인 말을 했다면 '못할 말을 한 것도 아니다, 별일 아니다, 대수롭지 않은 일이다' 하고 양심과 타협해서는 안 된다, 자신을 되돌아보며 기도하거나 다른 사람의 중재를 통해서라도 너희가 모욕한 사람과 완전히 화해하기 전까지는 마음을 놓지 마라. 『탈무드』

2 누군가를 증오할 때 상대방의 입장에서 생각하면 그 감정에서 벗어날 수 있다. 또한 남을 자신의 입장에 놓고 생각하면 오만한 마음도 사라질 것이다.

3 남을 용서할 줄 모르는 사람은 자신이 건너야 할 다리를 부수는 사람이다. 세상에 용서가 필요 없는 사람은 없기 때문이다. 　　　허버트 경

4 어리석은 사람의 말에 가장 좋은 대답은 침묵이다. 어리석은 자에게 하는 말은 한마디 한마디가 모두 되돌아온다. 모욕을 모욕으로 갚는 것은 활활 타오르는 불길에 장작을 던지는 것과 같지만, 모욕한 자를 평온한 얼굴로 대하는 것은 이미 그를 제압한 것이나 마찬가지다.

마호메트와 알리가 어느 날 한 사내를 만났다. 사내는 알리가 자신을 모욕했다고 생각하고 욕을 해대기 시작했다. 알리는 끈기 있게 참으며 한참 듣고만 있었지만 이윽고 더이상 참지 못하고 상대방의 욕에 욕으로 답하기 시작했다. 마호메트는 두 사람의 싸움을 굳이 말리지 않고 혼자 계속 앞으로 걸어갔다. 마호메트를 따라붙은 알리는 마호메트에게 섭섭한 듯이 말했다. "내가 그 무례한 사내의 욕지거리를 듣고 있는데 어떻게 나를 혼자 두고 갈 수가 있나?" 그러자 마호메트가 대답했다. "그 사내가 욕하는데도 자네가 말없이 듣고만 있었을 때, 나는 자네 주위에서 열 명의 천사가 그 사람에게 대답하고 있는 것을 보았네. 그런데 자네가 그 사내에게 욕지거리를 하면서 달려들자 천사들은 모두 자네 곁을 떠났어. 그래서 나도 자네를 두고 떠난 걸세." 　　　이슬람교의 전설

5 우리는 남의 잘못을 비난하지만 대부분 자신도 똑같은 잘못과 죄를 짓는다. 그런 기억이 나지 않을 뿐이지 남보다 더한 죄를 지었을 수도 있다.

깊은 강은 돌을 던져도 요동치지 않는다. 모욕에 발끈하는 신앙인은 강이 아니라 얕은 웅덩이다. 불행이 덮쳐도 참고 견디고 용서함으로써 너 자신까지 용서받을 가치가 있는 사람이 되어라. 인간은 모두 흙으로 돌아가는 존재임을 상기하고 겸허하라. 먼지가 되기 전에 참회하라.　　　　　　　　　　　　　　　　　　　　　　사디

✎ 조금만 생각해보아도 우리가 인류에게 지은 죄를 발견할 수 있을 것이다(사회의 구조적 불평등으로 인해 자신은 특권을 누리고 다른 사람들은 상대적 박탈감을 겪는 경우라도). 그런 생각이 자신의 공적만 앞세우며 당연한 의무를 망각하는 것을 막아줄 것이다.　　　칸트

7월 31일

그리스도교도들이 율법을 인정하고 지켰다면 부자도 빈자도 없었을 것이다.

1 한번은 어떤 사람이 예수께 와서 "선생님, 제가 무슨 선한 일을 해야 영원한 생명을 얻겠습니까?" 하고 물었다.

　예수께서는 "네가 완전한 사람이 되려거든 가서 너의 재산을 다 팔아 가난한 사람들에게 나누어주어라. 그러면 하늘에서 보화를 얻게 될 것이다. 그러니 내가 시키는 대로 하고 나서 나를 따라오너라" 하

셨다. 「마태복음」 19:16, 21

2 부자는 남의 고통에 무정하고 냉담하다. 『탈무드』

3 부자와 빈자는 서로 긴밀한 관계다. 부유층의 존재는 빈민층이 존재하는 전제조건이 된다. 어리석은 사치는 무서운 빈곤과 연결되고, 빈자는 가난 때문에 어리석은 사치를 위해 봉사하지 않을 수 없다. 부자는 빼앗는 자이고 빈자는 빼앗기는 자다. 그래서 그리스도는 언제나 빈자를 동정하고 부자를 혐오했다. 그리스도의 가르침에 의하면 빼앗는 자가 되느니 빼앗기는 자가 되는 것이 낫다. 그가 설교한 진리의 나라에는 부자도 빈자도 존재하지 않는다. 헨리 조지

4 정말 무서운 것은 돈을 사랑하는 것이다. 그것은 우리 눈을 가리고, 귀를 막고, 야수보다 포악하게 만들고, 양심도 우정도 인간적 교류도 자기 영혼의 구원도 생각할 수 없게 만든다. 그렇게 한꺼번에 전부를 빼앗아 사람을 노예로 전락시킨다. 그 비참한 노예 상태에서 가장 무서운 것은 그런 상태를 즐기고 종속될수록 더 큰 만족을 느낀다는 사실이다. 그렇기에 돈에 대한 사랑은 낫지 않는 병이고 길들지 않는 짐승이다. 크리소스토모스

5 최상의 부유층과 최하의 빈곤층으로 구성된 사회는 권력자들의 희생물이 되기 쉽다. 빈곤한 사람들에게는 저항할 만한 정신력이 부족

하고, 부유한 사람들에게는 저항이 너무 위험한 도박이기 때문이다.

헨리 조지

6 부는 거름과 같아서 쌓여 있을 때는 악취를 풍기지만 뿌려졌을 때는
땅을 기름지게 한다.

/ 그리스도교 사회에서 가난한 수천의 사람들 앞에서 자신의 부를 자
랑하는 것은 도덕적 감정이 극도로 메마른 사람만이 할 수 있는 일
이다.

지은이 레프 톨스토이

1828년 러시아 툴라 지방의 야스나야 폴랴나에서 태어났다. 1852년 「유년 시절」을 발표하면서 작가로서의 첫발을 내디뎠다. 1862년 결혼한 뒤, 『전쟁과 평화』 『안나 카레니나』 『부활』 등 대작을 집필하며 세계적인 작가로서 명성을 얻었다. 1910년 방랑길에 나섰다가 아스타포보역(현재 톨스토이역)에서 숨을 거두었다.

옮긴이 박형규

고려대학교 노어노문학과 교수, 한국러시아문학회 초대회장, 러시아연방 주도 국제러시아어문학교원협회(MAPRYAL) 상임위원을 역임했고, 한국러시아문학회 고문, 러시아연방 국립톨스토이박물관 '벗들의 모임' 명예회원으로 활동했다. 국제러시아어문학교원협회에서 푸시킨 메달을 수상하고 러시아연방국가훈장 우호훈장(학술 부문)을 수훈했다. 지은 책으로 『러시아문학의 세계』 『러시아문학의 이해』(공저) 등이 있고, 옮긴 책으로 『전쟁과 평화』 『안나 카레니나』 『부활』 『닥터 지바고』 『죄와 벌』 『백치』 외 다수가 있다.

인생독본 1

ⓒ 박형규 2020

1판 1쇄 2020년 11월 5일
1판 9쇄 2024년 1월 5일

지은이 레프 톨스토이 | 옮긴이 박형규
책임편집 김혜정 | 편집 이종현 이희연 오동규 | 디자인 김현우 최미영
저작권 박지영 형소진 최은진 서연주 오서영
마케팅 정민호 서지화 한민아 이민경 안남영 왕지경 황승현 김혜원 김하연 김예진
브랜딩 함유지 함근아 고보미 박민재 김희숙 박다솔 조다현 정승민 배진성
제작 강신은 김동욱 이순호 | 제작처 한영문화사(인쇄) 신안제책(제본)

펴낸곳 (주)문학동네 | 펴낸이 김소영
출판등록 1993년 10월 22일 제2003-000045호
주소 10881 경기도 파주시 회동길 210
전자우편 foret@munhak.com
대표전화 031) 955-8888 | 팩스 031) 955-8855
문의전화 031) 955-2696(마케팅) 031) 955-1904(편집)
문학동네카페 http://cafe.naver.com/mhdn | 트위터 @munhakdongne
북클럽문학동네 http://bookclubmunhak.com

ISBN 978-89-546-7525-3 04890
          978-89-546-7524-6 (세트)

www.munhak.com